Oscar classici moderni

Dello stesso autore
nella collezione Oscar

Altezza reale
Cane e padrone - Disordine e dolore precoce - Mario e il mago
Carlotta a Weimar
Confessioni del cavaliere d'industria Felix Krull
Doctor Faustus
L'eletto
Il giovane Giuseppe
Giuseppe il nutritore
Giuseppe in Egitto
La morte a Venezia - Tristano - Tonio Kröger
Racconti
Romanzi brevi
Saggi
Le storie di Giacobbe
Le teste scambiate - La legge - L'inganno
Tonio Kröger

Thomas Mann

I BUDDENBROOK

Decadenza di una famiglia

Traduzione di Ervino Pocar

OSCAR MONDADORI

Titolo originale dell'opera: *Buddenbrook. Verfall einer Familie*

6 edizioni Classici contemporanei stranieri
2 edizioni Oscar Libreria
1 edizione Oscar classici
10 edizioni Oscar narrativa
I edizione Oscar classici moderni ottobre 1993

ISBN 88-04-49381-X

Questo volume è stato stampato
presso Mondadori Printing S.p.A.
Stabilimento NSM - Cles (TN)
Stampato in Italia. Printed in Italy

Ristampe:

10 11 12 13 14 15 16 17

2003 2004 2005 2006 2007

www.mondadori.com/libri

Thomas Mann

La vita

Thomas Mann nacque a Lubecca il 6 giugno 1875, da una famiglia di mercanti anseatici trasferitisi in quella città fin dal 1794 con Johann Sigmund Mann. La madre di Thomas, Julia da Silva-Bruhns, era nata a Rio de Janeiro. Il padre, Thomas Johann Heinrich, nominato senatore nel 1877, muore nel 1891. L'azienda di famiglia viene liquidata e Julia si trasferisce a Monaco con i figli più piccoli, mentre Thomas rimane a Lubecca per finire gli studi liceali. Su una rivista di studenti, «Der Frühlingsturm», escono le sue prime prove letterarie. A Monaco, dove ha raggiunto la madre, pubblica nel 1894 la sua prima novella: *Perduta*. Fra il 1896 e il 1898 vive con il fratello Heinrich a Roma e, soprattutto, a Palestrina, dove comincia a scrivere *I Buddenbrook*, che uscirà nel 1900 (con la data del 1901) e avrà un vasto successo. In quegli anni le sue letture preferite sono Nietzsche e Schopenhauer che, insieme con Wagner, costituiscono quella che lo scrittore definì «la triplice costellazione della mia giovinezza». Nel 1903 esce il volume di novelle *Tristan*, che raccoglie anche *Tonio Kröger*. Nel 1905 Thomas sposa a Monaco Katia Pringsheim, che sarà la compagna della sua vita. Nascono i primi quattro figli: Erika (1905), Klaus (1906), che sarà anch'egli scrittore, Golo (1909), il futuro storico, Monika (1910); gli altri due figli, Elisabeth e Michael, nascono rispettivamente nel 1918 e nel 1919. Al 1911 risale il primo frammento pubblicato delle *Confessioni del cavaliere d'industria Felix Krull*. Nel 1912 esce il racconto lungo *La morte a Venezia* e nello stesso anno, durante una visita a Davos dove si trova ricoverata Katia, Thomas ha la prima idea de *La montagna incantata*, che apparirà nel 1924. Durante la Prima guerra mondiale lo scrittore è coinvolto dall'entusiasmo nazionalistico del momento e si schiera a favore della "Kultur" germanica contro la "Zivilisation", illuministica e europeistica, di cui era portavoce il fratello Heinrich. Ma nel 1922, con il discorso *Della repubblica tedesca*, Mann accetta l'adesione della Germania a una politica democratica e di solidarietà europea. Nel 1919 esce il racconto *Cane e padrone*, nel 1922 il saggio su *Goethe e Tolstoj*, nel 1925 la novella *Disordine e dolore precoce*, nel 1930 *Mario e il mago*. Nel 1929 gli viene assegnato il premio Nobel. Il 10 febbraio 1933 commemora Wagner all'università di Monaco con il discorso *Dolore e grandezza di Richard Wagner*. Il giorno dopo lascia la Germania da cui rimarrà assente, in esilio, per tutto il periodo nazista e oltre. In Svizzera, prima è ospite di Hermann Hesse, poi affitta una casa a Küsnacht sul lago di Zurigo. Negli anni 1933-1934 pubblica il primo e il secondo volume della tetralogia *Giuseppe e i suoi fratelli*: *Le storie di Giacobbe* e *Il giovane Giuseppe*. Il 1934 è anche l'anno del suo primo viaggio negli Stati Uniti. Il terzo romanzo della serie *Giuseppe e i suoi fratelli*, *Giuseppe in Egitto*, appare nel 1936, quando Mann acquisisce la cittadinanza cecoslovacca per intervento di Beneš. Nel 1938 si trasferisce negli Stati Uniti, dove per due anni insegna come professore ospite all'università di Princeton. Nel 1939 esce il romanzo *Carlotta a Weimar*, e lo scrittore si trasferisce in California, dove si costruisce una villa a Pacific Palisades, che sarà la sua dimora per un decennio. Durante la Seconda guerra mondiale Thomas Mann, oltre a pubblicare il quarto volume della sua tetralogia, *Giuseppe il nutritore*, svolge una intensa attività pubblicistica, per radio e sui giornali, contro il nazismo. Nel 1947 esce il suo ultimo grande romanzo *Doctor Faustus* e nel 1949 ritorna in Germania per il bicentenario della nascita di Goethe. A Francoforte e a Weimar pronuncia lo stesso discorso commemorativo e afferma: «Io non conosco zone. La mia visita è rivolta alla Germania stessa, a tutta la Germania». In quell'anno muore suicida a Cannes il figlio Klaus. Del 1951 è il romanzo *L'eletto*. Nel 1952 si stabilisce in Europa nei pressi di Zurigo, prima a Erlenbach e poi a Kilchberg. Nel 1954 vede la luce la prima parte delle *Confessioni del cavaliere d'industria Felix Krull*, romanzo rimasto incompiuto. Nel 1953 è a Roma, dove riceve il premio dell'Accademia dei Lincei e incontra Pio XII. Il 1955, l'anno del *Saggio su Schiller*, muore il 12 agosto all'ospedale cantonale di Zurigo. Viene sepolto nel cimitero di Kilchberg.

Le opere

Le novelle giovanili di Thomas Mann – nel 1898 esce il volume che da una di esse si intitola, *Il piccolo signor Friedemann* – variano il tema che sarà caro al primo Mann, dell'irriducibile contrasto fra la vitalità, la forza e la bellezza dei privilegiati dalla natura e il ripiegarsi su se stessi di caratteri ombrosi e solitari che, dalle loro tenebre, guardano con invidia al mondo di luce dei loro antagonisti. Ne *I Buddenbrook*, invece, Mann si riallaccia alla tradizione ottocentesca del romanzo familiare: l'ascesa e il tramonto di una dinastia anseatica di mercanti riflette le esperienze di quattro generazioni di Mann. Nell'epilogo de *I Buddenbrook* si delinea quella inconciliabilità fra arte e vita, su cui discuterà tutta la critica, a cominciare dagli inizi del secolo fino a oggi. Nel volume di novelle *Tristano* (pubblicato nel 1903) – che contiene anche *Tonio Kröger* – Mann si rivela in questo genere un maestro indiscusso: mentre in *Tristano* l'esteta velleitario ha in sé una forza distruttrice insospettata, in *Tonio Kröger*, l'adolescente appartato, con chiari riferimenti autobiografici, riesce a comporre il dissidio fra la cosciente "diversità" dell'artista e l'aspirazione alla solidità borghese. Nel 1906 Mann pubblica il dramma *Fiorenza*, destinato a rimanere un unicum nella sua attività di scrittore, nel 1909 *Altezza reale*, di cui l'autore disse: «L'analisi allusiva dell'esistenza principesca quale vita formale, superoggettiva, da virtuoso, insomma *artistisch*: ecco il contenuto del mio romanzo...». Il 1912 è l'anno di un capolavoro assoluto: *La morte a Venezia*, che colloca, sullo sfondo mitico della città lagunare, quell'istinto di dissolversi nel nulla espresso dagli antichi nel binomio Eros-Thanatos. *I pensieri di guerra* (1914), il saggio *Federico e la grande coalizione* (1915) e le *Considerazioni di un impolitico* (1918) sono il tributo che Mann paga a una concezione della storia, conservatrice e nazionalistica, che sarà del tutto superata nel 1922 con il discorso *Della repubblica tedesca*, dove Mann si schiera apertamente con gli ideali della democrazia. Nel racconto *Cane e padrone*, del 1919, sono messe in piena luce le reazioni "psicologiche" del cane, a cui si prestano capacità di percezione del reale simili, a un livello più basso, a quelle dell'uomo che lo domina e lo sovrasta; mentre il *Canto della piccina*, in esametri, è soltanto il documento privato di una felicità familiare, che era stata ravvivata dalla nascita della figlia Elisabeth. Nel 1922 esce il primo libro delle *Confessioni del cavaliere d'industria Felix Krull*, romanzo a cui Mann porrà mano anche in vecchiaia, ma che non sarà mai terminato. Il 1924 è l'anno de *La montagna incantata*, una delle vette della narrativa del Novecento: la vicenda di Hans Castorp, che sparirà nella Prima guerra mondiale dopo aver conosciuto i turbamenti dell'amore e i dilemmi dello spirito in un sanatorio di Davos, riassume in una sintesi dialettica i quesiti irrisolti di un'epoca senza certezze. Un ritratto indiretto del periodo dell'inflazione è, invece, il racconto *Disordine e dolore precoce*, che esplora in un'anima infantile gli esiti di una improvvisa presenza dell'amore. Negli anni Venti si profilano le prime incognite nel futuro di una umanità alla ricerca di un difficile equilibrio: la novella *Mario e il mago*, che si svolge in Italia in epoca fascista, preannuncia i pericoli insiti nella capacità di sedurre le masse. Nel decennio fra il 1933 e il 1943 vede la luce la tetralogia *Giuseppe e i suoi fratelli*, che dilata il resoconto biblico in un grande affresco dei primordi della civiltà, mentre *Carlotta a Weimar*, del 1939, ricostruisce, con suadente malizia, un episodio della vita del vecchio Goethe. I romanzi brevi *Le teste scambiate* (1940) e *La legge* (1944) rievocano antiche civiltà dell'India e di Israele, i saggi di *Nobiltà dello spirito* (1945) testimoniano l'impegno di Mann nel confronto con la tradizione, mentre in *Doctor Faustus* (1947) l'antica leggenda, così tedesca, del patto con il diavolo rivive nella biografia di un artista, vissuto nel clima torbido che prelude al nazismo. *L'eletto* (1951) colloca in un Medioevo lontano il problema della responsabilità solo parziale dell'individuo, segnato da un destino regolato da leggi imperscrutabili, mentre il racconto *L'inganno*, del 1953, recupera, ma con una insistenza che a molti è parsa sgradevole, l'indissolubilità del rapporto amore-morte nei suoi esiti letali dello sfacelo fisico.

La fortuna

Thomas Mann ha lasciato ai posteri una immagine di sé costruita su una serie di parametri che si possono riassumere nella fedeltà a un ordine programmatico rigoroso: la mattina dedicata al suo lavoro di scrittore, il pomeriggio passato a sbrigare la corrispondenza o in letture extravaganti o in un relax che gli consentiva di recuperare le energie per le fatiche del giorno dopo. Allo stile di vita, così volutamente metodico e borghese, corrisponde anche la qualità intrinseca della sua narrativa, spesso alla ricerca di temi scabrosi o conturbanti – alternati a pause più distese – di un realismo distaccato che non rinuncia, per amore della serietà della tesi, a notazioni ironiche o amare. Comunque la tragicità o la comicità di una esperienza esistenziale non pregiudica mai la voluta simmetria dello stile, che ha come modelli i grandi autori dell'Ottocento, tedeschi in parte, come Fontane o Storm, ma anche francesi, scandinavi e russi. Thomas Mann si sentiva erede di una grande tradizione che si impose di continuare e di perfezionare, anche se la realtà contemporanea, con le sue inquietudini irrisolte e le sue dissonanze ideologiche, urgeva intorno a chi dalla sua specola poteva osservarla con una persuasiva duttilità psicologica. Alcuni anni fa, tuttavia, le pagine dei *Diari* – che per espressa volontà di Mann furono aperti solo venticinque anni dopo la sua morte – ci rivelano aspetti inesplorati di una personalità complessa, che da giovane percepisce il fascino della passione omoerotica o, nei primi mesi del 1933, non riesce a dominare l'angoscia disperante dell'esilio. Il quadro di un Thomas Mann impassibile – si citano di solito a questo proposito le sue reazioni di fronte al suicidio del figlio Klaus – si altera quando nei *Diari* riversa gli aspetti più segreti del suo mondo interiore. Dobbiamo dedurre che il senso "dionisiaco" della vita era più vivo in lui di quella tendenza "apollinea" che si esprime nel sapiente equilibrio della sua prosa. A cominciare da *I Buddenbrook* i giudizi di consenso della critica e del pubblico sono più numerosi delle voci di dissenso, e questo favore sarà coronato, nel 1929, dall'assegnazione del premio Nobel. Quando nel 1933 il nazismo sale al potere, Mann, così radicato nelle sue abitudini, spera in un possibile compromesso che gli permetta di ritornare in Germania. Ma l'ostilità dichiarata del regime di Hitler, che ha individuato in lui un pericoloso nemico, lo costringe all'emigrazione. In questo periodo Mann viene tanto vilipeso in patria, quanto esaltato dall'opinione democratica. In America ha l'onore di essere invitato dal presidente Roosevelt, ma non riesce a sfuggire al sordo rancore di Bertolt Brecht, che nei *Diari* gli rimprovera la sua adesione all'idea che i tedeschi sono parzialmente responsabili della politica nefasta di Hitler. E anche Robert Musil invidia Thomas Mann per il successo che ha avuto e di cui si sente ingiustamente defraudato. Interessanti sono, per noi, i contatti che Mann ha stabilito con l'Italia e la nostra cultura. Quando negli anni 1896 e 1897 cerca un rifugio per lavorare al progetto de *I Buddenbrook*, sceglie, su invito del fratello Heinrich, la tranquilla Palestrina, di cui si ricorderà cinquant'anni dopo, durante la stesura del *Doctor Faustus*. Frequenti sono state le sue vacanze in Italia; in un viaggio a Venezia, nel 1911, verifica l'atmosfera che ritrarrà ne *La morte a Venezia*, e in un soggiorno a Viareggio nel 1926 ha la sua genesi la novella *Mario e il mago*. Nel 1953 Mann è in Italia per ricevere il premio dell'Accademia dei Lincei e ha l'occasione di incontrare e di giudicare alcuni intellettuali di spicco nel panorama italiano del secondo dopoguerra. Se vogliamo usare una formula, Thomas Mann era il classico "poeta doctus". Nella fase progettuale, specie dei suoi romanzi più impegnativi, raccoglie sempre una documentazione sistematica che, nel caso di *Giuseppe e i suoi fratelli*, coinvolge tutte le civiltà del vicino Oriente. Gli interessavano sia le leggi della storia sia le concezioni metastoriche, era attento ai problemi dell'uomo nella loro globalità e, al di là dei meriti dello stile, forse le ragioni della sua fortuna di scrittore, anche oltre i confini della Germania, sono riposte in questa vastità di orizzonti.

Bibliografia

Prima edizione
Buddenbrooks. Verfall einer Familie, Berlin 1901.

Prima edizione italiana
I Buddenbrook. La decadenza d'una famiglia, trad. it. di A. Lami, Milano 1930, 2 voll.

Su Thomas Mann

E. Paci, *Musica, mito e psicologia in Thomas Mann* e *Thomas Mann e la filosofia*, in *Esistenza e immagine*, Milano 1947.

—, *Umanesimo e forma nell'ultimo Thomas Mann*, in «L'indagine», 1947, pp. 145-159.

—, *L'ironia di Thomas Mann* e *Due momenti fondamentali nell'opera di Thomas Mann*, in «Aut aut», 1955, pp. 363-375 e 423-439.

H. Mayer, *Thomas Mann. Werk und Entwicklung*, Berlin 1950, 1980²; trad. it. *Thomas Mann*, Torino 1955.

G. Lukács, *Thomas Mann*, 1953; trad. it. *Thomas Mann e la tragedia dell'arte moderna*, Milano 1956.

B. Allemann, *Thomas Mann*, in *Ironie und Dichtung*, Pfullingen 1956; trad. it. *Thomas Mann*, in *Ironia e poesia*, Milano 1971, pp. 143-184.

L. Mittner, *Thomas Mann decadente longevo* e *L'ottica doppia di Thomas Mann e la doppia condanna del mondo di ieri*, in *La letteratura tedesca del Novecento*, Torino 1960.

P. Chiarini, *Cultura e poesia nell'opera di Thomas Mann*, in *Romanticismo e realismo nella letteratura tedesca*, Padova 1961.

C. Cases, *A proposito di Thomas Mann*, in *Saggi e note di letteratura tedesca*, Torino 1963.

K. Schröter, *Thomas Mann*, Hamburg 1964; trad. it. *Thomas Mann*, Milano 1966.

L. Mazzucchetti, *Thomas Mann l'europeo*, in *Cronache e saggi*, a cura di E. e L. Rognoni, Milano 1966.

G. Zampa, *Mann*, in *Rilke Kafka Mann. Letture e ritratti tedeschi*, Bari 1968.

A. Asor Rosa, *Thomas Mann o dell'ambiguità borghese*, Bari 1971.

E. De Angelis, *I dopoguerra di Thomas Mann*, in *Arte e ideologia grande borghese*, Torino 1971.

L. Mittner, *Thomas Mann fino al 1930* e *Thomas Mann dopo il 1930*, in *Storia della letteratura tedesca. III. Dal realismo alla sperimentazione. 2. Dal fine secolo alla sperimentazione (1890-1970)*, Torino 1971.

F. Jesi, *Thomas Mann*, Firenze 1972.

T. Perlini, *Thomas Mann, «Doktor Faustus»*, in *Il romanzo tedesco del novecento*, a cura di G. Baioni, G. Bevilacqua, C. Cases e C. Magris, Torino 1973, pp. 381-414.

C. Becagli, *Invito alla lettura di Thomas Mann*, Milano 1978.
S. Ferretti, *Thomas Mann e il tempo*, Roma 1980.
C. Cases, *Thomas Mann. Una biografia per immagini*, Pordenone 1982.
R. Klein, *Immagine dell'artista. Saggio su Thomas Mann*, Milano 1984.
H. Küng, *Maestri di umanità*, Milano 1989.
V. De Angelis, *La forma dell'improbabile: teoria del romanzo-saggio*, Roma 1990.
G. Pernechele, *Pessimismo e umanesimo in Thomas Mann. Una riflessione etica su "Humanitat" e "Humanismus"*, in «Filosofia», XLI, 2, maggio-agosto 1990, pp. 185-212.
A. Paci, *Kierkegaard e Thomas Mann*, Milano 1991.
H. Goldman, *Max Weber e Thomas Mann*, Bologna 1992.
I.A. Chiusano, *La perfidia terapeutica di Tristan*, in «Cultura tedesca», 1, 1994, pp. 71-80.
D.A. Prater, *Thomas Mann*, München 1995.
M. Marianelli, M. Ingenmey (a cura di), *Considerazioni di un impolitico*, Milano 1997.
U. Prechtl-Frolich, *Die Dinge sehen, wie sie sind: Melancholie im Werk Thomas Mann*, Frankfurt 2001.

Su I Buddenbrook

E. Paci, *Memoria e presenza dei «Buddenbrook»*, in «Aut aut», 78, 1964, pp. 7-27.
E. De Angelis, *I Buddenbrook*, in *Il romanzo tedesco del novecento*, op. cit., pp. 6-11.
A. Fusco, *Discorso psicologico su I Buddenbrook*, Cassino 1977.
P. Ratene, *Thomas Mann e la seduzione archetipa da «I Buddenbrook» allo «Zauberberg»*, Napoli 1985.
R. Favaro, *L'ascolto del romanzo: Mann, la musica, i Buddenbrook*, Milano 1993.
F. Muller, *Thomas Mann Buddenbrooks. Interpretations*, München 1998.

I Buddenbrook

Parte prima

I

«Come dice?... come... dice?...»

«Eh, perbacco, *c'est la question, ma très chère demoiselle!*»

La moglie del console Buddenbrook che stava seduta accanto a sua suocera sul sofà rettangolare, verniciato di bianco e ornato con una testa di leone dorata – il materassino era rivestito di una fodera giallochiara – lanciò un'occhiata al marito seduto accanto a lei su una sedia a braccioli, e accorse in aiuto della figliola che il nonno, stando accanto alla finestra, teneva sulle ginocchia.

«Tony!» disse. «Credo che Dio...»

E la piccola Antonie, una bimba di otto anni, di fragile costituzione, con un abitino di leggerissima seta cangiante, volse la bella testolina bionda e con gli occhi grigioazzurri guardò in giro per la stanza senza veder nulla e sforzandosi di pensare, mentre ripeteva ancora: «Come dice mai?». Poi soggiunse lentamente: «Credo che Dio» e rischiarandosi in viso continuò in fretta «ha creato me insieme con tutte le creature» e, arrivata sul binario buono, snocciolò raggiante e senza intoppi tutto l'articolo di fede secondo il Catechismo che era appena uscito nell'anno 1835, nuovamente riveduto, col nulla-osta dell'illustre e savio senato. Una volta preso l'avvio, così pensava, si aveva la stessa sensazione di quando, nell'inverno, scivolava con la slitta insieme ai fratelli giù per il "Monte di Gerusalemme": c'era da restare storditi e non si poteva fermarsi neanche volendo.

«... e oltre a ciò gli abiti e le scarpe» continuò «i cibi e le bevande, la casa e il podere, la moglie e i figli, i campi e il bestiame...» A queste parole il vecchio M. Johann Buddenbrook scoppiò in una franca risata, quella sua risatina limpida ad occhi socchiusi che già da un po' teneva in serbo. Rideva sodisfatto di poter farsi beffe del Catechismo, e probabilmente aveva inscenato il piccolo esame soltanto per questo scopo. S'informò dove fossero i campi e il bestiame di Tony, domandò quanto prendeva per un sacco di grano e le propose di combinare qualche affare. Il suo viso tondo, roseo e bonario, al quale con la migliore volontà non era capace di imprimere un'espressione di cattiveria, era incorniciato dai capelli coperti di cipria nivea, e una specie di codino appena accennato gli ricadeva sul largo bavero della giacca color topo. Aveva settant'anni ed era rimasto fedele alla moda della sua giovinezza. Aveva rinunciato soltanto alla guarnizione di passamani fra i bottoni e le grandi tasche, ma in tutta la vita non aveva mai portato calzoni lunghi. Il suo largo doppio mento posava con un'espressione di benessere sulla pettorina di pizzo bianco.

Tutti avevano fatto eco alla sua risata, soprattutto per rispetto verso il capo della famiglia. M.me Antoinette Buddenbrook, nata Duchamps, rise esattamente come suo marito. Era una signora formosa con grossi riccioli bianchi sopra le orecchie, vestita d'un abito a strisce nere e grigiochiare, senza guarnizioni: indizio di semplicità e modestia; e aveva le mani bianche e ancora belle, tra le quali teneva in grembo una piccola *pompadour* di velluto. Con l'andar degli anni i suoi lineamenti erano diventati stranamente simili a quelli del marito. Soltanto il taglio e il tono scuro e vivace degli occhi rivelavano un po' la sua origine semilatina: da parte del nonno discendeva da una famiglia della Svizzera francese, ma era nata ad Amburgo.

Sua nuora Elisabeth Buddenbrook, nata Kröger, rise il riso

dei Kröger che incominciava con una vibrazione delle labbra, durante la quale essa premeva il mento sul petto. Aveva, come tutti i Kröger, la figura sommamente elegante e, per quanto non si potesse dire una bellezza, comunicava a tutti con la sua voce limpida e educata, coi suoi gesti calmi, dolci e sicuri, un senso di chiarezza e fiducia. Ai capelli rossicci, attorti sulla testa in modo da formare una coroncina e pettinati a larghi riccioli ricadenti sopra le orecchie, corrispondeva la carnagione bianca ed estremamente delicata con qualche piccola lentiggine. Il viso, dal naso un po' troppo lungo e dalla bocca piccola, aveva questo di caratteristico: che fra il labbro inferiore e il mento non c'era alcuna rientranza. Il corpetto corto dalle maniche a sbuffi, al quale era attaccata una stretta gonna di seta vaporosa a fiori chiari, lasciava libero un collo di bellezza perfetta, ornato di un nastro di raso sul quale scintillava una guarnizione di grossi brillanti.

Il console si sporse in avanti con un gesto un po' nervoso. Portava una giubba color cannella con larghi risvolti e con le maniche a forma di clava che si restingevano sulla mano al disotto del polso. I calzoni attillati erano di stoffa bianca, lavabile, con bande nere all'esterno. Intorno al colletto rigido sul quale appoggiava il mento era annodata una pesante e larga cravatta di seta che riempiva tutta la scollatura del panciotto multicolore... Aveva gli occhi un po' infossati di suo padre, azzurri e attenti, anche se l'espressione era forse un po' più sognante; ma i suoi lineamenti erano più severi e pronunciati, il naso forte e curvo, e le guance, fino a metà coperte da basette bionde e ricciute, erano assai meno piene che quelle del vecchio.

Madame Buddenbrook si volse verso la nuora, le posò una mano sul braccio, le chinò gli occhi in grembo ridendo, e disse: «Sempre lo stesso, *mon vieux*, vero, Bethsy?...».

La moglie del console tacque ed ebbe soltanto un cenno di minaccia con la bella mano in modo da far tintinnare il braccialetto d'oro; poi, con un gesto che le era abituale, portò la mano dall'angolo della bocca alla pettinatura come per spostare un capello sciolto che vi si fosse smarrito. Il console però, con nella voce un misto di rimprovero e di cortesia sorridente, disse: «Ma, babbo, di nuovo lei si fa gioco delle cose più sacre!...».

Erano raccolti nella "stanza dei paesaggi" al primo piano dell'ampio antico palazzo nella Mengstrasse che la Ditta Johann Buddenbrook aveva acquistato recentemente e dove la famiglia abitava da non molto. Gli arazzi spessi e morbidi, separati dal muro mediante un'intercapedine, rappresentavano vasti paesaggi dai colori delicati come quelli del tappeto leggero steso sul pavimento, idilli sul gusto del secolo XVIII con allegri vignaioli, laboriosi agricoltori, pastorelle ornate di nastri, che tenevano in grembo agnelli puliti sul margine di acque specchianti o erano baciate da pastori innamorati... Per lo più dominava su quelle figure la luce giallastra del tramonto, in perfetta armonia coi rivestimenti gialli dei mobili verniciati di bianco e con le tende di seta gialla alle due finestre.

In proporzione all'ampiezza della stanza i mobili non erano numerosi. Il tavolino rotondo dalle gambe sottili e diritte, leggermente filettate d'oro, non era davanti al sofà, ma alla parete opposta di fronte al piccolo armonio sul cui coperchio c'era un astuccio di flauto. Oltre alle solenni sedie a braccioli regolarmente distribuite lungo le pareti c'era ancora un tavolinetto da lavoro presso la finestra e, di fronte al sofà, un fragile scrittoio di lusso coperto di ninnoli.

Da una porta vetrata, in faccia alle finestre, si vedeva la penombra d'un vestibolo a colonne, mentre, a sinistra di chi entrava, si apriva la porta a due battenti, alta e bianca, che dava nella sala da pranzo. All'altra parete, in una nicchia semicircolare, dietro uno sportello di lucido ferro battuto artisticamente traforato, scoppiettava la stufa.

Il freddo infatti era venuto presto. Difuori, al di là della strada, già ora, alla metà di ottobre, erano ingiallite le foglie dei piccoli tigli che circondavano il cimitero di Santa Maria, mentre il vento fischiava intorno ai potenti spigoli e angoli gotici della chiesa e la pioggia cadeva fredda e sottile. Per un riguardo alle vecchia Madame Buddenbrook si erano già messi i doppi vetri.

Era un giovedì, il giorno in cui la famiglia si riuniva di norma ogni due settimane; in quel giorno però, oltre ai membri della famiglia residenti in città, erano stati invitati anche un paio di buoni amici di casa a un pranzetto molto semplice e, verso le quattro del pomeriggio, al calare del crepuscolo, si aspettavano gli ospiti...

La piccola Antonie, senza lasciarsi interrompere dal nonno, aveva continuato la sua corsa in slitta e si era limitata a piagnucolare sporgendo ancora più il già sporgente labbro superiore. Ora era arrivata ai piedi del "Monte di Gerusalemme"; ma, non potendo arrestare improvvisamente la discesa veloce, andò un tratto oltre la meta...

«Così sia» disse. «Io so una cosa, nonno!»

«*Tiens!* Tony sa una cosa!» esclamò il vecchio, fingendo di essere torturato dalla curiosità. «Hai sentito, mamma? Lei sa una cosa! Ma nessuno sa dirmi...»

«Se è un colpo a caldo» osservò Tony chinando la fronte a ogni parola «cade il fulmine; se invece è un colpo a freddo, cade il tuono.»

Poi incrociò le braccia e guardò i visi ridenti come chi è sicuro del proprio trionfo. Il signor Buddenbrook invece se n'ebbe a male di quella sapienza e volle assolutamente sapere chi avesse messo in testa alla bambina quelle stupidaggini, e quando si seppe che era stata Ida Jungmann, la signorina di Marienwerder assunta recentemente per i piccoli, il console dovette prendere le difese di Ida.

«Babbo, lei è troppo severo. Perché non si dovrebbero avete a quest'età idee curiose su argomenti di questo genere?»

«*Excusez, mon cher!... Mais c'est une folie!* Tu sai che codesto modo di ottenebrare i cervelli infantili mi dà fastidio. Come, il tuono che cade? E allora facciamoli cadere subito i tuoni! Non venitemi con la vostra prussiana!»

Fatto sta che il vecchio non nutriva soverchie simpatie per Ida Jungmann. Non che fosse di vedute ristrette. Aveva visto anzi un bel po' di mondo; come fornitore dell'esercito, nell'anno '13 era andato in tiro a quattro nella Germania meridionale ad acquistare grano per la Prussia; era stato ad Amsterdam e a Parigi e da uomo di larghe vedute non riteneva, perdio, che si dovesse condannare tutto quello che era al di là delle porte della sua città natale. Ma, prescindendo dai suoi contatti commerciali, tendeva, dal punto di vista sociale, assai più del console suo figlio, a tracciare limiti precisi e ad opporsi a quanto sapeva di forestiero. Perciò, quando un giorno i suoi figli di ritorno da un viaggio nella Prussia occidentale portarono con sé quella ragazza (soltanto ora aveva compiuto i vent'anni) come una specie di Gesù Bambino, un'orfanella, figlia di un albergatore morto poco prima dell'arrivo dei Buddenbrook a Marienwerder, per questo gesto pietoso il console aveva dovuto sostenere con suo padre uno scontro durante il quale il vecchio aveva parlato quasi soltanto in francese e in dialetto... Del resto Ida si era dimostrata una brava massaia, adatta pei ragazzi, e per la sua onestà e per i suoi concetti prussiani in fatto di gradi sociali era in fondo molto indicata a coprire quel posto nella casa. Era di princìpi aristocratici e faceva la più meticolosa distinzione fra la prima e la seconda aristocrazia, fra il vero e proprio ceto medio e il ceto medio di grado inferiore; e, orgogliosa di appartenere come aiutante devota alle sfere più elevate, non vedeva di buon occhio l'amicizia di Tony per una compagna di scuola che, secondo la valutazione della signorina Jungmann, si poteva assegnare soltanto al buon ceto medio.

In quel momento la prussiana stessa comparve sotto il colonnato ed entrò dalla porta vetrata: era una ragazza piuttosto alta, di ossatura robusta, vestita di nero, coi capelli lisci e la faccia onesta. Conduceva per mano la piccola Klothilde, una bimba straordinariamente magra, con un abitino di guarnello fiorato, dai capelli cinerei e opachi sopra un viso di vecchia zitella. Pollone d'una linea collaterale del tutto sprovvista di mezzi, Klothilde era figlia di un nipote del vecchio Buddenbrook che faceva il fattore nei pressi di Rostock, e veniva allevata lì in casa perché era una creatura obbediente e coetanea di Antonie.

«Tutto è pronto» disse la signorina Jungmann arrotando in gola l'erre che dapprincipio non era stata nemmeno capace di pronunciare. «Thilde e stata di grande aiuto in cucina, Trine non ha avuto quasi nulla da fare...»

Il signor Buddenbrook soffocò nella pettorina un sorriso beffardo per la pronuncia forestiera di Ida; il console invece accarezzò la nipotina e disse:

«Cosi va bene, Thilde. Prega e lavora, hanno detto. La nostra Tony dovrebbe seguire l'esempio. Troppo spesso invece non fa che oziare e alzar la cresta...»

Tony chinò il capo e sbirciò il nonno di sotto in su poiché sapeva che, come al solito, l'avrebbe difesa.

«No, no» diss'egli infatti. «Su la testa, Tony! *Courage!* Non tutti sono eguali. Ciascuno a suo modo. Thilde è brava, ma anche noi non siamo da buttar via. Sono *raisonnable*, Bethsy.»

Si rivolse alla nuora che solitamente era d'accordo con lui, mentre Madame Antoinette, forse più per prudenza che per convinzione, prendeva di solito le parti del console. E così le due generazioni si porgevano la mano, per così dire, nello *chassécroisé*.

«Lei è molto buono, babbo» disse Elisabeth. «Tony si sforzerà di diventare una donna brava e saggia... I ragazzi sono ritornati da scuola?» domandò poi a Ida; ma Tony, che dalle ginocchia del nonno poteva vedere nella strada attraverso la spia della finestra, esclamò nello stesso momento:

«Tom e Christian arrivano... e c'è anche il signor Hoffstede... e lo zio dottore...»

Il *carillon* di Santa Maria attaccò un concerto: dan din, din don! piuttosto fuori di tempo, in modo che non si capiva bene che cosa dovesse essere, ma con molta solennità: e mentre poi la campana grande e la piccola annunciavano con allegria e dignità che erano le quattro, si udì squillare di-sotto, nel vestibolo, anche il campanello della porta, dopo di che entrarono effettivamente Tom e Christian insieme coi primi invitati, Jean Jacques Hoffstede, il poeta, e il dottor Grabow, il medico di famiglia.

II

Jean Jacques Hoffstede, il poeta cittadino, che certamente aveva in tasca un paio di rime anche per quella giornata, non era molto più giovane di Johann Buddenbrook il vecchio e, prescindendo dal color verde della giubba, era vestito alla stessa foggia. Ma era più sottile e più agile del suo vecchio amico e aveva gli occhietti mobili e verdastri e il naso lungo appuntito.

«Grazie infinite» disse dopo aver stretto la mano agli uomini e aver eseguito davanti alle signore – particolarmente alla moglie del console, per la quale nutriva una deferenza straordinaria – un paio delle sue riverenze più ricercate, riverenze che la nuova generazione non era più in grado di azzeccare, accompagnate com'erano da un piacevole sorriso calmo e affabile. «Grazie infinite del gentile invito, miei cari. Questi due giovanotti» e indicò Tom e Christian che stavano accanto a lui in camiciotto azzurro con la cintura di cuoio «li abbiamo incontrati nella Konigstrasse, il dottore e io, di ritorno dalla scuola. Magnifici ragazzi, vero, signora? Thomas è una testa seria e quadrata; diventerà un commerciante, non c'è alcun dubbio. Christian invece mi sembra un accidente di ragazzo no? Un pochino *incroyable*... però non nascondo il mio *engouement*. Studierà, mi pare; è spiritoso e brillante...»

Il signor Buddenbrook mise mano alla tabacchiera d'oro.

«Uno scimmiotto è! Che non sia il caso, Hoffstede, di farne addirittura un poeta?»

La signorina Jungmann chiuse le tende delle finestre e poco dopo la stanza si trovò immersa nella luce irrequieta, ma morbida e piacevole, delle candele del lampadario di cristallo e dei candelabri che erano sullo scrittoio.

«Dunque, Christian» disse la moglie del console, e i suoi capelli mandarono un guizzo dorato «che cosa hai imparato oggi nel pomeriggio?» E si seppe che Christian aveva avuto lezioni di calligrafia, di aritmetica e di canto.

Era un ragazzetto di sette anni che già ora assomigliava a suo padre in un modo quasi ridicolo: gli stessi occhi piuttosto piccoli, tondi e infossati, lo stesso naso arcuato e prominente; e, sotto gli zigomi, un paio di linee facevano già prevedere che il viso non avrebbe conservato sempre la presente pienezza infantile.

«Quanto abbiamo riso!» incominciò a dire mentre passava con lo sguardo dall'uno all'altro dei presenti. «State a sentire che cosa ha detto il signor Stengel a Siegmund Köstermann» e chinandosi in avanti scosse il capo e inveì contro una persona immaginaria. «Esteriormente, caro figliolo, esteriormente sei liscio e leccato, ma di dentro, caro figliolo, sei tutto nero...» E lo disse pronunciando l'r come fosse v, con un'espressione di dispetto per quell'apparenza "esteviove" così liscia e leccata e con una comicità così persuasiva che tutti scoppiarono a ridere.

«È una scimmia!» ripeté il vecchio Buddenbrook ridendo. Hoffstede era entusiasta e non stava nella pelle.

«*Charmant!*» esclamò. «Insuperabile! Bisogna conoscerlo, Marcellus Stengel. Esattamente così. Magnifico! Delizioso!»

Tom che non aveva siffatte attitudini se ne stava accanto al fratello minore e rideva di cuore, senza invidia. I suoi denti non erano proprio belli, erano piuttosto piccoli e giallastri. Ma il naso aveva un taglio veramente fine e, negli occhi e nelle fattezze del viso, egli rammentava molto il nonno.

Alcuni si erano accomodati sulle sedie e sul sofà, si chiacchierava coi ragazzi, si parlava del freddo precoce, della casa... Hoffstede stava ammirando sullo scrittoio un magnifico calamaio di porcellana di Sèvres che aveva la forma di un bracco pezzato di nero. Il dottor Grabow invece, un coetaneo del console, il cui viso lungo, buono e mite sorrideva tra i favoriti radi, contemplava le torte, i panini con l'uva passa e le diverse salierine piene di sale messe in mostra sulla tavola. Era il "pane e sale" che amici e parenti avevano mandato alla famiglia in occasione del trasloco. Ma siccome bisognava si vedesse che i doni non venivano da case meschine, il pane era dolce, condito e pesante, e il sale era chiuso in recipienti d'oro massiccio.

«Non mi mancherà il lavoro» osservò il dottore indicando i dolciumi e minacciando col dito i ragazzi. Poi, scrollando il capo, prese in mano un massiccio portasale e pepe e senape.

«Dono di Lebrecht Kröger!» esclamò il vecchio Buddenbrook sorridendo. «Sempre splendido il mio caro parente. Io certo non gli ho fatto simili presenti quando ha costruito la sua villetta davanti alla porta della rocca. Ma è sempre stato così... grande, largo, un vero cavaliere *à la mode*...»

Più volte si era udito squillare il campanello. Arrivò il pastore Wunderlich, un signore anziano tarchiato, dall'abito lungo e nero, capelli incipriati e viso bianco e sereno dove brillava un paio d'occhi grigi e vivaci. Era vedovo già da molti anni e si considerava uno scapolo del tempo antico, come il lungo mediatore Grätjens che era venuto con lui e teneva continuamente una delle mani scarne davanti all'occhio formando quasi il tubo di un cannocchiale come volesse esaminare una pittura: era un apprezzato conoscitore di opere d'arte.

Arrivarono anche il senatore dottor Langhals con la moglie, vecchi amici di casa; e non dimentichiamo il negoziante di vino Köppen con quel suo viso largo e rubicondo tra le spalle imbottite, accompagnato dalla moglie altrettanto prosperosa...

Erano già scoccate le quattro e mezzo quando giunsero finalmente i Kröger, tanto i vecchi quanto i figlioli: il console

Kröger e consorte coi figli Jakob e Jürgen che avevano circa l'età di Tom e Christian. Quasi contemporaneamente con loro vennero anche i genitori della signora Kröger e il negoziante di legname all'ingrosso Oeverdieck con la moglie, una vecchia coppia di sposi affettuosi che davanti a tutti si chiamavano coi più teneri vezzeggiativi.

«La gente fine si fa aspettare» fece il console Buddenbrook baciando la mano alla suocera.

«Ma arriva numerosa!» e Johann Buddenbrook fece un largo gesto del braccio verso i Kröger e andò a stringere la mano al vecchio.

Lebrecht Kröger, il cavaliere *à la mode*, persona alta e distinta, portava ancora i capelli un poco incipriati, ma vestiva modernamente. Sul panciotto di velluto luccicavano due file di bottoni con pietre preziose. Suo figlio Justus, con le basette corte e i baffi a punta rivolti all'insù, assomigliava molto al padre nella figura e nel portamento; aveva anche gli stessi gesti della mano, morbidi ed eleganti.

Non si pensò neanche a sedersi, ma si rimase in piedi in attesa della cosa principale, chiacchierando del più e del meno. E Johann Buddenbrook, il più anziano, offrì senza indugio il braccio a madama Köppen dicendo con voce chiara:

«Be', se tutti abbiamo appetito, *mesdames et messieurs...*»

La signorina Jungmann e la cameriera avevano aperto i battenti della porta bianca e tutti entrarono nella sala da pranzo con lentezza fiduciosa, poiché in casa Buddenbrook c'era da aspettarsi qualche buon boccone...

III

Quando tutti si erano mossi, il giovane padrone di casa si era portato una mano sul petto a sinistra provocandovi un fruscìo di carta stropicciata e dal suo volto il sorriso di società era scomparso improvvisamente per dare luogo a un'espres sione preoccupata, mentre sulle tempie gli guizzavano i muscoli come se egli stringesse i denti. Per finta mosse alcuni passi verso la sala da pranzo, ma poi rimase indietro e cercò con gli occhi la madre che, al braccio del pastore Wunderlich, stava per varcare la soglia.

«*Pardon*, caro pastore... Una parola, mamma!» E mentre il pastore gli faceva un cenno incoraggiante, il console Buddenbrook riportò la vecchia signora nella stanza dei paesaggi, vicino a una finestra.

«È arrivata, per dirla in breve, una lettera di Gotthold!» disse rapidamente a voce bassa guardandola negli occhi scuri e cavando di tasca il foglio piegato e suggellato. «È la sua scrittura... È la terza volta che scrive, e il babbo ha risposto soltanto alla prima... Che cosa facciamo? È arrivata alle due e già da un po' avrei dovuto consegnarla al babbo, ma dovevo guastargli la giornata? Che ne dice lei? Siamo sempre in tempo a chiamarlo qua...»

«No, no, Jean. Hai fatto bene. Aspetta ancora!» disse Madame Buddenbrook afferrando come al solito il braccio del figlio con rapido gesto. «Che cosa conterrà?» soggiunse preoccupata. «Non vuol mollare, quel figliolo. Si è intestato sull'indennizzo per la parte della casa... no, no, Jean, non ancora... questa sera forse, prima di andare a letto...»

«Che facciamo?» ripeté il console scotendo il capo chino. «Non so quante volte io stesso volevo pregare il babbo di cedere... non deve sembrare che io, fratellastro, mi sia insinuato in casa dei genitori e vada intrigando ai danni di Gotthold... anche di fronte al babbo devo evitare che sembri così. Ma se devo essere sincero... in fin dei conti sono un socio, e poi, per ora, Bethsy e io paghiamo l'affitto regolare per il secondo piano... e per quanto riguarda mia sorella a Francoforte, la cosa è assestata. Già ora, mentre il babbo è vivo, suo marito riceve una somma di cessione equivalente solo a un quarto della cifra impiegata per l'acquisto della casa... È un affare vantaggioso che il babbo ha sbrigato senza intoppi e che dal punto di vista della Ditta è veramente favorevole. E se il babbo di fronte a Gotthold sta sulle sue, è...»

«No, Jean, la tua situazione è chiarissima. Gotthold però crede che io, sua matrigna, pensi soltanto ai figli miei e cerchi di alienargli l'affetto di suo padre. Questo è triste...»

«Ma la colpa è sua!» esclamò il console quasi a voce alta, moderandola poi subito con un'occhiata verso la sala da pranzo. «È colpa sua se la situazione è così triste. Giudichi anche lei! Perché non ha saputo essere ragionevole? Perché si è messo in mente di sposare quella demoiselle Stüwing e... il negozio?...

Il console a questa parola rise indispettito e imbarazzato. «Certo è una debolezza, l'antipatia del babbo per il negozio... ma Gotthold avrebbe dovuto rispettare quella piccola vanità...»

«Oh, Jean, meglio di tutto sarebbe che il babbo cedesse.»

«Ma posso consigliarglielo io?» mormorò il console con un gesto agitato della mano verso la fronte. «Io sono interessato personalmente e perciò dovrei dire: paga, babbo. Ma sono anche socio e devo rappresentare gli interessi della Ditta, e se il babbo non crede, di fronte a un figlio disobbediente e ribelle, di essere obbligato a sottrarre la somma dal capitale sociale... Si tratta di oltre undicimila talleri. È una bella sommetta... No, no, io non posso dar consigli... né pro, né contro. Io me ne lavo le mani. Soltanto mi secca la scena col babbo...»

«Questa sera tardi, Jean. Ora vieni, ci aspettano...»

Il console ripose la lettera nella tasca interna, porse il braccio alla madre, e insieme entrarono nella sala da pranzo sontuosamente illuminata, dove gli ospiti avevano appena finito di mettersi a tavola.

Dallo sfondo celeste della tappezzeria, tra colonnine esili, bianche divinità affioravano quasi in rilievo. Le pesanti tende rosse delle finestre erano chiuse e in ogni angolo della stanza ardevano, su alti candelabri dorati, otto candele, senza contare quelle che erano sopra la tavola in doppieri d'argento. Sopra la credenza massiccia, di fronte alla stanza dei paesaggi, era appeso un grande quadro che rappresentava un golfo italiano il cui tono azzurro e sfumato, a quella luce, faceva un magnifico effetto. Lungo le pareti c'erano imponenti divani dallo schienale rigido, rivestiti di damasco rosso.

Quando Madame Buddenbrook andò ad accomodarsi fra il vecchio Kröger, a capo tavola dalla parte delle finestre, e il pastore Wunderlich, il suo volto non rivelava più alcuna traccia d'inquietudine o preoccupazione.

«*Bon appétit!*» disse con un breve e cordiale cenno del capo, mentre faceva scorrere un rapido sguardo su tutta la tavola sino in fondo, dove erano i ragazzi.

IV

«Complimenti, ripeto, Buddenbrook!» tuonò la voce del signor Köppen dominando la conversazione, nel momento in cui la cameriera dalle braccia nude e rosse, dall'abito pesante a righe, con la cuffia bianca sui capelli, aiutata dalla signorina Jungmann e dalla ragazza del console, ebbe servito la bollente zuppa di verdura coi crostini arrostiti e tutti incominciavano a mangiare lentamente.

«Complimenti! Questa larghezza, questa signorilità... A onor del vero, devo dire che qui si vive...»

Köppen non aveva avuto relazioni coi precedenti proprietari della casa; s'era arricchito da poco, non discendeva da famiglia patrizia, e purtroppo non riusciva a liberarsi da certi modi di dire, come quel continuo "a onor del vero".

«E poi non costa nulla» osservò brevemente Grätjens che lo doveva sapere, facendosi schermo della mano per osservare attentamente il golfo.

Nei limiti del possibile si erano alternati gli invitati in modo da interrompere la catena dei parenti con gli amici di casa. Ma non si era potuto farlo con rigore di modo che i vecchi Oeverdieck erano come al solito quasi l'uno sulle ginocchia dell'altro e si guardavano appassionatamente. Il vecchio Kröger invece troneggiava solenne fra la signora Langhals e Madame Antoinette e distribuiva fra le due signore i suoi gesti e le sue barzellette.

«Quando è stato costruito questo palazzo?» domandò Hoffstede dall'altra parte della tavola al vecchio Buddenbrook che s'intratteneva in tono gioviale e piuttosto ironico con M.me Köppen.

«Nell'anno... aspetta un po'... verso il 1680, se non m'inganno. Mio figlio del resto è più al corrente delle date...»

«Ottantadue» confermò il console che era seduto più lontano senza dama accanto al senatore Langhals. «Fu terminato nell'inverno del 1682. La ditta Ratenkamp & Comp. incominciava allora ad affermarsi brillantemente... Triste la discesa di questa ditta negli ultimi vent'anni...»

Per mezzo minuto ci fu un arresto generale della conversazione. Tutti si chinarono sul piatto pensando a quella famiglia una volta così ricca che aveva costruito e abitato il palazzo e che poi aveva dovuto abbandonarlo impoverita, decaduta...

«Sì, molto triste» osservò il mediatore Grätjens. «Quando si pensa alla pazzia che ha causato la rovina... Se almeno Dietrich Ratenkamp non si fosse scelto allora per compagno quel Geelmaack! Quando costui incominciò a trattare affari, mi sono preso la testa fra le mani. So da buona fonte, signori miei, che faceva orribili speculazioni alle spalle di Ratenkamp e rilasciava cambiali e accettazioni a nome della ditta... Alla fine ci fu il crollo... Le banche diffidarono, mancavano le coperture... Voi non avete un'idea... E chi controllava il magazzino? Forse Geelmaack? Facevano man bassa come i topi! Ma Ratenkamp non si curava di nulla...»

«Era come paralizzato» osservò il console, con in viso una espressione fosca e chiusa; un po' chino in avanti girava il cucchiaio nella zuppa e lanciava ogni tanto un'occhiatina dagli occhi tondi e infossati verso il capo della tavola.

«Camminava come sotto un incubo, e credo che non sia difficile comprenderlo. Che cosa lo poté indurre ad associarsi con Geelmaack che recava una miseria di capitale e non godeva certo ottima reputazione? Deve aver sentito il bisogno di scaricare su qualcuno una parte della tremenda responsabilità perché sentiva che si andava inevitabilmente verso la fine... Era una ditta che aveva fatto il suo tempo, una vecchia famiglia ormai superata. Wilhelm Geelmaack ha dato certamente solo l'ultima spinta alla rovina totale...»

«Sicché, caro signor console» disse il pastore Wunderlich con un cauto sorriso mescendo il vino rosso alla sua dama e a sé stesso «lei è dell'opinione che, anche senza la collaborazione di Geelmaack e della sua pessima amministrazione, sarebbe successo quello che è successo?»

«Questo non vorrei dire» fece il console sopra pensiero e senza rivolgersi a una determinata persona. «Ma ritengo che Dietrich Ratenkamp dovette unirsi necessariamente e inevitabilmente con Geelmaack perché si compisse il destino.. Egli deve aver agito sotto la pressione di una necessità inesorabile... Oh, io son convinto che sapeva almeno in parte ciò che faceva il suo socio e che non era del tutto ignaro della situazione nei depositi. Ma era paralizzato...»

«Be', *assez*, Jean» intervenne il vecchio Buddenbrook, deponendo il cucchiaio. «Cotesta è una delle tue idee...»

Il console alzò il bicchiere verso il padre con un sorriso distratto. Lebrecht Kröger intanto esclamava:

«Via, via, godiamoci le gioie del presente!»

E così dicendo afferrò con gesto cauto ed elegante il collo della sua bottiglia di vino bianco il cui turacciolo era sormontato da un piccolo cervo d'argento, la inclinò e ne esaminò attentamente l'etichetta.

«C. F. Köppen» lesse, e fece un inchino verso il negoziante di vini. «Proprio così: che cosa saremmo senza di lei?»

Si cambiarono i piatti di Meissen dall'orlo dorato mentre Madame Antoinette osservava attentamente i movimenti delle domestiche e la signorina Jungmann lanciava ordini nell'imbuto del portavoce che collegava la sala da pranzo con la cucina. Si fece passare il pesce, e il pastore Wunderlich, mentre si serviva adagio, disse:

«Queste gioie del presente non sono una cosa obbligata. I giovani che ora si divertono insieme con noi vecchi certo non pensano che una volta le cose possono essere andate diversamente... e posso ben dire che ho preso parte non di rado alle sorti dei nostri Buddenbrook... Ma quando ho davanti a me di queste cose» e rivolgendosi verso Madame Antoinette prese dalla tavola uno dei pesanti cucchiai d'argento «mi vien fatto di chiedermi se non abbiano appartenuto a quei pezzi che nell'anno sei teneva fra le mani il filosofo Lenoir, sergente di Sua Maestà l'imperatore Napoleone... e quando ricordo, Madame, il nostro incontro nella Alfstrasse...»

Madame Buddenbrook chinò gli occhi con un sorriso tra imbarazzato e grave di ricordi. Laggiù in fondo Tom e Tony, che non avevano voglia di mangiar pesce e avevano seguito attentamente i discorsi dei grandi, esclamarono quasi ad una voce: «Sì, sì, nonna, racconti!». Allora il pastore, che sapeva come ella non amasse parlare di quell'avvenimento piuttosto penoso, incominciò in vece sua a raccontare la vecchia storiella che i ragazzi avrebbero ascoltato volentieri cento volte e che forse era ancora sconosciuta all'uno o all'altro dei convitati.

«Dunque, figuratevi: è un pomeriggio di novembre, freddo e piovoso da far pietà: di ritorno da una commissione, io risalgo la Alfstrasse e penso alla miseria dei tempi. Il principe Blucher era partito, i francesi erano in città, ma dell'agitazione che vi regnava si notava assai poco. Le strade erano silenziose, la gente tappata in casa. Il macellaio Prahl che se n'era stato con le mani nelle tasche dei calzoni davanti alla porta di casa e aveva detto con la sua voce tonante: "Questo è un po' troppo! questo sarebbe...!" aveva ricevuto, pam, una fucilata nella testa... Io penso: Ora bisognerebbe andare dai Buddenbrook, una parola amichevole potrebbe far piacere;

il marito ha la risipola e Madame avrà da fare per l'accantonamento dei soldati. Nello stesso momento chi ti vedo venire incontro? La nostra stimatissima Madame Buddenbrook. Ma in quale arnese? Corre senza cappello sotto la pioggia, si è appena buttata uno scialle sulle spalle, vola più di quanto non cammini, e ha la pettinatura in completo disordine... anzi, diciamo pure, Madame, di pettinatura non era più il caso di parlare. "Che bella sorpresa!" dico, e mi permetto di prenderla per un braccio, dato che non mi vede. Ho infatti il presentimento di qualche guaio... "Dove corre così in fretta, signora?" Lei mi vede, mi guarda ed esclama: "Ah, è lei! Addio! Tutto è finito! Vado nel Trave!" "Dio guardi!" dico io, e mi sento impallidire. "Non è un posto per lei, signora. Ma che cosa è successo?" E la trattengo con forza, compatibilmente col rispetto che le devo. "Che cosa è successo?" esclama lei tremando. "Si sono buttati sull'argenteria, Wunderlich! Ecco che cosa è successo. E Jean ha la risipola e non mi può aiutare. Non potrebbe, del resto, neanche se fosse in piedi. Rubano i miei cucchiai, i miei cucchiai d'argento! Ecco, Wunderlich, che cosa è successo. E io vado a buttarmi nel Trave." Allora io trattengo la nostra amica, dico quello che si dice in simili occasioni. "Coraggio" dico "cara, e tutto si aggiusterà" dico "e vediamo un po' di parlare con questa gente. Si faccia coraggio, la scongiuro, andiamo!" E risalendo per la strada la riconduco a casa. Nella sala da pranzo di sopra troviamo la milizia come la signora l'ha lasciata, una ventina di uomini intorno alla grande cassa che contiene l'argenteria. "Signori, con chi di voi potrei parlare?" domando cortesemente. Quelli si mettono a ridere e dicono: "Con noi tutti, papà!". Ma poi si fa avanti uno di loro, uno spilungone alto come un albero, con tanto di mustacchi neri impomatati e certe manacce rosse che sbucano dalle maniche gallonate. "Lenoir" dice salutando con la sinistra poiché nella destra tiene un mazzo di cinque o sei cucchiai d'argento. "Sergente Lenoir. Che cosa desiderate?" "Signor ufficiale!" dico puntando sul *point d'honneur*. "Possibile che codesta operazione si accordi col vostro grado elevato? La città non ha chiuso le porte all'imperatore..." "Che volete?" risponde lui. "La guerra è la guerra. I nostri uomini hanno bisogno di queste posate." "Dovreste usare qualche riguardo" lo interrompo poiché mi balena un'idea. "Questa signora" dico (che cosa non si dice in simili situazioni!) "la padrona di casa, non è tedesca, ma è quasi una vostra compatriota, è francese..." "Come? Una francese?" ripete lui. E che cosa credete che quel gradasso abbia soggiunto? "Dunque una fuoruscita?" disse. "Ma allora è una nemica della filosofia!" Io rimango di stucco, ma reprimo una risata. "Vedo" dico "che siete un uomo d'ingegno. E vi ripeto che non mi sembra degno di voi occuparvi di queste cose!" Quello tace un istante, poi diventa rosso improvvisamente e buttando i sei cucchiai nella cassa esclama: "Ma chi vi dice che io abbia avuto altra intenzione che quella di esaminare un po' questi oggetti? Bellissima roba, questa, e se l'uno o l'altro dovesse portarne via un pezzo per ricordo..." Certo di ricordi se ne sono portati via abbastanza: appellarsi alla giustizia umana o divina non serviva a nulla. Probabilmente non conoscevano altro dio all'infuori di quel terribile ometto...»

V

«Lei, pastore, lo ha visto?»

Di nuovo furono cambiati i piatti. E comparve un enorme prosciutto, rosso mattone, affumicato e bollito con una salsa di scalogno bruna e acidula e una tale quantità di verdure che ogni piatto sarebbe bastato a saziarli tutti. Lebrecht Kröger si assunse l'incarico di scalcare. Alzando leggermente i gomiti, gli indici distesi sul dorso del coltello e della forchetta, tagliò i pezzi sugosi con molta circospezione. Venne servito anche il capolavoro di Elisabeth Buddenbrook, il "piatto russo", un misto di frutta conservate nello spirito e pizzicanti.

Il pastore rispose che era dolente di non aver mai visto Bonaparte. Il vecchio Buddenbrook invece e Jean Jacques Hoffstede l'avevano visto a faccia a faccia: il primo a Parigi, poco prima della campagna di Russia, in occasione di una rivista nel cortile delle Tuileries, l'altro a Danzica...

«Oh, non si può dire che avesse un aspetto simpatico» disse sollevando le sopracciglia e mettendo in bocca un po' di prosciutto, patate e broccoli accuratamente combinati sulla forchetta. «Del resto dicono che a Danzica fosse di ottimo umore. Si raccontava allora una barzelletta... Tutto il giorno giocava d'azzardo coi tedeschi e puntava forte, di sera invece giocava coi suoi generali. "*N'est-ce pas, Rapp*" disse un giorno prendendo dalla tavola una manciata di monete d'oro "*les Allemands aiment beaucoup ces petits Napoléons?*" "*Oui, Sire, plus que le Grand!*" rispose Rapp...»

In mezzo all'ilarità generale – Hoffstede infatti aveva raccontato l'aneddoto con garbo, imitando persino l'espressione del volto dell'imperatore – il vecchio Buddenbrook disse:

«Bando agli scherzi, dobbiamo fare tanto di cappello davanti alla sua grande personalità... Che uomo!»

«Il console scosse il capo con serietà:

«Ecco, noi giovani non sentiamo più il rispetto per l'uomo che assassinò il duca d'Enghien, che in Egitto massacrò ottocento prigionieri...»

«Può darsi che tutto ciò sia esagerato o inventato» osservò il pastore Wunderlich. «Il duca sarà stato una persona leggera e ribelle, e per quanto riguarda i prigionieri il loro supplizio sarà stato probabilmente la conclusione ben ponderata e necessaria di un regolare consiglio di guerra...» e disse di un libro che era uscito alcuni anni prima e che egli aveva letto, opera di un segretario dell'imperatore, che meritava di essere presa in considerazione.

«Non importa» insistette il console smoccolando una candela che lappolava sul candeliere davanti a lui. «Non capisco, non capisco proprio l'ammirazione per quel mostro!

Come cristiano, come uomo di sentimenti religiosi non posso albergare in cuore un simile sentimento.»

Il suo viso aveva preso un'espressione pacata e sognante, anzi egli aveva chinato un pochino la testa su una spalla... mentre pareva proprio che suo padre e il pastore si scambiassero un lieve sorriso.

«Bene bene» fece Johann Buddenbrook sorridendo «ma i piccoli napoleoni erano buoni, vero? Mio figlio» soggiunse «è invece entusiasta di Luigi Filippo.»

«Entusiasta?» ripeté Hoffstede con un'aria da prendere in giro. «Che strano accostamento: Filippo Egalité e l'entusiasmo!...»

«Oh, io credo che abbiamo molto da imparare dalla monarchia di luglio...» Il console parlava con serietà e accalorandosi. «Le relazioni amichevoli e benefiche del costituzionalismo francese con i nuovi ideali pratici e con gli interessi dell'epoca... sono una cosa così preziosa...»

«Ideali pratici... già già... Il vecchio Buddenbrook giocherellava con la tabacchiera d'oro durante un intervallo concesso alle mascelle. «Ideali pratici... No, non è roba che fa per me! Adesso spuntano gli istituti professionali e tecnici e le scuole commerciali, mentre il ginnasio e l'istruzione classica diventano improvvisamente sciocchezze e non si pensa ad altro che a miniere... a industrie... e a far quattrini... Bene, bravi! Tutte belle cose. Ma a lungo andare diventano un po' stupide... no? Non so perché io senta queste cose come un affronto... Non voglio aver detto nulla, Jean... La monarchia di luglio è una bella cosa...»

Ma il senatore Langhals, al pari di Grätjens e Köppen, stette dalla parte del console. Sì, bisognava avere il massimo rispetto per il regime francese e per le analoghe aspirazioni in Germania... Köppen si era fatto ancor più rosso durante il pasto e lo si sentiva sbuffare; il viso del pastore invece rimase bianco, fine e sveglio, per quanto egli continuasse a mandar giù un bicchiere dopo l'altro.

Le candele ardevano e diminuivano lentamente e, quan

do le fiamme s'inclinavano nella corrente d'aria, mandavano sopra la tavola un grato odore di cera.

I convitati sedevano su sedie pesanti dalla spalliera alta, si servivano di posate d'argento pesanti, mangiavano ottimi cibi pesanti, bevevano vini fini e pesanti e dicevano la loro opinione. Si venne a parlare di affari e si cadde involontariamente sempre più nel dialetto, nelle espressioni poco eleganti del linguaggio commerciale ora conciso ora trasandato, facendo sentire, accentuandole, le particolarità del dialetto nordico.

Le signore non avevano seguito a lungo la discussione. Madame Kröger pontificava spiegando nel modo più appetitoso la maniera migliore di cuocere le carpe nel vino rosso: «Quando sono tagliate a pezzi per benino, si mettono nella casseruola con cipolle e chiodi di garofano e pane abbrustolito, poi si mettono al fuoco con un po' di zucchero e un cucchiaio di burro... ma non bisogna lavarle! Conservare tutto il sangue, per carità...!»

Il vecchio Kröger intercalava le più amene barzellette. Invece suo figlio, il console Justus, che era seduto vicino al dottor Grabow dalla parte dei ragazzi, aveva attaccato una conversazione scherzosa con la signorina Jungmann, essa stringeva gli occhi bruni e, secondo la sua consuetudine, teneva ritti il coltello e la forchetta, dondolando leggermente la persona. Persino gli Oeverdieck si erano svegliati e parlavano a voce alta. La vecchia consorte aveva inventato un nuovo vezzeggiativo per suo marito: "agnellone d'oro" lo chiamava, scuotendo la cuffia come manifestazione d'affetto.

La conversazione coinvolse tutti quando Jean Jacques Hoffstede portò sul tappeto il suo argomento preferito, il viaggio in Italia che aveva fatto quindici anni prima con un ricco parente di Amburgo. Si mise a discorrere di Venezia, di Roma e del Vesuvio, parlò di Villa Borghese dove il defunto Goethe aveva scritto una parte del *Faust;* e si entusiasmava alle fontane rinascimentali che rinfrescano l'aria, ai viali ben potati dove si passeggia cosi piacevolmente, e a questo punto qualcuno ricordò il grande giardino trascurato che i Buddenbrook possedevano nei pressi della rocca.

«Perbacco!» esclamò il vecchio. «Ancora vado in collera quando penso che a suo tempo non ho saputo risolvermi ad assestarlo un po' umanamente. Vi sono passato poco tempo fa: è una vera vergogna quella foresta vergine! Che bella proprietà sarebbe, se si falciasse l'erba, se si tagliassero gli alberi per benino, a coni o a cubi...»

Il console invece protestò con forza:

«Per amore del cielo, babbo! D'estate vado tanto volentieri tra quelle macchie; ma tutto sarebbe rovinato se la natura libera fosse cincischiata così barbaramente...»

«Ma se quella natura libera è mia, avrò, corpo del diavolo, il diritto di aggiustarla come mi pare, no?»

«Vede, babbo, quando me ne sto in mezzo all'erba sotto i cespugli selvatici, ho piuttosto l'impressione di appartenere io alla natura e di non avere alcun diritto su di lei...»

«Christian, non ingozzatevi troppo costì!» esclamò ad un tratto il vecchio Buddenbrook. «A Thilde non fa male di certo... è lì che divora a quattro palmenti.»

Infatti c'era da stupirsi a vedere quanto fosse capace di mangiare quella bimba magra e silenziosa, dal visino lungo di vecchietta. Interrogata se desiderava ancora un po' di minestra, aveva risposto umilmente e stirando le vocali «Sì, preego!». Si era servita due volte di pesce e di prosciutto prendendo i pezzi più grossi con mucchi di contorno e, china sul piatto con gli occhi miopi, aveva sparecchiato ogni cosa in silenzio e senza fretta. Alle parole del vecchio padrone di casa rispose soltanto con un ingenuo e meravigliato: «Coome, ziio?». Non si lasciava mettere in soggezione anche se la prendevano in giro, e continuava a mangiare con l'appetito e l'avidità istintivi della parente povera alla mensa gratuita del ricco e, sorridendo impassibilmente, si empiva il piatto di cose buone, paziente, tenace, affamata e magra.

VI

A questo punto venne in tavola, in due grandi coppe di cristallo, un budino speciale composto di strati di amaretti, di lamponi, di biscotti e di crema; all'altro capo della tavola invece si vide guizzare il fuoco, perché i ragazzi avevano ricevuto il dolce preferito, il *plum-pudding* alla fiamma.

«Thomas, figlio mio, fammi un piacere» disse Johann Buddenbrook cavando dalla tasca dei calzoni il mazzo delle chiavi. «Nella seconda cantina a destra, secondo scaffale, dietro il Bordeaux rosso, prendi due bottiglie. Capito?» Thomas, che di simili incarichi si intendeva, andò di corsa e ritornò con le due bottiglie coperte di polvere e ragnatele. Ma non appena da quegli umili recipienti cominciò a scorrere nei bicchieri il vecchio Malvasia dolce e dorato, parve giunto al pastore il momento di alzarsi; e mentre tutti facevano silenzio, egli levò il bicchiere e incominciò a brindare con frasi tornite. Parlava, reclinando un po' il capo, con un sorriso gaio e arguto sul viso bianco, movendo la destra con piccoli gesti graziosi; parlava con quel tono discorsivo, libero e semplice, che teneva di solito anche sul pulpito.

«Orsù, miei cari amici, vogliate vuotare con me un bicchiere di questo nettare delizioso alla prosperità dei nostri beneamati ospiti nella loro casa nuova e stupenda... alla salute della famiglia Buddenbrook, dei membri presenti e degli assenti... evviva!»

"I membri assenti?" pensò, il console mentre si inchinava davanti ai bicchieri che gli altri sporgevano verso di lui. "Che siano intesi soltanto quelli di Francoforte e forse i Duchamps di Amburgo? O il vecchio Wunderlich ha qualche pensiero recondito?..." Si alzò per brindare con suo padre guardandolo cordialmente negli occhi.

Ma in quella si alzò il mediatore Grätjens, e non fu una cosa spiccia; quando però si trovò a posto, brindò con voce un po' gracidante alla Ditta Johann Buddenbrook e alla sua futura fortuna e prosperità, a onore della città.

Johann Buddenbrook ringraziò per tutte quelle parole cortesi, prima come capo della famiglia, poi come principale più anziano della Ditta... e mandò Tom a prendere una terza bottiglia di Malvasia perché aveva fatto male i conti ed era risultato che due erano insufficienti.

Parlò anche Lebrecht Kröger. Egli si permise di rimaner seduto per dare un'impressione di maggior naturalezza, e si limitò a gesticolare con grazia mentre indirizzava il brindisi alle due dame della casa, la signora Antoinette e la moglie del console.

Ma quando ebbe finito, quando il budino fu quasi consunato e il Malvasia esaurito, si alzò adagio raschiandosi in gola Jean Jacques Hoffstede, accolto da un «ah!» generale... mentre i ragazzi laggiù si misero addirittura ad applaudire di gioia.

«Ecco, *excusez*! Non ho potuto fare a meno...» disse toccandosi leggermente la punta del naso e cavando di tasca un foglio. Un grande silenzio si fece in tutta la sala.

Il foglio che teneva in mano era graziosamente miniato e, sul lato esterno, recava un ovale di fiori rossi e di ghirigori dorati, che incorniciava queste parole che egli lesse:

"In occasione della gradita partecipazione alla lieta festa di inaugurazione della casa nuova della famiglia Buddenbrook. Ottobre 1835."

Poi voltò il foglio e incominciò a leggere con voce un po' tremula:

«Cari amici! La mia musa,
con modestia, come può,
s'avvicina a questa casa
che il Signor vi destinò.

Alla tua canizie, amico,
scioglie un inno lusinghier,
e la degna tua compagna
sempre esalta con piacer

Il valore e la bellezza
qui si porgono la man,
con la bella Anadiomene
vanno l'opre di Vulcan

Niuna nube mai vi offuschi
questa gran serenità,
ogni nuovo dì vi arrechi
sempre più felicità

Sarà immenso il mio contento
per il prospero avvenir,
che, se il voto sarà accolto
vi farà sempre gioir.

Or godetevi il palazzo
cui il mio verso qui inneggiò,
e vogliate sempre bene
a colui che lo vergò!»

Fece un inchino mentre un applauso unanime e fervido scoppiava nella sala.

«*Charmant*, Hoffstede!» esclamò il vecchio Buddenbrook. «Alla tua salute! Graziosa, veramente graziosa!»

Ma quando la moglie del console toccò il bicchiere del poeta, un lieve rossore le tinse la pelle delicata: aveva ben osservato il garbato inchino che egli aveva fatto verso di lei nominando "la bella Anadiomene"..

VII

L'allegria generale aveva raggiunto il colmo, e il signor Köppen sentì il bisogno di slacciarsi due bottoni del panciotto; ma purtroppo non era possibile farlo perché nemmeno i signori anziani si permettevano una siffatta libertà. Lebrecht Kröger stava ancora ritto al suo posto esattamente come all'inizio del pranzo, il pastore Wunderlich continuava a essere bianco e cerimonioso, il vecchio Buddenbrook si era bensì appoggiato alla spalliera ma conservava le forme più dignitose e soltanto Justus Kröger era evidentemente un po' alticcio.

Ma dov'era il dottor Grabow? La moglie del console si alzò senza dar nell'occhio e uscì perché là in fondo i posti della signorina Jungmann, del dottore e di Christian erano rimasti liberi, e dal vestibolo a colonne si udiva quasi un gemito. Ella lasciò rapidamente la sala dietro la fantesca che aveva servito il burro, il formaggio e la frutta... e infatti là nella penombra, sulla panca rotonda e imbottita che girava intorno alla colonna centrale, stava seduto o accoccolato il piccolo Christian che mandava lamenti da straziare il cuore.

«Dio mio, signora» disse Ida che lo assisteva insieme col dottore «Christian sta tanto male...»

«Mi sento male, mamma! Mi sento maledettamente male!» gemette Christian roteando irrequito gli occhi incavati sopra il naso troppo grosso. Aveva pronunciato quel "maledettamente" in un accesso di disperazione, ma la mamma lo redarguì:

«Se usiamo parole simili, il buon Dio ci castigherà con mali ancor peggiori!»

Il dottor Grabow toccò il polso al ragazzo e il suo buon viso parve diventato ancor più lungo e più mite.

«Una piccola indigestione... niente di grave, signora» la consolò. Poi continuò con quel suo tono lento e ufficiale: «Meglio di tutto sarà metterlo a letto... un po' di sonnifero, eventualmente una tazzina di camomilla per la traspirazione... e dieta rigorosa, siamo intesi, signora? Dieta rigorosa. Un pochino di piccione... un po' di pane bianco...»

«Non voglio il piccione!» gridò Christian fuori di sé. «Non voglio mangiare nulla mai più! Sto male, sto maledettamente male!» La parola energica pareva gli desse un po' di sollievo, tanta era la foga con cui la pronunciava.

Il medico sorrise fra sé con un sorriso indulgente e quasi un po' malinconico. Oh, avrebbe mangiato di nuovo, il ragazzo! Sarebbe vissuto come tutti gli altri. Come suo padre, i suoi parenti e conoscenti, avrebbe passato i giorni seduto, mangiando quattro volte al giorno cibi così scelti e pesanti... Già, con l'aiuto di Dio! Lui, Friedrich Grabow, non era l'uomo capace di capovolgere le consuetudini di tutte quelle brave famiglie di commercianti, amanti del benessere e della comodità. Lui veniva quando lo chiamavano e raccomandava uno o due giorni di dieta rigorosa... un po' di piccione, una fettina di pane bianco... proprio così, e poteva assicurare in coscienza che per quella volta non era nulla di grave. Sebbene non fosse vecchio, aveva tenuto fra le sue la mano di parecchi ottimi cittadini che avevano mangiato il loro ultimo cosciotto di carne affumicata, il loro ultimo tacchino farcito, e o improvvisamente sulla propria seggiola dell'ufficio, o, dopo qualche sofferenza, nel proprio vecchio letto, si erano raccomandati a Dio. Un colpo apoplettico, si diceva allora, una paralisi, una morte improvvisa e imprevista... proprio così, e lui, Friedrich Grabow, avrebbe potuto presentare loro il conto delle volte in cui «non c'era stato nulla di grave», quando non l'avevano forse neanche chiamato, quando forse, dopo il pasto, di ritorno nell'ufficio, si era fatto sentire un piccolo strano capogiro... sì, sì, con l'aiuto di Dio! Lui, Grabow, non era proprio di quelli che disprezzassero il tacchino farcito. Quel prosciutto, per esempio, con la salsa di scalogno era stato, corpo d'un cane, una vera squisitezza, e poi, quando già incominciava a mancare il fiato, ecco il budino di amaretti, di lamponi e di crema... proprio così. «Dieta rigorosa, ripeto, signora. Un po' di piccione... una fettina di pane bianco...»

VIII

Nella sala da pranzo incominciarono ad alzarsi da tavola.

«Buon pro, mesdames et messieurs, buon pro! Di là c'è per gli amatori un sigaro che aspetta, e per tutti un sorso di caffè e, se Madame vorrà essere generosa, anche un liquore... I biliardi là dietro sono, s'intende, a disposizione di ognuno. Jean, tu dovresti guidare i signori nelle stanze didietro... Madame Köppen, se permette...»

Chiacchierando sodisfatti e scambiandosi di ottimo umore auguri di buon pro, tutti ritornarono nella stanza dei paesaggi. Il console invece non andò di là, ma raccolse intorno a sé coloro che desideravano giocare al biliardo.

«Lei, babbo, non vuol rischiare una partita?»

«No. Lebrecht Kröger è rimasto con le signore, ma Justus potrebbe essere della compagnia.» Anche il senatore Langhals, Köppen, Grätjens e il dottor Grabow stettero col console, mentre Hoffstede disse che li avrebbe raggiunti dopo: «Più tardi, più tardi! Johann Buddenbrook suona il flauto, non posso venire adesso... *Au revoir, messieurs*...».

I sei uomini passando sotto il colonnato fecero ancora in tempo a udire dalla stanza dei paesaggi le prime note del flauto accompagnate all'armonio dalla signora Elisabeth. Era una melodia graziosa e limpida che echeggiava pensosa nelle ampie stanze. Il console tese l'orecchio finché poté udire qualche cosa. Sarebbe rimasto molto volentieri nella stanza dei paesaggi, su un seggiolone, per seguire, udendo quella musica, i propri sogni e sentimenti... Ma i doveri dell'ospitalità...

«Porta nella sala dei biliardi alcune tazze di caffè e i sigari» disse alla fantesca che attraversava il vestibolo.

«Caffè, Line, mi raccomando. Caffè!» ripeté il signor Köppen con una voce che pareva salire dallo stomaco pieno: e fece l'atto di pizzicare il braccio rosso della ragazza. Pronunciava la parola caffè d'in fondo alla gola, come se già lo inghiottisse e lo assaporasse.

«Sono convinto che Madame Köppen ha visto attraverso i vetri» osservò il console Kröger.

Il senatore Langhals domandò: «Sicché tu abiti quassù, Buddenbrook?».

A destra la scala conduceva al secondo piano dove erano le camere da letto del console e della sua famiglia; ma anche dal lato sinistro del vestibolo c'era una fila di stanze. Gli uomini scesero fumando per la scala larga dalla ringhiera di legno traforato, verniciata di bianco. Sul pianerottolo il console si fermò.

«Questo mezzanino ha ancora tre stanze» spiegò «la stanza della colazione, la camera da letto dei miei genitori, e una camera poco usata che dà sul giardino; di fianco sono collegate da uno stretto corridoio... ma ora andiamo avanti! Ecco, vedete, nell'androne passano i carri da trasporto che poi attraversano tutto il terreno fino alla Bäckergrube.»

L'ampio androne rimbombante era lastricato con grosse selci squadrate. Presso la bussola e all'altro capo c'erano gli uffici, mentre la cucina, dalla quale veniva ancora l'odore della salsa di scalogno, era a sinistra della scala donde si scendeva anche alle cantine. Di fronte, a una certa altezza, sporgevano dal muro certi scatoloni di legno, strani e goffi, ma pulitamente verniciati: erano le camere delle fantesche accessibili solo dall'androne mediante una specie di scala esterna, diritta. Accanto c'erano un paio di enormi armadi antichi e una cassapanca intagliata.

Da una gran porta vetrata si uscì sopra alcuni gradini, tanto bassi che si poteva passarvi coi carri, nel cortile che aveva a sinistra una piccola lavanderia. Di lì si potevano vedere il giardino disposto con garbo, ma ora grigio e umido nell'aria autunnale, e le aiuole protette dal gelo con stuoie di paglia; in fondo il giardino era chiuso dal "portale", la facciata rococò del padiglione. Gli ospiti presero a sinistra un passaggio tra due muri che conduceva, oltre un secondo cortile, nell'edificio posteriore.

Per alcuni gradini umidi si scendeva in una specie di cantina dal pavimento d'argilla che fungeva da granaio; dall'alto pendeva una fune che serviva a sollevare i sacchi di grano. A destra invece una scala molto pulita saliva fino al primo piano dove il console aprì agli ospiti la porta bianca della sala dei biliardi. Köppen si lasciò cadere spossato su una delle sedie che erano allineate lungo le pareti della sala ampia, nuda e severa. «Per ora starò a vedere» esclamò scuotendosi dalla giubba le goccioline di pioggia. «Corpo del diavolo, che razza di viaggio attraverso la vostra casa, Buddenbrook!»

Come nella stanza dei paesaggi, anche qui la stufa ardeva dietro una grata di ottone. Dalle tre finestre alte e strette la vista spaziava su tetti rossi e umidi, su cortili grigi e frontoni...

«Facciamo una carambola, senatore?» domandò il console mentre prendeva le stecche dalla rastrelliera. Poi girò intorno a chiudere le buche dei due biliardi. «Chi sta con noi? Grätjens? Il dottore? *All right*. Grätjens e Justus, e lei prende l'altro... Köppen, devi giocare anche tu.»

Il negoziante di vini si alzò e, con la bocca piena di fumo, sostò ad ascoltare una forte ventata che ululava fra le case buttando la pioggia crepitante contro i vetri e infilandosi con un sibilo nel tubo della stufa.

«Accidenti!» disse soffiando fuori il fumo. «Credi, Buddenbrook, che il *Wullenwewer* possa entrare nel porto? Che tempo da lupi! ...»

Le notizie da Travemünde non erano proprio le migliori; lo confermò anche il console Kröger che stava ingessando il cuoio della stecca. Tempeste su tutte le coste. Nel '24 non era stato peggio di così, quando si era avuta la grande inondazione di Pietroburgo... In quella, meno male, arrivò il caffè.

Tutti si servirono, ne presero un sorso e cominciarono a giocare. Poi portarono il discorso sull'Unione doganale... Oh, il console Buddenbrook era entusiasta dell'Unione doganale!

«Che creazione, cari miei!» esclamò voltandosi vivacemente, dopo un colpo, verso l'altro biliardo dove s'era iniziato il discorso. «Alla prima occasione anche noi dovremmo aderire...»

Köppen invece non era della stessa opinione, tutt'altro; sbuffava addirittura da quanto era contrario.

«E la nostra autonomia? E la nostra indipendenza?» domandò offeso, appoggiandosi con aria bellicosa sulla stecca. «Che ne dite? Volete che Amburgo pensi di cooperare a quell'invenzione prussiana? Allora, Buddenbrook, potremmo addirittura farci annettere subito. No, no. Dio guardi, che cosa ce ne facciamo dell'Unione doganale, vorrei sapere! Tutto va bene, mi pare.»

«Sì, per te, Köppen, col tuo vino rosso! E forse anche pei prodotti russi, diciamo. Ma non si importa nient'altro. In quanto alle esportazioni, sì, è vero, mandiamo un po' di grano in Olanda e in Inghilterra. Ma no, non tutto va bene, purtroppo. In altri tempi si facevano qui ben altri affari... Con lo *Zollverein* ci si aprirebbero i mercati del Mecklemburgo e dello Schleswig-Holstein... e d'altro canto non si può calcolare come si svilupperebbe il commercio privato...»

«Ma mi faccia il piacere, Buddenbrook» prese a dire Grätjens curvandosi quant'era lungo sul biliardo e facendo scorrere la stecca attentamente sulla mano ossuta «cotesta Unione doganale... non capisco. Il nostro sistema è tanto semplice e pratico, non è vero? La dichiarazione doganale sotto giuramento civico...»

«Sì, una bella vecchia istituzione.» Il console dovette ammetterlo.

«Ma no, signor console... come fa a dire bella?»

Il senatore Langhals era un po' indignato: «Ecco, io non sono commerciante... ma se devo essere sincero... vede, quella faccenda del giuramento civico, bisogna dirlo, a poco a poco diventa un abuso! Ormai è una mera formalità sulla quale si passa a piè pari... e lo stato non prende niente. Si parla di casi molto gravi. Sono convinto che l'entrata da parte del senato nell'Unione doganale...».

«In tal caso avremo un conflitto!» esclamò Köppen battendo rabbiosamente la stecca per terra. E continuò senza riguardo, abbandonandosi alle sue inflessioni dialettali: «Sicuro, un conflitto, io me ne intendo. Con tutto il rispetto, signor senatore, lei è su una strada falsa. Dio guardi!» e, accalorandosi, continuò a discorrere di commissioni arbitrali e dei vantaggi dello stato e del giuramento civico e di stati liberi...

«Fortuna che arrivò Jean Jacques Hoffstede! Entrò a braccio col pastore Wunderlich: sembravano due vecchi signori allegri e disinvolti di tempi spensierati.

«Dunque, cari amici» incominciò «ho qui una cosa per voi: uno scherzo, una strofetta allegra dal francese... State a sentire!»

Sedette comodamente su una sedia di fronte ai giocatori che, appoggiati alle stecche, stavano ritti presso i biliardi, trasse di tasca un foglietto, si portò alla punta del naso l'indice lungo con l'anello stemmato, e lesse in tono gaio e ingenuamente epico:

Il maresciallo di Sassonia un giorno
l'altera Pompadour menava intorno,
a spasso, con la lucida berlina.
Frelon, visti quei due, si ferma e opina:
To', la spada del re... e la sua guaina!

Il signor Köppen rimase perplesso un istante, poi dimenticò il conflitto e i vantaggi dello stato e prese parte alla risata degli altri che echeggiò nella sala. Il pastore però si era affacciato a una finestra e rideva fra sé, a giudicare dal sussulto delle spalle.

La compagnia rimase ancora un bel po' nella sala dei biliardi, perché Hoffstede teneva in serbo altri scherzetti dello stesso genere. Köppen aveva sbottonato il panciotto ed era di ottimo umore poiché là si sentiva meglio che nella sala da pranzo. A ogni colpo cavava fuori buffe frasi dialettali e ripeteva ogni tanto beatamente fra sé:

«Il maresciallo di Sassonia un giorno...»

La strofetta diventava piuttosto buffa per quel suo tono di basso gorgogliante.

IX

Era alquanto tardi, verso le undici, quando gli invitati che si erano raccolti nella stanza dei paesaggi incominciarono a prendere commiato quasi contemporaneamente. La moglie del console, dopo aver ricevuto i baciamano di tutti, salì subito nelle sue stanze per vedere come stava Christian, e cedette alla signorina Jungmann il compito di sorvegliare le domestiche che riponevano le stoviglie; e M.me Antoinette si ritirò nel mezzanino. Il console invece accompagnò gli ospiti giù per la scala fino alla porta di strada.

Il vento forte spingeva la pioggia di traverso e i vecchi Kröger, avvolti in grosse pellicce, s'infilarono rapidamente nella carrozza maestosa che aspettava già da un pezzo. La luce gialla delle lampade a olio, che ardevano su alte pertiche davanti alla casa o pendevano più avanti da catene tese sopra la strada, sfiaccolava irrequieta. Qua e là le case si protendevano con corpi aggettanti sulla strada che scendeva ripida al Trave, e alcune avevano anche veroni o panche. Tra le pietre del lastrico sconnesso cresceva l'erba umida. La chiesa di Santa Maria era di fronte tutta avvolta nell'ombra, nell'oscurità e nella pioggia.

«*Merci*» disse Lebrecht Kröger stringendo la mano al console che s'era avvicinato alla carrozza. «*Merci*, Jean, è stato molto bello.» Poi lo sportello sbatté e l'equipaggio partì con fragore. Anche il pastore Wunderlich e il mediatore Grätjens si avviarono tra i ringraziamenti. Köppen, avvolto in un mantello dalla pellegrina a cinque falde con in testa un ampio cilindro grigio e la moglie corpulenta a braccetto, disse col suo basso più grave:

«Sera, Buddenbrook. Vai, ritirati, non prender freddo. Tante grazie, eh! Ho mangiato come non mangiavo da molto tempo... E il mio vino rosso da quattro marchi ti sembra dunque conveniente? Di nuovo, buona notte!...»

La coppia si avviò insieme col console Kröger e con la sua famiglia verso il fiume, mentre il senatore Langhals, il dottor Grabow e Hoffstede prendevano la direzione opposta.

Il console Buddenbrook, con le mani affondate nelle tasche dei calzoni chiari, un po' freddoloso nella giacca di panno, stette davanti alla porta di casa ad ascoltare i passi che si perdevano nelle strade deserte, bagnate e debolmente illuminate. Poi si volse e lanciò un'occhiata verso il frontone grigio del palazzo. I suoi occhi si fermarono sulle parole scalpellate sopra l'ingresso in caratteri arcaici: *Dominus providebit*. Chinando un po' la testa entrò e chiuse con cura il portone pesante e cigolante. Poi fece scattare la porta della bussola e attraversò l'androne sonoro. Alla cuoca, che scendeva dalla scala con un vassoio pieno di bicchieri tintinnanti, domandò: «Dov'è il padrone, Trine?». «Nella sala da pranzo, signor console...» e il viso le si fece rosso come le braccia, perché era di campagna e si confondeva per niente.

Egli salì e attraversando il colonnato buio si portò una mano al petto dove teneva quel foglio. Poi entrò nella sala; in un angolo un candelabro illuminava ancora la tavola sparecchiata. L'odore acidulo della salsa di scalogno stagnava ancora nell'aria. Presso le finestre, con le mani dietro la schiena, Johann Buddenbrook passeggiava pacatamente su e giù.

X

«Oh Johann, figlio mio, che c'è di bello?» Si fermò e tese la mano al figlio, la mano bianca un po' troppo corta ma ben modellata dei Buddenbrook. La sua figura gagliarda, sulla quale spiccavano soltanto la parrucca incipriata e la pettorina di pizzo, si stagliava sotto quella luce fioca e irrequieta contro il rosso cupo delle tende alle finestre.

«Non sei ancora stanco? Io passeggio qui e sto a sentire il vento... Che tempo indiavolato! Il capitano Kloht è in viaggio da Riga...»

«Oh babbo, con l'aiuto di Dio tutto andrà bene.»

«Posso fidarmi? Ammetto che tu sia in rapporti amichevoli col Padreterno...»

Il console si sentì un po' meglio di fronte a quel buon umore. «Ecco, per venire a noi» incominciò a dire «non volevo soltanto augurarle la buona notte, babbo, ma... lei però non deve andar in collera, vero? Fino a questo momento non ho voluto annoiarla... con questa lettera... è arrivata oggi nel pomeriggio... in questa serata così gaia...»

«*Monsieur* Gotthold, *voilà!*» Il vecchio finse di rimanere tranquillissimo di fronte a quel foglio azzurrino e suggellato che gli era porto. «*Al signor Johann Buddenbrook Sen. Personale*. Uomo tenace il tuo fratellastro, Jean! Non ho risposto recentemente alla sua seconda lettera? E lui è qui con la terza...» Mentre il suo viso roseo andava sempre più oscurandosi, strappò con un dito il suggello, spiegò rapidamente il foglio sottile, si girò di sbieco in modo da far cadere la luce del candelabro sul foglio e vi batté un colpo energico col dorso della mano. Persino la scrittura pareva rivelasse la ribellione e l'apostasia, poiché, mentre di solito le righe dei Buddenbrook attraversavano il foglio minute, leggere e oblique, quelle lettere erano invece alte, verticali e fortemente calcate; molte parole erano sottolineate con un frego rapido e curvo.

Il console si era ritirato un po' verso la parete dove erano le seggiole; ma non sedette, dato che suo padre stava in piedi; si aggrappò soltanto con un gesto nervoso a una delle spalliere, mentre osservava il vecchio che, il capo un po' reclinato e le sopracciglia aggrottate, leggeva con rapido movimento delle labbra...

"Padre mio!

Spero, probabilmente a torto, che il Suo senso di equità sia abbastanza spiccato per valutare l'*indignazione* che provai quando la mia seconda lettera, tanto *urgente*, in merito alla nota faccenda rimase senza risposta, dopo ch'era giunta in mie mani soltanto una risposta (non dirò quale!) alla prima. Devo dirLe che il modo in cui Lei con la Sua ostinazione approfondisce l'abisso che purtroppo si è aperto fra noi è un *peccato* del quale un giorno dovrà rispondere *solennemente* davanti al tribunale di Dio. È ben triste che molto tempo fa, quando io contro la Sua volontà, seguendo soltanto l'impulso del mio cuore, ho sposato la mia attuale consorte ed ho offeso, aprendo un negozio, la Sua *smisurata* superbia, Lei si sia allontanato da me così crudelmente e decisamente; il modo però con cui mi tratta ora grida vendetta al cielo: e se crede che di fronte al Suo silenzio io voglia accontentarmi e rimaner tranquillo, si sbaglia di *grosso*. Il prezzo d'acquisto del Suo nuovo palazzo nella Mengstrasse ammonta a 100.000 marchi, e d'altro canto mi è noto che Johann, il Suo figlio di secondo letto nonché socio, ha preso in affitto un appartamento presso di Lei e che dopo la Sua morte avrà, insieme con l'azienda, anche la casa come unico proprietario. Con la mia sorellastra di Francoforte e con suo marito Lei ha preso accordi nei quali io non devo immischiarmi. Riguardo a me, però, che sono il Suo figlio maggiore, Lei spinge la Sua ira *spietata* fino al punto da opporre un netto rifiuto a versarmi una qualsiasi indennità per la parte della casa che mi spetta! Ho sopportato in silenzio quando, in occasione delle mie nozze, Lei mi ha versato 100.000 marchi e nel testamento me ne ha assegnato, una volta tanto, solo altri 100.000. Allora io non ero abbastanza al corrente della Sua situazione patrimoniale. Adesso invece distinguo meglio, e poiché non vedo motivo di considerarmi diseredato per principio, *esigo*, in questo caso particolare, un indennizzo di 33.335 marchi, vale a dire un terzo della somma d'acquisto dello stabile. Non voglio fare *insinuazioni* sulle influenze *condannabili* alle quali devo il trattamento che finora sono stato costretto a tollerare; ma *protesto* contro di esse con tutto il senso di giustizia del cristiano e dell'uomo d'affari, e Le assicuro per l'ultima volta che, se non dovesse decidersi ad accogliere le mie giuste richieste, non potrò più in seguito rispettarLa né come cristiano, né come padre, né come uomo d'affari.

Gotthold Buddenbrook."

«Scusa se non trovo alcun piacere a recitarti questa litania. *Voilà!*» e con un gesto sdegnoso Johann Buddenbrook buttò la lettera a suo figlio.

Il console afferrò il foglio quand'era all'altezza delle sue ginocchia e seguì con occhio triste e confuso i passi del babbo. Il vecchio prese il lungo spegnitoio appoggiato alla finestra e andò rigido e aggrondato lungo la tavola verso l'angolo opposto dov'era il candelabro.

«*Assez*, dico! *N'en parlons plus*. Punto! A letto! *En avant!*» Una fiamma dopo l'altra scomparve senza risollevarsi sotto il piccolo cono metallico fissato in capo alla canna. Soltanto due candele ancora ardevano quando il vecchio si rivolse al figlio appena visibile là in fondo.

«*Eh bien*, che stai lì? Che ne dici? Qualche cosa devi pur dire!»

«Che vuol che dica, babbo? Non so che pesci pigliare.»

«Ti capita spesso di non sapere che pesci pigliare!» obiettò Johann Buddenbrook in tono aspro per quanto sapesse benissimo che l'osservazione non rispondeva al vero e che quel suo figlio e socio era stato più volte superiore a lui nell'approfittare decisamente di un vantaggio.

«Malvage e condannabili influenze...» continuò il console. «Questa è la prima frase che riesco a capire. Lei non immagina quale tormento sia per me. E ci rinfaccia di non essere cristiani!»

«Non ti lascerai mica intimorire da questi miserabili scarabocchi? Va là!» Johann Buddenbrook gli si avvicinò adirato, trascinandosi dietro lo spegnitoio. «Sentimenti poco cristiani! Ah, veramente di buon gusto, devo dire, quella pia avidità di denaro! Che razza di gente siete voialtri giovani, eh? Avete la zucca piena di bubbole cristiane e fantastiche... e... di idealismi. E noi vecchi siamo gli scettici senza cuore... e poi la monarchia di luglio e gli ideali pratici... e si preferisce scrivere al vecchio padre le scempiaggini più volgari anziché rinunciare a qualche migliaio di talleri! E come uomo d'affari egli si degnerà di disprezzarmi! Sì, sì, come uomo d'affari so benissimo che cosa sono *faux-frais*... *Faux-frais!*» ripeté accentuando l'erre gutturale alla parigina. «Quel briccone esaltato d'un figlio non diventerà certo più devoto se dovessi umiliarmi e cedere...»

«Caro babbo, che cosa devo dire? Io non voglio che egli abbia ragione parlando di "influenze". Come socio sono interessato, e appunto perciò non dovrei consigliarle di insistere sul Suo punto di vista, però... e anch'io sono un buon cristiano come Gotthold, però...»

«Però! Sì, sì, Jean, hai proprio ragione di dire però. Vediamo un po', come stanno le cose? Allora, quando prese fuoco per la sua mademoiselle Stüwing, quando mi faceva una scenata dopo l'altra, e infine, nonostante il mio severo divieto, concluse quella *mésalliance*, gli scrissi: *Mon très cher fils*, tu sposi il tuo negozio, e sta bene. Io non ti disereդo, non faccio fracasso, ma la nostra amicizia è tramontata. Eccoti qua 100.000 marchi di dote, te ne lascio altri 100.000 in testamento, ma con ciò è finita; con ciò sei liquidato e non prendi più un baiocco. Ed egli ha taciuto. Che cosa gli importa se abbiamo fatto buoni affari? se tu e tua sorella ricevete una porzione più grossa? se con la parte di eredità che è vostra abbiamo acquistato un palazzo?...»

«Se lei sapesse, babbo, in quale dilemma mi trovo! Per la

pace in famiglia dovrei consigliare... ma...» Il console sospirò. Johann Buddenbrook appoggiato allo spegnitoio spiava la penombra mobile per scoprire l'espressione dello sguardo di suo figlio. La penultima candela si era consumata e spenta da sé; ancora una languiva là in fondo. Di quando in quando una figura bianca emergeva sorridendo dalla tappezzeria e riscompariva.

«Babbo... questi rapporti con Gotthold mi opprimono!» disse il console sottovoce.

«Sciocchezze, Jean. Non facciamo i sentimentali. Che cosa ti opprime?»

«Ecco, babbo, oggi siamo stati qui insieme così serenamente, abbiamo festeggiato una giornata così bella, eravamo tutti orgogliosi e felici nella coscienza di aver fatto qualche cosa, di aver raggiunto qualche cosa... di aver portato la nostra vita, la nostra famiglia a un livello in cui le si tributano riconoscimenti e rispetto... Eppure, babbo, questa brutta inimicizia con mio fratello, il Suo primogenito... Non ci dovrebbe essere una crepa segreta nell'edificio che abbiamo costruito con l'aiuto benevolo di Dio... Le famiglie devono essere unite, babbo, devono tenersi strette, altrimenti il male bussa alla porta...»

«Baie, Jean! Bubbole! Un giovane ostinato...» Seguì una pausa: l'ultima fiamma calava sempre più.

«Che cosa fai, Jean?» domandò Johann Buddenbrook. «Non ti vedo più.»

«Sto facendo i conti» disse il console brevemente. La candela mandò un guizzo e si vide il console che, ritto con gli occhi cosi freddi e attenti come non lo erano stati in tutto il pomeriggio, guardava fisso la fiammella vacillante. «Da una parte: Lei dà 33.335 marchi a Gotthold e 15.000 a quelli di Francoforte, totale 48.335. Di contro: Lei dà soltanto 25.000 a quelli di Francoforte e ciò significa per la Ditta un guadagno di 23.335. Ma non è tutto. Ammesso che Lei dia a Gotthold una somma per indennizzarlo della parte nella casa, ecco che si crea un precedente, ecco che allora non siamo giunti a una liquidazione definitiva, ecco che dopo la Sua morte egli può pretendere una parte di eredità uguale a quella di mia sorella e alla mia, e allora la Ditta può subire una perdita di centinaia di migliaia di marchi, sulle quali io, futuro unico proprietario, non posso fare assegnamento... No, babbo!» concluse con un gesto energico levandosi ancor più ritto. «Devo darle il consiglio di non cedere.»

«Oh dunque, punto! *N'en parlons plus! En avant!* A letto!» L'ultima fiammella si spense sotto il cappuccetto di metallo. Nella più fitta oscurità i due attraversarono il colonnato e presso la scala del secondo piano si strinsero la mano.

«Buona notte, Jean. E fatti coraggio. Sai, sono seccature... Arrivederci domattina a colazione.»

«Il console salì alla sua abitazione, mentre il vecchio scendeva a tentoni lungo la ringhiera fino al mezzanino. Poi tutto il vasto palazzo rimase sepolto nell'oscurità e nel silenzio. Orgoglio, speranze e timori erano assopiti, mentre difuori, nelle strade silenziose, ruscellava la pioggia e il vento autunnale fischiava contro gli spigoli e i frontoni.

Parte seconda

I

Due anni e mezzo dopo, già verso la metà d'aprile, la primavera era arrivata più presto del solito e nello stesso tempo c'era stato un avvenimento che faceva canterellare di gioia il vecchio Johann Buddenbrook e commoveva suo figlio.

Una domenica mattina alle nove il console stava seduto davanti al grande scrittoio bruno, sotto la finestra, il cui coperchio curvo era ribaltato mediante un ingegnoso meccanismo. Davanti a lui era una grossa cartella di cuoio piena di carte; egli ne aveva tolto un fascicolo dalla copertina sbalzata e dal taglio dorato e vi scriveva con ardore con quella sua scrittura sottile, minuscola e frettolosa, assiduamente, senza soste, salvo quando intingeva la penna d'oca nel pesante calamaio di metallo.

Le due finestre erano aperte e dal giardino, dove il sole moderato baciava le prime gemme e dove alcune vocine di uccelli si davano a vicenda risposte argute, entrava l'aria primaverile pregna di aromi freschi e delicati e sollevava di quando in quando le tendine gonfiandole adagio e senza rumore. Dall'altra parte, sulla tavola della colazione, il sole brillava abbagliante sul lino candido cosparso qua e là di briciole di pane e lampeggiava saltellando dalle dorature delle tazzine a forma di mortaio... I due battenti della porta che dava nella camera da letto erano spalancati e di là veniva la voce del vecchio Buddenbrook che canticchiava seguendo una buffa antica melodia:

"Bravo l'omino, bravo l'ometto,
e compiacente ognora:
cuoce la zuppa, culla il bimbetto,
mentre d'arance odora."

Sedeva a fianco della piccola culla dalle tendine di seta verde, che era collocata presso il letto di Elisabeth e che egli moveva imprimendole un'oscillazione uniforme. Elisabeth e suo marito, per facilitare il servizio, si erano allogati lì per qualche tempo, mentre il padre di lei e Madame Antoinette – la quale con un grembiule sopra l'abito a righe e una cuffia di pizzo sui grossi riccioli bianchi stava lavorando a un tavolino, tra lini e flanelle – dormivano nella terza camera del mezzanino.

Il console Buddenbrook gettò appena uno sguardo nella stanza attigua; tanto era assorbito nel suo lavoro. Il suo viso, nel raccoglimento, aveva un'espressione seria e quasi sofferente. Teneva la bocca semiaperta, il mento un po' abbassato, mentre i suoi occhi si velavano di quando in quando. E scriveva:

"Oggi, 14 aprile 1838, alle sei del mattino, la mia cara consorte Elisabeth, nata Kröger, con l'aiuto benevolo di Dio, ha dato felicemente alla luce una bambina cui al santo battesimo sarà imposto il nome di Clara. Sì, il Signore l'ha aiutata quantunque, secondo il dottor Grabow, la nascita sia stata lievemente prematura e precedentemente non tutto sia andato in piena regola e Bethsy abbia avuto forti dolori. Ma dove può esserci un Dio come te, Signore Sabaoth, come te che aiuti nei pericoli e nel bisogno e ci insegni a conoscere la tua volontà affinché ti temiamo e possiamo essere fedeli al tuo volere e ai tuoi comandamenti? Oh, Signore, guidaci tutti finché viviamo su questa terra..."

La penna correva agile e svelta eseguendo ogni tanto un ghirigoro commerciale, e di riga in riga continuava a discorrere con Dio. Due pagine più avanti diceva:

"Ho intestato alla mia figlia più giovane una polizza di 150 talleri. Tu, Signore, accompagnala per le tue vie e donale un cuore puro affinché un giorno possa entrare nella dimora dell'eterna pace. Noi infatti sappiamo bene quanto sia difficile credere con tutta l'anima che il caro e buon Gesù sia tutto nostro, perché il meschino e debole cuore terreno..."

Dopo tre pagine il console scrisse un "amen", ma la penna andò avanti scivolando con un leggero fruscìo su parecchi fogli ancora, e scrisse della fonte preziosa che ristora lo stanco viandante, delle sacre e sanguinanti ferite del Redentore, della via stretta e della via larga e dell'immensa magnificenza di Dio. Non si può negare che il console dopo questa o quella frase provasse il desiderio di smettere, di deporre la penna, di correre da sua moglie, o di andare in ufficio. Ma come? Si stancava così presto di stare a colloquio col suo Creatore e Salvatore? Non commetteva un furto ai Suoi danni, se smetteva già ora di scrivere?... No, no, appunto come penitenza per i suoi desideri terreni citò ancora lunghi brani della Sacra Scrittura, pregò per i suoi genitori, per la moglie, per i figlioli e per sé stesso, pregò anche per il fratello Gotthold, e infine, dopo un ultimo versetto della Bibbia e un triplice amen, versò il polverino dorato sullo scritto e si appoggiò alla spalliera tirando il fiato.

Una gamba accavallata sull'altra, sfogliò lentamente il fascicolo per leggervi qua e là un brano delle considerazioni che vi si trovavano di suo pugno e per rievocare ancora con gioia e gratitudine le mille occasioni nelle quali la mano di Dio lo aveva visibilmente benedetto. Era stato ammalato di vaiolo così gravemente che tutti lo consideravano spacciato, ma invece si era salvato. Una volta (era ancora ragazzo) aveva assistito ai preparativi di uno sposalizio per il quale si apparec chiava molta birra (vigeva infatti ancora la vecchia usanza di fare la birra in casa), e a tal uopo si era collocato davanti alla porta un grande tino di fermentazione. Ora, questo slittò e cadde col fondo sul ragazzo con tale schianto e con tanta violenza che i vicini si affacciarono alle porte e ci vollero sei persone per rimetterlo a posto. La testa del ragazzo era contusa e il sangue gli usciva da tutte le parti. Lo portarono in una bottega vicina e, poiché dava ancora qualche segno di vita, si mandarono a chiamare il medico e il chirurgo. A suo padre si raccomandò di rassegnarsi alla volontà di Dio perché era impossibile che il ragazzo sopravvivesse... ed ecco, invece, che Dio onnipotente benedisse le medicine e lo aiutò a ristabilirsi perfettamente in salute! Quando il console ebbe rivissuto con lo spirito quel caso sciagurato, ripigliò ancor una volta la penna e scrisse sotto l'ultimo amen: "*Sì, o Signore, voglio cantare le tue lodi in eterno!*".

Un'altra volta, quando giovinetto ancora era andato a Bergen, Dio l'aveva salvato da un grave pericolo di annegare.

"Poiché" era scritto "all'arrivo dei pescatori d'aringhe dovevamo durare molta fatica per passare fra i pescherecci e raggiungere il nostro approdo, avvenne che mi trovai sull'orlo della chiatta coi piedi contro gli scalmi e il dorso appoggiato alla barca per poter accostare sempre più la chiatta stessa. Per mia disgrazia gli scalmi di rovere, contro i quali avevo puntato i piedi, si spezzarono e io caddi nell'acqua a capofitto. Vengo a galla la prima volta, ma nessuno è cosi vicino da potermi afferrare; risalgo la seconda volta, ma la chiatta mi passa sopra la testa. C'erano là numerose persone desiderose di salvarmi, ma dovettero anzitutto mettersi a spingere perché il peschereccio e la chiatta non mi venissero addosso: contuttociò le loro spinte non sarebbero servite a nulla se in quel momento non si fosse strappata una fune del peschereccio, cosicché questo fu spinto al largo e io, come Dio volle, trovai lo spazio libero; e, per quanto la terza volta non venissi a galla se non fino a mostrare i capelli siccome tutti sporgevano la testa dalla chiatta sopra l'acqua, uno riuscì ad afferrarmi per i capelli, mentre io gli avvinghiavo un braccio. Ma poiché non era capace di reggermi da solo si mise a urlare e a gridare così disperatamente che gli altri lo udirono e, presolo per i fianchi, lo tennero saldo con tanta forza che poté resistere. Anch'io mi tenevo aggrappato, quantunque lui mi mordesse il braccio: e così fu che anch'io potei essere aiutato..." Seguiva poi un lungo ringraziamento a Dio che il console lesse con occhi umidi.

"Potrei citare molte cose" era detto in un altro punto "se avessi voglia di scoprire le mie passioni, ma..." Il console passò oltre senz'altro e si mise a leggere qua e là alcune righe dell'epoca delle sue nozze e della sua prima paternità. Per essere sinceri, quell'unione non era stata proprio quello che si dice un matrimonio d'amore. Suo padre gli aveva battuto una mano sul la spalla e aveva richiamato la sua attenzione sulla figlia del ricco Kröger, la quale portava alla Ditta una dote cospicua; lui era stato cordialmente d'accordo e, da allora, aveva venerato sua moglie come la compagna affidatagli da Dio...

Del resto le seconde nozze di suo padre si erano concluse allo stesso modo.

"Cuoce la zuppa, culla il bimbetto,
mentre d'arance odora..."

canterellava sotto voce il vecchio nella camera da letto. Peccato che avesse così poca comprensione per tutte quelle vecchie carte e quelle memorie. Viveva tutt'intero nel presente e non si occupava molto del passato della famiglia, per quanto a suo tempo avesse pure aggiunto nel librone dal taglio dorato alcune notizie con quella sua scrittura e svolazzi, particolarmente in merito al suo primo matrimonio.

Il console aprì le pagine che apparivano più ruvide e più robuste dei fogli che egli stesso aveva inseriti e che già cominciavano a ingiallire... Certo, Johann Buddenbrook doveva aver amato in maniera commovente quella sua prima moglie, la figlia di un commerciante di Brema, e quell'unico breve anno che gli era stato concesso al fianco di lei doveva essere stato il suo anno più bello. *L'année la plus heureuse de ma vie*, c'era scritto, e le parole erano sottolineate con una riga ondulata, a rischio che le leggesse M.me Antoinette...

Poi era venuto Gotthold e il bambino era stato la morte di Joséphine... A tal proposito su quella carta ruvida c'erano curiose osservazioni. Pareva che Johann Buddenbrook avesse odiato cordialmente e profondamente quella nuova creatura fin dal momento in cui i suoi primi arditi movimenti avevano causato alla madre dolori tremendi; che l'avesse odiato finché era venuto al mondo sano e vitale mentre Joséphine moriva con la testa esangue affondata nei guanciali, e non avesse mai perdonato quell'intruso senza scrupoli che cresceva robusto e spensierato, dopo aver causato la morte di sua madre... Il console non riusciva a capire. "È morta" pensava "adempiendo al sublime dovere della donna, e io in questo caso avrei trasferito l'amore per lei alla creatura cui ella aveva donato la vita e che lasciava nel momento di andarsene. Lui invece, il babbo, non ha mai visto nel suo figlio maggiore altro che l'infame distruttore della sua felicità." Poi, in seguito, aveva sposato Antoinette Duchamps, figlia di genitori amburghesi ricchi e cospicui, e i due erano vissuti l'uno accanto all'altra pieni di rispetto e di reciproche attenzioni.

Il console continuò a sfogliare il fascicolo. Lesse in fondo i fatti salienti dei propri figli, quando Tom aveva avuto il morbillo, Antonie l'itterizia e Christian aveva superato la varicella; lesse i resoconti dei vari viaggi a Parigi, nella Svizzera, a Marienbad intrapresi con sua moglie, e tornò indietro sino ai fogli pergamenacei slabbrati, picchiettati di giallo, sui quali aveva scritto con inchiostro grigio e larghi fronzoli Johann Buddenbrook il vecchio, il padre del babbo. Cominciavano, quelle memorie, con una prolissa genealogia che seguiva la linea principale della famiglia. Vi si leggeva di un Buddenbrook, il più antico, vissuto a Parchim alla fine del

XVI secolo; di suo figlio che era diventato consigliere del comune di Grabau; di un altro Buddenbrook, sarto di professione, che, sposatosi a Rostock, "era vissuto in condizioni agiate" (queste parole erano sottolineate) e aveva generato un'enorme sequela di figli, vivi e morti, alla rinfusa...; di uno che già si chiamava Johann ed era rimasto a Rostock a fare il commerciante e infine, dopo parecchi anni, del nonno del console che era venuto qua e aveva fondato il loro commercio di granaglie. Di questo antenato si conoscevano già tutte le date: il libro registrava accuratamente quando aveva avuto la scarlattina e quando il vaiolo; quando era caduto dal terzo piano sull'essiccatoio, rimanendo vivo sebbene ci fosse frammezzo una gran quantità di travi; e quando aveva avuto una grave febbre con delirio. Alle notizie egli aveva aggiunto parecchie buone esortazioni ai discendenti, tra le quali emergeva in grosse lettere gotiche, accuratamente miniate e incorniciate, questa sentenza: "*Figlio mio, dedicati con ardore agli affari durante il giorno, ma combina soltanto quelli che ti consentano di dormire tranquillamente di notte*". Poi vi era dimostrato con molti particolari che la vecchia Bibbia stampata a Wittenberg apparteneva a lui e doveva passare al suo primogenito e così via, sempre al figlio maggiore.

Il console Buddenbrook prese la cartella di cuoio per cavarne qualche altro foglio e darvi un'occhiata. C'erano lettere antichissime, gialle, sbrindellate, che madri amorose avevano scritto ai loro figli che lavoravano in terra straniera, con in calce l'annotazione del destinatario: "Ricevuto e preso a cuore il contenuto". C'erano certificati di cittadinanza con stemma e sigillo della città anseatica, polizze, poesie di felicitazione e lettere di padrini. C'erano quelle commoventi lettere d'affari che un figlio scriveva al padre e socio da Stoccolma o da Amsterdam, le quali, con la notizia tranquillizzante sul grano assicurato, congiungevano la preghiera urgente di salutare *subito* la moglie e i figli... C'era anche uno speciale diario del console sul suo viaggio in Inghilterra e nel Brabante, un fascicolo la cui copertina rappresentava inciso in rame il castello di Edimburgo. C'erano, documenti tristi, le lettere cattive di Gotthold a suo padre, e infine, gaia conclusione, l'ultima poesia d'occasione di Jean Jacques Hoffstede...

Si udì un tintinnio sottile e frettoloso. Il campanile, nel quadro scialbo che pendeva sopra lo scrittoio e rappresentava un'antica piazza, possedeva un orologio vero che adesso suonava le dieci a modo suo. Il console chiuse la cartella di famiglia e la ripose in un cassetto interno dello scrittoio. Poi passò nella camera.

Le pareti erano tappezzate di stoffa scura a grandi fiorami, uguale a quella delle tendine del letto a baldacchino. C'era nell'aria un senso di pace e di ristoro dopo ansie e dolori superati, e vi regnava, nel lieve tepore che veniva dalla stufa, un sentore di acqua di Colonia e di medicinali. Le tende chiuse lasciavano trapelare solo un filo di luce.

Chini sopra la culla i due vecchi contemplavano la bambina addormentata. La moglie del console invece, in un'elegante giacca di pizzo, i capelli rossicci ben pettinati, ancora un po' pallida ma illuminata da un sorriso felice, porse al marito la bella mano, al cui polso tintinnava un braccialetto d'oro. Secondo il solito girò in fuori il più possibile il palmo della mano e ciò parve aumentare la cordialità del gesto.

«Dunque, Bethsy, come stai?»

«Benissimo, caro Jean, benissimo!»

Tenendo la mano di lei egli avvicinò, di fronte ai genitori, il proprio viso alla bambina che respirava rapida e rumorosa e per un minuto aspirò il profumo caldo, commovente e pieno di bontà che ne emanava. «Dio ti benedica» mormorò baciando sulla fronte la piccina, le cui piccole dita gialle e rugose assomigliavano maledettamente a zampine di pollo.

«Ha poppato benissimo» osservò M.me Antoinette. «Guarda infatti, è cresciuta ch'è uno stupore...»

«Volete vedere che assomiglia a Nette?» Johann Buddenbrook raggiava di orgoglio e felicità. «Ha gli occhi nerissimi, com'è vero il sole...»

La vecchia signora si schermì modestamente.

«Oh, non si può parlare di somiglianze già adesso... Vai in chiesa, Jean?»

«Sì, sono le dieci... è già tardi, aspetto i ragazzi...» E già i ragazzi si facevano sentire. Facevano un chiasso indiavolato sulla scala e si sentiva lo zittìo di Klothilde; poi entrarono coi loro mantelletti di pelliccia (nella chiesa di Santa Maria era naturalmente freddo come d'inverno), entrarono in punta di piedi, prima di tutto per riguardo alla sorellina, in secondo luogo perché prima di andare in chiesa ci voleva un po' di raccoglimento. Avevano il viso rosso e accaldato. Che bella festa! La cicogna, una cicogna che doveva avere i muscoli d'acciaio, aveva portato, oltre alla sorellina, un mucchio di belle cose: una nuova cartella di pelle di foca per Thomas, una grande bambola coi capelli veri (questo era il particolare straordinario) per Antonie, un libro illustrato a colori per la brava Klothilde, la quale però si dedicava grata e silenziosa quasi esclusivamente ai cartocci di confetti che erano pure arrivati, e, per Christian, un completo teatro di marionette col Sultano, la Morte e il Diavolo...

Essi baciarono la mamma e ottennero il permesso di lanciare una rapida occhiata dietro le tendine di seta verde, dopo di che si avviarono verso la chiesa con passo misurato e in silenzio, insieme col babbo che si era buttato sulle spalle la pellegrina e aveva preso il libro di preghiere, seguiti dagli strilli penetranti del nuovo membro della famiglia che si era destato improvvisamente.

II

Tony Buddenbrook andava sempre a passar l'estate, fin dal mese di maggio o in giugno, coi nonni nei pressi della rocca, e ci andava molto volentieri.

Si viveva bene là, all'aperto, nella villa lussuosa con i vasti annessi, le abitazioni della servitù e le scuderie, e col vasto frutteto e orto e giardino che scendevano in declivio fino al Trave. I Kröger facevano una vita suntuosa e, per quanto ci fosse una differenza tra questa brillante ricchezza e il benessere serio, anche se un po' pedante, della casa paterna di Tony, era evidente che presso i nonni tutto era di due gradi più splendido che a casa sua, e ciò faceva impressione a madamigella Buddenbrook.

Qui non era neanche il caso di pensare a lavorare in casa o addirittura in cucina, mentre nella Mengstrasse, se il nonno e la mamma non vi annettevano molta importanza, il babbo e la nonna la invitavano invece fin troppo spesso a spolverare, additandole come modello la cugina Thilde, devota, brava e diligente. Le tendenze feudali della famiglia materna si palesavano nella ragazzina quando dalla sedia a dondolo impartiva ordini alla governante o al domestico... Oltre questi il personale dei vecchi signori comprendeva due ragazze e un cocchiere.

Checché si dica, è sempre una bella cosa quando la mattina, allo svegliarsi nella spaziosa camera tappezzata di stoffa chiara, il primo movimento della mano incontra una pesante trapunta di raso; ed è piacevole quando nella veranda, mentre per la porta aperta entra dal giardino l'aria mattutina, ci si vede servire per la prima colazione, invece del solito caffè o tè, una tazza di cioccolata: e addirittura cioccolata da compleanno con una gran fetta di focaccia fresca.

Certo, tranne che la domenica, Tony doveva fare quella prima colazione da sola perché i nonni scendevano parecchio tempo dopo l'ora della scuola. Quando lei aveva preso la cioccolata e la focaccia, pigliava la cartella, scendeva dalla terrazza a balzelloni e attraversava il giardinetto ben curato.

Era molto carina, la piccola Tony Buddenbrook. Di sotto il cappello di paglia le sgorgavano i riccioli naturali il cui biondo scuriva con gli anni, e il labbro superiore un po' prominente conferiva a quel visetto dagli occhi grigiazzurri e vispi un'espressione birichina che ricompariva in tutta la sua figuretta graziosa; moveva le gambette sottili nelle calze candide con una certa sicurezza ondeggiante ed elastica. Molte persone conoscevano e salutavano la figliola del console Buddenbrook quando dal cancello del giardino usciva sul viale degli ippocastani. Qualche ortolana che, con in testa l'ampio cappello di paglia ornato di nastri verdi, veniva dal villaggio guidando il carrettino le lanciava un cortese "buongiorno, signorina" e il corriere Matthiesen, che passava di lì in abito nero con le brache ampie, le calze bianche e le scarpe con la fibbia, per il rispetto si toglieva persino il modesto cilindro.

Tony si fermava un po' in attesa della vicina Julchen Hagenström con la quale di solito andava a scuola. Era questa una ragazzina dalle spalle un po' troppo alte, dagli occhi grandi neri e lustri, che abitava là vicino in una villa tutta rivestita di viti. Suo padre, il signor Hagenström, la cui famiglia si era stabilita là da poco tempo, aveva sposato una giovane di Francoforte, una certa Semlinger, che aveva capelli neri straordinariamente folti e portava alle orecchie i più grossi brillanti della città. Hagenström, comproprietario della ditta di esportazioni Strunck & Hagenström, era considerato in città come assai zelante e ambizioso, ma nelle persone di tradizioni più rigide, come i Möllendorpf, i Langhals e i Buddenbrook, aveva suscitato un certo stupore con quel suo matrimonio, e anche prescindendo da ciò, nonostante la sua vivace attività come membro di comitati, di collegi, di consigli d'amministrazione e simili, non era molto ben visto. Pareva si fosse proposto di osteggiare in ogni occasione i membri delle famiglie antiche, di confutare astutamente le loro opinioni, di imporre la propria, e di farsi credere molto più capace e indispensabile di loro. Il console Buddenbrook diceva di lui: «Heinrich Hagenstrom è invadente con le sue difficoltà... Dev'essersela presa proprio con me personalmente; appena può, mi mette i bastoni fra le ruote... Oggi c'è stata una scenata alla seduta della deputazione centrale per i poveri, un paio di giorni fa all'intendenza di finanza...» e

Johann Buddenbrook soggiungeva: «È un vecchio ficcanaso!». Un'altra volta padre e figlio andarono a tavola corrucciati e depressi... Che cosa era successo? Oh niente: una grande fornitura di segale per l'Olanda era andata in fumo; la Strunck & Hagenström gliel'aveva soffiata sotto il naso; una volpe, quel Heinrich Hagenström.

Tony aveva sentito abbastanza di frequente simili conversazioni per non nutrire i sentimenti migliori verso Julchen Hagenström. Facevano la strada insieme dato che erano vicine di casa, ma per lo più si facevano dispetti.

«Mio padre possiede mille talleri!» disse Julchen credendo di dire una menzogna enorme. «E il tuo?»

Tony tacque umiliata e invidiosa. Poi soggiunse con tranquilla indifferenza:

«La mia cioccolata era veramente squisita... E tu, Julchen, che cosa prendi a colazione?»

«Ecco, prima che mi dimentichi» replicò Julchen «ti piacerebbe avere una delle mie mele? Marameo, non te la do!»

E strinse le labbra mentre gli occhi neri le si inumidivano dal piacere. Qualche volta andava a scuola insieme con loro anche il fratello di Julchen, Hermann, che aveva un paio d'anni più di loro. Ella aveva anche un altro fratello di nome Moritz, ma questi era malaticcio e veniva istruito in casa. Hermann era biondo e aveva il naso pendente sul labbro superiore. E biascicava continuamente perché respirava dalla bocca.

«Storie!» disse lui. «Il babbo ha molto più di mille talleri.»

Il fatto più interessante però era che portava per merenda, non il solito pane, ma certe rosette fini: un pane morbido al latte con uva passa e persino imbottito con fettine di lingua o di petto d'oca... Questo era il suo gusto.

Per Tony Buddenbrook era una novità. Panini col petto d'oca... Chi sa come erano buoni! E quando egli la lasciò guardare dentro il recipiente di latta, espresse il desiderio di assaggiarne un pezzetto. Una mattina Hermann disse:

«Non posso privarmene, Tony, ma domani ne prenderò

un pezzo in più e sarà per te se vorrai darmi in cambio qualcos'altro.»

La mattina seguente Tony uscì sul viale e aspettò cinque minuti senza veder arrivare Julchen. Aspettò un minuto ancora e Hermann venne da solo; dondolava la cinghia con la scatola della merenda e biascicava continuamente.

«Ecco» disse «qui c'è un panino col petto d'oca; e senza grasso... tutta carne... Che cosa mi dai in cambio?»

«Non so... uno scellino?» domandò Tony. Erano nel mezzo del viale.

«Uno scellino...» ripeté Hermann. Poi mandò giù la saliva e soggiunse: «No, voglio un'altra cosa».

«Che cosa?» domandò Tony, pronta a dare qualunque cosa per quella ghiottoneria.

«Un bacio!» gridò Hermann Hagenström, e abbracciando Tony si mise a tempestarla di baci, a casaccio ma senza riuscire a toccarle la faccia, perché con grande abilità lei tirava indietro la testa, e, puntando la sinistra con la cartella dei libri contro il petto di lui, gli allungò con la destra tre o quattro schiaffi a tutta forza. Egli balzò indietro, ma nello stesso momento sbucò da dietro un albero sua sorella Julchen come un diavolo nero, e schiumando dalla rabbia si buttò addosso a Tony, le strappò il cappello e le graffiò miseramente le guance. Dopo quel fatto la loro amicizia fu quasi finita.

Del resto, non certo per timidezza Tony aveva rifiutato quel bacio al giovane Hagenström. Era una figliola piuttosto ardita che con le sue scappatelle aveva già fatto stare parecchio in pensiero i genitori, specialmente il console, e quantunque possedesse una testolina intelligente che a scuola imparava in un baleno ciò che si pretendeva da lei, il suo comportamento lasciava invece molto a desiderare, al punto che un giorno là direttrice della scuola, una certa signorina Agatha Vermehren, sudando di soggezione, finì col comparire nella Mengstrasse per raccomandare alla moglie del console di ammonire severamente la giovane figliola, poiché questa, nonostante numerosi richiami amorevoli, aveva dato di nuovo scandalo sulla pubblica via.

Non era un gran male se Tony, quando attraversava la città, conosceva tutti e chiacchierava con tutti; particolarmente il console ne era sodisfatto perché ciò rivelava la mancanza di alterigia e il senso di umanità e di amore per il prossimo. Insieme con Tom ella s'arrampicava sui granai, lungo il Trave, tra montagne di avena e di grano accumulate nei solai; ciarlava coi lavoratori e con gli scritturali allogati laggiù nei piccoli uffici scuri al pianterreno, e dava persino una mano a coloro che issavano i sacchi. Conosceva i macellai che passavano per la Via Larga in grembiule bianco e con le conche della carne; conosceva le lattaie che arrivavano dalla campagna coi bidoni di zinco, e qualche volta faceva un pezzetto di strada sui loro carretti; conosceva i maestri orafi dalla barba grigia nelle piccole botteghe di legno incastrate sotto gli archi della piazza del mercato; conosceva le venditrici di pesce, di frutta e di verdure e persino i facchini che masticavano tabacco agli angoli delle strade... Tutte belle cose. Ma quell'uomo pallido e senza barba dall'età indefinibile che suol passare la mattina con un triste sorriso per la Via Larga non ha nessuna colpa se a ogni grido improvviso che gli si lancia – "Ah!" per esempio, oppure "Uh!" – è costretto a ballare su una gamba sola; eppure Tony appena lo vedeva lo faceva ballare. Non è bello poi conturbare quella donnina minuscola dalla testa grossa, che con qualunque tempo ha l'abitudine di portare un enorme ombrello aperto, tutto bucherellato, con insulti come "madama ombrellina!" oppure "funghetto!"; ed è un fatto riprovevole quando, con due o tre amiche dello stesso umore, ci si mette davanti alla casetta della vecchia bambolaia che vende bambole in un vicolo e, quest'è vero, ha certi occhi stranamente rossi, e si tira a tutta forza il cordone del campanello e, al comparire della vecchia, si chiede con falsa cortesia se abitano là il signore e la signora Sputacchieri, scappando poi tra urli e strilli... Tutte queste cose però Tony Buddenbrook le faceva e, a quanto sembrava, senza rimorsi di coscienza. Se infatti uno dei perseguitati la minacciava, allora bisognava vedere come si ritraeva d'un passo, arrovesciando la bella testa dal labbro prominente e pronunciando un "bah!"fra indignato e beffardo, come per dire: "Osa pure farmi qualche cosa! Se per caso non lo sai, io sono la figlia del console Buddenbrook...". E passava per la città come una piccola regina, la quale si riservi il diritto di essere gentile o crudele, secondo il gusto e il capriccio.

III

A proposito dei due figli del console Buddenbrook, Hoffstede aveva espresso certamente un giudizio esatto. Thomas che, fin dalla nascita, era destinato a diventare commerciante e futuro proprietario della Ditta e che frequentava la sezione tecnica della vecchia scuola dalle volte gotiche, era un ragazzo posato, intelligente e attivo; d'altro canto si divertiva un mondo quando Christian, alunno di ginnasio e non meno intelligente ma meno serio, imitava con grande abilità i suoi insegnanti, in particolare l'ottimo Marcellus Stengel, il quale insegnava il canto, il disegno e simili materie allegre.

Il signor Stengel, dalle cui tasche del panciotto spuntava sempre una mezza dozzina di matite meravigliosamente temperate, portava la parrucca color volpe e un gabbano bruno aperto che gli arrivava quasi alle caviglie; aveva certi collettoni che gli salivano fino alle tempie, ed era uomo acuto e spiritoso, che amava le sottigliezze filosofiche, come per esempio: «Figlio mio, tu devi tirare una linea. Che cosa fai invece? Fai una riga!» oppure diceva a un poltrone: «Tu rimani nella quarta non da anni, ma per gli anni!» e aveva un suo strano modo di ingoiare le vocali atone. Gli piaceva soprattutto insegnare nell'ora di canto la bella canzone *La fo-*

resta verde e allora mandava un paio di scolari nel corridoio e quando il coro intonava: *Allegri andiam per campi e prati...* essi dovevano ripetere sottovoce l'ultima parola facendo l'eco. Se però questo compito toccava a Christian Buddenbrook, a suo cugino Jürgen Kröger, o al suo amico Andreas Giesecke, allora, invece di eseguire soavemente l'eco, facevano rotolare giù dalle scale la cassetta del carbone e in compenso dopo le quattro dovevano rimanere in reclusione nell'appartamento del signor Stengel. Dove però non regnava alcuna severità: Stengel aveva bell'e dimenticato e incaricava la sua governante di versare agli scolari Buddenbrook, Kröger e Giesecke una tazza di caffè "per ciascuno", dopo di che li mandava a casa.

In realtà gli ottimi eruditi che, piacevolmente governati da un direttore umano e tabaccone, facevano il loro dovere sotto le volte della vecchia scuola (un ex convento), erano persone innocue e bonarie, tutte concordi nell'opinione che la scienza non esclude l'allegria e desiderose di svolgere i loro compiti con calma e benevolenza. Nelle classi medie c'era un ex predicatore che insegnava il latino, un certo pastore Pastori, uomo alto, dagli scopettoni bruni e dagli occhietti vispi, la cui felicità si può dire consistesse in quella concordanza fra il suo nome e il suo titolo. La sua frase preferita era «sconfinatamente limitato» e non si è mai saputo se egli fosse cosciente del bisticcio. Quando però voleva far sbalordire gli allievi, ricorreva all'arte di far rientrare le labbra nella bocca e di farle scattar fuori in modo da produrre uno schiocco come quello d'un tappo di spumante che salti. Gli piaceva girare a gran passi per la classe e prospettare con molta vivacità ai singoli scolari tutta la loro vita avvenire, con lo scopo preciso di eccitare la loro fantasia. Ma poi passava al lavoro serio, cioè faceva recitare i versetti che contenevano le regole dei generi grammaticali: versetti che egli stesso aveva composti sulle costruzioni latine più difficili e che recitava mettendo trionfalmente in rilievo il ritmo e la rima.

Della giovinezza di Tom e di Christian non c'è niente di particolare da dire. In quel tempo splendeva il sole nella casa dei Buddenbrook, perché gli affari andavano a vele gonfie. Solo qualche volta capitava una burrasca, una piccola disgrazia, come questa:

Il signor Stuht, un sarto la cui moglie acquistava vestiti usati e frequentava perciò la migliore società; il signor Stuht, la cui pancia era coperta da un camiciotto di lana e sbucava dai calzoni con stupefacente rotondità; il signor Stuht aveva fatto per i giovani Buddenbrook due abiti che costavano in totale settanta marchi. Senonché, per desiderio dei due ragazzi, si era lasciato indurre a segnare nella fattura pari pari ottanta marchi e a versar loro la differenza in contanti. Era un piccolo affare... non del tutto pulito, ma tutt'altro che raro. Disgrazia volle che, non si sa per quale oscuro destino, tutta la faccenda venisse alla luce. E il signor Stuht, con la giacca nera sopra il camiciotto di lana, dovette presentarsi nello studio privato del console, dove Tom e Christian subirono in sua presenza un severo interrogatorio. Il signor Stuht, che a gambe larghe ma con la testa un po' reclinata e in atteggiamento rispettoso stava accanto al seggiolone del console, tenne un bel discorso dicendo che "la faccenda era andata così" e che "poiché aveva fatto cilecca" sarebbe stato ben lieto di incassare solo i settanta marchi. Il console era indignatissimo di quel tiro birbone. Ma, dopo mature riflessioni, finì con l'aumentare ai figlioli il contributo per i minuti piaceri; è detto infatti: "Non c'indurre in tentazione".

Evidentemente Thomas Buddenbrook autorizzava a maggiori speranze che suo fratello. Il suo contegno era equilibrato e saggiamente sereno; Christian invece appariva lunatico, tendeva da un lato a una sciocca comicità e dall'altro era capace di far spaventare in modi strani tutta la famiglia...

Ecco: si è a tavola, si è giunti alle frutta e si mangia chiacchierando tranquillamente. D'improvviso Christian ripone sul piatto una pesca addentata e impallidisce mentre i suoi occhi tondi e infossati si spalancano sopra il naso troppo grande.

«Non mangerò mai più una pesca» dichiara.

«Perché no, Christian? Che storie sono coteste? Che cos'hai?»

«Pensate, se per distrazione... ingoiassi questo nocciolo così grosso e mi rimanesse in gola... e non potessi prender fiato... e balzassi in piedi...» e aggiunge un gemito pieno di terrore, e salta dalla sedia e fa per scappar via.

Sua madre e la signorina Jungmann si alzano effettivamente.

«Dio mio, Christian, non l'hai mica inghiottito davvero?» Tutto fa credere infatti che sia così.

«No, no» dice Christian calmandosi «ma, dico, *se* l'avessi inghiottito!»

Il console, pallido, anche lui dallo spavento, gli dà una sgridata e anche il nonno batte indignato sulla tavola protestando contro simili buffonate. Christian però non mangia più pesche realmente per parecchio tempo.

IV

Non fu soltanto la grave età quella che, circa sei anni da quando la famiglia si era stabilita nel palazzo della Mengstrasse, in una fredda giornata di gennaio, diede l'ultimo colpo alla vecchia M.me Antoinette Buddenbrook nell'alto letto a baldacchino che sorgeva nella camera del piano di mezzo. La signora era rimasta in gambe fino all'ultimo e aveva portato con eretta dignità i grossi riccioli bianchi sulle orecchie; insieme col marito e i figlioli era intervenuta ai più importanti pranzi che si davano in città, e, nelle riunioni organizzate dagli stessi Buddenbrook, aveva adempiuto ai suoi doveri di ospitalità non meno dell'elegante nuora. Ma un giorno improvvisamente si era verificato un disturbo quasi indefinibile, un lieve catarro intestinale, contro il quale il dottor Grabow aveva ordinato un po' di piccione e di pane bianco; era una colica con vomito che provocò con inesplicabile rapidità un rilassamento di forze, uno stato preoccupante di deperimento.

Quando il dottor Grabow ebbe sulle scale un breve e serio colloquio col console, quando un secondo medico chiamato a consulto, un uomo tarchiato dalla barba nera e dallo sguardo truce, incominciò ad andare e venire insieme con Grabow, tutta la casa, per così dire, mutò aspetto. Si camminava in punta di piedi, si sussurrava con gran serietà e i carri non dovevano più passare dall'androne. Pareva fosse entrato qualche cosa di nuovo, di estraneo, di straordinario, un mistero che ognuno leggeva negli occhi degli altri; il pensiero della morte si era fatto avanti e dominava muto nelle ampie stanze.

Né ci si poteva concedere alcun riposo perché arrivavano visite. La malattia durò quattordici o quindici giorni, e già dopo una settimana il vecchio senatore Duchamps, un fratello della moribonda, arrivò con la figlia da Amburgo, mentre un paio di giorni dopo giunse la sorella del console col marito banchiere, da Francoforte. Questi signori abitavano nel palazzo e Ida Jungmann aveva un gran daffare per badare alle varie camere e tener pronte gustose colazioni con granchiolini e vino di Porto, mentre in cucina si preparavano arrosti e si faceva funzionare il forno...

Disopra, Johann Buddenbrook era seduto al capezzale della malata e, tenendo fra le sue la mano smorta della sua vecchia Nette, guardava davanti a sé con le sopracciglia rialzate e il labbro inferiore un po' rilassato. La pendola mandava i suoi rintocchi cupi a lunghi intervalli, ma più raramente ancora la degente respirava d'un respiro breve e superficiale. Presso la tavola una infermiera vestita di nero si occupava del brodo ristretto che si voleva tentare di farle prendere ancora; di quando in quando un membro della famiglia entrava senza far rumore e scompariva.

Probabilmente il vecchio ricordava come quarantasei anni prima si era trovato per la prima volta presso il letto di morte d'una moglie, e confrontava la grande costernazione di allora con la malinconia pensosa che adesso, vecchio anche lui, gli faceva contemplare il viso mutato, scialbo e terribilmente indifferente della vecchia consorte, la quale non gli aveva mai dato una grande felicità, mai un grande dolore, ma per molti anni aveva resistito al suo fianco con savio decoro e che ora se ne partiva piano piano anche lei.

Egli non pensava molto, riandava soltanto con un leggero tentennare del capo la vita propria e la vita in genere che ad un tratto gli appariva così lontana e singolare: un frastuono così inutilmente rumoroso in mezzo al quale si era trovato e che insensibilmente si era allontanato da lui e ora risonava da lungi nelle sue orecchie stupite, in ascolto. Ogni tanto mormorava tra sé a mezza voce: «Strano! Strano!».

Quando poi M.me Buddenbrook ebbe esalato senza ago nia l'ultimo e brevissimo sospiro, quando nella sala da pranzo fu data la benedizione e i portatori sollevarono la bara pe sante coperta di fiori, egli non mutò atteggiamento; non pianse nemmeno; ma gli rimase il leggero stupefatto tentennare del capo, e quel quasi sorridente "strano, strano" divenne il suo intercalare preferito... Non c'era dubbio che anche Johann Buddenbrook si avviava verso la fine.

Incominciò a starsene silenzioso e assente in mezzo alla famiglia, e se qualche volta prendeva sulle ginocchia la pic cola Clara per cantarle una delle sue vecchie buffe canzoni, come per esempio: *La diligenza passa per le vie*... oppure *Sul muro c'è un moscone*... ad un tratto smetteva, e come seguendo un filo lungo e semincosciente del pensiero riponeva a terra la nipote e guardando altrove ripeteva scotendo il capo: «Strano!».

Un giorno disse: «Jean... *assez*, vero?»

E poco dopo incominciarono a circolare per la città i moduli elegantemente stampati e muniti di due firme, coi quali Johann Buddenbrook sen. aveva l'onore di comunicare che la sua età avanzata lo induceva a rinunciare all'attività commerciale e che per conseguenza la Ditta Johann Buddenbrook, fondata da suo padre buonanima nell'anno 1768, passava da quel giorno, sotto la medesima ragione sociale, con tutte le attività e passività, al suo figlio e socio, Johann Buddenbrook, come unico titolare; con la preghiera di voler conservare al figlio la fiducia dimostrata da ogni parte a lui. Poi, i più distinti saluti: Johann Buddenbrook sen., il quale non firmerà più.

Diramata questa comunicazione, il vecchio si rifiutò di metter più piede negli uffici, e la sua pensosa apatia aumentò in modo pauroso; sicché verso la metà di marzo, soltanto un paio di mesi dopo la morte di sua moglie, bastò un piccolo raffreddore primaverile per costringerlo a letto; e poi una notte venne l'ora in cui la famiglia si trovò intorno anche al suo letto ed egli diceva al console:

«Buona fortuna... Hai capito, Jean? E sempre *courage!*»

E a Thomas: «Aiuta tuo padre!».

E a Christian: «Bada di diventare qualcosa di buono!...». Dopo di che tacque, li guardò tutti e con un ultimo *strano!* si volse verso la parete...

Fino all'estremo non aveva menzionato Gotthold, e all'invito scritto del console di farsi vedere presso il letto di morte del babbo il figlio maggiore aveva risposto col silenzio. Ma la mattina seguente, molto per tempo, quando le partecipazioni funebri non erano ancora spedite e il console s'avviava per sbrigare nell'ufficio gli affari più urgenti, ecco che Gotthold Buddenbrook, titolare del negozio di tela Siegmund Stüwing & C. nella Via Larga, avanzò a passi rapidi dal vestibolo. Era un uomo di quarantasei anni, piccolo e corpulento, fornito di grossi favoriti biondocenere con alquanti fili bianchi. Aveva le gambe corte e portava calzoni larghi a sacco, di stoffa greggia quadrettata. Su per la scala andò incontro al console sollevando le sopracciglia sotto la tesa del cappello grigio e contraendole tuttavia.

«Johann» disse con voce alta e gradevole senza porger la mano al fratello «come stiamo?»

«È deceduto questa notte!» rispose il console commosso afferrando la mano del fratello che reggeva un ombrello. «Lui, così buono!»

Gotthold abbassò le sopracciglia al punto da chiudere le palpebre. E dopo una pausa disse con intenzione: «Non si è mutato nulla, Johann, sino alla fine?».

Tosto il console abbandonò quella mano e anzi si ritirò di un gradino, mentre i suoi occhi tondi e incavati lampeggiavano. E disse: «Niente».

Le sopracciglia di Gotthold risalirono sotto la tesa del cappello e i suoi sguardi si appuntarono con uno sforzo sul fratello.

«E che cosa mi posso aspettare dal tuo senso di giustizia?» soggiunse abbassando la voce.

Il console a sua volta chinò lo sguardo; ma poi senza risollevarlo fece un gesto deciso della mano dall'alto al basso e rispose con fermezza:

«In questo momento triste e grave ti ho porto la mano come fratello; ma sul terreno degli affari non posso stare di fronte a te se non come capo della rispettabile Ditta della quale sono diventato oggi l'unico titolare. Da me non puoi aspettarti nulla che sia contrario agli obblighi che simile qualità m'impone; in questo gli altri miei sentimenti non c'entrano.»

Gotthold si ritirò... Ma al funerale, quando la folla dei parenti, conoscenti, colleghi, deputazioni, portatori di grano, scritturali e magazzinieri, empì le stanze, le scale, i corridoi, e tutte le carrozze da nolo della città si trovarono allineate nella Mengstrasse, al funerale Gotthold ricomparve con sincera sodisfazione del console; anzi portò anche sua moglie nata Stüwing e le sue tre figliole già grandi: Friederike e Henriette che erano entrambe alte e allampanate, e la minore, la diciottenne Pfiffi, la quale era troppo piccola e grassa.

Quando poi sulla tomba di famiglia dei Buddenbrook, là

davanti alla rocca, al margine della cinta alberata del cimitero, il pastore Kölling della chiesa di Santa Maria, un uomo aitante dalla testa grossa e dalla rude eloquenza, ebbe esaltato la vita moderata e pia del defunto, cosi contrastante con quella dei "crapuloni dissoluti" (disse proprio così, quantunque parecchi, che ricordavano la discrezione del vecchio Wunderlich, morto poco prima, scotessero il capo); quando le cerimonie e le formalità furono terminate e le settanta o ottanta carrozze presero la via del ritorno in città, allora Gotthold Buddenbrook si offerse di accompagnare il console perché desiderava parlargli a quattr'occhi. Ed ecco, là accanto al fratellastro, sul sedile posteriore della carrozza larga e goffa, le gambe corte accavalciate, egli si mostrò mansueto e conciliante. Riconosceva, disse, sempre più che il console era costretto ad agire come faceva e che la memoria del babbo non doveva essergli turbata. Perciò rinunciava alle sue pretese, tanto più che aveva intenzione di ritirarsi dagli affari e di andare a riposo con ciò che aveva ereditato e con quanto altro gli rimaneva, poiché il commercio della tela gli dava poca sodisfazione ed era cosi poco redditizio che egli non sapeva decidersi a impiegarvi altro denaro. "La ribellione al babbo non gli ha portato fortuna!" pensò il console con un'occhiata devota verso l'alto; e Gotthold pensò probabilmente la stessa cosa.

Nella Mengstrasse egli accompagnò il fratello fin nella sala da pranzo, dove entrambi, infreddoliti dall'essere stati lungamente in marsina all'aria primaverile, bevvero insieme un bicchierino di vecchio cognac. Quando poi Gotthold ebbe scambiato un paio di parole serie e cortesi con la cognata, e accarezzato i capelli ai nipoti, se ne andò per ricomparire alla prossima riunione di famiglia nella villa dei Kröger... Incominciava già a liquidare.

V

Una cosa addolorava il console: che suo padre non avesse più potuto assistere all'ingresso del nipote maggiore nell'azienda, avvenuto intorno alla Pasqua dello stesso anno.

Thomas aveva finito la scuola a sedici anni. Era cresciuto molto negli ultimi tempi e, dopo la confermazione, alla quale il pastore Kölling gli aveva raccomandato la moderazione, portava vestiti da uomo che lo facevano sembrare ancor più alto. Al collo aveva la lunga catena d'oro dell'orologio lasciatagli dal nonno, e v'era appeso un medaglione con lo stemma di famiglia, quello stemma malinconico che rappresentava, sopra un tratteggio irregolare, un piatto terreno paludoso con un salice nudo e solitario sulla riva. L'anello, ancor più antico, con la pietra verde, che aveva portato probabilmente già il "molto agiato" sarto di Rostock, era passato al console insieme con la grande Bibbia.

In Thomas la somiglianza col nonno si era sviluppata come in Christian quella col babbo; specialmente il mento sodo e rotondo e il naso dritto dal taglio fine erano quelli del vecchio. I suoi capelli con la scriminatura da una parte, che formavano due insenature sulle tempie strette e visibilmente venate, erano d'un biondo scuro e, in contrasto con questi, le lunghe ciglia e le sopracciglia apparivano insolitamente chiare e stinte (di solito egli teneva un sopracciglio leggermente sollevato). I suoi gesti, il modo di parlare e di ridere che metteva in mostra i denti un po' guasti, erano pacati e intelligenti. Egli intendeva di dedicarsi alla sua professione con zelo e serietà.

Fu un giorno straordinariamente solenne quello in cui il console, dopo la prima colazione, scese con lui negli uffici per presentarlo al signor Marcus, il procuratore, al signor Havermann, il cassiere, e al resto del personale col quale era già in buona amicizia; quando per la prima volta si trovò seduto sullo sgabello girevole davanti alla scrivania intento a timbrare, ordinare, copiare, e quando suo padre nel pomeriggio lo condusse giù al Trave, nei magazzini del "Tiglio", del "Rovere", del "Leone" e della "Balena"; Thomas vi conosceva già da tempo ogni angolo, ma ora fu presentato come collaboratore.

Si dedicava al lavoro con assiduità, imitando la diligenza tranquilla e tenace del babbo, che lavorava a denti stretti e registrava nel diario parecchie preghiere e richieste di assistenza: si trattava infatti di riacquistare i capitali notevoli che alla morte del vecchio erano andati perduti per la "Ditta" per la quale il babbo aveva una specie di culto... Una sera molto tardi, nella stanza dei paesaggi, egli espose a sua moglie la situazione piuttosto particolareggiata.

Erano le undici e mezzo e i ragazzi, come pure la signorina Jungmann, dormivano nelle stanze lungo il corridoio, poiché il secondo piano era ormai vuoto e serviva solo qualche volta per i forestieri. Elisabeth era seduta sul sofà giallo accanto al marito che, con un sigaro in bocca, consultava il bollettino dei cambi nel giornale locale. Ella stava china su un ricamo di seta e moveva leggermente le labbra contando con l'ago una serie di punti. Vicino a lei, sul grazioso tavolino da lavoro con ornamenti dorati, ardevano le sei candele di un candelabro; il lampadario era spento.

Johann Buddenbrook, che pian piano si avvicinava ai quarantacinque, era visibilmente invecchiato in quegli ultimi anni. I suoi occhietti tondi si erano ancor più infossati, il grosso naso curvo e gli zigomi erano più sporgenti e pareva che un piumino da cipria gli fosse passato leggero leggero sui capelli biondocenere accuratamente pettinati sulle tempie. Sua moglie era verso i quaranta, ma conservava ancora il suo aspetto non bello eppur brillante, e la sua carnagione bianca, con qualche efelide, non aveva perduto nulla della sua delicatezza. I capelli rossicci, pettinati con arte, erano illuminati dalla luce delle candele. Con un breve sguardo degli occhi azzurri e chiari verso il marito, incominciò:

«Caro Jean, volevo pregarti di considerare una cosa: se non sia opportuno prendere un domestico... Io mi sono fatta questa convinzione. Quando penso ai miei genitori...»

Il console abbassò il giornale sulle ginocchia e, togliendosi il sigaro dalle labbra, si fece attento poiché si trattava di spese.

«Ecco, mia cara e amata Bethsy» replicò tirando in lungo l'allocuzione per ordinare le proprie obiezioni. «Un domestico? Dopo la morte dei nostri poveri genitori abbiamo tenuto in casa tutte le tre ragazze oltre alla signorina Jungmann, e io direi...»

«Oh, Jean, la casa è così grande che è quasi un guaio. Io dico: "Senti, Line, nelle stanze didietro è un secolo che non si spolvera", ma non posso stancare troppo il personale, perché già così esso deve affannarsi molto se si vuole che nelle stanze davanti tutto sia netto e pulito. Un servitore andrebbe bene per fare le commissioni e simili incarichi... Non è difficile trovare un brav'uomo di campagna senza molte pretese... Anzi, Jean, prima che mi dimentichi: Luise Möllendorpf vuol licenziare il suo Anton; io l'ho visto servire in tavola con molta sicurezza...»

«Ti confesso» fece il console agitandosi un po' sulla sedia che quest'idea non mi entra. Ora non frequentiamo nessuno, non diamo feste...»

«Già, è vero, ma visite ne riceviamo di frequente, e non per colpa mia, caro Jean, per quanto tu sappia che mi fanno molto piacere. Arriva un tuo collega di fuori, tu lo inviti a colazione, non ha ancora fissato la camera all'albergo e naturalmente pernotta in casa nostra. Poi viene un viaggiatore che rimane qui otto giorni... Per la settimana ventura aspettiamo il pastore Mathias da Kannstatt... Insomma, per farla breve, i salari sono tanto modesti...»

«Ma si accumulano, cara Bethsy! Ora in casa paghiamo quattro persone; e tu non tieni conto dei molti che sono a servizio della Ditta.»

«Possibile che non ci siano i mezzi per un domestico?» fece Elisabeth sorridendo e guardando il marito col capo un po' reclinato. «Se penso al personale dei miei genitori...»

«I tuoi genitori, Bethsy! Ma io ti domando se ti rendi conto della nostra vera situazione.»

«È vero, Jean, non ne ho una visione abbastanza chiara...»

«Te la do io: non è difficile» rispose il console; e assestandosi sul sofà mise una gamba sopra l'altra, trasse una boccata dal sigaro, e socchiudendo gli occhi si mise a snocciolare le cifre che aveva sulla punta delle dita.

«Ecco in breve: a suo tempo, prima che si sposasse mia sorella, il povero babbo possedeva tondi tondi 900.000 marchi, prescindendo beninteso dai terreni e dal valore della Ditta. Ottantamila sono andati a Francoforte per la dote e 100.000 quando si è accasato Gotthold: restano 720.000. Venne poi l'acquisto di questo palazzo, che nonostante il ricavato dalla vendita della casa piccola nella Alfstrasse è costato, con le migliorìe e i nuovi acquisti, 100.000 marchi: fanno 620.000. A Francoforte si è pagata l'indennità di 25.000: restano 595.000, e questa sarebbe stata la situazione alla morte del babbo se tutte queste spese, con l'andar degli anni, non fossero state controbilanciate da un guadagno di circa 200.000 marchi. Il patrimonio totale era dunque di 795.000. In seguito furono versati 100.000 marchi a Gotthold e altri 267.000 a Francoforte, detraendo ancora un paio di migliaia di marchi per piccoli legati che furono assegnati, secondo il testamento del babbo, all'Ospedale dello Spirito Santo, alla Cassa vedove di commercianti, ecc., arriviamo a circa 420.000, ai quali va aggiunta la tua dote di 100.000. Questa, in cifre tonde e non tenendo conto di piccole oscillazioni, è all'incirca la situazione. Non siamo enormemente ricchi, mia cara Bethsy, e poi bisogna considerare che l'azienda è diventata più piccola, mentre invece le spese generali sono rimaste le stesse, perché la linea, dell'azienda non consente di diminuirle... Mi hai seguìto?»

La moglie confermò con un cenno esitante, lasciando cadere il ricamo in grembo.

«Benissimo, caro Jean» disse, per quanto non avesse compreso tutto e non riuscisse assolutamente a capire come mai quelle grosse cifre non consentissero di prendere un domestico.

Il console ravvivò il sigaro, reclinò la testa soffiando il fumo in aria e continuò:

«Ora, tu penserai che, quando Dio chiamerà a sé i tuoi cari genitori, possiamo aspettarci un'eredità cospicua, e questo è esatto. Però... non dobbiamo fare calcoli imprudenti. So che tuo padre ha subìto perdite piuttosto forti e precisamente, come sai, per colpa di Justus. Justus è una cara persona, ma non è un bravo commerciante e oltre a ciò è stato sfortunato senza sua colpa. Ha avuto perdite assai sensibili con parecchi clienti, e avendo intaccato il capitale ha dovuto venire a transazioni coi banchieri, di modo che tuo padre è stato costretto a intervenire più volte con somme notevoli per evitare un disastro. Sono cose che possono ripetersi e temo si ripeteranno, poiché (perdonami Bethsy, se sono sincero) quella facile serenità che è così piacevole in tuo padre, il quale si disinteressa degli affari, non si confà invece a tuo fratello che degli affari si occupa... Tu mi capisci... Non è un uomo prudente, è, come dire?, un pochino spiccio e superficiale... Del resto, i tuoi genitori, e io ne sono sinceramente lieto, non si fanno mancar nulla, fanno una vita signorile, come... come si confà alla loro situazione...»

Elisabeth ebbe un sorriso indulgente; conosceva il preconcetto di suo marito contro le tendenze eleganti della famiglia.

«Basta» proseguì lui deponendo il mozzicone nel portacenere «io per parte mia faccio assegnamento soprattutto sul Signore che vorrà conservarmi la capacità di lavoro perché possa riportare, col suo aiuto, il patrimonio della Ditta all'altezza di una volta... Spero, Bethsy, che adesso avrai una visione più chiara, vero?»

«Perfettamente, Jean, perfettamente» s'affrettò lei a rispondere poiché per il momento rinunciava al domestico. «Ma è ora di andare a riposare, non ti pare? Abbiamo fatto molto tardi...»

Tuttavia, dopo un paio di giorni, il console venne a tavola di buonumore, e fu deciso di prendere a servizio l'Anton dei Möllendorpf.

VI

«Tony la mettiamo a pensione, e precisamente dalla signorina Weichbrodt» disse il console Buddenbrook, e lo disse in tono talmente deciso che si dovette fare così. Di Tony e Christian, come abbiamo accennato, si era meno contenti che di Thomas, il quale si dedicava agli affari con molto ingegno, di Clara che cresceva vispa, e della povera Klothilde il cui appetito non poteva che rallegrare chiunque. A proposito di Christian la cosa meno grave era quella di essere costretto quasi ogni pomeriggio a prendere il caffè dal signor Stengel... benché sua madre, che ne era seccata, invitasse un giorno il maestro, mediante un grazioso bigliettino, ad un colloquio nella Mengstrasse. Stengel si presentò con la parrucca della domenica, col suo collettone più alto, il panciotto irto di matite appuntite come lance, e stette con la moglie del console nella stanza dei paesaggi, mentre Christian ascoltava di soppiatto la conversazione dalla sala da pranzo. L'ottimo educatore espose con eloquenza e sia pure con un po' di soggezione le sue opinioni, disse della importante differenza fra "linea" e "riga", menzionò la «bella foresta verde» e la cassetta del carbone e, durante tutta la visita, andava ripetendo le parole «ragione per cui» che gli sembravano le più adeguate a quell'ambiente signorile. Dopo un quarto d'ora comparve il console che cacciò via Christian ed espresse al signor Stengel il suo vivo rammarico per il fatto che suo figlio aveva dato motivo a lagnanze... «Oh, Dio guardi, signor console, per carità! È un ragazzo intelligente, un tipo allegro, l'allievo Buddenbrook. Ragione per cui... Tuttavia è un po' troppo vivace, se posso dire così...

Ragione per cui...» Il console gli fece vedere la casa, molto gentilmente, dopo di che Stengel si accomiatò... Ma tutto questo non era il peggio.

Il peggio fu quando si venne a sapere quanto segue: una sera l'alunno Christian Buddenbrook ebbe il permesso di andare con un buon amico a teatro, dove si dava il *Guglielmo Tell* di Schiller; la parte di Walter, il figlio di Tell, era recitata da una ragazza, una certa *demoiselle* Meyer-de la Grange, che aveva una sua particolarità. Infatti fosse o non fosse adeguato alla parte che recitava, sulla scena portava sempre un fermaglio di brillanti notoriamente autentici, poiché, come tutti sapevano, le erano stati regalati dal giovane console Peter Döhlmann, figlio del defunto grande commerciante di legname Döhlmann, nella Wallstrasse. Il console Peter era uno di quelli che in città si chiamavano *suitiers* (tale era, per esempio, anche Justus Kröger), vale a dire era di costumi un po' leggeri. Era ammogliato e aveva persino una bambina, ma da parecchio tempo era in discordia con la moglie e viveva addirittura da scapolo. Il patrimonio lasciatogli da suo padre, del quale egli continuava per così dire l'azienda, era stato piuttosto considerevole; si diceva che ciò nonostante intaccasse il capitale. Per lo più faceva colazione al circolo o nel ristorante del municipio, lo si vedeva ogni mattina alle quattro per le strade e faceva frequenti viaggi d'affari ad Amburgo. Soprattutto però era un appassionato del teatro, non mancava mai alle recite e si interessava particolarmente al personale di scena. La signorina Meyer-de la Grange era stata l'ultima delle giovani attrici che egli aveva onorato in quegli anni con un dono di brillanti...

Ma per venire al fatto, la giovane attrice nella parte di Walter Tell (anche ora portava il suo fermaglio di brillanti) era molto carina e recitava in modo così commovente che l'allievo Buddenbrook si trovò con gli occhi pieni di lacrime, e anzi si lasciò trascinare a una di quelle azioni che possono derivare soltanto da una troppo forte commozione. Durante un intervallo corse dal fiorario dirimpetto e acquistò, per un marco e otto scellini, un mazzo di fiori col quale il marmocchio quattordicenne dal naso grosso e dagli occhietti infossati prese la via del palcoscenico; e poiché nessuno pensò a fermarlo, s'imbatté, davanti a un camerino, nella signorina Meyer-de la Grange che stava discorrendo col console Peter Döhlmann. Questi, vedendo arrivare Christian col mazzo di fiori, voleva sbellicarsi dalle risa; senonché il nuovo *suitier* fece con molta serietà il suo più bell'inchino davanti a Walter Tell, gli porse i fiori, crollò lentamente la testa e disse con un tono quasi dolente, tanto era sincero:

«Signorina, come avete recitato bene!»

«Oh, guarda un po' Christian Buddenbrook!» esclalmò il console Döhlmann con la sua strana pronuncia. La signorina Meyer-de la Grange sollevò invece le belle sopracciglia e domandò:

«Figlio del console Buddenbrook?» Poi accarezzò con molta benevolenza la guancia del nuovo spasimante.

Questi erano i fatti che Peter Döhlmann riferì la sera stessa al circolo e che si propagarono come un baleno in tutta la città, arrivando persino alle orecchie del preside, il quale a sua volta ne fece argomento d'un colloquio col console Buddenbrook. Ma come la prese costui? Più che adirato rimase accasciato, annichilito. E quando riferì la cosa alla moglie, nella stanza dei paesaggi, appariva quasi affranto.

«Questo è nostro figlio, così vien su...»

«Dio mio, Jean, tuo padre ne avrebbe riso... e giovedì vai pure a raccontarlo ai miei genitori, il babbo si divertirà immensamente...»

Allora il console protestò con tutte le sue forze:

«Ah sì, sono convinto, Bethsy, che si divertirà! Sarà molto contento che il suo sangue frivolo e le sue cattive inclinazioni rivivano non solo in Justus, il *suitier*, ma evidentemente anche in uno dei suoi nipoti. Sacripante, sei tu che mi costringi a parlare così! Ecco che va da costei... spende i suoi soldini per quella... poco di buono! Lui non lo sa, siamo d'accordo, ma la tendenza si manifesta già. La tendenza si manifesta!...»

Sì, il caso era grave; e il console era tanto più atterrito in quanto anche Tony non teneva un comportamento irreprensibile. Con gli anni aveva bensì rinunciato a far ballare su una gamba sola l'uomo pallido e a suonare il campanello della bambolaia; ma aveva un modo sempre più ardito di arrovesciare la testa, e specialmente d'estate, quando era coi nonni, le si riscontrava una riprovevole tendenza all'arroganza e alla vanità.

Un giorno il console la sorprese con suo grande dispiacere a leggere, insieme con la signorina Jungmann, *Mimili* di Clauren; sfogliò il volumetto, stette zitto e lo chiuse per sempre. Poco dopo si venne a sapere che Tony – Antonie Buddenbrook! – era andata a passeggio fuori porta sola sola con uno studente di ginnasio, amico dei suoi fratelli. La signora Stuht, quella stessa che frequentava i circoli migliori, li aveva visti e in occasione d'un acquisto di abiti in casa Möllendorpf aveva fatto notare che in verità anche madamigella Buddenbrook aveva raggiunto l'età in cui... e la signora Möllendorpf lo aveva riferito al console sorridendo. Quelle passeggiate furono troncate. Ma in seguito risultò che la signorina Tony andava a ritirare e a nascondere bigliettini in uno di quei vecchi alberi cavi dietro la rocca, che erano insufficientemente riempiti di cemento; e che quei biglietti erano dello stesso studente. Quando tutto ciò venne alla luce s'impose la necessità di mettere la quindicenne sotto severa sorveglianza, in una pensione, e precisamente in quella della signorina Weichbrodt, Mühlenbrink N. 7.

VII

Therese Weichbrodt era gobba, tanto gobba che non era più alta di un comune tavolino. Aveva quarantun anni, ma poiché non aveva mai tenuto a essere piacente si vestiva come una vecchia di sessanta o settant'anni. Sui riccioli grigi imbottiti sopra le orecchie portava una cuffia con nastri verdi che le ricadevano sulle strette spalle infantili, e sui suoi poveri abitini neri non si era mai visto nulla che potesse assomigliare a una guarnizione... tranne il grande fermaglio ovale che riproduceva, dipinto su porcellana, il ritratto di sua madre.

La piccola signorina Weichbrodt aveva occhi acuti e intelligenti, il naso leggermente curvo e le labbra sottili che sapeva stringere nel modo più deciso. In genere la sua figura meschina e tutti i suoi movimenti facevano un effetto buffo da una parte, ma incutevano anche rispetto. A ciò contribuiva il suo modo di parlare. Movendo a scosse la mandibola e agitando la testa, parlava con esattezza e chiarezza, senza inflessioni dialettali, e pronunciava accuratamente le consonanti. Esagerava però il suono delle vocali, dimodoché chiamava il suo cagnolino ringhioso non Bobby, ma Babby. Quando diceva a un'allieva: «Bimba, non essere così sciocca!» e batteva due volte brevemente l'indice curvo sulla tavola, faceva molta impressione, non c'è dubbio; e quando mademoiselle Popinet, la francese, prendeva troppo zucchero da mettere nel caffè, la signorina Weichbrodt aveva un modo particolare di guardare il soffitto, di suonare il pianoforte con una mano sulla tovaglia e di dire: «Al tuo posto vuoterei la zuccheriera!» sicché mademoiselle Popinet si faceva di bragia.

Da bambina (Dio mio, come doveva essere stata minuscola da bambina!) Therese Weichbrodt aveva chiamato sé stessa Sesemi, e questo cambiamento di nome l'aveva conservato permettendo alle scolare migliori e più brave, sia interne sia esterne, di chiamarla così.

«Chiamami pure Sesemi, figliola» disse fin dal primo giorno a Tony Buddenbrook, baciandola in fronte con un breve schiocco. «Me lo sento dire volentieri.» La sua sorella maggiore invece, la signora Kethelsen, si chiamava Nelly.

Madama Kethelsen, che poteva avere quarantotto anni, era stata lasciata sul lastrico dal defunto marito, abitava con sua sorella in una stanzetta del piano disopra e prendeva parte alla mensa comune. Si vestiva all'incirca come Sesemi, ma a differenza di lei era enormemente alta; ai polsi scheletriti portava polsini di lana. Non era maestra, non sapeva che cosa fosse la severità, e il suo cuore era pieno di bontà e letizia. Quando un'allieva della signorina Weichbrodt faceva qualche scappatella, lei rideva d'un riso bonario e tanto cordiale da essere quasi lamentoso, finché Sesemi picchiava sulla tavola e chiamava «Nelly!» con tanta forza che pareva quasi «Nally!». Allora Nelly ammutoliva spaurita.

Madama Kethelsen obbediva alla sorella minore, si lasciava sgridare come una bambina, e il fatto era che Sesemi provava per lei un cordiale disprezzo. Therese era una ragazza che aveva letto molto, poteva dirsi quasi erudita, e aveva dovuto salvare attraverso piccole lotte severe la sua fede infantile, la sua religiosità positiva e la fiducia che un giorno le sarebbe stata compensata quella vita così difficile e senza luce. Madama Kethelsen invece era ignorante, innocente, e aveva un'anima ingenua. «Quella brava Nelly» diceva Sesemi. «Oh Dio, è una bambina, non ha mai avuto un dubbio, non ha mai dovuto sostenere un conflitto, è una creatura felice.» E in quelle parole c'era altrettanto disprezzo quanta invidia, e questo era un lato debole, seppur perdonabile, del carattere di Sesemi.

Il pianterreno rialzato della casetta di mattoni rossi alla periferia della città, con intorno un giardinetto ben tenuto, conteneva le aule scolastiche e la sala da pranzo, mentre le camere erano al piano disopra e anche in soffitta. Le allieve della signorina Weichbrodt non erano numerose, perché la pensione accoglieva soltanto ragazze grandi e comprendeva, anche per le esterne, soltanto le tre prime classi; d'altro canto Sesemi badava col massimo rigore a prendersi in casa soltanto figlie di indiscutibilmente buona famiglia. Tony Buddenbrook, come abbiamo accennato, fu accolta con tenerezza; anzi a cena Sesemi offrì il *bisciof*, un ponce rosso e dolce che si beveva freddo e che lei sapeva preparare alla perfezione... «Ancora un pochino di *bisciof?*» domandava con una scossa cordiale del capo... Ed era così invitante che nessuno sapeva resistere.

La signorina sedeva a capo tavola su due cuscini da divano e dominava la mensa con energia e accortezza; rizzava il corpiciattolo anchilosato, batteva sulla tavola, chiamava «Nally!» e «Babby!» e umiliava M.lle Popinet con un'occhiata quando questa stava per prendere tutta la gelatina dell'arrosto freddo. A Tony era stato assegnato il posto in mezzo a due altre pensionanti: fra Armgard von Schilling, la figlia bionda e robusta di un possidente del Mecklemburgo, e Gerda Arnoldsen di Amsterdam, una figura elegante ed esotica dai capelli abbondanti d'un rosso scuro, dagli occhi bruni molto ravvicinati e dal bel viso bianco un pochino superbo. Di fronte a lei cicalava la francese che aveva l'aspetto di una negra e portava alle orecchie enormi cerchi d'oro. All'altro capo della tavola era seduta, col suo sorriso acido, la magra inglese Miss Brown che pure abitava in casa.

Grazie al *bisciof* di Sesemi si fece amicizia rapidamente. Nella notte precedente M.lle Popinet aveva avuto di nuovo l'incubo, così raccontava... *Ah, quelle horreur!* In tal caso si metteva a gridare: «Aiuto, aiuto! I ladri, i ladri!» dimodoché tutte balzavano dal letto. Poi si seppe che Gerda Arnoldsen non suonava il pianoforte come le altre, ma il violino, e che suo padre (la madre era morta) le aveva promesso uno Stradivario autentico. Tony non aveva orecchio, come la maggior parte dei Buddenbrook e tutti i Kröger. Non sapeva neanche distinguere i corali che si suonavano nella chiesa di Santa Maria... O quell'organo nella Nieuwe Kerk di Amsterdam aveva una *vox humana* dal suono stupendo! Armgard von Schilling parlava delle mucche che avevano a casa sua.

Costei fin dal primo momento aveva fatto molta impressione a Tony, in quanto era la prima ragazza nobile che incontrava. Chiamarsi von Schilling, che fortuna! I genitori di Tony possedevano il più bel palazzo antico della città e i nonni erano gente fine; ma si chiamavano soltanto Buddenbrook e Kröger, ed era un vero peccato. La nipote del gentiluomo Lebrecht Kröger era tutta presa di ammirazione per la nobiltà di Armgard e più volte pensava in segreto che quel magnifico non si sarebbe adattato molto più a lei che a quella: Armgard infatti, Dio buono, non apprezzava neanche la sua fortuna, portava in giro quella treccia grossa, quei suoi occhi azzurri e buoni, aveva la larga pronuncia mecklemburghese, e non ci pensava nemmeno; non era affatto fine, non ci teneva per niente, non aveva il senso della finezza. Questa parola "finezza" Tony se l'era fitta profondamente in capo e l'applicava con insistenza ammirativa a Gerda Arnoldsen.

Costei era un po' eccentrica e aveva un che di forestiero, di esotico; nonostante le proteste di Sesemi amava pettinarsi i magnifici capelli rossi in modo appariscente, e a molte sembrava "insulso" che suonasse il violino (da osservare che "insulso" era una parola di energica riprovazione). Bisognava però essere d'accordo con Tony nell'ammettere che Gerda era una ragazza fine. La sua figura pienamente sviluppata per la sua età, le sue abitudini, gli oggetti che possedeva, tutto era fine: per esempio, il servizio da toletta in avorio portato da Parigi che Tony apprezzava in modo particolare, perché anche a casa sua c'erano vari oggetti che i suoi genitori e i nonni avevano recato da Parigi e tenevano molto cari.

Le tre ragazze strinsero rapidamente amicizia, frequentavano la medesima classe e abitavano insieme al piano superiore, nella camera più spaziosa. Com'erano divertenti e piacevoli i momenti quando si andava a letto dopo le dieci e si chiacchierava svestendosi... a mezza voce però, perché nella camera attigua M.lle Popinet incominciava a sognare dei ladri. Questa dormiva insieme con la piccola Eva Ewers di Amburgo, il cui babbo, appassionato collezionista di cose d'arte, era domiciliato a Monaco.

Le persiane striate di marrone erano chiuse, la lampadina velata di rosso ardeva sul tavolino, un lieve profumo di violette e di biancheria pulita empiva la camera insieme con un'aria smorzata di stanchezza, di abbandono e di sogno.

«Dio mio» fece Armgard seduta semisvestita sulla sponda del letto «come parla spedito il dottor Neumann! Entra in classe, si appoggia alla cattedra e parla di Racine...»

«Ha una bella fronte alta» osservò Gerda mentre davanti allo specchio tra le due finestre si ravviava i capelli alla luce di due candele.

«Sì» esclamò subito Armgard.

«E tu ti sei messa a parlare di lui soltanto per sentirti dire questo, perché lo guardi sempre coi tuoi occhi celesti come se...»

«Ne sei innamorata?» domandò Tony. «Non riesco a slacciare la stringa, fammi il piacere, Gerda... Ecco, così va bene. Di', Armgard, lo ami? Sposalo: è un ottimo partito, diventerà professore al ginnasio.» «Dio, come siete antipatiche! Non lo amo affatto. Del resto non sposerò mai un insegnante, ma un agricoltore...»

«Un nobile?» e Tony lasciò cadere la calza che teneva in mano guardando Armgard con aria pensierosa.

«Non lo so ancora; ma dovrà avere molti terreni... Che gioia, ragazze! Mi alzerò alle cinque del mattino e baderò ai lavori...» e tiratasi addosso la coperta guardò, sognando, il soffitto.

«Con la mente vede già cinquecento mucche» osservò Gerda guardando l'amica nello specchio.

Tony non era ancora pronta; ma lasciò cadere la testa sul cuscino, incrociò le mani sotto la nuca e fissò a sua volta il soffitto.

Naturalmente io sposerò un commerciante» disse. «Dovrà avere molto denaro perché si possa tenere una casa signorile: lo devo alla mia famiglia e alla Ditta» soggiunse con serietà. «Oh, vedrete che riuscirò.» Gerda aveva finito di pettinarsi per la notte e si lavava i denti mentre si guardava nel suo specchietto d'avorio.

«Io probabilmente non mi mariterò affatto» disse con una

certa fatica perché la polvere del dentifricio alla menta le impediva di parlare. «Non capisco perché si debba farlo. Non ne ho alcuna voglia. Tornerò ad Amsterdam, faremo i duetti col babbo e vivrò poi in casa della mia sorella sposata...»

«Che peccato!» esclamò Tony con vivacità. «Un vero peccato, Gerda! Dovresti sposarti qui e restare qui sempre... Ecco, per esempio, potresti sposare uno dei miei fratelli...»

«Quello col naso grosso?» domandò Gerda sbadigliando con un breve sospiro grazioso e distratto, mentre si teneva lo specchietto davanti alla bocca.

«O quell'altro, è indifferente... Dio, che bella casa avreste! Ci dovrebbe pensare Jakobs, il tappezziere della Fischstrasse che ha molto buon gusto. Io verrei a farvi visita tutti i giorni...»

Ma in quella si fece sentire M.lle Popinet: «*Ah, voyons mesdames!* A letto, *s'il vous plait*! Tanto, questa sera non vi sposerete!»

Le domeniche invece e le vacanze Tony le passava nella Mengstrasse o dai nonni. Che bellezza se a Pasqua faceva bel tempo e si poteva andar a cercare nell'immenso giardino dei Kröger le uova e i conigli di marzapane! Che belle vacanze estive al mare quando si abitava al Grande Albergo, si mangiava alla *table d'hôte, si* facevano i bagni e le trottate sull'asino! In certi anni, quando il console aveva concluso buoni affari, s'intraprendevano anche viaggi più lunghi. Ma com'era bella la festa di Natale con le strenne che venivano da tre parti: da casa, dai nonni e da Sesemi, dove il *bisciof* dolce scorreva a fiumi... La più bella però era la festa natalizia in casa, perché il console teneva molto a che venisse celebrata con splendore e devozione. Quando tutti erano raccolti solennemente nella stanza dei paesaggi, mentre la servitù e un gran numero di vecchi e poveri ai quali il console stringeva le mani arrossate si affollavano nel vestibolo a colonne, si udiva dal difuori il canto a quattro voci eseguito dal coro di Santa Maria, e veniva il batticuore: tanto era solenne il momento. Poi, mentre dall'alta porta bianca e socchiusa arrivava già il profumo dell'abete, la mamma leggeva nella vecchia Bibbia di famiglia, dai caratteri enormi, il capitolo del Natale, e al cessare d'un altro canto al difuori si intonava la canzone dell'Albero; passando poi dal colonnato si entrava in corteo nella sala, vasta sala dalle statue sopra la tappezzeria, dove l'albero ornato di gigli bianchi, luminoso e profumato, arrivava fino al soffitto e la tavola dei doni si stendeva dalle finestre fino alla porta. Difuori, sulla neve gelata delle strade, si sentivano suonare gli organetti italiani e dalla piazza arrivava il brusìo del mercato natalizio. Nel vestibolo a colonne non solo la piccola Clara, ma anche i ragazzi partecipavano a tarda ora alla cena, ricca di carpe e tacchini ripieni, in quantità strabocchevoli...

A questo punto bisogna accennare alla visita che Tony Buddenbrook fece in quegli anni in due poderi mecklemburghesi. Stette un paio di settimane durante l'estate con l'amica Armgard nella tenuta del signor von Schilling, situata lungo la costa di fronte a Travemünde, al di là della baia. Un'altra volta andò con la cugina Thilde nelle terre dove Bernhard Buddenbrook era ispettore. Il podere si chiamava «Disgrazia» e non rendeva un centesimo; ma come soggiorno per le vacanze non era da disprezzare.

Così passarono gli anni e, tutto sommato, Tony ebbe una giovinezza felice.

Parte terza

I

Poco dopo le cinque, un pomeriggio di giugno, la famiglia era nel giardino davanti al così detto "portale" e aveva preso il caffè. Dentro, nel padiglione imbiancato di calce con l'alto specchio alla parete, il cui vetro era dipinto a uccelli svolazzanti, e con le due porte verniciate nello sfondo, che a guardar bene non erano porte e avevano le maniglie soltanto dipinte, l'aria era troppo calda e afosa, e perciò si erano portati all'aperto i mobili leggeri di legno nodoso e brunito.

Il console, sua moglie, Tony, Tom e Klothilde erano seduti in semicerchio intorno alla tavola rotonda apparecchiata, sulla quale luccicava il servizio da caffè, mentre Christian, un po' discosto, traduceva con faccia desolata la seconda Catilinaria di Cicerone. Il console si dedicava al sigaro e al giornale. Sua moglie aveva lasciato il ricamo e guardava sorridendo la piccola Clara che, con Ida Jungmann, cercava violette sul prato dove qualche volta se ne trovavano. Tony si reggeva la testa con le mani ed era immersa nella lettura dell'*Ordine di Serapione* di Hoffmann, mentre Tom con un filo d'erba le faceva di nascosto il solletico sul collo, ma lei per saggezza fingeva di non accorgersene. Klothilde, magra e invecchiata, con quel suo vestito di cotone fiorato, leggeva un racconto dal titolo: *Cieca, sorda, muta e tuttavia felice*; e intanto raccoglieva le briciole di biscotti sulla tovaglia, ne prendeva i mucchietti con le cinque dita e se li metteva in bocca con raccoglimento.

Il cielo, nel quale erano sospese alcune nuvole bianche immobili, incominciò a impallidire a poco a poco. Il giardino pulito coi viali simmetrici e le aiuole di vari colori era esposto al sole pomeridiano. L'aria portava di quando in quando il profumo della reseda che orlava le aiuole.

«Sai, Tom» disse il console di buonumore togliendosi il sigaro di bocca «l'affare della segale con van Henkdom & C., di cui ti ho parlato, è concluso.»

«Quanto paga?» domandò Thomas smettendo di stuzzicare Tony.

«Sessanta talleri per mille chili... Non c'è male, vero?»

«Molto bene anzi!» Tom sapeva che era un ottimo affare.

«Tony, non stai composta *comme il faut*» osservò la mamma: dopo di che Tony, senza toglier gli occhi dal libro, levò un gomito dalla tavola.

«Niente di male» fece Tom. «Può star seduta come vuole, sarà sempre Tony Buddenbrook. Thilde e lei sono innegabilmente le più belle della famiglia.»

Klothilde rimase sbalordita. «Dio! Tom...» disse e pareva incredibile quanto in lungo sapesse tirare queste due brevi sillabe. Tony rimase silenziosa perché Tom le era superiore; tutto inutile, lui avrebbe certamente trovato modo di replicare e di far ridere gli altri alle sue spalle. Si limitò ad aspirare l'aria allargando le narici e a far spallucce. Ma quando sua madre prese a parlare del prossimo ballo in casa del console Huneus e accennò alle nuove scarpe di vernice, Tony levò dalla tavola anche l'altro gomito e fu tutta orecchi.

«Voi parlate e parlate» si lamentò Christian «e questa roba è tremendamente difficile. Vorrei essere commerciante anch'io...»

«Già, tu vuoi essere ogni giorno un'altra cosa» osservò Tom. Poi si vide Anton attraversare il cortile; arrivava con un biglietto su un vassoio e tutti lo guardarono incuriositi.

«Grünlich, agente» lesse il console. «Di Amburgo. Figlio

d'un pastore, persona garbata e molto raccomandata. Sto combinando con lui qualche affare. C'è una questione... Di' al signore, Anton (non ti dispiace, Bethsy?), che favorisca...»

Attraverso il giardino, il bastone e il cappello in una mano, a passi piuttosto brevi, la testa un po' in avanti, arrivò un uomo di media statura, di circa trentadue anni, vestito di lana gialloverde, coi guanti grigi di filo. Il suo viso, sotto i capelli radi e biondi, era roseo e sorridente; ma accanto a una narice aveva un neo vistoso. Aveva il mento e le labbra rasi e portava lunghi scopettoni all'inglese; e questi erano decisamente d'un colore giallo dorato. Già da lontano fece col cappello grigio un gesto di devozione.

Con un ultimo passo molto lungo si avvicinò, descrisse col busto un semicerchio e s'inchinò così davanti a tutti.

«Vedo che disturbo entrando nell'intimità della famiglia» disse con voce morbida e con signorile ritegno. «Si leggono buoni libri, si discorre... Devo chiedere scusa.»

«Lei è il benvenuto, caro signor Grünlich!» disse il console che coi due figli si era alzato e stringeva la mano all'ospite. «Sono molto lieto di poterla salutare anche fuori d'ufficio, nella cerchia della mia famiglia. Bethsy, il signor Grünlich, mio ottimo collega d'affari... mia figlia Antonie... mia nipote Klothilde... Thomas lo conosce già... e questo è il mio secondo figliolo Christian, studente di liceo.»

A ogni nome il signor Grünlich aveva risposto con un nuovo inchino.

«Come ho detto» continuò «non ho intenzione di fare l'intruso... Sono venuto per affari e se il signor console permette vorrei pregarlo di fare con me quattro passi in giardino...»

La signora rispose: «Lei ci farà una cortesia se non si metterà a discorrere subito d'affari con mio marito e se vorrà degnarsi di rimanere un po' in nostra compagnia. Si accomodi!».

«Mille grazie» disse Grunlich commosso. Poi sedette sull'orlo della seggiola che Tom aveva recato, si accomodò tenendo il cappello e il bastone sulle ginocchia, si passò una mano su uno dei favoriti e fece sentire una tossetta che era all'incirca un "è-è-èhm". Tutto ciò faceva l'impressione che volesse dire: "Questa sarebbe l'introduzione. E ora?".

La signora aprì la conversazione:

«Lei abita ad Amburgo?» domandò inclinando un po' la testa e deponendo il lavoro in grembo.

«Sì, signora» rispose Grunlich con un nuovo inchino. «Ho il mio domicilio ad Amburgo, ma viaggio molto, ho moltissimo da fare, la mia azienda è attivissima, è-è-èhm... posso ben dirlo.»

La signora sollevò le sopracciglia e mosse le labbra quasi per dire con ammirazione: "Ah sì?".

«Per me l'attività incessante è condizione di vita» soggiunse Grünlich rivolgendosi verso il console: e tossicchiò un'altra volta avendo notato lo sguardo che la signorina gli puntava addosso, quello sguardo freddo con cui le ragazze squadrano e misurano le persone nuove e la cui espressione sembra continuamente pronta a tramutarsi in disprezzo.

«Abbiamo dei parenti ad Amburgo» osservò Tony per dire qualche cosa.

«I Duchamps» spiegò il console «la famiglia della mia povera mamma.»

«Oh, sono perfettamente al corrente» si affrettò a soggiungere il signor Grünlich. «Ho l'onore di conoscere un po' la famiglia. Sono tutte persone eccellenti, persone di cuore e di spirito, è-è-èhm. Veramente se in tutte le famiglie regnasse uno spirito come in questa, il mondo andrebbe meglio di così. Vi si trovano la fede in Dio, la clemenza, la religiosità profonda, insomma quel vero cristianesimo che è il mio ideale; e oltre a ciò questi signori hanno una finezza, un'eleganza, maniere così nobili che per me personalmente sono un vero incanto.»

Tony pensava: "Come conosce bene i miei genitori! Dice loro quello che desiderano sentire". Il console invece disse approvando:

«Questi due modi di essere sono il miglior ornamento di ognuno.»

E sua moglie non poté fare a meno di porgere all'ospite, con un lieve tintinnare dei braccialetti, la mano, presentandone cordialmente la palma.

«Lei parla, ottimo signor Grünlich, come se mi leggesse nel cuore» disse.

Grünlich s'inchinò ancora, si assestò sulla sedia, si accarezzò i favoriti e tossicchiò come per dire: "Be', andiamo avanti".

La signora accennò brevemente alle giornate di maggio del 1842, così tremende per la città natale del signor Grünlich...

«Effettivamente» osservò quest'ultimo «è stata una grave iattura quell'incendio, una dolorosa sciagura... Un danno di 135 milioni! Sì, sarebbe un calcolo quasi esatto. Del resto, per parte mia sono molto obbligato alla Provvidenza... Non ne fui colpito minimamente. Il fuoco infuriò in particolare nei quartieri di San Pietro e San Nicolò... Che giardino stupendo!» s'interruppe, mentre ringraziando prendeva un sigaro offertogli dal console. «Ma per un giardino di città è insolitamente vasto! E che tappeto di fiori... Ecco, confesso che ho un debole per i fiori e per la natura in genere! Quei rosolacci laggiù sono straordinariamente decorativi...»

Grünlich lodò la fine disposizione della casa, lodò tutta la città, lodò il sigaro del console, ed ebbe per ognuno una parola gentile.

«Permette, signorina Antonie, che le chieda che cosa sta leggendo?» domandò con un sorriso.

Tony, per chi sa quale ragione, aggrottò le sopracciglia e rispose senza guardare Grünlich:

«*L'Ordine di Serapione* di Hoffmann.»

«Benissimo. Uno scrittore di opere eccellenti» osservò Grünlich. «Ma, domando scusa, signora, non ricordo il nome del suo secondogenito.»

«Christian.»

«Bel nome! Se posso dire la mia opinione» e di nuovo Grünlich si volse verso il padrone di casa «a me piacciono i nomi che rivelano subito i buoni sentimenti di chi li porta. So, per esempio, che nella sua famiglia è ereditario il nome di Johann... Come si fa a non pensare subito all'apostolo prediletto del Signore? Io, per esempio, se mi è lecito parlare di me» continuò con eloquenza «mi chiamo Bendix come la maggior parte dei miei antenati: un nome che va considerato come una contrazione dialettale di Benedikt. E lei che cosa legge, signor Buddenbrook? Ah, Cicerone! Lettura difficile, le opere del grande oratore romano. *Quousque tandem, Catilina*... è-è-èhm, non ho dimenticato tutto il mio latino!»

Il console disse:

«Contrariamente al parere del mio povero babbo io ho sempre avuto da ridire sull'opportunità che i giovani studino continuamente il greco e il latino. Ci sono tante altre cose serie e importanti, nonché necessarie per la preparazione alla vita pratica...»

«Lei mi ha prevenuto, signor console: è esattamente la mia opinione» s'affrettò a soggiungere il signor Grünlich. «Lettura difficile e, ho dimenticato di aggiungere, non indiscutibile. Oltre tutto ricordo di aver trovato in quelle orazioni alcuni passi addirittura scandalosi...»

Seguì una pausa durante la quale Tony pensò: «Adesso tocca a me». Grünlich infatti la guardava. E fu proprio la sua volta. Grünlich ebbe come uno scatto, fece un gesto convulso e tuttavia elegante verso la padrona di casa, e mormorò agitato:

«Per favore, signora, ha osservato?... Per carità, signorina» s'interruppe a voce alta come se Tony dovesse sentire soltanto questo «resti un momento in cotesta posizione!... Osservi» continuò sussurrando «come il sole illumina i capelli della signorina. Non ho mai visto capelli così belli!» disse poi estasiato e guardando in alto, come se discorresse con Dio o col proprio cuore.

La madre sorrise lusingata, il console disse: «Non monti la

testa alla ragazza!» e Tony riaggrottò le sopracciglia in silenzio. Dopo pochi minuti Grünlich si alzò.

«Ma non voglio disturbare più a lungo, no, no, signora, non voglio disturbare. Sono venuto per affari... Ma come si fa a resistere?... Adesso però il lavoro ci chiama. Se posso pregare il signor console.»

«Inutile che le assicuri» disse se, durante il suo soggiorno in questa città, volesse alloggiare da noi...»

Grunlich rimase muto Per la gratitudine.

«Le sono grato, vivamente grato, signora» esclamò commosso.

«Ma non posso abusare della sua gentilezza. Ho preso un paio di stanze all'albergo "Città di Amburgo"...»

"Un paio di stanze!" pensò la signora, ed era quello che, secondo le intenzioni di Grünlich, doveva precisamente pensare.

«In ogni caso» concluse porgendogli ancora una volta la mano con un gesto cordiale «spero che non ci siamo visti per l'ultima volta.»

Grünlich baciò la mano alla signora, aspettò un istante che anche Antonie gli porgesse la sua, ma ciò non avvenne; descrisse un semicerchio col busto, si ritirò d'un passo, s'inchinò un'altra volta, poi si mise il cappello in testa con un gesto largo e si allontanò col console.

«Un ragazzo simpatico» disse quest'ultimo quando ritornò presso la famiglia ed ebbe ripreso il suo posto.

«A me pare sciocco» si permise di osservare Tony calcando sulla parola.

«Ma, Tony! Che modo di giudicare!» esclamò sua madre un po' indignata. «Un giovane di sentimenti così cristiani!»

«Un uomo di mondo così educato!» completò il console. «Non sai quello che dici.»

Accadeva qualche volta che in questo modo i genitori si scambiassero per cortesia i loro punti di vista; così erano più sicuri di essere d'accordo.

Christian arricciò il grosso naso e disse:

«Che arie si dà!... Si discorre! Non discorrevamo affatto. E i rosolacci straordinariamente decorativi! Qualche volta pare che stia parlando con sé stesso a voce alta. Disturbo... devo chiedere scusa! Non ho mai visto capelli così belli...» E imitava il signor Grünlich così bene che persino il console dovette ridere.

«Sì si dà troppe arie!» riprese a dire Tony. «Non faceva che parlare di sé. La sua azienda è attivissima, e lui ama la natura, lui preferisce questi nomi, lui si chiama Bendix... Vorrei sapere che cosa ce ne importa! Parla soltanto per mettersi in mostra!» esclamò furibonda. «A te, mamma, e a te, babbo, ha detto soltanto le cose che voi ascoltate volentieri, per cattivarsi le vostre simpatie.»

«Non è un rimprovero, Tony» disse il console severamente. «Uno si trova in società, cerca di far vedere i suoi lati migliori, sceglie le parole e vuol mostrarsi simpatico... È evidente...»

«Secondo me è un buon uomo» osservò Klothilde con dolcezza e stirando le parole, benché fosse l'unica della quale Griinlich non si era minimamente curato. Thomas si astenne dal giudicare.

«Basta» concluse il console. «È un buon cristiano, un uomo capace, attivo, educato, e tu, Tony, che hai diciotto o anzi quasi diciannove anni, una signorina verso la quale si è comportato con garbata galanteria, proprio tu dovresti frenare la tua smania di criticare. Siamo tutti uomini di carne e ossa e tu, scusa tanto, dovresti essere l'ultima a scagliare la pietra... Tom, andiamo a lavorare!»

Tony però brontolava fra sé: "E quegli scopettoni color giallo-oro!". E corrugava le sopracciglia, come aveva già fatto più volte.

II

«Come mi è dispiaciuto, signorina, sinceramente dispiaciuto di non vederla!» disse il signor Grünlich un paio di giorni dopo mentre Tony, che ritornava da una passeggiata, s'imbatteva in lui all'angolo tra la Via Larga e la Mengstrasse. «Mi sono permesso di presentare i miei omaggi alla sua signora mamma e ho sentito dolorosamente la sua mancanza... Ma come sono felice di avere almeno ora il piacere d'incontrarla!»

La signorina Buddenbrook si era fermata poiché Grunlich aveva incominciato a parlare; ma i suoi occhi, che si erano socchiusi diventando improvvisamente scuri, non lo guardarono più in alto del petto, mentre le labbra si atteggiavano a quel sorriso ironico e spietato, col quale le ragazze misurano e ripudiano un uomo. E'la mosse le labbra... Ma che cosa doveva rispondere? Oh, doveva essere una frase che respingesse, sbriciolasse una volta per sempre quel Bendix Grünlich. Ma doveva essere una frase abile, spiritosa, precisa, che ad un tempo lo ferisse e gli incutesse rispetto...

«Il piacere è tutto suo!» disse tenendo sempre lo sguardo fisso sul petto di Grünlich; e dopo aver scoccato quella freccia sottile e avvelenata lo piantò lì, arrovesciò la testa e, rossa d'orgoglio per quella sua eloquenza sarcastica, se ne andò verso casa, dove venne a sapere che il signor Grünlich era stato invitato per la domenica successiva a mangiare l'arrosto di vitello...

E Grünlich arrivò. Arrivò con una lunga giacca da passeggio non modernissima, ma fine, a campana, a piegoni, che gli dava un tono di serietà e di consistenza; arrivò tutto roseo e sorridente, i capelli radi scriminati con cura e i favoriti profumati. E mangiò il *ragout* di vongole, la *julienne*, le sogliole fritte, l'arrosto di vitello con patate e panna e cavolfiore, il budino al maraschino e il pan bigio con formaggio Roquefort; e ad ogni portata trovava differenti parole di elogio che sapeva porgere con molto garbo. A un certo punto, per esempio, alzò il cucchiaino, fissò una figura della tappezzeria e disse ad alta voce come fra sé: «Dio mi perdoni, ma non posso fare diversamente; ne ho mangiato un bel pezzo, ma questo budino è riuscito troppo bene; devo assolutamente pregare la gentile padrona di concedermene ancora un pezzetto!». Dopo di che mandò alla signora un'occhiata birichina. Col console parlò di affari e di politica, rivelando princìpi sani e severi, con la signora parlò di teatro, di riunioni, di vestiti; trovò parole gentili per Tom, per Christian e la povera Klothilde, persino per la piccola Clara e per madamigella Jungmann. Tony stava silenziosa ed egli non fece il tentativo di avvicinarsi a lei: si limitò invece a guardarla di tanto in tanto, reclinando la testa con uno sguardo fra rattristato e incoraggiante.

Quando prese commiato poteva dire di aver rafforzato l'impressione prodotta nella sua prima visita. «È un uomo perfettamente educato» disse la signora. «Un cristiano rispettabile» disse suo marito. Christian fu in grado di imitare ancor meglio i suoi gesti e il suo modo di parlare, e Tony augurò la buona notte, tutta aggrondata perché aveva il vago presentimento che quello non doveva essere il suo ultimo incontro con quel signore, il quale si era conquistato il cuore dei suoi genitori con insolita rapidità.

Infatti ritornando un pomeriggio da una visita, da una riunione di ragazze, trovò il signor Grünlich annidato nella stanza dei paesaggi dove leggeva a sua madre un passo del *Waverley* di Walter Scott, con la pronuncia perfetta poiché, come diceva, i suoi continui viaggi d'affari l'avevano portato anche in Inghilterra. Tony sedette in disparte con un altro libro, e Grünlich le domandò con voce tenera: «Non è di suo gusto, signorina, quello che sto leggendo?» ed ella rispose, alzando la fronte, con una frase mordace e sarcastica: «Niente affatto!».

Ma lui non se ne diede per inteso e incominciò a dire dei genitori che aveva perduto molto presto, parlò di suo padre che era stato un predicatore, un pastore, uomo di sentimenti profondamente cristiani e nello stesso tempo uomo di mondo. Poi, senza che Tony fosse stata presente alla visita di commiato, Grünlich era partito per Amburgo. «Ida» disse Tony alla signorina Jungmann che era la sua amica fidata «se n'è andato, finalmente!» Ma Ida Jungmann rispose: «Vedrai, bimba, vedrai...».

Dopo otto giorni si svolse nella stanza della colazione questa scena: Tony scese alle nove e fu molto stupita di trovare ancora a colazione suo padre e la mamma. Dopo essersi fatta baciare in fronte, sedette al suo posto fresca, affamata, con gli occhi rossi di sonno, prese lo zucchero, il burro e si servì di formaggio verde.

«Che bella cosa, babbo, che ti trovo ancora qui!» disse prendendo col tovagliolo l'uovo caldo e aprendolo col cucchiaino.

«Oggi ho voluto aspettare la nostra dormigliona» disse il console che stava fumando un sigaro e battendo continuamente col giornale arrotolato lievi colpetti sulla tavola. Sua moglie terminò di far colazione con gesti lenti e graziosi e si adagiò poi sul sofà.

«Thilde sta già lavorando in cucina» continuò il console con intenzione; «anch'io sarei già al lavoro, se la tua mamma e io non dovessimo parlarti di una faccenda molto seria.»

Tony, con la bocca piena di pane e burro, guardò il padre, guardò la madre, con un misto di curiosità e di spavento.

«Mangia prima, figliola» disse la moglie del console, e poiché Tony depose ciò nonostante il coltello esclamando: «Fuori, fuori subito, babbo!» il console che non la smetteva di giocare col giornale ripeté: «Mangia, mangia».

Mentre beveva in silenzio e svogliatamente il caffè, mentre mandava giù l'uovo e il formaggio verde, la giovane incomincio a intuire di che cosa potesse trattarsi. Scomparsa dal suo viso la freschezza mattutina, ella si fece un po' pallida, rinunciò al miele e dichiarò con voce sommessa che aveva finito.

«Cara figliola» disse il console dopo un altro momento di

silenzio «la questione della quale dobbiamò discorrere con te è contenuta in questa lettera.» E, invece di battere col giornale, batté sulla tavola con una grande busta azzurrina. «Breve: il signor Bendix Grünlich, che tutti abbiamo conosciuto come persona brava e gentile, mi scrive che durante il suo soggiorno nella nostra città è stato preso da profonda simpatia per nostra figlia, e ne chiede formalmente la mano. Che cosa ne pensa la nostra brava figliola?»

Tony stava appoggiata alla spalliera a capo chino e girava e rigirava lentamente con la destra il portatovagliolo d'argento. Ma ad un tratto spalancò gli occhi che si erano fatti scuri scuri ed erano pieni di lacrime. E con voce angosciata balbettò:

«Che cosa vuole da me costui?... Che cosa gli ho fatto?...» dopo di che scoppiò in pianto.

Il console lanciò un'occhiata alla moglie e un po' imbarazzato guardò la propria tazza vuota.

«Cara Tony» disse la madre con dolcezza «che giova riscaldarsi così? Tu puoi star sicura, non è vero? che i tuoi genitori hanno di mira soltanto il tuo bene e non possono consigliarti di rifiutare la posizione che ti viene offerta. Ecco, vedi, io ritengo che tu non provi ancora sentimenti precisi per il signor Grünlich, ma ti assicuro che questo viene, viene col tempo... Le ragazzine come te non sanno mai che cosa vogliono veramente... La testolina è confusa, come anche il cuore... Bisogna lasciar tempo al cuore ed esser pronti ad accogliere i consigli delle persone esperte che si preoccupano della nostra felicità...»

«Ma io non so nulla di lui» disse Tony desolata premendosi sugli occhi il tovagliolo di batista macchiato d'uovo. «So soltanto che ha i favoriti giallo-oro e un'azienda in piena attività...» Il suo labbro superiore che tremava nel pianto faceva un'impressione molto commovente. Il console, con un gesto d'improvvisa tenerezza, accostò la sedia e accarezzò la figliola sui capelli sorridendo.

«Mia piccola Tony» disse «che cosa dovresti sapere di lui?

Sei una bimba, vedi, e di lui non ne sapresti di più neanche se, invece di quattro settimane, ne avesse vissute qui cinquantadue... Sei una ragazzina che non ha ancora occhi per il mondo e deve fidarsi degli occhi altrui, di coloro che vogliono il tuo bene...»

«Non capisco... non capisco» singhiozzò Tony sconcertata, premendo la testa come una gattina contro la mano che l'accarezzava. «Quello arriva qua... fa un mondo di complimenti a tutti... riparte... e scrive che mi... Non capisco... Come può?... Che cosa gli ho fatto?...»

Il console sorrise di nuovo: «L'hai già detto una volta, Tony, e questo dimostra la tua perplessità infantile. Ma la mia bambina non deve credere che io voglia tormentarla e far pressione... Tutto ciò può essere ponderato con calma, *deve* essere ponderato con calma, perché è una cosa seria. Intanto scriverò così anche al signor Grünlich senza respingere e senza accettare la sua offerta. Ci sono tante cose da considerare... Va bene così? D'accordo. Adesso il tuo babbo ritorna al lavoro... Addio, Bethsy».

«Arrivederci, caro Jean... Tony, dovresti pur prendere anche un po di miele» soggiunse poi la madre quando rimase sola con la figliola che restò al suo posto immobile e a capo chino. «Bisogna mangiare a sufficienza...»

Le lacrime di Tony si arrestarono a poco a poco. La testa le ardeva in un turbine di pensieri... Dio, che affare! Ella lo sapeva già che un giorno sarebbe stata la moglie di un commerciante, avrebbe fatto un buon matrimonio vantaggioso come si addiceva alla dignità della famiglia e della Ditta. Ma ecco che ora, d'improvviso, uno la voleva sposare davvero e seriamente! Come doveva comportarsi? Per lei, Antonie Buddenbrook, si trattava di maneggiare da un momento all'altro quelle parole terribilmente solenni che fino allora aveva soltanto lette: il suo "consenso", la sua "mano"... "per tutta la vita...". Dio mio, che situazione completamente mutata!

«E tu, mamma» domandò «anche tu dunque mi consigli

di dare il mio... il mio consenso?» Ebbe un istante di esitazione a questa parola che le pareva troppo solenne e imbarazzante; ma poi la pronunciò per la prima volta nella sua vita con molta dignità. Incominciava a vergognarsi un po' del suo sbalordimento iniziale. Non che ora l'idea di sposare il signor Grünlich le sembrasse meno irragionevole che dieci minuti prima, ma l'importanza della sua situazione incominciava a darle un certo compiacimento. Sua madre rispose: «Consigliarti, figlia mia? Il babbo ti ha forse consigliata? Non ti ha sconsigliata, ecco tutto. D'altronde sarebbe ingiustificabile per lui e per me se volessimo farlo. Il matrimonio che ti si offre è esattamente, mia cara Tony, quello che si dice un buon partito... Ti trasferiresti ad Amburgo in un'ottima posizione e vivresti da gran signora...».

Tony stava immobile. Davanti agli occhi le parve di vedere improvvisamente qualcosa come tende di seta simili a quelle che pendevano nel salotto dei nonni... E in veste di madama Grünlich avrebbe preso la cioccolata la mattina? Ma non stava bene formulare questa domanda.

«Come ti diceva il babbo: hai tutto il tempo di riflettere» proseguì la moglie del console. «Ma dobbiamo pregarti di considerare che una simile occasione di creare la tua felicità non si presenta tutte le Settimane e che questo matrimonio è precisamente quello che il dovere e la tua posizione ti prescrivono. Ecco, figliola, anche questo devo dirti. La via che ti si apre oggi è quella prescritta, lo sai bene anche tu...»

«Sì» disse Tony pensierosa. «Certo.» Era perfettamente consapevole dei suoi doveri verso la famiglia e verso la Ditta e di questi obblighi era orgogliosa. Antonie Buddenbrook, davanti alla quale Matthiesen, il portatore di grano, si toglieva il modesto cilindro, Antonie, che quale figlia del console Buddenbrook passava per la città come una piccola sovrana, era tutta compresa della storia della sua famiglia. Già il sarto di Rostock era vissuto in condizioni agiate e fin da allora la famiglia era sempre salita. Lei aveva il compito di aumentare a modo suo il lustro della famiglia e della Ditta

Johann Buddenbrook facendo un matrimonio ricco e cospicuo... Per questo Tom lavorava nell'ufficio... Certo il partito era quello buono; ma che dovesse essere proprio il signor Grünlich!... Le pareva di vederlo con quei favoriti giallooro, il viso roseo sorridente col neo sulla narice, i passetti brevi, e le pareva di toccare il suo vestito di lana e di udire la sua voce tenera...

«Lo sapevo» osservò la moglie del console «che siamo accessibili a riflessioni pacate... Abbiamo forse già preso una decisione?»

«Oh, per carità!» esclamò Tony forzando quell'oh con improvvisa indignazione. «Sarebbe insulso sposare Grünlich! L'ho preso in giro continuamente e punzecchiato con frasi offensive... Non capisco come possa ancora soffrirmi. Dovrebbe pur avere in corpo un po' d'orgoglio...»

E così dicendo incominciò a spalmare di miele una fetta di pane bigio.

III

Quell'anno i Buddenbrook non intrapresero, neanche durante le vacanze di Christian e di Clara, il loro viaggio di piacere. Il console dichiarò di essere troppo occupato negli affari, e la questione di Antonie, rimasta in sospeso, contribuì a farli rimanere tutti in attesa nella Mengstrasse. Al signor Grünlich era stata inviata, di pugno del console, una lettera molto diplomatica; ma lo sviluppo delle cose era stato ostacolato dall'ostinazione di Tony espressa nelle forme più puerili.

«Per carità, mamma!» diceva. «Non lo posso soffrire!» e calcava su questa parola come se avesse tre effe. Oppure dichiarava solennemente: «Padre mio! (Di solito diceva babbo). Non darò mai il mio consenso».

La faccenda sarebbe certo rimasta a questo punto per un

pezzo se, circa dieci giorni dopo quel colloquio nella stanza della colazione, cioè verso la metà di luglio, non fosse avvenuto quanto segue.

Era un pomeriggio, un pomeriggio caldo e azzurro, la moglie del console era uscita e Tony se ne stava con un romanzo nella stanza dei paesaggi, sola, presso la finestra, quando Anton le recò un biglietto di visita. Prima che ella avesse tempo di leggere il nome, un signore in giacchetta a campana e calzoni color pisello entrò nella stanza; era, si capisce, il signor Grünlich, e il suo volto aveva un'espressione di supplice tenerezza.

Tony balzò dalla sedia, atterrita, e fece per scappare nella sala da pranzo... Com'era possibile rimanere a parlare con un signore che aveva chiesto la sua mano? Il cuore le pulsava in gola e si era fatta pallidissima. Fintanto che il signor Grünlich era lontano, le trattative serie coi genitori e l'improvvisa importanza della sua persona e della sua decisione l'avevano addirittura divertita. Ma adesso era ritornato! Stava davanti a lei! Che fare? Ella sentiva già che si sarebbe messa a piangere.

A passi rapidi, allargando le braccia e chinando la testa su una spalla, nell'atteggiamento di uno che voglia dire: "Eccomi qua! Uccidimi se vuoi!", Grünlich le si avvicinò: «Che fortuna!» esclamò. «Trovo lei, Antonie!»

"Antonie" la chiamava! Tony, che col romanzo in mano stava ritta accanto alla sedia, sporse le labbra e facendo a ogni parola un gesto del capo di sotto in su, nonché dando alle parole un accento di grande indignazione, sbottò a dire: «Che... cosa... le viene... in mente?».

Però aveva già le lacrime in gola.

La commozione di Grünlich era troppo grande perché egli potesse tener conto di quell'obiezione.

«Potevo aspettare ancora?... Non dovevo ritornare qua?» domandò con insistenza. «È una settimana che ho ricevuto la lettera del suo caro babbo, una lettera che mi ha riempito di speranze. Potevo rimanere ancora nell'incertezza, signorina Antonie? Non seppi più resistere... Mi sono infilato in una carrozza... e sono corso qua. Ho fissato un paio di stanze all'albergo "Città di Amburgo"... ed eccomi qua, Antonie, per accogliere dalle sue labbra l'ultima parola, la parola decisiva che mi farà più felice di quanto io sappia dire.»

Tony rimase di sasso; le lacrime le rientrarono per lo sbalordimento. Quello era dunque l'effetto della cauta lettera paterna con la quale aveva rimandato ogni decisione a epoca indeterminata! Ella balbettò tre o quattro volte:

«Lei si sbaglia... Lei si sbaglia...»

Grünlich aveva tirato un seggiolone fin presso la finestra; sedette, costrinse anche lei a riaccomodarsi e, tenendo tra le sue una mano di lei abbandonata, tanto era perplessa, continuò a dire con voce commossa:

«Signorina Antonie... Fin dal primo momento, da quel pomeriggio... ricorda quel pomeriggio?... quando la vidi per la prima volta in mezzo ai suoi, così fine, così graziosa come un sogno... il suo nome è scritto...» Si corresse e disse: «è inciso nel mio cuore a lettere indelebili. Da quel giorno, signorina Antonie, il mio unico desiderio, il mio desiderio più ardente fu di conquistare la sua bella mano per tutta la vita; e di quello che la lettera del suo caro babbo mi fece soltanto sperare, lei farà ora una certezza... Non è vero? Posso fare assegnamento sull'affetto ricambiato... posso esser ben sicuro di essere corrisposto?». E così dicendo strinse anche con l'altra mano quella di Tony e la guardò profondamente negli occhi sbarrati dall'angoscia. Quel giorno egli non aveva i guanti di filo; le sue mani erano lunghe, bianche, segnate da grosse vene azzurre.

Tony fissava il suo volto rosso, il neo sul naso e gli occhi che erano azzurri come quelli delle oche.

«No, no!» esclamò con ansia. Poi soggiunse: «Non le do il mio consenso!». Si sforzava di parlare con coraggio, ma già piangeva.

«Come mi sono meritato i suoi dubbi e le sue esitazioni?» domandò lui con voce bassa e quasi in tono di rimprovero.

«Lei è una fanciulla custodita e viziata dalle cure affettuose dei suoi... Ma io le giuro, anzi impegno la mia parola d'onore, che la porterò in palma di mano, che, quando sarà mia moglie, non le mancherà nulla, che ad Amburgo farà una vita degna di lei...»

Tony balzò in piedi, liberò la mano e, mentre piangeva dirottamente, gridò disperata: «No... no! Ho ben detto di no! Le do un rifiuto, ha capito, santo Dio?...».

Anche Grünlich si alzò. Si ritrasse d'un passo, allargò le braccia presentando a lei le palme delle mani e disse con la gravità d'un uomo d'onore e di fermi propositi:

«Sa, signorina Buddenbrook, che io non devo lasciarmi offendere in cotesto modo?»

Ma io non la offendo, signor Grünlich» disse Tony pentita di essersi lasciata trascinare. Dio mio, proprio a lei doveva toccare! Non aveva mai immaginato una richiesta così. Aveva creduto che bastasse dire: "La sua offerta mi onora ma non posso accettarla" perché tutto fosse risolto.

«La sua offerta mi onora» disse con tutta la calma che poté trovare «ma non posso accettarla... Ecco, e adesso devo... devo lasciarla, mi scusi, non ho tempo.»

Ma Grünlich le tagliò la strada: «Lei mi respinge?» domandò con un filo di voce.

«Sì» rispose Tony, e soggiunse per prudenza: «Purtroppo...».

Allora Grünlich si gonfiò, fece due larghi passi indietro, piegò il busto sul fianco, tese l'indice verso il tappeto e gridò con voce tonante:

«Antonie!»

Così si stettero di fronte per un momento: lui in atteggiamento sinceramente adirato e imperioso, Tony pallida, piangente e tremante, il fazzoletto umido sulle labbra. Infine egli si volse e con le mani sulla schiena misurò due volte la stanza come se fosse di casa. Poi si fermò davanti alla finestra e guardò dai vetri il crepuscolo calante. Tony si mosse lentamente e con una certa cautela verso la porta vetrata, ma era arrivata appena nel mezzo della stanza quando Grünlich fu di nuovo accanto a lei.

«Tony!» disse in un soffio mentre le prendeva dolcemente una mano; e si buttò lentamente in ginocchio davanti a lei. I favoriti giallo-oro si posarono sulla mano. «Tony...» ripeté «mi guardi... A questo mi ha ridotto... È proprio senza cuore? Mi ascolti... lei vede davanti a sé un uomo che sarà rovinato se... Un uomo che morirà di dolore» s'interruppe con una certa fretta «se lei ripudia il suo affetto! Eccomi qua... Può trovare il coraggio di dirmi: io la disprezzo?...»

«No, no!» disse Tony fattasi ad un tratto consolante. Non aveva più lacrime e in lei si destavano la commozione e la pietà. Dio, come doveva amarla se spingeva a tal punto una cosa che a lei stessa era del tutto indifferente ed estranea! Era possibile che toccasse proprio a lei? Cose simili si leggevano nei romanzi, ed ora, nella vita reale, un uomo in giacca a piegoni era inginocchiato davanti a lei e implorava! Il pensiero di sposarlo le era parso insulso perché il signor Grünlich le era sembrato sciocco. Ma in quel momento era tutt'altro che sciocco. La sua voce e il viso esprimevano un'ansia così sincera, una preghiera così onesta e disperata...

«No, no» ripeté chinandosi su lui commossa «io non la disprezzo, signor Grünlich. Come può dire una cosa simile? Ma ora si alzi... la prego...»

Lei non vuol dunque uccidermi?» domandò lui di nuovo, mentre lei soggiungeva in tono di conforto quasi materno: «No... no...».

«Ecco una parola buona» esclamò Grünlich alzandosi in piedi. Ma visto il gesto spaventato di Tony ricadde in ginocchio e disse per calmarla:

«Va bene così... non dica più nulla, Antonie! Basta, non parliamone più... Ne riparleremo in seguito... Un'altra volta... un'altra volta... Addio per oggi... Addio... ritornerò... Stia bene!»

Si era alzato rapidamente, aveva afferrato il cappello grigio che era sulla tavola, le aveva baciato la mano ed era uscito di corsa dalla porta vetrata. Tony lo vide prendere il bastone nel vestibolo e scomparire nel corridoio. Confusa e sfinita rimase in mezzo alla stanza, il fazzoletto umido in una delle mani abbandonate...

IV

Il console Buddenbrook diceva a sua moglie: «Potessi immaginare che Tony abbia qualche ragione plausibile per non volere questo matrimonio! Ma è ancora bimba, Bethsy, ha voglia di divertirsi, va a ballare, si fa corteggiare dai giovanotti, e con piacere, poiché sa di esser bella e di buona famiglia... In segreto forse, e inconsciamente, va alla ricerca, ma io la conosco, non ha, come si suol dire, ancora scoperto il suo cuore... Chi glielo chiedesse, non farebbe che scuotere il capo e riflettere... Ma non troverebbe nessuno. È una ragazzina, un passerotto, un diavoletto. Quando dirà di sì avrà trovato il suo posto, saprà organizzarsi bene secondo i suoi gusti, e già dopo un paio di giorni amerà suo marito... Non è un damerino, no, no, Dio mio, non è un damerino... Però è presentabilissimo, e in fin dei conti non si può pretendere la mosca bianca, se mi permetti di esprimermi così... Se pretende di aspettare che arrivi uno che sia una bellezza e oltre a ciò un buon partito... allora ti saluto. Certo, Tony Buddenbrook troverà sempre qualcuno. D'altro canto però è sempre un rischio e, come si dice, le reti si buttano ogni giorno, ma non ogni giorno si prende il pesce!... Ieri mattina ho avuto un lungo colloquio con Grünlich il quale insiste con serietà e tenacia nella sua richiesta, ho visto i suoi libri... me li ha fatti vedere... Libri, Bethsy, da mettere in cornice! Gli ho espresso il mio più vivo compiacimento. Per essere un'azienda così recente, è florida, veramente florida. Dispone di un patrimonio di circa 120.000 talleri che rappresentano evidentemente la base provvisoria, poiché tutti gli anni fa buoni progressi... Anche quello che dicono i Duchamps, che ho interrogato, non è trascurabile: dicono che non conoscono la sua situazione, ma che vive *gentlemanlike*, che frequenta la migliore società, e ha notoriamente una rete d'affari molto vasta... Anche quello che ho saputo da altri amburghesi, come per esempio dal banchiere Kesselmeyer, è proprio sodisfacente. Insomma, Bethsy, tu sai che non posso se non desiderare vivamente questo matrimonio, che sarebbe vantaggioso per la famiglia e per la Ditta. Dio mio, si sa, mi fa pena che questa figliola si trovi in angustie, che sia assediata da ogni parte e si mostri così depressa e quasi muta; ma non so risolvermi a respingere senz'altro il signor Grünlich... Perché c'è anche un'altra cosa, Bethsy, e mi vedo costretto a ripeterla ancora: in questi ultimi anni sa il cielo che non ce la siamo cavata molto brillantemente. Non che siano mancati i guadagni, tutt'altro: chi lavora con onestà trova il compenso. La situazione è tranquilla... ahimè, troppo tranquilla! e soltanto perché io agisco con estrema prudenza. Non siamo andati avanti, per lo meno non molto, da quando è morto il babbo. I tempi non sono buoni per chi commercia... Insomma, non c'è molta sodisfazione. Nostra figlia è in età da marito e in condizioni di prendere un buon partito che a tutti appare vantaggioso e lodevole... Perché non dovrebbe farlo? Aspettare... non è consigliabile, Bethsy. Parlale tu ancora una volta; oggi nel pomeriggio ho cercato di convincerla con tutti i miei argomenti...»

Tony era in angustie, il console aveva ragione. Non diceva più di no, ma non trovava neanche la maniera di pronunciare il sì. Si raccomandava a Dio e lei stessa non riusciva a capire il perché del suo rifiuto.

Intanto suo padre da un lato la prendeva in disparte e le parlava seriamente, la madre dall'altro se la faceva sedere accanto per chiederle la decisione definitiva. Lo zio Gotthold e la sua famiglia non erano iniziati alla cosa perché erano sempre un po' beffardi e prevenuti contro quelli della Mengstrasse. Ma persino Sesemi Weichbrodt era stata informata e dava i suoi buoni consigli con la pronuncia più corretta, persino la signorina Jungmann diceva: «Tony, bimba mia, non preoccuparti, tu rimani nelle sfere più alte...». E Tony non poteva entrare nel venerato salotto tappezzato di seta, là, davanti alla porta della rocca, senza che la vecchia madama Kröger incominciasse: «*A propos*, ho sentito di una certa faccenda; spero che metterai giudizio, figliola...».

Una domenica, mentre lei era in chiesa coi genitori e coi fratelli, il pastore Kölling commentò con parole energiche il testo che dice come la donna debba abbandonare il padre e la madre e seguire il marito, e divenne ad un tratto aggressivo. Tony lo guardò atterrita per vedere se guardasse lei. No, grazie a Dio, era volto da un'altra parte e predicava così sulle generali, rivolgendosi a tutti i devoti; tuttavia era ben chiaro che era un nuovo attacco contro di lei e che quelle parole erano pronunciate per lei. Una ragazza, una giovinetta, proclamava il pastore, che non abbia ancora una propria volontà e un proprio discernimento e tuttavia si opponga alle amorevoli decisioni dei genitori, va castigata e sarà certamente ripudiata dal Signore... E a questa frase, che era di quelle che piacevano tanto al pastore Kölling e che egli scagliava con entusiasmo, Tony fu colpita da una sua occhiata penetrante accompagnata da un gesto terribile del braccio. Tony vide che suo padre accanto a lei alzò una mano come per dire: «Bene! Ma non esageriamo...». Non c'era alcun dubbio che il pastore Kölling avesse ricevuto l'imbeccata da lui o dalla mamma. Rossa in viso e accasciata, la giovane se ne stava al suo posto con la sensazione che tutti la guardassero: e la domenica seguente si rifiutò decisamente di andare in chiesa.

Camminava per la casa in silenzio, non rideva più, perdeva l'appetito e sospirava talvolta in modo straziante come se lottasse per una decisione, e guardava quindi i suoi con tristezza... Bisognava avere pietà di lei. Dimagrava e perdeva la sua freschezza. Il console finì col dire:

«Così, Bethsy, non si va più avanti. Non dobbiamo maltrattare questa figliola. Bisogna mandarla via, lasciare che si calmi e abbia tempo di riflettere; vedrai che metterà giudizio. Io non posso liberarmi dai miei impegni e il tempo delle vacanze è già passato... ma possiamo ben rimanere a casa tutti noi altri. Ieri è stato qui per caso il vecchio Schwarzkopf di Travemünde, Diederich Schwarzkopf, il comandante dei piloti. Ho lasciato cadere un paio di parole ed egli s'è mostrato ben lieto di accogliere la ragazza per qualche tempo in casa sua. Gli darò qualche cosa... e lei starà in una famiglia simpatica, potrà fare i bagni e prendere l'aria buona e schiarirsi le idee. Tom andrà con lei e tutto sarà in ordine. Meglio domani che dopo...»

Tony accolse l'idea con piacere e si dichiarò d'accordo. È vero che non vedeva quasi mai il signor Grünlich, ma sapeva che era in città, che trattava coi genitori e aspettava... Dio mio, poteva trovarselo davanti da un momento all'altro e sentirlo gridare e implorare! A Travemünde, in casa di estranei, si sarebbe sentita più sicura... Perciò fece le valige in fretta, tutta contenta, e in una delle ultime giornate di luglio montò, con Tom che doveva accompagnarla, nel maestoso equipaggio dei Kröger, salutò di ottimo umore e uscì dalla porta della rocca con un sospiro di sollievo.

V

Per recarsi a Travemünde si va sempre diritto, si attraversa l'acqua col traghetto, e poi di nuovo diritto; tutti e due conoscevano bene il percorso. La strada grigia filava svelta sotto gli zoccoli cavi e ritmati dei grossi morelli mecklemburghesi di Lebrecht Kröger, per quanto il sole ardesse e la polvere velasse l'orizzonte limitato. Eccezionalmente si era fatto colazione al tocco e i due fratelli erano partiti alle due in punto, dimodoché sarebbero arrivati poco dopo le quattro, poiché se una carrozza pubblica c'impiega tre ore, Jochen, il cocchiere dei Kröger, aveva abbastanza amor proprio per farcela in due. Tony ciondolava nel dormiveglia sotto il piatto cappellone di paglia e l'ombrellino appoggiato allo schienale, un ombrellino color grigiospago, come il suo semplice abitino, e ornato di pizzo crema. Aveva messo l'uno sull'altro i piedi con le calze bianche dentro scarpe con nastri incrociati; stava appoggiata comodamente e con grazia e sembrava fatta apposta per quell'equipaggio.

Tom, ormai ventenne, vestito con cura di panno grigioazzurro, aveva mandato indietro il cappello di paglia e fumava sigarette russe. Non si era fatto molto alto, ma i baffetti, più scuri dei capelli e delle ciglia, incominciavano a crescergli abbondantemente. Con un sopracciglio sollevato come al solito, fissava le nuvole di polvere e gli alberi che correvano al margine della strada.

Tony disse:

«Non sono mai stata così contenta di andare a Travemünde come questa volta... Prima di tutto per vari motivi (Tom, è inutile che tu te la rida); vorrei che un certo paio di scopettoni color oro rimanessero ancora alcune miglia più indietro... E poi vedrò una Travemünde del tutto nuova, là sul "Prospetto" in casa Schwarzkopf... Non voglio curarmi affatto dei bagnanti. Li conosco abbastanza. E poi non ne ho voglia... E oltre tutto quel... tale troverebbe la via libera e, siccome non ha soggezione, sta a vedere che un giorno me lo trovo accanto col suo soave sorriso...»

Tom buttò via la sigaretta e ne prese un'altra dall'astuccio il cui coperchio artisticamente tassellato rappresentava una *troika* assalita dai lupi: certamente un dono di qualche cliente russo al console. Le sigarette, quei cosini forti dal bocchino giallo, erano la passione di Tom; ne fumava in quantità enormi e aveva la mala abitudine di aspirare il fumo dentro i polmoni e di mandarlo fuori lentamente mentre parlava.

«Sì» disse «in quanto a questo il giardino della stazione balneare brulica di amburghesi. Il console Fritsche, che ha acquistato tutti gli impianti, è amburghese anche lui. Dice il babbo che fa ottimi affari... Ma d'altro canto ci perderai anche tu, se ti tieni lontana da quella vita... Ci sarà beninteso Peter Döhlmann; a quest'epoca non è mai in città; i suoi affari vanno avanti lo stesso a passo di lumaca... È ben buffa! Mah... E lo zio Justus si farà vedere certamente la domenica e farà la sua visitina alla *roulette*... Ci sono poi i Möllendorpf e i Kistenmaker, credo al completo, e gli Hagenström...»

«Già, si capisce! Come si potrebbe fare a meno di Sara Semlinger?...»

«La quale del resto si chiama Laura: siamo giusti.»

«Naturalmente con Julchen... Quest'estate Julchen deve fidanzarsi con August Möllendorpf, e Julchen lo farà. Così saranno definitivamente della compagnia. Vedi, Tom, è una cosa rivoltante. Questi ultimi arrivati...»

«Eh, cara... "Strunck & Hagenström" è una ditta che si fa avanti, questo conta...»

«Si capisce! E si sa anche come fanno... Sai, a furia di gomiti, senza garbo, senza distinzione... Di Heinrich Hagenström il nonno ha detto che è nato con la camicia: sono sue parole...»

«Sì, sì, ma non importa. A chi guadagna si fa tanto di cappello. E per quanto riguarda questo fidanzamento, si tratta di un affare in piena regola. Julchen diventa una Möllendorpf e August si becca un buon posto...»

«Oh Tom, so che lo dici per farmi arrabbiare... Costoro io li disprezzo...»

Tom si mise a ridere: «Dio mio, bisognerà pur trovare un modo di vivere con loro. Come diceva il babbo recentemente: questi stanno salendo, mentre per esempio i Möllendorpf... E poi non si può negare che gli Hagenström siano bravi e abili.

Hermann è già molto utile nell'azienda, e Moritz, nonostante la debolezza di petto, ha dato gli esami brillantemente. Dicono che sia molto capace, e ora studia legge».

«Sta bene... Ma allora, caro Tom, sono per lo meno assai contenta che ci siano ancora altre famiglie le quali non hanno bisogno d'inchinarsi davanti a loro, e che per esempio noialtri Buddenbrook...»

«Ho capito» fece Tom. «Non incominciamo con la boria. Ogni famiglia ha i suoi punti dolenti.» Continuò smorzando la voce, dopo aver dato una occhiata alle larghe spalle di Jochen: «Dio solo sa come stia lo zio Justus. Quando parla di lui, il babbo crolla sempre il capo, e il nonno Kröger credo che l'abbia dovuto sovvenzionare più volte con somme rilevanti... Anche i nostri cugini non sono del tutto in regola. Jurgen che dovrebbe continuare gli studi non arriva mai all'esame di licenza... E di Jakob pare che "Dalbeck & C." ad Amburgo non siano affatto contenti. Non gli basta mai il denaro, per quanto ne sia fornito abbastanza bene; e quello che gli nega lo zio Justus glielo manda la zia Rosalie... No, vedi, non bisogna mai scagliare la prima pietra. Del resto poi, se vuoi controbilanciare gli Hagenström, non hai che da sposare Grünlich!»

«Siamo montati in carrozza per parlare di questo? Si, sì, forse dovrei farlo. Ma ora non ci voglio pensare. Voglio dimenticare tutto. Ora andiamo dagli Schwarzkopf. Che io sappia, non li ho mai visti... Sono brava gente, vero?»

«Oh, Diederich Schwarzkopf è un galantuomo bravo e buono» fece Tom imitandone il vocione. «Ma non devi credere che parli sempre così; lo fa soltanto quando ha bevuto più di cinque bicchieri di ponce. Una volta venne a trovarci in ufficio, e poi si andò insieme alla società navale: beveva come una spugna. Suo padre è nato su un veliero norvegese e fu poi capitano su quelle linee di navigazione. Diederich ha avuto la sua brava istruzione; il comando dei piloti è un posto di grande responsabilità ed è retribuito bene. Sai, è un vecchio lupo di mare... ma sempre galante con le signore. Sta a vedere che ti farà la corte...»

«Va! E la moglie?»

«Non la conosco di persona. Ma sarà certo una brava donna. Hanno poi un figlio che ai miei tempi faceva la seconda o la terza liceo e adesso sarà all'università... To', ecco il mare! Ancora un quarto d'ora...»

Per un viale di giovani faggi proseguirono un tratto lungo la riva del mare che si stendeva al sole, azzurro e tranquillo. Si vide sorgere il faro giallo e rotondo, si dominò per un tratto la baia con le dighe, i tetti rossi della cittadina e il piccolo porto con le vele e l'attrezzatura delle barche. Poi passarono fra le prime case, si lasciarono alle spalle la chiesa e proseguirono lungo il "Prospetto" in riva al fiume, fino a una graziosa casetta, la cui veranda era tutta coperta di viti rampicanti.

Il comandante Schwarzkopf stava sulla soglia e all'avvicinarsi della carrozza si tolse il berretto da marinaio. Era un uomo tarchiato, largo di spalle, il viso rosso, gli occhi celesti e la barba grigia e irsuta che gli andava a ventaglio da un'orecchia all'altra. Le labbra un po' pendenti, tra le quali teneva una pipa di legno (il labbro di sopra era raso, duro e arcuato), davano un'impressione di dignitosa bontà. Il panciotto di picché bianco gli splendeva di sotto la giubba aperta ornata di alamari d'oro. Stava a gambe larghe con la pancia un po' in fuori.

«Quale onore per me, signorina! È proprio una bella cosa che abbia voluto venir a stare un po' con noi.» E aiutò Tony a scendere dalla carrozza. «I miei complimenti, signor Buddenbrook! Sempre bene papà? E la signora mamma?... È un vero piacere per me!... Avanti, avanti! Mia moglie deve aver preparato un po' di merenda. Voi andate dall'oste Peddersen» disse al cocchiere che intanto aveva portato in casa la valigia «là i cavalli saranno trattati bene... Lei rimane con noi questa sera, signor Buddenbrook? Perché no? I cavalli devono pur prendere fiato, e poi non arriverebbe in città prima che faccia buio...» «Sa, qui si sta per lo meno altrettanto bene quanto al Grande Albergo» disse Tony dopo un quarto d'ora, mentre stavano prendendo il caffè sulla veranda. «Che aria deliziosa! Si sente fin qui l'odore delle alghe. Sono proprio felice di essere a Travemünde.»

Di tra i pilastrini della veranda rivestiti di verde si vedeva il fiume largo scintillante al sole coi battelli e i pontili di sbarco, e più avanti la stazione del traghetto sul "Priwal", la protesa penisola del Mecklemburgo. Le tazze larghe, più ciotole che tazze, con l'orlo azzurro, erano insolitamente goffe in confronto con le graziose porcellane di casa; ma la tavola, sulla quale era stato collocato davanti a Tony un mazzo di fiori di campo, era invitante e la scarrozzata aveva messo appetito.

«La signorina deve badare a rimpannucciarsi qui» disse la padrona di casa. «È un po' strapazzata, se posso esprimermi così; la colpa è dell'aria di città. E poi tutti quei festeggiamenti...»

La signora Schwarzkopf, figlia d'un pastore di Schlutup, poteva avere cinquant'anni, arrivava alle spalle di Tony ed era piuttosto magretta. I suoi capelli neri, lisci e puliti erano raccolti in una reticella a maglie larghe. Portava un abito marrone col collettino bianco all'uncinetto e i polsini ugualmente lavorati. Era pulita, dolce e cordiale e andava raccomandando il pane con l'uva fatto in casa che, circondato da panna, zucchero, burro e miele in favi, empiva il cestino a forma di navicella. Il cestino era abbellito da un orlo ricamato a perline, opera della piccola Meta, una bimba graziosa di otto anni, seduta accanto alla mamma col suo abitino scozzese e una treccina rigida, bionda come il lino.

La signora Schwarzkopf si scusò per la stanza destinata a Tony, dove questa aveva già fatto un po' di toletta. Una stanza così semplice e modesta...

Oh bellissima!» esclamò Tony. Aveva la vista sul mare che era la cosa più importante. E così dicendo inzuppava nel caffè la quarta fetta di pane con l'uva. Tom parlava col vecchio del *Wullenwewer* che era in riparazione nel cantiere della città...

A un certo punto salì sulla veranda un giovanotto di circa vent'anni con un libro in mano, il quale si tolse il cappello di feltro grigio e s'inchinò arrossendo impacciato.

«Oh, figlio mio» esclamò il comandante «sei in ritardo...» Poi presentò: «Mio figlio...» e disse un nome che Tony non comprese. «Studia per dottore... passa le vacanze con noi...»

«Molto piacere» disse Tony come le avevano insegnato. Tom si alzò e gli strinse la mano. Il giovane Schwarzkopf s'inchinò di nuovo, depose il libro e, arrossendo ancora, prese il suo posto a tavola.

Era di media statura, piuttosto scarno e biondissimo. I baffetti incipienti, incolori come i capelli corti che gli coprivano la testa un po' allungata, erano appena visibili; vi corrispondeva la pelle straordinariamente chiara, una pelle come di porcellana porosa che alla minima occasione si tingeva di rosso chiaro. I suoi occhi erano di un azzurro un po' più scuro di quelli del babbo e avevano la stessa espressione bonaria e indagatrice, non eccessivamente vivace; i lineamenti erano regolari e piacenti. Quando incominciò a mangiare fece vedere i denti belli e fitti, lustri come avorio polito. Portava una giubba grigia, abbottonata, con risvolti alle tasche e una martingala di elastico sulla schiena.

«Sì, domando scusa se arrivo tardi» disse. Parlava con voce stentata e rauca. «Sono rimasto a leggere un po' sulla spiaggia e non ho guardato a tempo l'orologio.» Poi si mise a masticare lentamente, squadrando ogni tanto Tom e Tony di sotto in su. A un certo punto, mentre la padrona di casa pregava Tony di servirsi ancora, egli disse: «Del miele in favi può fidarsi, signorina Buddenbrook... è miele naturale... Si sa almeno che cosa si mangia... Sa, lei deve nutrirsi bene. L'aria di qui è tonica... accelera il ricambio. Se lei non mangia abbastanza, finisce per crollare.»

Aveva una sua maniera ingenua e simpatica di sporgersi in avanti mentre parlava e di guardare una persona diversa da quella alla quale si rivolgeva. Sua madre lo ascoltava amorosamente e guardava poi Tony per vedere l'effetto che facevano le parole di lui. Il vecchio Schwarzkopf invece disse:

«Ohi, dottore, non darti tante arie col tuo ricambio... non vogliamo sentirne parlare» dopo di che il giovane rise e arossendo un'altra volta guardò nel piatto di Tony. Il comandante pronunciò un paio di volte il nome di suo figlio, ma Tony non riuscì assolutamente a comprenderlo. Era come "Moor" o "Mord": impossibile riconoscerlo nella larga pronuncia del vecchio.

Quando, finita la merenda, Diederich Schwarzkopf si aprì del tutto la giubba e guardò con gli occhi socchiusi verso il sole, mettendosi, come suo figlio, a fumare la pipetta di legno, mentre Tom tirava fuori le sigarette, i due giovani intavolarono una vivace conversazione su vecchi ricordi di scuola alla quale partecipava anche Tony. Si pronunciò il nome di Stengel... «Devi fare una linea, e che cosa fai invece? fai una riga!» Peccato che non ci fosse Christian, quello lo sapeva imitare molto meglio.

A un certo punto Tom disse a sua sorella indicando il mazzo di fiori:

«Il signor Grünlich direbbe: sono straordinariamente decorativi!»

Tony rossa di collera gli diede un colpo nel fianco, facendo scivolare una timida occhiata verso il giovane Schwarzkopf.

Avevano atteso più a lungo del solito per prendere il caffè e rimasero a chiacchierare parecchio. Erano già le sei e mezzo e sul "Priwal" incominciava a scendere il crepuscolo, allorché il comandante si alzò.

«I signori mi scuseranno» disse. «Ho ancora da fare alla capitaneria... Si cena alle otto, se non vi dispiace... o forse oggi un po' più tardi, Meta? E tu» qui disse di nuovo il nome «non startene ozioso... Vai di là e rimettiti a studiare i tuoi ossi... Penso che la signorina Buddenbrook vorrà disfare la valigia... O se preferiscono scendere alla spiaggia... In ogni caso, non disturbare!»

«Dio mio, Diederich, perché non vuoi che stia ancora qui?» osservò la moglie con dolce rimprovero. «E se i signori vogliono scendere alla spiaggia, perché non può andare con loro? Dopo tutto, Diederich, è in vacanza... Perché non deve godersi anche lui la compagnia dei nostri ospiti?»

VI

La mattina seguente, nella linda cameretta, i cui mobili erano rivestiti di cotone a fiori chiari, Tony si svegliò con quella piacevole eccitazione con cui si aprono gli occhi nelle situazioni nuove della nostra vita.

Si levò a sedere e, abbracciandosi le ginocchia e reclinando la testa arruffata, guardò la striscia di luce sottile e abbagliante che trapelava dalle imposte chiuse e rivangò con calma gli avvenimenti del giorno prima.

Non un pensiero sfiorò il signor Grünlich. La città e la scena disgustosa nella stanza dei paesaggi, le esortazioni della famiglia e del pastore Kölling erano ormai molto lontane. Qui si sarebbe destata ogni mattina senza pensieri... Quegli Schwarzkopf erano ottima gente. La sera prima avevano offerto persino le arance nel vino e si era brindato a una felice convivenza. Tutti erano molto lieti. Il vecchio si era messo a raccontare storie di marinai e il giovane aveva parlato di Gottinga dove studiava. Strano però: lei non sapeva ancora come si chiamasse! Aveva sempre fatto attenzione al nome, ma durante la cena nessuno l'aveva pronunciato, e d'altro canto non stava bene chiederlo. Ella si sforzò di ricordare... Come si chiamava il giovanotto? Moor... Mord...? Del resto, Moor o Mord le era piaciuto. Aveva un riso così buono e arguto quando per chiedere un po' d'acqua pronunciava un paio di lettere con un numero, dimodoché il vecchio si arrabbiava. Ah sì, era la formula scientifica dell'acqua... non già, è vero, di quell'acqua lì, perché la formula di quel liquido travemündese era certamente assai più complicata. Ad ogni momento vi si poteva scoprire una medusa... Si sa, le autorità avevano le loro idee sull'acqua dolce... In quella gli era arrivato un rimprovero paterno perché aveva parlato delle autorità in tono sprezzante. La padrona di casa aveva sempre cercato l'ammirazione negli occhi di Tony, e infatti il giovane discorreva in modo molto divertente, erudito e allegro a un tempo... Le era stato molto dietro, il giovanotto. Ella si era lagnata perché mangiando si sentiva la testa calda, temeva di avere troppo sangue... E lui che cosa aveva risposto? L'aveva squadrata e soggiunto che, sì, le arterie alle tempie erano gonfie, ma ciò non escludeva che alla testa non affluisse abbastanza sangue o questo non avesse abbastanza globuli rossi... forse era un pochino anemica... cucù scattò dalla pendola intagliata e singhiozzò alcune volte con un suono lontano. «Sette, otto, nove» contò Tony. «Fuori!» E così dicendo balzò dal letto e spalancò le imposte. Il cielo era leggermente coperto, ma il sole faceva capolino. Oltre il Leuchtenfeld con la sua torre l'occhio spaziava sul mare increspato che, limitato a destra dall'arco della costa meck-lemburghese, si stendeva a striscie verdognole e azzurre fino a confluire con l'orizzonte caliginoso. "Più tardi farò il bagno" pensò Tony «ma prima voglio mangiare per benino, affinché il ricambio non mi consumi..." E sorridendo si affrettò tutta contenta a lavarsi e a vestirsi.

Quando lasciò la camera erano passate da poco le nove e mezzo. La porta della camera dove aveva dormito Tom era aperta; egli era ritornato in città molto per tempo. Fin lassù a quel piano piuttosto alto, dov'erano soltanto le camere da letto, giungeva l'aroma del caffè. Pareva fosse l'odore caratteristico di quella casetta, e si fece più intenso quando Tony scese la scala fiancheggiata da un parapetto di semplici tavole e passò per il corridoio sul quale si aprivano la stanza di soggiorno, la sala da pranzo e l'ufficio del comandante. Fresca e di buon umore, entrò nella veranda col suo abito di picché bianco.

Vi trovò la signora Schwarzkopf con suo figlio presso la tavola mezzo sparecchiata. Sopra il vestito marrone ella portava un grembiule da cucina a quadri blu. Davanti a lei c'era un mazzo di chiavi.

«Le chiedo scusa» disse alzandosi «signorina Buddenbrook, se non l'abbiamo aspettata! Noi ci alziamo presto, siamo gente alla buona. Ci sono sempre mille cose da fare... mio marito è nell'ufficio... Non se ne ha mica a male, vero, signorina?»

Tony si scusò a sua volta: «Non deve credere che io dorma sempre fino a quest'ora. Mi sento colpevole. Ma iersera quel vino con le arance...».

Il giovane si mise a ridere. Stava accanto alla tavola con la pipetta di legno in mano e il giornale davanti a sé.

«Sì, la colpa è sua!» disse Tony. «Buongiorno! È stato lei a brindare continuamente... Ora non mi merito altro che il caffè freddo. A quest'ora dovrei aver già fatto colazione ed essere al bagno..»

«No, sarebbe troppo presto per una signorina. Sa, alle sette l'acqua era ancora piuttosto fredda: undici gradi... Pizzica un po' dopo il calduccio del letto...»

«E come fate a sapere, *monsieur*, che io voglia fare il bagno tiepido?» disse Tony accomodandosi. «Oh, signora, ha tenuto il caffè in caldo! No, no, verso da me, tante grazie!»

La padrona stette a guardare l'ospite che prendeva i primi bocconi:

«E ha dormito bene, signorina, la prima notte? Si sa, il materasso è imbottito di alghe marine... noi siamo gente alla buona... Ma ora le auguro buon appetito e buon divertimento prima di mezzogiorno. La signorina incontrerà certo molti conoscenti sulla spiaggia... Se le fa piacere, mio figlio l'accompagnerà. Perdoni se non rimango a farle compagnia, ma devo badare alla cucina. C'è una salsiccia da mettere ai ferri... Cerchiamo di fare del nostro meglio.»

«Io faccio onore al miele in favi» disse Tony quando i due rimasero soli. «Vede, almeno si sa cosa si mangia.»

Il giovane Schwarzkopf si alzò e andò a posare la pipa sul parapetto della veranda.

«No, no, fumi pure! Non mi disturba affatto. A casa, quando scendo a colazione, la stanza è già piena di fumo... mio padre fuma il sigaro... Ma dica un po'» domandò di punto in bianco «è vero che un uovo ha lo stesso valore nutritivo di un quarto di libbra di carne?»

Egli si fece di bragia. «Signorina Buddenbrook, vuol pigliarmi in giro?» domandò fra sorridente e indispettito. «Ieri sera mi sono preso un rabuffo dal babbo per la mia erudizione e le mie arie d'importanza, come diceva...»

«Ma la mia è una domanda innocente!» e Tony smise di mangiare, costernata. «Come si può parlare di arie d'importanza? Io vorrei soltanto imparare qualche cosa... perché, vede, sono proprio un'oca. Da Sesemi Weichbrodt ero sempre una delle più pigre. E lei sa tante cose...» Tra sé pensava: "Arie d'importanza? Uno si trova in società, cerca di far vedere i suoi lati migliori, sceglie le parole e vuol mostrarsi simpatico... È evidente».

«Sì, sono all'incirca equivalenti» rispose lui lusingato. «Certe sostanze alimentari...»

Poi, mentre Tony faceva colazione e il giovane continuava a fumare la pipa, si misero a discorrere di Sesemi, della pensione che aveva accolto Tony, delle sue amiche, di Gerda Arnoldsen che era ormai ritornata ad Amsterdam, e di Armgard von Schilling, la cui casa bianca si poteva vedere dalla spiaggia, quando il tempo era limpido.

Più tardi, quando ebbe finito e si forbiva la bocca, Tony domandò indicando il giornale: «C'è qualche cosa di nuovo?».

Il giovane Schwarzkopf rise scuotendo la testa con ironica compassione:

«No... che cosa vuole che ci sia?... Sa, questa gazzetta locale è un giornalucolo da far pietà.»

«Davvero? Però il babbo e la mamma lo leggono sempre.»

«Già, capisco» fece lui arrossendo. «Anch'io lo leggo, come vede, perché non c'è di meglio. Ma che il console tal dei tali stia per festeggiare le nozze d'argento non è una cosa molto impressionante... Lei ride! Ma dovrebbe vedere altri giornali. la *Hartungsche Zeitung* di Königsberg... oppure la *Rheinische Zeitung*... Ci troverebbe ben altro! Checché dica il re di Prussia...»

«Che cosa dice?»

«Ecco... no, purtroppo non posso ripeterlo davanti a una signorina» e di nuovo si fece rosso. «Ha avuto espressioni poco gentili per questa stampa» continuò con un sorriso ironico un po' forzato che dispiacque un istante a Tony. «È una stampa che non usa molti riguardi verso il governo, capisce? verso i nobili, i preti, l'aristocrazia... È troppo abile nel menar per il naso la censura...»

«Va bene; e lei? anche lei è poco riguardoso coi nobili?»

«Io?» fece lui imbarazzato. Tony si alzò.

Be', di questo parleremo un'altra volta. E se ora scendessi alla spiaggia? Vede, il cielo è quasi tutto azzurro. Oggi non pioverà. Ho una gran voglia di tuffarmi di nuovo in mare. Vuole accompagnarmi?»

VII

Ella si era messa il cappellone di paglia e aveva aperto il parasole, perché faceva un gran caldo nonostante la leggera brezza dal mare. Il giovane Schwarzkopf, col cappello di feltro grigio, il libro in mano, camminava al suo fianco e ogni tanto le lanciava un'occhiata. Passarono lungo il "Prospetto" e attraversarono il giardino pubblico tutto silenzioso e senz'ombra con le viottole inghiaiate e i rosai fioriti. Il chiosco della musica, nascosto, tra le conifere, sorgeva silenzioso di fronte al Grande Albergo, alla pasticceria e alle due latterie svizzere collegate tra loro da un lungo edificio. Erano circa le undici e mezzo; i bagnanti dovevano essere ancora sulla spiaggia.

I due giovani attraversarono il campo per i giochi dei bambini, con le panchine e la grande altalena, passarono accanto allo stabilimento dei bagni caldi e s'avviarono verso il Leuchtenfeld. Il sole ardeva sull'erba che rimandava un caldo e aromatico odore di trifoglio, mentre nell'aria ronzavano e scattavano le mosche azzurre. Dal mare saliva un sussurro monotono e smorzato, mentre in lontananza si vedevano balenare ogni tanto piccole creste di spuma.

«Che cosa sta leggendo?» domandò Tony. Il giovane aprì il libro e lo sfogliò rapidamente dal fondo al principio:

«Oh, non è roba per lei, signorina Buddenbrook! A ogni pagina sangue e visceri e malanni... Ecco, qui si parla di edema polmonare. Sa, gli alveoli dei polmoni si empiono d'un siero acquoso... È terribilmente pericoloso e si riscontra nelle polmoniti. Quando è grave, non si può più respirare e si muore. E tutto questo è descritto con freddezza e sussiego...»

«Uh, che roba! Ma quando si vuol diventar dottori... Vedrò di fare in modo che lei diventi il nostro medico di casa, quando Grabow si sarà messo a riposo. Vedrà, ci penso io!»

«Oh via! E lei, signorina Buddenbrook, che cosa legge, se è lecito?»

«Conosce Hoffmann?» domandò Tony.

«Quello del *Maestro di Cappella* e del *Vaso d'oro?* Sì, è molto bello... Ma vede, è più roba per signorine. Oggi gli uomini devono leggere altre cose.»

«Adesso devo chiederle una cosa» fece Tony dopo qualche passo prendendo una risoluzione. «Mi dica, come si chiama lei? Non sono mai riuscita a capire il suo nome... e questo mi rende nervosa. Mi sono addirittura rotta il capo...»

«Davvero? Si è rotta il capo?»

«Su via, non mi renda la cosa ancor più difficile. So che non sta bene domandare, ma io sono curiosa, si capisce... D'altro canto posso anche fare a meno di saperlo finché vivo.»

«Ebbene, mi chiamo Morten» disse lui arrossendo come non mai.

«Morten? Bello.»

«Oh, in quanto a bello...»

«Eh, Dio mio... sempre più bello che se lei si chiamasse Tizio o Caio. È un nome speciale, un po' esotico...»

«Lei è romantica, signorina Buddenbrook. Ha letto troppo Hoffmann... Vede, le cose stanno semplicemente così: mio nonno era mezzo norvegese e si chiamava Morten. Perciò mi hanno battezzato così. Ecco tutto.»

Tony camminava cautamente tra gli alti giunchi pungenti che crescevano sul margine della spiaggia nuda. Davanti a loro si sgranava la fila delle cabine di legno dal tetto a cono che lasciavano intravedere i seggioloni di vimini vicinissimi all'acqua e le famiglie che vi erano sdraiate intorno sulla sabbia calda: signore con gli occhiali azzurri che leggevano volumi della biblioteca circolante, uomini in abiti chiari che disegnavano oziosamente col bastone le figurine nella sabbia, bambini abbronzati, con cappelloni di paglia, i quali si voltolavano per terra, zappavano, scavavano buche in cerca d'acqua, cucinavano torte in stampi di legno, foravano gallerie, sguazzavano nell'acqua bassa con le gambette nude e facevano navigare le loro barchette. A destra si protendeva nel mare la costruzione in legno dello stabilimento dei bagni.

«Adesso marciamo diritti verso la cabina dei Mollendorpf» disse Tony. «Prendiamo un po' per di qua!»

«Volentieri... ma lei andrà probabilmente con quei signori. Io vado a sedermi là in fondo sui sassi.»

«Andar con loro?... certo; per lo meno dovrò augurare il buongiorno. Ma deve sapere che mi secca molto. Sono venuta qua per essere lasciata in pace...»

«Lasciata in pace? Da chi?»

«Già, ecco, da chi?...»

«Senta, signorina Buddenbrook, anch'io devo farle una domanda... Ma in un altro momento, all'occasione, quando avremo tempo. Ora permetta che la saluti. Vado a sedermi laggiù sui sassi...»

«Non vuole che la presenti, signor Schwarzkopf?» domandò Tony con aria d'importanza.

«No, no» rispose Morten in fretta. «La ringrazio. Sa, non credo che sia il mio ambiente. Vado a sedermi là dietro sui sassi...»

Era una brigata piuttosto numerosa, quella alla quale si avvicinò Tony, mentre Morten Schwarzkopf prendeva a destra verso i blocchi di pietra che l'acqua lambiva di fianco allo stabilimento. Il gruppo, adunato davanti alla cabina dei Möllendorpf, era formato dalle famiglie Möllendorpf, Hagenström, Kistenmaker e Fritsche. Tranne il console Fritsche di Amburgo, proprietario dello stabilimento, e Peter Döhlmann, il *suitier*, c'erano soltanto donne e bambini perché essendo giorno feriale gli uomini erano quasi tutti in città, nelle loro aziende. Il console Fritsche, un uomo d'età, dal viso raso e distinto, era affaccendato, nella cabina aperta, con un cannocchiale che puntava su un veliero apparso in lontananza. Peter Döhlmann portava un cappello di paglia a larghe tese e la barba a ventaglio dei marinai, e chiacchierava con le signore sdraiate su coperte stese sopra la sabbia, o sedute su seggiolini di tela da vele: la signora Möllendorpf, nata Langhals, che maneggiava un occhialino dal manico lungo e aveva la testa incorniciata da capelli grigi in disordine; la signora Hagenström con Julchen che era rimasta piuttosto piccola, ma al pari di sua madre portava già brillanti alle orecchie; la moglie del console Kistenmaker con le figlie e quella del console Fritsche, una donnetta rugosa che portava la cuffia e faceva gli onori di casa. Rossa e stanca, pensava continuamente a riunioni, balli di bambini, lotterie, veleggiate... La sua dama di compagnia era seduta un po' più lontano. I bambini giocavano nell'acqua.

"Kistenmaker & Figlio" era il fiorente negozio di vini che in quegli ultimi anni incominciava a far passare di moda "C. F. Köppenn. I due figli, Eduard e Stephan, lavoravano già nell'azienda paterna.

Il console Döhlmann non aveva per niente i modi ricercati che aveva, per esempio, Justus Kröger; era un buon *suitier*, un *suitier* che si distingueva per la volgarità bonaria, e in società poteva permettersi molte cose, perché sapeva di godere il favore delle signore e di passare per l'originale grasso, ardito e rumoroso che era. Una volta, a un pranzo in casa Buddenbrook, essendosi verificato un ritardo considerevole nell'arrivo di una portata, la padrona di casa si era trovata in imbarazzo e i convitati avevano incominciato a dare segni di malumore; ma lui fece tornare l'allegria gridando con quella sua vociaccia sgangherata: «Signora, io avrei finito!».

Con la stessa voce rozza e tonante stava raccontando ora aneddoti di dubbio gusto, conditi di espressioni dialettali. La moglie del senatore Möllendorpf, che si contorceva dal gran ridere continuava a dire: «Basta, signor console, la smetta un momento!».

Tony Buddenbrook fu accolta dagli Hagenström con freddezza, da tutti gli altri con molta cordialità. Persino il console Fritsche scese dai gradini della cabina sperando che, per lo meno negli anni seguenti, i Buddenbrook avrebbero contribuito a popolare la stazione balneare.

«Servo suo, signorina!» disse il console Döhlmann cercando di pronunciare le parole con eleganza, poiché sapeva che la signorina Buddenbrook non era entusiasta dei suoi modi.

«Oh, signorina Buddenbrook!»

«Lei qui?»

«Che bella cosa!»

«Quando è arrivata?»

«Che toletta deliziosa!›

«E dove abita?»

«Dagli Schwarzkopf?»

«Dal comandante?»

«Molto originale!»

«Sì, veramente originale.»

«Abita in città?» ripeté il console Fritsche proprietario del Grande Albergo, senza far capire che era rimasto male.

«Ci farete l'onore d'intervenire alla prossima riunione?» domandò sua moglie.

«Davvero? Solo per poco tempo a Travemünde?» esclamò un'altra signora.

«Non le sembra, mia cara, che i Buddenbrook vivano piuttosto appartati?» sussurrò la signora Hagenström alla moglie del senatore Möllendorpf.

«Non ha ancora fatto il bagno?» domandò qualcuno. «Chi di voi ragazze non ha fatto ancora il bagno? Marie, Julchen, Luise! S'intende che le sue amiche l'accompagneranno, signorina Antonie...»

Un paio di ragazze si staccarono dalla compagnia per andare a fare il bagno con Tony, e Peter Döhlmann non mancò di accompagnare le signorine lungo la spiaggia.

«Dio mio, ti ricordi di quando si andava a scuola insieme?» domandò Tony a Julchen Hagenström.

«Sì. Voi facevate sempre la cattiva» rispose Julchen con un sorriso di compassione.

Dall'alto della spiaggia si passava allo stabilimento su un ponticello formato di assi abbinate; quando arrivarono vicino alle pietre dove Morten Schwarzkopf stava leggendo, Tony gli fece da lontano più volte un cenno del capo. Qualcuno domandò:

«Chi saluti, Tony?».

«Oh, il giovane Schwarzkopf» fece lei; «mi ha accompagnata...»

«Il figlio del comandante?» domandò Julchen Hagenström guardando con gli occhi neri e pungenti verso Morten, il quale a sua volta squadrava l'elegante compagnia con un po' di malinconia. Tony però disse a voce alta: «Una cosa sola mi dispiace: che non sia qui, per esempio, August Möllendorpf... Nei giorni feriali la spiaggia dev'essere molto noiosa».

VIII

S'iniziarono così per Tooy Buddenbrook le belle settimane estive, settimane più piacevoli e divertenti di quante ne avesse vissute a Travemünde. Libera e spensierata rifioriva; le sue parole e i suoi movimenti ripresero il loro fare ardito e giocondo. Il console, che arrivava la domenica con Tom e Christian, la guardava con compiacimento. Allora si faceva colazione alla *table d'hote, si* prendeva il caffè durante il concerto sotto la tenda della pasticceria, e nel salone si assisteva al gioco della *roulette* tra una folla di persone allegre come Justus Kröger e Peter Döhlmann. Il console non giocava mai.

Tony prendeva il sole, faceva i bagni, mangiava salsicce con salsa di noce moscata e faceva lunghe passeggiate con Morten, per la strada maestra, fino alla località vicina, lungo la spiaggia fino al "Tempietto marino" che sopra un'altura dominava il mare e il retroterra, oppure su nel boschetto che si stendeva dietro lo stabilimento e in cima al quale c'era la grande campana della *table d'hôte*. Oppure remavano oltre il Trave fino al "Priwal", dove si poteva pescare l'ambra...

Morten era un compagno divertente, per quanto le sue opinioni fossero un po' spinte e presuntuose. Di tutte le cose dava giudizi severi e giusti e, pur arrossendo, li pronunciava con risolutezza. Tony rimaneva conturbata e lo rimbeccava quando lui dichiarava con gesti goffi e risentiti che tutti i nobili sono idioti e miserabili; ma d'altro canto era orgogliosa che, di fronte a lei, esponesse con franchezza e fiducia le sue vedute, mentre invece le nascondeva ai suoi genitori. Una volta le disse: «Questa gliela devo dire ancora: nella mia stanzetta a Gottinga possiedo uno scheletro intero... Sa, uno scheletro di ossa legate insieme alla meglio col fil di ferro. A quello scheletro ho messo addosso una vecchia divisa da poliziotto... Ah, ah, carina, vero? Ma, per carità, non ne dica niente a mio padre!»

Non poteva non avvenire che Tony avesse frequenti contatti sulla spiaggia o nel giardino dello stabilimento coi suoi conoscenti di città e che fosse invitata a questa o quella riunione o a qualche gita in barca. In tali occasioni Morten "sedeva sui sassi". Quei sassi erano diventati fin dal primo giorno un loro modo di dire. "Star seduti sui sassi" significava "esser soli e annoiarsi". Quando veniva un giorno di pioggia che avvolgeva il mare in un velo grigio confondendolo col cielo, e inumidiva la rena e le strade, Tony diceva: «Oggi dobbiamo sederci tutti e due sui sassi... vale a dire, nella veranda o in camera. Non le rimane altro che cantarmi le sue canzoni studentesche, per quanto, Morten, io mi ci annoi terribilmente».

«Sì» diceva Morten «sediamoci pure... ma deve sapere che, quando c'è lei, quelli non sono più sassi!» Queste cose però le diceva quando non c'era suo padre: la mamma sì, poteva sentire.

«E ora?» domandava il comandante quando, dopo la colazione, Tony e Morten si alzavano insieme e si preparavano per uscire. «Dove vanno i nostri giovani?»

«Vedi, ho il permesso di accompagnare la signorina Antonie fino al "Tempietto marino".»

«Ah si, ne hai il permesso? Di' un po', caro signor figlio, non sarebbe più opportuno che tu rimanessi nella tua stanza a ripassare il sistema nervoso? Prima che tu ritorni a Gottinga avrai dimenticato tutto...»

La signora Schwarzkopf invece diceva con dolcezza: «Dio mio, Diederich, perché non ci dovrebbe andare? Lascia che la accompagni. Dopo tutto è in vacanza! Perché non deve godersi anche lui la compagnia della nostra ospite?».

E quelli se ne andavano.

Andavano lungo la spiaggia camminando vicino all'acqua dove la sabbia è inumidita, lisciata e indurita dal mare, dimodoché vi si cammina senza fatica; dove giacciono sparse le conchigliette bianche comuni e altre invece più allungate e iridescenti; dove s'ammucchiano le alghe gialloverdi coi frutti rotondi che, quando si schiacciano, fanno sentire uno scoppio, e le meduse, tanto quelle semplici e incolori quanto quelle velenose giallorosse che bruciano la pelle se si toccano durante il bagno...

«Vuol che le dica quanto ero sciocca una volta?» disse Tony. «Volevo estrarre dalle meduse le stelle colorate. Ne portavo a casa un fazzoletto pieno e le allineavo per benino sul balcone al sole perché asciugassero... così mi sarebbero rimaste certamente le stelle! Quando poi andavo a vedere, non trovavo che una macchia bagnata. E si sentiva un odore di fuco marcio...»

Così se ne andavano, accanto allo sciacquare ritmico delle onde distese, in viso la fresca brezza marina che arriva libera e senza ostacoli, che vela le orecchie e provoca una dolce vertigine, un lieve stordimento... Camminavano in quella pace ampia e sussurrante che in riva al mare inalza ogni più piccolo rumore, vicino o lontano, a significati misteriosi...

A sinistra si levavano dirupi tormentati di argilla color ocra e di ghiaie, monotoni, con sporgenze che nascondevano continuamente le curve della costa. A un certo punto, siccome la spiaggia diventava troppo sassosa, salivano in alto per proseguire attraverso i boschi verso l'altura del "Tempietto marino". Era questo un padiglione rotondo costruito di tronchi rozzi nemmeno scortecciati e di tavole la cui faccia interna era coperta di iscrizioni, monogrammi, cuori, strofette... Tony e Morten sedevano in uno dei vani rivolti verso il mare dove c'era un acuto odor di legno come nelle cabine dello stabilimento, e si riposavano sulla panchina rustica.

La quiete era molto solenne lassù in quell'ora pomeridiana. Alcuni uccelli pigolavano e il sommesso fruscìo degli alberi si confondeva con quello del mare che s'allargava laggiù in fondo, e nella cui lontananza si scorgeva l'attrezzatura di un veliero. Protetti dalla brezza che fino a quel momento aveva empito loro le orecchie, sentivano tanto più il silenzio che li rendeva pensierosi.

Tony chiese: «Quello va o viene?».

«Come?» domandò Morten con quella sua voce lenta; e, come se si destasse da una lunga assenza, rispose rapidamente: «Va. È il *Borgomastro Steenbock* che naviga verso la Russia. Io non ci vorrei andare» soggiunse dopo una pausa. «Laggiù le condizioni devono essere ancor più rivoltanti delle nostre!»

«Ci siamo» esclamò Tony. «Ora, Morten, sta per pigliarsela di nuovo coi nobili: glielo leggo in faccia. Non è bello da parte sua... Ne ha mai conosciuto qualcuno?»

Oh no!» esclamò Morten quasi indignato. «Grazie a Dio.»

«Ecco, vede? Io sì Era soltanto una ragazza, Armgard von Schilling, della quale le ho già parlato. Ebbene, era di animo più buono che noi due, quasi non si rendeva conto del suo "von"; mangiava salame e non faceva che discorrere delle sue mucche...»

«Certo, vi sono eccezioni, signorina Tony!» rispose lui accalorandosi. «Ma creda a me... Lei è giovane, lei vede tutto da un punto di vista personale. Fa la conoscenza di un nobile e dice: però, è un brav'uomo! Certamente... eppure senza conoscerne alcuno si possono condannare tutti. Si tratta del principio, capisce? dell'istituzione. Ecco, ora non sa che cosa dire. Mi faccia il piacere: basta che uno venga al mondo perché sia un eletto, un nobile... il quale possa guardar noi con disprezzo dall'alto in basso... noi che con tutti i nostri meriti non possiamo salire alla sua altezza!...» Morten parlava con una sua indignazione ingenua e bonaria; tentò di abbozzare qualche gesto, ma, visto che riusciva male, ne fece a meno. Tuttavia continuò a parlare. Era in vena. Stava un po' chino in avanti, un pollice tra i bottoni della giubba, e dava al suo sguardo buono un'espressione di sdegno: «Noi, la borghesia, il terzo stato, come ci hanno chiamati finora, noi vogliamo che esista soltanto la nobiltà del merito, non riconosciamo più la nobiltà corrotta, neghiamo l'attuale gradazione dei ceti... Noi vogliamo che tutti gli uomini siano liberi e uguali, che nessuno sia sottomesso a un altro, ma tutti siano soggetti soltanto alle leggi!... Non ci devono essere più privilegi o arbitrii!... Tutti devono essere figli dello stato con uguali diritti e, come non esistono più mediatori fra i laici e il buon Dio, così anche il cittadino deve avere rapporti diretti con lo stato. Noi vogliamo che tutti gli uomini, senza privilegi, possano mettersi in concorrenza fra loro e che il merito sia premiato... Invece siamo tenuti schiavi, imbavagliati... Che cosa volevo dire? Ah, si, stia a sentire: quattro anni fa furono rinnovate le leggi federali sulle università e sulla stampa. Bella roba! Non si deve scrivere né insegnare una verità che eventualmente non sia in accordo con l'ordine vigente... Ha capito? La verità viene soffocata e non può aprir bocca. E perché? Per amore di uno stato di cose idiota, antiquato, caduco, che, come tutti sanno, o tosto o tardi dovrà pur essere abolito. Penso che lei non riesca neanche a capire questa infamia. La violenza, la stupida, villana, improvvisa violenza della polizia, senza alcuna comprensione per le cose spirituali e nuove... Ma prescindendo da tutto questo le dirò una cosa sola: il re di Prussia ha commesso una grave ingiustizia. Allora, nel '13, quando avevamo nel paese i francesi, ci ha chiamati e ci ha promesso la costituzione... Noi siamo andati, abbiamo liberato la Germania...»

Tony, che, col mento sulla mano, lo sbirciava di fianco, si domandò un istante seriamente se lui poteva davvero aver contribuito alla cacciata di Napoleone.

«...ma crede che la promessa sia stata mantenuta? Purtroppo no. Il re di adesso è un retore, un sognatore, un romantico come lei, signorina Tony... Lei deve infatti tener conto di una cosa: quando i filosofi e i poeti hanno superato e liquidato una verità, una concezione, un principio, viene pian piano un re che, arrivato a quel punto con ritardo, considera proprio quella verità come la migliore e la più nuova e crede di dovercisi uniformare... Ecco, così è fatto il regime monarchico! I re non solo sono uomini, ma addirittura uomini mediocri, e sono sempre indietro di qualche miglio.

Oh, alla Germania è toccato come a quello studente che al tempo delle guerre di liberazione viveva la sua gioventù coraggiosa ed entusiastica e ora è diventato un misero borghesuccio.»

«Sì, sì, tutto bene» disse Tony. «Ma mi permetta di chiedere: che cosa importa a lei tutto ciò? Lei non è prussiano...»

«Oh, questo non conta, signorina Buddenbrook! Sì, la chiamo col cognome, lo faccio apposta... Veramente, per darle quello che le spetta dovrei dirle: *demoiselle* Buddenbrook. Crede che da noi gli uomini siano più liberi, più uguali, più fratelli che in Prussia? Barriere, distanze, aristocrazia... qui come là. Lei nutre simpatie per i nobili... Vuol che le dica perché? Perché anche lei è nobile. Sicuro, non lo sapeva? Suo padre è un gran signore e lei una principessa. C'è un abisso fra lei e noialtri che non apparteniamo al suo circolo di famiglie dominanti. Sì, lei può, magari per ricreazione, fare una passeggiatina con uno di noi in riva al mare, ma quando ritorna nella sua cerchia di eletti e preferiti, allora noi possiamo metterci a sedere sui sassi...

La sua voce era stranamente agitata.

«Morten!» esclamò Tony con tristezza. «Ecco che lei si è seccato quando si ritirava sui sassi! Eppure l'ho pregato di farsi presentare...»

«Oh signorina, lei prende di nuovo le cose troppo dal lato personale. Io parlo per principio. Sostengo che da noi non c'è più umanità fraterna che in Prussia... E se parlassi personalmente» soggiunse dopo una pausa, con voce più sommessa, dalla quale però non era scomparsa quella singolare eccitazione «non alluderei al presente, ma piuttosto all'avvenire... quando lei sarà *madame* tal dei tali e scomparirà definitivamente nel suo mondo... e si potrà star seduti sui sassi per tutta la vita...»

Tacque, e anche Tony tacque. Ella non lo guardò più ma volse lo sguardo dall'altra parte verso la parete di tavole. E per parecchio tempo regnò un silenzio angoscioso.

«Ricorda» riprese a dire Morten «che una volta le ho detto che avrei una domanda da farle? L'ho in mente fin dal primo giorno, sa, fin da quando lei è arrivata... Non cerchi d'indovinare! Non può assolutamente sapere di che cosa si tratta. Glielo chiederò un'altra volta, all'occasione. Non c'è fretta e in fondo è una cosa che non mi riguarda. Pura curiosità... No, oggi le dirò soltanto... un'altra cosa... Guardi qui»

Così dicendo Morten trasse da una tasca della giubba il capo di un nastro sottile a colori e la guardò negli occhi con un misto di aspettazione e di trionfo.

«Carino» fece lei senza capire. «Che cosa significa?»

Morten rispose solennemente: «Significa che a Gottinga io sono iscritto a un'associazione studentesca: ecco, ora lo sa. Possiedo anche un berretto con questi colori, ma per la durata delle vacanze l'ho messo in testa allo scheletro vestito da poliziotto... Qui infatti, capisce, non potrei farmi vedere. Acqua in bocca però: ci posso contare? Se mio padre lo venisse a sapere, sarebbe un disastro...»

«Non una parola, Morten. Può fidarsi di me... Ma io non ne so ancora nulla... Siete forse tutti congiurati contro la nobiltà? Che cosa volete?»

«Vogliamo la libertà!» disse Morten.

«La libertà?»

«Precisamente, la libertà, ecco, la libertà!...» ripeté lui facendo un gesto vago, un po' goffo ma energico, verso il largo, giù sopra il mare, e precisamente non dalla parte dove il golfo era chiuso dalla costa mecklemburghese, ma laggiù verso il mare aperto, dove questo si stendeva grandioso e infinito a strisce verdi, azzurre, gialle e grige, sempre più sottili, leggermente increspate, fino alla sfumatura dell'orizzonte...

Tony seguì con gli occhi la direzione della mano di lui. E mentre mancò poco che le due mani, posate l'una accanto all'altra sulla ruvida panca di legno, si stringessero, stettero a guardare insieme verso quella lontananza. Tacquero a lungo, mentre il mare pacato e pesante mandava su il suo sordo sussurro... E Tony ebbe d'improvviso l'impressione di trovarsi d'accordo con Morten in una grande, indistinta, trepida e nostalgica comprensione di ciò che significa «libertà».

IX

«È strano, Morten, che al mare non ci si possa annoiare. Se in qualche altro luogo uno se ne sta tre o quattr'ore lungo disteso senza far nulla, senza neanche seguire un pensiero...»

«Già... Ma del resto devo confessare che prima mi annoiavo qualche volta, da qualche settimana invece, signorina Tony...»

Venne l'autunno: si era levato il primo vento gagliardo. Stracci di nuvole bige e sottili svolazzavano in fretta per il cielo. Il mare torbido e sconvolto era coperto di schiuma in lungo e in largo. Grandi ondate si avvicinavano con una calma inesorabile e paurosa, s'inchiodavano maestosamente formando una curva verdecupa, metallica, e si rovesciavano con fragore sulla sabbia.

La stagione era finita. Quella parte della spiaggia che di solito era popolata dalla folla dei bagnanti, mentre ora una parte delle cabine era già demolita, sembrava, coi pochi seggioloni di vimini rimasti, quasi morta e deserta. Ma Tony e Morten passavano il pomeriggio in una regione più lontana: là dove incominciavano i dirupi di argilla color ocra e dove le onde mandavano altissimi spruzzi contro il "Sasso dei gabbiani". Morten aveva costruito per lei una montagnola di sabbia battuta: ella vi si appoggiava con le spalle tenendo i piedi, nelle calze candide e nelle scarpette a nastri incrociati, l'uno sopra l'altro; e aveva indossato la morbida giacca di mezza stagione, dai grossi bottoni; Morten si era coricato lì accanto e teneva il mento appoggiato alla mano. Ogni tanto un gabbïano guizzava sopra il mare e mandava il suo strido di rapace. Essi stavano a guardare le alghe marine che trasparivano dalle verdi pareti delle onde, le quali arrivavano minacciose e si frangevano contro il macigno avverso... in quel fragore folle e costante che stordisce, fa ammutolire e uccide la sensazione del tempo.

Infine Morten fece un gesto come per scrollare sé stesso e domandò: «Signorina Tony, presto lei partirà, vero?»

«Perché?» fece la giovane assente e senza comprendere.

«Oh, Dio mio, siamo già al dieci di settembre... anche le mie vacanze sono presto finite... Non può durare più molto. Non è contenta al pensiero delle riunioni in città?... Mi dica un po': sono molto gentili i signori coi quali va a ballare?... Ma no, non è questa la domanda che volevo farle. Ora la prego di rispondermi» disse assestando il mento sul palmo della mano con improvvisa risoluzione e guardando lei. «Sa, è quella domanda che tengo in serbo da tanto tempo... Se ne ricorda ancora? Dunque: chi è il signor Grünlich?»

Tony trasalì, gli lanciò una rapida occhiata, e poi guardò in giro come chi sia richiamato a un sogno lontano. Nello stesso tempo provò quel sentimento che aveva avuto nei giorni dopo la richiesta di Grünlich: il sentimento della propria importanza.

«Questo dunque vuole sapere, Morten?» domandò con serietà. «Bene, glielo dirò. Mi è stato molto penoso, capisce, che Thomas abbia pronunciato quel nome fin dal primo pomeriggio; ma poiché lei l'ha udito... Insomma, ecco qua: il signor Grünlich, Bendix Grünlich, è un collega d'affari di mio padre, un ricco commerciante di Amburgo, il quale ha chiesto la mia mano... No, no!» rispose rapidamente a un gesto di Morten «io l'ho respinto, non ho potuto decidermi a dargli il mio consenso per tutta la vita.»

«E perché no... se è lecito?» domandò Morten ingenuamente.

«Perché? Dio mio, perché non lo potevo soffrire!» esclamò lei quasi indispettita. «Avrebbe dovuto vederlo come era e come si comportava! Tra altro aveva i favoriti giallo-oro... assolutamente non naturali! Sono convinta che ci metteva quella polverina che serve per dorare le noci dell'albero di Natale... E poi era falso. Scodinzolava intorno ai miei genitori e diceva spudoratamente soltanto le cose che facevano loro piacere...»

Morten la interruppe: «Ma che cosa vuol dire... Lei deve dirmi ancora una cosa: che cosa vuol dire straordinariamente decorativo?»

Tony si mise a ridere d'un riso nervoso.

«Così parlava lui, Morten. Non diceva: questo sta bene, oppure: fa bella figura nella stanza. Diceva sempre: "questo è straordinariamente decorativo". Tanto era sciocco. E poi era molto invadente; mi stava sempre alle costole benché io non lo trattassi mai se non con ironia. Una volta mi fece una scena nella quale quasi piangeva... Mi faccia il piacere: un uomo che si mette a piangere!»

«Dev'essere stato molto innamorato» osservò Morten a voce bassa.

«Ma che cosa importava a me?» esclamò lei stupita volgendosi sul fianco contro la montagnola di sabbia.

«È crudele, signorina Tony... Mi dica, è sempre così crudele? Non poteva soffrire quel signor Grünlich, ma ha mai voluto bene a qualcun altro? Qualche volta penso: che abbia il cuore gelido? Una cosa le voglio dire... tanto vera che potrei giurare: un uomo non è sciocco perché piange quando lei non vuol saperne di lui... ecco. Io per esempio non sono sicuro, non sono affatto sicuro che anch'io... Lei, vede, è una creatura viziata... Ma, dica un po', se ne ride sempre della gente che le si butta ai piedi? Ha davvero il cuore freddo?»

Dopo la breve allegria le labbra di Tony incominciarono improvvisamente a tremare. Rivolse a lui gli occhi spalancati e tristi che si velarono lentamente di lacrime e disse con voce sommessa:

«No, Morten. Come può credere una cosa simile?... Non deve pensare così di me.»

«Non lo penso affatto!» esclamò Morten con una risata nella quale si udivano la commozione e la gioia a stento represse. E si rigirò su sé stesso rimanendo prono accanto a lei, e appoggiandosi sui gomiti le prese una mano con le sue e la guardò in viso con gli occhi buoni, azzurri come l'acciaio, in estasi.

«E lei... lei non si burla di me, se le dico che...»

«Lo so, Morten» lo interruppe la giovane mentre si guardava la mano rimasta libera e faceva scorrere lentamente fra le dita la sabbia morbida e bianca.

«Lo sa? E lei... lei, signorina Tony...»

«Sì, Morten. Ho molta stima di lei. Le voglio bene. Voglio più bene a lei che a tutti quelli che conosco.»

Egli ebbe uno scatto, mosse le braccia e non sapeva che fare. Balzò in piedi, ricadde vicino a lei e disse con una voce che tremava, s'interrompeva e si rifaceva sonora di felicità: «Oh grazie, grazie! Vede, ora sono felice come mai nella mia vita!...». E prese a baciarle le mani. Poi disse abbassando la voce: «Presto, Tony, lei ritornerà in città e tra due settimane le mie vacanze saranno terminate... e dovrò ritornare a Gottinga. Ma vuol promettermi che non dimenticherà questo pomeriggio qui sulla spiaggia finché sarò ritornato... e sarò dottore... e potrò, per quanto possa essere difficile, presentarmi a suo padre e implorare per noi? E che nel frattempo non ascolterà nessun Grünlich?... Oh, non ci vorrà molto tempo, vedrà, lavorerò come un... Non è affatto difficile...»

«Sì, Morten» disse lei felice e assente guardandolo negli occhi, guardandogli le labbra, le mani che tenevano le sue...

Egli si portò la mano di lei sul petto e domandò con voce smorzata: «E per questo non vuole... non potrei... darle una conferma?...».

Ella non rispose, non lo guardò nemmeno, spinse soltanto il busto un po' verso di lui e Morten la baciò lentamente e a lungo sulla bocca. Poi guardarono uno di qua, uno di là lungo la spiaggia e si vergognarono enormemente.

X

"Carissima *demoiselle* Buddenbrook! Quanto tempo è che il sottoscritto non ha più avuto l'onore di vedere in viso la fanciulla più affascinante? Queste poche righe vogliono dirle che quel viso non ha cessato di essere presente al suo spirito e che durante queste penose settimane il sottoscritto è stato costantemente memore del delizioso pomeriggio nel Suo salotto paterno, in cui Lei si è lasciata sfuggire una promessa, una mezza, timida promessa, ma tanto apportatrice di felicità. Da allora sono passate lunghe settimane durante le quali Lei si è ritirata dal mondo per raccogliersi e mettersi in chiaro con sé stessa, dimodoché io posso certamente sperare che il periodo di prova sia passato. Il sottoscritto si prende la libertà di mandarle, carissima *demoiselle*, con la massima stima, l'anellino accluso, come pegno della sua perpetua tenerezza. Coi più devoti complimenti e col più affettuoso baciamano, sono della Sua Signoria devotissimo

Grünlich."

"Caro babbo! Dio mio, quanto mi sono seccata! Ho ricevuto poco fa da Grünlich la lettera allegata e l'anello, e poiché la testa mi duole dall'agitazione non so fare niente di meglio che mandare l'una e l'altro a te. Gr. non vuole assolutamente comprendermi e ciò che dice così poeticamente della 'promessa' non corrisponde affatto alla verità, e perciò ti prego vivamente di fargli capire che adesso sono mille volte meno che sei settimane fa in grado di dargli il mio si per tutta la vita; pregalo di lasciarmi finalmente in pace: si rende ridicolo. A te, carissimo babbo, posso ben dire che sono legata diversamente a una persona che mi ama e che io amo in misura indicibile. Oh babbo, potrei scrivere fogli e fogli su questo argomento. Parlo di Morten Schwarzkopf il quale diventerà medico, e appena avrà conseguito la laurea verrà a chiedere la mia mano. So benissimo che la consuetudine vuole che io sposi un commerciante, ma Morten appartiene precisamente a quell'altra categoria di persone cospicue, agli intellettuali. Non è ricco, e so che ciò ha importanza per te e per la mamma, ma devo dirti, caro babbo, per quanto io sia giovane, e più d'uno lo avrà imparato dalla vita, che la ricchezza da sola non sempre rende felici. Con mille baci sono la tua figlia devota

Antonie.

P. S. L'anello è d'oro di bassa lega e, come vedo, piuttosto sottile."

"Mia cara Tony! Ho ricevuto la tua lettera. Entrando nell'argomento della stessa, ti comunico che, com'era mio dovere, non ho potuto non informare il signor Gr. nelle debite forme circa la tua visione delle cose; il risultato però fu tale che ne rimasi sinceramente scosso. Tu sei già abbastanza grande e ti trovi in una situazione così seria che non ci sarà bisogno di esporti le conseguenze che un passo leggero da parte tua può provocare. Alle mie parole infatti il signor Gr. si disperò esclamando che ti ama tanto e sarebbe incapace di sopportare la tua perdita, al punto che, qualora tu insistessi nella tua decisione, preferirebbe togliersi la vita. Siccome non posso prendere sul serio ciò che mi scrivi di una tua diversa simpatia, ti prego di vincere la tua agitazione per l'invio dell'anello e di riflettere su tutto ancora una volta con la massima serietà. Secondo le mie convinzioni cristiane, cara figliola, l'uomo ha il dovere di rispettare i sentimenti altrui, e non sappiamo se un giorno tu non debba essere chiamata a rispondere davanti al Giudice supremo perché l'uomo, del quale disprezzi i sentimenti con freddezza e ostinazione, abbia commesso peccato contro la propria vita. Vorrei però richiamare la tua memoria su una cosa che ho cercato di farti capire più volte a voce, e sono lieto di aver occasione di ripeterti per iscritto. Quantunque infatti la parola parlata possa produrre effetti più vivi e immediati, la parola scritta ha il pregio di poter essere scelta con calma, di venir fissata sulla carta, e di poter essere più volte riletta nella forma ben ponderata e calcolata dallo scrivente, producendo effetti più equilibrati. Mia cara figlia, noi non siamo nati per quella che con occhio miope consideriamo la nostra propria piccola personale felicità, perché non siamo esseri staccati, indipendenti e autonomi, bensì anelli di una catena, e così come siamo non saremmo pensabili senza la serie di coloro che ci hanno preceduto e ci hanno indicato la via, seguendo a loro volta con rigore, e senza guardare a destra o a sinistra, una tradizione provata e rispettabile. La tua vita, così mi sembra, è da parecchie settimane tracciata davanti a te con la massima chiarezza e precisione, e tu non saresti mia figlia, né nipote del tuo nonno che riposa in Dio, né in genere un membro degno della nostra famiglia, se pensassi seriamente, tu sola, di seguire, caparbia e volubile, le tue proprie vie irregolari. Questo, mia cara Antonie, ti prego di considerare nella tua mente. La tua mamma, Thomas, Christian, Clara e Klothilde (la quale ha passato alcune settimane da suo padre alla 'Disgrazia'), e anche madamigella Jungmann, ti salutano con tutto il cuore; e tutti aspettiamo con gioia il momento di poterti riabbracciare. Con sincero affetto,

tuo padre."

XI

Pioveva a catinelle. Il cielo, la terra e l'acqua si confondevano, mentre le raffiche investivano la pioggia e la buttavano contro i vetri sui quali non scorrevano gocciole ma ruscelli, rendendoli opachi. Voci lamentose e disperate ululavano nei tubi della stufa...

Quando Morten Schwarzkopf, poco dopo la colazione, uscì dalla veranda con la pipa in bocca per dare un'occhiata al tempo, si trovò davanti un signore in soprabito lungo, stretto, a quadri gialli e in cappello grigio; davanti alla casa era ferma una carrozza chiusa, il cui mantice luccicava tutto bagnato e le cui ruote erano tutte inzaccherate. Morten fissò sconcertato la faccia rosea dello sconosciuto, il quale portava un paio di favoriti che sembravano cosparsi di quella polvere che serve per dorare le noci dell'albero di Natale.

Il signore in soprabito guardò Morten come si guarda una persona di servizio, socchiudendo gli occhi senza vederlo, e gli domandò con voce dolce: «Si potrebbe parlare col signor comandante?».

«Si...» balbettò Morten «credo che mio padre...»

Allora quello lo guardò con occhi che erano azzurri come quelli delle oche.

«Lei è il signor Morten Schwarzkopf?» domandò.

«Si, signore» rispose Morten sforzandosi di darsi un contegno risoluto.

«Oh guarda! Infatti...» osservò il signore in soprabito. Poi soggiunse: «Vuol avere la bontà, giovanotto, di annunciarmi a suo padre? Io mi chiamo Grünlich».

Morten condusse il signore attraverso la veranda, gli aprì nel corridoio a destra la porta dell'ufficio e ritornò nella stanza di soggiorno per avvertire il babbo. Mentre questi si alzava, il giovane sedette alla tavola rotonda, vi appoggiò i gomiti e, senza guardare la madre che accanto alla finestra stava rammendando calze, finse di sprofondarsi nella lettura del "giornalucolo da far pietà" che non sapeva dare altre notizie che quelle delle nozze d'argento del console tal dei tali. Tony era andata a riposare nella sua camera.

Il comandante entrò nell'ufficio con l'aria dell'uomo che è sodisfatto della colazione. Aveva la giubba della divisa aperta e gli si vedeva il panciotto bianco. Sul suo viso arrossato spiccava la barba grigia. La sua lingua gironzolava fra i denti, mentre le labbra prendevano i più buon atteggiamenti. Fece un breve inchino e scatto, quasi volesse dire: ecco come si fa!

«Ai suoi ordini» disse.

Grünlich a sua volta s'inchinò con fare circospetto, abbassando un po' gli angoli della bocca. E fece sommessamente: «È-è-èhm!».

L'ufficio era in una stanzetta piuttosto piccola, le cui pareti erano rivestite di legno per alcuni palmi di altezza, e mostravano nel resto la calce senza tappezzeria. Dalle finestre, contro le quali la pioggia continuava a tamburellare, pendevano tende ingiallite dal fumo. A destra della porta c'era una tavola lunga, rustica, coperta di carte, sopra la quale erano attaccate alla parete una grande carta d'Europa e una più piccola del Baltico. Al centro del soffitto era appeso il grazioso modello d'un veliero con le vele al completo. Il comandante fece sedere l'ospite sul sofà barocco, rivestito d'incerato nero e screpolato, e si accomodò a sua volta, con le mani congiunte sulla pancia, su una sedia a braccioli, mentre Grünlich, col soprabito abbottonato, il cappello sulle ginocchia, sedeva esattamente sull'orlo del sofà senza toccare la spalliera.

«Mi chiamo» incominciò «come ho già detto, Grünlich, Grünlich di Amburgo. A titolo di raccomandazione le faccio notare che sono un collega d'affari del console Buddenbrook.»

«*Allaboneur!* Molto onorato, signor Grünlich! Ma non vuole mettersi un po' in libertà? Prende un ponce dopo il viaggio? Vado subito ad avvertire in cucina...»

«Mi permetto di osservare» disse Grünlich pacatamente «che ho il tempo misurato, che la carrozza mi aspetta, e sono costretto a chiederle soltanto un colloquio di due minuti.»

«Ai suoi ordini, signore» ripeté il comandante Schwarzkopf un po' intimorito. Seguì una pausa.

«Signor comandante!» incominciò Grünlich con una scossa del capo risoluta e a fronte alta. Poi tacque per rafforzare l'effetto dell'esordio; e chiuse le labbra così strette come un borsellino di cui si tirino i cordoni. «Signor comandante» ripeté, e soggiunse subito: «Il fatto per il quale sono venuto da lei riguarda direttamente la signorina che abita da alcune settimane in casa sua».

«La signorina Buddenbrook?» domandò il signor Schwarzkopf.

«Purtroppo» disse Grünlich in un soffio, abbassando il capo. Agli angoli della bocca gli si formarono piccole rughe tirate. «Io... mi vedo nella necessità di comunicarle» proseguì con una specie di cantilena fissando gli sguardi, con molta attenzione, ora su un punto della stanza, ora su un altro e poi sulla finestra «che qualche tempo fa ho chiesto la mano precisamente di questa *demoiselle* Buddenbrook, che sono in possesso del consenso dei genitori e che la signorina stessa, senza che sia già avvenuto il fidanzamento ufficiale, mi ha confermato il diritto alla sua mano con parole indubbie.»

«Perdiana, davvero?» esclamò Schwarzkopf con vivacità. «Ma io non ne sapevo niente! Mi rallegro, signor... Grünlich! Mi felicito sinceramente. Lei ha trovato qualche cosa di buono, di sostanzioso...»

«Molto obbligato» replicò Grünlich con freddezza. «Ma» soggiunse alzando e modulando la voce «la ragione per cui sono venuto da lei, egregio comandante, è il fatto che a questa mia relazione si sono opposte recentemente delle difficoltà, e che queste difficoltà... partono dalla sua casa...?»

Alle ultime parole diede un'intonazione interrogativa, quasi volesse dire: è mai possibile quello che ho sentito dire? Schwarzkopf per tutta risposta sollevò le sopracciglia bige e afferrò i braccioli della sedia con le mani da marinaio brune e coperte di peli biondi.

«Proprio così. Così mi hanno detto» disse Grünlich con triste certezza. «Mi hanno detto che suo figlio, lo studente di medicina... certo senza saperlo... si è permesso d'interferire nei miei diritti; mi hanno detto che ha approfittato della presenza della signorina per strapparle non so quali promesse...»

«Come?» gridò il comandante appoggiandosi ai braccioli e scattando in piedi. «Ma allora... Subito... Ma questo sarebbe...» E con due passi raggiunse la porta, l'aprì con violenza e tuonò con una voce che avrebbe sopraffatto il fragore del mare infuriato: «Meta! Morten! Subito qua! Venite qua tutti e due!».

«Mi dispiacerebbe immensamente» disse Grünlich con

un sorriso sottile «se, per far valere i miei diritti di precedenza, dovessi essere di ostacolo, signor comandante, ai suoi progetti paterni...»

Diederich Schwarzkopf si volse e lo guardò in faccia con gli occhi acuti e azzurri circondati di piccole rughe, come se si sforzasse invano di capire quel che diceva.

«Signore!» disse poi con una voce che suonava come se un sorso di ponce forte gli avesse bruciato la gola. «Io sono un uomo semplice e non me ne intendo di sottigliezze e maldicenze... Ma se lei dovesse credere che... Via, se lo lasci dire che è su una falsa strada e che ha un concetto errato dei miei princìpi. So benissimo chi è mio figlio e so chi è madamigella Buddenbrook, e ho troppo ritegno e anche troppo orgoglio, signor mio, per concepire simili progetti paterni! E ora parlate, rispondete! Che cos'è questa roba? Che cosa mi si viene a dire?...»

La signora Schwarzkopf e suo figlio stavano sulla soglia: la prima ignara di tutto, affaccendata a mettersi in ordine il grembiule, Morten con la faccia del peccatore ostinato. Al loro arrivo Grünlich non si era alzato, ma, eretto e dignitoso nel soprabito bene abbottonato, rimase seduto sull'orlo del sofà.

«Sicché, ti sei comportato come un giovincello senza giudizio, vero?» disse il comandante a Morten.

Il giovane teneva un pollice tra i bottoni della giubba, aveva gli occhi cupi e per lo sdegno le guance gonfie.

«Ecco, babbo» rispose «la signorina Buddenbrook e io...»

«Ah sì? Allora ti dirò io che sei una testa matta, un pagliaccio, un imbecille! E che domani te ne vai subito a Gottinga, capito? Domani all'alba. E ti dirò che tutto questo è una fanciullaggine, una ragazzata che non conta nulla, e non se ne parli più.»

«Diederich, Dio mio» fece la signora Schwarzkopf giungendo le mani «come si fa a parlare così senz'altro? Chi sa...» Tacque, e si capiva che vedeva crollare una bella speranza.

«Il signore desidera parlare con la signorina?» si rivolse il comandante a Grünlich rudemente.

«È nella sua camera. Ora dorme!» spiegò la signora Schwarzkopf commossa e pietosa.

«Mi rincresce» osservò Grünlich, per quanto avesse un breve respiro di sollievo: e si alzò. «Del resto, ripeto che il mio tempo è contato e che la carrozza mi aspetta. Ho il piacere» soggiunse facendo al signor Schwarzkopf un saluto col cappello dall'alto al basso «di esprimerle, signor comandante, la mia piena sodisfazione e il mio riconoscimento per il suo intervento virile e deciso. I miei rispetti. Buon giorno.»

Diederich Schwarzkopf non gli porse la mano. Fece soltanto un breve inchino a scatto come per dire: ecco come si fa!

Passando in mezzo a Morten e sua madre, Grünlich uscì con passo misurato.

XII

Thomas arrivò con la carrozza dei Kröger. Era il giorno della partenza.

Venne alle dieci del mattino e prese un boccone insieme con la famiglia. Stettero riuniti come il primo giorno, salvo che l'estate era passata e faceva troppo vento e freddo per rimanere nella veranda, e che mancava Morten: era a Gottinga. Tony e lui non avevano potuto quasi neanche prendere commiato. Il comandante era stato presente e aveva detto: «Cosi, basta. Via!».

Alle undici i due fratelli montarono nella carrozza alla quale era stata assicurata la grande valigia di Tony. Lei era pallida e, nella giacca morbida di mezza stagione, rabbrividiva dal freddo, dalla stanchezza, dall'ansia del viaggio, mentre la malinconia la prendeva ogni tanto e le empiva il cuore di un senso acuto di pena. Baciò la piccola Meta, strinse la mano alla padrona di casa, e salutò col capo il signor

Schwarzkopf che diceva: «Non si dimentichi di noi, signorina. E... senza rancore! D'accordo? Bene. Buon viaggio e tanti doveri al babbo e alla signora mamma...». Lo sportello si chiuse con fracasso, i grassi morelli tirarono e i tre Schwarzkopf sventolarono i fazzoletti...

Tony si rannicchiò in un angolo della carrozza e guardò dal finestrino. Il cielo era coperto di nuvole bianchicce, il Trave era solcato da crespe che fuggivano incalzate dal vento. Di quando in quando una goccia crepitava contro i vetri. All'estremità del "Prospetto" la gente era seduta davanti alla porta di casa a rammendar le reti; bimbi scalzi arrivavano di corsa a guardare con curiosità la carrozza. Quelli rimanevano...

Quando la carrozza si lasciò indietro le ultime case, Tony si sporse per vedere ancora una volta il faro; poi si appoggiò allo schienale e chiuse gli occhi stanchi e troppo insofferenti della luce. Quella notte non aveva quasi dormito per l'agitazione, poi si era alzata presto per fare la valigia e aveva rifiutato la colazione. Nella bocca arida aveva un sapore cattivo. Si sentiva così sfinita che non fece neanche il tentativo di trattenere le lacrime che le montavano agli occhi calde e lente.

Aveva appena abbassato le palpebre allorché si rivide a Travemünde nella veranda. Rivide Morten Schwarzkopf che le parlava chinandosi un po' in avanti secondo la sua abitudine e guardando attentamente un'altra persona; lo vide ridere mostrando i bellissimi denti dei quali evidentemente non si rendeva conto... e si sentì tranquillizzata e serena. Si richiamò alla memoria tutto ciò che aveva sentito e saputo di lui in molte conversazioni, e provò una grata sodisfazione nel promettersi solennemente che avrebbe conservato tutto ciò nel suo cuore come qualche cosa di sacro e intangibile. Che il re di Prussia aveva commesso una grande ingiustizia, che la gazzetta locale era un giornalucolo da far pietà, persino che quattro anni prima erano state rinnovate le leggi federali sulle università: tutte queste sarebbero state per lei verità sacrosante e confortanti, un tesoro segreto che poteva contemplare quando voleva. Ci avrebbe pensato per la strada, in mezzo ai parenti, a tavola... Chi sa? Forse avrebbe preso la strada che le era tracciata e avrebbe sposato il signor Grünlich; questo era indifferente; ma parlando con lui avrebbe pensato ad un tratto: "Io so una cosa che tu non sai... I nobili, per principio, sono spregevoli!"

E sorrise contenta. Ma ecco, improvvisamente, le parve di sentire nel rumore delle ruote, con precisione viva e incredibile, le parole di Morten; distingueva ogni suono della sua voce buona piuttosto lenta e le pareva di udirlo come fosse presente: "Oggi, signorina Tony, dobbiamo sederci tutti e due sui sassi", e quel ricordo fu più forte di lei. Il cuore le si strinse di dolore e di tristezza, le lacrime proruppero senza ritegno. Rannicchiata nel suo angolino si teneva il fazzoletto sul viso e piangeva amaramente.

Thomas, con la sigaretta fra le labbra, guardava la strada, un po' imbarazzato.

«Povera Tony!» disse infine accarezzandole una manica. «Mi fai proprio pena... Ti capisco tanto bene! Ma che cosa vuoi fare? Bisogna sopportare. Credi a me... lo so anch'io...»

«Oh, niente sai tu, Tom» singhiozzò Tony.

«Non dirlo. Ora per esempio è stabilito che al principio dell'anno venturo dovrò andare ad Amsterdam. Il babbo ha trovato un posto per me... presso "Van der Kellen & C.". Anch'io dovrò separarmi per molto, molto tempo...»

«Oh Tom, separarsi dai genitori e dai fratelli! Non è nulla.»

«Già...» disse lui con intenzione. E respirò come per aggiungere qualcosa, ma preferì tacere. Passando la sigaretta da un angolo all'altro della bocca sollevò un sopracciglio e guardò dall'altra parte.

«Ma non dura molto» riprese poi a dire. «Ci si rassegna. Si dimentica...»

«Ma appunto dimenticare non voglio» esclamò Tony disperata. «Dimenticare... è forse un conforto?»

XIII

Poi venne il traghetto, venne il viale di Israelsdorf, il "Monte di Gerusalemme", la piazza della rocca. La carrozza passò dalla porta della città, di fianco alla quale si elevavano le muraglie delle prigioni, e infilò la strada della rocca e il Koberg. Tony osservava i frontoni grigi, le lampade a olio appese sopra la strada, l'ospedale dello Spirito Santo con davanti i tigli quasi spogli... Oh, tutto era rimasto com'era prima! Ogni cosa era stata lì immutabile e veneranda, mentre lei ci aveva pensato come a un antico sogno degno di essere dimenticato. Quei frontoni grigi erano il mondo vecchio, solito e tradizionale, che doveva riaccoglierla e nel quale doveva riprendere a vivere. Ora non piangeva più; si guardava intorno con curiosità. Alla vista di quelle strade e di quelle facce note il dolore della separazione era press'a poco attutito. In quel momento, mentre la carrozza attraversava la Via Larga, passava il portatore Matthiesen che si levò il modesto cilindro con tanto d'inchino e con una espressione di devozione così arrabbiata come se pensasse: «Sarei un fior di briccone se non...».

L'equipaggio entrò nella Mengstrasse e i grassi morelli si arrestarono sbuffando e scalpitando davanti al palazzo Buddenbrook. Tom con molta gentilezza aiutò la sorella a scendere, mentre Anton e Line accorrevano per slegare la valigia. Ma prima di entrare in casa si dovette pazientare. Tre enormi carri da trasporto stavano entrando dal portone, carichi di sacchi di grano, sui quali si leggeva a grandi lettere nere il nome della Ditta Johann Buddenbrook. Il pesante fragore delle ruote empiva il cortile. Una parte del grano doveva essere probabilmente scaricata nei locali retrostanti, e il resto doveva andare nei magazzini della "Balena", del "Leone" o del "Rovere".

Il console, con la penna su un orecchio, uscì dall'ufficio nel momento in cui i due fratelli entravano nel cortile, e tese le braccia alla figliola:

«Ben tornata, cara Tony!»

Ella lo baciò e lo guardò con gli occhi ancora rossi di pianto che avevano però come un'espressione di vergogna. Ma egli non era in collera, non disse una parola. Si limitò ad osservare: «È già tardi, ma abbiamo aspettato voi per andare a tavola».

La moglie del console, Christian, Klothilde, Clara e Ida Jungmann erano adunati sul pianerottolo per porgere il loro saluto...

Tony dormì saporitamente la prima notte nella Mengstrasse e la mattina seguente, il 22 settembre, scese fresca e tranquilla nella sala da pranzo. Era ancora molto presto, saranno state le sette. Soltanto la signorina Jungmann era già alzata e preparava il caffè.

«Oh Tony, bimba mia» disse guardandosi in giro con gli occhietti bruni e gravi di sonno «così mattiniera?»

Tony sedette allo scrittoio il cui coperchio era aperto, intrecciò le mani dietro la nuca e guardò per un poco il lastrico del cortile nero di umidità e il giardino sgocciolante e ingiallito. Poi si mise a frugare tra i biglietti di visita e le lettere che erano sullo scrittoio.

Vicino al calamaio c'era il ben noto fascicolone dalla copertina a sbalzo, dal taglio dorato e dai fogli di diverse qualità. Doveva essere servito la sera prima ed era un caso strano che il babbo non l'avesse infilato, come al solito, dentro la cartella di cuoio e riposto nel cassetto particolare.

Tony lo prese, lo sfogliò, leggiucchiò e finì coll'immergersi nella lettura. Le cose che leggeva erano per lo più semplici e a lei già note; ma ciascuno degli scriventi aveva preso dal suo predecessore uno stile solenne, senza esagerazioni, uno stile da cronaca che procedeva istintivamente per accenni e donde risultava il rispetto discreto, e perciò tanto più dignitoso, di una famiglia per sé stessa, per la tradizione e per la storia. Non era niente di nuovo per Tony: più di una volta aveva avuto il permesso di occuparsi di quegli scritti. Ma il loro contenuto non le aveva mai fatto tanta impressione quanto quella mattina. La rispettosa importanza con cui vi erano trattati anche gli avvenimenti più modesti riguardanti la storia della famiglia le diede da pensare. Si appoggiò ai gomiti e lesse con crescente abbandono, con serietà e con orgoglio.

Non mancava nessun particolare del suo breve passato. La sua nascita, le malattie infantili, il primo giorno di scuola, l'ingresso nel pensionato di Mademoiselle Weichbrodt, la confermazione: tutto era registrato con cura e con un rispetto quasi religioso dei fatti, con la minuta e corrente scrittura commerciale del console: poiché non era forse anche il più insignificante di quei fatti opera e volontà di Dio, il quale aveva meravigliosamente guidato i destini della famiglia? Che cosa ci sarebbe stato da aggiungere in avvenire sotto quel nome che lei aveva ereditato dalla nonna Antoinette? Certo tutto ciò sarebbe stato letto dai futuri membri della famiglia con la stessa devozione con cui ella seguiva ora gli avvenimenti passati.

Si appoggiò alla spalliera della seggiola, mentre il cuore le pulsava con solennità. Fu presa da un senso di riverenza per sé stessa, e quel sentimento di importanza personale che le era ormai familiare la pervase, come un brivido, rafforzato dallo spirito che ora aveva agito su di lei. "Come un anello in una catena" aveva scritto il babbo. Sì, appunto come anello di quella catena lei aveva una grande importanza e responsabilità: era chiamata a collaborare con fatti e risoluzioni alla storia della famiglia.

Sfogliò indietro fino all'inizio del grosso fascicolo dov'era riassunta su una pagina ruvida, di mano del console, tutta la genealogia dei Buddenbrook in un quadro evidente di date con grappe e rubriche: dal matrimonio del più antico capostipite con Brigida Schuren, la figlia del pastore, fino alle nozze del console Johann Buddenbrook con Elisabeth Kröger nel 1825. Da queste nozze, era scritto, erano nati quattro figli. Seguivano in colonna i nomi di battesimo con il giorno e l'anno di nascita; accanto a quello del primogenito era già registrato che a Pasqua del 1842 aveva fatto il suo ingresso nell'azienda paterna come apprendista.

Tony fissò a lungo il proprio nome e lo spazio vuoto che lo seguiva. Poi, con uno scatto improvviso, con un certo mobile nervosismo dei lineamenti (mandò giù la saliva, mentre le sue labbra si mossero per un istante agitatissime) prese la penna e, più che intingerla, la cacciò con forza nel calamaio, e scrisse con l'indice curvo, reclinando la testa accaldata su una spalla, con la sua scrittura stentata e pendente da sinistra a destra: "Si fidanzò il 22 settembre 1845 col signor Bendix Grünlich, commerciante di Amburgo".

XIV

«Sono perfettamente della sua opinione, egregio amico. È una questione che ha la sua importanza e dev'essere risolta. Per farla breve: la dote tradizionale in contanti per le giovani della nostra famiglia ammonta a 70.000 marchi.»

Grünlich lanciò al futuro suocero l'occhiata breve e indagatrice dell'uomo d'affari.

«Effettivamente...» disse, e quell'effettivamente durò con precisione il tempo che egli impiegò per farsi passare adagio fra le dita il favorito dorato di sinistra. Lasciò andare la punta nell'istante in cui l'effettivamente era finito.

«Lei sa» continuò «stimatissimo babbo, il profondo rispetto che nutro per i princìpi e le tradizioni venerande. Tuttavia... nel caso presente questo simpatico riguardo non sarebbe forse un'esagerazione? Un'azienda s'ingrandisce... la famiglia diventa più florida... insomma, la situazione si modifica, diventa migliore...»

«Egregio amico» disse il console «lei trova in me un uomo d'affari condiscendente. Dio mio, non mi ha neanche lasciato finire, altrimenti saprebbe già che io sono pronto e disposto a venirle incontro in modo adeguato alle circostanze e aggiungo ai 70.000 senz'altro 10.000 marchi.»

«80.000 dunque...» fece Grünlich. Poi mosse le labbra come per dire: non è moltissimo, ma è sufficiente.

Ci si mise d'accordo dunque nel modo più cortese, e il console alzandosi fece tintinnare sodisfatto il grosso mazzo di chiavi che teneva nella tasca dei calzoni. Solamente con gli 80.000 aveva raggiunto la dote tradizionale in contanti!

Grünlich prese poi commiato e ritornò ad Amburgo. Della sua nuova situazione Tony s'accorse poco. Nessuno le impedì di andar a ballare dai Möllendorpf, dai Langhals, dai Kistenmaker o in casa propria, di pattinare sul campo della rocca e sui prati lungo il Trave e di accettare gli omaggi dei giovanotti. Alla metà di ottobre ebbe occasione di partecipare alla riunione organizzata in casa Möllendorpf per il fidanzamento del figlio maggiore con Julchen Hagenström. «Tom!» disse. «Io non ci vado, è rivoltante!» Ci andò invece e si divertì un mondo.

Del resto, con quei tratti di penna che aveva aggiunti alla storia della famiglia si era conquistata il permesso di andare con la mamma o da sola a far commissioni in grande stile in tutti i negozi della città e di provvedere al corredo: un corredo signorile. Per parecchi giorni ci furono presso le finestre della sala da pranzo le cucitrici che orlavano biancheria, ricamavano monogrammi e consumavano un'enorme quantità di pane bigio con formaggio verde...

«Lentföhr ha portato la tela, mamma?»

«No, figliola, ma qui ci son due dozzine di tovagliolini da tè.»

«Bene. Ma mi aveva promesso che avrebbe mandato oggi nel pomeriggio. Dio mio, bisognerà pure fare gli orli alle lenzuola!»

«Ida, la signorina Bitterlich chiede dove sono i pizzi per le federe.»

«Nell'armadio in anticamera a destra, Tony, bimba mia.»

«Line!...»

«Cuoricino d'oro, non potresti fare un salto tu?...»

«Oh Dio, mi sposo forse per far le scale da me?»

«Tony, hai pensato all'abito da sposa?»

«Si, mamma, *moirée antique*... Senza *moirée antique* non mi sposo!»

Così passò il mese di ottobre, passò novembre.

Intorno a Natale il signor Grünlich si fece vedere per passare le feste nella cerchia della famiglia Buddenbrook e non rifiutò neanche l'invito alla festa dei vecchi Kröger. Verso la fidanzata dimostrava quella delicatezza di sentimenti che si era autorizzati ad aspettarsi da lui. Niente solennità inutili! Nessun ostacolo sociale! Niente carezze indiscrete! Un bacetto soffiato sulla fronte alla presenza dei genitori aveva suggellato il fidanzamento. Talora Tony si stupiva un po' perché la felicità di lui non sembrava corrispondente alla disperazione che aveva dimostrato di fronte ai rifiuti di lei. Egli la guardava con una faccia serena di padrone... Certo però, quando si trovava per caso solo con lei, lo prendeva qualche volta la voglia di scherzare, di stuzzicarla, e faceva magari il tentativo di prendersela sulle ginocchia e di accostare i favoriti al viso di lei, esclamando con voce tremula di gioia: «Però ho fatto in tempo ad acciuffarti! Però ti ho acchiappata nonostante tutto!». E Tony rispondeva: «Oh Dio, lei perde la testa!» e si liberava abilmente dall'abbraccio.

Poco dopo le feste di Natale Grünlich ritornò ad Amburgo perché i suoi affari richiedevano inesorabilmente la sua presenza personale, e i Buddenbrook furono tacitamente d'accordo con lui nell'ammettere che Tony prima del fidanzamento aveva avuto il tempo sufficiente per fare la sua conoscenza.

Il problema dell'alloggio fu risolto per lettera. Tony, che già si rallegrava all'idea di poter vivere in una grande città, espresse il desiderio di abitare nel centro di Amburgo, dove erano del resto (e precisamente nella Spitalerstrasse) gli uffici di Grünlich. Lo sposo invece ottenne con virile insistenza l'autorizzazione ad acquistare una villa nei dintorni, presso

Eimsbüttel... in una posizione romantica e lontana dal mondo, un piccolo nido idillico fatto apposta per due sposini... *procul negotiis:* ecco, il latino non l'aveva dimenticato del tutto.

Passò dicembre, e al principio dell'anno '46 si festeggiarono le nozze. Ci fu una magnifica vigilia, alla quale prese parte mezza città. Le amiche di Tony e tra queste anche Armgard von Schilling, che era arrivata in città con una carrozza alta quanto una torre, ballarono con gli amici di Tom e di Christian, tra i quali c'erano anche Andreas Gieseke, figlio del capitano dei pompieri e studente in legge, e Stephan e Eduard Kistenmaker, della ditta "Kistenmaker & Figlio", nella sala da pranzo e nel corridoio che a tal uopo era stato cosparso di talco. Allo strepito provvide anzitutto il console Peter Döhlmann, il quale fracassò sul lastrico del cortile tutte le pignatte di coccio che poté arraffare.

La signora Stuht ebbe un'altra volta occasione di frequentare la più alta società, poiché il giorno delle nozze venne a dare una mano alla signorina Jungmann e alla sarta, che dovevano vestire Tony. Lei non aveva mai visto, com'è vero Dio, una sposa così bella, e, grassa com'era, se ne stava in ginocchio ad appuntare, con gli occhi sollevati per l'ammirazione, i ramoscelli di mirto sull'abito bianco di *moirée antique*. Ciò avveniva nella stanza della colazione. Grünlich aspettava di fuori in marsina a code lunghe e panciotto di seta. Il suo viso roseo aveva una espressione seria e compita; sul neo alla pinna sinistra del naso si poteva osservare un po' di cipria, e i suoi favoriti dorati erano pettinati con cura.

Nel vestibolo a colonne dove si sarebbe svolta la cerimonia era adunata la famiglia: un gruppo di persone veramente cospicuo. C'erano i vecchi Kröger, entrambi un po' sfioriti, ma, come sempre, figure distintissime. C'erano il console Kröger con la consorte e i figli Jurgen e Jakob: quest'ultimo, come i parenti Duchamps, era arrivato da Amburgo. C'era Gotthold Buddenbrook con sua moglie, nata Stüwing, con Friederike, Henriette e Pfiffi, le quali purtroppo non si sarebbero sposate mai. La linea collaterale mecklemburghese era rappresentata dal padre di Klothilde, il signor Bernhard Buddenbrook, il quale era arrivato dalla "Disgrazia" e stava osservando sbalordito il palazzo fastoso del suo ricco parente. Quelli di Francoforte avevano soltanto mandato i doni perché il viaggio rappresentava un disagio troppo grave. Al loro posto, uniche persone non appartenenti alla famiglia, erano presenti il medico di casa dottor Grabow e la signorina Weichbrodt, la materna amica di Tony: Sesemi Weichbrodt, coi nastri verdi nuovissimi alla cuffia sopra i riccioli, e il vestitino nero.

«Sii felice, cara e buona figliola!» disse allargando le vocali, e quando Tony comparve sotto il colonnato a fianco di Grünlich si alzò sulle punte dei piedi e la baciò in fronte con un leggero schiocco.

La famiglia era sodisfatta della sposa: Tony era bella, disinvolta e serena, benché un pochino pallida per la curiosità e per l'ansia del viaggio imminente.

Il vestibolo era ornato di fiori e a destra era stato eretto un altare. Il pastore Kölling della chiesa di Santa Maria benedisse il matrimonio e con parole energiche esortò gli sposi in modo speciale alla moderazione. Tutto si svolse regolarmente secondo le usanze. Tony disse un sì buono e ingenuo, mentre Grünlich lo fece precedere da un è-è-èhm, per schiarirsi la gola. Poi si mangiò straordinariamente bene e in abbondanza.

Mentre gli ospiti col pastore nel mezzo continuavano a mangiare nella sala, il console e sua moglie accompagnarono la giovane coppia, pronta per la partenza, fin davanti alla porta di casa nell'aria di neve, bianca e nebbiosa, dove li attendeva la carrozza carica di valige e sacche da viaggio.

Tony, dopo aver espresso più volte la certezza che sarebbe ritornata presto a far visita ai suoi e che anche i genitori non si sarebbero fatti aspettare a lungo ad Amburgo, montò di buon animo nella carrozza e si lasciò avvolgere accuratamente da sua madre nella grossa e calda coperta di pelo. Anche suo marito si accomodò.

«E senta un po', Grünlich» disse il console «i pizzi nuovi sono nella borsa piccola, in alto. Prima di entrare ad Amburgo sarà bene che se li metta sotto il pastrano. Sa, la dogana... bisogna cercare di scansarla. Addio! Di nuovo, mia cara Tony. Dio ti assista!»

«Troverete un buon alloggio ad Arensburg?» domandò la suocera.

«Già fissato, cara mamma, tutto ordinato!» rispose Grünlich.

Anton, Line, Trine, Sophie presero commiato dalla «signora Grünlich». Si era sul punto di chiudere lo sportello quando Tony fu presa da un'improvvisa commozione. Nonostante il disagio che ne derivava, si tirò fuori dalla coperta da viaggio, scavalcò senza riguardi le ginocchia di Grünlich, che si mise a brontolare, e abbracciò appassionatamente suo padre.

«Addio, babbo, mio ottimo babbo!» e poi bisbigliò: «Sei contento di me?».

Il console se la strinse al petto senza parole; la scostò da sé e le strinse le mani calorosamente. Poi tutto fu pronto. Lo sportello venne chiuso con forza, il cocchiere fece schioccare la frusta, i cavalli si mossero facendo tintinnare i vetri, e la moglie del console agitò al vento il fazzoletto di batista, finché la carrozza, avviatasi con fragore, scomparve nel nevischio. Il console rimase pensieroso a fianco della moglie che si stringeva con grazia nel mantelletto di pelliccia.

«Così se ne va, Bethsy.»

«Sì, Jean, è la prima delle nostre creature che ci lascia. Credi che sarà felice con lui?»

«Oh Bethsy, è sodisfatta di sé: e ciò è la felicità più certa che si possa raggiungere sulla terra.»

E ritornarono dagli ospiti.

XV

Thomas Buddenbrook scese per la Mengstrasse sino al fiume. Evitò di fare il giro disopra dalla Via Larga per non dover stare continuamente col cappello in mano, incontrando i conoscenti. Con le mani affondate nelle ampie tasche del cappotto grigio e caldo, camminava assorto sulla neve gelata, cristallina e luccicante che sgrigliolava sotto le sue scarpe. Andava per la sua strada che nessuno conosceva... Il cielo era chiaro, turchino e freddo; c'era un'aria fresca, cruda, balsamica, con un tempo limpido e pulito in piena bonaccia, a cinque gradi sotto zero; una giornata di febbraio straordinaria.

Thomas percorse il lungofiume e, attraversata la Bäckergrube, giunse per una stretta via traversa nella Fischergrube. Fece ancora alcuni passi per questa via che, parallela alla Mengstrasse, scende ripida al Trave, finché si trovò davanti a una casa bassa, un piccolo negozio di fioraio dalla porta stretta e dalla vetrina modesta, dov'erano esposti un paio di vasi con piante a bulbo sopra una mensola di vetro verde.

Entrò mentre il campanello di latta sopra la porta si metteva a latrare come un cagnolino di guardia. Dentro, davanti al banco, stava chiacchierando con la giovane commessa una donnetta grossa e piuttosto anziana, avvolta in uno scialle turco. Questa scelse un vaso di fiori, esaminò, fiutò, trovò da ridire e seguitò a ciarlare, tanto che doveva continuamente asciugarsi le labbra col fazzoletto. Thomas la salutò cortesemente e si trasse in disparte. Era una parente povera dei Langhals, una vecchia zitella buona e chiacchierona che portava il nome di una famiglia della migliore società, pur non appartenendo a questa società; essa non era invitata ai grandi pranzi e ai balli, ma soltanto a prendere il caffè: e tutti, con poche eccezioni, la chiamavano "la zia Lottchen". Si volse per uscire portando sotto il braccio un vaso avvolto in carta velina: e Thomas, dopo aver salutato di nuovo, disse con voce alta alla commessa:

«Mi dia per favore... un paio di rose... Sì, è indifferente. La *France*...».

Poi, quando la zia Lottchen ebbe chiuso la porta e fu scomparsa, soggiunse a voce bassa: «Mettile pur via, Anna... buongiorno, piccola Anna. Vedi, oggi ho un peso sul cuore».

Anna portava un grembiule bianco sopra il semplice vestito nero. Era di una bellezza meravigliosa. Delicata come una gazzella, aveva un viso di lineamenti quasi malesi: gli zigomi un po' sporgenti, gli occhi a mandorla neri e animati da una luce morbida, la carnagione color avorio come non la si sarebbe trovata in un raggio di molte miglia. Le sue mani dello stesso colore erano fini e bellissime per una commessa. Essa girò il banco e si portò nell'angolo del negozietto dove non si poteva esser visti dalla vetrina. Thomas la seguì e le baciò le labbra e gli occhi.

«Come sei gelato, poverino!» disse lei.

«Cinque gradi! Ma veramente non me ne sono accorto; venendo qui ero tanto triste.» Sedette sul banco e tenendole una mano fra le sue soggiunse: «Sai, Anna, oggi dobbiamo aver giudizio. È giunto il momento».

«Dio mio!...» disse lei rattristata sollevando il grembiule con profondo accoramento.

«Anna, il giorno doveva pur venire... Su, brava, non piangere! Vogliamo pure aver giudizio, no? Non c'è niente da fare. Di qui bisogna passare.»

«Quando?...» domandò Anna singhiozzando.

«Posdomani.»

«Oh Dio... perché posdomani? Ancora una settimana... Almeno cinque giorni.»

«Non si può, cara piccola. Tutto è stabilito e fissato... Ad Amsterdam mi aspettano... Non potrei tardare neanche un giorno, nemmeno se volessi.» «Ed è così paurosamente lontano...»

«Amsterdam? No, non molto. Del resto, pensare potremo sempre l'uno all'altra, non ti pare? E ti scriverò. Vedrai, ti scriverò appena sarò là...»

«Ricordi» disse lei «un anno e mezzo fa? Alla festa del tiro a segno...»

Egli la interruppe trasognato: «Oh Dio, sì, un anno e mezzo! Ti avevo preso per un'italiana... Comperai un garofano e me l'infilai all'occhiello... Ce l'ho ancora... e me lo porto ad Amsterdam. Ma che polvere e che caldo su quel prato!».

«Sì, tu andasti a prendermi un bicchiere di limonata nel baraccone vicino. Ricordo come fosse oggi! C'era nell'aria un odore di fritto e di folla...»

«Ma era pur bello! Ci guardammo negli occhi e ci capimmo subito.»

«E tu volevi portarmi sulla giostra... ma non era possibile: io dovevo badare a vendere. Altrimenti la padrona mi avrebbe sgridata...»

«Lo so Anna, che non era possibile, capisco benissimo.»

Lei disse con voce sommessa: «E fu l'unica cosa che ti abbia rifiutato».

Egli la baciò di nuovo sulle labbra e sugli occhi:

«Addio, mia cara piccola Anna! Purtroppo dobbiamo incominciare a dirci addio.»

«Ma domani verrai ancora!»

«Sì, certamente, a quest'ora. E anche dopodomani mattina se riuscirò a liberarmi... Ma ora voglio dirti una cosa, Anna: io vado piuttosto lontano, sì, è pur vero. Amsterdam è lontana... e tu rimani qui. Ma non buttarti via, Anna, hai capito? Perché fino a questo momento tu non ti sei buttata via, te lo dico io»

Ella piangeva tenendosi con la mano libera il grembiule sul viso.

«E tu?... E tu?...»

«Dio lo sa, Anna, come andranno le cose. Non si rimane sempre giovani... Tu sei una ragazza intelligente, non hai mai parlato di sposare...»

«Oh, Dio guardi... che mi venga in mente di pretenderlo da te...»

Sono gli altri che ci portano, capisci? Se vivrò, erediterò

l'azienda, mi sposerò... Vedi che sono sincero... E anche tu... Per te sarà lo stesso... Ti auguro ogni felicità, mia cara piccola Anna. Ma non buttarti via, capisci?... Perché finora, ti ripeto, non ti sei buttata via...»

Là dentro faceva caldo. Un odore umido di terra e di fiori stagnava nel negozio. Di fuori il sole invernale era prossimo a tramontare. Un rosso delicato, pallido e limpido, come dipinto su porcellana, tingeva il cielo di là dal fiume. Col mento affondato nel bavero rialzato le persone passavano frettolose davanti alla vetrina senza accorgersi di quei due che si accomiatavano nell'angolo del negozietto...

Parte quarta

I

30 aprile 1846

Mia cara mamma,

mille grazie della lettera nella quale mi comunichi il fidanzamento di Armgard von Schilling col signor von Maiboon di Pöppenrade. Anche Armgard ci ha mandato la partecipazione (molto elegante, con l'orlo dorato) e una lettera nella quale parla dello sposo con vivo entusiasmo. Dice che è un uomo bellissimo e molto fine. Come dev'essere felice! Tutte si sposano; anche da Monaco ho avuto la partecipazione di Eva Ewers che sposa un direttore di birreria.

Ma ora devo chiederti una cosa, cara mamma: perché non si sente parlare ancora di una visita tua e del babbo quaggiù? Aspettate forse l'invito ufficiale di Grünlich? Non sarebbe necessario, perché credo che lui non ci pensi punto e quando glielo rammento mi dice: «Sì, sì, cara, tuo padre ha altro da fare». O temete forse di disturbare? Non disturbereste affatto. O credete forse che mi verrebbe la nostalgia? Sapete bene che sono una donna ragionevole, e le esperienze della vita mi hanno maturata.

Poco fa sono stata a prendere il caffè da madama Käselau, qui vicino; è gente simpatica, e anche i nostri vicini di sinistra, che si chiamano Gussmann (le case però sono a una certa distanza) sono persone affabili. Abbiamo un paio di buoni amici di casa che abitano anche da queste parti: il dottor Klaassen (del quale ti dovrò parlare ancora in seguito) e il banchiere Kesselmeyer, intimo amico di Grünlich. Non puoi immaginare come sia buffo questo vecchio signore. Porta le basette bianche e corte e ha i capelli brizzolati così fini che sembrano una lanugine e si sollevano a ogni corrente d'aria. Siccome fa anche movimenti comici con la testa, come fosse un uccello, ed è piuttosto ciarliero, lo chiamo "la gazza", ma Grünlich non vuole, perché dice che la gazza ruba, mentre Kesselmeyer è un galantuomo. Quando cammina, sta curvo e rema con le braccia. Il rivestimento di peluria gli arriva soltanto a metà dell'occipite e di lì in giù ha la nuca rossa e screpolata. Ma è tutto festoso! Qualche volta mi dà un buffetto sulla guancia e dice:

«Cara piccola signora, quale fortuna per Grünlich di aver trovato lei!» Poi cava fuori un paio di occhiali (ne ha sempre tre paia attaccati a lunghi cordoncini che gli si aggrovigliano sul panciotto bianco), se li infila sul naso che arriccia per l'occasione e mi osserva a bocca aperta così contento che gli scoppio a ridere sulla faccia. Ma non se n'ha a male.

Grünlich è molto occupato, va in città la mattina col nostro calessino giallo e ritorna a casa soltanto tardi. Qualche volta siede vicino a me e legge il giornale.

Quando andiamo in società, per esempio da Kesselmeyer o dal console Goudstikker sull'Alsterdamm o dal senatore Bock nella Rathausstrasse, dobbiamo prendere una carrozza pubblica. Già più volte ho pregato Grünlich di acquistare un *coupé* che qui fuori ci occorrerebbe proprio. Ne ho avuto anche una mezza promessa, ma, strana cosa, lui non mi porta volentieri in società e non gli piace nemmeno, a quanto ho capito, che mi trattenga a conversare con la gente in città. Che sia geloso?

La nostra villa, che ti ho già descritta, cara mamma, in tutti i particolari, è veramente carina e si è abbellita ancor più con recenti acquisti di mobilia. Nel salotto al piano rialzato non troveresti nulla da ridire: tutto in seta marrone. La sala da pranzo accanto è rivestita di legno ed è molto bella: le seggiole sono costate 25 marchi l'una. Io me ne sto nel "pensatoio" che fa da stanza da soggiorno. Poi abbiamo anche una stanzetta per i fumatori e un gabinetto da gioco. La sala, che al di là del corridoio occupa l'altra metà del pianterreno, ora ha le tende gialle e ha preso un'aria molto signorile. Disopra ci sono le camere da letto, il bagno, lo spogliatoio e le camere della servitù. Abbiamo un ragazzo per il calessino giallo. Delle due domestiche sono abbastanza contenta. Non so se siano del tutto oneste, ma, grazie a Dio, non ho bisogno di badare al soldo. Tutto è insomma conforme al nome che portiamo.

Adesso però, cara mamma, viene la cosa più importante, che ho riservata per ultima. Qualche tempo fa infatti ho avuto uno strano malessere; sai, non stavo del tutto bene eppure non mi sentivo nulla; all'occasione ne parlai col dottor Klaassen. È un omino con la testa grossa e un cappellone più grande ancora. Si preme sempre la canna d'India, che ha per manico un disco d'osso, contro il pizzo, quasi verdognolo; infatti per lunghi anni se lo è tinto di nero. Ebbene, dovevi vederlo! Non rispose, si assestò gli occhiali, ammiccò con gli occhietti rossi, arricciò il naso a patata, ridacchiò, e mi guardò in modo così impertinente che non sapevo a che santo votarmi. Poi mi visitò e disse che tutto si presentava magnificamente, ma mi prescrisse l'acqua minerale, perché, secondo lui, sarei forse un pochino anemica. Mamma cara, comunicalo al babbo coi dovuti riguardi affinché lo registri nelle carte di famiglia. Appena possibile ti darò altre notizie. Salutami cordialmente il babbo, Christian, Clara, Thilde e Ida Jungmann. A Thomas ho scritto recentemente ad Amsterdam. La tua aff.ma figlia

Antonie.

2 agosto 1846

Mio caro Tom,

con molto piacere ho ricevuto le tue comunicazioni sull'incontro con Christian ad Amsterdam; devono essere state giornate assai liete. Non ho ancora altre notizie sul viaggio di tuo fratello oltre Ostenda per l'Inghilterra, ma spero che sia stato felice. Poiché Christian si è deciso ad abbandonare la professione scientifica, speriamo che per lui non sia troppo tardi per imparare qualche cosa di buono dal suo principale Mr. Richardson, e mi auguro che la sua carriera commerciale sia accompagnata da buoni risultati. Come sai, Mr. Richardson (Threadneedle Street) è un collega d'affari della nostra casa. Mi reputo fortunato di aver collocato i miei due figliuoli presso ditte che hanno con me legami d'amicizia. Già ora ne puoi sentire i benefici: per parte mia mi considero molto sodisfatto perché il signor van der Kellen ti ha aumentato lo stipendio già in questo trimestre, e ti consentirà in seguito altri introiti secondari; sono persuaso che di questo cortese trattamento ti sei mostrato e ti mostrerai meritevole con un buon contegno.

Tuttavia mi duole di sentire che la tua salute non è perfetta. Il nervosismo al quale accenni mi ha richiamato la mia giovinezza quando lavoravo ad Anversa e di là dovetti andare a far la cura a Ems. Se dovesse esserti necessario qualcosa di simile, s'intende che, caro figliolo, sono pronto ad aiutarti col consiglio e coi fatti, per quanto io paventi tali spese in un'epoca politicamente così irrequieta.

È vero che alla metà di giugno tua madre e io abbiamo fatto un viaggio ad Amburgo per vedere tua sorella Tony. Suo marito non ci aveva invitati, ma ci accolse con la massima cordialità e si dedicò tutto a noi nei due giorni che passammo in casa sua, al punto da trascurare i suoi affari e da lasciarmi appena il tempo per una visita ai Duchamps in città. Antonie era nel quinto mese e il suo medico ci assicurò che tutto procederà in modo normale e sodisfacente.

Accennerò ancora a una lettera del signor van der Kellen dalla quale ho appreso con gioia che anche fuori d'ufficio sei un ospite molto gradito nella sua famiglia. Adesso, figlio mio, hai un'età in cui incominci a raccogliere i frutti dell'educazione che ti hanno dato i tuoi genitori. Ti serva di suggerimento il fatto che io, alla tua età, tanto a Bergen quanto ad Anversa, ho sempre procurato di rendermi utile e gradito alle mogli dei miei principali, donde trassi sempre grandi vantaggi. Anche prescindendo dall'onore e dal piacere dei contatti amichevoli con la famiglia del nostro superiore, ci si procura nella signora un aiuto, un'alleata, per il caso, da evitarsi beninteso in tutti i modi ma pur sempre possibile, che ci capiti una svista negli affari o la sodisfazione del principale non risulti perfetta.

Per quanto riguarda i tuoi progetti commerciali per l'avvenire, caro figlio, sono molto lieto del vivace interessamento che vi si manifesta, pur senza essere interamente d'accordo con te. Tu parti dal presupposto che la vendita dei prodotti che si hanno nei dintorni della nostra città, come grano, colza, pelli e pellicce, lana, olio di semi, sansa, ossi, ecc., costituisca il commercio più naturale e sicuro della tua città, e pensi di dedicarti, oltre che alle rappresentanze, soprattutto a quel commercio. In un'epoca in cui la concorrenza in questo ramo era ancora minima (mentre ora è aumentata notevolmente), anch'io ho vagheggiato simili progetti e, per quanto me lo consentivano lo spazio e l'occasione, ho fatto anche qualche esperimento. Il mio viaggio in Inghilterra aveva principalmente lo scopo di cercare anche laggiù relazioni per le mie imprese. Per questo andai fin su nella Scozia e feci parecchie conoscenze utili, ma mi accorsi presto del pericolo che correvano le esportazioni in quel paese, per cui smisi di occuparmene in seguito, sempre memore del monito che ci ha lasciato il nostro antenato, il fondatore della Ditta: "Figlio mio, dedicati con ardore agli affari durante il giorno, ma fai soltanto quelli che consentano di dormire tranquillamente di notte!".

Questo principio voglio che mi sia sacro fino alla morte, per quanto talvolta possano sorgere dubbi quando cadono sott'occhio persone che senza di esso sembra se la cavino meglio. Alludo a "Strunck e Hagenström" che sono veramente in auge, mentre i nostri affari seguono un ritmo troppo calmo. Tu sai che dopo la diminuzione subita con la morte di tuo nonno la casa non si è più ampliata e io prego Dio di poterti lasciare un giorno l'azienda per lo meno allo stato di oggi. È vero che ho nel procuratore Marcus una persona esperta e un aiuto di valore. Se armeno la famiglia di tua madre avesse le mani un po' meno bucate! Quell'eredità sarà per noi della massima importanza.

Sono sovraccarico di lavoro per l'azienda e per la città. Sono presidente della Compagnia dei pescatori d'aringhe, e a mano a mano mi hanno nominato deputato cittadino al Dipartimento di finanza e alla Camera di commercio, deputato alla Revisione dei Conti e sindaco dell'Ospizio di Sant'Anna. Tua madre, Clara e Klothilde ti salutano cordialmente. Mi hanno anche incaricato dei loro saluti il senatore Möllendorpf e il dottor Oeverdieck, il console Kistenmaker, il mediatore Gosch, C. F. Köppen e, nell'ufficio, il signor Marcus e i capitani Kloot e Klötermann. Dio ti benedica, figlio mio. Lavora, prega e fai economie!

Con molto affetto,

tuo padre.

8 ottobre 1846

Cari e venerati genitori!

Il sottoscritto si trova nella gradita situazione di poter comunicare Loro il parto felice avvenuto mezz'ora fa, dalla loro figlia, la mia amatissima consorte Antonie. Per volere di Dio è una bambina, e io non trovo parole per dire tutta la mia gioia e commozione. La cara puerpera e la bambina godono ottima salute e il dottor Klaassen è pienamente sodisfatto di tutto. Anche la levatrice, la signora Grossgeorgis, dice che è stata una cosa da nulla. L'agitazione mi costringe a deporre la penna. I miei doveri agli ottimi genitori, con la più devota tenerezza.

B. Grünlich.

Se fosse un maschio, avrei un nome molto bello da dargli. Così invece vorrei chiamarla Meta, ma Gr. propone Èrika. T.

II

«Che cos'hai, Bethsy?» domandò il console arrivando a tavola e togliendo il piatto col quale avevano coperto la sua minestra. «Ti senti male? Che hai? Mi sembri così sofferente...»

La tavola rotonda nella vasta sala da pranzo era diventata molto piccola: all'infuori dei genitori vi si sedevano tutti i giorni soltanto la signorina Jungmann, la piccola Clara, che aveva dieci anni, e la magra e umile Klothilde che mangiava in silenzio. Il console si guardò in giro: tutte facce tristi e preoccupate. Che cos'era successo? Lui stesso era nervoso e soprappensiero perché la Borsa era irrequieta in seguito alla complicata questione dello Schleswig-Holstein. Ma c'era nell'aria anche un altro turbamento: e quando Anton uscì per andare in cucina a prendere la carne, il console venne a sapere quello che era accaduto a casa. Trine, la cuoca, una ragazza che si era sempre dimostrata onesta e fedele, era passata improvvisamente alla ribellione aperta. Con grave disappunto della padrona coltivava da qualche tempo un'amicizia, una specie di alleanza spirituale con un garzone macellaio, e quest'uomo, eternamente insanguinato, doveva aver esercitato la sua dannosa influenza sullo sviluppo delle opinioni politiche di lei. Allorché la padrona le fece un rimprovero per una salsa di scalogno riuscita male, quella puntò le mani sui fianchi e si espresse così: «Aspetti un po', signora, non ci vorrà molto e avremo un ordine nuovo; allora mi siederò io sul sofà in abito di seta e sarà lei a servirmi...». Naturalmente era stata licenziata su due piedi.

Il console scosse il capo. Lui stesso aveva fatto negli ultimi tempi ogni sorta di esperienze che davano motivo a impensierirsi. Certo, i portatori più anziani e i lavoratori nei magazzini erano abbastanza seri per non farsi scaldare la testa; ma tra i giovani qualcuno aveva già dimostrato col suo contegno che il nuovo spirito di ribellione aveva saputo insinuarsi fra loro a tradimento. In primavera c'era stata una dimostrazione per le strade, quantunque esistesse già il progetto di una nuova costituzione rispondente alle esigenze dei nuovi tempi, progetto che, poco dopo, nonostante l'opposizione di Lebrecht Kröger e di alcuni altri vecchi signori cocciuti, era stato elevato mediante un decreto del senato a legge fondamentale dello stato. Si elessero rappresentanti del popolo e si formò un consiglio comunale. Ognuno voleva rivedere la costituzione e le leggi elettorali, e i cittadini litigavano fra di loro. «Elezioni per classi!» dicevano gli uni; e anche Johann Buddenbrook lo diceva. «Suffragio universale!» dicevano gli altri; anche Heinrich Hagenström lo diceva. Altri ancora gridavano: «Suffragio universale delle classi!» e forse sapevano persino che cosa volesse dire. Ronzavano poi per l'aria idee come abolizione della differenza fra cittadini e residenti, estensione ai non cristiani della possibilità di ottenere la cittadinanza... Nessuna meraviglia quindi se la Trine dei Buddenbrook aveva potuto concepire pensieri come quello del sofà e dell'abito di seta! Ma doveva venire di peggio. La situazione minacciava di prendere una piega paurosa.

Era uno dei primi giorni di ottobre del 1848, il cielo era azzurro e vi si libravano alcune nuvolette leggere e argentee, illuminate da un sole che non aveva abbastanza forza per evitare che dietro la grata lucida, nella stanza dei paesaggi, scoppiettasse già la stufa.

La piccola Clara, la ragazzina bionda dagli occhi piuttosto severi, era seduta alla finestra col suo ricamo, mentre Klothilde, con un lavoro uguale, stava sul sofà accanto alla moglie del console. Benché Klothilde Buddenbrook non fosse molto più vecchia della cugina sposata, avesse cioè soltanto ventun anni, il suo viso incominciava già a presentare qualche ruga e i suoi capelli lisci, che non erano mai stati biondi ma piuttosto grigiastri, contribuivano a completare già ora il ritratto della vecchia zitella. Ella vi era rassegnata, non faceva nulla per ovviare a questo inconveniente. Forse sentiva il bisogno d'invecchiare in fretta per arrivare presto al di là di tutti i dubbi e di tutte le speranze. Siccome non possedeva un baiocco, sapeva che nel vasto mondo non si sarebbe trovato nessuno disposto a sposarla, e guardava con umiltà all'avvenire che le avrebbe concesso di vivere in una stanzetta, con una piccola rendita che lo zio potente le avrebbe procurato dalla cassa di qualche istituto di beneficenza per ragazze povere di buona famiglia.

La moglie del console a sua volta era occupata a leggere due lettere. Tony scriveva della crescita della piccola Èrika e Christian parlava còn entusiasmo della vita londinese, ma senza addentrarsi nella descrizione della sua attività presso Mr. Richardson.

La madre, che si avvicinava ai quarantacinque, si lagnava amaramente della sorte delle donne bionde le quali invecchiano così in fretta. A quell'età la carnagione delicata che si accompagna ai capelli rossicci diventa piuttosto scialba nonostante i cosmetici, e i capelli incomincerebbero inesorabilmente a diventar grigi se, grazie a Dio, non si possedesse la ricetta di una tintura parigina che lo impedisce. La signora era decisa a non diventare mai bianca. Quando la tintura si fosse dimostrata inefficace, si sarebbe messa una parrucca del colore di quando era giovane. Sull'alto della sua pettinatura artistica si applicava un piccolo fiocco di seta orlato di pizzo bianco: l'inizio, il primo accenno di una cuffia. La sua veste di seta era ampia, a sbuffi; le maniche a campana erano foderate di mussolina rigida. Come al solito, un paio di braccialetti d'oro le tintinnava al polso. Erano le tre del pomeriggio.

Ad un tratto si udirono dalla strada grida e strilli, specie di urli incomposti, di fischi, e il rumore di molti passi, un frastuono che si avvicinava sempre crescendo.

«Mamma, che cos'è?» domandò Clara guardando dalla spia della finestra. «Tutta questa gente... che cos'hanno? Perché sono così allegri?»

«Oh Dio!» esclamò la moglie del console allontanando da sé le lettere, balzando in piedi e correndo alla finestra. «Che sia... Dio mio, sì, è la rivoluzione... È il popolo...»

Fatto sta che durante tutta la giornata si erano avuti disordini nella città. La mattina, nella Via Larga, si erano frantumate a sassate le vetrine di Benthien, il mercante di stoffe, e Dio solo sapeva che cosa c'entrassero le finestre del signor Benthien con l'alta politica.

«Anton!» chiamò la signora con voce tremante verso la sala da pranzo dove il domestico riponeva l'argenteria. «Anton, scendi al pianterreno! Chiudi la porta di casa! Chiudi tutto! Il popolo...»

«Sì, signora» disse Anton «ma posso arrischiarmi? Io sono un domestico di signori... Se adocchiano la mia livrea...»

«Che gente cattiva!» disse Klothilde con tristezza e allungando le vocali, ma senza smettere di ricamare. In quel momento il console attraversò il vestibolo ed entrò dalla porta vetrata. Aveva il soprabito sul braccio e il cappello in mano.

«Vuoi uscire, Jean?» domandò la signora atterrita.

«Sì, cara, devo andare al comune...»

«Ma il popolo, Jean, la rivoluzione...»

«Oh, Bethsy, non è da prendere sul serio. Siamo, è vero, nelle mani di Dio. Ma sono già passati oltre. Esco dalla porta di dietro...»

«Oh, Jean, se mi vuoi bene... Vuoi proprio esporti a questo pericolo, vuoi lasciarci qui sole?... Ho paura, ho tanta paura!»

«Senti, cara, fammi il piacere, ti agiti in un modo... Quella gente farà un po' di fracasso davanti al municipio o in piazza... Forse lo stato ci rimetterà un paio di vetri, e sarà tutto.»

«Ma dove vuoi andare, Jean?»

«Alla seduta del consiglio comunale... Sono già in ritardo, gli affari mi hanno trattenuto. Mancare oggi sarebbe una vergogna. Credi forse che tuo padre non ci vada? Per quanto sia vecchio...»

«Ebbene, Jean, vai pure con Dio. Ma sii prudente, ti prego, stai in guardia! E tieni d'occhio mio padre! Se gli capitasse qualche cosa...»

«Stai tranquilla, cara.»

«Quando ritorni?» domandò la signora mentre egli si avviava.

«Non so, alle quattro e mezzo, alle cinque... secondo. Abbiamo un ordine del giorno molto importante. Dipende...»

«Ho paura, ho tanta paura!» ripeté lei aggirandosi per la stanza senza sapere a che santo votarsi.

III

Il console Buddenbrook attraversò a passi rapidi la sua vasta proprietà. Quando usci nella Bäckergrube, udì dei passi dietro di sé e voltandosi scorse il mediatore Gosch, il quale, avvolto in un lungo mantello pittoresco, si avviava anche lui alla seduta. Mentre con una delle mani lunghe e magre si toglieva il cappello da gesuita e con l'altra faceva un gesto di deferenza, disse a denti stretti: «Signor console, la saluto».

Questo Siegmund Gosch, uno scapolo sulla quarantina, era, nonostante i suoi atteggiamenti, l'uomo più onesto e buono del mondo; ma era un mattacchione, un originale. La faccia rasa dava nell'occhio per il naso curvo, per il mento appuntito e prominente, i lineamenti marcati e la bocca cascante, dalle labbra sottili e sempre strette con aria malvagia. Egli ci teneva (e vi riusciva benino) a mettere in mostra una testa selvaggia e diabolica da intrigante, a presentare un aspetto cattivo, malizioso, interessante e pauroso, un che di mezzo fra Mefistofele e Napoleone. I capelli grigi gli spiovevano sulla fronte. Si rammaricava sinceramente di non essere gobbo. Fra gli abitanti dell'antico emporio era una figura stravagante ma simpatica. Era uno dei loro perché esercitava da buon cittadino una piccola, solida e, nella sua modestia, rispettata azienda di mediatore, ma nel suo ufficio stretto e buio c'era anche una grande libreria piena di opere letterarie in tutte le lingue, e correva voce che da vent'anni egli stesse lavorando a una traduzione di tutti i drammi di Lope de Vega. Una volta aveva persino recitato in una compagnia di dilettanti la parte di Domingo nel *Don Carlos* di Schiller: quello era stato l'apogeo della sua vita. Dalle sue labbra non era mai uscita una parola volgare, e persino nelle conversazioni d'affari pronunciava le solite frasi sempre a denti stretti e con un'espressione in viso come se volesse dire: «Va là, furfante! Maledetti gli antenati tuoi!". In un certo senso era l'erede e successore del defunto Jean Jacques Hoffstede, salvo che era di carattere più tetro e patetico e non aveva niente di quella serenità scherzosa che l'amico del vecchio Johann Buddenbrook era riuscito a salvare dal secolo passato. Un giorno perdette in Borsa improvvisamente sei talleri e mezzo su due o tre titoli che aveva acquistato per specularci su. Allora il suo senso drammatico lo travolse e lo spinse a dare spettacolo. Si abbatté su una panca come se avesse perduto la battaglia di Waterloo, si premette un pugno sulla fronte ed esclamò più volte alzando gli occhi al cielo come un bestemmiatore: «Ah, maledizione!». Siccome i piccoli guadagni tranquilli e sicuri che incassava alla vendita di qualche terreno finivano per annoiarlo, quella perdita, quella botta tragica con la quale il cielo aveva colpito lui, l'intrigante, fu per lui un godimento, una felicità che assaporò per settimane. A chi gli diceva: «Ho sentito, signor Gosch, che ha avuto un rovescio. Mi dispiace molto...» soleva rispondere: «Oh caro amico!» e soggiungeva in italiano: «L'uomo non educato dal dolore riman sempre bambino!». Naturalmente nessuno capiva. Erano parole di Lope de Vega? Certo era che Siegmund Gosch era un uomo strano ed erudito.

«In che tempi viviamo!» disse al console mentre, appoggiandosi curvo al bastone, saliva per la strada al suo fianco. «Tempi movimentati e burrascosi!»

«Ha ragione» replicò il console, e disse che i tempi erano davvero movimentati: certo la seduta sarebbe stata interessante. Il principio di classe...

«Oh, mi lasci dire!» continuò Gosch. «Sono stato in giro tutto il giorno e ho osservato la plebe. C'erano fra quella gente giovanotti stupendi con gli occhi fiammeggianti di odio e di entusiasmo...»

Johann Buddenbrook si mise a ridere. «Bravo amico! Pare che ci si diverta. Andiamo, via... sono ragazzate, nient'altro. Che cosa vogliono costoro? Un branco di giovani maleducati che approfittano dell'occasione per fare un po' di chiasso...»

«È vero. Ma non si può negare... C'ero io, quando il garzone macellaio Berkemeyer ha spaccato i vetri del signor Benthien. Era come una pantera!» Gosch pronunciò quest'ultima parola stringendo ancor più i denti e proseguì: «Oh, non si può negare che la faccenda abbia il suo lato sublime! Finalmente è qualcosa di diverso, capisce? Cose che non avvengono tutti i giorni. La violenza, l'uragano selvaggio... il temporale... Oh, so bene, il popolo è ignorante. Ma il mio cuore, questo mio cuore è con lui...». Erano arrivati davanti alla casa semplice verniciata di giallo, al cui pianterreno si trovava la sala delle sedute del consiglio comunale.

Quella sala apparteneva alla birreria, con trattenimenti di ballo, di una vedova che aveva nome Suerkringel, ma in determinati giorni era a disposizione dei signori del consiglio. Da un corridoio stretto e lastricato, alla cui destra si aprivano i locali del ristorante e vi stagnava un odore di birra e di cibi, si passava a sinistra attraverso una porta di assi verniciate di verde, la quale non aveva né maniglia né serratura ed era così bassa e stretta che nessuno avrebbe supposto la vastità della sala. Questa era fredda, nuda, simile a un granaio, col soffitto imbiancato, dal quale sporgevano le travi, e le pareti pure imbiancate, le tre finestre piuttosto alte avevano il telaio dipinto di verde ed erano senza tendine. Di fronte alle finestre sorgevano ad anfiteatro le file dei posti a sedere, appiè delle quali c'era un tavolino coperto di un tappeto verde con un grosso campanello, con cartelle di documenti e l'occorrente per scrivere, destinato all'oratore, al segretario e ai commissari del senato presenti. Alla parete dirimpetto alla porta c'erano alcuni attaccapanni carichi di soprabiti e cappelli.

Quando entrarono l'uno dopo l'altro dalla porta stretta, il

console e il suo compagno si trovarono dentro a un brusìo di voci. Evidentemente erano gli ultimi ad arrivare. La sala era piena di cittadini che stavano discutendo a gruppi, con le mani in tasca, o dietro la schiena, o agitate in aria. Dei centoventi membri del consiglio se n'erano adunati almeno cento. Alcuni deputati dei distretti rurali, in vista delle circostanze, avevano preferito rimanere a casa.

Vicino all'ingresso c'era un gruppetto composto da gente umile, due o tre negozianti modesti, un professore di ginnasio, "il padre degli orfani" signor Mindermann, e il signor Wenzel, il più simpatico barbiere. Wenzel, un ometto robusto coi baffi neri, la faccia intelligente e le mani arrossate, aveva raso il console quel giorno stesso: lì però era pari a lui. Egli lavorava soltanto nelle prime famiglie: radeva la barba ai Möllendorpf, ai Langhals, ai Buddenbrook e agli Oeverdieck, e doveva l'elezione nel consiglio alla sua conoscenza di tutti gli affari cittadini, alla sua affabilità e alla consapevolezza del proprio valore, consapevolezza che dimostrava nonostante la coscienza della sua inferiorità.

«Signor console, sa l'ultima novità?» domandò andando incontro al cliente altolocato.

«Che cosa dovrei sapere, caro Wenzel?»

«Questa mattina non si poteva saperlo ancora. Mi scusi, signor console, è la novità più recente. Il popolo non va verso il municipio o in piazza! Viene qua e intende minacciare il consiglio comunale. Il redattore Rübsam li ha aizzati...»

«Ma non è possibile!» esclamò il console. E, facendosi strada tra i vari gruppi, andò verso il centro della sala dove aveva scorto suo suocero a colloquio coi senatori dottor Langhals e James Möllendorpf.

«Signori, è proprio vero?» domandò stringendo loro la mano. Effettivamente tutta l'assemblea ne era piena; i rivoltosi si avvicinavano, già si potevano udire...

«Canaglie» disse Lebrecht Kröger, con freddo disprezzo. Era venuto col suo equipaggio. In condizione normali la figura alta e distinta dell'ex cavaliere *à la mode* incominciava a curvarsi sotto il peso dei suoi ottant'anni; ma ora egli stava eretto con gli occhi semichiusi, le labbra, sopra le quali si rizzavano verticali le punte dei baffi bianchi, atteggiate a un altero disprezzo. Sul panciotto di velluto nero gli brillavano due file di bottoni con pietre preziose.

Poco discosto da quel gruppo si poteva scorgere Heinrich Hagenström, un uomo tarchiato, corpulento, dalle fedine rosse ma brizzolate, con una grossa catena da orologio sul panciotto a quadretti blu e la giacca aperta. Stava insieme col suo socio, il signor Strunck, e non salutò nemmeno il console.

Un po' più in là il negoziante di tessuti Benthien, uomo dall'aspetto agiato, aveva raccolto intorno a sé un crocchio numeroso al quale spiegava per filo e per segno com'era andata la faccenda delle sue vetrine.

«Un mattone, cari signori, un mattone spezzato a metà! Zam... attraverso il vetro e su una pezza di seta verde... Che canaglie! Be', ora ci dovrà pensare lo stato...» Da un angolo si udiva continuamente la voce del signor Stuht, il quale, con la giacca nera sopra la camicia di lana, partecipava alla discussione ripetendo insistentemente e con indignazione: «Un'infamia inaudita!».

Johann Buddenbrook andava intorno per salutare qui il vecchio amico C.F. Köppen, là il concorrente del medesimo, il console Kistenmaker. Strinse la mano al dottor Grabow e scambiò due parole col capitano dei pompieri Gieseke, col costruttore Voigt, con l'oratore dottor Langhals, un fratello del senatore, con commercianti, maestri, avvocati...

La seduta non era aperta, ma la discussione era animatissima. Tutti maledicevano quello scribacchino, quel redattore, quel Rübsam che, come si sapeva, aveva sobillato la folla... A quale scopo? I consiglieri si erano adunati appunto per stabilire se nella rappresentanza popolare si dovesse conservare il principio delle classi o introdurre invece il suffragio universale. Il senato si era già pronunciato per quest'ultimo. Che cosa voleva invece il popolo? Prendere per il collo i ricchi, ecco tutto. Per mille diavoli, era la situazione più grave in cui i signori si fossero mai trovati! Tutti furono intorno ai commissari del senato per sentire la loro opinione. Circondarono anche il console Buddenbrook, il quale doveva pur sapere quale atteggiamento tenesse nella questione il borgomastro Oeverdieck: da quando infatti l'anno precedente il senatore dottor Oeverdieck, un genero del console Justus Kröger, era diventato presidente del senato, i Buddenbrook si erano imparentati col borgomastro, e ciò aveva accresciuto di molto la stima che godevano nel pubblico.

Ad un tratto il frastuono aumentò: la rivoluzione era giunta sotto le finestre della sala! D'un colpo le varie discussioni cessarono. Con le mani incrociate sul ventre, muti di spavento, tutti si guardarono in faccia o volsero lo sguardo alle finestre dalle quali si vedevano pugni alzati, mentre un urlìo insensato e assordante empiva l'aria. Ma a un certo punto, d'improvviso, come se gli insorti stessi si fossero spaventati del loro comportamento, difuori si fece una silenzio altrettanto profondo quanto quello della sala e, in quella calma profonda, si udì soltanto nella zona dei sedili più bassi, dove si era accomodato Lebrecht Kröger, una parola che sorse dal silenzio fredda, lenta e decisa:

«Canaglie!»

Poco dopo da un angolo echeggiò una voce cupa e sdegnata: «Un'infamia inaudita!».

Poi si udì svolazzare sopra l'adunanza la voce tremula e misteriosa del mercante di stoffe Benthien: «Signori... signori... date retta a me... io conosco la casa... Salendo al solaio si trova un'apertura nel tetto... da ragazzo vi sparavo contro i gatti... Si può benissimo arrampicarsi sul tetto vicino e mettersi al sicuro...».

«Che vigliaccheria indegna!» sibilò il mediatore Gosch a denti stretti. Le braccia conserte, egli stava appoggiato al tavolino e guardava le finestre a fronte bassa, lanciando occhiate da far rabbrividire.

«Viltà, signore? Perché? Corpo d'un accidente, costoro scagliano mattoni! Non ho voglia io di fare altre esperienze.»

In quel momento il rumore si risollevò, ma senza arrivare all'intensità burrascosa che aveva avuto da principio, e si mantenne ininterrottamente allo stesso livello; era un ronzio costante, quasi di sodisfazione, nel quale si distinguevano ogni tanto fischi o grida come «princìpi!» e «diritto civico!». Il consiglio ascoltava con raccoglimento.

«Signori» disse dopo qualche tempo il dottor Langhals con voce sommessa «spero di interpretare il pensiero di tutti se dichiaro ormai che la seduta è aperta...»

Non era una proposta programmatica, e tuttavia non ottenne il minimo appoggio.

«Io non sono del parere» disse uno con franchezza risoluta che non ammetteva replica. Era un uomo del contado, un certo Pfahl, del distretto rurale di Ritzerau, deputato del villaggio di Klein-Schretstaken. Nessuno ricordava di aver mai udito la sua voce nelle sedute; ma nella situazione presente anche l'opinione del cervello più modesto aveva il suo peso. Con sicuro istinto politico il signor Pfahl aveva avuto il coraggio di esprimere l'opinione di tutto il consiglio.

«Dio ci protegga!» esclamò il signor Benthien indignato. «I seggi più alti si possono vedere dalla strada! Costoro lanciano tegole e mattoni! Accidenti, ne ho le tasche piene io...»

«E quella maledetta porta dev'essere così stretta!» sospirò disperato il vinaio Köppen. «Volendo uscire c'è da morire schiacciati!»

«Un'infamia inaudita» borbottò il signor Stuht.

«Signori!» insistette l'oratore. «Vorrei pregarvi di considerare... entro tre giorni dobbiamo presentare al borgomastro la copia del verbale di questa seduta... inoltre la città aspetta che questo sia pubblicato per le stampe... In ogni caso propongo di passare alla votazione se la seduta debba essere aperta o no...»

Ma, prescindendo da alcuni cittadini che appoggiarono l'oratore, nessuno si trovò disposto a passare all'ordine del giorno. La votazione sarebbe risultata inutile. Non bisognava provocare il popolo. Nessuno sapeva che cosa esso volesse. Non si doveva prenderlo di punta con una deliberazione in un determinato senso. Bisognava aspettare e non muoversi. Il campanile di Santa Maria suonò le quattro e mezzo...

Ci si confortava a vicenda nella decisione di pazientare. S'incominciò ad abituarsi al rumore che difuori montava, s'affievoliva, s'interrompeva e si rinnovava. Si cominciò a calmarsi, a mettersi più comodi, a sedersi sui seggi delle file inferiori. L'attività di tutti quei bravi cittadini si ridestò. Qua e là si osò discorrere di affari, qua e là s'incominciò persino a concluderne... I mediatori si avvicinarono ai grandi commercianti... I signori rinchiusi discorrevano tra loro come persone che si trovino adunate durante un violento temporale e, parlando di questo e quello, si soffermano ogni tanto ad ascoltare il tuono con faccia seria e preoccupata. Scoccarono le cinque, le cinque e mezzo e scese la sera. Di quando in quando uno o l'altro sospirava al pensiero che la moglie l'aspettava col caffè, e il signor Benthien ne approfittava per rammentare l'apertura nel tetto. Ma la maggior parte era del parere del signor Stuht, il quale dichiarava crollando il capo con rassegnazione al fato: «Ma io sono troppo grasso per poterci passare!».

Memore della raccomandazione di sua moglie, Johann Buddenbrook era rimasto accanto al suocero e, guardandolo un po' preoccupato, gli domandò: «Spero, babbo, che questa piccola avventura non la rattristi».

Sotto il niveo tuppé due vene azzurrine si erano gonfiate in modo preoccupante sulla fronte di Lebrecht Kröger; e mentre una delle sue mani di vecchio aristocratico giocherellava coi bottoni opalescenti del panciotto, l'altra gli tremava sulle ginocchia facendo luccicare un grosso brillante.

«Scempiaggini, Buddenbrook» disse con uno strano abbandono. «Sono annoiato, ecco tutto.» Ma egli stesso si smentì soggiungendo improvvisamente con ira: «*Parbleu*, Jean! Bisognerebbe insegnare l'educazione a questi infami sudicioni a suon di polvere e piombo... Marmaglia miserabile!».

Il console cercò di calmarlo: «Via, via... lei ha ragione, è veramente una commedia indegna... Ma che si deve fare? Non resta che far buon viso. È già sera. Si allontaneranno...».

«Dov'è la mia carrozza? Voglio la mia carrozza!» comandò Lebrecht Kröger fuori di sé. La sua collera esplodeva e lo faceva tremare tutto. «L'ho ordinata per le cinque! Dov'è? La seduta non avrà luogo... Che ci sto a fare? Non ho nessuna voglia di farmi menar per il naso! Voglio la mia carrozza!... Hanno insultato il mio cocchiere? Vada a vedere, Buddenbrook!»

«Caro suocero, per amor del cielo, si calmi! Lei si affanna... le può far male. Ben volentieri... sì, sì, vado a informarmi della carrozza. Anch'io sono stanco di questa situazione. Parlerò con la gente, li inviterò a tornare a casa...»

E per quanto Lebrecht Kröger protestasse, per quanto ordinasse ad un tratto con voce glaciale: «Fermo! Rimanga qua! Non si comprometta, Buddenbrook!» il console attraversò rapidamente la sala. Presso la porticina verde fu raggiunto da Siegmund Gosch che lo prese per un braccio con le dita ossute e gli domandò con voce cavernosa: «Dove va, signor console?».

La faccia del mediatore era tutta raggrinzita. Con un'espressione di selvaggia risoluzione la punta del mento gli arrivava quasi al naso, i capelli grigi gli ricadevano tristemente sulla fronte e sulle tempie, ed egli teneva la testa così incassata fra le spalle da riuscir davvero a parere ingobbito. E brontolò: «Lei mi vede disposto a parlare al popolo!».

Il console disse: «No, Gosch, lasci fare a me... Probabilmente io ho più conoscenti di lei fra questa gente...».

E sia!» replicò il mediatore con un fil di voce. «Lei è più grande di me.» Alzando poi la voce soggiunse: «Ma io l'accompagnerò, io starò al suo fianco, console Buddenbrook! Anche se l'ira degli schiavi scatenati dovesse dilaniarmi. Oh che giornata! Che sera!» esclamò appena uscirono. Certo non si era mai sentito così felice: «Oh, signor console! Ecco il popolo!».

Avevano attraversato il corridoio ed erano usciti dal portone soffermandosi sul primo dei tre gradini che scendevano sul marciapiede. La strada presentava un aspetto strano. Era silenziosa, e alle finestre aperte, già illuminate, delle case circostanti si vedevano molti curiosi che osservavano la piccola folla nera dei ribelli accalcata davanti alla casa del consiglio comunale. La folla, non più numerosa dell'adunanza nell'interno, era formata da giovani lavoratori del porto o dei magazzini, da facchini, scolari, alcuni marinai delle navi mercantili, e altre persone che abitavano nei vicoli e negli angiporti dei quartieri poveri. C'erano anche tre o quattro donne che da quell'impresa si ripromettevano forse risultati simili a quelli previsti dalla cuoca dei Buddenbrook. Alcuni rivoltosi, stanchi di stare in piedi, si erano seduti sul marciapiede coi piedi nel rigagnolo, e mangiavano pane imburrato.

Erano quasi le sei e, per quanto fosse già abbastanza buio, le lampade a olio, pendenti delle catene sopra la strada, non erano accese. Questo fatto, questa evidente inaudita infrazione dell'ordine pubblico, fu la prima cosa che fece invipe-rire sinceramente il console Buddenbrook il quale, appunto per questo, incominciò a parlare in tono piuttosto secco e irritato: «Gente mia, che razza di sciocchezze sono quelle che state combinando?»

Quelli che stavano facendo merenda sul marciapiede balzarono in piedi. Coloro che erano più indietro, dall'altra parte della strada, si alzarono sulla punta dei piedi. Alcuni lavoratori del porto che erano al servizio del console si tolsero il berretto. Tutti si fecero attenti, si urtarono coi gomiti e incominciarono a dire con voce smorzata:

«Quello è il console Buddenbrook! Il console Buddenbrook vuol fare un discorso. Stai zitto, Christian, è capace di andare in bestia! Quello è il mediatore Gosch... Guarda che scimmiotto! Dev'essere un po' toccato..»

«Carl Smolt!» chiamò il console rivolgendo gli occhietti infossati su un giovanotto dalle gambe curve che poteva avere ventidue anni e, col berretto in mano e la bocca piena di pane, stava davanti ai gradini. «Parla tu, Carl Smolt! Questo è il momento. Siete stati qui a urlare per tutto il pomeriggio...» «Sì, signor console...» disse Smolt masticando. «È una faccenda... Però... ormai ci siamo arrivati... Ora facciamo la rivoluzione...»

«Che scempiaggine è, Smolt?»

«Ecco, signor console, lei dice bene, ma siamo arrivati al punto giusto... Noi non siamo più contenti della situazione... Vogliamo un ordine nuovo ed è chiaro che quello che c'è adesso...»

«Senti un po', Smolt, e voialtri! Se siete ragionevoli, ve ne ritornate a casa senza occuparvi più della rivoluzione e non state qui a turbare l'ordine...»

«L'ordine sacrosanto!» lo interruppe Gosch fremente.

«L'ordine, dico!» esclamò il console Buddenbrook. «Non vedete che non sono neanche accese le lampade?... Mi pare che andiate troppo oltre con la rivoluzione!»

Intanto Carl Smolt aveva finito di ingoiare il boccone e, spalleggiato dalla folla, se ne stava là a gambe larghe per fare le sue obiezioni.

«Già, signor console, dice bene lei. Ma si fa per il principio universale del diritto di voto...»

«Dio del cielo, come sei sciocco!» esclamò il console tutto indignato. «Dici un sacco di sciocchezze...»

«Ecco, signor console» disse Smolt un po' intimidito «le cose sono come dico io. La rivoluzione ci vuole, questo è certo. C'è la rivoluzione dappertutto. C'è a Berlino e a Parigi...»

«Smolt, che cosa volete veramente? Dillo un po' tu!»

«Signor console, dico soltanto questo: noi vogliamo la repubblica, così dico...»

«Stupidone che sei, la repubblica l'avete già!»

«Sì, signor console, ma ne vogliamo un'altra ancora.»

Alcuni dei presenti che la sapevano più lunga si misero a sghignazzare di cuore e, benché soltanto pochissimi avessero afferrato la risposta di Smolt, l'allegria si propagò finché tutta la folla dei repubblicani si trovò a fare le più matte risate.

Alle finestre della sala del consiglio alcuni consiglieri curiosi si affacciarono col bicchiere di birra in mano. L'unico che a quella piega delle cose provasse delusione e dolore era Siegmund Gosch.

«Sentite, brava gente» concluse il console «credo che meglio di tutto sia che ve ne ritorniate a casa.»

Carl Smolt, interdetto per il risultato ottenuto, replicò: «Vede, signor console, le cose stanno così ed è meglio non occuparsene, e anch'io sono ben contento che il signor console non se n'abbia a male, e arrivederci dunque, signor console...».

La folla, di ottimo umore, incominciò a disperdersi.

«Smolt, vieni qua un istante!» esclamò il console. «Di' un po', hai visto la carrozza dei signori Kröger, l'equipaggio del palazzo presso la rocca?»

«Sissignore. La carrozza è venuta, ma poi è salita verso la casa del signor console.»

«Bene, allora vai là di corsa, Smolt, e di' a Jochen che venga qua. Il suo padrone vuole andare a casa.»

«Subito, signor console!» e mettendosi in testa il berretto con la visiera di cuoio tirata sugli occhi Carl Smolt scese la strada di corsa a passi lunghi e ondeggianti.

IV

Quando il console ritornò col mediatore Siegmund Gosch nell'assemblea, la sala aveva un aspetto più gradevole che un quarto d'ora prima. Era illuminata da due grandi lampade a paraffina collocate sul tavolo dell'oratore e alla loro luce gialla i consiglieri, parte in piedi parte seduti, mescevano la birra nei bicchieri lucidi, brindavano e chiacchieravano con la massima allegria. La signora Suerkringel, la vedova Suerkringel, era entrata poco prima, si era presa a cuore la sorte dei clienti rinchiusi e, siccome l'assedio poteva durare ancora a lungo, aveva proposto con parole eloquenti un piccolo rinfresco e aveva approfittato dell'agitazione per smerciare una considerevole quantità della sua birra chiara e piuttosto alcoolica. Al rientrare dei due negoziatori il garzone, in maniche di camicia e con un sorriso bene intenzionato, stava portando una nuova provvista di bottiglie, e quantunque la sera fosse già inoltrata, quantunque fosse troppo tardi per dedicarsi alla revisione della costituzione, nessuno si trovò disposto a interrompere subito il convegno e a ritornare a casa. Il caffè in ogni caso era perduto...

Il console, ricevute le strette di mano di alcuni che si congratulavano per il successo conseguito, si avvicinò senza indugio al suocero. Lebrecht Kröger sembrava l'unico il cui umore non fosse migliorato. Impettito, freddo e negativo se ne stava al suo posto e, alla notizia che la sua carrozza era arrivata, replicò con voce beffarda e tremante più per l'esasperazione che per la vecchiaia: «La plebe si degna dunque di lasciarmi ritornare a casa!».

Con gesti rigidi che non rammentavano neanche lontanamente la sua consueta gentilezza, si fece mettere sulle spalle la pelliccia e, poiché il console si offerse di accompagnarlo, infilò con un *merci* superficiale il proprio braccio sotto quello del genero.

L'equipaggio maestoso, con due grandi fanali a cassetta, aspettava davanti alla porta, mentre nella strada, con grande sodisfazione del console, s'incominciava ad accendere le lampade. I due uomini montarono. Eretto, muto, Lebrecht Kröger stava seduto alla destra del console, senza appoggiarsi allo schienale, con le palpebre socchiuse, la coperta sulle ginocchia, e sotto le brevi punte dei baffetti bianchi gli angoli della bocca gli formavano due solchi verticali che scendevano fino al mento. La stizza per l'umiliazione subita lo rodeva, lo struggeva. Freddo e spossato guardava il cuscino vuoto che aveva davanti.

Nelle strade c'era più animazione che la domenica sera. Regnava evidentemente un'aria di festa. Il popolo, entusiasmato per il felice sviluppo della rivoluzione, andava in giro di buonumore. Persino si cantava. Ogni tanto vedendo passare la carrozza alcuni giovani gridavano "evviva" e lanciavano in aria i berretti.

«Temo davvero, babbo, che si prenda troppo a cuore questa faccenda» notò il console. «Ma se si considera che è stata una buffonata... una farsa...» E per ottenere una risposta o almeno una parola dal vecchio incominciò a discorrere vivacemente della rivoluzione in generale: «Se la massa non abbiente arrivasse a capire quanto poco serve in questi tempi la sua propria causa... Santo cielo, è sempre la stessa cosa! Oggi nel pomeriggio ho avuto un breve colloquio col mediatore Gosch, quell'uomo strano che considera ogni cosa con occhio di poeta e di commediografo... Vede, caro suocero, la rivoluzione a Berlino è stata preparata ai tavoli da tè degli esteti... Poi il popolo è sceso in lizza e ha messo in palio la propria pelle... Ne caverà le spese?».

«Mi faccia il piacere di aprire il finestrino dalla sua parte» disse Kröger.

Johann Buddenbrook gli lanciò una rapida occhiata e abbassò subito il vetro.

«Non si sente bene, babbo?» domandò preoccupato.

«No, niente affatto» rispose Lebrecht Kröger con serietà.

«Ha bisogno di prendere un boccone e di mettersi a riposare» osservò il console; e per far qualche cosa accomodò la coperta di pelo sulle ginocchia del suocero.

Ad un tratto, mentre l'equipaggio passava con fragore per la Via della Rocca, avvenne un fatto impressionante. Quando infatti, a circa quindici passi dai pilastri del portone avvolto nella penombra, la carrozza passava in mezzo a un crocchio di giovinastri allegri e vocianti, un sasso entrò dal finestrino aperto. Era un ciottolo qualunque, innocuo, della grossezza d'un uovo, che la mano di un ignoto Tizio o Caio Tal dei Tali aveva scagliato per festeggiare la rivoluzione, certamente senza prave intenzioni, e probabilmente senza neanche prendere di mira la carrozza. Entrò silenzioso dal finestrino, rimbalzò silenzioso dal petto di Lebrecht Kröger coperto dalla grossa pelliccia, rotolò altrettanto silenzioso lungo la coperta e si fermò sul fondo.

«Villani impertinenti!» fece il console indispettito. «Sono usciti di senno questa sera? Non le ha mica fatto male, caro suocero?»

Il vecchio Kröger tacque, tacque in modo preoccupante. Nella carrozza faceva troppo buio perché si potesse distinguere l'espressione del viso. Egli stava ancora più ritto, più alto e rigido di prima, senza toccare lo schienale imbottito. Poi gli uscì dai precordi, lenta, fredda e pesante, una sola parola: «Canaglie!».

Per timore di irritarlo ancor più il console non replicò. La carrozza entrò dal portone con molto strepito e si trovò, dopo tre minuti, nel largo viale davanti al cancello munito di lance dorate che chiudeva la proprietà dei Kröger. Ai due lati del cancello che formava, tra due file di ippocastani, l'ingresso alla salita verso la terrazza, ardevano due fanali ornati di sfere dorate. Scorgendo finalmente il volto del suocero, il console rimase atterrito: era giallo e solcato da rughe flosce. L'espressione fredda, risoluta e sprezzante, che le labbra avevano conservato fino a quel momento, si era tramutata in un ghigno torto e cadente da vegliardo rimbambito. La carrozza si fermò davanti alla terrazza.

«Mi dia una mano» disse Lebrecht Kröger benché il console già sceso tirasse indietro la coperta e gli porgesse per appoggio il braccio e la spalla.

Così lo condusse sulla ghiaia lentamente i pochi passi fino al candido scalone che portava alla sala da pranzo. Ai piedi dello scalone il vecchio si piegò sulle ginocchia. La testa gli cadde così pesantemente sul petto che la mandibola spenzolante batté contro i denti superiori con un suono secco. Torse gli occhi ormai velati...

Lebrecht Kröger, il cavaliere à *la mode*, aveva raggiunto i suoi antenati.

V

Un anno e due mesi dopo, in un giorno di nevischio del gennaio 1850, il signore e la signora Grünlich, insieme con la loro figlioletta di tre anni, facevano la prima colazione nella sala da pranzo rivestita di legno bruno chiaro, seduti sulle seggiole che erano costate 25 marchi l'una.

I vetri delle finestre erano quasi opachi per la nebbia; al di là apparivano sfumati gli alberi spogli e gli arbusti. Nella stufa di mattonelle verdi smaltate che sorgeva in un angolo accanto alla porta aperta dello studiolo, dove si vedevano alcune piante, la vampa rossa scoppiettava e riempiva la stanza di un calore gradevole e leggermente odoroso. Alla parete di fronte le portiere verdi mezzo scostate permettevano di guardare, attraverso il salotto tappezzato di seta marrone, un'altra porta vetrata dalle fessure tappate con salsicciotti d'ovatta, e al di là una breve terrazza si perdeva nella nebbia grigia e opaca. Di fianco una terza uscita dava sul corridoio.

La tovaglia candida e damascata sulla tavola rotonda era attraversata da un centrino verde ricamato e coperta di porcellane orlate d'oro così diafane che in certi punti sembravano madreperla. La macchinetta del tè gorgogliava. In un cestino da pane, d'argento sottile, che aveva la forma d'una grande foglia dentellata e leggermente accartocciata, c'erano fette di pane al latte. Sotto una campana di cristallo erano ammonticchiati riccioli di burro scanalati, e sotto un'altra varie qualità di formaggio, giallo, bianco e marmorizzato di verde. C'era anche una bottiglia di vino rosso davanti al posto del padrone di casa, perché Grünlich prendeva la colazione calda.

Coi favoriti ben curati e un viso che a quell'ora mattutina appariva particolarmente roseo, egli se ne stava col dorso verso il salotto, già vestito, in giacca nera e calzoni chiari quadrettati, e mangiava, secondo il costume inglese, una braciola appena scottata. Sua moglie la considerava una usanza signorile, ma anche talmente ripugnante che non aveva mai saputo decidersi a sostituirla alla sua solita colazione di pane e uova.

Tony era in veste da camera: le vestaglie erano la sua passione. Nulla le sembrava più signorile di un *néglig*é elegante e, poiché a casa sua non aveva potuto abbandonarsi a quella predilezione, ora da sposata si sfogava con tanto maggior piacere. Possedeva tre di quei capi dalle pieghe morbide, la cui confezione può rivelare più gusto, raffinatezza e fantasia che un abito da ballo. Quel giorno ne portava una rossa, d'un rosso esattamente intonato alla tappezzeria delle pareti al disopra del rivestimento di legno; e la stoffa a grandi fiorami, più soffice della bambagia, era ricamata a spruzzi di minuscole perline di vetro del medesimo colore. Una fila dritta di fiocchi di velluto rosso le scendeva dall'accollatura fino ai piedi.

I capelli forti, di un biondo cenere, stretti da un nastro di velluto rosso, le ricadevano in riccioli sulla fronte. Per quanto, come lei sapeva benissimo, la sua bellezza avesse già raggiunto il culmine, l'espressione infantile, ingenua e ardita del labbro superiore un po' prominente le era sempre rimasta. Le palpebre degli occhi grigio-azzurri le si erano arrossate per l'acqua fredda. Le sue mani, le mani bianche un po' corte ma ben formate dei Buddenbrook i cui polsi delicati erano morbidamente incorniciati dai risvolti di velluto delle maniche, si servivano del coltello e del cucchiaio con gesti che, per chi sa quale ragione, erano in quel momento un po' secchi e nervosi.

Accanto a lei, su un seggiolone a torretta, vestita di un buffo abito di lana celeste fatto a maglia, stava la piccola Èrika, una bimba ben nutrita dai riccioli corti e biondi. Teneva con le manine una grande tazza nella quale affondava il musetto e beveva il latte mandando ogni tanto piccoli sospiri di sodisfazione.

Al suono del campanello della signora Grünlich, comparve Thinka, la cameriera, per prendere la bambina dall'alto seggiolone e portarla disopra a giocare.

«Puoi portarla fuori a passeggio per mezz'ora» disse Tony. «Ma non di più, Thinka, e, mi raccomando, mettile il giubbetto più pesante. Hai capito? C'è nebbia.» E rimase sola col marito.

«Diventi ridicolo» disse dopo un momento di silenzio riprendendo un discorso interrotto. «Hai qualche motivo in contrario? Sentiamo le tue ragioni! Io non posso, non posso assolutamente dedicarmi tutta alla bambina...»

«A te non piacciono i bambini, Antonie.»

«Non mi piacciono i bambini!... Mi manca il tempo. Devo dedicarmi alla casa. Mi alzo la mattina con venti progetti da eseguire durante la giornata, e mi corico la sera con quaranta non eseguiti...»

«Hai due ragazze. E una signora così giovane...»

«Due ragazze, sta bene. Thinka deve lavare, lustrare, far la pulizia, servire in tavola. La cuoca ha lavoro fin sopra i capelli. Tu vuoi le braciole fin dalla mattina... Rifletti un po', Grünlich! O tosto o tardi bisognerà pur prendere una bambinaia per Èrika, una governante...»

«Non possiamo, nelle nostre condizioni, tenere già da ora una bambinaia apposta.»

«Le nostre condizioni! Dio santo, sei proprio ridicolo. Siamo forse mendicanti? Siamo costretti a farci mancare il necessario? Se non m'inganno, ti ho portato 80.000 marchi di dote.»

«Lasciami stare coi tuoi 80.000 marchi!»

«Si sa, tu ne parli con disprezzo... Tu non ci tenevi... Mi hai sposata per amore... D'accordo. Ma mi ami ancora? Non tieni conto dei miei desideri più che giustificati. La bambina non deve avere la bambinaia... Della carrozza che ci occorre come il pane non si discorre più... Perché pretendi che si abiti qui in campagna, se le nostre condizioni non permettono di tenere la carrozza con la quale potremmo andare decorosamente in società? Perché non vedi di buon occhio le mie visite in città? Tu pretenderesti che ci seppellissimo qui una volta per sempre e che io non vedessi più anima viva. Sei scorbutico, sai!»

Grünlich si versò un bicchiere di vino rosso, alzò la campana di cristallo e passò al formaggio. Senza rispondere.

«Sentiamo, mi ami forse ancora?» ripeté Tony. «Il tuo silenzio è così poco educato ché posso permettermi di rammentarti una certa scena nella nostra stanza dei paesaggi. Allora facevi una figura diversa! Poi fin dal primo giorno ti sei seduto la sera accanto a me, ma soltanto per leggere il giornale. Dapprincipio prendevi per lo meno in considerazione alcuni dei miei desideri. Ma da molto tempo anche questo è cessato. Tu mi trascuri.»

«E tu? Tu mi rovini.»

«Io?... ti rovino?»

«Sicuro. Tu mi rovini con la tua inerzia, con la tua smania di spendere e farti servire...»

«Ecco, rinfacciami ora la mia buona educazione! In casa dei miei genitori non avevo bisogno di muovere un dito. Ora ho dovuto impratichirmi della casa con molta pena, ma posso pretendere che tu non mi neghi gli aiuti più necessari. Il mio babbo è ricco; non poteva immaginare che un giorno mi sarebbe mancato il personale...»

«E allora, prima di prendere la terza domestica, aspetta che quella ricchezza ci possa servire!»

«Vuoi forse augurarti la morte del babbo? Ripeto che siamo gente facoltosa e che non sono venuta da te a mani vuote...»

Grünlich, quantunque stesse masticando, abbozzò un sorriso. Sorrise con aria di superiorità, con malinconia, in silenzio. Tony rimase confusa.

«Grünlich» disse con maggior calma «tu sorridi, parli delle nostre condizioni... forse non sono al corrente della situazione. Hai fatto cattivi affari? Hai forse...» In quel momento si udì bussare o meglio tamburellare alla porta del corridoio, e si vide entrare il signor Kesselmeyer.

VI

Come amico di casa, Kesselmeyer entrò senza farsi annunciare, senza cappello e soprabito, e si fermò sulla soglia. Il suo aspetto corrispondeva esattamente alla descrizione che Tony ne aveva fatto in una lettera a sua madre. Era di figura piuttosto tarchiata, né grasso né magro. Portava una giacca nera, già un po' lustra, calzoni dello stesso colore, corti e stretti, e il panciotto bianco sul quale una lunga catenina da orologio s'incrociava con due o tre cordoncini da occhiali. Sul suo viso rosso spiccavano nettamente le basette bianche e corte che coprivano le guance e lasciavano scoperti il mento e le labbra. Aveva la bocca piccola, mobile e buffa, fornita soltanto dei due canini inferiori. Mentre, con le mani affondate nelle tasche dei calzoni, stava lì, confuso, assente e pensieroso, premette quei due canini gialli e conici contro il labbro superiore. La lanugine bianca e nera dei capelli gli si agitò leggermente benché non si avvertisse la minima corrente d'aria.

Infine cavò le mani dalle tasche, s'inchinò, lasciò pendere il labbro inferiore e liberò faticosamente un cordoncino degli occhiali dal groviglio che aveva sul petto. Poi inforcò con un colpo netto gli occhiali a stringinaso, facendo la smorfia più strana, squadrò i due coniugi e fece: «Ahah». Siccome usava quest'espressione molto di frequente, bisognerà notare subito che la pronunciava nei modi più svariati e singolari. La faceva sentire, per esempio, buttando indietro la testa, arricciando il naso, spalancando la bocca, e remigando in aria con le mani, con un suono prolungato, nasale e metallico che rammentava la vibrazione d'un gong cinese; altre volte, prescindendo da numerose sfumature, la buttava là brevemente, per così dire tra parentesi, ed era forse più buffa ancora, perché il suo "ah" era sempre velato e nasale. Quel giorno fece udire un "ahah" breve, gaio, accompagnato da un tentennare nervoso della testa, che pareva provenisse da una straordinaria serenità di spirito... Ma non c'era da fidarsi, perché stava il fatto che il banchiere Kesselmeyer aveva un comportamento tanto più allegro quanto più era di umore pericoloso. Quando si espandeva in mille ahah, inforcava sul naso e lasciava ricadere gli occhiali, armeggiava con le braccia, ciarlava e non sapeva contenersi dal dire sciocchezze esagerate, si poteva essere sicuri che la perfidia gli bolliva dentro. Grünlich lo guardò tra le palpebre socchiuse con palese diffidenza.

«Così presto?» domando.

«Già...» rispose Kesselmeyer agitando nell'aria una delle sue mani piccole, rosse, rugose, come per dire: «Aspetta, caro, c'e una sorpresa per te!». «Ho bisogno di parlarle! Di parlarle senza indugio, mio caro!» Pronunciava le parole in modo veramente ridicolo, rigirandole nella bocca mobile e sdentata con uno sforzo esagerato; rotolava l'erre come avesse il palato spalmato di grasso. Le occhiate di Grünlich divennero ancor più diffidenti.

«Venga avanti, signor Kesselmeyer» disse Tony. «Si accomodi. Sono contenta che sia venuto... Stia a sentire. Lei farà da arbitro. Stavo litigando con Grünlich... Ora dica lei: una bambina di tre anni deve o non deve avere la bambinaia? Sentiamo.»

Ma Kesselmeyer pareva non l'ascoltasse nemmeno. Si era accomodato e, spalancando al massimo la bocca piccola e arricciando il naso, con l'indice si grattava le basette tagliate producendo un rumore irritante, mentre, al disopra degli occhiali, osservava con ilare sodisfazione la tavola elegantemente apparecchiata, il cestino d'argento per il pane, l'etichetta della bottiglia...

«Vede» continuò Tony «Grünlich afferma che lo rovino!»

A questo punto Kesselmeyer la guardò... poi guardò Grünlich... poi scoppiò in una risata inaudita. «Lei lo rovina?» esclamò. «Lei lo ro... lei dunque... lo rovina?... Oh che mondo! Molto divertente!... È una cosa molto, ma molto, molto divertente!» Dopo di che diede la stura a un profluvio di diversi "ahah".

Grünlich, visibilmente nervoso, si agitava sulla sedia. Ogni tanto si passava l'indice fra il colletto e il collo o si faceva scorrere fra le dita gli scopettoni giallo-oro.

«Kesselmeyer!» disse. «Via, si calmi! È ammattito? La smetta di ridere! Vuole un bicchiere di vino? Posso offrirle un sigaro? Si può sapere perché ride?»

«Perché rido?... Sì, sì, mi dia un bicchier di vino, mi dia un sigaro... Perché rido? A lei sembra dunque che la sua signora la rovini?»

«È troppo portata al lusso» affermò Grünlich seccato.

Tony non lo contestò. Appoggiata tranquillamente alla spalliera, le mani in grembo sui fiocchi di velluto della vestaglia, disse sporgendo il labbro di sopra: «Sono fatta così. È chiaro. L'ho preso dalla mamma. Tutti i Kröger sono portati al lusso».

Con la stessa tranquillità avrebbe dichiarato di essere sventata, irascibile, vendicativa. Il suo radicato senso della famiglia le rendeva quasi estranei i concetti della libera volontà, delle libertà di decisioni, e le faceva constatare e riconoscere con un fatalismo quasi indifferente le sue qualità, senza distinzione e senza ch'ella facesse neanche il tentativo di correggersi. Senza che se ne rendesse conto, era dell'opinione che ogni qualità, di qualsiasi natura, fosse ereditaria, fosse una tradizione di famiglia e, quindi, una cosa veneranda e in ogni caso rispettabile.

Grünlich aveva terminato di far colazione e il profumo dei due sigari si unì nell'aria al tepore della stufa.

«Non tira, Kesselmeyer?» domandò il padrone di casa. «Ne prenda un altro. Le verso un altro bicchiere di vino... Dunque, lei vuol parlare con me? È urgente? Importante?... Le pare che qui faccia troppo caldo?... Dopo scendiamo insieme in città... Del resto il salotto da fumo è più fresco...» Ma a tutte quelle premure Kesselmeyer rispondeva soltanto agitando una mano nell'aria come per dire: "Sono sforzi inutili, caro mio!".

Infine tutti si alzarono e, mentre Tony rimaneva nella sala

da pranzo per sorvegliare la cameriera che sparecchiava, Grünlich attraversò il piccolo studio col suo collega d'affari. Sopra pensiero, torcendo fra le dita la punta della basetta sinistra, precedeva a capo chino; agitando le braccia Kesselmeyer scomparve dietro di lui nel salotto per fumatori.

Passarono dieci minuti. Tony era entrata un momento nel salotto per spolverare personalmente col piumino il lucido piano di noce del minuscolo scrittoio e le gambe curve del tavolino e, attraversando la sala da pranzo, andò poi lentamente nella stanza di soggiorno. Camminava a passi lenti e dignitosi. Come M.me Grünlich, la demoiselle Buddenbrook aveva conservato evidentemente la piena coscienza di sé. Aveva il portamento eretto. Premeva soltanto un po' il mento sul petto e contemplava le cose dall'alto al basso. Tenendo in una mano il cestello delle chiavi graziosamente verniciato, infilata l'altra nella tasca della veste rossa, si compiaceva di quelle pieghe lunghe e morbide, mentre l'espressione ingenua e ignara delle sue labbra rivelava che tutto quell'atteggiamento dignitoso era in fondo perfettamente innocuo e infantile.

Nel salottino girava con un piccolo annaffiatoio di ottone per bagnare la terra nera delle piante. Le piacevano molto le palme che tanto contribuivano alla signorilità della casa. Palpava con cautela un virgulto nuovo presso un tronco grosso e rotondo, esaminava con tenerezza i ventagli maestosi delle foglie e mozzava ogni tanto con le forbici una punta ingiallita... A un tratto stette in ascolto. La conversazione nella stanza da fumo, che già da qualche minuto si era fatta vivace, assunse un tono così forte che si udiva ogni parola quantunque la porta fosse robusta e la tenda pesante.

«Non gridi così forte! Un po' di moderazione, santo Dio!» si udiva gridare Grünlich la cui voce debole non reggeva alla fatica ed era diventata stridula. «Su, prenda un altro sigaro!» continuò poi con cordialità disperata.

«Grazie, con molto piacere» rispose il banchiere: dopo di che seguì una pausa durante la quale Kesselmeyer evidentemente si serviva. Poi disse: «Insomma, vuole o non vuole? Una delle due!».

«Kesselmeyer, mi conceda una proroga!»

Ahah? No, no, mio caro. Non parliamone!» «Perché no? Perché s'inquieta così? Sia ragionevole, santo cielo! Ha aspettato tanto...»

«Non un giorno di più, caro mio! Ebbene, facciamo otto giorni, ma non un'ora di più! Chi vuole che abbia ancora fiducia in...»

«Niente nomi, Kesselmeyer!»

«Niente nomi, va bene. Chi vuole dunque che abbia fiducia nel suo beneamato signor...»

«Non facciamo allusioni! Dio santissimo, metta giudizio!»

«Va bene! Niente allusioni! C'è qualcuno che abbia ancora fiducia nella Ditta che sappiamo, dalla quale dipende il suo credito? Quanto ha perduto col fallimento di Brema? Cinquantamila? Settantamila? Centomila? Più ancora? Che fosse impegnata, impegnata fino al collo, lo sanno anche i passeri... È questione di umori. Ieri ancora... Va bene, non facciamo nomi. Ieri la Ditta che sappiamo era ancora in auge e copriva lei perfettamente da ogni difficoltà... Oggi è compromessa e Bendix Grünlich la segue per la stessa scia: è chiaro, vero? Lei non se n'accorge? Lei dev'essere il primo ad avvertire queste oscillazioni... Come le si viene incontro? Come è considerato? Bock e Goudstikker sono immensamente correnti e fiduciosi? Come si comporta la Banca di credito?»

«Concede le proroghe.»

«Ahah! Lei mente, vero? So benissimo che ieri, per la più corta, le ha dato una pedata! Una pedata molto incoraggiante, vero? Ora vede a che punto siamo! Ma non si vergogni: naturalmente lei fa il suo interesse cercando di farmi credere che gli altri continuano a esser tranquilli e sicuri come prima... Eh, caro mio! Scriva al console. Aspetterò una settimana.»

«Un acconto, Kesselmeyer!»

«Che acconto d'Egitto! Si accetta un acconto per assicurarsi provvisoriamente della solvibilità di qualcuno. Forse ch'io ho bisogno di fare esperimenti in questo campo? So fin troppo bene quanto lei è solvibile! Ahah... l'idea dell'acconto è molto, molto divertente...»

«Abbassi la voce, Kesselmeyer! E non rida continuamente così! La mia situazione è tanto seria... Sì, confesso, è seria, ma ho moltissimi affari in corso. Può darsi che si trovi una soluzione buona. Stia a sentire, mi ascolti: mi conceda la proroga e io le sottoscrivo il 20 per cento...»

«Chiacchiere, chiacchiere... roba da ridere, mio caro. Vede, io sono per la vendita a tempo debito. Lei mi ha offerto l'8 per cento e io ho prorogato. Mi ha offerto il 12 e il 16 per cento e ogni volta ho prorogato. Adesso potrebbe offrirmi il 40 e non penserei neanche lontanamente a concedere una proroga, neanche lontanamente, caro mio. Da quando i Fratelli Westfahl di Brema si sono rotti l'osso del collo, ognuno cerca di liberare i propri interessi dalla Ditta che sappiamo e di mettersi al sicuro... Ripeto, io sono per la vendita al momento giusto. Ho conservato le sue cambiali finché Johann Buddenbrook stava indubbiamente saldo. Nel frattempo potevo infatti aggiungere al capitale gli interessi arretrati e aumentare a lei le percentuali. Ma un affare lo si tiene in pugno soltanto finché è in aumento o per lo meno rimane sul sodo... Quando invece incomincia a scendere, si vende... insomma, io esigo il mio capitale.»

«Kesselmeyer, lei è uno spudorato!»

«Ahah, spudorato: molto divertente! Che cosa vuole infine? In ogni caso dovrà rivolgersi a suo suocero. La Banca di credito strepita, e del resto neanche lei può dirsi senza macchia...»

«Via, Kesselmeyer, la scongiuro, mi dia retta una buona volta! Sì, sono franco, confesso senz'altro che la mia situazione è grave. Lei e la Banca di credito non sono infatti i soli... Mi sono state presentate altre cambiali... tutti sembrano congiurati...»

«Ma si capisce. In queste circostanze... si fa piazza pulita...»

«Su, Kesselmeyer, mi ascolti! Mi faccia il santo piacere di accettare ancora un sigaro...»

«Ma se sono arrivato appena alla metà di questo! Mi lasci stare coi suoi sigari! Paghi piuttosto...»

«Kesselmeyer, non mi abbandoni in questo momento... Lei mi è amico, ha mangiato alla mia tavola...»

«E lei alla mia no?»

«Sì, sì... ma non mi neghi ora il suo credito!»

«Credito? Addirittura ancora il credito? Ma dove ha il cervello? Un nuovo prestito?...»

«Si, Kesselmeyer, la scongiuro... Poco, sa, una piccolezza! Tanto da poter fare un paio di pagamenti a destra e a sinistra, da dare qualche acconto per procacciarmi nuovamente rispetto e pazienza... Mi sorregga e vedrà che farà un affarone! Come ho detto, ho una quantità di affari in sospeso... tutto si risolverà per il bene... Lei sa che sono abile, attivo...»

«Sì, un ganimede è lei, un balordo! Vuol avere la squisita compiacenza di dirmi quali saranno le sue future trovate? Forse in qualche parte del mondo una banca che le metterà sulla tavola una manciata di quattrini? Oppure un altro suocero? No, no il colpo grosso lei l'ha già fatto! Sono cose che si fanno una volta sola. E tanto di cappello, lo riconosco...»

«Parli più piano, corpo del diavolo...»

«Lei è un bellimbusto! Sì, anche abile e attivo... ma sempre a favore degli altri. Lei è un uomo senza scrupoli, eppure non ne ha mai tratto un vantaggio. Ha commesso bricconate, ha arraffato capitali, soltanto per pagare a me il 16 invece che il 12 per cento. Ha buttato a mare tutta la sua onestà senza averne il minimo utile. Ha una coscienza da macellaio, eppure non è altro che un disgraziato, un minchione, un povero sciocco. Esiste anche gente così: ed è gente molto, ma molto divertente... Ma perché ha tanta paura di rivolgersi finalmente a quello che sappiamo? Forse perché non ci si troverebbe a suo agio? Perché quattro anni fa non tutto era liscio? Perché non tutto si è svolto in modo pulito? Teme forse che certe coserelle...»

«Va bene, Kesselmeyer, scriverò. Ma se lui rifiuta? Se mi pianta in asso?...»

«Oh, allora facciamo un piccolo fallimento, un fallimento molto divertente, mio caro! Per conto mio non è una cosa che mi preoccupi. Io per me ho già ricuperato all'incirca le mie spese con gli interessi che lei ha raspato qua e là... e sulla massa fallimentare ho la precedenza. Stia pur tranquillo che io non ci rimetto. Sono molto pratico di casa sua, carissimo amico. Posso dire di aver già in tasca l'inventario... Ahah, ci penserò io perché non si faccia sparire né un cestino d'argento, né una vestaglia...»

«Kesselmeyer, lei ha mangiato alla mia mensa...»

«Lasci stare la mensa! Fra otto giorni verrò a prendere la risposta. In città preferisco andare a piedi: un po' di moto mi farà molto bene. Buon giorno, caro! Tante buone cose.»

E Kesselmeyer si alzò per uscire; anzi, uscì addirittura. Dal corridoio Si udirono i suoi passi caratteristici, strascicati; certo remava, come al solito, con le braccia

Quando Grünlich entrò nello studiolo, Tony era là con l'annaffiatoio di ottone in mano e lo guardò negli occhi.

«Che fai costì? Perché mi guardi così?...» disse lui mostrando i denti, facendo gesti vaghi nell'aria e oscillando col busto. La sua faccia rosea non possedeva la capacità d'impallidire: era chiazzata di rosso come quella di un malato di scarlattina.

VII

Il console Johann Buddenbrook giunse alla villa alle due del pomeriggio; in mantello grigio da viaggio entrò nel salotto dei Grünlich e abbracciò sua figlia con una certa effusione dolorosa. Era pallido e pareva invecchiato. I suoi occhietti erano più infossati del solito, il naso sporgeva grande e tagliente tra le guance scarne, le labbra parevano diventate più sottili, e la barba, che da qualche tempo egli non portava più a basette discendenti dalle tempie fino a metà della guancia, ma gli cresceva invece, mezzo nascosta dal collettone rigido e dall'alta cravatta, sopra e sotto il mento, gli si era fatta grigia come i capelli.

Il console aveva passato giorni difficili, estenuanti. Thomas si era ammalato di emottisi; una lettera del signor van der Kellen ne aveva recato la notizia. Il babbo aveva lasciato gli affari nelle mani sicure del procuratore e, per la via più breve, si era recato ad Amsterdam. Era poi risultato che la malattia di suo figlio non rappresentava un pericolo immediato, ma era consigliabile fargli cambiar aria e mandarlo possibilmente al Sud, nella Francia meridionale; e siccome si era dato il caso che anche il figlio minore del principale aveva bisogno di un viaggio di riposo, i due giovani, appena Thomas poté mettersi in viaggio, erano partiti insieme per Pau.

Appena ritornato, il console era stato colpito da quella botta che per un istante aveva scosso la sua casa fin dalle fondamenta: quel fallimento a Brema, nel quale aveva perduto in un colpo solo 80.000 marchi... Com'era avvenuto? Le cambiali emesse al nome dei "Fratelli Westfahl" e scontate erano ritornate alla Ditta, poiché gli acquirenti avevano sospeso i pagamenti. Non che mancasse la copertura; la Ditta aveva mostrato che cosa poteva, l'aveva dimostrato senza esitazione, senza imbarazzo. Ma ciò non aveva impedito che il console assaporasse quell'improvvisa freddezza, quel ritegno, quella diffidenza che simili disgrazie, simili indebolimenti del capitale sogliono provocare nelle banche, negli "amici", nelle ditte all'estero...

Ebbene, aveva affrontato il pericolo, si era risollevato, aveva tenuto testa e placato e regolato ogni cosa. Ed ecco, in mezzo alla battaglia, in mezzo a telegrammi, lettere, fatture, gli era caduta addosso quest'altra tegola: Grünlich, Bendix Grünlich, il marito di sua figlia, era insolvente e in una lunga lettera confusa e lamentosa pregava, implorava di concedergli una sovvenzione di 100-120.000 marchi! Il console ne aveva dato brevemente e con riguardo la notizia a sua moglie, aveva risposto alla lettera freddamente e senza prendere impegni, pregando il signor Grünlich di concedergli in casa sua un colloquio alla presenza del banchiere Kesselmeyer, ed era partito.

Tony lo ricevette nel salotto. Era la sua passione quella di ricever visite nel salotto tappezzato di seta marrone; e poiché, senza aver una visione ben chiara, sentiva la solennità e l'importanza di quei momenti, non fece eccezione neanche per il babbo. Aveva un aspetto sano, bello e serio, e portava un abito grigio chiaro guarnito di pizzi sul petto e ai polsi, con le maniche a campana e la gonna molto larga, secondo l'ultima moda, e un piccolo fermaglio di brillanti all'accollatura.

«Buon giorno, babbo, finalmente ti si rivede! Come sta la mamma? Hai buone notizie di Tom? Ma su, levati il pastrano, caro babbo, e accomodati! Vuoi fare un po' di toletta? Ho fatto preparare per te la camera dei forestieri... Anche Grünlich sta facendo toletta...»

«Lascialo pure, figliola, l'aspetterò qui. Tu sai che sono venuto per un colloquio con tuo marito... per un colloquio serio, molto serio, mia cara Tony. C'è il signor Kesselmeyer?»

«Sì, babbo, è di là e guarda l'album...»

«Èrika dov'è?»

«Disopra, con Thinka, nella stanza dei bambini. Sta bene. Ora fa il bagno alla bambola... beninteso non con l'acqua... È una bambola di cera... e sai, fa finta...»

«Si capisce.» Il console trasse un sospiro e continuò: «Non credo, figliola, che tu sia al corrente della situazione... della situazione di tuo marito...»

Si era seduto su una delle poltrone che erano intorno alla

tavola, mentre Tony si accomodava ai suoi piedi su uno sgabello formato da tre cuscini di seta messi di traverso l'uno sull'altro. Il console sfiorava con le dita i diamanti che sua figlia aveva al collo.

«No, babbo» rispose Tony «ti confesso che non ne so nulla. Tu sai bene che sono un'oca e non capisco niente. Ultimamente ho origliato un po' quando Kesselmeyer parlava con Grünlich.. ma alla fine mi è sembrato che Kesselmeyer facesse il buffone come al solito.. Sai, è sempre tanto ridicolo quando parla. Una o due volte afferrai anche il tuo nome...»

«Hai sentito fare il mio nome? A che proposito?»

«Non lo so proprio, caro babbo... Da quel giorno Grünlich è stato sempre aggrondato... Insopportabile, ti dico! Finché ieri... ieri era di umore dolcissimo e mi domandò almeno dieci o dodici volte se gli voglio bene, se nel caso dovesse rivolgerti una preghiera sarei disposta a mettere una buona parola...»

«Ah...»

«Già, e mi ha detto che ti aveva scritto e che saresti venuto. Sono felice che tu sia qui. Infatti ho un po' di paura... Grünlich ha preparato il tavolo col tappeto verde... Vi sono mucchi di carte e una infinità di matite... Là dovresti avere più tardi la seduta con lui e Kesselmeyer...»

«Senti, figlia mia» disse il console a«arezzandole i capelli. «Ora devo farti una domanda. È una cosa seria. Dimmi un po': tu lo ami, tuo marito, con tutto il cuore?»

«Certo, babbo» rispose Tony con una faccia così ingenuamente ipocrita come faceva a suo tempo quando le chiedevano: "Non farai mai più i dispetti alla bambolaia, vero, Tony?...". Il console tacque un momento.

«Tu lo ami» chiese poi «così che senza di lui non potresti vivere... in nessun caso, vero? anche se per volontà di Dio la sua situazione dovesse mutare, se dovesse trovarsi in condizioni da non poterti più circondare in avvenire di tutte queste cose...» ed eseguì con la mano un rapido gesto verso i mobili e le portiere della stanza, verso la pendola dorata sulla consolle e infine lungo il vestito di lei.

«Certo, babbo» ripeté Tony con quel tono consolante che assumeva quasi sempre quando le si parlava con serietà. Evitando il viso del babbo guardò la finestra, al di là della quale scendeva silenzioso e fine un velo di pioggia. Ella aveva negli occhi quell'espressione che hanno i bambini quando si leggono loro le favole e si commette la goffaggine di intercalarvi considerazioni generali sui doveri e la morale... Un misto d'imbarazzo e d'impazienza, di devozione e di stizza.

Il console la guardò muto, pensieroso, con le palpebre socchiuse, per un intero minuto. Era sodisfatto di quella risposta? A casa e durante il viaggio aveva ponderato ogni possibilità...

Si capirà facilmente che il primo e spontaneo pensiero di Johann Buddenbrook fu quello di far di tutto per evitare il versamento di qualsiasi somma a suo genero. Ma quando ricordò con quale insistenza, per non usare parole più forti, aveva patrocinato quel matrimonio, quando si richiamò alla memoria lo sguardo con cui sua figlia, dopo la cerimonia nuziale, aveva preso commiato domandandogli: "Sei contento di me?" allora dovette assoggettarsi a un senso piuttosto deprimente di colpa e dirsi che la questione doveva essere risolta secondo la volontà di lei. Egli sapeva benissimo che ella aveva accondisceso a quella unione non per amore, faceva però assegnamento sulla possibilità che i quattro anni, l'abitudine e la nascita della bambina avessero mutato molte cose e che ora Tony potesse sentirsi così legata anima e corpo al marito da respingere, per buone ragioni religiose e profane, l'idea di una separazione. In questo caso il console avrebbe dovuto adattarsi a sborsare qualunque somma. Il dovere cristiano e la dignità femminile esigevano bensì che Tony seguisse il marito anche nella sventura, ma se effettivamente ella avesse espresso questa decisione il padre non si sentiva di farle mancare, senza che lei ne avesse colpa, tutti quegli agi e quegli abbellimenti della vita ai quali era avvezza fin da bambina; e si sapeva in obbligo di evitare la catastrofe e di salvare Grünlich a ogni costo. Insomma, il risultato delle sue considerazioni era il desiderio di riprendersi in casa la figlia insieme con la bambina e di lasciare che il signor Grünlich andasse per la sua strada. Ma Dio avrebbe evitato la soluzione estrema. A ogni buon conto però il console rimuginava i paragrafi del codice che, nel caso d'incapacità del marito a mantenere la moglie e i figli, autorizzavano il divorzio. Prima di tutto però bisognava sentire come la pensava sua figlia...

«Vedo» disse continuando ad accarezzarle i capelli «vedo, cara figliola, che sei animata da buoni e lodevoli principi. Tuttavia... non posso credere che tu consideri le cose come purtroppo devono essere considerate: cioè come fatti reali. Io non ti ho chiesto che cosa faresti eventualmente in questo o in quel caso; ma che cosa farai adesso, subito, oggi stesso. Non so fino a qual punto tu conosca o intuisca la situazione... Ho quindi il triste dovere di dirti che tuo marito è costretto a sospendere i pagamenti e che non può più sostenersi nel mondo degli affari... Credo che tu mi capisca...»

«Grünlich fallisce?...» domandò Tony a voce bassa, sollevandosi un po' dallo sgabello e afferrando la mano del console.

«Sì, cara» rispose lui seriamente. «Non lo immaginavi?»

«Non immaginavo nulla di preciso...» balbettò. «Dunque, Kesselmeyer non faceva per scherzo...» soggiunse fissando gli occhi sul tappeto marrone. «Dio mio!» proruppe, e ricadde sul sedile. Solo in quel momento le si affacciò tutto il significato della parola "fallimento", tutto ciò che fin da bambina aveva provato di vago e terribile all'udire quella parola... Il fallimento!... Era una cosa più spaventevole della morte, era il disordine, il crollo, la rovina, la vergogna, il disonore, la disperazione e la miseria. «Grünlich fallisce!» ripeté. Era talmente colpita e schiantata da quella parola che non pensò alla possibilità di aiuto, nemmeno a un aiuto che potesse venire da suo padre. Egli la osservò con le sopracciglia inarcate sopra gli occhietti infossati che apparivano tristi e stanchi e pur tuttavia attentissimi.

«Ti ho dunque domandato» riprese con dolcezza «mia cara Tony, se saresti pronta a seguire tuo marito anche nella povertà...» ma tosto si rese conto che aveva scelto la dura parola "povertà" istintivamente come spauracchio; perciò soggiunse: Egli potrà ancora riprendersi...».

«Certo, babbo» rispose Tony. Ma ciò non le impedì di scoppiare in lacrime. E si mise a singhiozzare nel fazzolettino di batista orlato di pizzo che recava il monogramma A. G. Piangeva ancora come quando era bambina: d'un pianto spontaneo e senza riguardi. E il suo labbro superiore era ben commovente. Suo padre continuò a fissarla.

«Dici sul serio, Tony?» domandò. Era tanto perplesso quanto lei.

«Non devo forse?...» singhiozzò lei. «Devo certamente...»

«Nient'affatto!» esclamò lui con vivacità. Ma sentendosi colpevole rettificò: «Io certo non ti costringerei, cara Tony. Ammesso il caso che i tuoi sentimenti non ti legassero indissolubilmente a tuo marito...». Ella lo guardò senza comprendere, con gli occhi gonfi di lacrime.

«Come dici, babbo?»

Il console si contorse un po' e trovò una via d'uscita: «Mia cara figliola, puoi immaginare che sarebbe molto doloroso per me vederti esposta ai disagi e alle pene che deriverebbero dalla disgrazia di tuo marito, dalla rovina dell'azienda e della tua casa... Io avrei il desiderio di sottrarti a queste prime noie e di accogliere intanto in casa mia te e la nostra piccola Èrika. Spero che me ne sarai grata...»

Tony tacque un istante asciugandosi le lacrime. Soffiò a lungo nel fazzoletto e lo premette sugli occhi per evitare che s'infiammassero. Poi, senza alzar la voce, domandò risoluta: «Dimmi, babbo. Grünlich è colpevole? Cade in disgrazia per leggerezza e disonestà?».

«Molto probabilmente!» rispose il console. «Cioè... volevo dire... io non lo so di certo, figlia mia. Ti ho già detto che devo avere ancora una spiegazione con lui e col suo banchiere.»

Tony parve non prestasse attenzione a questa risposta. Curva sui tre cuscini di seta appoggiò il gomito sul ginocchio e il mento sulla mano e stette a guardare la stanza con occhi trasognati.

Oh, babbo» disse sottovoce, quasi senza muovere le labbra «non sarebbe stato meglio allora...?»

Il console non poteva vederla in viso: ma questo aveva la stessa espressione che aveva avuto in certe sere d'estate a Travemünde, quando ella stava appoggiata alla finestra della sua cameretta. Ora Tony aveva abbandonato un braccio sulle ginocchia del babbo, mentre la mano le pendeva inerte e senza sostegno. Anche quella mano esprimeva una devozione infinitamente malinconica e tenera, una dolce nostalgia piena di ricordi lontani.

«Meglio?...» fece il console Buddenbrook. «Se non fosse successo che cosa?»

Era cordialmente disposto a confessare che sarebbe stato meglio non concludere quel matrimonio.

Ma Tony si limitò a un sospiro: «Oh, niente». Sembrava tutta presa dai suoi pensieri, pareva fosse lontana di lì e avesse quasi dimenticato il "fallimento". Sicché il console si vide costretto ad esprimere ciò che avrebbe preferito sentirsi confermare.

«Credo d'indovinare il tuo pensiero, Tony» disse «e anch'io non esito a confessarti che in questo momento sono pentito del passo che quattro anni fa mi pareva saggio e vantaggioso. Ne sono pentito sinceramente. Credo di non essere colpevole davanti a Dio. Credo di aver fatto il mio dovere cercando di procurarti un'esistenza adeguata alla tua origine. Il cielo ha voluto diversamente... Non crederai che tuo padre abbia rischiato allora la tua felicità con leggerezza e senza riflessione. Grünlich si presentò fornito delle migliori raccomandazioni, come figlio di un pastore, come cristiano e uomo di mondo... In seguito cercai referenze commerciali sul suo conto e queste furono le più favorevoli che si potessero avere. Ho esaminato la situazione... ma ora tutto ciò è oscuro e non ancora chiarito. Però tu non mi accusi, vero?»

«Ma no, babbo, che dici? Via, non prendertela così a cuore, povero babbo... Sei molto pallido. Vuoi che vada a prenderti qualche goccia di cordiale?» Gli aveva buttato le braccia al collo e lo baciava sulle guance.

«Grazie, cara, grazie» disse lui. «Ora basta. Ti ringrazio. Ho passato giornate penose... Che cosa si deve fare? Ho avuto molte noie. Dio ci mette alla prova. Ma ciò non impedisce che di fronte a te io non mi senta del tutto senza colpa. Ora si tratta del quesito che ti ho già proposto e al quale tu non hai ancora dato una risposta sodisfacente. Sii sincera, Tony: in questi anni di matrimonio hai imparato ad amare tuo marito?»

Tony pianse di nuovo e coprendosi gli occhi col fazzolettino di batista singhiozzò: «Oh babbo, che domanda!... Io non l'ho mai amato... mi è sempre stato antipatico... tu lo sai...».

Non sarebbe facile ridire ciò che avveniva sul viso di Johann Buddenbrook. I suoi sguardi erano atterriti e mesti, ma egli stringeva tuttavia le labbra provocando agli angoli della bocca quelle pieghe che si manifestano quando uno conclude un buon affare. E disse con voce sommessa: «Quattro anni...».

Tony smise di lacrimare. Col fazzoletto umido in mano si rizzò e disse sdegnata: «Quattro anni... qualche sera si è seduto vicino a me a leggere il giornale, in questi quattro anni!...».

«Dio vi ha donato una bambina» osservò il console commovendosi.

«È vero, babbo, e a Èrika voglio molto bene... benché Grünlich asserisca che non voglio bene ai bambini. Non mi staccherei da lei a nessun costo... Ma Grünlich... Oh via, Grünlich... E ora per di più bancarotta! Senti, babbo, se vuoi condurmi a casa Èrika... Ma sì, con gioia! Adesso lo sai.»

Il console strinse nuovamente le labbra: era molto sodisfatto. Certo, bisognava toccare ancora il punto principale, ma egli arrischiava poco, data la risolutezza di Tony.

«Con tutto ciò» disse «non devi dimenticare, figlia mia, che l'aiuto sarebbe possibile... e precisamente da parte mia. Ti ho già confessato che di fronte a te non mi sento del tutto innocente... E nel caso... sì, nel caso che tu nutra questa speranza... che tu l'aspetti da me... interverrei, eviterei il fallimento pagherei bene o male i debiti di tuo marito e terrei in piedi l'azienda...»

La guardò attentamente, e l'espressione di Tony lo empì di sodisfazione. Il viso di lei esprimeva delusione.

«Di che somma si tratta?» domandò.

«Che importa la somma, figlia mia? Di una somma grossa, rilevante!» e il console Buddenbrook crollò alcune volte il capo come se il peso di quella somma lo facesse ondeggiare di qua e di là. «E poi non devo nasconderti che la Ditta, prescindendo da questo fatto, ha subìto perdite e che il versare questa somma rappresenterebbe un indebolimento, dal quale potrebbe risollevarsi con grandi difficoltà. Non lo dico per...»

Non poté finire. Tony era balzata in piedi, si era anzi ritirata di due passi, e tenendo sempre in mano il fazzolettino bagnato esclamò: «Sta bene. Basta. Mai!».

Aveva un atteggiamento quasi eroico. La parola Ditta aveva fatto colpo. Molto probabilmente era stata più efficace e decisiva che la stessa avversione contro Grünlich.

«Non lo farai, babbo!» esclamò come fuori di sé. «Vuoi fallire anche tu? Basta. Mai!»

In quell'istante la porta del corridoio si aprì lentamente e Grünlich entrò. Johann Buddenbrook si alzò con un gesto che esprimeva: tutto fatto.

VIII

Grünlich aveva il viso chiazzato di rosso, ma era vestito molto accuratamente. Portava una giacca nera, fine e seria, e calzoni color pisello, all'incirca come quando aveva fatto la prima visita nella Mengstrasse. Un po' avvilito si fermò e guardando a terra incominciò a dire con voce fievole e stanca: «Babbo...».

Il console fece un breve inchino e si raddrizzò la cravatta con un paio di colpetti energici.

«La ringrazio di essere venuto» soggiunse Grünlich.

«Era mio dovere, caro amico» replicò il console. «Ma temo che sarà l'unica cosa che io possa fare in questa faccenda.»

Il genero gli gettò una rapida occhiata e prese un atteggiamento ancor più desolato.

«Ho sentito» continuò il console « che il suo banchiere, il signor Kesselmeyer, ci aspetta. Che stanza ha destinato al nostro colloquio? Sono a sua disposizione...»

«Abbia la compiacenza di seguirmi» mormorò Grünlich.

Il console baciò sua figlia in fronte e le disse: «Vai su da tua figlia, Antonie!».

Poi s'incamminò con Grünlich che ora lo precedeva, ora lo seguiva e apriva le porte, attraverso la sala da pranzo, nella stanza di soggiorno.

Quando Kesselmeyer che stava in piedi presso la finestra si volse, i suoi capelli brizzolati e soffici come piume si sollevarono lievemente e ricaddero dolcemente sul cranio.

«Il banchiere Kesselmeyer... Il console Buddenbrook, mio suocero...» presentò Grünlich serio e modesto. La faccia del console era immobile. Kesselmeyer s'inchinò con le braccia spenzolanti e, puntando i due canini gialli contro il labbro superiore, disse: «Servo suo, signor console. Sono molto felice di avere il piacere. .»

«Voglia perdonare se l'abbiamo fatto aspettare, Kesselmeyer» disse Grünlich. Era tutto cortesia verso l'uno e verso l'altro.

«Veniamo all'argomento» fece il console guardando di qua e di là come cercasse qualcosa. Il padrone di casa si affrettò a dire: «I signori sono pregati...».

Mentre si passava nella stanza da fumo, Kesselmeyer chiacchierava allegramente. «Fatto buon viaggio, signor console? Ahah, ha piovuto? Brutta stagione, brutta, sudicia stagione! Se almeno ci fosse un po' di gelo, un po' di neve!... Invece no. Pioggia! Fango! Molto spiacevole...»

"Che strano tipo!" pensava il console.

Nel mezzo della piccola stanza dalla tappezzeria a fiorami scuri c'era una tavola piuttosto grande, quadrata, col tappeto verde. Fuori pioveva più forte. Era tanto buio che Grünlich accese subito le tre candele che erano sulla tavola dentro candelieri d'argento. Sul panno verde erano ammucchiate lettere d'affari azzurre coi timbri delle varie ditte, e carte gualcite, qua e là strappate, piene di date e firme. C'erano inoltre un libro mastro monumentale e un calamaio di metallo irto di matite e di penne d'oca ben temperate.

Grünlich faceva gli onori di casa con quei movimenti e con quei gesti calmi e rispettosi coi quali si trattano gli intervenuti a un funerale.

«Prego, babbo, prenda il seggiolone» disse dolcemente. «E lei, signor Kesselmeyer, vuole avere la cortesia di accomodarsi qui?»

Infine tutti furono a posto. Il banchiere era seduto di fronte al padrone di casa mentre il console stava nella poltrona dal lato più largo della tavola. La spalliera della poltrona toccava la porta del corridoio. Kesselmeyer s'inchinò, lasciò pendere il labbro inferiore, liberò dal groviglio dei cordoncini un paio d'occhiali e se lo cacciò sul naso spalancando la bocca. Poi si grattò con un rumore irritante le basette corte, posò le mani sulle ginocchia, guardò le carte e osservò allegramente:

«Ecco qua la bella sorpresa!»

«Lei permette che mi faccia un'idea più precisa della situazione?» disse il console allungando la mano verso il libro mastro. Ma Grünlich tese le mani sopra la tavola: due mani lunghe, tutte tremanti, rigate da grosse vene azzurre, ed esclamò con voce tremula: «Un momento! Un momento solo, babbo! Mi lasci premettere un'osservazione introduttiva! Sì, lei si farà un'idea, nulla sfuggirà al suo sguardo... Ma creda a me: lei riconoscerà la situazione di un infelice, non già di un colpevole! La prego, babbo, di vedere in me un uomo che ha lottato senza posa contro il destino, ma ne fu atterrato! In questo senso...»

«Vedrò, caro amico, vedrò da me» disse il console con evidente impazienza; e Grünlich ritirò le mani per lasciare che il destino seguisse il suo corso.

Passarono lunghi terribili minuti di silenzio. Alla luce irrequieta delle candele i tre uomini stavano l'uno accanto all'altro fra quelle quattro scure pareti. Non si udiva altro rumore che il frusciare della carta sotto le mani del console; e difuori la pioggia che cadeva. Kesselmeyer aveva infilato i pollici nel panciotto sotto le ascelle e suonava il pianoforte con le altre dita a ventaglio guardando l'uno e l'altro con la massima allegria. Grünlich, senza appoggiarsi allo schienale, teneva le mani sulla tavola, guardava conturbato nel vuoto e lanciava ogni tanto un'occhiata angosciosa verso il suocero. Il console sfogliava il mastro, seguiva con l'unghia colonne di numeri, confrontava date e segnava a matita su un foglietto le sue cifre minuscole e illeggibili. Il suo viso stanco esprimeva spavento di fronte alla situazione che gli si rivelava. Infine posò la sinistra sul braccio di Grünlich e disse commosso: «Poveretto!».

«Babbo...» gemette Grünlich. E il povero diavolo, degno di compassione, lasciò scorrere due grosse lacrime giù per le guance nei favoriti giallo-oro. Kesselmeyer seguì con molto interessamento la via percorsa da quelle due gocce; anzi si sollevò un poco, si sporse e fissò Grünlich a bocca aperta. Il console era addolorato e commosso. Reso tenero dalla disgrazia che aveva colpito lui stesso, si sentiva trascinato dalla pietà; ma tosto dominò i propri sentimenti.

«Com'è possibile?» disse scotendo il capo sconsolatamente.

«In così poco tempo!»

«Un giochetto!» rispose Kesselmeyer col solito buonumore.

«In quattro anni si può andare benissimo alla malora. Quando si pensa che fino a poco tempo fa i "Fratelli Westfahl" di Brema erano una ditta florida...»

Il console lo guardò socchiudendo gli occhi, ma senza vederlo né ascoltarlo. Infatti non aveva espresso il pensiero che in realtà lo tormentava. Perché, si chiedeva sospettoso e senza saper rispondere, perché accadeva proprio allora? Bendix Grünlich avrebbe dovuto trovarsi due o tre anni prima al punto dov'era: lo si capiva alla prima occhiata. Ma il suo credito era stato inesauribile, le banche gli avevano fornito il capitale, egli si era assicurato continuamente, per le sue imprese, le firme di case solide come quelle del senatore Bock e del console Goudstikker, e le sue cambiali avevano circolato come denaro contante. Ma perché proprio adesso, adesso (e il capo della Ditta "Johann Buddenbrook" sapeva bene che cosa intendeva per *adesso*) quel crollo da tutte le parti, quel ritiro totale di ogni fiducia come per un'intesa, quel concorde attacco contro Grünlich senza alcun riguardo e persino senza le comuni forme di cortesia? Il console sarebbe stato troppo ingenuo se non avesse saputo che l'autorità della sua casa aveva certamente favorito anche suo genero da quando si era fidanzato con Tony. Ma il credito di quest'ultimo era dipeso proprio così pienamente, così palesemente, così esclusivamente dal suo? Grünlich stesso non aveva dunque rappresentato nulla? E le referenze che il console si era fatto dare? i libri che aveva consultati?... Comunque fosse, egli era deciso più che mai a non múovere in questa faccenda neanche la punta di un dito. Si erano fatti i conti senza l'oste. Evidentemente B. Grünlich aveva saputo suscitare la convinzione che era solidale con Johann Buddenbrook. Questo errore, come sembrava, fin troppo diffuso doveva essere confutato una volta per sempre. E come si sarebbe meravigliato anche quel signor Kesselmeyer! Possedeva un briciolo di coscienza, quel pagliaccio? Era chiaro che aveva puntato spudoratamente sul fatto che lui, Johann Buddenbrook, non avrebbe abbandonato il marito di sua figlia; era chiaro che aveva continuato a far credito a Grünlich, a terra ormai da un pezzo, imponendogli però interessi sempre più esosi, da usuraio...

«Non importa» disse brevemente. «Veniamo a noi. Se devo dare il mio parere di commerciante, mi rincresce di dover notare che questa è la situazione d'un uomo disgraziato, è vero, ma anche profondamente colpevole.»

«Babbo...» balbettò Grünlich.

«Cotesta parola suona male alle mie orecchie!» disse il console con durezza. «Lei, signore» continuò rivolgendosi un attimo verso il banchiere «è creditore del signor Grünlich per sessantamila marchi...»

«Con gli interessi arretrati e con quelli che vanno aggiunti al capitale sono sessantottomila settecentocinquantacinque marchi e quindici scellini» rispose Kesselmeyer pacatamente.

«Benissimo. E in nessun caso lei sarebbe disposto a pazientare ancora?»

Kesselmeyer si mise semplicemente a ridere. Rideva a bocca aperta, a scatti, senza traccia di sarcasmo e anzi con una certa bonarietà, guardando in faccia il console come per invitarlo a fare altrettanto.

Gli occhietti infossati di Johann Buddenbrook si velarono e si cerchiarono improvvisamente di un orlo arrossato che arrivava fino agli zigomi. Aveva fatto quella domanda, così, per formalità, ben sapendo che la dilazione da parte di quell'unico creditore non avrebbe mutato gran che la situazione. Ma il modo in cui si vedeva respinto da quell'uomo lo umiliava e lo indispettiva profondamente. Con un rapido gesto allontanò da sé tutto quanto aveva davanti, depose con forza la matita sulla tavola e disse: «Allora dichiaro che non intendo di occuparmi più a lungo in alcun modo di questa faccenda».

«Ahah!» esclamò Kesselmeyer agitando le mani in aria. «Questo si chiama parlar chiaro, parlare come si deve. Il signor console mette a posto ogni cosa. Senza tante discussioni. In quattro e quattr'otto.»

Johann Buddenbrook non lo guardò nemmeno.

«Non posso far nulla per lei, caro amico» disse calmo a Grünlich. «La cosa deve procedere per la sua strada... non sono in condizioni di fermarla. Si faccia coraggio e cerchi forza e conforto in Dio. Devo considerare terminato il nostro colloquio.»

Era sorprendente vedere il viso di Kesselmeyer che assumeva un'espressione seria e pertanto molto strana; ma poi egli fece un cenno incoraggiante a Grünlich. Questi se ne stava immobile e continuava a torcersi le lunghe mani sulla tavola, facendo crocchiare le dita.

«Babbo... signor console...» disse con voce strozzata «lei non vorrà... non può volere la mia rovina, la mia miseria. Mi ascolti! Tutto sommato si tratta di un deficit di centoventimila marchi... Lei è ricco. Lei può salvarmi. Consideri questa somma come vuole... come transazione definitiva, come eredità di sua figlia, come prestito a interesse... Io lavorerò... lei sa che sono abile, attivo...»

«Ho detto la mia ultima parola» confermò il console.

«Permetta una domanda... lei forse non può?» gli domandò Kesselmeyer guardandolo attraverso le lenti e arricciando il naso. «Se potessi pregarla, signor console, di considerare... ecco, questa sarebbe precisamente una bellissima occasione per dimostrare la solidità della Ditta Johann Buddenbrook...»

«Egregio signore, lei farebbe bene a lasciare a me il compito di salvaguardare la reputazione della mia casa. Per dimostrare la mia solvibilità non ho bisogno di buttare il danaro nella prima pozzanghera che incontro...»

«Ma no, ma no! Ahah! Pozzanghera è un'espressione

molto divertente! Ma non crede, signor console, che l'insolvenza del suo signor genero potrebbe portare... potrebbe mettere... potrebbe gettare una luce falsa e sfavorevole anche sulla sua posizione?»

«Non posso far altro che raccomandarle ancora una volta di lasciare che ci pensi io al mio buon nome» osservò il console.

Grünlich guardò perplesso il suo banchiere e riprese a dire: «Babbo... per carità, pensi a quello che fa!... Si tratta forse di me solo? Oh io... io posso anche andare in rovina. Ma sua figlia, la mia donna che amo tanto, che mi sono conquistato con così ardua lotta... e la nostra bambina, la nostra creatura innocente... nella miseria anche loro! No, babbo, non potrei sopportarlo! Mi ucciderei. Sì, con queste mani mi toglierei la vita... mi creda! E possa poi il cielo assolvere lei da ogni colpa!»

Johann Buddenbrook stava appoggiato allo schienale della poltrona, pallido e col cuore in tumulto. Per la seconda volta i sentimenti di quell'uomo movevano all'assalto contro di lui, ed erano sentimenti che parevano proprio sinceri; di nuovo, come allora, quando aveva comunicato al signor Grünlich la lettera di sua figlia da Travemünde, era costretto a sentire quell'orribile minaccia, e di nuovo rabbrividiva per quell'appassionato rispetto della sua generazione di fronte ai sentimenti umani, quel rispetto che era sempre stato in conflitto col suo senso degli affari, freddo e pratico. Fu però un'incertezza che non durò più d'un secondo. "Centoventimila marchi..." ripeté fra sé, e soggiunse poi con voce tranquilla: «Antonie è figlia mia. Saprò impedire che soffra senza sua colpa».

«Che cosa vuol dire?...» domandò Grünlich diventando di sasso.

«Lo saprà a suo tempo» rispose il console. «Per ora non ho nulla da aggiungere.» E così dicendo si alzò, rimise a posto la poltrona con forza e s'avviò.

Grünlich rimase muto, rigido, costernato, e andava movendo le labbra senza riuscire a spiccicare una parola. A quel gesto conclusivo e definitivo del console, Kesselmeyer ritrovò invece la sua vivace allegria; anzi, questa crebbe ancora, sorpassò ogni limite e divenne terribile. Gli occhiali gli caddero dal naso che pareva risalisse fra gli occhi, mentre la bocca piccola, dalla quale sporgevano i due canini gialli e solitari, sembrava dovesse lacerarsi. Le piccole mani rosse remigavano nell'aria, i capelli soffici si agitavano e la faccia tutta contorta dalla gaiezza esagerata si era fatta color cinabro.

«Ahah!» gridò con voce stridula. «Questo è molto... molto divertente! Ma lei dovrebbe ripensarci, signor console Buddenbrook, prima di lasciar cadere nel fosso un esemplare di genero così carino e delizioso! Non è facile trovare su questa terra un secondo campione di tanta attività e abilità! Già! quattro anni fa, quando avevamo per la prima volta il coltello alla gola... la corda al collo... ah, come abbiamo strombazzato improvvisamente in Borsa il fidanzamento con Mademoiselle Buddenbrook, ancor prima che fosse concluso realmente... I miei rispetti! Ahah, tanto di cappello!...»

«Kesselmeyer!» urlò Grünlich e, facendo gesti convulsi per allontanare da sé un fantasma, si rifugiò in un angolo della stanza, sedette su una sedia nascondendo il viso fra le mani e si raggomitolò in modo che le punte dei favoriti gli toccavano le gambe. Un paio di volte tirò a sé persino le ginocchia.

«Ma come abbiamo agito allora?» continuava Kesselmeyer.

«Come abbiamo fatto per arraffare la figlioletta e gli ottantamila marchi? Oh, bisogna saper muoversi! Basta avere quattro soldi di attività e di abilità e tutto si assesta! Si presentano al signor babbo libri ben preparati, libri puliti e carini, dove tutto è in ordine... salvo che non corrispondono del tutto alla dura realtà... Poiché nella dura realtà tre quarti della dote vanno già a sconto delle cambiali!»

Il console era presso la porta pallido come un cencio e

stringeva la maniglia. Un brivido gli correva per la schiena. In quella stanzetta debolmente illuminata si trovava dunque insieme con un furfante e con un malvagio impazzito?

«Egregio signore, io respingo le sue parole» pronunciò con voce non molto sicura. «Respingo le sue folli calunnie, tanto più che colpiscono anche me... benché io non abbia reso infelice mia figlia per leggerezza. Ho assunto sul conto di mio genero informazioni fidate... Il resto fu la volontà di Dio.»

Si volse perché non voleva ascoltare altro e aprì la porta. Ma Kesselmeyer gli gridò dietro:

«Ahah! Informazioni! Di chi? di Bock? di Goudstikker? di Petersen? di Massmann & Timm? Erano tutti d'accordo. C'erano dentro tutti fino al collo! Ed erano ben lieti di mettersi al coperto con questo matrimonio...»

Il console uscì sbattendo la porta.

IX

Nella sala da pranzo Dora, la cuoca non perfettamente onesta, sbrigava le sue faccende.

«Prega la signora Grünlich di scendere» ordidò il console.

«Preparati, figlia mia» disse quando vide comparire Tony. E passò con lei nel salotto.

«Fai presto e in modo che anche Èrika sia subito pronta per il viaggio... andiamo in città... Pernotteremo all'albergo e domani andremo a casa.»

«Sì, babbo» rispose Tony. Era rossa in viso, stralunata e perplessa. Si aggiustava il vestito alla vita con gesti rapidi e inutili, senza sapere da che parte incominciare i preparativi e senza essere ancora persuasa della realtà di ciò che accadeva.

«Che cosa devo prendere, babbo?» domandò agitata. «Tutto? Tutti i vestiti? Un baule o due?... Grünlich fallisce davvero?... Dio mio! Ma allora posso prendere i miei gioielli?... Babbo, le ragazze devono andar via... Non posso più pagarle... Grünlich doveva darmi oggi o domani il denaro per le spese di casa...»

«Lascia stare! Queste cose saranno regolate qui. Prendi lo stretto necessario... Una sola valigia... piccola. Le cose tue te le manderanno poi. E spicciati, per favore. Abbiamo...»

In quel momento la porta si spalancò e Grünlich entrò nel salotto. A passi rapidi, allargando le braccia e chinando la testa nell'atteggiamento di uno che voglia dire: "Eccomi qua! Ammazzami, se vuoi! " corse verso la moglie e si buttò in ginocchio davanti a lei. Faceva pena. Aveva i favoriti giallo-oro tutti arruffati, la giacca gualcita, la cravatta fuori di posto, il colletto sbottonato e la fronte coperta di goccioline.

«Antonie!» esclamò. «Guardami... Hai un cuore nel petto, un cuore sensibile? Ascoltami... Tu vedi qui un uomo distrutto, rovinato, se... Un uomo che morirà di dolore, se respingi il suo affetto! Eccomi ai tuoi piedi... Avresti il coraggio di dirmi: Ti disprezzo... Ti abbandono?...»

Tony piangeva. Era esattamente come allora, nella stanza dei paesaggi. Di nuovo vedeva quel viso sconvolto dall'angoscia, quegli occhi che la imploravano, e di nuovo s'accorse con stupore e commozione che quell'angoscia e quella preghiera erano sincere e non simulate.

«Alzati, Grünlich» lo invitò singhiozzando. «Alzati, ti prego!» e tentò di rialzarlo prendendolo per le spalle. «Io non ti disprezzo. Come puoi dire?...» Senza sapere che cosa dovesse aggiungere si volse poi al babbo quasi cercando aiuto. Il console la prese per mano, fece un inchino al genero e si avviò verso la porta del corridoio.

«Te ne vai?» gridò Grünlich balzando in piedi.

«Le ho già detto» disse il console «che non posso assumermi la responsabilità di lasciare nella disgrazia la mia figliola innocente; e ora aggiungo che nemmeno lei può assumersi questa responsabilità. Sì, signore, lei si è giocato il diritto di possedere mia figlia. E ringrazi il Signore che ha conservato il cuore di questa creatura così puro e innocente da allontanarsi da lei senza disprezzo! Buon giorno.»

A questo punto Grünlich perdette la testa. Avrebbe voluto parlare di una breve separazione, del ritorno, di una vita nuova, e salvare così l'eredità; ma era arrivato agli sgoccioli della sua padronanza di sé, della sua attività e abilità. Avrebbe potuto prendere il grande piatto di bronzo infrangibile che era sulla consolle, ma prese invece il vaso di vetro sottile dipinto a fiorami che era accanto al piatto, e lo buttò per terra dove si ruppe in mille pezzi.

«Ah bene! Bravi!» gridò. «Vai pure! Credi che piangerò la tua perdita, oca che sei? No, mia cara, lei s'inganna. Ti ho sposata soltanto per il tuo denaro, ma siccome non era neanche lontanamente sufficiente, ritorna pure a casa tua! Sono stufo di te... stufo... stufo!»

Johann Buddenbrook condusse fuori sua figlia in silenzio. Ma rientrò ancora una volta da solo, si avvicinò a Grünlich che, con le mani dietro la schiena, stava alla finestra a guardare la pioggia, gli toccò lievemente una spalla e lo ammonì sottovoce: «Si calmi e preghi!».

X

Il palazzo della Mengstrasse restò immerso a lungo nel silenzio, dopo che M.me Antonie vi era ritornata con la sua bambina. Si camminava in punta di piedi e non si discorreva volentieri "di quella cosa"... tranne quando ne parlava la protagonista della faccenda, la quale vi si sentiva proprio nel suo elemento.

Tony occupò con Èrika le stanze al secondo piano dove avevano abitato a suo tempo, all'epoca dei vecchi Buddenbrook, i suoi genitori. Rimase un po' delusa quando suo padre non pensò neanche lontanamente a prenderle una cameriera personale, e passò una mezz'ora poco piacevole quando egli ebbe a spiegarle con dolcezza che per il momento le conveniva vivere ritirata e rinunciare alla vita in società, poiché, se anche secondo i concetti umani non era colpevole della sorte che Dio le aveva inflitto per prova, la sua situazione di signora separata dal marito le imponeva anzitutto il massimo riserbo. Tony però possedeva la bella dote di sapersi adattare a qualunque situazione con intelligenza e abilità, trovando il lato bello in ogni mutamento. Ben presto si compiacque della sua parte di donna colpita ingiustamente dalla sventura, si vestì di scuro, portò i bei capelli biondocenere lisciati come quando era ragazza, e si risarcì della mancanza di compagnia facendo, con grande aria di importanza e godendosi la serietà e la gravità della situazione, considerazioni sul proprio matrimonio, su Grünlich e sulla vita e il destino in genere.

Non tutti gliene offrivano l'occasione. È vero che sua madre era convinta che il console aveva agito correttamente e doverosamente; ma quando Tony incominciava a parlare, alzava un po' la bella mano bianca e diceva: «Assez, figliola. Non mi piace discorrere di questa faccenda».

Clara, che aveva soltanto dodici anni, non ne capiva nulla, e anche la cugina Thilde era troppo sciocca per capire. «Oh, Tony, che cosa triste!» Era tutto quanto aveva saputo dire allungando le vocali ed esprimendo il suo stupore. La giovane signora trovò invece una compagna attenta nella signorina Jungmann che aveva ormai trentacinque anni e poteva vantarsi di aver fatto i capelli grigi al servizio della più alta società.

«Non devi aver paura, Tony, bimba mia» diceva. «Sei ancora giovane, ti mariterai di nuovo.» Del resto si dedicava con amore e fedeltà all'educazione della piccola Èrika e le raccontava quelle stesse storie, quegli stessi ricordi che i figli del console avevano ascoltato quindici anni prima: specialmente la storia dello zio che a Marienwerder era morto di singhiozzo perché "gli si era spostato il cuore".

Di preferenza però Tony discorreva con suo padre dopo il

pranzo o la mattina alla prima colazione. I loro rapporti erano diventati di colpo più intimi che una volta. Fino allora, date la posizione di lui in città e la sua attività assidua, severa e rassegnata alla volontà di Dio, ella aveva provato per il padre più soggezione e rispetto che tenerezza; ma durante quel colloquio nel salotto di lei egli le si era avvicinato a quattr'occhi ed ella si era sentita piena d'orgoglio e commozione perché le aveva parlato con confidenza e serietà, perché aveva lasciato a lei la decisione e perché lui, così irraggiungibile, le aveva confessato quasi con umiltà che di fronte a lei non si sentiva del tutto senza colpa. Certamente Tony non sarebbe mai giunta da sé a questo pensiero; ma poiché era stato lui a pronunciarlo, ella vi credette, e perciò i suoi sentimenti erano diventati più teneri e affettuosi. Il console stesso non cambiò il proprio modo di vedere, e credeva ancora di dover compensare la sorte dolorosa della figlia con raddoppiato affetto.

Per parte sua Johann Buddenbrook non aveva preso nessun provvedimento contro il genero imbroglione. Tony e sua madre erano venute a sapere da certe allusioni a quali mezzi disonesti fosse ricorso il signor Grünlich per ottenere gli 80.000 marchi; ma il console si guardava bene dal mettere la cosa in pubblico o addirittura nelle mani della giustizia. Nel suo orgoglio di commerciante si sentiva molto offeso e masticava in silenzio l'umiliazione di essersi lasciato mettere nel sacco così scioccamente.

In ogni caso, appena avvenuto il fallimento della casa "B. Grünlich" (che del resto arrecava perdite rilevanti a parecchie ditte amburghesi), il console intentò senz'altro il processo di divorzio. E specialmente questo processo, il pensiero cioè che lei, proprio lei, si trovava al centro di un vero processo, diede a Tony un senso ineffabile di orgoglio.

«Padre mio» diceva (in colloqui di questo genere non lo chiamava mai babbo) «come procede la nostra questione? Credi che tutto andrà bene? Il paragrafo è lampante; l'ho studiato bene. Incapacità del marito a mantenere la famiglia... I giudici dovranno pur capire. Se fosse un figlio, lo terrebbe Grünlich...»

Un'altra volta disse:

«Ho riflettuto sugli anni del mio matrimonio. Ecco dunque perché il brav'uomo non voleva che abitassimo in città come io avrei tanto desiderato! Per questo dunque vedeva di malocchio se andavo in città e frequentavo qualche famiglia! Là il pericolo era maggiore che a Eimsbüttel, il pericolo che venissi a sapere in qualche modo gli impicci nei quali si trovava! Che mariolo!»

«Non dobbiamo giudicare, figlia mia» replicò il console.

Quando poi fu riconosciuto il divorzio, ella disse con gravità: «Padre mio, l'hai già registrato nelle carte di famiglia? Non ancora? Allora posso farlo io... Dammi, per piacere, la chiave dello scrittoio».

E con orgoglio notò sotto le righe che aveva scritto quattro anni prima: "Questo matrimonio fu legalmente sciolto nel febbraio del 1850".

Poi depose la penna e stette un momento a riflettere.

«Padre mio» disse «so bene che questo fatto rappresenta una macchia nella storia della nostra famiglia. Sai, ho riflettuto molto. È come se in questo libro ci fosse una macchia d'inchiostro. Ma stai tranquillo... Ci penserò io a cancellarla. Sono ancora giovane... Non ti pare che sono abbastanza carina? Anche se la signora Stuht rivedendomi mi disse: "Oh, madame Grünlich, com'è invecchiata!". Non posso mica rimanere per tutta la vita quell'oca che ero quattr'anni fa... La vita ti trascina inevitabilmente... Certamente mi sposerò di nuovo. Vedrai che con un nuovo partito rimetteremo tutto a posto. Non ci credi?»

«Queste cose sono nelle mani di Dio. Ma non sta bene parlarne adesso.»

Tony prese in quel tempo il vezzo di ripetere continuamente "come accade nella vita"... e alla parola "vita" alzava gli occhi con graziosa gravità per far capire che aveva visto a fondo nella vita e nel destino umano...

La tavola nella sala da pranzo si allungò ancora e, quando Thomas ritornò a casa da Pau nell'agosto di quell'anno, Tony ebbe frequenti occasioni di chiacchierare. Essa amava e venerava quel fratello che fin dalla sua partenza da Travemünde aveva intuito e valutato il suo dolore e che doveva essere in avvenire il principale della Ditta, il futuro capo della famiglia.

«Sì, sì» disse lui «noi due, Tony, ne abbiamo già passate di tutti i colori...» e sollevava un sopracciglio, spostava la sigaretta russa da un angolo della bocca all'altro, e pensava probabilmente alla piccola fioraia dal tipo malese che poco tempo prima aveva sposato il figlio della padrona, e ora gestiva per proprio conto il negozio di fiori nella Fischergrube.

Thomas Buddenbrook, ancora un po' pallido, aveva un aspetto molto elegante. Sembrava che quegli ultimi anni avessero completato la sua educazione. Con quei capelli spazzolati in rilievo sopra le orecchie, coi baffi molto appuntiti alla moda francese e tenuti orizzontali con le schiacce, e con la persona piuttosto grossa e dalle spalle larghe, aveva un aspetto quasi marziale. Ma le vene azzurrine e troppo visibili alle tempie sottili, che i capelli lasciavano libere formando due insenature, come pure una lieve tendenza al tremito febbrile, che il buon dottor Grabow cercava invano di combattere, indicavano che non era di costituzione particolarmente robusta. In alcune particolarità fisiche, come il mento, il naso e specialmente le mani, le vere mani dei Buddenbrook, la sua somiglianza col nonno si era fatta ancor più evidente.

Parlava un francese misto di voci spagnole e faceva stupire tutti con la sua predilezione per certi autori moderni di carattere satirico e polemico. In questo punto trovava comprensione nell'accigliato mediatore Gosch, mentre suo padre lo riprovava decisamente.

Ma ciò non impediva che gli si leggessero negli occhi l'orgoglio e la gioia di possedere quel figlio. Poco dopo il suo ritorno lo introdusse di nuovo commosso negli uffici dove egli stesso riprese a lavorare con maggior soddisfazione: e precisamente dopo la morte della vecchia M.me Kröger, avvenuta alla fine dell'anno.

Bisognava sopportare con coraggio la perdita della vecchia signora. Aveva raggiunto un'età molto avanzata e negli ultimi tempi era vissuta in solitudine. Era spirata nel Signore e i Buddenbrook ereditarono un bel mucchio di denaro, 100.000 talleri tondi tondi, che rappresentarono un benvenuto consolidamento del capitale dell'azienda.

Un'altra conseguenza di quella morte fu che Justus, il cognato del console, appena si trovò in mano il resto dell'eredità, stanco dei suoi continui insuccessi commerciali, liquidò l'azienda e si mise a riposo. Justus Kröger, il *suiter*, il figlio gaudente del cavaliere *à la mode*, non era un uomo fortunato. Con la sua volubilità e con la vita frivola non era mai arrivato a una posizione solida e sicura nel mondo degli affari, aveva dilapidato in anticipo una parte notevole dell'eredità paterna e, come non bastasse, Jakob, il suo primogenito, gli aveva procurato seri grattacapi.

Questo giovane, che pareva si fosse scelto nella grande Amburgo una compagnia di scapestrati, era costato al padre con l'andar degli anni un mucchio enorme di quattrini e siccome, al rifiuto del console Kröger di versarne ancora, sua moglie, donna debole e troppo tenera, mandava di nascosto altre somme di denaro al figlio dalle mani bucate, tra i due coniugi erano sorti dolorosi dissensi. Per coronare l'impresa, circa nell'epoca in cui B. Grünlich aveva sospeso i pagamenti era successo ad Amburgo, dove Jakob Kröger era impiegato nella ditta "Dalbeck & C.", anche un altro fatto, un fatto spiacevole... C'era stata un'appropriazione, un affare losco... Non se ne parlò e non si rivolsero domande a Justus Kröger; ma si venne a sapere che Jakob aveva trovato un posto di viaggiatore a Nuova York e che presto si sarebbe imbarcato. Una volta, prima della partenza, lo si vide in città dov'era venuto probabilmente per chieder denaro alla madre, oltre alla somma occorrente per il viaggio che aveva già ricevuta dal babbo: era un giovanotto, vestito con ricercatezza e di aspetto malsano.

Insomma, si era arrivati al punto che il console Justus parlava soltanto di “mio figlio”, come se avesse un unico erede... e alludeva a Jürgen, il quale non si era reso colpevole di nessuna infrazione, ma appariva d’intelligenza limitata. Aveva terminato il liceo a gran fatica e da qualche tempo viveva a Jena dove si dedicava allo studio della legge, ma, a quanto pareva, senza entusiasmo e senza profitto.

Johann Buddenbrook seguiva con dolore lo sviluppo poco onorevole della famiglia di sua moglie e riponeva tanto maggiori speranze nei propri figli. Aveva ogni motivo per nutrire la massima fiducia nella bravura e nella serietà del primogenito; Christian invece, come aveva scritto Mr. Richardson, aveva imparato bensì molto bene la lingua inglese, ma non dimostrava sufficiente interessamento agli affari e nutriva una grande passione per le distrazioni della capitale, come per esempio il teatro. Christian stesso palesava nelle sue lettere un vivo bisogno di viaggiare e insisteva nel chiedere il permesso di cercarsi un posto “laggiù”, vale a dire nell’America del Sud, eventualmente nel Cile. «Ma cotesta è smania di avventure» osservò il console, e gli ordinò di completare per il momento in un quarto anno la sua cultura mercantile presso Mr. Richardson. Si ebbe ancora uno scambio di lettere sui suoi progetti e, nell’estate del 1851, Christian Buddenbrook fece vela per Valparaiso, dove si era procacciato un impiego. Partì direttamente dall’Inghilterra, senza prima tornare a casa.

Ma, prescindendo dai due figli maschi, il console notava con grande sodisfazione come Tony difendesse con risolutezza e con piena coscienza di sé la suá posizione di discendente dei Buddenbrook... quantunque si fosse dovuto prevedere che come divorziata avrebbe avuto da vincere la gioia maligna e ogni sorta di prevenzioni da parte delle altre famiglie.

«Oh!» esclamava ritornando tutta rossa dalla passeggiata e buttando il cappello sul sofà nella stanza dei paesaggi.

«Quella Möllendorpf, nata Hagenström, quella Semlinger, quella Julchen, quel tipetto... lo sai, mamma? non mi saluta... No, no, ti dico, non mi saluta! Aspetta che saluti io per prima. Che te ne pare? Nella Via Larga le sono passata accanto a testa alta e l'ho guardata negli occhi...»

«Vai troppo oltre, Tony... Tutto ha un limite. Perché non hai voluto salutare per prima Madame Möllendorpf? Avete la stessa età e lei è maritata come lo eri tu...»

«Mai, mamma! Quella gentaglia!»

«*Assez*, mia cara. Parole così volgari...»

«Oh, qualche volta si perde la pazienza!»

La sua avversione contro quella "famiglia di vagabondi" era alimentata dall'idea che gli Hagenström potessero sentirsi autorizzati a guardarla dall'alto in basso, e non meno dalla fortuna che assecondava quella famiglia. Il vecchio Heinrich morì al principio del '51, e suo figlio Hermann... quello dei panini e dello schiaffo, amministrava a fianco del signor Strunck la floridissima azienda di esportazioni, e dopo un anno sposò la figlia del console Huneus, l'uomo più ricco della città, che col commercio del legname era arrivato al punto da poter lasciare due milioni a ciascuno dei tre figli. Suo fratello Mauritius, sebbene fosse debole di polmoni, aveva compiuto gli studi con insolito profitto e aperto in città uno studio legale. Passava per testa fina, per uomo astuto e spiritoso, e si formò subito una vasta cerchia di clienti. Nell'aspetto non aveva niente dei Semlinger, ma aveva il viso giallo e i denti appuntiti e difettosi.

Nella famiglia stessa bisognava tener gli occhi aperti. Da quando lo zio Gotthold aveva lasciato gli affari e, con le sue gambe corte e i calzoni larghi, viveva tranquillo nella sua modesta abitazione prendendo ogni tanto da una scatola di latta una caramella per la tosse, perché gli piacevano molto i dolciumi, i suoi sentimenti verso il fratellastro preferito si erano fatti con gli anni sempre più moderati e rassegnati, la qual cosa però non escludeva che di fronte alle sue tre figlie nubili provasse una certa segreta sodisfazione per la disavventura matrimoniale di Tony. Sua moglie, poi, una Stuwing, e specialmente le tre ragazze che avevano ormai ventisei, ventisette e ventotto anni, tutte dimostravano per la sventura della cugina e per il processo di divorzio un interessamento quasi esagerato e molto più vivo di quello che avevano dimostrato a suo tempo per il fidanzamento e per il matrimonio. Nei "ritrovi di famiglia" che si tenevano di nuovo, dopo la morte della vecchia M.me Kröger, ogni giovedì nella Mengstrasse, Tony non si trovava in una situazione facile di fronte a loro.

«Oh, poverina!» diceva Pfiffi, la minore, che era piccola e grassa e aveva un modo buffo di scrollarsi a ogni parola e di inumidirsi le labbra. «La sentenza è dunque pronunciata? Sicché sei al punto di prima...»

«Oh, al contrario!» esclamava Henriette che, come la sorella maggiore, era straordinariamente alta e magra. «Sei anzi in una situazione più triste che se non ti fossi mai sposata.»

«È proprio vero» confermava Friederike. «Allora è molto meglio non sposarsi mai.»

«No, no, cara Friederike» diceva Tony reclinando la testa e cercando una risposta possibilmente abile ed efficace. «Questa volta sei in errore. Io ho almeno avuto occasione di conoscere la vita, capisci? Non sono più un'oca. E d'altro canto ho sempre maggiori probabilità di sposarmi ancora che parecchie altre di farlo per la prima volta.»

«Davvero?» esclamavano le tre cugine a una voce in tono pungente e incredulo.

Sesemi Weichbrodt invece era tanto buona e educata che non accennava nemmeno a quell'argomento. Tony andava qualche volta a far visita alla sua maestra nella casetta rossa, in Mühlenbrink, n. 7, che era sempre animata da alcune ragazze, quantunque la pensione incominciasse a poco a poco a passar di moda; e anche la brava vecchia zitella era ogni tanto invitata nella Mengstrasse ad assaggiare un arrosto di capriolo o un'oca ripiena. Allora si alzava sulla punta dei piedi e commossa baciava Tony sulla fronte con un lieve schiocco espressivo. La sua non dotta sorella, M.me Kethelsen, aveva incominciato a diventar sorda molto rapidamente e non aveva capito quasi nulla delle vicende di Tony. Al momento meno opportuno faceva sentire la sua risata sciocca e quasi lamentevole da tanto che era cordiale e ingenua, di maniera che Sesemi era costretta continuamente a battere sulla tavola e a richiamare all'ordine "Nally!".

Gli anni passarono. L'impressione prodotta in città e nella famiglia dalla disavventura della figlia del console Buddenbrook andò sempre più affievolendosi. Tony stessa si ricordava di rado del suo matrimonio, soltanto quando scopriva sul viso della piccola Èrika, che veniva su sana e vispa, qualche rassomiglianza con Bendix Grünlich. Ma aveva ripreso a vestirsi di chiaro, portava di nuovo i capelli arricciati sulla fronte e frequentava come una volta le case dei conoscenti.

Tuttavia era ben contenta che le venisse offerta l'occasione di lasciare la città per qualche tempo durante l'estate... perché purtroppo le condizioni di salute del console rendevano necessari lunghi soggiorni di cura.

«È una brutta faccenda invecchiare!» diceva. «Mi faccio una macchia di caffè sui calzoni e non ci posso passare un po' d'acqua fredda senza buscarmi i reumatismi... Ben altro si poteva permettersi in altri tempi!» Soffriva anche talvolta di vertigini.

Andarono a Obersalzbrunn, a Ems e Baden-Baden, a Kissingen, donde iniziarono persino un viaggio tanto istruttivo quanto divertente per Norimberga e Monaco, attraverso il Salisburghese per Ischl fino a Vienna e, toccando Praga, Dresda, Berlino, ritornarono a casa; e per quanto nelle stazioni balneari M.me Grünlich dovesse assoggettarsi a una cura severa per via di una debolezza di stomaco nervosa, della quale aveva incominciato a soffrire, quei viaggi erano per lei una gradita distrazione, poiché non nascondeva affatto che a casa un pochino si annoiava...

«Oh, babbo, sai bene come accade nella vita» diceva guardando il soffitto pensierosa. «Certo, la vita l'ho conosciuta... ma appunto per questo non mi piace l'idea di dovermene stare sempre in casa come una sciocca. Non crederai, spero, che non stia volentieri con voi, babbo... meriterei le busse, sarebbe la più nera ingratitudine! Ma sai come accade nella vita...»

Soprattutto si seccava dello spirito bigotto che empiva, sempre più acuto, la vasta casa paterna, poiché le tendenze religiose del console si manifestavano sempre più, via via che egli invecchiava e i suoi acciacchi aumentavano; e anche sua moglie diventando più vecchia aveva incominciato ad affezionarsi a quelle vedute. In casa Buddenbrook si erano sempre recitate le preghiere prima dei pasti; ora però da qualche tempo era invalso l'obbligo per tutta la famiglia di raccogliersi la mattina e la sera. insieme con la servitù, nella stanza della colazione per ascoltare dalle labbra del padrone di casa un brano della Bibbia. Inoltre di anno in anno si avevano visite più frequenti di pastori evangelici e missionari, poiché l'illustre casa patrizia della Mengstrasse, dove tra parentesi si mangiava così bene, era nota da molto tempo come un porto ospitale nel mondo del clero luterano e riformato, delle missioni interne ed esterne; e da tutte le parti del paese arrivavano signori vestiti di nero, coi capelli lunghi, per trattenersi là qualche giorno, ben sicuri di trovarvi pie conversazioni, qualche pasto abbondante e aiuti sonanti per scopi pii. Anche i predicatori della città andavano e venivano da buoni amici di casa...

Tom era troppo riservato e prudente per far scorgere sia pure un sorriso; Tony invece si burlava di loro, anzi purtroppo si dava da fare per rendere ridicoli quei reverendi appena se ne offriva l'occasione.

Talvolta, quando sua madre soffriva di emicrania, toccava ad Antonie badare alla casa e dare le disposizioni in cucina. Un giorno, mentre era ospite un predicatore di fuori, il cui appetito destava la meraviglia di tutti, ella ordinò maliziosamente la zuppa di lardo, il piatto speciale della città, cioè un minestrone di cavoli inaciditi nel quale si fondeva e mescolava tutta la colazione: prosciutto, patate, susine acerbe, pere da cuocere, cavolfiore, piselli, fagioli, rape e altre cose, con succo di frutta: un piatto che nessuno al mondo poteva gustare se non vi era avvezzo fin da piccolo.

«Buono? Le piace, signor pastore?» domandava Tony continuamente. «No? Oh Dio, chi lo avrebbe pensato!» e faceva una faccia da scapaccioni, agitando lievemente la punta della lingua sul labbro superiore, come quando escogitava una birbonata.

Il grosso reverendo depose rassegnato il cucchiaio e disse innocentemente:

«Vuol dire che farò onore alla prossima portata.»

«Già, ci dev'essere un piccolo contorno» intervenne subito la moglie del console... poiché di "prossima portata" non si poteva discorrere dopo quella zuppa, e malgrado alcune fette di pan fritto con gelatina di mele il reverendo scorbacchiato dovette alzarsi da tavola con la fame, mentre Tony ridacchiava fra sé e Tom si sforzava di non ridere sollevando un sopracciglio...

Un'altra volta Tony se ne stava chiacchierando nel vestibolo con Trine la cuoca, allorché il pastore Mathias di Kannstatt, che era di nuovo in casa per qualche giorno, suonò il campanello, di ritorno da una passeggiata. Trine andò ad aprire con quel suo passo ondeggiante da contadina, e il pastore per rivolgerle una parola gentile e sottoporla anche a un piccolo esame le domandò cortesemente: «Vuoi bene al Signore?». Forse aveva l'intenzione di farle qualche regaluccio, se avesse confermato la sua fede nel Redentore.

«Sì, signor pastore» disse Trine esitando un po' e facendosi rossa in viso. «Ma quale intende? Il vecchio o il giovane?»

M.me Grünlich non fece a meno di riferire a tavola l'episodio, di modo che persino sua madre scoppiò a ridere nella maniera caratteristica dei Kröger. Il console invece guardava nel piatto, serio e indignato.

«Un malinteso...» disse il pastore Mathias confuso.

XI

Ciò che segue accadde verso la fine dell'estate del '55, una domenica nel pomeriggio. I Buddenbrook erano seduti nella stanza dei paesaggi e aspettavano il console che, disotto, stava ancora vestendosi. Si era fissato un appuntamento con la famiglia Kistenmaker per una gita domenicale a un ristorante fuori porta. Tutti, all'infuori di Clara e Klothilde, che ogni domenica sera andavano in casa di un'amica a far calze per i piccoli negri, avevano intenzione di prendere il caffè laggiù e, tempo permettendo, di fare una remata sul fiume.

«Il babbo ci fa disperare!» esclamò Tony scegliendo, come al solito, una parola piuttosto forte. «Che non possa mai esser pronto al momento stabilito? Se ne sta alla scrivania... deve finire questo e quello... Santo cielo, può esser anche necessario, non dico di no... per quanto non credo che si arriverebbe al fallimento se deponesse la penna un quarto d'ora prima. E poi... quando è dieci minuti in ritardo, si ricorda dell'appuntamento e sale la scala di corsa a tre gradini per volta, per quanto sappia che arriva congestionato e col cuore in gola... Sempre così, prima di ogni visita! Perché non regola il suo tempo? Non potrebbe muoversi un po' prima e far le cose adagio? È ingiustificabile. Senti, mamma, se fosse mio marito, gli farei una predica sul serio...»

Tony portava un abito di seta cangiante all'ultima moda ed era seduta sul sofà accanto alla madre, la quale a sua volta si era messa un abito di seta a coste grigio e pesante, guarnito di pizzi neri. I nastri della cuffia di tulle rigido e merletti, legata sotto il mento con un fiocco di raso, le cadevano sul petto. I capelli lisci erano, come sempre, d'un biondo rosso. Fra le mani, bianche e delicatamente venate d'azzurro, teneva una *pompadour*. Accanto a lei c'era Tom in poltrona, il quale fumava una sigaretta, mentre Clara e Thilde erano sedute presso la finestra. Era un fatto veramente inesplicabile quello di Klothilde che faceva ogni giorno pasti così buoni e abbondanti senza nessun risultato: diventava sempre più magra, e il suo abito nero senza forma non donava affatto a quella magrezza. In mezzo al viso lungo e terreo, sotto i capelli lisci e color cenere spiccava il suo naso dritto e poroso che s'ingrossava verso la punta.

«Credete che pioverà?» disse Clara. Aveva l'abitudine di non alzare mai la voce nelle domande e guardava tutti in viso con un'espressione decisa e piuttosto severa. Il suo abito marrone non aveva altra guarnizione che un collettino rovesciato, bianco e inamidato, e i polsini allo stesso modo. Sedeva dritta con le mani in grembo. La servitù la temeva più degli altri, e a lei erano affidate le devozioni mattutine e serali perché il console non poteva più leggere senza che gli venisse il mal di testa.

«Tony, prendi per questa sera la tua mantellina?» domandò di nuovo. «Avremo la pioggia: peccato per la mantellina nuova. Secondo me, dovreste rimandare la passeggiata...»

«No» ribatté Tom. «Vengono i Kistenmaker. Non importa... il barometro è sceso improvvisamente... ci sarà un piccolo temporale... un rovescio... Ma non dura. Il babbo non è ancora pronto. Potremo quindi aspettare finché sia passato.»

Sua madre alzò una mano. «Tom, credi che verrà un temporale? Tu sai che mi fa paura.»

«No, no» disse Tom. «Questa mattina ho parlato al porto col capitano Kloot. Quello è infallibile. Avremo soltanto un acquazzone... senza neanche vento forte.»

Quella seconda settimana di settembre aveva portato la canicola in ritardo. Col vento di sud-est, l'estate aveva gravato sulla città peggio che in luglio. Il cielo d'un turchino insolito aveva brillato sopra i tetti, giallognolo all'orizzonte come nei deserti; e dopo il tramonto le case e i marciapiedi delle strade simili a stufe avevano emanato un calore opprimente. Ora il vento si era deciso per il ponente e il barometro era sceso all'improvviso. Ancora una gran parte del cielo era azzurra, ma vi montava lentamente una folla di nuvole grige grosse e morbide come guanciali.

Tom soggiunse: «D'altro canto la pioggia sarebbe un bene.

Si morirebbe d'affanno, se dovessimo camminare con quest'aria. È un calore contro natura. Non mi è mai capitato una cosa simile a Pau...».

In quel momento entrò Ida Jungmann tenendo per mano la piccola Èrika. La bimba portava un abitino di cotone stirato di fresco, diffondeva un odore di amido e sapone ed era alquanto buffa. Aveva la stessa carnagione rosea e gli stessi occhi di Grünlich; il labbro superiore invece era quello di Tony.

La buona Ida era già tutta grigia, quasi bianca, benché avesse appena passato la quarantina. Ma era un particolare ereditario; anche suo zio, quello che era morto di singhiozzo, aveva i capelli bianchi già a trent'anni. Gli occhietti castani di Ida, del resto, erano vivaci, devoti e attenti. Era ormai da vent'anni coi Buddenbrook e sentiva con orgoglio di essere indispensabile. Le era affidata la sorveglianza sulla cucina, sulla dispensa, sul guardaroba e sulle porcellane, faceva gli acquisti più importanti, leggeva i libri alla piccola Èrika, le cuciva gli abiti per la bambola, lavorava con lei e a mezzogiorno, provvista di un pacchettino di panini imbottiti, andava a prenderla a scuola per portarla alla passeggiata sui bastioni. Le signore dicevano alla signora Buddenbrook e a sua figlia: «Che brava signorina ha trovato! Vale tant'oro quanto pesa, glielo dico io. Vent'anni! E a sessanta e più in là sarà ancora in gambe. Quella gente lì ha le ossa robuste... e poi quegli occhi così buoni! La invidio proprio, cara signora». Ma Ida Jungmann sapeva anche chi era. Quando sui bastioni una qualunque domestica veniva a sedersi sulla stessa panca col bambino affidatole e stava per attaccar discorso, madamigella Jungmann diceva: «Èrika, qui c'è corrente» e si allontanava.

Tony trasse a sé la figliola e la baciò sulle guancine rosee, dopo di che la nonna le porse la mano con un sorriso distratto: infatti stava osservando ansiosamente il cielo che si faceva sempre più buio. Con la sinistra tamburellava sul cuscino del sofà e i suoi occhi chiari guardavano irrequieti dalla finestra.

Èrika ebbe il permesso di sedersi accanto alla nonna, e Ida si accomodò su una sedia senza appoggiarsi alla spalliera e incominciò a lavorare all'uncinetto. Così stettero un po' tutti in silenzio in attesa del console. L'aria era afosa. Difuori, l'ultimo lembo di azzurro era scomparso e il cielo grigioscuro sembrava abbassato, pesante e gravido. I colori della stanza, le tinte dei paesaggi della tappezzeria, il giallo dei mobili e delle tendine erano spenti, le sfumature dell'abito di Tony non apparivano più, e gli occhi delle persone sembravano senza luce. E il vento, il vento di ponente che fino a quel momento aveva arruffato gli alberi intorno alla chiesa di Santa Maria e sollevato in piccoli vortici la polvere della strada buia, si era calmato. Per un attimo ci fu un grande silenzio.

E allora d'un tratto avvenne una cosa paurosa, nel silenzio. L'afa parve raddoppiata, l'atmosfera sembrò esercitare una pressione rapidamente aumentata nello spazio di un secondo, una pressione che turbava il cervello, stringeva il cuore, impediva il respiro... Giù nella strada una rondine volò così bassa da toccare il selciato con le ali... E quella pesantezza inesplicabile, quella tensione, quella crescente oppressione dell'organismo sarebbe diventata insopportabile se fosse durata ancora una frazione di secondo, se, raggiunto il colmo, non fosse avvenuta subito una distensione, non si fosse verificato un trapasso... un piccolo strappo liberatore che avvenne in qualche luogo impercettibilmente e che pure si credette di udire... se in quello stesso momento, quasi senza una preventiva caduta di gocce, non fosse scrosciata la pioggia in modo da far spumeggiare l'acqua nelle gore e farla rimbalzare dai marciapiedi...

Thomas, che la malattia aveva abituato a osservare le manifestazioni dei propri nervi, si era chinato in quello strano secondo, aveva portato una mano alla fronte e buttato via la sigaretta. Si guardò in giro per vedere se anche gli altri l'avessero sentito e notato. E gli parve di scorgere qualche cosa nella mamma; gli altri non si erano accorti di nulla. Ora la signora Buddenbrook guardava la pioggia che cadeva a torrenti e velava la chiesa di Santa Maria, e sospirò: «Sia ringraziato il cielo!».

«Bene» fece Tom. «Questa rinfresca in due minuti. Là fuori gli alberi saranno tutti sgocciolanti: prenderemo il caffè sulla veranda. Thilde, per piacere, apri la finestra.»

Il rumore della pioggia entrò più sonoro. Era addirittura un fragore. Un frusciare, un diguazzare, un ruscellare e spumeggiare. Il vento si era levato di nuovo e investiva allegramente i fitti veli d'acqua, lacerandoli e disperdendoli. A ogni minuto la frescura aumentava.

In quella arrivò di corsa la domestica Line e irruppe nella stanza così precipitosamente che Ida Jungmann esclamò in tono di rimprovero: «Che maniera, dico io!...».

Line, spalancando gli occhi azzurri inespressivi, mosse le labbra, ma non riuscì a parlare per un po'...

«Ah signora, venga, venga subito... Dio mio, che spavento ho preso!...»

«Brava» esclamò Tony «avrà rotto di nuovo qualche cosa! Magari la porcellana più fine! Mamma, il tuo personale...»

Ma la ragazza balbettò angustiata: «No, no, signora Grünlich... fosse soltanto questo... è invece il padrone, e io volevo portargli le scarpe... e il signor console è nel seggiolone e non può parlare e continua a tirare il fiato, e mi sembra che non stia bene perché il signor console è troppo...».

«Da Grabow!» gridò Thomas spingendola fuori.

«Dio mio, Dio mio!» gridò la moglie del console premendo le mani giunte contro una guancia e uscendo di corsa...

«A prendere Grabow... con una carrozza... subito!» ripeté Tony senza fiato. Tutti scesero la scala a precipizio, e attraverso la sala da pranzo entrarono nella camera.

Ma Johann Buddenbrook era già spirato.

Il Claridge's [illegible]

[illegible]

Parte quinta

I

«Buona sera, Justus» disse la vedova del console. «Stai bene? Accomodati.»

Il console Kröger la abbracciò teneramente e strinse la mano alla nipote maggiore che era pure presente nella sala da pranzo. Aveva ora circa cinquantacinque anni e si era fatto crescere, in aggiunta ai baffetti, due basette tonde, che lasciavano libero il mento ed erano tutte grige. Sulla pelata larga e rosea erano tirate accuratamente due strisce di capelli radi. Sulla manica della giacca elegante portava una grande fascia nera.

«Sai l'ultima novità, Bethsy?» domandò. «Già, Tony, anche a te interesserà particolarmente. Il nostro terreno davanti alla rocca è stato venduto. A chi? Non già a una persona sola, ma a due, sicché verrà diviso, la casa verrà demolita, vi si tirerà uno steccato divisòrio e poi il commerciante Benthien costruirà un canile a destra, il commerciante Sorenson un canile a sinistra... e ti saluto.»

«Inaudito!» esclamò la signora Grünlich giungendo le mani in grembo e alzando gli occhi al soffitto. «Il terreno del nonno! Così la proprietà è bell'e sciupata. La sua attrattiva consisteva appunto nell'estensione... che, a dire il vero, era superflua... ma questa era la sua signorilità. Il vasto giardino... fin giù al Trave... e la casa arretrata col viale d'accesso, con gl'ippocastani... E ora lo dividono. Benthien starà sulla soglia a fumar la pipa da una parte e Sörenson dall'altra. Ti saluto! dico anch'io, zio Justus. Si vede che non c'è più nessuno abbastanza signore per possedere il terreno intero. Meno male che il nonno non è qui a vedere...»

Il lutto gravava ancora nell'aria troppo seriamente perché Tony potesse esprimere la sua indignazione con parole più forti ed energiche. Era il giorno dell'apertura del testamento, due settimane dopo la morte del console, alle cinque e mezzo del pomeriggio. La vedova Buddenbrook aveva invitato suo fratello affinché partecipasse con Thomas e col signor Marcus, il procuratore, a una discussione sulle disposizioni del defunto e sulla situazione patrimoniale; e Tony aveva comunicato la sua decisione di prender parte anche lei alle conversazioni. Questo interessamento, così aveva detto, lo doveva tanto alla Ditta quanto alla famiglia, e perciò si sforzò di conferire alla riunione un carattere di seduta, di consiglio di famiglia. Aveva chiuso le tende delle finestre e, nonostante le due lampade a paraffina che ardevano sulla tavola allungata e coperta d'un tappeto verde, aveva acceso per sovrabbondanza tutte le candele dei grandi candelabri dorati. Aveva anche distribuito sulla tavola una gran quantità di fogli e di matite temperate, le quali nessuno sapeva veramente a che cosa dovessero servire.

L'abito nero le donava una snellezza da fanciulla e, quantunque fosse quella che forse più di tutti sentiva il dolore per la perdita del console, al quale era stata così vicina negli ultimi tempi, quantunque il giorno stesso pensando a lui fosse scoppiata già due volte a piangere amaramente, l'attesa del piccolo consiglio di famiglia, della piccola seria conversazione alla quale intendeva di partecipare con tutta la sua dignità, poté arrossare le sue belle guance, animare il suo sguardo, dare ai gesti un tono festoso e solenne. Sua madre invece, disfatta dallo spavento, dal dolore, dalle mille formalità del lutto e del funerale, aveva un aspetto sofferente. Il suo viso, incorniciato dai pizzi neri della cuffia, ne risaltava ancor più pallido e gli occhi celesti erano scialbi. Ma nei capelli rossi e lisci non si scopriva ancora nessun filo bianco... Era ancora l'effetto della tintura di Parigi o era già la parrucca? Questo lo sapeva soltanto madamigella Jungmann, la quale non lo avrebbe rivelato nemmeno alle donne della famiglia.

Seduti alla tavola da pranzo aspettavano che Thomas e il signor Marcus salissero dagli uffici. Le divinità dipinte spiccavano bianche e superbe sui loro zoccoli contro lo sfondo celeste.

La signora Buddenbrook disse: «Il fatto è questo, mio caro Justus... Ti ho pregato di venire... ecco, per farla breve, si tratta di Clara. Il mio povero Jean ha lasciato a me la scelta del tutore che la ragazza deve avere ancora per tre anni. So che a te non piace caricarti d'incombenze; hai i tuoi doveri verso tua moglie, verso i tuoi figli...».

«Verso mio figlio, Bethsy.»

«Va bene, va bene, Justus, ma bisogna essere cristiani e aver cuore. "Come noi li rimettiamo ai nostri debitori", è detto. Pensa al Padre nostro che è nei cieli.»

Suo fratello la guardò un po' meravigliato. Fino allora aveva sentito parlare così soltanto il console defunto.

«Insomma» proseguì lei «si può dire che questo incarico affettuoso non implica seccature di sorta... Perciò vorrei pregarti di assumere la tutela.»

«Volentieri, Bethsy, lo faccio molto volentieri. Potrei vedere la pupilla? È un po' troppo seria, quella cara figliola...»

Clara, mandata a chiamare, avanzò lentamente, pallida e vestita di nero, movendosi con doloroso ritegno. Dopo la morte del babbo aveva passato quasi tutto il tempo pregando in camera sua. Aveva gli occhi scuri immobili; sembrava irrigidita nel dolore e nel timor di Dio.

Lo zio Justus, galante com'era, le andò incontro e quasi s'inchinò mentre le stringeva la mano; poi le rivolse alcune parole buone ed ella uscì, dopo aver ricevuto dalla madre un bacio sulle labbra immobili.

«Come sta il buon Jürgen?» domandò ancora Bethsy. «Si trova bene a Wismar?»

«Sì, bene» rispose Justus Kröger rimettendosi a sedere con una scrollatina di spalle. «Credo che abbia trovato il suo posto. È un bravo ragazzo, Bethsy, un ragazzo d'onore; ma... dopo esser stato bocciato due volte all'esame, la miglior soluzione... La giurisprudenza non gli piaceva e l'impiego alle poste di Wismar mi sembra accettabile... Di' un po': ho sentito che Christian ritorna.»

«Sì, Justus, ritornerà e Dio lo protegga sull'oceano! È un viaggio interminabile. Per quanto gli abbia scritto il giorno dopo la morte di Jean, a quest'ora non ha ancora ricevuto la lettera e poi il veliero impiegherà circa due mesi. Ma è necessario che venga, io ne ho tanto bisogno, Justus! Tom dice che Jean non gli avrebbe mai permesso di lasciare il suo posto a Valparaiso... Ma dimmi tu: sono quasi otto anni che non lo vedo! E in queste circostanze! Li voglio tutti intorno a me in questi momenti gravi... Per una mamma è naturale...»

«Certo, certo!» confermò il console Kröger vedendo che le spuntavano le lacrime.

«Adesso anche Tom è d'accordo» soggiunse lei «poiché Christian dove starebbe meglio che nell'azienda del suo povero babbo, nell'azienda di Tom? Potrà rimanere qui, lavorare qui... D'altro canto temo che laggiù gli faccia male il clima...»

Accompagnato dal signor Marcus, Thomas Buddenbrook entrò nella sala. Friedrich Wilhelm Marcus, da moltissimi anni procuratore del console defunto, era un uomo di alta statura e portava la giacca marrone col lutto al braccio. Parlava a voce molto bassa, esitante, era un po' balbuziente; pesava ogni parola per un minuto secondo e si passava spesso l'indice e il medio della sinistra tesi sui baffi incolti che gli coprivano il labbro, oppure si fregava le mani a lungo girando intorno gli occhi castani con aria preoccupata, sicché sembrava tutto confuso e assente mentre invece era attento e guardingo.

Thomas Buddenbrook, così giovane e già principale della grande casa commerciale, dimostrava nel viso e nel portamento un pronunciato senso di dignità; ma era pallido e specialmente le sue mani (a un dito gli brillava ormai il grande anello di famiglia con la pietra verde) erano bianche come i polsini che gli sbucavano dalle maniche nere, di un pallore gelido che rivelava quanto fossero fredde e asciutte. Quelle mani, le cui unghie ovali ben curate tendevano verso una tinta azzurrina, sapevano assumere in certi momenti, in certe posizioni di convulsa incoscienza, un'espressione indescrivibile di sensibilità ostile e di ritegno quasi morboso, un'espressione che fino allora era stata estranea e mal si adattava alle mani piuttosto larghe e borghesi, anche se ben modellate, dei Buddenbrook.

Il primo pensiero di Tom fu di aprire la porta della stanza dei paesaggi per far entrare nella sala il calore della stufa che vi ardeva dietro la grata di ferro battuto. Poi strinse la mano al console Kröger e sedette alla tavola dirimpetto al signor Marcus, guardando con un certo stupore e con un sopracciglio alzato la sorella Tony. Ma lei buttò indietro la testa e premette il mento sul petto in maniera che Tom represse ogni osservazione sulla presenza di sua sorella.

«Sicché non possiamo dire ancora "signor console"!» disse Justus Kröger. «I Paesi Bassi, caro vecchio Tom, sperano dunque invano che tu li rappresenti?»

«Sì, zio Justus. Ho creduto meglio... Vedi. avrei potuto assumere subito il consolato con tanti altri obblighi... Ma prima di tutto sono ancora giovane... e poi ho parlato con lo zio Gotthold, il quale è stato ben lieto di accettare.»

«Hai fatto bene, caro figliolo. Ottima politica... Veramente *gentlemanlike*.»

«Signor Marcus,» disse la signora Bethsy «mio caro signor Marcus!» e gli porse la mano rivolgendogli la palma che egli strinse guardandosi in giro con la solita soggezione. «L'ho pregata di salire... lei sa già di che cosa si tratta, e io so che è d'accordo con noi. Il mio povero marito nelle sue ultime volontà ha espresso il desiderio che, dopo la sua morte, lei metta a servizio della Ditta la sua devota e fedele capacità, non più come collaboratore estraneo, ma come socio...»

«Sì, signora» rispose Marcus. «La prego di essere persuasa che so apprezzare con gratitudine l'onore che mi viene da quest'offerta, perché i mezzi che potrò impiegare nella Ditta sono troppo modesti. Davanti a Dio e agli uomini non saprei fare di meglio che accettare con animo grato l'offerta sua e del suo signor figlio.»

«Va bene, Marcus, io la ringrazio con tutto il cuore per la sua condiscendenza ad assumersi una parte della grande responsabilità che per me sarebbe forse troppo grave.» Così parlò Thomas rapidamente e quasi con indifferenza, porgendo la mano al socio col quale era già d'accordo, sicché si trattava soltanto di una formalità.

«Compagno, rubaguadagno!... Ma voi due certamente saprete smentire il motto!» disse il console Kröger. «E ora, ragazzi, vediamo un po' la situazione. Per parte mia non ho che da badare alla dote della mia pupilla; tutto il resto non mi riguarda. Bethsy, hai una copia del testamento? E tu, Tom, un conteggio per sommi capi?»

«Ce l'ho in testa» disse Thomas: e facendo oscillare la matita d'oro sulla tavola, guardando verso la stanza dei paesaggi, incominciò a spiegare la situazione.

Il fatto era che il patrimonio lasciato dal console era più considerevole di quanto si fosse sospettato. Certo, la dote della figlia maggiore era andata perduta, il danno subìto dalla Ditta in occasione del fallimento di Brema nel '51 aveva rappresentato una botta grave. Anche il '48 e il presente '55, con le guerre e le rivoluzioni, avevano causato perdite. Ma la partecipazione dei Buddenbrook all'eredità di 400.000 marchi lasciati dai Kröger aveva avuto la sua importanza, poiché Justus s'era mangiato in anticipo molto della sua parte (ben 300.000): e quantunque Johann Buddenbrook, come fanno i commercianti, avesse sempre pianto miseria, le perdite erano state controbilanciate da un guadagno di 30.000

talleri in circa quindici anni. Il patrimonio ammontava dunque, a parte la proprietà fondiaria, a 750.000 marchi in cifra tonda.

Persino Thomas, che pure era iniziato all'andamento degli affari, era stato lasciato all'oscuro da suo padre su questa cifra, e mentre sua madre accolse la notizia con calma e discrezione, mentre Tony guardava davanti a sé con dignità graziosa e ignara, pur non potendo celare un dubbio angoscioso come per chiedere: "è molto? moltissimo? siamo gente ricca?", mentre il signor Marcus si fregava le mani adagio e in apparenza distratto, e il console Kröger si annoiava visibilmente, la cifra da lui pronunciata lo empiva d'un orgoglio nervoso e impaziente che poteva quasi parere dispetto.

«Da gran tempo dovremmo aver raggiunto il milione!» disse con voce soffocata dall'agitazione, mentre gli tremavano le mani. «Il nonno ai suoi tempi migliori aveva già 900.000 marchi a sua disposizione. E quanti sforzi dopo di allora, quanti successi, quanti bei colpi di fortuna! Poi la dote della mamma, l'eredità della mamma! Ma purtroppo la continua dispersione... Si sa, è nella natura delle cose; perdonate se in questo momento parlo soltanto dal punto di vista della Ditta, senza pensare alla famiglia... Le doti, i pagamenti allo zio Gotthold e a Francoforte, le centinaia di migliaia che si dovettero sottrarre all'azienda... E allora si trattava di due soli fratelli del principale... Insomma, Marcus, avremo abbastanza da fare!»

Il desiderio di agire, di vincere, di essere potente, la smania di afferrare la fortuna per i capelli illuminò i suoi occhi di un baleno rapido e violento. Egli si sentiva addosso gli occhi di tutto il mondo che era in attesa per constatare se avrebbe saputo aumentare il prestigio della Ditta e della vecchia famiglia, o almeno conservarlo. Alla Borsa incontrava spesso le occhiate indagatrici di vecchi uomini d'affari gioviali, scettici e un po' ironici, che sembravano chiedere: "Sarai poi capace di spuntarla, figlio mio?". Ed egli pensava: "La spunterò!...".

Friedrich Wilhelm Marcus si tregò le mani con calma, mentre Justus Kröger esclamava:

«Calma e sangue freddo, mio vecchio Tom! I tempi non sono più quelli di quando tuo nonno era fornitore dell'esercito prussiano.»

Seguì un'ampia conversazione sulle grandi e piccole disposizioni del testamento, una conversazione alla quale presero parte tutti e in cui il console Kröger rappresentava il buonumore poiché continuava a parlare di Thomas come di "Sua Altezza il Principe ormai regnante". «Il terreno dei magazzini rimane, secondo la tradizione, alla Corona» diceva.

Come ben si comprendeva, il testamento stabiliva che possibilmente si tenesse tutto il patrimonio unito, istituiva la signora Elisabeth Buddenbrook erede universale e fissava che tutto il patrimonio rimanesse investito nell'azienda; a questo punto il signor Marcus fece notare che, come socio, egli veniva ad aumentare il capitale di 120.000 marchi. Come patrimonio privato era fissato per il momento l'importo di 50.000 marchi per Thomas e una somma uguale per Christian, nel caso che desiderasse di rendersi indipendente. Justus Kröger rizzò le orecchie quando si arrivò a questo passo: "Lascio al beneplacito della mia diletta consorte di fissare la dote alla mia amatissima figlia minore Clara nel momento in cui dovesse maritarsi".

«Facciamo 100.000» propose Kröger appoggiandosi allo schienale, accavallando le gambe e arricciandosi con tutte e due le mani i baffetti grigi. Era la munificenza fatta persona. Si finì invece per stabilire la somma tradizionale di 80.000 marchi.

«Nel caso in cui la mia amatissima figlia maggiore Antonie dovesse rimaritarsi" era detto in seguito "in considerazione del fatto che ha già avuto 80.000 marchi per le prime nozze, l'importo da assegnarle non dovrà superare i 17.000 talleri..." La signora Antonie spinse in avanti le braccia con un gesto tanto grazioso quanto agitato e facendo scorrere indietro le maniche guardò il soffitto ed esclamò: «Ah, Grünlich!». Pareva un grido di guerra, quasi uno squillo di tromba. «Sa, signor Marcus, come sono andate le cose?» domandò. «Stavamo un pomeriggio tranquillamente nel giardino... davanti al "portale"... lei sa, signor Marcus, il nostro "portale". Bene. E chi compare? Un tale coi favoriti color oro... Che mariolo!»

«Bene» intervenne Thomas. «Del signor Grünlich parleremo dopo. D'accordo?»

«Sì sì, va bene, ma ammetterai anche tu, Thomas, che sei un ragazzo intelligente, e io ne ho fatto l'esperienza, dico, quantunque fino a poco tempo fa fossi ancora molto ingenua, ammetterai che nella vita non sempre s'incontrano l'onestà e la giustizia...»

«Già» disse Tom. E si continuò a discorrere, si scese ai particolari, si prese nota delle disposizioni testamentarie sulla grande Bibbia di famiglia, sui bottoni coi diamanti del console, su tanti piccoli argomenti... Justus Kröger e il signor Marcus si trattennero a cena.

II

Ai primi di febbraio del 1856, dopo otto anni di assenza, Christian Buddenbrook ritornò nella sua città natale. Arrivò con la diligenza di Amburgo, vestito di un abito giallo a quadretti che gli dava un'aria spiccatamente tropicale, portò con sé uno spunzone di pesce spada e una lunga canna da zucchero e accolse, tra impacciato e distratto, gli abbracci di sua madre.

Mantenne lo stesso atteggiamento anche quando, la mattina dopo il suo arrivo, la famiglia si recò al cimitero passando dalla porta della rocca per deporre una ghirlanda sulla tomba del console. Stettero tutti uniti sul viottolo coperto di neve dinanzi alla grande lastra sulla quale i nomi dei sepolti facevano corona intorno allo stemma di famiglia scolpito in pietra, davanti alla croce di marmo rizzata al margine della cinta di piante nel loro nudo aspetto invernale; c'erano tutti, tranne Klothilde che si era recata alla "Disgrazia" per assistere il padre malato.

Tony posò la ghirlanda sulle lettere dorate, da poco incastrate nella lastra, che formavano il nome del babbo, e s'inginocchiò poi, nonostante la neve, per pregare sottovoce; era avvolta nello scialle nero, e l'ampia gonna le ricadeva intorno in pieghe pittoresche. Dio solo poteva sapere quanta parte di dolore e religiosità e quanta di compiacimento ci fosse in quell'atteggiamento scultorio della bella donna. Thomas non era in vena di indugiare a pensarci. Christian invece guardò la sorella con un misto di ironia e di timore, come per dire: "Te ne assumi anche la responsabilità? Non ti troverai in imbarazzo al momento di alzarti? Situazione penosa!". Tony alzandosi sorprese quello sguardo, ma non si mostrò per niente imbarazzata. Buttò indietro la testa, si rassettò il velo e il vestito e si avviò dignitosa e sicura con evidente sollievo di Christian.

Se il defunto console, col suo fanatico amore per Dio e il Crocifisso, era stato il primo della sua stirpe a conoscere e nutrire sentimenti eccentrici, non comuni e non borghesi, i suoi due figli erano certo i primi Buddenbrook che paventassero la libera e ingenua manifestazione di siffatti sentimenti. Certamente Thomas aveva superato la morte di suo padre con una sensibilità più dolorosa di quella con cui, per esempio, il nonno aveva sofferto la perdita del proprio genitore. Tuttavia non s'inginocchiava sulla tomba, non si era mai buttato come sua sorella Tony sopra una tavola per singhiozzare come un bambino, e gli riuscivano sommamente penose le parole grosse frammiste alle lacrime, con le quali Madame Grünlich soleva elogiare tra l'arrosto e le frutta le qualità morali e la personalità del babbo perduto. Di fronte a tali sfoghi egli manteneva una serietà riguardosa, un silenzio rassegnato, un riserbo che si limitava a fargli chinare la testa... E proprio quando nessuno rammentava il defunto o pensava a lui, i suoi occhi si empivano lentamente di lacrime, ma senza che si mutasse l'espressione del volto.

Christian era diverso. Alle effusioni ingenue e infantili di sua sorella egli non sapeva contentarsi; si chinava sul piatto, dimostrava il bisogno di rannicchiarsi e la interrompeva spesso con un sommesso e penoso: «Oh Dio... Tony» mentre arricciava il grosso naso.

Anzi, appena il discorso cadeva sul defunto, egli si mostrava irrequieto e impacciato e pareva che temesse ed evitasse, non solo le inopportune manifestazioni di sentimenti profondi e solenni, ma anche questi sentimenti stessi.

Nessuno l'aveva visto ancora versare una lacrima per la morte del babbo. La lunga assenza non era una spiegazione sufficiente. Strano però era che, in contrasto con la sua avversione contro tali discorsi, prendesse sovente la sorella Tony in disparte a quattr'occhi per farsi raccontare con evidenza e in tutti i particolari gli avvenimenti di quel tremendo pomeriggio: Madame Grünlich infatti era quella che sapeva raccontare con maggior vivacità.

«Dunque aveva l'aspetto giallo?» domandò per la quinta volta. «E che cosa gridò la domestica quando si precipitò nella sala?... Tutto giallo era?... E non ha potuto dir niente prima di morire?... Che cosa disse la ragazza? E proprio non riusciva a fare altro che "ua... ua..."?» E tacque, tacque a lungo, mentre i suoi occhietti rotondi e incavati erravano veloci e pensierosi per la stanza. «Orribile!» esclamò poi, scosso da un brivido, mentre si alzava da sedere. E si mise a passeggiare, con gli occhi sempre pensosi e irrequieti, mentre Tony si meravigliava che il fratello, il quale per inesplicabili ragioni sembrava si vergognasse quando lei rimpiangeva il babbo ad alta voce, ripetesse invece con una specie di tragica pensosità i suoni emessi dal moribondo che con grande fatica era riuscito a farsi ripetere da Line, la domestica.

Non si poteva dire che Christian si fosse fatto più bello. Era scarno e pallido, aveva la pelle tirata sul cranio, e, di tra gli zigomi, emergeva il grosso naso gobbo, tagliente e ossuto;

anche i capelli erano alquanto diradati. Aveva il collo sottile e troppo lungo e le sue gambe magre erano curvate all'infuori. Del resto il soggiorno londinese aveva lasciato in lui le tracce più profonde e, siccome anche a Valparaiso aveva avuto rapporti specie con inglesi, tutta la sua figura aveva preso un che di inglese che non gli stava male. Lo si notava nel taglio comodo e nella stoffa di lana resistente del vestito, nell'eleganza larga e solida delle scarpe e nel modo in cui i baffi folti e rossicci gli pendevano sulla bocca con un'espressione piuttosto acida. Persino le sue mani, che erano di quel bianco opaco e poroso che è una conseguenza del gran caldo, avevano, chi sa perché, con quelle unghie corte, tonde e pulite, un'aria inglese.

«Senti un po'» domandò di punto in bianco «hai mai avuto la sensazione... non saprei come dire... di quando si ingoia un boccone duro e poi ti fa male tutta la schiena?» E così dicendo arricciava il naso.

«Sì» rispose Tony «è una cosa comune. Si prende un sorso d'acqua...»

«Ah sì?» replicò lui insodisfatto. «Non credo però che ci siamo intesi.» E il suo viso appariva serio e inquieto...

Con tutto ciò fu il primo a introdurre in casa un tono libero e lontano dal lutto. Non aveva dimenticato l'arte di imitare il defunto Marcellus Stengel e qualche volta parlava per ore e ore nel suo linguaggio. A tavola chiese informazioni sul teatro locale... Che cosa si recitava? C'era una buona compagnia?

«Non lo so» rispose Tom con un'indifferenza troppo esagerata per non essere impazienza. «Adesso non me ne occupo.»

Ma Christian non se ne diede per inteso e cominciò a parlare di teatro... «Non avete un'idea di quanto mi piaccia il teatro. Già la parola teatro mi rende felice... Non so se possiate capire questa sensazione. Io sarei capace di starci delle ore a guardare il sipario calato... E me la godo come quando da ragazzi entravamo qui per ricevere i doni di Natale... Già gli strumenti che si accordano nell'orchestra! Andrei a teatro soltanto per sentir questo. Mi piacciono poi particolarmente le scene d'amore... Ci sono attrici che sanno prendere fra le mani la testa dell'amante in un modo... A proposito di attori... A Londra e anche a Valparaiso ho avuto molti contatti con attori. Dapprincipio ero proprio orgoglioso di poter discorrere con loro nella vita comune. A teatro sto attento a ogni loro gesto... È una cosa molto interessante. Uno pronuncia la sua ultima parola, si volta tranquillamente e si avvia per uscire, lento, sicuro, senza soggezione, quantunque sappia che tutto il teatro appunta gli sguardi sulla sua schiena... Non capisco come si possa fare! A suo tempo avevo un gran desiderio di trovarmi dietro le quinte... Oh, adesso mi ci trovo come a casa mia. Immaginate... in un teatro d'operetta (è stato a Londra) una sera alzarono il sipario mentre ero ancora sul palcoscenico... Discorrevo con Miss Watercloose... una certa signorina Watercloose... bellissima ragazza! Insomma, ad un tratto vedo spalancarsi la sala... Non so proprio come abbia fatto a scappare dal palcoscenico!»

Fra quanti erano intorno alla tavola soltanto M.me Grünlich sorrise; ma Christian continuò a parlare girando intorno gli occhi irrequieti. Parlò di cantanti inglesi da caffè concerto, parlò di una signorina che si era presentata alla ribalta con la parrucca incipriata e battendo per terra con un lungo bastone aveva cantato una canzone intitolata *That's Maria*... «Maria, dovete sapere, Maria è la donna più svergognata... Quando una ha commesso i peccati peggiori: *that's Maria*! Maria è la peggiore di tutte, capite?... È il vizio...» e pronunciava quest'ultima parola con una espressione di schifo arricciando il naso e alzando la destra con le dita rattratte.

«*Assez*, Christian!» fece sua madre. «Coteste cose non c'interessano affatto»

Ma Christian guardava intorno con l'occhio assente e avrebbe smesso di parlare anche senza quell'intervento, perché, mentre i suoi occhietti tondi e infossati vagavano senza posa, egli sembrava assorto in profonde e agitate riflessioni su Maria e il vizio.

Ad un tratto esclamò: «Strano... qualche volta non riesco a inghiottire! Oh, non c'è niente da ridere; è una cosa terribilmente seria. Penso di non essere capace d'inghiottire e allora non ci riesco davvero. Ho già il boccone in gola, ma il collo, i muscoli... si rifiutano. Non obbediscono alla volontà, capite? Il fatto è questo, che non ardisco nemmeno di volerlo sul serio!».

Tony gridò esterrefatta: «Ma via, Christian, non dir sciocchezze! Non hai il coraggio di voler inghiottire... Fai ridere. Che storie ci vieni a raccontare?...».

Thomas taceva. Sua madre invece disse: «È questione di nervi, Christian. Era ora che tu ritornassi a casa; il clima di laggiù ti avrebbe fatto male».

Levatosi da tavola andò a sedersi all'armonio che era nella sala da pranzo e imitò il pianista di grido. Fece l'atto di tirarsi indietro i capelli, si fregò le mani e guardò dal pavimento al soffitto, poi, senza premere i mantici, poiché non sapeva suonare e non aveva orecchio al pari di quasi tutti i Buddenbrook, si mise a suonare i bassi eseguendo passaggi folli, si appoggiò alla spalliera, si chinò, lanciò in alto occhiate estatiche e premette le mani sui tasti con slancio trionfale... Persino Clara dovette ridere. Pareva di vedere proprio un pianista pieno di passione e ciarlataneria, di una comicità irresistibile che rammentava il carattere anglo-americano, burlesco ed eccentrico, ed era ben lontana dall'essere stucchevole, poiché egli stesso ci si trovava a suo agio.

«Ho frequentato moltissimo i concerti» spiegò «mi piace tanto vedere come i suonatori si comportano col loro strumento. Essere artisti è veramente una cosa meravigliosa.»

E ricominciava da capo. Ma ad un tratto s'interruppe. Si fece serio all'improvviso: così di sorpresa che pareva si fosse tolta una maschera dal volto. Si alzò, si passò una mano sui capelli radi, andò a sedersi su un'altra sedia e vi rimase in silenzio, imbronciato, con gli occhi inquieti e come stesse ascoltando un rumore pauroso.

«Qualche volta Christian mi sembra un po' strano» disse una sera M.me Grünlich a suo fratello Thomas mentre erano soli. «Non capisco quel suo modo di parlare. Scende ai particolari in una maniera così strana... e, non saprei come dire, vede le cose da un punto di vista così insolito, non è vero?»

«Capisco» osservò Tom «capisco benissimo quello che vuoi dire, Tony. Christian è senza tatto... non so se mi esprimo bene. Gli manca qualche cosa che si potrebbe chiamare l'equilibrio, l'equilibrio personale. Da una parte non è capace di contenersi di fronte alle indiscrete ingenuità degli altri... Non ha la forza di resistenza sufficiente, non sa passarci sopra e perde ogni ritegno... D'altro canto però perde questo ritegno anche in un altro modo: mettendosi a spifferare tutto nel modo più antipatico, mettendo a nudo il suo cuore. Qualche volta ti fa venire i brividi. Non è forse come quando si parla nel delirio della febbre? Chi vaneggia è proprio così, privo di controllo è di riguardi. Vedi, il fatto è che Christian si occupa troppo di sé stesso, di ciò che avviene nel suo intimo. Talvolta lo prende una vera mania di rivelare ed esporre i più minuti e più profondi di quei fatti intimi... fatti dei quali la persona ragionevole non si occupa nemmeno, non vuol saperne nulla, per la semplice ragione che non si sentirebbe di comunicarli. C'è molta spudoratezza in quella smania di comunicare. Vedi, Tony, anche altri possono dire che amano il teatro; ma lo direbbero con un altro accento, così, di passaggio, insomma con più modestia. Christian invece lo dice con tale rilievo che sembra dica: "La mia passione per il teatro non è forse originalissima e interessante?". E va in cerca delle parole, pare che si affanni per esprimere qualche cosa di spiccatamente signorile e strano e misterioso... Ti dirò una cosa» continuò dopo una pausa buttando la sigaretta nella stufa attraverso lo sportello di ferro battuto. «Anch'io ho riflettuto su questa angosciosa, vanitosa, curiosa preoccupazione di sé, perché una volta avevo anch'io questa inclinazione. Ma mi sono accorto che rende distratti, inetti al lavoro, senza spina dorsale... E questa spina dorsale, cioè l'equilibrio, è quello che più conta per me. Ci saranno sempre uomini che hanno il diritto di occuparsi di sé stessi, di osservare minutamente i propri sentimenti, cioè i poeti, i quali sanno esprimere con bellezza e sicurezza la loro vita interiore privilegiata, e possono arricchire così il mondo sentimentale degli altri. Ma noi, cara mia, siamo semplici commercianti, le nostre osservazioni personali contano ben poco. A fatica riusciamo a dire che gli strumenti che si accordano nell'orchestra ci procurano un insolito godimento e che qualche volta non osiamo voler inghiottire... Sarebbe meglio, perdio, metterci a lavorare e rendere come hanno reso i nostri predecessori...»

«È vero, Tom, sono della stessa opinione. Quando penso che quegli Hagenström prosperano sempre più... Quella gentaglia, sai!... La mamma non vuole che li chiami così, ma è l'unica parola giusta. Credono forse che all'infuori di loro non ci siano altre famiglie distinte in città? Oh, mi fanno ridere, sai, proprio ridere!..»

III

Il principale della Ditta "Johann Buddenbrook" aveva squadrato suo fratello appena arrivato con una lunga occhiata e, durante i primi giorni, l'aveva osservato di sfuggita e senza dar nell'occhio, finché, senza che gli apparisse in volto un giudizio, la sua curiosità parve sodisfatta e la sua opinione formulata. In famiglia parlava con lui in tono indifferente di cose indifferenti, e si divertiva come gli altri quando Christian faceva la commedia.

Passata una settimana gli parlò cosi: «Dunque, caro ragazzo, si lavora insieme, vero?... So che vuoi assecondare il desiderio della mamma, va bene? Dunque, come sai, Marcus è diventato mio socio per la quota corrispondente al capitale da lui versato. Direi che esteriormente, essendo mio fratello, dovresti prendere il suo posto, il posto di procuratore... per lo meno di fronte agli altri... In quanto alla tua occupazione, non so ancora fin dove sei arrivato con le tue nozioni di commercio. Mi figuro che finora avrai fatto un po' i tuoi comodi, vero? In ogni caso dovresti essere tagliato specialmente per la corrispondenza inglese... Ma qui devo esprimerti una preghiera. Come fratello del principale avrai beninteso, fra gli altri impiegati, una posizione privilegiata... Ma credo inutile dirti che devi importi a loro soprattutto mettendoti alla pari e facendo il tuo dovere, anziché facendo uso dei tuoi privilegi e prendendoti inutili libertà. Osservare dunque l'orario d'ufficio e salvare sempre le apparenze. Siamo d'accordo?...».

Poi gli fece una proposta in merito alla procura, proposta che Christian accettò senza riflettere o mercanteggiare, con un viso distratto che denotava pochissima avidità e moltissimo desiderio di sbrigare la cosa al più presto.

Il giorno seguente Thomas lo introdusse negli uffici e così ebbe inizio l'attività di Christian al servizio dell'antica Ditta...

Dopo la morte del console gli affari avevano proceduto ininterrottamente e con buon successo. Ben presto si vide che, da quando Thomas Buddenbrook aveva preso in mano le redini, nell'azienda spirava un'aria più geniale, più fresca e più intraprendente. Ogni tanto si arrischiava qualche cosa, ogni tanto il credito della casa, che sotto il precedente regime era stato soltanto un concetto, una teoria, un lusso, veniva forzato e sfruttato con conoscenza di causa... I frequentatori della Borsa si strizzavano l'occhio. «Buddenbrook ha la stoffa per far quattrini» dicevano. Tuttavia secondo loro era un bene che Thomas dovesse trascinarsi dietro l'onorato Friedrich Wilhelm Marcus come una palla di piombo al piede. Nell'andamento degli affari l'influenza del signor Marcus rappresentava il freno. Egli si passava accuratamente due dita sui baffi, allineava con cura meticolosa sulla scrivania l'occorrente per scrivere e il bicchier d'acqua che vi teneva sempre, esaminava le cose da ogni lato con occhio assente e durante le ore di ufficio aveva l'abitudine di uscire cinque o sei volte nel cortile e di andare nella lavanderia per rinfrescarsi, mettendo la testa sotto il rubinetto dell'acqua corrente.

«Quei due si completano» dicevano i capi delle maggiori case per esempio il console Huneus al console Kistenmaker; e tra i marinai e i magazzinieri, come pure nelle piccole famiglie borghesi, il giudizio era ripetuto, poiché tutta la città s'interessava di sapere come il giovane Buddenbrook "l'avrebbe manipolata". Anche il signor Stuht disse a sua moglie che frequentava la migliore società: «Quei due si completano benissimo, te lo dico io».

Però la "personalità" dell'azienda rimaneva sempre senza alcun dubbio il più giovane dei due soci. Lo si vedeva già dal fatto che era lui a trattare col personale della casa, coi capitani, coi sorveglianti dei magazzini, coi carrettieri e coi facchini. Egli sapeva parlare spontaneamente il loro linguaggio, pur tenendosi a una distanza inavvicinabile. Quando invece il signor Marcus diceva a un buon diavolo di operaio: «Lei mi capisce?» lo diceva in un tono impossibile, di modo che il socio che gli sedeva dirimpetto si metteva a ridere, dando cosi il segnale dell'ilarità in tutto l'ufficio

Thomas Buddenbrook, tutto animato dal desiderio di conservare e aumentare il lustro della Ditta in conformità al nome che si era fatta, amava impegnare la propria persona nella lotta quotidiana per il successo, poiché sapeva benissimo che doveva non pochi buoni affari alla sua presenza sicura ed elegante, alla sua gentilezza convincente, alla sua abilità e al suo tatto.

«L'uomo d'affari non dev'essere un burocrate» diceva a Stephan Kistenmaker della ditta "Kistenmaker & Figli", suo ex compagno di scuola, del quale era rimasto amico pur essendo superiore a lui per intelligenza; e Stephan ascoltava le sue parole per andar a ripeterle come fossero idee proprie. «Ci vuole una personalità, così la penso io. Non credo che si possano ottenere buoni risultati stando sulla sedia dell'ufficio... Io per lo meno non ne trarrei gran sodisfazione. Il successo non va calcolato soltanto alla scrivania... Io sento sempre il bisogno di dirigere gli affari di presenza con gli occhi, con le labbra, col gesto, di dominarli con l'influsso diretto della mia volontà, dell'ingegno, della fortuna: chiamala come vuoi. Ma purtroppo questo metodo va passando di moda, questo intervento personale del commerciante... I tempi progrediscono, ma secondo me si lasciano indietro le cose migliori. Le comunicazioni diventano sempre più rapide, i listini vengono diffusi con velocità sempre maggiore. Il rischio diminuisce, ma diminuiscono anche i profitti... Certo, i nostri vecchi lavoravano diversamente. Mio nonno, per esempio, andava col tiro a quattro nella Germania meridionale, come fornitore dell'esercito prussiano, con quei suoi capelli incipriati e le scarpine da ballo. E faceva il galante, mettevi in mostra le sue belle qualità e faceva un mucchio di quattrini, caro Kistenmaker! Ahimè, temo quasi che la vita del commerciante si vada facendo sempre più volgare e meschina...»

Così si lamentava talvolta e perciò gli piacevano particolarmente quegli affari che faceva occasionalmente, per esempio durante una passeggiata con la famiglia, quando entrava in un mulino, faceva quattro chiacchiere col proprietario che si sentiva molto onorato, e cosi, senza parere, *en passant*, stipulava con lui un contratto vantaggioso. Erano cose che il suo socio non capiva.

In quanto a Christian, pareva che si dedicasse alla sua attività con zelo e con piacere; anzi, sembrava si sentisse molto bene e fosse arcicontento, e per alcuni giorni ebbe una maniera di mangiare con appetito, di fumare la pipetta e di assestarsi le spalle nella giacchetta inglese, che rivelava il suo pieno accordo con Thomas, e sedeva accanto al signor Marcus e al fratello sul seggiolone girevole perché, come i due capi, anche lui aveva una sedia a braccioli. Incominciava col leggere il giornale e fumava beatamente la prima sigaretta. Poi cavava dal suo armadietto una bottiglia di vecchio cognac, ne prendeva un bicchierino, allungava le braccia per sgranchirsi, diceva "a noi!" e, pulendosi i denti con la lingua, si metteva al lavoro di buon animo. Le sue lettere inglesi erano molto abili ed efficaci perché scriveva l'inglese come lo parlava, schiettamente, senza ricercatezze e senza fatica. Secondo il suo carattere traduceva poi in parole, nel seno della famiglia, i sentimenti che lo animavano.

«Quella del commerciante è veramente una bella professione! diceva. «Una professione seria, laboriosa, piacevole, sodisfacente... Mi ci sento proprio nato. Come membro della casa poi... devo proprio dire che non mi sono mai sentito cosi bene. La mattina si arriva freschi freschi nell'ufficio, si dà un'occhiata al giornale, si fuma, si pensa a questo e a quello, si beve il cognac e ci si mette a lavorare un pochino. Scoccano le dodici, si va a mangiare con la famiglia, si fa un riposino e si ripiglia il lavoro... Si scrive sulla bella carta pulita della Ditta, con una buona penna... C'è la riga, il tagliacarte, i timbri, tutta roba di prim'ordine... e cosi si sbrigano tutte le faccende, per benino l'una dopo l'altra, finché si chiude baracca. L'indomani si ricomincia. E quando si viene a cena ci si sente cosi contenti... tutto il corpo si sente contento... le mani si sentono contente...»

«Ma Christian!» esclamò Tony. «Ti rendi ridicolo! Le mani che si sentono contente!...»

«Ma si! Non hai mai provato? Voglio dire...» e si accalorava per esprimere, per spiegare. «Ecco, si stringe il pugno... che non è molto in forze perché si è stanchi del lavoro. Ma non è umidiccio... non ti dà fastidio... si sente bene, a suo agio... È una sensazione di modestia... Puoi startene lì senza annoiarti...»

Tutti tacquero. Poi Thomas osservò con indifferenza per dissimulare il suo disgusto: «A me pare che non si lavora per...» ma s'interruppe. E soggiunse: «Io, per lo meno, tendo ad altri scopi». Christian però non sentì, perché era sopra pensiero, e poco dopo si mise a raccontare una storia di Valparaiso, un fatto con morti e feriti al quale aveva assistito personalmente... «In quella l'individuo tira fuori un coltello...»

Quei racconti, che Christian faceva spesso, erano accolti da Thomas con freddezza, mentre M.me Grünlich ci si divertiva un mondo; sua madre invece, Clara e Klotilde si spaventavano e la signorina Jungmann con Èrika ascoltava a bocca aperta. Thomas li accompagnava con osservazioni ironiche e dava segni evidenti della sua convinzione che Christian esagerasse e facesse il rodomonte... il che certamente non era. Raccontava con vivacità e colore. Dispiaceva forse a Thomas che il suo fratello minore avesse viaggiato più di lui e visto più cose di lui? O si seccava a sentire gli elogi del disordine e della violenza esotica in quelle storie di coltelli e rivoltellate? Fatto sta che Christian non si preoccupava affatto della disapprovazione del fratello, era troppo infervorato nelle sue narrazioni per badare agli effetti favorevoli o meno che potevano avere sugli altri, e quando aveva finito si guardava in giro con occhi pensierosi e distratti. Se i rapporti fra i due Buddenbrook andarono peggiorando col tempo, Christian non era certo quello che avesse voglia di nutrire e dimostrare astio contro il fratello o di arrogarsi il diritto di avere un'opinione sul conto di lui, di giudicarlo, di valutarlo. Con tacita naturalezza faceva capire che riconosceva la superiorità, la serietà, la competenza, le più alte capacità e la rispettabilità del fratello maggiore. Ma era appunto quella subordinazione illimitata, indifferente, pacifica che irritava Thomas, poiché a ogni occasione Christian arrivava con leggerezza a far intendere che non attribuiva nessuna importanza alla superiorità, alla serietà e alla rispettabilità.

Sembrava non s'accorgesse nemmeno che per lui il principale nutriva sempre più un tacito disdegno... E ne aveva le ragioni, perché Christian incominciò purtroppo a diminuire notevolmente il suo zelo dopo la prima settimana e più ancora dopo la seconda. Ciò appariva anzitutto dal fatto che i preparativi al lavoro, i quali da principio erano sembrati un modo di pregustarlo con artificio e raffinatezza, la lettura del giornale, la sigaretta e il cognac, richiedevano sempre più tempo e occuparono infine tutta la mattinata. Poi Christian incominciò, come fosse una cosa naturale, a trascurare l'obbligo dell'orario d'ufficio, a comparire la mattina sempre più tardi con la sua sigaretta prima di accingersi al lavoro; a mezzogiorno andava a far colazione al circolo e ritornava troppo tardi, qualche volta soltanto la sera; qualche volta non ritornava addirittura...

Quel circolo, del quale facevano parte prevalentemente commercianti scapoli, disponeva al primo piano, sopra un ristorante, d'un paio di locali confortevoli, dove si prendevano i pasti e si tenevano riunioni facoltative e spesso non del tutto innocenti: c'era infatti una *roulette*. Ne erano soci anche alcuni padri di famiglia un po' sventati come il console Kröger e naturalmente Peter Döhlmann, mentre Cremer, il commissario di polizia, era «il primo uomo alle pompe», come si esprimeva il dottor Gieseke, Andreas Gieseke, il figlio del capitano dei pompieri, l'antico compagno di scuola di Christian, che aveva aperto in città uno studio d'avvocato; e quantunque Andreas passasse per un *suitier* piuttosto scapestrato, il giovane Buddenbrook aveva riannodato con lui i vecchi rapporti di amicizia

Christian, che già a suo tempo era stato più o meno amico o conoscente dell'uno o dell'altro (infatti per la maggior parte erano allievi del defunto Marcellus Stengel), fu accolto a braccia aperte, poiché anche se i commercianti e gli intellettuali non avevano una grande opinione della sua intelligenza, conoscevano molto bene le sue doti di compagno divertente in società. Infatti al circolo egli presentava le scenette migliori, raccontava le migliori storielle. Imitava il concertista di pianoforte, imitava attori e cantanti d'opera inglesi e transatlantici, narrava nel modo più candido e divertente storie di donne di vari paesi (non c'era infatti alcun dubbio: anche Christian Buddenbrook era un *suitier*), riferiva avventure che gli erano capitate sulle navi, in ferrovia, a San Paolo, a Whitechapel, nella foresta vergine...

Raccontava in modo convincente e travolgente con parola facile, con la pronuncia un po' strascicata e lamentevole, candido e burlone come un umorista inglese. Raccontava la storia di un cane che era stato mandato dentro una scatola da Valparaiso a San Francisco e per di più era rognoso. Dio solo sa in che cosa consistesse lo spirito dell'aneddoto, ma sulle sue labbra questa era di una comicità irresistibile. E quando tutti intorno si abbandonavano alle più matte risate, egli se ne stava là con quel gran naso curvo, col collo sottile e troppo lungo, coi capelli rossicci e già un po' radi e con un'espressione di serietà inquieta e inesplicabile, le gambe magre e curve accavallate, girando intorno gli occhietti rotondi, infossati e pensierosi... Sembrava quasi che si ridesse di lui. Ma egli non vi faceva caso.

In casa discorreva molto volentieri del suo ufficio a Valparaiso della temperatura tropicale che vi regnava e di un giovane londinese di nome Johnny Thunderstorm, un fannullone, un individuo incredibile che lui "com'è vero Dio, non aveva mai visto lavorare" e tuttavia era un commerciante molto abile .. «Santo cielo!» diceva. «Con quel caldo! Ecco, il principale entra nell'ufficio e noi siamo là in otto come tante mosche e fumiamo le sigarette per tener lontane almeno le zanzare. Santo cielo! "Ebbene?" fa il principale. "Non lavorate?..." "No, *Sir*!" risponde Johnny Thunderstorm "come vede." E intanto tutti insieme gli soffiamo in faccia il fumo delle sigarette. Santo cielo!»

«Si può sapere perché dici continuamente "santo cielo"?» domandò Thomas irritato. Ma non era questo che gli dava fastidio. Capiva invece che Christian raccontava con tanto piacere quell'episodio solamente perché gli offriva il destro di parlare del lavoro con ironia e disprezzo.

La loro madre cercava di cambiar discorso. "Ci sono molte brutte cose a questo mondo" pensava la signora Buddenbrook nata Kröger. "Anche tra fratelli si può odiarsi e disprezzarsi. Capita pure questo, per quanto possa parere raccapricciante. Ma non se ne parla. Si mette in tacere. Non occorre prestarvi attenzione."

IV

Nel mese di maggio avvenne che lo zio Gotthold, il console Gotthold Buddenbrook, ormai sessantenne, in una notte triste fosse colto da un attacco di angina pectoris e morisse di morte dolorosa, fra le braccia della consorte nata Stüwing.

Il figlio della povera M.me Joséphine, che di fronte ai fratelli minori e più potenti di lui, i figli di M.me Antoinette, aveva avuto la peggio nella vita, si era da molto tempo rassegnato alla sua sorte, e negli ultimi anni, specialmente dopo che suo nipote gli aveva ceduto il consolato olandese, aveva continuato a succhiare senza rancore le caramelle per la tosse che cavava dalla scatola di latta. Chi invece coltivava e conservava l'antico dissidio familiare in una forma di animosità generale e indeterminata erano le sue donne: non tanto sua moglie, donna buona e d'intelligenza limitata, quanto piuttosto le tre vecchie ragazze che non sapevano guardare né la vedova Buddenbrook, né Antonie, né Thomas, senza un breve lampo velenoso nelle pupille.

Al giovedì, nei tradizionali "ritrovi di famiglia", alle quattro, ci si adunava nel palazzo della Mengstrasse per pranzare e passare insieme la serata (qualche volta vi facevano la loro comparsa anche il console Kröger con la moglie o Sesemi Weichbrodt con la sorella ignorante), e allora le signorine Buddenbrook della Via Larga amavano portare il discorso, così senza parere, sulla passata vita coniugale di Tony, per indurre M.me Grünlich a dire qualche parola grossa e per scambiarsi occhiatine maliziose... O formulavano considerazioni generali dichiarando che quella di tingersi i capelli era una vanità veramente indegna, o chiedevano informazioni fin troppo affettuose su Jakob Kröger, il nipote della signora Buddenbrook. Alla povera paziente e innocente Klothilde, l'unica che invero doveva sentirsi inferiore anche a loro, facevano pesare un'ironia che non era affatto così ingenua come quella che la povera ragazza affamata subiva ogni giorno da Tom e Tony col solito stupore cortese. Esse si facevano beffe della severità e del bigottismo di Clara, scoprirono rapidamente che Christian non era in buoni rapporti con Thomas e che, grazie a Dio, potevano non rispettarlo perché era un pagliaccio, un uomo ridicolo. In quanto a Thomas, nel quale non riuscivano a trovare nessun punto debole e che d'altronde le trattava con indifferenza indulgente, come per dire: " vi capisco e mi fate pena" , esse gli dimostravano un rispetto leggermente velenoso. Della piccola Èrika poi, rosea e ben tenuta com'era, bisognava pur dire che era rimasta indietro con la crescita in modo preoccupante. Dopo di che Pfiffi, scrollandosi e inumidendosi le labbra, richiamava per soprammercato l'attenzione dei presenti sulla paurosa somiglianza della bambina con quel truffatore di Grünlich...

Ora stavano piangenti insieme con la madre intorno al letto di morte del babbo e, quantunque sembrasse loro che persino quella morte andava addebitata ai parenti della Mengstrasse, vi mandarono tuttavia un messaggio.

Nel cuor della notte il campanello squillò nel grande vestibolo e, poiché Christian era ritornato a casa tardi e non si sentiva bene, Thomas si avviò da solo sotto la pioggia primaverile.

Arrivò in tempo per assistere alle ultime contrazioni convulse del povero vecchio e poi stette un pezzo a mani giunte a guardare quella figura breve che si disegnava sotto le coperte e quel viso spento, dai lineamenti piuttosto femminei e dai favoriti bianchi.

"Non hai fatto una vita molto bella, zio Gotthold" pensava. "Troppo tardi hai imparato a far concessioni, ad aver riguardi... eppure sono cose necessarie. Se fossi stato nei tuoi panni, avrei fatto un matrimonio d'interesse molti anni fa...

Salvare le apparenze! Ma, del resto, hai forse avuto il desiderio di vivere diversamente da come sei vissuto? Benché tu fossi altero e credessi forse che cotesta alterigia sia un che di ideale, il tuo spirito aveva poco slancio, poca fantasia, ben poco di quell'idealismo che, più dolce, più sodisfacente, più gradito di un amore segreto, ci rende capaci di coltivare con tacito entusiasmo un bene astratto, un vecchio nome, un'insegna, e di difenderli, di procacciar loro onore e lustro e potenza. Ti mancava il senso della poesia, per quanto avessi il coraggio di amare e sposarti a dispetto degli ordini di tuo padre. E poi, zio Gotthold, eri anche privo di amor proprio. Certo, il vecchio nome è soltanto un nome borghese e lo si onora facendo fiorire un commercio di grano, facendo in modo che la propria persona sia onorata, amata e rispettata in un breve lembo di mondo... Pensavi forse: io sposo la Stüwing che amo e me ne infischio dei riguardi pratici perché sono cianciafruscole da piccoli borghesi?... Oh anche noi abbiamo viaggiato, abbiamo imparato quanto basta per capire che i limiti posti alla nostra ambizione, visti dall'alto e dal difuori, sono ben ristretti e miseri. Ma tutto è soltanto una similitudine su questa terra, caro zio Gotthold. Non sapevi che si può essere grandi uomini anche in una piccola città? che si può essere un Cesare in una modesta città commerciale sul Baltico? Si sa, ci vuole un po' di fantasia, un po' di idealismo... e tu non li avevi, qualunque sia stata l'opinione che avevi di te stesso. "

Thomas Buddenbrook si scostò dal letto, s'avvicinò alla finestra e, con le mani dietro la schiena, con un sorriso sul volto intelligente, stette a guardare la facciata gotica del municipio debolmente illuminata e percossa dalla pioggia.

Com'era naturale, la carica e il titolo di regio console olandese, che Thomas avrebbe potuto pretendere per sé subito dopo la morte di suo padre, passarono ora a lui, con immensa sodisfazione di Tony Grünlich, e lo scudo col leone, lo stemma e la corona riapparve sulla facciata della Mengstrasse, sotto il *Dominus providebit*.

Appena sbrigata questa faccenda, fin dal giugno dello stesso anno il giovane console era partito per un viaggio, un viaggio d'affari ad Amsterdam, senza sapere quanto tempo vi avrebbe impiegato.

V

Di solito i casi di morte creano un avvicinamento alle cose celesti, e perciò nessuno si meravigliò di sentire dalle labbra della vedova Buddenbrook, dopo la morte del marito, frasi profondamente religiose, alle quali prima non si era stati avvezzi.

Ma ben presto si vide che non era una cosa passeggera, e in tutta la città si diffuse la notizia che la vedova del console intendeva onorare la memoria del defunto soprattutto facendo sue le idee religiose di lui, dopo aver già simpatizzato con quelle tendenze negli ultimi anni della sua vita e precisamente da quando lei aveva cominciato a invecchiare.

Si sforzava di empire il vasto palazzo con lo spirito del defunto, con quella mite gravità cristiana che non escludeva la signorile letizia del cuore. Le devozioni mattutine e serali furono continuate in misura più larga. La famiglia si adunava nella sala da pranzo, mentre il personale di servizio rimaneva nel vestibolo e la signora o Clara leggevano un brano della grande Bibbia di famiglia, con quelle lettere enormi, dopo di che si cantavano alcuni versi dal libro di preghiere, accompagnati all'armonio dalla signora stessa. Spesso la Bibbia era sostituita da uno dei tanti libri di preghiere, rilegati in nero col taglio d'oro, da uno di quei Giardini di devozione, Vie del Paradiso, Tesoretti del buon Cristiano, Bastoni del pellegrino, la cui sdolcinata tenerezza per il diletto Bambino Gesù era un po' disgustosa, tanto più che di quei libri ce n'erano troppi in casa.

Christian non si faceva vedere spesso alle adunate. Un'obiezione fatta una volta da Thomas, con grande cautela e quasi per scherzo, contro quegli esercizi spirituali, fu respinta con dolcezza dignitosa. M.me Grünlich poi si comportava purtroppo non sempre ammodo. Una mattina (i Buddenbrook avevano ospite un predicatore forestiero) tutti dovettero cantare su una melodia solenne e appassionata queste parole:

«Sono una vil carogna,
un sacco di peccati,
e come nera fogna
me li sono ingoiati.
A questo can, Signore,
l'osso pietoso getta,
a me, vil peccatore,
nel Paradiso accetta!»

...dopo di che la signora Grünlich, da tanto che era contrita, buttò via il libro e uscì dalla sala.

Ora, la signora Buddenbrook stessa era molto più severa con sé che coi figli. Organizzò, per esempio, una scuola domenicale. La domenica mattina una schiera di scolarette suonava il campanello nella Mengstrasse e Stine Voss, Mike Stuht e Frike Snut, le quali abitavano nei quartieri poveri in riva al Trave, arrivavano coi capelli biondi pettinati con l'acqua e, attraversando l'androne, entravano nella stanza sul giardino che da qualche tempo non serviva più come ufficio; vi erano collocati alcuni banchi, e la vedova Buddenbrook, nata Kröger, con l'abito di raso nero pesante, il viso nobile e bianco e la cuffia di pizzo più bianca ancora, si sedeva a un tavolino, sul quale era un bicchiere d'acqua zuccherata, e catechizzava le bambine per un'ora intiera.

Istituì anche le "Serate di Gerusalemme" alle quali per

amore o per forza dovevano prendere parte anche Tony, oltre a Clara e Klothilde. Una volta alla settimana, nella sala da pranzo, intorno alla tavola allungata al massimo, alla luce di lampade e candele si raccoglieva una ventina di donne che avevano su per giù l'età nella quale è ora di pensare a procurarsi un posticino in paradiso; prendevano il tè o il *bisciof*, mangiavano panini imburrati e imbottiti, leggevano canti e trattatelli religiosi e facevano lavori a maglia che a fine d'anno si vendevano alla fiera, dopo di che il ricavato era mandato a Gerusalemme per le missioni.

La pia associazione era costituita soprattutto da signore del grado sociale dei Buddenbrook e ne facevano parte la signora Langhals, moglie del senatore, la Möllendorpf e la vecchia Kistenmaker, mentre altre signore di tendenze più laiche e profane, come M.me Köppen, si facevano gioco dell'amica Bethsy. Erano membri anche le consorti dei predicatori della città, come pure la vedova Buddenbrook nata Stüwing e Sesemi Weichbrodt con la sorella ignorante. Ma davanti a Gesù non ci sono gradi sociali né differenze, e perciò alle "Serate di Gerusalemme" si vedevano anche figure più meschine e più strane, come per esempio una donnetta rugosa, ricca di spirito devoto e di campioni da uncinetto, che abitava nell'ospedale dello Spirito Santo: si chiamava Himmelsbürger[1] ed era l'ultima della sua famiglia. L'ultima "cittadina del Paradiso", diceva in tono malinconico: e si infilava il ferro da calza sotto la cuffia per grattarsi la testa

Molto più interessanti erano due altre socie, due gemelle, strane zitellone che portavano larghi cappelli da pastorelle del Settecento e abiti stinti dal gran tempo, e andavano sempre insieme facendo del bene. Si chiamavano Gerhardt e assicuravano di discendere direttamente da Paul Gerhardt. Si diceva che non erano affatto bisognose, ma vivevano mi-

[1] Himmelsbürger in tedesco significa "cittadina del Paradiso". (*N.d.T.*)

seramente e davano tutto ai poveri. «Mie care» diceva la signora Buddenbrook che un pochino si vergognava di loro «Dio ci vede nel cuore, ma i vostri abiti sono poco puliti... Bisogna aver cura di sé...» Ma poi esse baciavano in fronte l'amica elegante che non poteva fare a meno di essere una gran dama, la baciavano con la superiorità indulgente, amorevole e pietosa, che gli umili hanno di fronte ai ricchi che cercano la salvezza. Non erano affatto stupide, e nel loro visetto brutto e grinzoso da pappagallo brillavano gli occhi castani dolcemente velati, con una strana espressione di dolcezza e d'intelligenza. Avevano la testa piena di cognizioni curiose e misteriose. Sapevano che nella nostra ultima ora tutti i nostri cari che ci hanno preceduti davanti al trono di Dio scendono a prenderci fra canti di beatitudine. Pronunciavano la parola «il Signore» con la spontanea leggerezza dei primi cristiani, i quali dalle labbra stesse del Maestro avevano udito le parole "ancora un poco e mi rivedrete". Professavano le più strane teorie su lumi e presentimenti interiori, sulle migrazioni e trasmissioni del pensiero... perché Lea, una di loro, era sorda e tuttavia sapeva quasi sempre di che cosa si stava parlando.

Siccome Lea Gerhardt era sorda, di solito la si incaricava della lettura nelle "Serate di Gerusalemme"; le donne presenti affermavano che leggeva in modo da commuovere. Essa cavava dalla borsa un libro antidiluviano che era ridicolmente e sproporzionatamente più alto che largo e recava sul frontespizio, incisa in rame, l'immagine troppo paffuta del suo celebre antenato; lo apriva e, per poter almeno sentire sé stessa, leggeva con voce che pareva l'ululato del vento nel camino: «Se Satana mi ingoia...».

"Oh via!" pensava Tony Grünlich. "Quale Satana vorrà ingoiare costei?" Ma non diceva niente, faceva onore al budino e si chiedeva se un giorno anche lei sarebbe diventata brutta come le due sorelle Gerhardt.

Era infelice, infastidita e si seccava di tutti quei pastori evangelici e missionari le cui visite erano piuttosto aumentate che diminuite dopo la morte del console e che secondo lei spadroneggiavano troppo in casa e prendevano troppi quattrini. Quest'ultimo particolare riguardava Thomas, ma egli non ne parlava, mentre di quando in quando sua sorella borbottava alludendo a persone che mangiano la casa alle vedove, col pretesto della preghiera.

Non li poteva vedere, quei signori vestiti di nero. Da donna matura che aveva conosciuto la vita e non era più una scioccherella, non si sentiva di credere alla loro assoluta santità. «Senti, mamma» diceva. «Oh Dio, si sa, non si deve dir male del prossimo... sta bene, ma non posso fare a meno di dire, e mi stupirei se la vita non l'avesse insegnato anche a te, che non tutti coloro che portano l'abito lungo e invocano "Signore, Signore!" sono proprio senza macchia.»

Non riusciva a capire come la vedesse Thomas di fronte a quelle verità che lei sosteneva con tanta insistenza. Christian invece non aveva alcuna opinione; si limitava a osserare quei signori arricciando il naso per scimmiottarli poi in famiglia o al circolo. È vero però che Tony era quella che più soffriva da parte dei reverendi ospiti. Un giorno capitò che un missionario di nome Jonathan, il quale era stato in Siria e in Arabia, uomo dai grandi occhi pieni di rimprovero e dalle guance tristemente cadenti, le si avvicinò e con aria severa la invitò a risolvere il quesito se i suoi riccioli sulla fronte si potevano conciliare con la vera modestia cristiana... Oh, ma colui non aveva fatto i conti con la pungente e sarcastica eloquenza di Tony Grünlich. Ella tacque alcuni istanti e si vedeva che stava riflettendo. Poi sbottò: «Egregio pastore, potrei pregarla di occuparsi dei riccioli suoi?» e uscì sollevando un po' le spalle, buttando indietro la testa e tentando tuttavia di premere il mento sul petto. Da notare che il pastore Jonathan aveva pochissimi capelli, anzi si può ben dire che era calvo.

Una volta però Tony riportò un trionfo ancora più notevole. Il pastore Trieschke, Trieschke il Piagnone di Berlino, il quale aveva questo soprannome perché la domenica, durante la predica, si metteva a piangere al momento opportuno... Trieschke il Piagnone, dunque, che si distingueva per il viso pallido, gli occhi rossi e una vera mandibola da cavallo e, per otto o dieci giorni, mangiava in casa Buddenbrook a gara con la povera Klothilde e dirigeva gli esercizi spirituali, s'innamorò in quell'occasione di Tony... Non già della sua anima immortale, bensì del suo labbro superiore, dei capelli folti, dei begli occhi e del suo corpo fiorente! E quell'uomo di Dio, che a Berlino aveva moglie e numerosi figli, non si peritò di far deporre dal servo Anton, nella camera di M.me Grünlich al secondo piano, una lettera che era un impasto efficace di citazioni della Bibbia e di tenerezze stranamente insinuanti.

Ella trovò la lettera mentre andava a letto, la scorse e scese subito al mezzanino, entrò nella camera di sua madre e lesse senza riguardi e a voce alta, alla luce delle candele, la lettera del curatore d'anime, di modo che Trieschke il Piagnone non poté più metter piede nella Mengstrasse.

«Così sono tutti!» esclamò M.me Grünlich. «Tutti così, sì, mamma: prima ero un'oca, una scioccherella, ma ora la vita mi ha tolto la fiducia negli uomini. Per lo più sono mascalzoni... purtroppo è vero. Grünlich!...» E questo nome squillò come una fanfara, come una strombettata lanciata nell'aria con le spalle alzate e gli occhi levati al cielo.

VI

Sievert Tiburtius era un omino sottile con un gran testone, e portava gli scopettoni biondi, radi ma molto lunghi, di modo che, per comodità, ne passava i capi sulle spalle, di qua e di là. Sulla testa tonda aveva un'infinità di riccioli lanosi. Aveva i padiglioni delle orecchie a ventola, accartocciati al margine e, verso l'alto, appuntiti come quelli della volpe. Il suo naso era come un bottone piantato in mezzo alla faccia, gli zigomi erano sporgenti, e gli occhi grigi, che di solito erano socchiusi e guardavano in giro un po' stupidamente, in certi momenti si allargavano in modo insospettato, si facevano grandi grandi fin quasi a uscire dall'orbita.

Così era fatto il pastore Tiburtius, di Riga, che aveva esercitato per alcuni anni la sua missione nella Germania centrale e ora, ritornando in patria dove aveva ottenuto un posto di predicatore, faceva tappa in città. Munito della commendatizia di un collega, che una volta aveva mangiato nella Mengstrasse il finto brodo di tartaruga e il prosciutto con salsa di scalogno, fece visita alla vedova del console, fu invitato a esser suo ospite durante il soggiorno (breve, a quanto era previsto) e abitò nella spaziosa camera dei forestieri sul corridoio del primo piano.

Si trattenne però più di quanto avesse pensato. Passarono otto giorni e ancora non aveva veduto l'una o l'altra delle cose notevoli, la Danza Macabra e l'orologio con gli apostoli nella chiesa di Santa Maria, il municipio, il "Circolo marittimo" o il Sole con gli occhi mobili nel Duomo. Passarono dieci giorni, e più volte egli accennò alla sua partenza; ma alla prima parolina che lo invitasse a rimanere rimandava il viaggio.

Era una brava persona, migliore che i signori Jonathan e Trieschke il Piagnone. Non si curò affatto dei riccioli della signora Antonie e non le scrisse nessuna lettera. Tanto più però dedicava la sua attenzione a Clara, la sorella minore e severa. In sua presenza, quando ella parlava, entrava o usciva, gli occhi gli si allargavano in modo insospettato, diventavano sempre più grandi e sembrava che volessero uscire dall'orbita... E quasi tutto il giorno le stava alle costole, discorreva di cose sacre e profane, le leggeva qualche libro con quella sua voce alta e stridula e con la buffa pronuncia saltellante della sua città sul Baltico.

Fin dal primo giorno aveva detto: «Abbia pazienza, signora! Quale tesoro e quale benedizione dev'essere per lei sua figlia Clara! È certamente una creatura meravigliosa».

«Ha ragione» aveva risposto la signora Buddenbrook. Ma egli lo ripeté tante volte che ella finì per squadrarlo di nascosto coi suoi chiari occhi azzurri e per indurlo a parlare più ampiamente della sua origine, delle sue condizioni, delle sue speranze. Così seppe che proveniva da una famiglia di commercianti, che sua madre era morta, che non aveva fratelli e che il suo vecchio babbo viveva a Riga da privato con un discreto patrimonio che un giorno sarebbe toccato a lui, Tiburtius; d'altro canto la sua carica gli assicurava un introito sufficiente.

Clara Buddenbrook aveva allora diciannove anni e, coi suoi capelli scuri e lisci, con quegli occhi severi e tuttavia sognanti, col naso leggermente arcuato, con le labbra forse un po' troppo strette e la persona alta e snella, si era fatta una ragazza di una bellezza acerba e originale. In casa prendeva specialmente le parti della povera e altrettanto pia cugina Klothilde, la quale aveva da poco perduto il babbo e accarezzava l'idea di "mettersi a posto" al più presto, di farsi accogliere cioè in qualche pensione coi quattro soldi e coi mobili che aveva ereditati. Certo, Clara non aveva niente della rassegnata, paziente e affamata umiltà di Thilde. Al contrario, nei rapporti con la servitù e persino coi fratelli e con la madre aveva un tono piuttosto imperioso, e già la sua voce di contralto che sapeva abbassarsi con decisione, ma non mai alzarsi nelle interrogazioni, aveva un carattere autoritario, e assumeva spesso un tono breve, duro, insofferente e arrogante: quando cioè Clara aveva l'emicrania.

Prima che la morte del console piombasse la famiglia nel lutto, ella aveva partecipato, sempre inavvicinabile, alle riunioni nella casa paterna e alle visite nelle famiglie dello stesso grado sociale. Sua madre la guardava e non poteva nascondersi che, nonostante la dote cospicua e le sue qualità di massaia, non sarebbe stato facile trovare un marito per Clara. Ella non riusciva a immaginare al fianco della ragazza seria e piena di timor di Dio uno di quei commercianti scettici, gioviali, amanti del vino rosso, che si vedeva intorno; si figurava invece benissimo un ecclesiastico e, poiché questo pensiero la lusingava, gli approcci delicati del pastore Tiburtius incontrarono il suo moderato e cortese favore.

In realtà la cosa si svolse con la massima precisione. Un pomeriggio di luglio caldo e senza nubi, la famiglia organizzò una passeggiata. La signora Buddenbrook, Antonie, Christian Clara, Thilde, Èrika Grünlich, con madamigella Jungmann e il pastore Tiburtius in mezzo a loro, uscirono dalla porta della rocca per andar a prendere in un'osteria di campagna, a una tavola rustica, le fragole, il latte acido o le frittelle di riso dolce; e dopo la cena tutti si sparpagliarono per l'orto che scendeva fino al fiume, all'ombra di ogni sorta d'alberi da frutto, tra cespugli di ribes e di uvaspina, tra campi di asparagi e di patate.

Sievert Tiburtius e Clara Buddenbrook rimasero un po' indietro. Lui, molto più piccolo di lei, coi favoriti sulle spalle, si era tolto il largo cappello nero di paglia e, asciugandosi ogni tanto la fronte col fazzoletto, aveva attaccato con lei una lunga e placida conversazione, durante la quale a un certo momento tutti e due si fermarono e Clara disse di sì con voce grave e tranquilla.

Quando, ritornati a casa, la signora Buddenbrook, un po' stanca e accaldata, si trovò sola nella stanza dei paesaggi, il pastore Tiburtius venne da lei mentre fuori si stendeva il pensoso silenzio del crepuscolo domenicale e, alla luce della sera estiva, prese a parlare lungamente finché la signora concluse:

«Sta bene, mio caro pastore... La sua proposta risponde ai miei desideri materni e lei a sua volta, glielo posso assicurare, non ha scelto male. Chi avrebbe pensato che la sua venuta e il suo soggiorno in questa casa dovessero portarci una benedizione così meravigliosa! Non voglio dirle oggi la mia ultima parola perché è opportuno che scriva prima al console mio figlio che, come lei sa, in questo momento è all'estero. Domani, se saremo vivi e sani, lei se ne ritorna a Riga per prender possesso della sua carica e noi vogliamo recarci al mare per qualche settimana... Tra poco avrà notizie da parte mia e voglia il Signore che si possa rivederci felicemente».

VII

Amsterdam, 20 luglio 1856 - Albergo Het Haasje

"Mia cara mamma, ricevo in questo momento la tua lunga lettera e mi affretto a ringraziarti con tutto il cuore per l'attenzione che mi dimostri chiedendo la mia approvazione per la nota faccenda; va da sé che non solo do la mia approvazione, ma aggiungo i miei migliori auguri, profondamente convinto che voi, cioè tu e Clara, avrete fatto un'ottima scelta. Conosco già il buon nome di Tiburtius e mi par di ricordare che il povero babbo era in rapporti d'affari col vecchio. In ogni caso Clara si troverà in una situazione gradita e anche la sua condizione di moglie di un pastore corrisponderà al suo temperamento.

Tiburtius dunque è partito per Riga e ritornerà a vedere la fidanzata nel mese di agosto: è così? Ebbene, avremo una bella animazione nella Mengstrasse... più animazione di quanto possiate prevedere, perché voi non sapete ancora per quali strane ragioni io sia rimasto così piacevolmente sorpreso al fidanzamento di M.lle Clara e non sapete di quale graziosa concidenza si tratti. Sì, mia ottima mamma, se oggi mi degno di mandare il mio autorevole consenso alla felicità terrena di Clara, dalle rive dell'Amstel a quelle del Baltico, ciò avviene a condizione che tu voglia mandarmi a giro di posta un uguale consenso per un'uguale circostanza. Darei tre fiorini d'argento se potessi vedere il tuo viso e specialmente quello della nostra brava Tony alla lettura di queste righe... Ma veniamo al fatto.

Il mio lindo alberghetto con bella vista sul canale è situato in mezzo alla città, nelle vicinanze della Borsa, e gli affari per i quali sono venuto qua (si trattava di allacciare nuove e preziose relazioni: tu sai che queste cose preferisco farle da me personalmente) gli affari dunque si sono svolti fin dal primo giorno con mia sodisfazione. Ben conosciuto in città fin da quando vi facevo il principiante, dovetti prender subito parte molto attiva anche alla vita di società, quantunque molte famiglie fossero già ai bagni di mare. Ho passato alcune serate in casa dei van Henkdom e Moelen e già al terzo giorno dopo il mio arrivo dovetti mettermi in alta tenuta per partecipare a un pranzo in casa del mio ex principale van der Kellen, pranzo organizzato così fuori stagione evidentemente in mio onore. Per vicina di tavola avevo... immagina un po' chi? La signorina Arnoldsen, Gerda Arnoldsen, l'antica compagna di pensione di Tony, il cui babbo, grande commerciante e forse ancor più grande violinista, era presente insieme con la figlia maritata e il genero.

Ricordo benissimo che Gerda (scusa se mi valgo fin d'ora del suo nome di battesimo) già da ragazzina, quando andava ancora a scuola da M.lle Weichbrodt, mi fece un'impressione profonda e non mai cancellata. E ora l'ho riveduta: più alta, più sviluppata, più bella, più intelligente... Dispensatemi dalla descrizione che potrebbe riuscire forse troppo calorosa: tanto, la vedrete presto di presenza.

Come potete immaginare, gli spunti per la conversazione a tavola non ci mancarono; ma già dopo la minestra abbandonammo il terreno dei vecchi aneddoti e passammo a cose più serie e interessanti. Nella musica non potevo tenerle testa perché noi Buddenbrook vi siamo purtroppo negati; ma nel campo della pittura olandese mi trovai più a mio agio e nella letteratura ci comprendemmo in modo perfetto. Devo dire che il tempo volò.

Dopo il pranzo mi feci presentare al vecchio Arnoldsen che mi accolse con squisita cortesia. Più tardi nel salotto suonò alcuni pezzi da concerto e anche Gerda si fece sentire. Era stupenda e, per quanto io non abbia un'idea della musica per violino, vi so dire che cantava col suo strumento (uno

Stradivario autentico) in modo da farmi quasi venire le lacrime agli occhi.

Il giorno seguente andai a far visita agli Arnoldsen. Fui ricevuto da una vecchia dama di compagnia con la quale dovetti conversare in francese; poi venne Gerda e si chiacchierò come il giorno prima per un'oretta: salvo che questa volta ci avvicinammo ancor più e cercammo di comprenderci e di conoscerci a vicenda. Si parlò di nuovo di te, mamma, di Tony, della nostra cara e vecchia città e della mia attività...

Fin da quel momento formulai la mia ferma decisione, cioè: o questa o nessuna! adesso o mai! M'incontrai con lei ancora in occasione d'una festa all'aperto dal mio amico van Svindren, fui invitato a una piccola serata musicale dagli Arnoldsen, durante la quale feci alla giovane una mezza dichiarazione per tastare il terreno, dichiarazione che fu accolta in modo incoraggiante... E ora sono passati cinque giorni dalla mattina in cui mi recai dal signor Arnoldsen per chiedergli la mano di sua figlia. Egli mi ricevette nel suo studio privato. «Mio caro console» disse «voi siete il benvenuto, per quanto a un vecchio vedovo possa riuscir doloroso separarsi dalla propria figlia. Ma essa che cosa dice? Finora è stata sempre fermamente decisa a non prendere marito. Avete qualche probabilità?» E rimase molto stupito quando gli risposi che la signorina Gerda mi aveva già dato qualche motivo di sperare.

Egli le lasciò alcuni giorni di tempo per riflettere e credo che per egoismo l'abbia persino sconsigliata. Ma è stato inutile: io sono l'eletto, e da ieri sera il fidanzamento è un fatto concreto.

Mia cara mamma, no, non ti chiedo ora la benedizione per iscritto perché parto posdomani; ma porto con me la promessa degli Arnoldsen che verranno tutti a trovarci nel mese di agosto, il padre, Gerda e anche la sorella maritata, e allora anche tu sarai costretta ad ammettere che questa è la donna che fa per me. Suppongo che non troverai da ridire sul fatto che Gerda ha soltanto tre anni meno di me. Non avrai creduto, spero, che io voglia sposare qualche ragazzina della cerchia Möllendorpf - Langhals - Kistenmaker - Hagenström.

Che debbo dire del 'partito'? Penso quasi con apprensione a Stephan Kistenmaker, a Hermann Hagenström, a Peter Döhlmann, allo zio Justus, a tutta la città, che mi strizzeranno l'occhio quando avranno notizia del partito: infatti il mio futuro suocero è milionario. Dio mio, che volete che vi dica? Ciascuno di noi ha qualche lato che si può interpretare in un modo o nell'altro. Io adoro Gerda Arnoldsen con entusiasmo, ma non ho nessuna voglia di scendere in fondo al mio cuore per sapere se e fin dove abbia contribuito a questo entusiasmo la dote cospicua che, fin dalla prima presentazione, mi fu sussurrata all'orecchio piuttosto cinicamente. Io l'amo, ma la mia felicità e il mio orgoglio sono ancor più grandi per il fatto che, facendola mia, conquisto anche un aumento considerevole di capitale per la nostra Ditta.

Cara mamma, chiudo questa lettera già troppo lunga se penso che tra pochi giorni potremo discorrere a voce della mia felicità. Ti auguro un piacevole e proficuo soggiorno al mare e ti prego di salutare cordialmente tutti i nostri cari. Con grande affetto,

il tuo devoto figlio T."

VIII

Quell'anno ci fu veramente un'estate vivace e festosa in casa Buddenbrook.

Alla fine di luglio Thomas arrivò nella Mengstrasse e, come facevano gli altri mariti trattenuti in città dagli affari, andò alcune volte a trovar la famiglia al mare, mentre Christian vi faceva le vacanze complete, poiché si lamentava di un indefinibile dolore alla gamba sinistra che il dottor Grabow non riusciva assolutamente a capire e dava invece sempre più da pensare a Christian.

«Non è un dolore... non lo si potrebbe chiamare così» spiegava faticosamente passandosi una mano sulla gamba, arricciando il grosso naso e girando intorno lo sguardo. «È un tormento, una sofferenza continua, sorda, inquietante, in tutta la gamba... e proprio a sinistra, dal lato del cuore... Strano... a me pare strano. Che cosa ne pensi tu, Tom?»

«Va bene, va bene» disse Tom. «Qui puoi riposare e fare i bagni di mare...»

E Christian scendeva alla spiaggia per raccontare le sue storielle ai bagnanti suscitando le loro matte risate o si recava al Kursaal per giocare alla *roulette* con Peter Döhlmann e lo zio Justus e il dottor Gieseke e alcuni *suitiers* amburghesi.

Il console Buddenbrook andò con Tony, come faceva sempre quando erano a Travemünde, a trovare i vecchi Schwarzkopf, al «Prospetto».

«Oh, buon giorno, Madame Grünlich!» disse il comandante con grande espansione. «Si ricorda? È passato un secolo, ma sono state giornate veramente belle... e il nostro Morten fa il dottore a Breslavia da un pezzo e quel briccone ha già una considerevole clientela...» Intanto la signora Schwarzkopf correva a preparare il caffè e poi facevano merenda nella veranda tutta verde come una volta... salvo che ora tutti avevano dieci anni di più, che Morten e la piccola Meta, la quale aveva sposato il podestà di Haffkrug, erano lontani, che il comandante, ormai tutto bianco e piuttosto sordo, era pensionato, che sua moglie aveva nella reticella i capelli alquanto grigi e M.me Grünlich non era più un'oca, ma aveva imparato a conoscere la vita, la qual cosa non le impediva di mangiare una gran quantità di miele in favi poiché diceva: «Questo è un prodotto naturale; si sa almeno che cosa si mangia».

Ai primi d'agosto, come la maggior parte delle altre famiglie, anche i Buddenbrook ritornarono in città, e poi giunse il gran giorno in cui arrivarono quasi contemporaneamente, per un soggiorno piuttosto lungo nella Mengstrasse, il pastore Tiburtius dalla Russia e gli Arnoldsen dall'Olanda.

Fu proprio una bella scena quando il console entrò per la prima volta con la sposa nella stanza dei paesaggi e la presentò a sua madre che le andò incontro a braccia aperte e con la testa un po' reclinata. Gerda, che camminava sul tappeto chiaro con grazia franca e consapevole, si era fatta una ragazza alta e di belle forme. Coi capelli rossi abbondanti, con gli occhi castani ravvicinati e circondati di lievi ombre azzurrine, coi denti larghi e splendenti che mostrava nel sorriso, col naso dritto e forte e le labbra dal taglio meravigliosamente nobile, quella ragazza ventisettenne era di una bellezza elegante, esotica, affascinante e misteriosa. Aveva il viso bianco e un po' altero; ma lo chinò tuttavia, quando la vedova del console le prese la testa fra le mani con dolcezza e le baciò la fronte nivea immacolata. «Sii la benvenuta nella nostra casa e nella nostra famiglia, figlia cara, bella, benedetta» disse. «Tu lo renderai felice... Non vedo forse già adesso quanto felice lo fai?» E con la destra tirò a sé Thomas per baciare anche lui.

Mai, se non forse ai tempi del nonno, c'era stata tanta serenità, tanta animazione in quella grande casa che accolse così comodamente gli ospiti. Soltanto il pastore Tiburtius si era scelto per modestia una stanza nell'edificio di dietro, vicino alla sala dei biliardi; gli altri, il signor Arnoldsen, un uomo agile e spiritoso sulla sessantina, col pizzo grigio e un simpatico slancio in ogni movimento, la sua figlia maggiore, una signora dall'aspetto sofferente, suo genero, un elegante uomo di mondo che da Christian si fece guidare in giro per la città e al circolo, e Gerda, si distribuirono nelle stanze superflue al pianterreno, di fianco al vestibolo a colonne, e al primo piano.

Antonie Grünlich era molto contenta che Sievert Tiburtius fosse per il momento l'unico reverendo nella casa paterna: era più che contenta! Il fidanzamento del fratello adorato, il fatto che la eletta fosse proprio la sua amica Gerda, il lustro di quel partito che mandava nuova luce sul nome della famiglia e sulla Ditta, i 300.000 marchi di dote dei quali aveva sentito sussurrare, il pensiero di quello che avrebbero detto la città, le altre famiglie, specie gli Hagenström: tutto ciò contribuiva a metterla in uno stato di estasi continua. Almeno tre volte all'ora abbracciava appassionatamente la futura cognata.

«Oh, Gerda!» esclamava. «Ti voglio bene, ti ho sempre voluto bene. So benissimo che non puoi soffrirmi, che mi hai sempre odiata, ma...»

«Ma fammi il piacere, Tony!» replicava la signorina Arnoldsen. «Perché dovrei odiarti? Vuoi dirmi quali azioni malvage hai compiuto contro di me?»

Tuttavia, per chi sa quali ragioni, forse soltanto per la propria gioia e per il mero gusto di parlare, Tony si ostinava a ripetere che Gerda l'aveva sempre odiata, ma che lei invece (e gli occhi le si empivano di lacrime) aveva sempre ripagato quell'odio con tanto amore. Poi prendeva Tom in disparte e gli diceva: «Hai fatto bene, Tom. Sei stato proprio bravo. Peccato che il babbo non sia più qui a vedere... C'è da piangere e disperarsi! In questo modo si cancellano parecchie cose... non ultima la questione di quella tal persona che non nomino volentieri...». Dopo di che le venne in mente di tirare Gerda in una stanza vuota e di raccontarle coi più terribili particolari tutta la storia del suo matrimonio con Bendix Grünlich. Rimase anche a discorrere per ore e ore del tempo in cui erano a pensione, delle loro conversazioni serali, di Armgard von Schilling del Mecklemburgo e di Eva Ewers di Monaco... Di Sievert Tiburtius e del suo fidanzamento con Clara non si occupava quasi affatto; ma loro due non ci tenevano neanche. Se ne stavano per lo più in silenzio, tenendosi per mano, e parlavano con dolcezza e serietà di un loro bell'avvenire.

Siccome non era ancora passato l'anno di lutto dei Buddenbrook, i due fidanzamenti furono festeggiati soltanto in famiglia; tuttavia Gerda Arnoldsen divenne presto notissima in tutta la città e fu il principale soggetto di conversazione alla Borsa, al circolo, nel teatro civico, in società. «Tiptop» dicevano i *suitiers* facendo schioccare la lingua, poiché quella era la più recente espressione amburghese per dire una cosa squisitamente fine, si trattasse poi di una marca di vino rosso, di un sigaro, di un pranzo o del valore di un affare. Ma fra i bravi e onesti cittadini ce n'erano parecchi che scuotevano il capo: «Strano... quegli abiti, quei capelli, quel portamento, quel viso... sono un po' molto singolari». Il commerciante Sörensen si esprimeva così: «Ha un certo non so che...» e cosi dicendo si torceva e arricciava la faccia come quando in Borsa gli facevano un'offerta sospetta. Si trattava però del console Buddenbrook... il quale era fatto proprio così. Un po' pretenzioso, quel Thomas Buddenbrook, un pochino... diverso: diverso anche dai suoi antenati. Si sapeva (lo sapeva specialmente Benthien, il mercante di stoffe) che acquistava non solo gli abiti fini e all'ultima moda (e ne aveva una gran quantità: soprabiti, giacche, cappelli, panciotti, calzoni e cravatte), ma persino la biancheria ad Amburgo. Si sapeva anche che si cambiava la camicia ogni giorno, qualche volta persino due volte al giorno, e si profumava il fazzoletto e i baffi tirati alla Napoleone III. E non lo faceva per la Ditta, per dovere di rappresentanza (la casa "Johann Buddenbrook" non ne aveva bisogno) ma per una tendenza personale... come dire?... verso la cose sopraffine e aristocratiche... Inoltre, quelle citazioni di Heine e di altri poeti che infilava talvolta discorrendo di cose molto pratiche, di questioni d'affari e di problemi cittadini... e ora quella donna... Si, davvero, anche lui stesso, anche il console Buddenbrook aveva "un certo non so che", osservazione che si faceva beninteso con tutto il rispetto perché la famiglia era rispettabilissima, e la Ditta era veramente solida e il principale era una persona intelligente e simpatica che amava la città e certo le sarebbe stato di aiuto. E poi era un partito in grande stile, si discorreva di 100.000 talleri tondi tondi... Tuttavia... tra le signore c'era qualcuna che trovava

Gerda Arnoldsen semplicemente "insulsa" (da osservare che insulso era una parola di energica riprovazione).

Colui però che, dopo averla vista per la prima volta in strada manifestava per la sposa di Thomas Buddenbrook un rabbioso entusiasmo era il mediatore Gosch. «Ah!» diceva in società e al Circolo marittimo alzando il bicchiere di ponce e torcendo la faccia da intrigante con mimica orrenda. «Che donna, signori miei! Giunone e Venere, Brunilde e Melusina in una sola persona... Oh, è pur bella la vita!» soggiungeva poi improvvisamente; e nessuno dei cittadini che bevevano la birra intorno a lui, seduti sulle pesanti panche di legno intagliate del vecchio Circolo marittimo, sotto i modelli dei velieri e i grossi pesci che pendevano dal soffitto, nessuno era riuscito a capire quale avvenimento rappresentasse la comparsa di Gerda Arnoldsen nella vita modesta e avida di cose straordinarie del mediatore Gosch.

Non essendoci l'obbligo, come si è detto, di grandi festeggiamenti, le persone raccolte nella Mengstrasse avevano tanto più il tempo di fare amicizia e di scambiarsi confidenze. Sievert Tiburtius, tenendo Clara per mano, parlava dei suoi genitori, della sua giovinezza e dei progetti per l'avvenire, gli Arnoldsen discorrevano del loro albero genealogico che aveva le radici a Dresda, mentre quell'unico ramoscello era stato trapiantato nei Paesi Bassi; poi M.me Grünlich si faceva dare la chiave dello scrittoio nella stanza dei paesaggi e andava seria seria a prendere la cartella con i documenti di famiglia, nei quali Thomas aveva registrato anche i dati più recenti. E dava notizie, con aria d'importanza, sulla storia dei Buddenbrook, sul sarto di Rostock, che era già cosi benestante, e leggeva vecchie poesie d'occasione:

Il valore e la bellezza
qui si porgono la man,
con la bella Anadiomene
vanno l'opre di Vulcan...

e leggendo strizzava l'occhio a Tom e Gerda, agitando la punta della lingua sul labbro superiore; e per rispetto della storia non saltava affatto la parte che vi aveva avuto una persona che lei non nominava volentieri...

Alle quattro del giovedì vennero poi i soliti ospiti: Justus Kröger insieme con la debole consorte, con la quale viveva in disaccordo perché mandava danaro persino in America a quello scavezzacollo diseredato di Jakob: risparmiava sulle spese di casa e mangiava col marito quasi soltanto polenta di gran saraceno; tutto inutile. Vennero le signorine Buddenbrook della Via Larga, le quali dovevano pur salvare il vero e constatare che Èrika Grünlich non era punto cresciuta, che si era fatta ancor più somigliante a quel truffatore di suo padre e che la sposa del console aveva una pettinatura piuttosto appariscente... E venne anche Stsemi Weichbrodt, la quale sollevandosi sulle punte dei piedi baciò Gerda in fronte con un lieve schiocco, e disse commossa e allargando le vocali: «Sii felice, cara e buona figliola!».

A tavola il signor Arnoldsen fece un brindisi spiritoso e pieno di fantasia in onore degli sposi e più tardi, quando si prendeva il caffè, suonò il violino come uno zingaro, con uno slancio, con una passione, una dignità... Ma anche Gerda andò a prendere lo Stradivario dal quale non si staccava mai, e intervenne con una dolce cantilena nei passaggi di lui, e cosi suonarono pomposi duetti nella stanza dei paesaggi, presso l'armonio, nello stesso posto dove a suo tempo il nonno aveva suonato col flauto le sue piccole e pensose melodie.

«Sublime!» esclamò Tony reclinata sul seggiolone. «Dio, com'è sublime» e, con molta serietà, alzando gli occhi al cielo, espresse adagio i suoi più vivi e sinceri sentimenti: «Sapete come accade nella vita... Non tutti ricevono le stesse doti. A me il cielo ha negato coteste, quantunque io abbia pregato e implorato più di una notte... Sono un'oca, una scioccherella... sì, Gerda, lasciamelo dire... io sono più vecchia di te e ho conosciuto la vita... Ogni giorno in ginocchio dovresti ringraziare Iddio che ti ha conceduto la grazia...!».

«Concesso» disse Gerda scoprendo nel riso i denti bianchi e larghi.

Poi tutti si raccolsero a consiglio per discutere insieme i provvedimenti per il prossimo avvenire e mangiare la gelatina d'uva. Alla fine del mese o ai primi di settembre, cosi fu deciso, tanto Sievert Tiburtius quanto gli Arnoldsen sarebbero ritornati in patria. Subito dopo Natale si sarebbero festeggiate le nozze di Clara nel vestibolo a colonne, con gran lusso, mentre le nozze ad Amsterdam, alle quali "se ancora viva e sana" avrebbe partecipato anche la madre di Thomas, si dovevano rimandare fino ai primi dell'anno venturo, affinché ci fosse frammezzo un intervallo di riposo. Thomas si oppose, ma fu inutile.

«Scusa» disse sua madre posandogli una mano sul braccio «Sievert ha la precedenza.»

Il pastore e la sua sposa rinunciarono al viaggio di nozze. Gerda e Thomas invece si accordarono per un giro attraverso l'Italia settentrionale fino a Firenze. Sarebbero rimasti assenti circa due mesi; intanto Antonie, insieme col tappezziere Jacob della Fischstrasse, avrebbe preparato la casetta della Via Larga, che apparteneva a uno scapolo trasferitosi ad Amburgo e della quale il console stava già trattando l'acquisto. Oh, Tony avrebbe fatto certamente un magnifico lavoro! «Avrete una casa signorile!» diceva: e tutti ne erano convinti.

Christian, con le sue gambe sottili e curve e quel gran naso, si aggirava per la stanza dove due coppie di fidanzati si tenevano per mano e dove non si discorreva d'altro che di cerimonie nuziali, corredi e viaggi di nozze. Provava un tormento, una sofferenza indefinibile nella gamba sinistra e guardava tutti serio e pensieroso con quegli occhietti rotondi e infossati. Infine, con la pronuncia di Marcellus Stengel, disse alla cugina povera, che se ne stava in mezzo a quelle persone felici, arida e silenziosa e ancora affamata persino dopo il pasto: «Be', Thilde, anche noi due ci sposeremo presto... S'intende, ciascuno per conto proprio».

IX

Circa sette mesi dopo, il console Buddenbrook ritornava con sua moglie dall'Italia. Era di marzo e la neve copriva la Via Larga, allorché alle cinque del pomeriggio la carrozza si fermò davanti alla semplice facciata della loro casa, dipinta a olio. Un paio di ragazzi e di cittadini si fermarono per veder scendere i nuovi arrivati. La signora Antonie Grünlich, orgogliosa dei preparativi che aveva fatti, stava sulla soglia, e dietro a lei, ugualmente pronte ad accogliere gli sposi, erano, con le braccia nude e gli abiti a righe, le due donne di servizio con la cuffia bianca che Antonie con conoscenza di causa aveva scelte per la cognata.

Svelta e accaldata per la fatica e per la gioia, ella fece i gradini di corsa, abbracciò Gerda e Thomas che erano scesi impellicciati dalla carrozza carica di valige e li tirò dentro casa...

«Eccovi qua! Voi felici che avete viaggiato tanto! Avete visto la casa? " Sai tu la casa? Su colonne poggia il tetto..." Tu, Gerda, ti sei fatta ancor più bella, vieni qua che ti dia un bacio... Si, anche sulle labbra... ecco, cosi. Buon giorno, vecchio Tom. Un bacio anche per te. Marcus mi ha detto che tutto è andato benone. La mamma vi aspetta nella Mengstrasse, ma prima vi metterete in ordine... Volete un po' di tè? Fate il bagno? Tutto è pronto. Non avrete da lagnarvi. Jacobs ha fatto tutto il possibile e anch'io ho fatto del mio meglio...»

Entrarono insieme nel vestibolo, mentre le ragazze, aiutate dal cocchiere, portavano il bagaglio. Tony disse: «Queste stanze al pianterreno per il momento non vi serviranno molto... per il momento» ripeté agitando la punta della lingua sul labbro superiore. «Questa è molto bella» e aprì una porta subito a destra dell'ingresso. «L'edera alle finestre... Mobili di legno semplice... di rovere... Là dietro, al di là del corridoio, c'è un'altra stanza, più grande. Qui a destra c'è la cucina e la dispensa... Ma ora andiamo di sopra: voglio farvi veder tutto.»

Sulla guida larga color rosso scuro salirono la comoda scala. Di sopra, dietro una porta a vetri si apriva un corridoio stretto. Vi era la sala da pranzo con una pesante tavola rotonda sulla quale bolliva il samovar, con le tappezzerie rosse damascate, alle quali erano appoggiate sedie di noce intagliate coi sedili di paglia e una credenza massiccia. C'era una comoda stanza di soggiorno tappezzata di stoffa grigia che, attraverso una portiera, era in comunicazione con un salotto ammobiliato con poltrone ricoperte di seta a strisce verdi, sul quale si apriva un balcone. Un quarto di tutto il piano era occupato da una sala con tre finestre. Poi passarono nella camera da letto. Questa era a destra del corridoio e aveva le tendine a fiorami e grandi letti di mogano. Tony si avvicinò a una porticina a muro, premette la maniglia e aprì l'accesso a una scala a chiocciola che scendeva nel sotterraneo dov'erano la stanza da bagno e le camere delle domestiche.

«Qui si sta bene e qui voglio restare» disse Gerda accomodandosi con un sospiro sul seggiolone accanto a uno dei letti. Il console si chinò e la baciò in fronte: «Stanca? Del resto anch'io ho voglia di mettermi un po' in sesto...».

«E io vado a vedere se l'acqua bolle» disse M.me Grünlich.

«Vi aspetto nella sala da pranzo...» e si avviò.

Quando Thomas la raggiunse trovò il tè fumante nelle tazze di Meissen. «Eccomi qua» disse. «Gerda vorrebbe riposare ancora una mezz'oretta. Le duole la testa. Andremo poi nella Mengstrasse... Tutti bene, mia cara Tony? La mamma, Èrika, Christian?... Adesso però» continuò con un gesto squisitamente gentile «i miei migliori ringraziamenti anche da parte di Gerda per tutte le tue fatiche! Come hai organizzato bene ogni cosa! Non manca nulla. Ci vorranno soltanto un paio di palme per il balcone; ci penserà Gerda, e io bisogna che cerchi qualche quadro accettabile... E adesso racconta! Come stai? Che cosa hai fatto in questo tempo?»

Aveva avvicinato una sedia per la sorella e, mentre discorrevano, sorseggiava il tè e mangiava biscottini.

«Oh, Tom» rispose lei. «Che cosa vuoi che abbia fatto? La mia vita è gia passata...»

«Smettila, Tony, con la tua vita!... Ti annoi forse?»

«Sì, Tom, mi annoio tremendamente. Qualche volta piango di noia. Ero felice di potermi occupare di questa casa e non puoi credere quanto sia lieta del vostro ritorno. Ma vedi, a casa non mi ci trovo volentieri, e Dio mi perdoni se è peccato. Sono ormai alla trentina, ma non ho ancora l'età di fare amicizia con l'ultima "Cittadina del Paradiso" o con le signorine Gerhardt, o con uno degli uomini neri della mamma che si mangiano la casa delle vedove. Tu sai, Tom, che non ho fede in loro, sono lupi in veste di agnelli... Razza di vipere... Tutti siamo deboli peccatori e me ne rido, se pretendono di guardare me, povera creatura di mondo, con pietà e degnazione. Sono sempre stata del parere che tutti gli uomini sono eguali e che non c'è bisogno di intermediari fra noi e il buon Dio. Tu conosci anche i miei princìpi politici. Io voglio che fra il cittadino e lo stato..»

«Sicché ti senti un po' sola?» domandò Thomas per rimetterla in carreggiata. «Però, non hai Èrika?»

«Sì, Tom, e voglio molto bene a questa figliola, quantunque un tale affermasse che non mi piacciono i bambini... Però vedi, sono franca con te, sono una donna onesta e dico quello che ho nel cuore, non mi piace far chiacchiere...»

«Ed è una bella cosa, Tony.»

«Insomma, è triste che la bambina mi ricordi troppo Grünlich... Anche i Buddenbrook della Via Larga dicono che gli somiglia moltissimo... E poi, quando me la vedo davanti, non posso fare a meno di pensare che sono una vecchia signora con una figlia grande e che la mia vita è ormai vissuta. Mi ci sono trovata in mezzo per alcuni anni, ma ora potrei arrivare a settanta e ottanta e rimarrò qui a sentire Lea Gerhardt che legge. Questo pensiero, Tom, è così triste che mi fa groppo qui in gola, perché, vedi, mi sento ancora tanto giovanile e ho una gran voglia di ritornare in mezzo alla vita. E infine non solo in casa, ma in questa città non mi sento del tutto bene, perché non devi credere che sia cieca e non mi accorga della situazione: ho gli occhi anch'io e non sono più un'oca. Sono divorziata e qui me lo fanno sentire, è evidente. Credimi, Tom, che mi addolora moltissimo di aver macchiato così il nostro nome, sia pure senza colpa. Puoi fare quello che vuoi, puoi accumular denaro ed essere il primo nella città: la gente dirà pur sempre «Sì, è vero... però ha una sorella divorziata». Julchen Möllendorpf, nata Hagenström, non mi saluta... È un'oca, siamo d'accordo, ma così si pensa in tutte le famiglie... Eppure, Tom, non posso rinunciare alla speranza che tutto ciò si possa aggiustare. Sono ancora giovane... Non sono ancora abbastanza carina? La mamma non può darmi molto, ma si tratta sempre di una somma discreta. E se mi sposassi di nuovo? Ti confesso, Tom, che è il mio più grande desiderio. Tutto si rimetterebbe a posto; la macchia sarebbe cancellata... Oh Dio, se potessi trovare un partito degno del nostro nome, se potessi accasarmi un'altra volta! Credi che sia da escludere?»

«Tutt'altro, Tony, per carità! Io ci ho sempre fatto assegnamento. Ma prima di tutto mi sembra necessario che tu trovi un po' di svago, che ti sollevi un po', che abbia qualche distrazione...»

«Ecco, appunto» esclamò lei con vivacità. «Adesso voglio raccontarti un episodio.»

Molto sodisfatto della proposta, Thomas si appoggiò alla spalliera. Era alla seconda sigaretta. Incominciava a imbrunire.

«Dunque, durante la vostra assenza poco è mancato che non accettassi un posto, un posto di dama di compagnia a Liverpool! Ti sarebbe sembrata una cosa riprovevole?... Però un pochino discutibile, non è vero? Sì, sì, probabilmente sarebbe stata una cosa non degna. Ma avevo tanta voglia di prendere il largo... Breve, tutto è andato a monte. Mandai alla Missis il mio ritratto e lei dovette rinunciare ai miei servigi perché, dice, sono troppo bella: c'è in casa un figlio grande. "Siete troppo carina" mi scrisse... Ah ah, non mi sono mai divertita tanto!

Tutti e due si misero a ridere cordialmente.

«Ma ora ho in vista un'altra cosa» proseguì Tony. «Ho un invito, un invito a Monaco, da parte di Eva Ewers... che del resto si chiama Eva Niederpaur, e suo marito è direttore di una birreria. Insomma, mi ha pregata di andare a trovarla, e prossimamente ho intenzione di accettare l'invito. Certo, Erika non potrà venire. La metterei a pensione da Sesemi Weichbrodt dove starà benissimo. Hai qualche obiezione da fare?»

«Nessuna, affatto. È necessario che tu ti trovi in un nuovo ambiente.»

«Appunto» disse lei con gratitudine. «Ma veniamo a te, Tom! Io continuo a parlare di me, sono proprio un'egoista! Parla tu ora. Dio, come devi essere felice!»

«Sì, Tony!» disse lui con forza. Seguì una pausa. Egli soffiò il fumo sopra la tavola e continuò: «Prima di tutto sono molto contento di essere sposato e di essermi formato una famiglia. Tu mi conosci: non ero fatto per la vita di scapolo. È una vita che ha un sapore di infingardaggine e di isolamento, mentre io, come ben sai, ho la mia ambizione. Non considero terminata la mia carriera né dal punto di vista commerciale, né, diciamo pure per scherzo, da quello politico... Ora la vera fiducia del mondo si acquista soltanto quando si ha una casa e si è padri di famiglia. Eppure è dipeso da un pelo... Tu sai, Tony, che sono piuttosto di gusti difficili. Per molto tempo non ho creduto possibile trovare a questo mondo la persona adatta. Ma la vista di Gerda ha dato il tracollo. Ho capito subito che era lei, l'unica, proprio lei... per quanto sappia che parecchia gente in città biasima i miei gusti. È una creatura meravigliosa, come ce n'è poche su questa terra. Certo, è molto diversa da te, Tony. Tu sei di animo più semplice e hai anche una maggiore naturalezza. Si, la mia grande sorella è di sangue più caldo» continuò assumendo improvvisamente un tono più leggero. «Del resto, che anche Gerda sia focosa lo dimostra il modo come suona il violino, ma qualche volta è forse un po' freddina... Insomma, non si può valutarla con la misura comune. Ha un'anima d'artista, è una creatura singolare, enigmatica, affascinante.»

«È vero» disse Tony la quale aveva ascoltato il fratello con attenzione e serietà. Senza pensare alla lampada si erano lasciati sorprendere dal buio. In quella la porta del corridoio si aprì e, avvolta nell'ombra del crepuscolo, vi apparve una figura eretta, in un'ampia vestaglia di picché candido. I folti capelli rossi le incorniciavano il viso bianco, e intorno agli occhi castani e molto vicini tra loro si addensavano ombre azzurrine. Era Gerda, la futura genitrice di altri Buddenbrook.

Parte sesta

I

Thomas Buddenbrook prendeva la prima colazione nella sua elegante sala da pranzo quasi sempre solo, perché sua moglie lasciava molto tardi la camera essendo spesso soggetta, nella mattinata, all'emicrania e a un malumore generale. Il console si recava poi subito nella Mengstrasse, dov'erano rimasti gli uffici della Ditta, faceva la seconda colazione nel mezzanino insieme con sua madre, con Christian e Ida Jungmann, e si ritrovava con Gerda soltanto per il pranzo verso le quattro del pomeriggio.

L'andamento degli affari mantenne in vita e in moto il pianterreno; i piani di sopra, invece, del grande palazzo della Mengstrasse erano alquanto vuoti e solitari. La piccola Èrika era stata accolta da Mademoiselle Weichbrodt come allieva interna, la povera Klothilde coi suoi quattro o cinque mobili era andata a pensione modestamente presso la vedova di un professore di ginnasio, una certa dottoressa Krauseminz, persino il servo Anton aveva lasciato la casa per passare in quella dei giovani sposi, dov'era più utile, e, quando Christian si tratteneva al circolo, alle quattro del pomeriggio la vedova Buddenbrook e madamigella Jungmann sedevano sole sole alla tavola rotonda che non aveva bisogno di essere allungata e si sperdeva nel vasto tempio dei pasti con le divinità raffigurate sulla tappezzeria.

Con la morte del console Johann Buddenbrook ogni vita

di società si era spenta nella Mengstrasse e, prescindendo dalla visita di qualche reverendo, la vedova non si trovava più intorno altri ospiti che i membri della famiglia il giovedì. Suo figlio invece e la sposa di lui avevano già dato il primo ricevimento: un pranzo che era stato preparato nella sala e nella stanza di soggiorno, un pranzo con tanto di cuoca, di camerieri e di vini forniti da Kistenmaker, un pranzo che era incominciato alle cinque e si era protratto coi suoi odori e rumori fino alle undici; erano stati presenti tutti i Langhals, i Hagenström, i Huneus, i Kistenmaker, gli Oeverdieck e i Möllendorpf, commercianti e intellettuali, coppie di coniugi e *suitiers*, e la riunione si era conchiusa col whist e con alcuni pezzi di musica, dopo di che se ne era parlato in Borsa per una settimana con le più cordiali espressioni di elogio. Si era notato che effettivamente la giovane signora sapeva fare gli onori di casa. Quella sera il console, rimasto solo con lei nelle stanze illuminate dagli ultimi resti delle candele, fra i mobili in disordine, nell'aria pesante e dolciastra, pregna degli odori di cibi, profumi, vini, caffè, sigari e fiori sparsi sulla tavola o appuntati sugli abiti delle signore, le aveva stretto le mani dicendo: «Brava, Gerda! Molto brava. Non abbiamo avuto motivo di vergognarci. È una cosa molto importante. Non ho affatto voglia di dedicarmi ai balli e di far saltare qui in casa i giovanotti; non ci sarebbe neanche lo spazio. Ma alla gente posata dobbiamo offrire buoni bocconi in casa nostra. Un pranzo così viene a costare un po' di più... ma sono denari spesi bene».

«Hai ragione» aveva risposto lei rimettendosi in ordine i pizzi dai quali il suo petto traspariva come fosse di marmo. «Anch'io preferisco i pranzi ai balli. Un pranzo così ha effetti veramente calmanti... Oggi nel pomeriggio avevo fatto un po' di musica e mi sentivo stranamente fuori di posto... Adesso invece il mio cervello è spento: qui potrebbe scoppiare un tuono senza farmi impallidire o arrossire.»

Alle undici e mezzo il console si era seduto per la colazione accanto a sua madre, la quale gli lesse questa lettera:

Monaco, 2 aprile 1857 - Marienplatz, 5

"Mia cara mamma,

ti prego di perdonare perché è proprio una vergogna che non ti abbia ancora scritto da una settimana che sono qui; sono stata troppo presa da tutte le meraviglie che ci sono da vedere. Ma di questo dirò in seguito. Ora vorrei sapere anzitutto se state tutti bene, tu e Tom e Gerda e Èrika e Christian e Thilde e Ida e tutti gli altri: questa è la cosa più importante

Oh, quante cose ho potuto vedere in questi giorni! Ci sono la Pinacoteca e la Glittoteca e la Birreria reale e Il Teatro di Corte e le chiese e tante altre cose. Vi riferirò a voce, altrimenti dovrei scrivere per tutta la vita. Abbiamo anche già fatto una scarrozzata nella valle dell'Isar e per domani abbiamo in programma una escursione al lago di Würm. E così si continua. Eva è molto buona e il signor Niederpaur, il direttore della birreria, è una persona simpatica. Abitiamo su una bellissima piazza nel centro della città con una fontana nel mezzo, come da noi sulla piazza principale, e la casa sorge nei pressi del municipio. Non ho mai visto una casa simile! È tutta dipinta da cima a fondo con san Giorgi che ammazzano il drago e antichi principi bavaresi in cappa magna e stemmi. Figuratevi un po'!

Devo dire che Monaco mi piace moltissimo. Dicono che l'aria rafforza i nervi, e per il momento anche il mio stomaco è in perfetto ordine. Bevo volentieri moltissima birra, tanto più che l'acqua non è molto salubre; ma non riesco ad abituarmi alla cucina. Ci sono troppo pochi legumi e troppa farina, per esempio nelle salse, che Dio liberi! Qui non hanno un'idea di quel che sia un vero filetto di vitello perché i macellai spezzettano la carne in modo indegno. Sento anche molto la mancanza del pesce. E poi è una follia dover ingoiare continuamente cetrioli e patate in insalata con la birra. Il mio stomaco protesta e brontola.

In genere bisogna far l'abitudine a molte cose, come potete immaginare; si tratta di un paese straniero. C'è la moneta alla quale non si è avvezzi, c'è la difficoltà d'intendersi con la gente del popolo, con le persone di servizio, perché io parlo troppo svelta per loro e loro parlano un gergo incomprensibile; poi c'è il cattolicesimo: e sapete che io lo odio e non ne ho alcuna stima..."

A questo punto il console si mise a ridere e, prendendo un pezzo di pane imburrato cosparso di formaggio grattugiato, si appoggiò alla spalliera del sofà.

«Tu ridi, Tom » osservò sua madre battendo un paio di volte col dito medio sulla tovaglia. «Io invece sono molto contenta che Tony si attenga alla fede dei suoi padri e disprezzi le baggianate dei non evangelici. So che in Francia e in Italia hai preso a guardare la Chiesa cattolica con una certa simpatia, ma in te, Tom, non è questione di religiosità; è un'altra cosa, e so anche cos'è; tuttavia, anche se dobbiamo essere tolleranti, in queste cose ogni dilettantismo, ogni mancanza di serietà è riprovevole, e io prego Dio che col tempo conceda la opportuna serietà tanto a te quanto alla tua Gerda, poiché so che anche lei non è una buona credente. Perdonerai se la tua mamma ti fa quest'osservazione.»

"...Sopra la fontana" continuò a leggere "che vedo dalla mia finestra, c'è una Madonna che qualche volta viene coperta di ghirlande, e la gente del popolo vi s'inginocchia intorno e recita il rosario: lo spettacolo è molto suggestivo, ma sta scritto: Ritirati nella tua cameretta! Qui per la strada s'incontrano spesso frati che hanno un aspetto molto venerando. Ma figurati, mamma, ieri nella Theatinerstrasse mi è passata accanto la carrozza di non so quale grande ecclesiastico, forse era l'arcivescovo, un uomo in età... Insomma, questo signore mi lanciò dal finestrino una occhiata come fosse un tenente della guardia! Tu sai, mamma, che non ho molta stima dei tuoi amici missionari e pastori, ma Trieschke il Piagnone non è niente in confronto di questo *suitier* porporato...”

«Vergogna!» esclamò la signora Buddenbrook rattristata.

«Tutta Tony!» fece il console.

«Perché, Tom?»

«Vuoi che non l'abbia provocato un pochino... per metterlo alla prova? Conosco bene Tony. In ogni caso quella “occhiata” l'ha divertita moltissimo... E sarà stato probabilmente ciò che il vecchio signore voleva.»

Sua madre lasciò cadere l'argomento e continuò a leggere:

“...Ieri l'altro i Niederpaur hanno dato una serata molto ben riuscita, per quanto io non fossi in grado di seguire sempre la conversazione e benché il tono fosse qualche volta un po' equivoco. C'eran persino un cantante dell'Opera di Corte, che ci fece sentire alcune romanze, e un giovane pittore che si offerse di farmi il ritratto, ma io rifiutai perché mi pare che non stia bene. Più di tutto mi son divertita a discorrere con un certo signor Permaneder (avresti mai immaginato che uno possa chiamarsi così?), un commerciante di luppolo, uomo simpatico e spiritoso, non più giovane ma scapolo. Era il mio cavaliere a tavola e m'intrattenni volentieri con lui perché era l'unico protestante della compagnia: pur essendo infatti un buon monacense, la sua famiglia è oriunda di Norimberga. Mi assicurò che conosceva benissimo di nome la nostra Ditta e tu puoi figurarti, Tom, quale gioia mi abbia fatto il tono rispettoso con cui lo diceva. Volle sapere con precisione quanti fossimo in famiglia e notizie del genere. S'informò anche di Èrika e persino di Grünlich. Si fa vedere ogni tanto dai Niederpaur e domani verrà probabilmente con noi al lago di Würm.

E ora addio, cara mamma, non posso più scrivere. Se sarò viva e sana, come dici tu, rimarrò qui ancora tre o quattro settimane e poi parleremo a lungo di Monaco poiché per lettera non saprei da che parte incominciare. Vi ripeto però che mi ci trovo benissimo, salvo che bisognerebbe istruire una cuoca perché facesse intingoli decenti. Vedi, io sono una vecchia signora, ho già vissuto la mia vita e non aspetto più nulla in questo mondo, ma se per esempio un giorno Erika, sempre rimanendo viva e sana, dovesse trovar marito quaggiù, ti garantisco che non avrei nulla in contrario..."

Anche qui il console dovette smettere di mangiare e appoggiarsi alla spalliera ridendo.

«Mamma, è impagabile! Quando vuol fingere è veramente incomparabile. Io le voglio molto bene perché non è per nulla capace di simulare, neanche a mille miglia di distanza...»

«Proprio così, Tom» soggiunse sua madre «è una buona figliola che merita di essere felice.»

Poi lesse la lettera sino in fondo...

II

Alla fine d'aprile la signora Grünlich rientrò nella casa paterna e, benché avesse vissuto un altro brano di vita, benché riprendesse la vecchia esistenza e fosse costretta ad assistere nuovamente alle devozioni e a sentir leggere Lea Gerhardt nelle "Serate di Gerusalemme", era evidentemente di umore gaio e animata di buone speranze.

Già quando suo fratello, il console era andato a prenderla alla stazione (era arrivata da Büchen) ed era entrato con lei in città, non aveva potuto fare a meno di ripeterle il complimento che, insieme con Klothilde, lei era ancora la più bella donna della famiglia, alla qual cosa Tony aveva risposto: «Come ti odio, Tom! Prendere in giro così una vecchia signora!...».

Però era vero: M.me Grünlich si era conservata molto bene e, di fronte ai suoi capelli abbondanti d'un biondo-cenere che erano ammassati e lisciati sopra le piccole orecchie e raccolti in alto da un largo pettine di tartaruga, di fronte alla dolce espressione dei suoi occhi grigioazzurri, del bel labbro superiore, del grazioso ovale del viso e della sua carnagione delicata, le si sarebbero dati non trent'anni ma ventitré. Portava orecchini d'oro elegantissimi che, di una forma un pochino diversa, aveva portati già sua nonna. Una giacca ampia di seta scura e leggera, coi risvolti di raso e le spalline di pizzo, conferiva al suo busto un aspetto delizioso e morbido.

Era, come si è detto, di ottimo umore, e il giovedì, quando il console Buddenbrook con la consorte, le signorine Buddenbrook della Via Larga, il console Kröger con la moglie, Klothilde, e Sesemi Weichbrodt insieme con Èrika si raccolsero a tavola, lei parlò di Monaco, della birra, delle tagliatelle, del pittore che aveva voluto farle il ritratto, degli equipaggi di Corte che le avevano fatto un'enorme impressione. Menzionò di sfuggita anche il signor Permaneder, e se Pfiffi Buddenbrook osservò che un viaggio così doveva essere stato molto piacevole, ma, a quanto sembrava, senza un apprezzabile risultato pratico, la signora Grünlich finse di non sentire e gettò indietro la testa molto dignitosamente, cercando tuttavia di premere il mento sul petto.

Prese poi l'abitudine di correre, ogni qualvolta udiva suonare il campanello, sul pianerottolo, per vedere chi entrava. Chi sa perché? Probabilmente lo sapeva soltanto Ida Jungmann, l'educatrice e vecchia confidente di Tony, che ogni tanto le diceva: «Tony, bimba mia, vedrai che verrà! Non vorrà mica passare per villano».

I membri della famiglia erano grati ad Antonie per la sua serenità: gli animi avevano bisogno di essere sollevati, specialmente perché i rapporti fra il principale della Ditta e il suo fratello minore, anziché migliorare con l'andar del tempo, erano dolorosamente peggiorati. La loro madre, che seguiva con apprensione quello sviluppo, aveva abbastanza da fare per cercare di metterli d'accordo. I suoi inviti ad essere più puntuale in ufficio erano stati accolti da Christian con un silenzio distratto, e anche quelli di suo fratello egli aveva ascoltati senza reagire, con una pensosa e inquieta umiliazione, per dedicarsi poi alcuni giorni con maggior zelo alla corrispondenza inglese. Sempre più però si andavan sviluppando nel maggiore un'irritazione e un disprezzo contro il minore che non diminuivano per nulla quando Christian ne accoglieva le manifestazioni occasionali senza mettersi sulle difese e limitandosi a guardare in giro con occhi stanchi.

La faticosa attività di Thomas e lo stato dei suoi nervi non gli consentivano di ascoltare con affetto o con pazienza le minute dissertazioni di Christian sui suoi diversi fenomeni morbosi che, di fronte alla mamma o alla sorella, egli chiamava "gli stupidi risultati di un'odiosa osservazione di sé stesso".

La pena, il tormento indistinto di Christian alla gamba sinistra era cessato da qualche tempo con l'applicazione di vari rimedi esterni; ogni tanto però gli ritornavano a tavola le difficoltà d'ingoiare e, recentemente, vi si era aggiunta una temporanea difficoltà di respiro, un fatto asmatico, che Christian considerò per parecchie settimane come tubercolosi polmonare e cercò di descrivere nei sintomi e negli effetti, molto minutamente e arricciando il naso, per farlo capire alla famiglia. Si mandò a chiamare il dottor Grabow, il quale constatò che cuore e polmoni funzionavano benissimo, ma quella temporanea mancanza di respiro andava ascritta a una certa pigrizia di taluni muscoli e, per facilitare la respirazione, ordinò in primo luogo un ventaglio, in secondo luogo una polvere verdastra che bisognava accendere per aspirarne il fumo. Del ventaglio Christian si serviva anche in ufficio e a un'osservazione del principale rispose che a Valparaiso tutti gli impiegati avevano il ventaglio per il gran calore che vi faceva: «Johnny Thunderstorm... santo cielo!». Ma quando un giorno, dopo essersi agitato un po' sulla seggiola, cavò di tasca nell'ufficio anche la polverina e ne sviluppò un fumo così denso e puzzolente che parecchi incominciarono a tossire e il signor Marcus divenne pallidissimo, fu uno scandalo, una discussione violenta e clamorosa alla presenza del personale; e si sarebbe arrivati subito alla rottura, se la mamma non fosse intervenuta a metter pace e ad aggiustare le cose.

Ma non era soltanto questo. Il console seguiva con dispetto anche la vita che Christian faceva fuori di casa, per lo più con l'avvocato Gieseke, suo compagno di scuola. Non che fosse un brontolone e guastafeste. Ricordava anche lui i propri peccati di gioventù. Sapeva benissimo che la sua città natale, quel grande emporio commerciale, dove i cittadini rispettabilissimi negli affari battevano i marciapiedi col bastone da passeggio e avevano sul volto la più grande serietà del mondo, non era certo la culla della moralità più immacolata. Per le lunghe ore passate sulla sedia dell'ufficio ci si ripagava non solo con vini forti e cibi piccanti ma uno spesso manto di solida probità copriva le scappatelle, e se il console Buddenbrook considerava legge suprema quella di salvare le apparenze, in quel riguardo era pienamente d'accordo col modo di vedere dei suoi concittadini. L'avvocato Gieseke era di quegli "intellettuali" che si adattavano volentieri al modo di vivere dei "commercianti" e apparteneva al numero dei più notori *suitiers*, come chiunque poteva vedere. Ma, come gli altri uomini di mondo, sapeva prendere l'atteggiamento giusto, evitare lo scandalo, e conservare ai suoi principi politici e professionali il grido d'un'incontestabile probità. Il fidanzamento di Gieseke con una signorina Huneus era stato reso pubblico da poco. Con quel matrimonio egli si conquistava dunque un posto nella miglior società e una dote cospicua. Svolgeva la sua attività con palese interessamento alle questioni cittadine, e correva voce che aspirasse a un seggio in municipio e, negli ultimi tempi, addirittura alla carica del vecchio borgomastro Oeverdieck.

Christian Buddenbrook invece, l'amico suo, quello stesso che una volta era andato con passo deciso dalla signorina Meyer-de la Grange e le aveva recato il mazzo di fiori dicendo: «Signorina, come avete recitato bene!», Christian, per il suo carattere e per i lunghi anni di vita randagia, era diventato un *suitier* di natura troppo ingenua e spensierata, e nelle avventure sentimentali altrettanto poco disposto quanto nelle rimanenti a frenare i propri sentimenti, a usare discrezione, a salvare la dignità. Per esempio, tutta la città si divertiva alla sua relazione con una comparsa del teatro estivo, e la signora Stuht, quella che frequentava la migliore società, raccontava a tutte le signore che volevano sentirla come Christian fosse stato riveduto ancora di pieno giorno per la strada con quella del "Tivoli".

Ma nemmeno di questo gli si faceva carico. Tutti erano di uno scetticismo troppo bonario per dimostrare seriamente uno sdegno morale. Christian Buddenbrook, e così pure il console Peter Döhlmann, che gli affari ridotti alla malora inducevano a procedere nello stesso modo innocuo e ingenuo, erano ben visti come persone divertenti e addirittura indispensabili nei circoli maschili. Ma non erano da prendere sul serio; nelle cose serie non contavano per nulla; ed era significativo il fatto che in tutta la città, al circolo, in Borsa, nel porto si chiamassero soltanto per nome: "Christian" e "Peter", e i malevoli, come i Hagenström, potevano ridere liberamente, non già delle storielle e degli scherzi di Christian, ma sul conto di Christian stesso.

Egli non ci badava e, secondo il suo carattere, passava oltre dopo un istante di inquieta riflessione. Ma suo fratello, il console, lo sapeva, sapeva che Christian offriva un punto debole agli avversari della famiglia e... di punti deboli ce n'erano fin troppi. La parentela con gli Oeverdieck era lontana e, dopo la morte del borgomastro, non avrebbe avuto più alcun valore. I Kröger non contavano più, vivevano ritirati, e avevano gravi grattacapi per il figliolo. Il disgraziato matrimonio del povero zio Gotthold era sempre una cosa spiacevole. La sorella del console era divorziata, anche se non era il caso di abbandonare ogni speranza in un secondo matrimonio... e suo fratello era quell'uomo ridicolo con le cui pagliacciate le persone attive e laboriose si facevano riempire le ore di riposo, tra risate benevole o beffarde; suo fratello oltre tutto faceva debiti e alla fine del trimestre, quando non aveva più soldi, si faceva mantenere palesemente dal dottor Gieseke... E chi faceva la brutta figura era la Ditta.

L'iroso disprezzo che Thomas nutriva per suo fratello, e che questi sopportava con pensosa indifferenza, si manifestava in quelle sottili inezie che appaiono soltanto tra membri di una stessa famiglia costretti ad appoggiarsi l'uno all'altro. Quando, per esempio, si discorreva della storia dei Buddenbrook, Christian era portato qualche volta, benché poco si adattasse alla sua natura, a discorrere della sua città natale e degli antenati con affetto, con serietà e ammirazione: allora il console interrompeva il discorso con qualche gelida osservazione. Era una cosa che non tollerava. Disprezzava talmente suo fratello che non gli permetteva nemmeno di amare ciò che lui stesso amava. Avrebbe preferito che Christian ne parlasse nel buffo vernacolo di Marcellus Stengel. Aveva letto, poniamo, un libro, un'opera storica che gli aveva fatto impressione, sicché la esaltava con parole commosse. Christian, cervello succubo, che non avrebbe mai neanche scovato quel libro, ma impressionabile e accessibile all'influsso altrui, lo leggeva e, già preparato a gustarlo, dichiarava che era un libro bellissimo, e cercava di esprimere con la massima esattezza le sue impressioni: allora per Thomas il libro era bell'e spacciato. Ne parlava con freddezza e indifferenza; fingeva di averlo appena sfogliato. E lasciava che suo fratello lo ammirasse da solo...

III

Dall'"Armonia", il circolo di lettura maschile dove aveva passato un'oretta dopo la seconda colazione, il console Buddenbrook ritornò nella Mengstrasse. Entrando dalla porta di dietro attraversò la sua proprietà, arrivò di fianco al giardino per la viottola lastricata che passando fra muraglie coperte di rampicanti univa il cortile posteriore con quello anteriore, passò dall'androne e chiese in cucina se suo fratello era in casa: lo avvertissero subito quando ritornava. Poi attraversò l'ufficio dove gli impiegati, appena lo videro, si chinarono più profondamente sui loro registri, entrò nel suo ufficio privato, depose bastone e cappello, indossò la giacca da lavoro e sedette al suo posto presso la finestra, di fronte al signor Marcus. Tra le sopracciglia spiccatamente chiare aveva due rughe profonde. Il bocchino giallo d'una sigaretta russa, ormai consumata, passava irrequieto da un angolo della bocca all'altro. I suoi gesti nel prendere carta e penna erano così secchi e bruschi che il signor Marcus si passò piano piano due dita sui baffi e gettò al socio una lunga occhiata, mentre i giovani si guardavano tra loro sollevando le sopracciglia. Il principale era in collera.

Dopo mezz'ora, durante la quale non si era udito altro che il grattare delle penne e la tossetta nervosa del signor Marcus, il console guardò dalla finestra e vide Christian che stava venendo. Fumava. Ritornava dal circolo dove aveva fatto colazione e la solita partita. Teneva il cappello un po' a sghimbescio e agitava il bastone giallo che aveva portato "di laggiù" e che nell'impugnatura d'ebano intagliato riproduceva la figura di una monaca. A vederlo si capiva che godeva buona salute ed era di ottimo umore. Canticchiando fra sé chi sa quale *song*, entrò nell'ufficio, disse «buon giorno, signori» e s'avviò verso il suo posto per "lavoricchiare un pochino". Ma il console si alzò e passandogli vicino senza guardarlo disse: «Senti, caro... due parole».

Christian lo seguì. Attraversarono piuttosto rapidamente l'androne. Thomas aveva messo le mani dietro la schiena e istintivamente Christian fece lo stesso rivolgendo al fratello il gran naso che, sopra i baffi rossicci pendenti sulla bocca alla moda inglese, emergeva curvo, affilato e ossuto tra le guance scarne. Mentre attraversavano il cortile, Thomas disse: «Ora devi accompagnarmi a far due passi nel giardino».

«Volentieri» rispose Christian. Seguì poi un lungo silenzio durante il quale girarono a sinistra per la viottola esterna, lungo la facciata rococò del "portale" dove spuntavano le prime gemme. Infine, dopo un rapido sospiro, il console disse a voce alta: «Mi sono preso poco fa una grave arrabbiatura... per il tuo contegno».

«Per il mio?...»

«Appunto. All'"Armonia" mi hanno riferito un'osservazione che hai fatto ieri sera al circolo, un'osservazione così inopportuna che non trovo parole... e anche la risposta per le rime non si è fatta attendere. Hai avuto subito la tua parte. Ti dispiacerebbe ricordartene?»

«Ah... adesso capisco a che cosa alludi. Chi te l'ha riferito?»

«Non ha importanza. Döhlmann. Con un tono beninteso che coloro i quali non erano ancora al corrente hanno avuto modo di godersela...»

«Sì, Tom, devo dirti che mi sono proprio vergognato per Hagenström.»

«Tu ti sei... Ma questo è troppo... Ascoltami!» gridò il console tendendo le mani con le palme all'insù e scotendo il capo in segno di agitata protesta. «In una riunione composta di commercianti e di intellettuali tu vieni ad affermare, in modo che tutti possano sentire: "A guardar bene, si potrebbe dire che ogni uomo d'affari è un furfante..." e lo dici tu commerciante tu stesso, tu che appartieni a una Ditta che tende ogni energia per conservare l'integrità assoluta, la serietà immacolata...»

«Santo cielo, Tom, era uno scherzo!... Quantunque... a guardar bene...» soggiunse Christian arricciando di nuovo il naso e sporgendo obliquamente la testa... In quell'atteggiamento fece alcuni passi.

«Uno scherzo! Uno scherzo!» esclamò il console. «Non credo di essere uno che non capisce lo scherzo, ma tu hai ben visto come è stato accolto! "Io per parte mia ho molta stima della mia professione": così ti ha risposto Hermann

Hagenström... e tu sei rimasto là come uno scapestrato che non tiene alla sua professione...»

«Senti, Tom, fammi il piacere! Che cosa dici mai? Ti assicuro che la tranquillità si squagliò immediatamente. Tutti risero come per dar ragione a me: e quel Hagenström invece ti vien fuori con la più tremenda serietà: "Io per parte mia...". Imbecille! Mi sono proprio vergognato per lui. Anche ieri sera a letto ci ho ripensato a lungo e avevo una strana sensazione... Non so se tu abbia mai provato...»

«Meno chiacchiere, per favore, meno chiacchiere!» lo interruppe il console. Tremava tutto dalla stizza. «Voglio ammettere... sì, ammetto che la risposta non era forse intonata all'ambiente, era di cattivo gusto. Ma ammesso che quelle cose si debbano proprio dire, bisogna scegliere le persone alle quali si dicono... E non ci si espone con la propria stupidità a simili figuracce! Hagenström ha approfittato dell'occasione per darci... sicuro, non solo a te, ma a noi tutti, uno schiaffo, perché sai che cosa significava quell'"io per parte mia"? "Coteste esperienze lei le fa probabilmente nell'ufficio di suo fratello, vero, signor Buddenbrook?" Questo significava, asino che sei!»

«Via... asino...» fece Christian con viso imbarazzato e inquieto.

«In fin dei conti tu non appartieni soltano a te stesso» proseguì il console. «Tuttavia, può importarmi poco se vuoi renderti ridicolo tu personalmente... e quando, domando io, non ti rendi ridicolo?» esclamò. Era pallido e sulle tempie sottili, dove i capelli rientravano lasciando libere due insenature, gli si potevano vedere chiaramente le piccole vene azzurre. Teneva sollevato un sopracciglio e persino le punte rigide dei baffi sembravano in collera, mentre egli con gesti sprezzanti pareva scagliasse le parole sulla ghiaia del sentiero, ai piedi di Christian. «Fai ridere coi tuoi amorazzi, con le tue arlecchinate, con le tue malattie, con le medicine che prendi...»

«Oh, Thomas» disse Christian scotendo la testa serio serio e alzando goffamente un indice «in quanto a questo, vedi, tu non puoi capire a fondo... Il fatto è che, per così dire, bisogna avere la propria coscienza in regola... Non so se ti è mai capitato... Grabow mi ha ordinato una pomata per i muscoli del collo... Bene. Se non la applico, se non me ne servo mi par di essere perduto, mi sento malsicuro e irrequieto e angosciato e non riesco a inghiottire. Quando invece la uso, sento di aver fatto il mio dovere e di essere in regola; allora ho la coscienza tranquilla, sono quieto e contento, inghiotto benissimo. Sai, non credo che sia effetto della pomata... ma il fatto sta che un'idea così, cerca di capirmi, può essere annullata soltanto da un'altra idea, da una idea opposta... Non so se ti è mai capitato...»

«Ma sì, ma sì!» esclamò il console prendendosi un momento la testa fra le mani. «Fallo, fallo! Agisci così! Ma non parlarne, non far tante chiacchiere! Lascia in pace gli altri con le tue antipatiche sottigliezze! Anche con l'indecenza delle tue continue ciarle ti rendi ridicolo dalla mattina alla sera. Però ti dico e ti ripeto: posso anche infischiarmene, se fai il buffone per conto tuo; ma ti proibisco, hai capito bene? ti proibisco di compromettere la Ditta come hai fatto ieri sera!»

Christian non rispose. Si passò soltanto una mano sui capelli rossicci e ormai radi e, serio in volto, girò intorno gli occhi distratti e smarriti. Senza dubbio stava ancora pensando a quanto aveva esposto un momento prima. Seguì una pausa. Thomas passeggiava disperato.

«Tutti i commercianti sono imbroglioni, dici tu» riprese. «Sta bene. Sei stufo della tua professione? Sei pentito di esserti messo a fare il commerciante? A suo tempo hai ottenuto dal babbo il permesso...»

«Sì, Tom» replicò Christian sopra pensiero «preferirei certo continuare gli studi. All'università si fa certamente una bella vita... Ci si va quando si ha voglia, spontaneamente, si sta a sentire come a teatro...»

«Sì, come a teatro. Purtroppo, al café-chantant a fare il buffone: quello sarebbe il tuo posto. Dico sul serio. Sono convintissimo che quello sarebbe l'ideale che hai in mente» assicurò il console mentre Christian non trovava nulla da ridire, e continuava a guardare in giro pensieroso. «E hai la spudoratezza di fare un'osservazione simile, tu che non hai un'idea.. nemmeno un'idea di quel che vuol dire lavorare, tu che riempi la tua vita procurandoti, col teatro, con la poltroneria e con le buffonate, un mondo di sentimenti e di sensazioni che ti diano da fare, che tu possa osservare e coltivare, ed esporre, senza alcun pudore, con le tue chiacchiere...»

«Già, Tom» fece Christian un po' rattristato e ripassandosi la mano sul cranio. «È proprio vero; hai detto bene. Vedi, questa è la differenza fra noi due. Anche tu vai volentieri a teatro e a suo tempo, sia detto fra noi, hai avuto i tuoi amorucci e hai letto per qualche tempo romanzi e poesie e cose simili; ma hai saputo sempre conciliare tutto ciò col lavoro ordinato e con la serietà della vita... Io non ci riesco, ecco. Quelle cose mi logorano completamente, sicché non mi rimane nulla per la vita regolata... Non so se mi capisci...»

«Dunque lo riconosci» gridò Thomas fermandosi e incrociando le braccia sul petto. «Lo ammetti umiliato, e tuttavia continui per la vecchia strada! Ma sei forse un cane, Christian? Dio del cielo, bisogna pure avere un po' di orgoglio! Non si continua a fare una vita che non si ha neanche il coraggio di difendere! Tu però sei fatto così. Questa è la tua natura. Basta che tu ti renda conto di una cosa e la capisca e possa descriverla... Via, Christian, la mia pazienza è esaurita!» e arretrò di un passo facendo un gesto violento con le braccia orizzontali; poi soggiunse: «Esaurita, ti dico! Tu ti fai pagare come procuratore, ma non metti mai piede in ufficio. Ma non è questo che mi esaspera. Vai pure e spreca la tua vita come hai fatto finora! Però tu ci comprometti tutti in tutti i modi. Tu sei un bubbone, una piaga nel corpo della nostra famiglia! Tu fai del male in questa città, e se questa casa fosse mia ti caccerei fuori, là, fuori dalla porta!» gridò abbracciando con un largo gesto il giardino, il cortile, l'androne. Non sapeva più dominarsi. Il livore accumulato in tanto tempo si scaricava.

«Che ti viene in mente, Thomas?» disse Christian con un moto d'indignazione che in lui era piuttosto strano. Se ne stava nell'atteggiamento frequente in coloro che hanno le gambe storte, un po' scavezzato, un po' a punto interrogativo, con la testa, la pancia e le ginocchia spinte in avanti, mentre i suoi occhi tondi e infossati, che egli cercava di spalancare al massimo, si erano circondati, come accadeva a suo padre quando s'incolleriva, di cerchi rossi che scendevano fino agli zigomi. «Così parli con me? Che cosa ti ho fatto? Vado, vado da me, non occorre che tu mi cacci via. Vergogna!» soggiunse in tono di schietto rimprovero: e accompagnò la parola con uno scatto della mano come se acchiappasse una mosca.

Thomas, strana cosa, non replicò con maggior violenza, ma chinò la testa in silenzio e riprese a passeggiare per il giardino. Pareva sodisfatto, pareva gli facesse bene di aver portato finalmente suo fratello alla collera, di averlo indotto infine a una risposta energica, a una protesta.

«Credimi» disse con calma ricongiungendo le mani dietro la schiena «che questo colloquio, caro Christian, mi è sinceramente penoso, ma bisognava arrivarci. Queste scenate in famiglia sono molto incresciose, ma bisognava pure che un giorno ci dicessimo la nostra opinione. Adesso possiamo discorrere della situazione con la massima tranquillità. A quanto vedo, tu non sei contento della posizione che hai...»

«È vero, Tom, hai capito benissimo. Vedi, da principio ero molto sodisfatto... Infatti qui sto molto meglio che in un'azienda di estranei. Ma credo che mi manchi l'indipendenza... Ti ho sempre invidiato vedendoti lavorare in ufficio, poiché il tuo si può dire che non sia vero lavoro; tu non lavori perché devi, ma perché sei il padrone e il principale e fai lavorare gli altri per te, fai i tuoi calcoli, dirigi, sei libero... È tutt'altra cosa...»

«Va bene, Christian, ma non potevi dirlo prima? Hai sempre la possibilità di renderti indipendente o più indipendente. Tu sai che il babbo ha lasciato a te come a me un anticipo sull'eredità che ammonta a 50.000 marchi, e io, beninteso, sono pronto a versarti in qualunque momento questa somma perché tu la utilizzi in modo sicuro e ragionevole. Ci sono ad Amburgo, o altrove, aziende piccole e sicure che possono aver bisogno di un'aggiunta di capitale, nelle quali tu potresti entrare come socio. Pensiamoci dunque con calma, ciascuno per sé, e parliamone eventualmente con la mamma. Adesso ho da fare e in questi giorni tu potresti continuare a sbrigare la corrispondenza inglese... Che ne pensi per esempio di H. C. F. Burmeester & Comp. di Amburgo?» domandò quand'erano ancora nell'androne. «Importazione ed esportazione... Io lo conosco. Sono certo che accetterebbe...»

Ciò avveniva alla fine di maggio del '57. E già ai primi di giugno Christian partiva per Amburgo, via Buchen... con grave perdita per il circolo, il Teatro Civico, il "Tivoli" e tutte le gaie compagnie della città. Tutti i *suitiers*, tra i quali erano il dottor Gieseke e Peter Döhlmann, si trovarono alla stazione per prendere commiato e gli portarono fiori e persino sigari, ridendo a crepapelle... Senza dubbio ricordavano tutte le storielle che aveva raccontate loro. Alla fine l'avvocato Gieseke, tra gli applausi generali, gli appuntò sul soprabito una grande decorazione di carta dorata. Questa proveniva da una casa nelle vicinanze del porto, una locanda che la sera aveva un fanale rosso sopra la porta, un luogo di ritrovo piuttosto libero e allegro... E veniva conferita al partente Christian Buddenbrook per i suoi meriti speciali.

IV

Il campanello squillò alla porta d'entrata e, secondo la sua nuova abitudine, la signora Grünlich uscì sul pianerottolo per guardare nel vestibolo, oltre la ringhiera verniciata di bianco. Ma appena laggiù la porta si aprì, ella si sporse dalla ringhiera, poi balzò indietro, si premette il fazzoletto sulle labbra, raccolse con l'altra mano le sottane e salì di corsa, un po' curva in avanti... Sulla scala del secondo piano incontrò la signorina Jungmann alla quale sussurrò qualche parola con voce soffocata, mentre Ida, piacevolmente sorpresa, rispondeva qualche cosa in polacco, come: «Maiboscecohhanne!».

In quel momento la vedova Buddenbrook era nella stanza dei paesaggi e lavorava a maglia con due lunghi aghi di legno; faceva uno scialle o una coperta o qualche cosa di simile. Erano le undici del mattino. Ad un tratto la domestica attraversò il vestibolo, bussò alla porta vetrata e avanzando col suo passo da anatra presentò alla signora un biglietto di visita. La signora lo prese, si assestò gli occhiali (poiché quando lavorava era costretta a metterseli) e lesse. Poi guardò di nuovo la faccia rossa della ragazza, lesse un'altra volta e la guardò ancora. Infine disse gentilmente ma con fermezza: «Che cos'è questo, figliola? Che cosa significa?».

Sul biglietto era stampato: "X. Noppe & Comp." ma X. Noppe e il segno dell'& erano cancellati con un frego di matita blu, sicché restava soltanto il "Comp.".

«Ecco, signora» disse la ragazza «ci sarebbe un signore, ma non parla il tedesco e mi sembra piuttosto chiacchierone...»

«Pregalo di favorire» disse la signora poiché aveva capito che era il "Comp." che chiedeva di essere ricevuto. La ragazza uscì. Dopo pochi istanti riaprì la porta vetrata e fece passare un uomo atticciato che nella penombra della stanza si fermò un momento e fece sentire un saluto strascicato: «I miei doveri...».

«Buon giorno» disse la signora. «Venga avanti, venga!» e così dicendo appoggiò leggermente una mano sul cuscino del sofà e si alzò un tantino, poiché non sapeva ancora se era il caso di alzarsi del tutto.

«Mi sono permesso...» riprese l'altro allungando le vocali

con una strana cantilena e avanzando di due passi con un cortese inchino; dopo di che nuovamente si fermò e si guardò in giro come cercando qualche cosa: o una sedia o un posto per mettere il cappello e il bastone, poiché aveva portato con sé l'uno e l'altro, anche il bastone, la cui gruccia di corno piegata ad artiglio misurava certo due palmi abbondanti.

Poteva avere quarant'anni. Corpulento, con le estremità corte, portava una giacca aperta di panno marrone, il panciotto chiaro a fiorami che seguiva dolcemente la curva del ventre e sul quale faceva bella mostra una catena d'oro con un mazzo di ciondoli, una intera collezione di gingilli di corno, di osso, d'argento e di corallo; i calzoni di un indistinto colore grigioverde erano troppo corti e parevano fatti di una stoffa troppo rigida, perché l'orlo inferiore circondava senza pieghe il gambaletto della scarpa corta e larga. I baffi biondi, radi e pendenti a frangia sopra la bocca conferivano alla sua testa sferica, col naso grosso e i capelli piuttosto radi e scomposti, un che della foca. La mosca che portava sul labbro inferiore era invece, a differenza dei baffi, setolosa e stava un po' all'insù. Le guance erano straordinariamente grasse e gonfie e risalivano in certo qual modo fino agli occhi che erano ridotti a due fessure sottili e azzurre, ai cui angoli si formavano le zampe di gallina. Ciò dava a quella faccia tumida una espressione mista fra la collera e la bonarietà onesta, ingenua e commovente. Di sotto al mento una riga diritta scendeva verso la sottile cravatta bianca, la linea di un collo quasi gozzuto che non avrebbe tollerato il colletto. E non c'era quasi passaggio tra il mento e il collo, fra l'occipite e la nuca, fra le guance e il naso: tutto era un po' informe e imbottito. In seguito a tutte quelle turgidezze la pelle del viso era tesa oltre misura e in qualche punto, per esempio all'attacco dei lobi delle orecchie e alle pinne del naso, presentava come screpolature arrossate. In una delle mani corte, bianche e grasse teneva il bastone, nell'altra un cappellino verde alla tirolese ornato con un ciuffo di peli di camoscio.

La signora Buddenbrook si era tolta gli occhiali e stava ancora appoggiata al cuscino del sofà nell'atto di alzarsi: «In che posso servirla?» disse gentilmente ma con voce ferma.

Il forestiero depose risolutamente il cappello e il bastone sul coperchio dell'armadio, si fregò poi sodisfatto le mani libere, guardò la signora con gli occhietti chiari ed enfiati e disse: «La prego, signora, di scusare per via del biglietto; non ne ho altri sottomano. Mi chiamo Permaneder, Alois Permaneder di Monaco. La signora avrà forse sentito il mio nome dalla sua signora figlia...».

Disse tutto ciò con voce rozza nel suo buffo dialetto bavarese, ma ammiccando continuamente, in confidenza, dalle fessure degli occhi come per dire: "Noi ci siamo già capiti!".

Ora la signora si era alzata e gli andava incontro col capo chino su una spalla e le mani tese.

«Oh, signor Permaneder! È proprio lei! Certo, mia figlia mi ha già parlato di lei. So quanto ha contribuito a renderle piacevole e divertente il soggiorno a Monaco... Ma come mai è capitato nella nostra città?»

«Tanto d'occhi, vero?» disse il signor Permaneder sedendo su un seggiolone che la padrona di casa gli aveva indicato con gesto signorile, e incominciando a fregarsi le gambe corte e grasse.

«Come dice?» domandò la signora.

«E le orecchie aguzze, no?» rispose Permaneder smettendo di fregarsi le ginocchia.

«Già» fece la signora senza capire e sedendo con sodisfazione simulata, con le mani in grembo. Ma l'altro se ne accorse: si sporse verso di lei, descrisse, Dio sa perché, alcuni cerchi nell'aria e disse con grande sforzo: «Voglio dire che la signora...si meraviglia».

«Certo, certo, caro signor Permaneder, proprio così!» replicò la signora contenta: e, sbrigato questo punto, si ebbe una pausa. Per riempirla però il signor Permaneder disse con un sospiro: «Insomma, è una croce».

«Scusi... come dice?» domandò la signora guardando lontano con gli occhi chiari.

«È una croce!» ripeté Permaneder bruscamente alzando la voce.

«Già già» disse la signora per calmarlo. E anche questo punto era sbrigato.

«Posso chiederle» continuò lei «che buon vento l'ha portata qui? Da Monaco non è un viaggio da poco...»

«Un affaruccio» rispose Permaneder agitando in aria la breve manina «un piccolo affare, signora, con la birreria della Walkmühle.»

«Ah, è vero, lei è commerciante di luppolo, caro signor Permaneder. Noppe & Comp., vero? Le assicuro che mio figlio, il console, ha sentito parlare molto bene della sua ditta» osservò la signora con cortesia.

Ma l'altro si schermì «Va bene, va bene. Non parliamone. Vede, la cosa principale è questa, che desideravo tanto presentare i miei ossequi alla signora e rivedere la signora Grünlich. Ragione sufficiente per avventurarmi in questo viaggio».

«Mille grazie» disse la signora cordialmente porgendogli ancora una volta la mano con la palma all'insù. «Ma ora farò avvertire mia figlia» soggiunse alzandosi e andando a tirare il cordone ricamato che pendeva di fianco alla porta vetrata.

Oh, sa...cripante, come sono felice!» esclamò Permaneder girandosi col seggiolone verso la porta.

La signora ordinò alla ragazza: «Prega la signora Grünlich di scendere». Poi ritornò al sofà, e anche Permaneder si girò col seggiolone.

«Come sono felice!» ripeté osservando distratto le tappezzerie, il grande calamaio di Sèvres sullo scrittoio e i mobili. Poi disse più volte:

«Caspita, che croce!... È proprio una croce!» e andava grattandosi le ginocchia e sospirando senza alcun motivo plausibile. Così passò all'incirca il tempo che ci volle perché comparisse la signora Grünlich.

La quale intanto si era messa un po' in ordine, aveva indossato una camicetta chiara, si era aggiustata i capelli. Aveva un viso più fresco e bello che mai. Argutamente si toccava con la punta della lingua un angolo della bocca...

Era appena entrata quando Permaneder balzò in piedi e le andò incontro con enorme entusiasmo. Era tutto in movimento. Le afferrò le mani, gliele strinse ed esclamò: «Oh, ecco la signora Grünlich! Buongiorno! Come se l'è passata in questo tempo? Che cos'ha fatto quassù? Gesù, come sono felice! Pensa ancora qualche volta alla nostra Monaco e alle nostre montagne? Sa...crestia, come ci siamo divertiti, è vero? Perdincibacco, eccoci qua di nuovo! Chi l'avrebbe immaginato?...».

Anche Tony lo salutò con molta vivacità, avvicinò una sedia e si mise a discorrere delle sue settimane monacensi. La conversazione filava senza ostacoli e la signora Buddenbrook la seguiva facendo a Permaneder cenni incoraggianti, traducendo in lingua qualche sua frase dialettale e appoggiandosi allo schienale del sofà, contenta di aver compreso. Permaneder dovette spiegare anche alla signora Antonie il motivo del suo viaggio, ma a quanto pareva attribuiva poca importanza a quell'"affaruccio" con la birreria; tanto che sembrava non avesse proprio niente da fare in città. S'informò poi con molto interessamento della seconda figlia e dei figli e si rammaricò che Clara e Christian fossero assenti, perché aveva sempre "avuto una gran voglia di conoscere tutta la famiglia...".

Circa la durata del soggiorno in città, si espresse in modo molto vago; ma quando la signora disse: «Aspetto da un momento all'altro mio figlio per la colazione; e lei, signor Permaneder, vuol farci il piacere di prendere con noi un po' di pane e burro?» egli accettò l'invito prima che fosse interamente pronunciato, così prontamente come se l'avesse aspettato.

Il console arrivò. Aveva trovato vuota la stanza della colazione e ora veniva in giacchetta d'ufficio, un po' stanco e affannato, per pregare di affrettarsi. Ma appena vide la strana figura dell'ospite con quel gran mazzo di ciondoli alla catena e la giacca di panno, come pure il ciuffo di peli di camoscio sull'armonio, si fece attento e, quand'ebbe udito il nome, che era stato più volte sulle labbra della signora Antonie, lanciò una rapida occhiata alla sorella e salutò il signor Permaneder con la più deferente cortesia. Non si accomodò nemmeno, ma fece scendere tutti subito nel mezzanino, dove la signorina Jungmann aveva apparecchiato la tavola, sulla quale gorgogliava il samovar: un samovar autentico, dono del pastore Tiburtius e di sua moglie.

«Fate la bella vita voialtri!» osservò Permaneder sedendosi e abbracciando con uno sguardo i cibi freddi che erano in tavola. Ogni tanto rivolgeva la parola ai presenti servendosi della seconda persona plurale con l'aria più innocente di questo mondo.

«Non è birra di Monaco, signor Permaneder, ma sarà sempre più potabile di quella locale.» E il console gli versò il *porter* bruno e spumeggiante che lui stesso beveva di solito a quell'ora.

«Mille grazie, compare!» esclamò Permaneder masticando e senza notare lo sguardo esterrefatto che gli lanciava la signorina Jungmann. Beveva però il *porter* con tanta parsimonia che la signora Buddenbrook credette opportuno mandare a prendere una bottiglia di vino rosso, dopo di che egli si animò e riprese a discorrere con la signora Grünlich. Per via della pancia stava un po' discosto dalla tavola, teneva le gambe divaricate e per lo più lasciava spenzolare dal bracciolo della sedia un braccio con la mano bianca e grassoccia, mentre chinando un po' la grossa testa dai baffi di foca sopra la spalla ascoltava le parole e le risposte di Tony con una espressione di pacato malcontento e con un confidente ammiccare delle fessure degli occhi. Con gesti graziosi ella gli divideva le sardelle affumicate, poiché pareva poco pratico di quell'operazione, e andava facendo considerazioni sulla vita.

«Dio mio, com'è triste, signor Permaneder, che nella vita tutte le cose belle e buone passino così rapidamente!» disse alludendo al suo soggiorno a Monaco; e, deposti un momento il coltello e la forchetta, alzò gli occhi al soffitto. Ogni tanto poi faceva tentativi buffi e maldestri di esprimersi in dialetto bavarese...

Durante il pasto si udì bussare e il fattorino dell'ufficio entrò con un telegramma. Il console lo lesse torcendosi lentamente la punta di un baffo e, per quanto si capisse che il contenuto del telegramma gli dava molto da pensare, continuò a parlare in tono leggero: «E come vanno gli affari, signor Permaneder?... Vai pure» disse al fattorino, il quale tosto scomparve.

«Ahimè, caro amico» rispose Permaneder rivolgendosi al console con la lentezza di chi ha il collo grosso e rigido e facendo spenzolare dalla sedia l'altro braccio. «C'è poco da dire. È un guaio. Vede, Monaco non è una città di affari... Tutti vogliono la loro tranquillità e i loro agi... E telegrammi a tavola non se ne leggono, le dico io, assolutamente. Quassù avete, sa...cripante, un'altra energia, voialtri! Sì, grazie, ne prendo ancora un bicchierino... È una croce. Il mio socio Noppe dice sempre che dovremmo trasferirci a Norimberga, perché là c'è la Borsa e c'è un altro spirito d'iniziativa... Ma io non voglio lasciare la mia Monaco, no, no, assolutamente. Si sa, è una croce... vede, abbiamo anche un'enorme concorrenza, enorme... È l'esportazione sa...crestia, è roba da ridere. Persino in Russia incominceranno tra poco a fare le piantagioni...»

Ma ad un tratto lanciò un'occhiata insolitamente rapida al console e disse: «D'altro canto... come non detto, caro compare. Gli affari vanno benino. Noi facciamo un mucchio di quattrini con la società per azioni della quale è direttore Niederpaur. Sa, era una piccola società, ma le abbiamo procurato molto credito e danaro in contanti... al 4 per cento, su ipoteca... per poter ampliare gli edifici... E adesso facciamo affari e il danaro circola e ogni anno ci sono gli introiti... Oh, non c'è male!» concluse Permaneder rifiutando gentilmente sigari e sigarette e cavandó di tasca "con permesso" la sua pipetta; avvolto nel fumo, intavolò col console un discorso che poi scivolò nel campo politico, trattando dei rapporti tra la Baviera e la Prussia, di re Massimiliano e dell'imperatore Napoleone... Un colloquio che il signor Permaneder condiva qua e là con frasi dialettali assolutamente incomprensibili, mentre riempiva gli intervalli senza alcuna ragione con frasi come: «Roba da togliere il fiato!» oppure: «Che razza di storie!».

Per lo stupore madamigella Jungmann dimenticava di masticare il boccone che aveva in bocca e fissava senza parola gli occhi castani e lustri sullo strano ospite, tenendo, come di consueto, il coltello e la forchetta verticali sulla tavola e agitandoli lievemente. Quell'ambiente non aveva mai ascoltato un linguaggio simile, non si era mai riempito di un simile fumo di pipa, non aveva mai visto un comportamento così disinvolto e maleducato. La signora Buddenbrook, dopo essersi informata con apprensione dei disagi a cui doveva essere esposta una così piccola comunità evangelica in un paese tutto cattolico, continuava a non comprendere il dialetto bavarese e a non poter quindi seguire la conversazione, e anche Tony si era fatta piuttosto pensierosa e irrequieta. Il console invece si divertiva un mondo. Indusse perfino sua madre a far portare una seconda bottiglia di vino rosso e invitò il signor Permaneder a fargli visita nella Via Larga: sua moglie ne sarebbe stata lietissima.

Dopo ben tre ore dal suo arrivo, il negoziante di luppolo accennò a volersi accomiatare, pulì la pipa, vuotò il bicchiere, disse che non so che cosa era "una croce" e si alzò.

«Tanto piacere, signora... Addio, signora Grünlich... Addio, signor Buddenbrook...» A questo titolo Ida Jungmann provò un brivido e si scolorì in viso. «Buon giorno, signorina...»

La signora Buddenbrook e suo figlio si scambiarono un'occhiata. Permaneder aveva espresso l'intenzione di ritornare nell'alberghetto in riva al Trave dov'era sceso.

«L'amica monacense di mia figlia e suo marito sono lontani» disse la vecchia signora riavvicinandosi a Permaneder «e probabilmente non avremo presto occasione di contraccambiare la loro ospitalità Se lei invece, caro signore, volesse usarci la cortesia di adattarsi in casa nostra finché si trattiene in questa città... sarebbe il benvenuto, cordialmente...»

Gli porse la mano, ed ecco: Permaneder la strinse senza esitazione, con la stessa rapidità e prontezza con cui aveva accettato l'invito a colazione accettò anche questo, baciò la mano alle due signore, gesto che non si adattava molto alla sua figura, andò a prendere il cappello e il bastone nella stanza dei paesaggi, disse che avrebbe fatto portare subito la valigia e sarebbe ritornato alle quattro, dopo sbrigati i suoi affari, e si fece accompagnare dal console giù per la scala. Alla bussola della porta si volse ancora e disse estatico con una scrollatina del capo: «Non se n'abbia a male, caro compare, ma la sua signora sorella è veramente una cara persona. Addio!». E continuando a scrollare la testa scomparve.

Il console provò l'imperioso bisogno di risalire e di rivedere le donne. Ida era già in movimento con la biancheria da letto per preparare una camera.

La signora Buddenbrook era ancora seduta a tavola, fissava gli occhi chiari su un punto del soffitto e tamburellava lievemente con le dita bianche sulla tovaglia. Tony era seduta presso la finestra con le braccia conserte e senza guardare né a destra né a sinistra fissava un punto davanti a sé con espressione dignitosa e addirittura severa. Regnava un gran silenzio.

«Ebbene?» domandò Thomas fermandosi sulla soglia ed estraendo una sigaretta dall'astuccio con la troika. Le sue spalle erano agitate dal gran ridere.

«Simpatico» disse sua madre in tono innocente.

«Dico anch'io.» Poi il console si volse con comica galanteria verso Tony, come per chiedere umilmente anche il suo parere. Ella tacque e continuò a guardare davanti a sé.

«Direi però, Tom, che potrebbe fare a meno di bestemmiare» soggiunse la signora Buddenbrook un po' accorata. «Se ho ben capito, continuava a parlare di croci e sa...cramenti...»

«Oh, non vuol dire, mamma, è senza malizia.»

«E forse è anche un po' troppo trascurato nei modi, non ti pare, Tom?»

«Che vuoi? È un meridionale!» disse il console; soffiò in alto il fumo, fece un sorriso alla mamma e guardò Tony di soppiatto. Sua madre non se n'accorse.

«Oggi vieni a pranzo da noi con Gerda, vero, Tom? Fammi il piacere»

«Volentieri, mamma, molto volentieri. Davvero, prevedo che questa visita sarà molto divertente. Non pensi così anche tu? Finalmente è qualche cosa di nuovo, diverso dai tuoi reverendi...»

«Ciascuno a suo modo, Tom.»

«D'accordo. Ora vado... A proposito» soggiunse stringendo la maniglia. «Tony, devi avergli fatto una grande impressione. Sì, sì, dico davvero! Sai che cosa ha detto di te uscendo? "È una cara persona": sono le sue parole.»

A questo punto la signora Grünlich si volse e disse a voce alta: «Va bene, Tom, tu me lo dici... certo non te l'avrà proibito, ma non so se stia bene che tu me lo venga a riferire. So invece, e lo voglio proprio dire, che in questa vita non ha importanza il modo in cui si dice una cosa, ma il modo come la si sente nell'anima, e se tu vuoi farti beffe delle espressioni del signor Permaneder... se per caso lo trovi ridicolo...»

«Ma no, Tony, non ci penso nemmeno! Perché ti riscaldi così?»

«*Assez!*» intervenne la madre gettando al figlio un'occhiata seria e implorante come per dirgli: "lasciala stare!"

Tony, non mettere il broncio!» disse lui. «Non volevo mica stuzzicarti. Bene, adesso scappo e dispongo perché uno dei facchini vada a prendere la valigia. Arrivederci!»

V

Il signor Permaneder si allogò nella Mengstrasse, fece colazione il giorno seguente con Thomas Buddenbrook e con Gerda e il terzo giorno, che era un giovedì conobbe Justus Kröger e sua moglie, le signorine Buddenbrook della Via Larga che lo trovarono irresistibilmente comico, Sesemi Weichbrodt che lo trattò con severità, la povera Klothilde e la piccola Èrika, alla quale porse un cartoccio di caramelle.

Era di un invincibile buonumore nonostante i suoi gravi sospiri che non significavano niente e pareva provenissero da un eccessivo benessere; continuava a fumare la pipa, a parlare il suo strano linguaggio, a seguire le sue consuetudini sedentarie per cui dopo i pasti rimaneva a lungo comodamente al suo posto, fumando, bevendo e chiacchierando, e per quanto fosse venuto ad aggiungere alla vita tranquilla del vecchio palazzo un tono del tutto nuovo ed estraneo, per quanto il suo aspetto avesse recato in quell'ambiente una stonatura di stile, tuttavia non intralciò nessuna delle consuetudini che vi regnavano. Assisteva alle devozioni mattutine e serali, una volta chiese il permesso di assistere alla scuola domenicale della signora Buddenbrook, e comparve persino un momento a una "Serata di Gerusalemme" per farsi presentare alle signore, dopo di che si affrettò a ritirarsi stralunato appena Lea Gerhardt ebbe incominciato a leggere.

In città la sua figura si fece notare rapidamente, e nelle grandi famiglie si discorreva con curiosità dell'ospite bavarese di casa Buddenbrook; ma egli non aveva conoscenze né in quelle famiglie né in Borsa, e poiché la stagione era troppo avanzata, e quasi tutti erano sulle mosse di recarsi ai bagni, il console rinunciò a introdurre Permaneder in società. Personalmente si dedicava all'ospite con viva attenzione. Nonostante tutti gli obblighi che aveva nel mondo degli affari e al comune, trovò il tempo di fargli da guida nella città, di mostrargli tutti i monumenti medioevali, le chiese, le porte, le fontane, la piazza, il municipio, il Circolo marittimo, di divertirlo in tutti i modi, di presentarlo anche agli amici più intimi che aveva alla Borsa... e quando sua madre trovò un momento per ringraziarlo della sua abnegazione, egli osservò freddamente: «Oh, mamma, che cosa non si farebbe?...».

A queste parole la madre non rispose, non sorrise nemmeno, non batté ciglio, ma guardò lontano e fece una domanda su tutt'altro argomento.

Era di una costante e cordiale gentilezza verso il signor Permaneder, cosa che non si poteva dire di sua figlia. Il commerciante di luppolo aveva partecipato già a due "ritrovi di famiglia" (poiché, quantunque avesse fatto capire fin dal terzo o quarto giorno dopo il suo arrivo che aveva sbrigato i suoi affari nella locale fabbrica di birra, era passata piano piano una settimana e mezza) e il giovedì la signora Grünlich a ogni frase o gesto di Permaneder aveva lanciato occhiate timide e frettolose ai membri della famiglia, allo zio Justus, alle cugine Buddenbrook o a Thomas, si era fatta rossa in viso, era rimasta per qualche minuto rigida e silenziosa, o aveva addirittura lasciato la stanza...

Le tendine verdi nella camera della signora Grünlich al secondo piano erano leggermente mosse dal tepido respiro di una limpida notte di giugno, poiché le finestre erano aperte tutte e due. Sul tavolino da notte, di fianco al letto col baldacchino, ardevano in un bicchiere, sopra uno strato d'olio che a sua volta nuotava sull'acqua con cui il bicchiere era riempito fino a metà, alcuni stoppini che diffondevano nella stanza e sulle poltrone rigide, i cui cuscini erano protetti da fodere di tela grigia, una luce calma, debole e uniforme. La signora Grünlich era coricata, la bella testa affondata nei cuscini morbidi orlati di larghi volanti di merletto, le mani giunte sulla trapunta. Ma i suoi occhi, troppo pensierosi per chiudersi, seguivano i movimenti impacciati d'un grosso insetto dal corpo allungato che girava con molta costanza, e con milioni di vibrazioni silenziose delle ali, intorno al bicchiere luminoso. Alla parete accanto al letto, fra due vecchie incisioni in rame, due vedute della città medioevale, si leggeva questa sentenza dentro una cornice: "Affida al Signore il tuo cammino!". Ma è forse confortante giacere in letto a mezzanotte con gli occhi aperti e dover risolversi da soli, senza il consiglio di nessuno, a decidere della propria vita con un si o con un no, e non solo questo?

C'era un grande silenzio. Solo la pendola faceva tic-tac e ogni tanto dalla stanza attigua, separata da quella di Tony solo mediante le portiere, si udiva la signorina Jungmann che si raschiava in gola. Là era ancora accesa la luce. La fedele prussiana era ancora seduta sotto il lampadario alla tavola per stirare, e rammendava calze della piccola Èrika, della quale si poteva udire la respirazione tranquilla e profonda, poiché ora la bimba abitava nella Mengstrasse, dato che le allieve di Sesemi Weichbrodt avevano le vacanze estive.

La signora Grünlich si sollevò un poco sospirando e si sorresse la testa con la mano:

«Ida?» chiamò con voce sommessa. «Sei ancora costì a rammendare?»

«Sì sì Tony, figlia mia» fu la risposta di Ida. «Dormi pure, domattina dovrai alzarti presto e non avrai riposato abbastanza.»

«Va bene, Ida. Dunque mi svegli alle sei?»

«Alle sei e mezzo basterà, figlia mia. La carrozza è ordinata per le otto. Dormi pure: così sarai più fresca...»

«Oh, non ho ancora chiuso occhio!»

«Ahi, Tony, non sta bene. Non vorrai mica venire a Schwartau col mal di testa? Bevi sette sorsi d'acqua, voltati sul fianco destro e conta fino a mille...»

«Senti, Ida, fammi il piacere, vieni un po' qua! Non posso dormire ti dico, devo pensare a tante cose che la testa mi fa male... Vedi, mi pare di aver la febbre, e poi mi dà noia lo stomaco; o forse è l'anemia che mi fa gonfiare e battere le vene alle tempie; sono così piene che mi dolgono, ma questo non esclude che al cervello affluisca troppo poco sangue...»

Si udì spostare una sedia, e la figura grossa e robusta di Ida Jungmann comparve fra le portiere nel suo schietto e antiquato abito color marrone.

«Come, come, Tony? La febbre? Fammi sentire, cara... faremo una piccola compressa...»

E con quei suoi passi lunghi, rigidi, quasi virili, si avvicinò al canterano, ne prese un fazzoletto, lo immerse nel catino, ritornò vicino al letto e lo posò cautamente sulla fronte di Tony passandovi poi le mani per lisciarlo.

«Grazie, Ida, sento che mi fa bene... Cara vecchia Ida, siediti un momento qui con me sulla sponda del letto. Capisci, non posso fare a meno di pensare continuamente a domani... Non so che cosa fare. Ho una gran confusione in testa.»

Ida si era seduta accanto a lei, aveva ripreso l'ago e la calza tesa sulla palla da rammendo, e mentre chinava la testa grigia e seguiva i punti con gli occhi castani e instancabili disse: «Credi che farà la domanda, domani?».

«Certamente, Ida. Non c'è dubbio. Non si lascerà scappare l'occasione. Ti ricordi Clara? Anche lei durante una gita così... Io potrei evitarlo, capisci? Potrei stare insieme con gli altri e non lasciarlo avvicinare. Ma allora tutto finisce. Lui parte posdomani, così ha detto, e se domani non se ne fa nulla non sarebbe decente che rimanesse più a lungo. Domani si deve, si deve decidere... Ma se fa la domanda, che cosa devo rispondere, Ida? Tu non hai mai avuto marito e perciò non conosci veramente la vita, ma sei una donna onesta, hai la tua intelligenza e hai quarantadue anni. Non sapresti consigliarmi? Ne ho tanto bisogno.»

Ida lasciò cadere la calza in grembo.

«Oh, Tony, anch'io ci ho pensato molto. Ma, cerca cerca, ho trovato soltanto che non c'è nessun consiglio da dare, cara figliola. Infatti lui non puo andar via senza aver parlato con te e con la tua mamma e, se non volevi, dovevi mandarlo via prima...»

«Hai ragione, Ida; ma non potevo farlo perché ci si deve pure arrivare! Penso continuamente: ancora posso tirarmi indietro, ancora non è troppo tardi! E sto lì a torturarmi il cervello...»

«Gli vuoi bene, Tony? Dillo onestamente.»

«Sì, cara. Mentirei se dicessi il contrario. Non è un bell'uomo, ma questo non conta nella vita; è profondamente buono e, credi pure, incapace di commettere una cattiveria. Quando penso a Grünlich... Dio mio, diceva sempre di essere attivo e svelto e mascherava perfidamente le sue mariolerie. Permaneder, vedi, non è così. È, si direbbe, troppo amante delle comodità e prende la vita troppo alla buona perché possa essere cattivo; d'altro canto questo è un rimprovero che gli si può fare, perché certamente non diventerà milionario e credo che abbia un po' la tendenza a lasciar correre e a tirar a campare, come dicono laggiù... Devi sapere che laggiù sono tutti così, e questo è il punto di cui volevo parlarti. A Monaco infatti, in mezzo ai suoi pari, fra persone che erano come lui e parlavano come lui, lo amavo addirittura: tanto mi sembrava caro, buono e cordiale. E notai subito che la cosa era reciproca: forse vi contribuiva il fatto che egli mi considera ricca, più ricca, temo, di quel che sono, poiché la mamma, come sai, non può darmi molto... Ma questo, sono persuasa, non sarà un ostacolo per lui. Non credo che aspiri gran che al denaro... Insomma... che cosa volevo dire, Ida?»

«A Monaco, Tony; qui invece?»

«Già, qui, Ida. Hai capito che cosa intendo. Qui, tolto dal suo ambiente vero e proprio, in mezzo a persone che sono tutte diverse da lui, più rigide, più dignitose, più ambiziose... qui, dirò quasi che spesso mi vergogno per lui, sì, te lo confesso, Ida, proprio onestamente; mi vergogno per lui, benché sia probabilmente una mia cattiveria. Vedi, qualche volta commette errori di grammatica: laggiù accade spesso. Ida, capita anche alle persone più colte, quando sono di umore gaio, e non fa male a nessuno, non costa niente e passa inosservato e nessuno si stupisce. Qui invece la mamma lo guarda di sbieco, Tom alza un sopracciglio, lo zio Justus si dà uno scrollone e sta per scoppiare a ridere al modo dei Kröger, Pfiffi Buddenbrook lancia un'occhiata a sua madre o a Friederike o a Henriette, e allora mi vergogno e mi vien voglia di scappare e non so immaginarmelo come marito...»

«Va là, Tony, con lui dovrai ben vivere a Monaco.»

«Questo è vero, Ida. Ma ora viene il fidanzamento che bisognerà festeggiare, e se dovessi continuare a vergognarmi davanti alla famiglia, ai Kistenmaker, ai Möllendorpf e a tutti gli altri perché è così poco signore... Oh, Grünlich era più distinto, ma in compenso era nero di dentro, come deve aver detto a suo tempo il signor Stengel. Ida, mi sento girare la testa. Fammi il piacere, rinnova la compressa... Infine ci si deve arrivare» riprese poi a dire con un respiro di sollievo per la compressa fredda. «Quel che conta in primo luogo è che io trovi da sistemarmi e non debba gironzolare più da divorziata. Oh, Ida, quante volte ripenso ai giorni in cui Grünlich comparve per la prima volta e mi fece quelle scene... un vero scandalo, Ida!... E poi Travemünde, gli Schwarzkopf...» e mentre parlava lentamente, i suoi occhi sognanti fissavano il punto rammendato della calza di Èrika. «Poi il fidanzamento e la nostra casa... Molto signorile, Ida: quando penso alle mie vestaglie... Non vivrò più così con Permaneder; sai, la vita insegna a essere modesti... e il dottor Klaassen e la bambina, e il banchiere Kesselmeyer e poi la fine: spaventevole, tu non puoi fartene un'idea; e quando si sono fatte nella vita esperienze così orribili... Ma Permaneder certamente non farà porcherie; non lo credo capace, e per gli affari possiamo fidarci di lui, perché sono convinta che guadagna parecchio insieme con Noppe nella birreria di Niederpaur. E quando sarò sua moglie, vedrai, Ida, ci penserò io a farlo diventare più ambizioso, affinché si sforzi e faccia la sua strada e faccia onore a me e a tutti voi, poiché quest'obbligo, in fin dei conti, se lo assume sposando una Buddenbrook!»

Intrecciò le mani sotto la testa e guardò il soffitto.

«Ecco, sono passati dieci anni suonati da quando presi Grünlich... Dieci anni! E ora sono di nuovo allo stesso punto e dovrei dire il mio sì a un altro. Sai, Ida, la vita è terribilmente seria. Ma c'è questa differenza: che allora si fece un gran chiasso e tutti insistevano e mi tormentavano, mentre adesso tutti se ne stanno silenziosi e trovano naturale che io dica di sì: infatti devi sapere, Ida, che questo fidanzamento con Alois (ormai dico Alois perché infine ci si deve pur arrivare) non è niente di gaio o di festoso e in fondo non si tratta della mia felicità, ma soltanto di riabilitarmi aggiustando il mio primo matrimonio con questo secondo, con molta calma e giudizio, perché questo è il mio dovere verso il nome che portiamo. Così pensa la mamma, così pensa Tom...»

«Ma no, Tony! Se non lo vuoi e se lui non potrà renderti felice...»

«Oh, Ida, io conosco la vita, non sono più un'oca e ho gli occhi per vedere. La mamma... può darsi che la mamma non voglia spingermi perché sulle questioni delicate passa sopra e dice *assez*. Ma Tom, sì che vuole. Non verrai tu a dirmi chi è Tom! Sai come la pensa Tom? Pensa: "Chiunque! Chiunque, purché non sia del tutto indegno. Questa volta infatti non si tratta di un partito brillante, ma soltanto di riparare alla meglio lo sbaglio dell'altra volta con un secondo matrimonio". Così pensa. E appena arrivato Permaneder, Tom, senza dir nulla, assunse informazioni sul suo conto, stai pur tranquilla, e, poiché erano piuttosto sicure e favorevoli, per lui fu affare fatto... Tom è un cervello politico e sa quello che vuole. Chi ha buttato fuori Christian? La parola è dura, Ida, ma il fatto rimane. E sai perché? Perché comprometteva la Ditta e la famiglia, e anch'io, Ida, le comprometto secondo lui, non con parole o azioni, ma con la mia esistenza di divorziata. Questo stato di cose deve cessare e Tom non ha torto, e Dio sa che non gli voglio meno bene per questo, e confido che quest'affetto sia reciproco. In fin dei conti tutti questi anni ho sempre desiderato di rimettere piede nella vita, perché qui con la mamma mi annoio, e Dio mi punisca se questo è peccato, ma ho solo trent'anni e mi sento giovane. Vedi, Ida, la vita non è uguale per tutti: tu a trent'anni avevi già i capelli grigi, è una cosa di famiglia, e tuo zio Prahl, quello che è morto di singhiozzo...»

Quella notte Tony fece anche altre considerazioni e ripeté alcune volte "infine ci si deve pur arrivare", e poi dormì cinque ore d'un sonno placido e profondo.

VI

La città era avvolta nella nebbia, ma Longuet, il proprietario delle carrozze da nolo, che alle otto era arrivato di persona nella Mengstrasse con una giardiniera coperta, disse: «Fra un'oretta avremo il sole» e quindi si poteva essere tranquilli.

La signora Buddenbrook, Antonie, il signor Permaneder, Èrika e Ida Jungmann avevano fatto colazione insieme ed erano nell'androne, ormai pronti per partire, in attesa di Gerda e Tom. La signora Grünlich, che aveva indossato un abito color crema con la cravatta di raso, aveva un magnifico aspetto nonostante la riduzione del riposo notturno; pareva che in lei fossero cessati i dubbi e le esitazioni perché, mentre si abbottonava lentamente i guanti leggeri discorrendo con l'ospite, il suo viso era calmo, sicuro, quasi solenne. Aveva ritrovato quello stato d'animo che conosceva bene da altri tempi. Il senso della propria importanza, della gravità della decisione che le era imposta, e la consapevolezza che un altro giorno era giunto in cui doveva prendere una risoluzione importante per la storia della famiglia acceleravano i palpiti del suo cuore. Quella notte aveva visto in sogno il punto del libro di famiglia in cui avrebbe registrato il suo secondo fidanzamento: il fatto che cancellava la macchia scura di quei fogli e le toglieva ogni importanza. E ora aspettava con ansia il momento in cui Tom sarebbe comparso e l'avrebbe salutata con molta serietà.

Il console arrivò un po' in ritardo perché la sua giovane sposa non era avvezza a vestirsi per uscire così per tempo. Egli faceva una bellissima figura con quell'abito color cannella a piccoli quadretti, i cui larghi risvolti lasciavano vedere l'orlo del panciotto estivo, e i suoi occhi sorrisero appena videro la faccia incomparabilmente dignitosa di Tony. Gerda invece, la cui bellezza enigmatica e un po' malata faceva uno strano contrasto con lo splendore sano della cognata, aveva tutt'altro che un'aria da gita domenicale. Forse non aveva dormito abbastanza. Il lilla carico del vestito, che s'intonava in modo molto singolare col rosso scuro dei capelli abbondanti, faceva apparire ancor più scialba la sua carnagione; più fonde e più scure del solito, le ombre azzurrine stagnavano agli angoli dei suoi occhi castani molto ravvicinati. Ella porse freddamente la fronte al bacio della suocera, diede la mano al signor Permaneder con un gesto piuttosto ironico, e quando la signora Grünlich batté le mani vedendola e gridò: «Dio, Gerda, come sei bella!», ella rispose soltanto schermendosi con un sorriso.

Per imprese del genere nutriva una profonda antipatia: specialmente d'estate, e peggio ancora di domenica. Tanto è vero che le sue stanze erano di solito nella penombra e lei usciva di rado, temeva il sole, la polvere, i piccoli borghesi vestiti a festa, l'odore di caffè, di birra, di tabacco... e sopra tutto al mondo aveva orrore della confusione, delle scalmane. «Mio caro» aveva detto a Thomas quando si era combinata la gita a Schwartau e alla "Radura", affinché l'ospite di Monaco potesse farsi un'idea anche dei dintorni «tu sai che come Dio mi ha fatta amo la pace e la vita di tutti i giorni. Le agitazioni e le distrazioni non fanno per me. Spero che mi dispenserete...»

Essa non lo avrebbe neanche sposato se non fosse stata fondamentalmente sicura di avere il suo consenso in casi come questo.

«Certo, Gerda, tu hai ragione, come sempre. Che in queste cose ci si diverta è solo un'idea che la gente si mette in testa. Ma ci si va perché non si vuol apparire stravaganti di fronte agli altri e a sé stessi. Tutti hanno questa vanità. Tu no? Altrimenti si rischia di apparire gente solitaria e infelice e si perde la stima. C'è poi un'altra cosa, cara Gerda... Tutti noi abbiamo motivo di corteggiare un pochino il signor Permaneder. Sono certo che ti rendi conto della situazione. C'è una cosa che si sta formando e sarebbe un peccato, un vero peccato se non si conducesse in porto...»

«Non vedo, mio caro, come mai la mia presenza... Ma non importa. Poiché tu lo desideri, verrò. Rassegniamoci a subire anche questo divertimento.»

«Te ne sarò molto grato.»

Tutti uscirono sulla strada: il sole incominciava davvero a forare la nebbia mattutina. Le campane di Santa Maria sonavano festose e l'aria era piena di trilli d'uccelli. Il cocchiere si tolse il cappello e la signora Buddenbrook gli diede un cordialissimo: «Buon giorno, caro!» con quella benevolenza patriarcale che qualche volta metteva Thomas in imbarazzo. «Dunque, cari, in carrozza! Veramente sarebbe l'ora della predica, ma per oggi inalzeremo il nostro cuore a Dio nella libertà della natura, vero, signor Permaneder?»

«Va bene così, signora.»

E l'uno dopo l'altro montarono su per i due gradini di zinco, attraverso lo stretto sportello posteriore, nella giardiniera che poteva contenere dieci persone, e si accomodarono sui cuscini che (senza dubbio in onore del signor Permaneder) erano a strisce bianche e azzurre. Lo sportello venne chiuso, il signor Longuet fece schioccare la lingua e mandò vari "oo" e "ii", i morelli muscolosi si mossero e la vettura scese per la Mengstrasse lungo il Trave, uscì dalla porta della città e prese poi a destra la strada di Schwartau.

Campi, prati, gruppi di alberi, fattorie... e nella nebbiolina sempre più rada e più azzurra veniva fatto di cercare le allodole delle quali si udivano i trilli. Thomas che fumava le solite sigarette guardava intorno lentamente quando si passava fra i campi di grano, e mostrava al signor Permaneder quanto era alto. Il commerciante di luppolo era di umore veramente giovanile, s'era messo un po' di sghembo il cappellino verde col ciuffo di camoscio, bilanciava il bastone dall'enorme impugnatura di corno sulla mano bianca e larga, o addirittura sul labbro inferiore: bravura che, quantunque fallisse sempre, riscoteva gli applausi della piccola Èrika. Permaneder ripeté alcune volte: «Non sarà certo la Zugspitze, ma un po' di rampicata ci sarà e ci divertiremo, sa...crestia, immensamente, vero, signora Grünlich?».

Poi si mise a parlare con gran foga di escursioni alpine con zaino e piccozza, che la signora Buddenbrook accolse con alcuni "cospetto!" ammirativi; e per chi sa quale associazione d'idee deplorò con parole commosse l'assenza di Christian che, a quanto aveva sentito dire, era un uomo tanto allegro.

«Secondo» fece il console. «Ma in occasioni come questa è incomparabile, questo è vero. E mangeremo i gamberi, signor Permaneder!» esclamò con allegria. «Gamberi e granchi del Baltico! Lei ne ha già assaggiati in casa di mia madre, ma l'amico Dieckmann, il proprietario del ristorante della "Radura", ne ha sempre di qualità squisite. E ci sono poi i panini col miele, i celebri panini di questa zona. La loro fama non è giunta ancora fino alle rive dell'Isar? Vedrà, vedrà.»

La signora Grünlich fece fermare due o tre volte la giardiniera per cogliere al margine della strada papaveri e fiordalisi e ogni volta il signor Permaneder si sbracciava dicendo che desiderava darle una mano; ma siccome temeva un po' la fatica di scendere e risalire, non ne faceva nulla.

Èrika mandava gridi di gioia a ogni cornacchia che si levava in volo, e Ida, che come sempre, anche col tempo più bello, si era portata il lungo soprabito da pioggia e l'ombrello, accompagnava quei gridi con le sue risate ingenue e simili a nitriti, da vera bambinaia che non accoglie soltanto all'esterno i moti dell'anima infantile, ma li condivide infantilmente, di modo che Gerda, che non l'aveva vista invecchiare in famiglia, la guardò più volte con un certo freddo stupore.

Erano arrivati in quel di Oldemburgo. All'orizzonte apparvero boscaglie di faggi, la carrozza attraversò il borgo, la piazzetta con la fontana, uscì in aperta campagna, passò sopra il ponte sull'Au e si fermò finalmente davanti al ristorante della "Radura", una casa a un solo piano, in mezzo a una distesa erbosa, intersecata da viottole coperte di sabbia e da aiuole campestri, al di là delle quali il bosco saliva ad anfiteatro. I singoli ripiani erano collegati da scale rudimentali per le quali si erano utilizzate le radici emerse degli alberi e le pietre affioranti dal suolo e, su ogni ripiano, fra gli alberi, erano distribuite tavole, panche e sedie dipinte di bianco.

I Buddenbrook non erano i primi clienti. Un paio di ragazze paffute e persino un cameriere in marsina unta correvano su e giù portando cibi freddi, bibite dolci, latte e birra alle tavole, intorno alle quali, sia pure soltanto a grandi intervalli, avevano già preso posto alcune famiglie con bambini.

L'oste, il signor Dieckmann, in maniche di camicia e berrettino a ricami gialli, s'avviò in persona allo sportello per aiutare i signori a scendere, e mentre Longuet si allontanava per staccare i cavalli la signora Buddenbrook disse:

«Dunque, buon uomo, adesso facciamo una passeggiata e poi, fra un'ora o un'ora e mezza, vorremmo far colazione. Per favore, fate servire lassù... ma non troppo in alto; non so, direi sul secondo ripiano...»

«Mi raccomando, Dieckmann, fatevi onore» aggiunse il console. «Abbiamo un ospite, un buongustaio...»

Permaneder protestò: «Macché, neanche per idea! Una birra e un po' di formaggio...».

Ma Dieckmann non capì il dialetto e si mise a enumerare: «Tutto quello che c'è, signor console: gamberi, granchi, salsicce diverse, varie qualità di formaggio, anguilla affumicata, salmone affumicato, storione affumicato...».

Va bene, Dieckmann, pensateci voi. Poi ci darete sei bicchieri di latte e uno di birra; mi pare che vada bene, signor Permaneder...»

«Una birra, sei latte: latte dolce, siero, latte acido, latte intero, signor console?»

«Un po' dell'uno, un po' dell'altro, Dieckmann: siero e latte dolce. Dunque, fra un'ora.»

E attraversarono il prato.

«In primo luogo abbiamo il dovere, signor Permaneder, di visitare la fonte» disse Thomas. «La fonte: vale a dire la sorgente dell'Au. L'Au è quel fiumiciattolo sul quale giace Schwartau; nel lontano medioevo vi sorgeva anche la nostra città finché perì in un incendio (non sarà stata costruita con materiale molto resistente) e fu ricostruita in riva al Trave. D'altro canto il nome del fiume mi richiama ricordi dolorosi. Da ragazzi ci divertivamo a darci pizzicotti chiedendo: "Come si chiama il fiume vicino a Schwartau?" e poiché faceva male, si rispondeva beninteso "au"... To'!» s'interruppe d'un tratto a dieci passi dall'inizio della salita a siamo stati prevenuti. Ci sono i Möllendorpf e i Hagenström.»

Infatti, lassù, sul terzo ripiano, c'erano i membri principali delle due famiglie alleate che mangiavano a due tavole riunite conversando animatamente. A capotavola era il vecchio senatore Möllendorpf, un signore pallido, diabetico, dai favoriti bianchi e radi. Sua moglie, nata Langhals, maneggiava l'occhialino dal manico lungo, e come sempre aveva i capelli in disordine. C'era suo figlio, August, un giovanotto biondo di bell'aspetto, il marito di Julchen Hagenström, la quale era seduta tra i suoi fratelli Hermann e Moritz e appariva piccola, vivace, con gli occhi neri, lustri e grandi, e con brillanti quasi altrettanto grandi alle orecchie. Il console Hermann Hagenström era già un poco obeso, perché viveva molto bene e si diceva che fin dal mattino incominciava col pasticcio di fegato d'oca. Portava la barba biondo-rossiccia tagliata corta e aveva il naso, il naso di sua madre, quasi appiattito sul labbro superiore. Il dottor Moritz, dal petto spianato e dalla carnagione giallastra, mostrava, conversando vivacemente, i denti aguzzi e separati da qualche lacuna. I due fratelli avevano con sé le consorti, poiché anche il giurisperito si era sposato da parecchi anni, e precisamente con una signorina Puttfarken di Amburgo, una donna dai capelli color burro e dall'aria impassibile, tendente a imitare gli inglesi, ma con lineamenti straordinariamente belli e regolari, poiché il dottor Hagenström, da quell'uomo di gusto che era, non avrebbe potuto far torto alla sua fama sposando una ragazza brutta. C'erano infine anche la figlioletta di Hermann Hagenström e il ragazzo di Moritz Hagenström, due giovinetti vestiti di bianco che potevano già considerarsi fidanzati, perché il patrimonio dei Huneus-Hagenström non doveva andar disperso. Tutti mangiavano uova strapazzate con prosciutto.

I saluti furono scambiati soltanto quando i Buddenbrook passarono a breve distanza. La signora chinò un po' la testa, distratta e quasi meravigliata, Thomas si levò il cappello muovendo le labbra come per fare un freddo complimento, e Gerda fece un inchino di formalità. Permaneder invece, accaldato per la salita, agitò il cappellino verde ed esclamò con voce alta e allegra: «Buon giorno, signori!» dopo di che la signora Möllendorpf pose mano all'occhialino... Tony a sua volta alzò un po' le spalle, spinse indietro la testa cercando tuttavia di premere il mento sul petto, e salutò come da un'altezza vertiginosa, guardando al di là del cappellino elegante, a tese larghe, di Julchen Möllendorpf. Da quell'istante la sua decisione fu definitiva e incrollabile.

«Sia ringraziato il cielo, Tom, che faremo colazione soltanto fra un'ora. Non vorrei che Julchen mi guardasse nel piatto, capisci? Hai notato come ha salutato? Quasi non si è mossa. E del resto, secondo il mio modesto parere, ha un cappello di pessimo gusto...»

«Oh, in quanto al cappello... D'altronde anche il tuo saluto non è stato certo molto incoraggiante. Ma non arrabbiarti: ti fai venir le rughe.»

«Arrabbiarmi, Tom? No, no. Se costoro credono di essere

i primi alla pompa, fanno ridere semplicemente. Che differenza c'è, sentiamo un po', fra me e Julchen? Che lei non ha sposato un mariolo, ma soltanto un villano, come direbbe Ida, e se una volta si trovasse nella mia situazione vorrei vedere se saprebbe trovarne un secondo...»

«Il che significa che tu lo troverai, vero?»

«Un villano?»

«Sempre meglio che un mariolo.»

«Non occorre che sia né l'uno né l'altro. Ma di queste cose non si parla.»

«Bene. Ma qui rimaniamo indietro. Il signor Permaneder va su con uno slancio!...»

Il sentiero ombroso entrava su un tratto piano e non ci volle molto per arrivare alla "fonte", un bel luogo romantico, con una passerella sopra un piccolo burrone e con dirupi tormentati e alberi pendenti con le radici messe a nudo. Attinsero alla fonte con un bicchiere tascabile d'argento che la signora Buddenbrook aveva portato con sé; il piccolo bacino di pietra era immediatamente sotto la sorgente, e l'acqua ferruginosa era molto fresca. Il signor Permaneder ebbe un piccolo gesto galante poiché insistette nel voler che la signora Grünlich attingesse per lui. Tutto compreso di gratitudine andava ripetendo: «Ah, com'è buona!» e chiacchierava ed era pieno di attenzioni per la signora Buddenbrook e per Thomas, come per Gerda e Tony e fin per la piccola Èrika. Gerda, che fino a quel momento aveva sofferto di brividi febbrili, con una specie di nervosismo che la rendeva rigida e muta, incominciò a rivivere; e quando tutti ritornarono al ristorante e sedettero sul secondo gradino dell'anfiteatro a una tavola apparecchiata con esagerata dovizia, fu proprio lei a rammaricarsi con frasi gentili che la partenza del signor Permaneder fosse così prossima: che peccato! Ora che avevano potuto conoscersi un po', ora che era facile osservare come da una parte e dall'altra avvenissero sempre più raramente i malintesi per via del dialetto... Anzi ella poté affermare che la sua amica e cognata Tony era riuscita a pronunciare alcune frasi in dialetto bavarese con vero virtuosismo...

Alla parola "partenza" il signor Permaneder evitò di dare una conferma; si dedicò invece alle leccornie di cui la tavola traboccava: al di là del Danubio non aveva occasione di gustarne ogni giorno.

Tutti mangiarono quelle buone cose prendendosela comoda, mentre la piccola Èrika gioiva, si può dire, più che altro dei tovagliolini di carta velina che le sembravano incomparabilmente più belli dei grandi tovaglioli di lino che avevano in casa; tant'è vero che, col permesso del cameriere, se ne mise alcuni in tasca per ricordo. E mentre Permaneder fumava certi sigari neri accompagnandoli alla birra e il console le sigarette, tutta la famiglia s'intrattenne a lungo a chiacchierare con l'ospite. Strano però, nessuno accennò più alla partenza del signor Permaneder, e dell'avvenire non si fece parola. Ci fu invece uno scambio di ricordi, si discussero gli avvenimenti politici degli ultimi anni, e Permaneder, dopo essersi sganasciato dalle risa per alcuni aneddoti del '48 riferiti dalla signora Buddenbrook con le parole del defunto marito, si mise a parlare della rivoluzione di Monaco e di Lola Montez, alla quale la signora Grünlich s'interessava in modo straordinario. Passata poi pian piano la prima oretta dopo mezzogiorno, Èrika, ritornando da una scorribanda con Ida con le mani piene di pratelline, di crescione e di erbe, rammentò che bisognava ancora comperare i panini col miele: e allora tutti si prepararono a scendere nel villaggio... ma non prima che la vedova Buddenbrook, della quale tutti erano ospiti, avesse pagato il conto con una moneta d'oro non tanto piccola.

Davanti all'osteria fu dato ordine che la carrozza fosse pronta fra un'ora perché si voleva arrivare in città prestino per poter riposare un poco prima di andare a tavola; poi tutti si avviarono verso le casette della borgata, a passo lento poiché il sole ardeva sulla polvere.

Appena passato il ponte sull'Au, l'ordine di marcia si

formò spontaneamente e fu poi mantenuto per tutta la strada: precedeva la signorina Jungmann che faceva i passi più lunghi e accanto a lei la piccola Èrika che saltava instancabile e dava la caccia alle cavolaie, seguivano poi la signora Buddenbrook, Thomas e Gerda e infine, anzi a una certa distanza, la signora Grünlich con Permaneder. La testa era piuttosto rumorosa perché la piccola gorgheggiava e Ida accompagnava i gorgheggi coi suoi curiosi nitriti profondi e bonari. Nel mezzo, i tre camminavano in silenzio, perché Gerda a causa della polvere era ricaduta nello sconforto nervoso e la vecchia signora e il figlio erano immersi nei loro pensieri. Anche in coda regnava il silenzio... ma solo in apparenza, perché fra Tony e l'ospite bavarese si svolgeva un colloquio intimo a voce bassa. Di che cosa parlavano? Del signor Grünlich...

Permaneder aveva fatto la giusta ossenazione che Èrika era davvero una bimba cara e bella, ma ciò nonpertanto non assomigliava quasi niente alla mamma; e Tony aveva risposto: «È tutta suo padre, e si può ben dire senza discapito, perché esteriormente, a onor del vero, Grünlich era un *gentleman*. Aveva per esempio i favoriti color oro; molto originale; non ho mai visto una cosa simile...».

Poi, quantunque già a Monaco in casa Niederpaur Tony gli avesse raccontato quasi per filo e per segno la storia del suo matrimonio, egli volle sentirne ancora tutti i particolari e s'informò del fallimento con un ammiccare degli occhi che voleva esprimere il suo rammarico.

«Era un cattivo soggetto, altrimenti mio padre non mi avrebbe ritolta a lui: cosa che lei, signor Permaneder, può ben immaginare. Non tutti gli uomini di questo mondo sono dotati di buon cuore: questo, sa, me l'ha insegnato la vita, benché, per essere da dieci anni vedova o almeno, diciamo così, senza marito, io sia ancora giovane. Grünlich era cattivo, e il suo banchiere Kesselmeyer, oltre a essere sciocco come un cucciolo, era più cattivo ancora. Con ciò non voglio dire che io mi ritenga un angelo senza alcuna colpa: lei non deve fraintendermi. Grünlich mi trascurava e, se qualche volta mi veniva accanto, leggeva il giornale e m'ingannava, e mi faceva stare sempre a Eimsbüttel perché in città avrei potuto apprendere in quale pantano si era impegolato... Ma io sono soltanto una povera donna e ho i miei difetti e certo non ho agito sempre come avrei dovuto. Per esempio, offrivo a mio marito motivo di lagnanze e di preoccupazioni con la mia leggerezza, con la smania del lusso, con le nuove vestaglie. Ma posso anche dire che sono da scusare, perché quando presi marito ero una bambina, un'oca, una sciocche-rella. Crede lei che pochissimo tempo prima di fidanzarmi abbia forse saputo che quattro anni prima erano state rinnovate le leggi federali sulle università e sulla stampa?... Belle leggi, del resto!... Oh, signor Permaneder, è molto triste che si viva una volta sola, che non si possa ricominciare la vita da capo; molte cose si farebbero con più abilità...»

Tacque e guardò fissamente la polvere della strada, non senza abilità gli aveva suggerito un appiglio, perché non era difficile passare alla considerazione che era bensì impossibile rinascere a una seconda vita, ma non per questo era escluso di poter iniziare una nuova migliore vita coniugale. Permaneder invece si lasciò scappare l'occasione e si limitò a imprecare con parole violente contro il signor Grünlich, mentre la mosca sul mento rotondo gli s'impennava...

«Che individuo antipatico, schifoso! Se l'avessi qui, quel cane svergognato, gli lascerei andare uno schiaffo che...»

Vergogna, signor Permaneder! La prego di smettere. Bisogna perdonare e dimenticare. La vendetta è mia, dice il Signore... lo chieda alla mamma. Dio guardi! Io non so dove sia ora Grünlich e come se la cavi nella vita; ma gli auguro ogni bene, anche se forse non se lo merita.»

Erano ormai nel borgo davanti alla casetta del fornaio. Si erano fermati, avevano visto scomparire dentro la porta della bottega, tanto bassa che faceva ridere, tutti curvi, Èrika, Ida, Thomas, sua madre e Gerda, e quasi non se n'erano accorti, tanto erano immersi nella loro conversazione, quantunque fino allora non avessero detto altro che parole superflue e insulse.

C'era accanto a loro uno steccato, lungo il quale si stendeva una stretta aiuola con alcune piante di reseda: e la signora Grünlich, a testa bassa, un po' accaldata, si affannava ad arare con la punta dell'ombrellino la terra soffice e nera. Permaneder, al quale il cappellino verde coi peli di camoscio era scivolato sulla fronte, stava accanto a lei e prendeva parte all'aratura dell'aiuola col bastone da passeggio. Anche lui stava a capo chino, ma i suoi occhietti azzurri ed enfiati, che si erano fatti lustri e persino un po' arrossati, guardavano di sotto in su con un misto di devozione, di tristezza e di attesa; e con le stesse espressioni anche le frange dei baffi gli pendevano sulla bocca.

«E allora» disse «adesso lei avrà una paura nera del matrimonio e non vorrà certo tentare una seconda volta, vero, signora Grünlich?...»

"Maldestro!" pensò lei. "Dovrò confermarlo proprio io?" E rispose: «Sicura, caro signor Permaneder, confesso che mi riuscirebbe difficile dare un'altra volta a qualcuno il mio consenso per la vita, perché l'esperienza mi ha insegnato che questa è una decisione terribilmente seria... e per prenderla dovrei essere persuasa e convinta che si tratti di un uomo veramente bravo, nobile, di buon cuore...»

A questo punto egli si permise di domandare se lei lo riteneva tale. Ed ella rispose: «Sì, signor Permaneder, la considero tale».

Seguirono ancora pochissime parole brevi sussurrate, nelle quali era espresso il fidanzamento e, per il signor Permaneder, il permesso di rivolgersi a casa alla mamma e a Tom...

Quando gli altri, carichi di cartocci di panini col miele, riapparvero all'aperto, il console lanciò uno sguardo discreto a quei due, che erano molto imbarazzati: il signor Permaneder, senza che facesse il tentativo di nasconderlo, Tony, sotto la maschera di una dignità quasi maestosa.

Tutti si affrettarono a raggiungere la vettura perché il cielo si era coperto e già cadeva qualche goccia.

Come Tony aveva presupposto, il fratello, poco dopo la comparsa del signor Permaneder, aveva raccolto informazioni esatte sulla sua situazione, dalle quali era risultato che "X. Noppe & Comp." era una ditta non grande ma solida, la quale collaborando con la birreria, società per azioni diretta dal signor Niederpaur, faceva bei guadagni e, con l'aggiunta dei 17.000 talleri di Tony, il socio Permaneder avrebbe avuto quanto bastava per mantenere senza lusso una buona famiglia borghese. La signora Buddenbrook era stata messa al corrente e, in un lungo colloquio tra lei, Permaneder, Antonie e Thomas, svoltosi la sera stessa del fidanzamento nella stanza dei paesaggi, tutte le questioni furono regolate senza ostacoli: anche in merito alla piccola Èrika che, per desiderio di Tony e col commosso consenso del suo fidanzato, si sarebbe pure trasferita a Monaco.

Due giorni dopo il commerciante di luppolo partì, "perché altrimenti il Noppe avrebbe tirato qualche moccolo", ma in luglio la signora Grünlich s'incontrò di nuovo con lui a Monaco: e precisamente insieme con Tom e Gerda che, accompagnati da Tony, si recarono per quattro o cinque settimane ai bagni di Kreuth, mentre la madre con Èrika e con la Jungmann rimaneva sul Baltico. A Monaco le due coppie ebbero occasione di visitare la casa che il signor Permaneder stava per acquistare nella Kaufingerstrasse (dunque vicinissimo ai Niederpaur) e della quale intendeva affittare una gran parte; una strana casa antica con la scala stretta che, partendo diritta dall'uscio di casa, portava senza pianerottoli, come la scala del paradiso, fino al primo piano dove per raggiungere le stanze bisognava tornare indietro ai due lati sul corridoio.

Alla metà d'agosto Tony ritornò a casa per dedicarsi al suo corredo nelle seguenti settimane. Molte cose erano rimaste dal suo primo matrimonio, ma bisognava completarle con nuovi acquisti, e un giorno arrivò da Amburgo, dove si erano fatte parecchie compere, persino una vestaglia... non guarnita di velluto questa volta ma soltanto con gale di stoffa.

Ad autunno inoltrato il signor Permaneder si ritrovò nella Mengstrasse; non era il caso di andare troppo per le lunghe...

I festeggiamenti per le nozze si svolsero esattamente come Tony aveva aspettato e desiderato: non si fece alcun chiasso. «Rinunciamo alle solennità» disse il console; «ora ti sposi di nuovo e in fondo è come se tu non avessi mai cessato di essere sposata.» Si spedirono soltanto poche partecipazioni di fidanzamento (M.me Grünlich però aveva pensato lei perché una arrivasse nelle mani di Julchen Möllendorpf nata Hagenström), si fece a meno del viaggio di nozze perché Permaneder aborriva «da un simile trambusto" e Tony, ritornata da poco dalla villeggiatura estiva, considerava già fin troppo lungo il viaggio fino a Monaco; e la cerimonia nuziale, che ebbe per scenario non più il vestibolo a colonne ma la chiesa di Santa Maria, si svolse nell'intimità della famiglia. Tony portò dignitosamente i fiori di arancio invece del mirto, e il pastore Kölling tenne la predica raccomandando la moderazione, con voce un po' più debole di allora, ma ancora con espressioni energiche.

Christian venne da Amburgo, molto elegante e un po' malazzato ma allegro, disse che i suoi affari con Burmeester erano "tiptop", dichiarò che Klothilde e lui si sarebbero sposati probabilmente solo «lassù, beninteso ciascuno per conto proprio!» e arrivò in chiesa con ritardo perché aveva fatto una capatina al circolo. Lo zio Justus fu molto commosso e si mostrò largo come al solito donando ai nuovi sposi un servizio da tavola d'argento massiccio, di straordinaria bellezza. A casa lui e sua moglie pativano quasi la fame, perché lei, debole come sempre, col denaro destinato alle spese di casa continuava a pagare i debiti di Jakob che da gran tempo era ripudiato e diseredato e, a quanto si seppe, viveva in quel momento a Parigi. Le signorine Buddenbrook della Via Larga si espressero così: «Be', speriamo che questa volta duri» ma erano molto spiacevoli i dubbi che tutti nutrivano sulla sincerità di quella loro speranza... Sesemi Weichbrodt invece si alzò in punta di piedi, baciò l'allieva che era ormai la signora Permaneder, con un lieve schiocco sulla fronte, e disse allargando cordialmente le vocali: «Sii felice, cara e buona figliola!».

VII

La mattina alle otto quando, uscito dal letto, scendeva dalla scala a chiocciola nel sotterraneo e, fatto il bagno, si rimetteva l'accappatoio, il console Buddenbrook incominciava subito a occuparsi degli affari pubblici. A quell'ora compariva infatti con le mani rosse e la faccia intelligente, con un pentolino d'acqua calda che era andato a prendere in cucina e con gli altri arnesi, il barbiere Wenzel, membro del consiglio comunale, e mentre il console sedeva su un seggiolone con la testa reclinata e Wenzel preparava la saponata, quasi sempre si svolgeva fra i due un colloquio che, incominciando col riposo notturno e con le condizioni del tempo, passava agli avvenimenti del gran mondo, si occupava poi di questioni cittadine e si conchiudeva per lo più con argomenti più strettamente di affari e di famiglia. Ciò contribuiva a tirare in lungo l'operazione perché, quando il console parlava, Wenzel doveva staccare il rasoio dal viso.

«Riposato bene, signor console?»

«Grazie, Wenzel. Bel tempo oggi?»

«Fa freddo, signor console, e c'è un po' di nebbia foriera di neve. Davariti a San Giacomo i ragazzi hanno preparato di nuovo uno scivolo di dieci metri ed è mancato poco che, ritornando dalla casa del borgomastro, andassi a battere il naso per terra. Il diavolo se li porti!»

«Già visto i giornali?»

«Sì, il nostro e le *Hamburger Nachrichten*. Nient'altro che le bombe di Orsini... spaventevole. Mentre si recava all'Opera... bella razza di gente laggiù...»

«Oh, ma secondo me non ha importanza. Questo non ha niente a che vedere col popolo, e i risultati saranno una maggior pressione sulla stampa e il rinforzo della polizia. Sta in guardia, lui... È un'agitazione continua, quest'è vero, perché per reggersi deve ricorrere a sempre nuove imprese. Ma, comunque sia, a me incute rispetto. Con quelle tradizioni non si può essere un villano, come dice madamigella Jungmann, e quella faccenda del fondo dei panifici e del prezzo del pane ribassato, per esempio, mi pare una cosa notevole. Egli fa molto per il popolo, non c'è dubbio...»

«Me l'ha detto poc'anzi anche il signor Kistenmaker.»

«Stephan? Ne abbiamo parlato ieri.»

«E anche quella faccenda di Federico Guglielmo di Prussia mi pare che vada male, signor console. Non se ne sa più nulla. Già si dice che il principe diventerebbe definitivamente reggente...»

«C'è da aspettarselo. Già ora si è dimostrato un buon liberale, quel Guglielmo, e certo non prova, per la costituzione, la segreta avversione di suo fratello... In fin dei conti è il cordoglio che lo consuma, quel pover'uomo... Niente di nuovo da Copenaghen?»

«Niente, signor console. Non vogliono. La confederazione ha un bel dire che la costituzione generale per Holstein e il Lauenburg è illegale... Lassù non hanno nessuna intenzione di annullarla...»

«È veramente inaudito, Wenzel. Provocano addirittura la Dieta a passare all'esecuzione e, se questa fosse un po' più svelta... Oh, quei danesi! Ricordo che ce l'avevo con loro fin da quando ero ragazzo. Attento alla screpolatura, Wenzel! Non c'è niente da ridere... E adesso c'è la nostra diretta comunicazione ferroviaria con Amburgo! Si sono già avuti conflitti diplomatici e se ne avranno ancora, prima che quelli di Copenaghen diano la concessione.»

«Giusto, signor console, e il guaio è che vi è contraria la Società della ferrovia Altona-Kiel e anzi, a rigore, tutto il Holstein; l'ha detto poco fa anche il borgomastro Oeverdieck. Hanno una paura matta che Kiel si sviluppi troppo...»

«E si capisce, Wenzel. Queste nuove comunicazioni fra il Mare del Nord e il Baltico... e poi vedrà che la Altona-Kiel non cesserà di mettere bastoni fra le ruote. Costoro sono capaci di costruire una ferrovia in concorrenza: Neumünster-Neustadt; non è affatto escluso. Ma noi non dobbiamo lasciarci intimorire, dobbiamo avere la comunicazione diretta con Amburgo.»

«Il signor console si occupa della cosa con fervore.»

«Oh sì... fin dove giungono le mie forze e quel poco d'influenza che ho... Io m'occupo della nostra politica ferroviaria: è una tradizione di famiglia, perché mio padre fin dal '51 faceva parte della direzione della Ferrovia di Büchen. E a questo si deve probabilmente se mi ci hanno accolto a trentadue anni; i miei meriti non sono certo ancora considerevoli...»

«Oh, signor console, dopo il suo discorso nel consiglio comunale...»

«Sì, avrò fatto forse un po' di impressione, certo non mi manca la buona volontà. Vede, devo essere grato a mio padre, a mio nonno e al bisnonno che mi hanno spianato la strada; devo a loro se la fiducia e l'autorità che si sono acquistati in città sono passate senz'altro a me, altrimenti non potrei essere così attivo. Quanto non ha fatto, per esempio, mio padre dopo il '48 e all'inizio di questo decennio per la riforma delle comunicazioni postali! Si ricorda, Wenzel, la sua proposta al consiglio di collegare le diligenze di Amburgo con la posta? E nel '50 le sue continue proposte al senato, che era allora di una lentezza da irresponsabili, per l'adesione all'unione postale austro-tedesca?... Se oggi le tariffe per le lettere sono basse e se abbiamo le spedizioni sottofascia, i francobolli, le cassette postali e le comunicazioni telegrafiche con Berlino e Travemünde, lui non è stato l'ultimo a cui si debba tutto ciò, e se lui e qualche altro senatore non avessero sempre insistito saremmo rimasti forse più indietro della posta danese e di quella dei Thurn e Taxis. Perciò, quando dico la mia opinione su questi argomenti, oggi mi si dà ascolto...»

«E come, signor console! Ha detto proprio bene. E a proposito della ferrovia di Amburgo, non più tardi di tre giorni fa il borgomastro dottor Oeverdieck mi diceva: "Quando saremo al punto da poter acquistare ad Amburgo il terreno adatto per la stazione, ci mandiamo il console Buddenbrook; in queste trattative il console Buddenbrook vale più di parecchi legali". Sono sue parole.»

«Molto lusinghiere per me, Wenzel. Ma qui sul mento ci vuole ancora un po' di sapone: dev'essere più pulito. Insomma dobbiamo muoverci! Io non ho niente contro Oeverdieck, ma, sí sa, è un uomo in età, e se io fossi borgomastro tutto andrebbe un po' più per le spicce. Sono molto contento che finalmente si siano cominciati i lavori per l'illuminazione a gas, e che quelle fastidiose lampade a olio scompaiano con le loro catene; non nascondo che anche in questo ho avuto la mia parte. Ma quanto c'è ancora da fare! Perché, vede, Wenzel, i tempi mutano e noi abbiamo un monte di obblighi verso l'epoca nuova. Se ripenso alla mia prima giovinezza... Lei sa meglio di me come si stava allora. Le strade senza marciapiede e tra le pietre del lastrico l'erba alta un palmo, le case con aggetti, veroni e panche... e i nostri edifici medioevali erano deturpati da costruzioni annesse e si sgretolavano, poiché le singole persone avevano, sì, denaro, e nessuno soffriva la fame, ma lo stato era al verde e tutti tiravano a campare, come dice mio cognato Permaneder, e non c'era da pensare a far riparazioni. Erano generazioni felici e agiate, quelle, e l'amico intimo di mio nonno, sa, il buon Jean Jacques Hoffstede, passava il tempo traducendo dal francese brevi poesiole scollacciate... Ma così non si poteva continuare. Molte cose sono mutate e più ancora dovranno mutare... Non abbiamo più 37.000 abitanti, ma, come lei sa, abbiamo passato i 50 e l'aspetto della città si va trasformando. Ci sono costruzioni nuove, ci sono i sobborghi che si allargano, abbiamo buone strade e possiamo pensare ai restauri dei monumenti del nostro glorioso passato. Ma queste sono soltanto cose esteriori. Mancano ancora le più importanti, caro il mio Wenzel, e così arrivo di nuovo al *ceterum censeo* del mio povero babbo: l'Unione doganale. Wenzel, noi dobbiamo entrare nell'Unione doganale, non si dovrebbe neanche più discutere; e quando mi batto per quest'idea, tutti dovreste aiutarmi. Come commerciante, creda a me, me ne intendo più dei nostri diplomatici e in questo caso il timore di rimetterci la propria indipendenza e libertà è semplicemente ridicolo. I paesi dell'interno, il Mecklemburgo, lo Schleswig-Holstein ci si aprirebbero e ciò sarebbe tanto più desiderabile in quanto non dominiamo più come prima interamente le comunicazioni col Nord... Basta... Wenzel, mi dia l'asciugamano, per favore» conchiudeva il console: e, dopo qualche parola sui prezzi della segala che era sui cinquantacinque talleri e tendeva maledettamente a ribassare, dopo qualche osservazione su avvenimenti privati in città, il signor Wenzel scompariva dal sotterraneo per vuotare sul lastrico della strada il lustro pentolino della saponata, e il console risaliva dalla scala a chiocciola nella sua camera, dove baciava in fronte Gerda che intanto si era svegliata, e poi si vestiva.

Quelle brevi conversazioni mattutine col barbiere intelligente costituivano il preludio alle sue giornate più vivaci e attive, riempite da cima a fondo di pensieri, discorsi, affari, scritture, calcoli, andirivieni... Grazie ai suoi viaggi, alle sue nozioni, ai suoi interessi, Thomas Buddenbrook era nell'ambiente il cervello meno borghese e limitato e certo il primo a sentire le strettoie e la meschinità delle condizioni nelle quali viveva. Fuori invece, nella patria più ampia, la fioritura della vita pubblica in seguito alla rivoluzione era stata seguita da un periodo di rilassamento, di inerzia, di reazione, troppo vuoto per tener occupato un uomo così pieno di vita; ma egli aveva abbastanza spirito per collocare in cima a tutte le verità il fatto che ogni attività umana ha solo un significato simbolico, e per mettere tutta la sua volontà, la sua capacità, il suo entusiasmo e il suo slancio al servizio della piccola comunità nella cui cerchia il suo nome era tra i primi, come pure al servizio di questo stesso nome e della ragione sociale che aveva ereditato; abbastanza spirito per prendere sul serio la propria ambizione di conquistare, nel suo piccolo, grandezza e potenza, e nello stesso tempo sorriderne.

Appena aveva fatto la prima colazione servita da Anton nella sala da pranzo si preparava per uscire e si recava negli uffici della Mengstrasse. Non vi si tratteneva più di un'ora. Scriveva due o tre lettere e telegrammi urgenti, impartiva qualche ordine, dava per così dire una spintarella alla grande ruota motrice dell'azienda e affidava poi la sorveglianza del successivo andamento all'occhio vigile di Marcus. Si faceva vedere e discorreva in sedute e assemblee, compariva alla Borsa sotto le arcate gotiche della piazza centrale, faceva i suoi giretti d'ispezione nel porto e nei magazzini, contrattava come armatore coi capitani... e, dopo l'interruzione di un'affrettata colazione con la mamma e dopo il pranzo con Gerda, e mezz'ora di riposo sul divano col sigaro e col giornale, seguivano fino a sera un'infinità di lavori: sia che si trattasse della propria azienda sia delle dogane, delle imposte, di questioni edilizie o ferroviarie, della posta o della pubblica beneficenza; si addentrava anche in campi che a rigore non spettavano a lui, ma normalmente agli "intellettuali"; e specie nelle questioni finanziarie dimostrò presto rare attitudini.

Si guardava dal trascurare la vita di società. Certo la sua puntualità lasciava alquanto a desiderare; soltanto all'ultimo minuto, quando sua moglie in gran toletta e la carrozza avevano aspettato mezz'ora alla porta, egli compariva con uno «scusami, Gerda, gli affari...» per infilarsi rapidamente il frac. Ma quando era sul posto, ai pranzi, ai balli, alle serate, dimostrava sempre un vivace interessamento e si faceva apprezzare per la sua arte piacevole e simpatica di conversare. Lui e sua moglie non facevano meno figura delle altre famiglie ricche; la sua cucina e la cantina erano considerate "tip-top", ed era apprezzato come ospite gentile e attento e, per spirito, i suoi brindisi erano al disopra del livello medio. Le serate tranquille poi le passava in compagnia di Gerda, fumando, mentre ascoltava lei che suonava il violino, o leggevano insieme novelle tedesche, francesi e russe scelte da lei

Così lavorava e costringeva la fortuna a seguirlo perché la sua autorità andava crescendo in città e, nonostante la diminuzione del capitale in seguito alla sistemazione di Christian e alle seconde nozze di Tony, la Ditta attraversava un periodo eccellente. Tuttavia c'erano alcune cose che per qualche ora paralizzavano il coraggio di Tom, compromettevano l'elasticità del suo spirito, turbavano il suo cuore.

In primo luogo Christian ad Amburgo, dove il socio Burmeester era morto all'improvviso per un colpo apoplettico nella primavera del corrente anno 1858. I suoi eredi ritirarono dalla ditta il capitale del defunto, e il console dissuase suo fratello dal continuare coi propri mezzi, perché sapeva bene quanto fosse difficile tenere in piedi un'azienda di proporzioni piuttosto larghe con un capitale improvvisamente e fortemente ridotto. Christian invece insistette per conservare la sua indipendenza, si assunse l'attivo e il passivo di "H. C. F. Burmeester & Comp."... e c'era da aspettarsi qualche seccatura.

C'era poi la sorella del console, a Riga. Che il suo matrimonio col pastore Tiburtius fosse rimasto senza figli poteva ancora passare, perché Clara Buddenbrook non aveva mai aspirato ad aver figli e senza dubbio aveva poche attitudini materne. Ma la sua salute, secondo le lettere che scrivevano lei e suo marito, lasciava troppo a desiderare, e quei dolori al cervello che aveva accusato fin da ragazzina ora si facevano sentire periodicamente con intensità quasi insopportabile.

Tutto ciò era inquietante.

Un terzo motivo di apprensione era nella casa stessa, perché non vi sussisteva ancora alcuna garanzia per la continuazione del nome di famiglia. Gerda trattava questo punto con una sovrana indifferenza che era molto affine al disgusto e alla negazione. Thomas teneva nascosto il suo cruccio. Sua madre invece intervenne e chiese consiglio a Grabow: «Senta, dottore, detto tra noi, bisognerà pur fare qualche cosa, non le sembra? Un po' d'aria di montagna a Kreuth e un po' d'aria di mare a Glucksburg e a Travemünde pare che non abbiano avuto buoni effetti. Che ne dice lei?». E siccome la ricetta preferita "dieta severa, un po' di piccione, un po' di pane bianco" non avrebbe probabilmente agito in questo caso con sufficiente energia, il dottor Grabow ordinò Pyrmont e Schlangenbad.

Queste erano tre preoccupazioni. E Tony? Povera Tony!

VIII

Essa scriveva che non riusciva a intendersi bene con la donna di servizio perché i nomi delle vivande, ai quali era abituata, non concordavano con quelli che si usavano a Monaco, e quando voleva le patate fritte quella capiva le patate arrosto, e si trovava a bisticciare fra le polpette e le crocchette...

"...e questa è già la seconda, perché la prima, che si chiamava Kathi, l'ho cacciata fuori di casa; era troppo arrogante, o per lo meno così sembrava a me, perché ora capisco che potrei anche essermi sbagliata: qui non si sa mai se la gente è gentile o insolente. Quella che ho adesso e che si chiama Babette (si pronuncia Babett) è di bella presenza e ha un certo che di meridionale come qui ce ne sono tante, coi capelli e gli occhi neri e certi denti che fanno invidia. È volonterosa e sotto la mia guida prepara certi piatti che usiamo noi; ieri, per esempio, ha fatto l'acetosa con l'uva passa, ma ho provato un grande dispiacere perché Permaneder se ne è avuto così a male (quantunque infilzasse con la forchetta i chicchi dell'uva) che non mi rivolse la parola per tutto il pomeriggio; non faceva che brontolare e ti garantisco, mamma, che la vita non è sempre facile."

Tuttavia non erano soltanto le crocchette o l'acetosa ad amareggiarle la vita. Già durante la luna di miele aveva avuto un colpo, una cosa imprevista, inopinata, inconcepibile, un fatto che le aveva tolto ogni gioia e che non riusciva a superare. Il fatto era questo.

Soltanto quando la coppia Permaneder era già a Monaco da alcune settimane, il console Buddenbrook aveva potuto svincolare la dote di sua sorella fissata nel testamento, vale a dire i 51.000 marchi, e questa somma, cambiata in fiorini, era poi pervenuta regolarmente nelle mani del signor Permaneder, il quale l'aveva depositata in modo sicuro e redditizio. Ma poi, senza esitare e senza arrossire, aveva detto a sua moglie: «Tonia» così la chiamava «io ne avrei abbastanza Di più non abbiamo bisogno. Mi son sempre logorato, sa...cripante, e ora voglio stare in pace. Affittiamo il pianterreno e il secondo piano, qui abbiamo la nostra brava abitazione, possiamo permetterci un arrosto di maiale e non occorre che si stia a sfoggiare il lusso... e la sera io posso andare al *Hofbräuhaus*. Non pretendo di essere un creso e non ho voglia di ammucchiar denaro: voglio la mia tranquillità! Domani si chiude bottega e mi ritiro a vita privata!».

«Permaneder!» aveva esclamato lei, ed era la prima volta che lo diceva con quel particolare suono gutturale con cui nominava di solito il signor Grünlich. Egli si era limitato a risponderle: «Va là, stai zitta!» e poi era seguita una lite di quelle che così presto e così violente, non possono fare a meno di scuotere per sempre la felicità coniugale. Egli era rimasto vincitore. L'opposizione appassionata di lei si era infranta contro il suo desiderio di "tranquillità", ed era andata a finire che Permaneder aveva liquidato il capitale investito nell'azienda del luppolo, di modo che il signor Noppe poteva ora a sua volta dare un frego blu al "Comp." del biglietto di visita. E come la maggioranza dei suoi amici, coi quali giocava a carte la sera al *Hofbräuhaus* e beveva regolarmente i suoi tre litri, il marito di Tony ridusse la sua attività agli aumenti di pigione come padron di casa e alla modesta e pacifica occupazione di staccar cedole.

Tutto ciò era stato comunicato con semplicità alla signora Buddenbrook, ma dalle lettere che la signora Permaneder aveva scritto al fratello appariva tutto il dolore che ne aveva provato... Povera Tony! Le sue peggiori previsioni erano state superate di molto. Ella sapeva già da prima che Permaneder non aveva un briciolo di quella "vivace attività" che il suo primo marito aveva posseduto in misura troppo larga; ma che egli avrebbe deluso così decisamente tutte le speranze che alla vigilia del fidanzamento ella aveva espresse alla signorina Jungmann, che egli avrebbe trascurato tutti gli obblighi che si assumeva sposando una Buddenbrook, questo non se l'era aspettato.

Eppure bisognava mandarla giù, e la sua famiglia capì dalle lettere che cedeva le armi, rassegnata. E viveva una vita monotona con suo marito e con Èrika che frequentava la scuola, e badava all'andamento della casa, manteneva rapporti amichevoli con gli inquilini che si erano trovati per il pianterreno e per il secondo piano, nonché con la famiglia Niederpaur, e di quando in quando riferiva che era andata al Teatro di Corte con l'amica Eva, poiché Permaneder non ci trovava gusto, e si seppe persino che nella sua "cara Monaco" era arrivato a quarant'anni senza aver mai visto l'interno della Pinacoteca.

Passavano i giorni... ma ogni gioia della nuova esistenza di Tony era scomparsa da quando Permaneder, appena ricevuta la dote, si era ritirato a vita privata. Mancavano le speranze. Ella non avrebbe mai potuto annunciare ai suoi un passo avanti, una conquista. La vita che faceva, senza preoccupazioni ma limitata e così poco "signorile", sarebbe continuata così senza mutamenti sino alla fine. E questo le era un peso sul cuore. Dalle sue lettere appariva chiaramente che quel suo stato d'animo così poco sollevato le impediva di abituarsi all'ambiente meridionale. Nelle piccole cose magari ci riusciva. Imparò a intendersi con le domestiche e coi fornitori, a non confondere crocchette e polpette e a non preparare al marito la minestra di frutta dopo che egli l'aveva definita "una broda disgustosa". Ma nel complesso era sempre una straniera nella sua nuova patria, perché la sensazione che laggiù essere una Buddenbrook non era niente di speciale significava per lei una continua incessante umiliazione; e quando nelle lettere raccontava che un muratore qualunque, con un boccale in una mano e nell'altra un rafano tenuto per la coda, le aveva rivolto la parola per la strada chiedendole: "Scusi, sora comare, che ora è?", si leggeva fra le righe l'indignazione nonostante il tono scherzoso, e c'era da scommettere che aveva buttato indietro la testa senza degnare quell'uomo di uno sguardo o di una risposta. Del resto non soltanto quella mancanza di forme e di senso della distanza le rimase estranea e antipatica; ella non si addentrò nella vita monacense, ma era pur sempre circondata dall'aria di Monaco, dall'aria di una grande città piena di artisti e di cittadini oziosi, da un'aria un po' demoralizzante che il suo stato d'animo le impediva molte volte di respirare con spirito.

Passavano i giorni... ma poi parve che volesse pur venire un momento felice e precisamente quello che si aspettava invano nella Via Larga e nella Mengstrasse: infatti, poco dopo il capodanno del 1859 la speranza che Tony dovesse esser madre per la seconda volta divenne certezza.

La gioia vibrava per dir così nelle sue lettere, tutte piene di frasi allegre, infantili e solenni, come non erano state da parecchio tempo. Sua madre che, prescindendo dai viaggi estivi sempre più limitati ormai alle rive del Baltico, non desiderava di viaggiare, espresse il suo rammarico di dover essere lontana dalla figlia in quei momenti, e le mandò solo per iscritto gli auguri e l'assicurazione dell'assistenza divina; Tom invece e Gerda annunciarono la loro venuta per il battesimo, e Tony era tutta piena di progetti per un ricevimento "signorile"... Povera Tony! Quel ricevimento doveva essere infinitamente triste e quel battesimo che le era apparso come una festa deliziosa con fiori, confetti e cioccolata non doveva aver luogo affatto, poiché la creatura, una bambina, venne al mondo soltanto per chiudere la sua esistenza dopo un misero quarto d'ora, durante il quale il medico si sforzò invano di mettere in moto il piccolo inetto organismo...

Arrivando a Monaco, il console Buddenbrook e sua moglie trovarono che Tony stessa non era fuori pericolo. Era molto più affranta della prima volta e per alcuni giorni il suo stomaco, che già prima aveva sofferto qualche volta di debolezza nervosa, rifiutò quasi ogni cibo. Tuttavia guarì, e i Buddenbrook poterono partire tranquillizzati a questo riguardo... ma d'altro canto non senza preoccupazioni, poiché avevano potuto osservare bene, e specialmente all'attenzione del console non era sfuggito, che nemmeno il dolore comune aveva potuto avvicinare i due coniugi. Non che Permaneder fosse stato insensibile. Era rimasto sinceramente scosso; alla vista della creatura inanimata, grosse lacrime gli erano uscite dagli occhi enfiati, scorrendo giù per le guance gonfie nelle frange dei baffi, e più volte aveva sospirato: «È proprio una croce! Una croce, ahimè!». Ma la sua "tranquillità" non aveva sofferto abbastanza secondo il concetto di Tony. Le ore che passava la sera al *Hofbräuhaus* gli avevano fatto dimenticare ben presto il dolore e, con quel fatalismo comodo, bonario, un po' borbottone e un po' ottuso che si esprimeva nell'eterno «è una croce!» egli "tirava a campare".

Da quei giorni le lettere di Tony furono pervase d'un tono disperato e persino di accusa. "Oh mamma" scriveva "quanti dolori addosso a me! Prima Grünlich e il fallimento, poi Permaneder ritirato a vita privata, e poi la creatura morta. Come mi sono meritata tante sciagure?"

Leggendo quelle effusioni il console non poteva trattenere un sorriso perché, nonostante il dolore che vi era espresso, sentiva fra le righe un orgoglio quasi buffo e sapeva che Tony Buddenbrook, sia come M.me Grünlich sia come M.me Permaneder, rimaneva sempre una bambina che accoglieva le esperienze di donna adulta quasi con incredulità, ma sempre con serietà infantile, con infantile importanza e soprattutto con infantile capacità di resistenza.

Ella non capiva come si fosse meritata le sue sciagure; benché infatti si.prendesse gioco della grande religiosità di sua madre, lei stessa ne era così pervasa da credere fermamente ai meriti e alla giustizia su questa terra. Povera Tony! La morte della sua seconda creatura non era né l'ultima né la più dura botta che doveva colpirla...

Quando il 1859 volgeva alla fine, avvenne un fatto spaventevole...

IX

Era, verso la fine di novembre, un freddo giorno d'autunno con un cielo nuvoloso che quasi prometteva la neve e con ondate di nebbia dalle quali ogni tanto traspariva il sole, una di quelle giornate in cui nella città di mare l'aspro vento di nord-est sibila con perfide folate contro gli spigoli delle chiese ed è facile buscarsi una polmonite.

Verso mezzogiorno, quando il console Thomas entrò nella stanza della colazione, trovò sua madre con gli occhiali sul naso, curva sopra un foglio.

«Tom» disse guardandolo in viso e allontanando il foglio con tutte e due le mani quasi per nasconderlo «non spaventarti... Un fatto spiacevole... Non capisco... viene da Berlino... Dev'essere successo qualche cosa...»

«Dimmi!» esclamò lui brevemente. Impallidì e per un istante i muscoli alle tempie gli si gonfiarono perché aveva stretto i denti. Tese la mano con un gesto risoluto come per dire: "Presto, venga subito la cosa spiacevole, evitiamo i preamboli!".

In piedi lesse il foglio sollevando un sopracciglio e passandosi fra le dita la punta di un baffo. Era un telegramma e diceva:

"Non spaventatevi. Vengo a volta di corriere con Èrika. Tutto finito. Vostra infelice Antonie."

«A volta di corriere...» disse seccato, e guardò sua madre scotendo il capo rapidamente. «Che cosa vuol dire a volta di corriere?»

«È un modo di dire, Tom, non vuol dir niente. Intenderà "subito" o qualche cosa di simile...»

«E da Berlino? Che cosa fa a Berlino? Perché è andata a Berlino?»

«Non lo so, Tom, non capisco ancora. Il telegramma è arrivato dieci minuti fa. Ma qualche cosa sarà successo, e bisogna aspettare per sapere che cosa. Dio farà in modo che tutto si risolva bene. Siedi, caro, e mangia.»

Egli si accomodò e si versò macchinalmente il *porter* nel bicchiere grosso e alto.

«Tutto finito» ripeté. «E poi "Antonie"! Ragazzate...»

Poi mangiò e bevve in silenzio. Dopo un po' sua madre osò osservare: «Che si tratti di Permaneder?».

Egli alzò le spalle senza guardarla. Nell'uscire, con la mano sulla maniglia, disse: «Sì, mamma, dobbiamo aspettarla. E poiché ritengo che non ti piomberà in casa di notte, arriverà probabilmente domani. Desidero di essere avvertito subito...».

La signora Buddenbrook aspettava di ora in ora. Di notte riposò troppo poco, suonò il campanello per chiamare Ida che dormiva nella stanza in fondo del mezzanino, si fece portare un po' d'acqua zuccherata e stette a lungo seduta sul letto con un lavoro fra le mani. Anche la mattinata seguente passò in attesa angosciosa. Alla seconda colazione il console spiegò che Tony, se era in viaggio, non poteva arrivare che alle tre e trentatré da Büchen. A quell'ora sua madre se ne stava nella stanza dei paesaggi presso la finestra e tentava di leggere un libro sulla cui copertina di marocchino nero era impressa in oro una foglia di palma.

Era una giornata come la precedente: freddo, nebbia e vento. Dietro il lucido sportello di ferro battuto la stufa scoppiettava. La vecchia signora aveva un tremito e guardava dalla finestra appena sentiva un rumore di ruote. Poi, verso le quattro, in un momento in cui era distratta e quasi non pensava più a sua figlia, ci fu un movimento al pianterreno. Ella si volse verso la finestra, deterse il vetro dall'umidità, ed ecco che effettivamente laggiù si era fermata una carrozza e già qualcuno saliva le scale.

Ella afferrò i braccioli per alzarsi, ma ci ripensò, si lasciò ricadere nella poltrona e volse soltanto la testa verso sua figlia che, mentre Èrika rimaneva presso la porta vetrata con Ida, attraversava la stanza a passi rapidi e quasi precipitosi.

La signora Permaneder portava un mantello guarnito di pelliccia e un cappellino di feltro col velo. Era molto pallida e stravolta, aveva gli occhi arrossati e il labbro superiore le tremava come quando da bambina aveva pianto. Sollevò le braccia, le lasciò ricadere e cadde in ginocchio davanti a sua madre nascondendo il viso tra le pieghe del vestito e singhiozzando amaramente. Pareva che a quel modo si fosse precipitata dritta dritta da Monaco senza prender fiato e, giunta al termine della fuga, stesse lì affranta ma finalmente salva. Sua madre tacque un istante.

«Tony!» disse poi con dolce rimprovero; estrasse cautamente lo spillone che teneva fisso il cappello di sua figlia, lo posò sulla panca presso la finestra e accarezzò amorosamente gli abbondanti capelli biondocenere della figliola, per calmarla.

«Figlia mia, che cosa... che cosa è successo?» Ma bisognava armarsi di pazienza perché ci volle parecchio prima che la domanda ottenesse risposta.

«Mamma» sospirò la signora Permaneder. «Mamma!» e si fermò lì. La signora Buddenbrook alzò gli occhi verso la porta vetrata e, mentre con un braccio teneva stretta la figlia, tese la mano libera verso la nipote che se ne stava là imbarazzata con l'indice sulle labbra.

«Vieni, cara, vieni qua e di' buongiorno. Come ti sei fatta grande... e vedo che, grazie al cielo, stai bene. Quanti anni hai adesso, Èrika?»

«Tredici, nonna...»

«Cospetto! Sei una signorina...» E al disopra della testa di Tony baciò la bimba soggiungendo: «Adesso, cara, vai su da Ida. Andremo presto a tavola. Ora devo parlare con la mamma».

Rimasero sole.

«Dunque, mia cara Tony? Vuoi cessare di piangere? Quando Dio ci mette alla prova, dobbiamo aver forza e coraggio. Porta la tua croce, sta scritto. Ma forse desideri di andare anche tu disopra a riposare un pochino, a rinfrescarti, e di scendere più tardi? La nostra buona Ida ti ha già preparato la camera... Ti ringrazio del telegramma. Ci ha spaventati molto...»

S'interruppe poiché dalle pieghe del suo vestito salivano parole tremanti e smorzate: «È un uomo abietto... un uomo abietto...».

Più in là di questa parola energica la signora Permaneder non arrivava. Sembrava ne fosse interamente dominata. E pronunciandola premeva più forte il viso in grembo a sua madre stringendo persino il pugno.

«Alludi a tuo marito?» domandò la vecchia signora dopo una pausa. «So che questo pensiero non dovrebbe venirmi, ma non mi rimane altro. Permaneder ti ha fatto del male? Hai motivo di lagnarti di lui?»

«Babett!...» singhiozzò la signora Permaneder.

«Babette?» ripeté la madre. Poi si appoggiò alla spalliera e volse gli occhi chiari verso la finestra. Sapeva ormai di che cosa si trattava. Seguì una pausa interrotta ogni tanto dai singhiozzi di Tony che si andavano man mano diradando.

«Tony» disse la vecchia signora dopo alcuni istanti «capisco che ti hanno fatto del male... che hai motivo di lagnarti.

Ma era necessario esprimere coteste lagnanze in modo così impetuoso? Era proprio necessario il viaggio da Monaco fin qua insieme con Èrika, sicché le persone meno ragionevoli di te e di me possano quasi credere che tu non voglia ritornare più da tuo marito?...»

«Infatti, non voglio! Mai più!...» esclamò la signora Permaneder sollevando la testa di scatto, guardando sua madre con gli occhi spiritati e pieni di lacrime e nascondendo di nuovo il viso tra le pieghe del suo vestito. La madre fece finta di non aver sentito.

«Adesso però» continuò a voce più alta e muovendo la testa di qua e di là «adesso che sei qui sta bene così. Potrai alleggerire il tuo cuore, mi racconterai tutto e poi vedremo di aggiustare il guaio con amore, con indulgenza, con calma e riflessione.»

«Mai!» ripeté Tony. «Mai!» Poi si mise a raccontare, e per quanto non si riuscisse a capir tutto perché parlava contro la sottana di sua madre, e la narrazione fosse a scatti e straziata da esclamazioni di sdegno, tuttavia apparve chiaro che le cose stavano come segue.

Verso la mezzanotte, tra il ventiquattro e il venticinque di quel mese, M.me Permaneder, che durante il giorno aveva sofferto di disturbi nervosi allo stomaco e si era addormentata molto tardi, si era riscossa dal suo sonno leggero. L'aveva destata un rumore continuato che veniva dalla scala, un rumore misterioso malamente represso, nel quale si potevano distinguere lo scricchiolio dei gradini, un tossicchiare e ridere, parole di rifiuto soffocate e uno strano ansimare gorgogliante... Impossibile dubitare della natura di quel rumore. La signora Permaneder, ancora assonnata, l'aveva appena percepito e già aveva compreso di che cosa si trattava, e aveva sentito il sangue rifluire dalle guance al cuore che si era contratto e aveva continuato a pulsare con palpiti gravi e opprimenti. Per un lungo crudele minuto era rimasta come stordita, come paralizzata sui guanciali; ma poi, siccome quel rumore impudente non cessava, aveva acceso la candela con le dita tremanti, era scesa dal letto presa dalla disperazione, dalla collera e dallo schifo, aveva spalancato la porta e, in pantofole e con la candela in mano, era corsa verso la scala, verso quella ripida "scala del paradiso" che saliva direttamente dalla porta di casa al primo piano. Là, sugli ultimi gradini di quella medesima scala, le si era offerta in tutta la sua concretezza la scena che, all'udire quel rumore non equivoco, aveva già visto con la mente, davanti agli occhi spalancati dal terrore, dalla camera da letto: era una zuffa, una lotta proibita e indecente fra la cuoca Babette e il signor Permaneder. La ragazza, con in mano un mazzo di chiavi e una candela perché doveva aver avuto da fare fino a tardi in casa, si era divincolata cercando di respingere il padrone, il quale a sua volta, col cappello sulla nuca, l'aveva tenuta abbracciata tentando continuamente di premerle sul viso i baffi da foca, la qual cosa gli era anche riuscita... Alla comparsa di Antonie, Babette aveva gridato: «Gesummaria!», Permaneder aveva ripetuto: «Gesummaria!» e l'aveva lasciata... E mentre la ragazza si era abilmente squagliata in un baleno, egli era rimasto davanti a sua moglie con le braccia penzoloni, la testa penzoloni, i baffi penzoloni, e aveva balbettato una delle sue frasi particolarmente insulse: «Roba da togliere il fiato!... È proprio una croce!». Quando poi aveva osato alzare gli occhi, sua moglie non c'era più; l'aveva ritrovata in camera, mezzo seduta, mezzo coricata sul letto, mentre andava ripetendo fra singhiozzi disperati la parola "vergogna". In atteggiamento cascante egli era rimasto appoggiato alla porta, aveva dato una scrollatina di spalle in avanti come per comunicare anche a lei una spinta incoraggiante, e aveva detto: «Stai zitta, Tonia! Va là, stai zitta! Vedi, Franzl Ramsauer ha festeggiato questa sera il suo onomastico... e siamo tutti un po' allegrocci...». Ma il puzzo d'alcool diffusosi nella camera aveva fatto traboccare l'esasperazione di lei. Senza più singhiozzare, senza debolezza, era stata travolta dal suo carattere focoso e nell'eccesso della disperazione gli aveva scagliato in faccia tutto il suo ribrezzo, tutto il suo orrore e il suo profondo disprezzo. Permaneder a sua volta non era rimasto zitto. Avendo la testa calda, perché in onore dell'amico Ramsauer non solo aveva vuotato numerosi boccali di birra, ma aveva bevuto anche "la sciampagna", aveva risposto, risposto selvaggiamente, e c'era stata una lite assai più grave di quando Permaneder si era ritirato a vita privata, finché poi sua moglie aveva raccolto gli abiti per rifugiarsi nella stanza di soggiorno... In quella però, all'ultimo momento, egli le aveva scagliato una frase, una frase che lei non avrebbe mai ripetuto, che non sarebbe mai uscita dalle sue labbra, una frase... una frase...

Questa era la parte sostanziale delle confessioni che M.me Permaneder versò nelle pieghe dell'abito materno. Ma quella "frase", che in quella notte spaventosa l'aveva scossa fin nell'intimo, quella frase era troppo grave perché potesse mandarla giù, e non la ripeteva, no, no, non l'avrebbe ripetuta mai, così assicurava, benché sua madre non insistesse affatto per udirla e si limitasse a scuotere il capo lentamente, pensierosamente, tenendo gli occhi fissi sui bei capelli biondocenere di Tony.

«Ahimè, Tony» disse «che cose tristi mi racconti! Ti capisco molto bene, mia povera piccola, perché non sono soltanto la tua mamma, ma sono una donna anch'io... Adesso vedo quanto è giustificato il tuo dolore, capisco quanto tuo marito, in un momento di debolezza, abbia potuto dimenticare i suoi doveri verso di te...»

«In un momento?» esclamò Tony balzando in piedi. E ritirandosi di due passi si andava asciugando gli occhi con gesti febbrili. «Un momento, mamma?!... Ha dimenticato ciò che deve a me e al nostro nome?... Non l'ha mai saputo, fin dal principio! Un uomo che si mette a riposo con la dote della moglie! Un uomo senza amor proprio, senza aspirazioni, senza una meta! Un uomo che, invece di sangue, ha nelle vene una poltiglia di malto e luppolo... Sì, ne sono convinta! Un uomo che si abbandona a tali bassezze come quella con Babette, e quando gli si rinfaccia la sua infamia ti risponde con una frase... una frase...» Di nuovo era arrivata alla frase, a quella frase che non ripeteva.

D'un tratto fece un passo avanti e disse con voce più calma e quasi dolce:

«Com'è carino! Dove l'hai preso, mamma?» E col mento indicava un cestino di paglia intrecciata ornato con nastri di raso, nel quale sua madre da qualche tempo teneva i suoi lavori.

«L'ho comperato» rispose la vecchia signora. «Ne avevo bisogno.»

«Molto signorile!» fece Tony osservando il cestino col capo piegato su una spalla.

Anche sua madre volse gli occhi su quell'oggetto ma senza vederlo, assorta com'era nei suoi pensieri.

«Mia cara Tony» disse infine porgendo ancora una volta le mani alla figlia «comunque stiano le cose, ora sei qui, e sii dunque la benvenuta. A mente più tranquilla si potrà riparlarne... Stai comoda, vai pure nella tua camera. Ida» chiamò alzando la voce verso la sala da pranzo «ti raccomando, due coperti per M.me Permaneder e Erika.»

X

Subito dopo la colazione Tony si era ritirata in camera sua perché a tavola la mamma le aveva confermato l'ipotesi che Tom sapesse del suo arrivo... e pareva non avesse una gran voglia d'incontrarsi subito con lui. Il console salì alle sei del pomeriggio. Entrò nella stanza dei paesaggi dove ebbe un lungo colloquio con la madre.

«E com'è?» domandò. «Come si comporta?»

«Ahi, Tom, temo che sia irriducibile... sai, è tanto irritata... e poi quella frase... Sapessi almeno che cos'ha detto!»

«Vado io.»

«Sì, vai, Tom. Ma bussa piano che non si spaventi, e stai

calmo, mi raccomando. Ha i nervi in disordine... non ha mangiato quasi niente... Sai, il suo stomaco... Parlale con calma.»

Rapidamente, con la solita fretta, a due gradini per volta, Thomas salì al secondo piano torcendosi la punta di un baffo. Ma già mentre bussava, la sua faccia si rischiarò perché era deciso a trattare la questione con spirito fin che era possibile. All'"avanti" piuttosto addolorato aprì la porta e trovò sua sorella, tutta vestita, sul letto, con le tendine scostate, il piumino dietro la schiena, una boccetta di gocce digestive sul tavolino da notte. Ella si girò, appoggiò la testa sulla mano e lo guardò con un sorriso fra le lacrime. Egli fece un profondo inchino, allargando le braccia con un gesto solenne.

«Signora, a che cosa dobbiamo l'onore di rivedere una cittadina che viene dalla capitale del regno?...»

«Dammi un bacio, Tom» disse lei sollevandosi e porgendogli la guancia, per lasciarsi poi ricadere sui guanciali. «Buon giorno, caro. Da quando ci siamo visti a Monaco non hai fatto nessun cambiamento.»

«Non credo ti sia facile giudicare a imposte chiuse. In ogni caso non dovevi rubarmi dalle labbra il complimento che spetta naturalmente a te...» Tenendole una mano, aveva preso intanto una sedia e si era seduto accanto a lei.

«Come abbiamo già detto più volte, tu e Klothilde...»

«Basta, Tom! Come sta Thilde?»

«Bene, naturalmente. La signora Krauseminz pensa per lei e bada che non soffra la fame. Ma ciò non impedisce a Thilde di venire ogni giovedì a divorare come se dovesse empirsi per tutta la settimana che segue...»

Tony si mise a ridere così di cuore come non rideva da parecchio tempo, ma poi s'interruppe con un sospiro e domandò: «E gli affari?».

«Là là... si tira avanti. Bisogna accontentarsi...»

«Meno male che almeno qua la situazione è come deve essere. Io non ho nessuna voglia di far chiacchiere allegre...»

«Peccato. Bisogna conservare il buonumore *quand même*.»

«No, no, Tom. Per me è finita. Sai già tutto?»

«Sai tutto!...» ripeté lui ritirando la mano e spostando indietro la sedia. «Santo Dio, che parole grosse! Tutto! Che cosa non è contenuto in questo tutto! "Vi affonda anche l'amore e tutto il mio dolor", non è vero? Senti un po'.»

Ella taceva. Poi lo sfiorò con un'occhiata molto stupita e profondamente offesa.

«Mi aspettavo la tua occhiata» disse Tom «perché senza cotesta occhiata non saresti qui. Permettimi, però, mia buona Tony, di prendere la cosa troppo alla leggera quanto tu la prendi troppo sul serio. E vedrai che ci troveremo bene...»

«Troppo sul serio, Thomas? Troppo sul serio?»

«Sì, Dio santo, non facciamo tragedie! Parliamo un po' pianamente senza tanti "tutto finito" e "la vostra infelice Antonie"! Cerca di capirmi, Tony: tu sai bene che io sono il primo ad essere felice della tua venuta. Da un pezzo desideravo che tu venissi una volta a trovarci senza tuo marito per poter stare un po' tranquillamente in famiglia. Ma che tu arrivi adesso, che tu arrivi così, scusa tanto, cara, ma è una sciocchezza! Sì... lasciami finire! Permaneder si è comportato molto male, sarà vero, e sta pur tranquilla che anch'io glielo farò capire...»

«Come si sia comportato, caro Thomas» lo interruppe lei rialzandosi e mettendosi una mano sul petto «gliel'ho già fatto capire io; e non solo gliel'ho fatto capire! Secondo il mio modo di vedere ritengo assolutamente fuori di posto qualsiasi discussione con quell'uomo.» E si lasciò ricadere sui guanciali guardando il soffitto con occhi severi e immobili. Egli si chinò come sotto il peso di quelle parole e si guardò sorridendo le ginocchia.

«Va bene, dunque, sempre ai tuoi ordini: non gli scriverò nessuna lettera sgarbata. Infine è affar tuo, e basta che tu stessa gli metta la testa a posto; essendo sua moglie il compito è tuo. A ben guardare, però, non gli si possono negare le attenuanti. Un amico festeggia l'onomastico, lui arriva un po' montato dalla festa, è di umore troppo gaio, e si rende colpevole di una piccola usurpazione, di una piccola e sconveniente scappatella...»

«Tom» disse lei «non ti capisco. Non capisco il tono in cui parli. Tu, un uomo coi tuoi principi... Ma tu non l'hai visto! Non hai visto come la stringeva ubriaco, non hai visto l'aspetto che aveva.»

«Sarà stato buffo, mi figuro. Ma questo è il punto, Tony, tu non prendi la cosa abbastanza dal lato comico. La colpa, beninteso, è del tuo stomaco. Hai sorpreso tuo marito in un momento di debolezza, l'hai visto piuttosto ridicolo... ma tutto questo non dovrebbe indignarti così profondamente, dovrebbe invece divertirti, e accorciare le distanze fra voi due poiché si tratta di debolezze umane... Ti dirò una cosa: s'intende che tu non potevi approvare il suo contegno con un sorriso e col silenzio, per carità! Sei partita: è stata una protesta, un po' vivace forse, un castigo forse troppo severo (mi par di vederlo, infatti, come sarà là contrito) ma pur sempre un castigo giusto. Ora, io vorrei pregarti di considerare le cose con meno sdegno e piuttosto da un punto di vista politico... Qui siamo fra di noi. Devi pensare che nella vita coniugale non è affatto indifferente da quale parte si trovi... la preponderanza morale. Capisci, Tony? Tuo marito ha rivelato un suo punto debole, non c'è nessun dubbio. Si è compromesso, si è reso un po' ridicolo... ridicolo appunto perché il suo fallo fu innocuo e non è da prendere sul serio... In una parola, la sua dignità non è più intangibile, una certa superiorità è ben dalla tua parte e, se saprai servirtene abilmente, la tua felicità è assicurata. Se dunque... diciamo fra due settimane... sì, sì, ti vogliamo qui almeno quindici giorni... se fra due settimane ritorni a Monaco, vedrai che...»

«Tom, io non ritornerò a Monaco...»

«Come dici?» domandò lui facendo una smorfia, portando una mano all'orecchio e chinandosi in avanti. Lei giaceva supina, la testa affondata nei cuscini, di modo che il mento sembrava sporgesse con una certa gravità. «Mai» disse.

Poi respirò rumorosamente e si raschiò in gola, con lentezza, con energia... Era un raschio secco che incominciava a diventare un suo tic nervoso e forse dipendeva dai suoi disturbi di stomaco. Seguì una pausa.

«Tony» esclamò lui all'improvviso alzandosi e posando con forza la mano sulla spalliera della sedia stile impero «non mi farai uno scandalo!»

Un'occhiata le rivelò che era pallido e che i muscoli alle tempie gli si muovevano. La sua posizione non era più sostenibile, e anche lei si mosse e, per nascondere la paura che aveva di lui, alzò la voce, inviperita. Scattò a sedere, fece scivolare i piedi giù dal letto e incominciò a dire, con le guance accaldate, le sopracciglia aggrottate, agitando la testa e le mani: «Uno scandalo? Tu sei capace di ordinarmi di non fare uno scandalo quando mi si copre di vergogna, quando mi si sputa in faccia? È degno d'un fratello? Sì, devi permettermi questa domanda! Il tatto, i riguardi sono bellissime cose, siamo d'accordo. Ma nella vita, Tom, c'è un limite (e io conosco la vita come la conosci tu), in cui la paura dello scandalo incomincia a chiamarsi viltà! Mi meraviglio che te lo debba dire io che sono soltanto un'oca, una scioccherella... Sì, non sono altro e capisco bene che Permaneder non mi abbia mai amato, perché sono vecchia e brutta e certamente Babette è più bella. Ma questo non lo esonerava dai riguardi che deve alla mia origine, alla mia educazione, ai miei sentimenti! Tu non hai visto, Tom, fino a qual punto abbia dimenticato quei riguardi, e chi non l'ha visto non ne sa nulla, perché non si può descrivere quanto fosse ripugnante in quelle condizioni... E tu non hai udito la frase che mi ha lanciato, a me, tua sorella, quando presi la mia roba e uscii dalla camera per andare a dormire sul divano del salotto... Dalle sue labbra ho dovuto udire alle mie spalle una frase... una frase!... Insomma, Thomas, è stata quella frase che mi ha indotta, anzi mi ha costretta, a far le valige durante la notte, a svegliare Èrika molto per tempo e ad andarmene, perché con un uomo capace di pronunciare frasi simili non potevo rimanere, e da un uomo così fatto, ti ripeto, non ritornerò mai... o dovrei essere depravata e non avere più alcuna stima di me e nessun punto d'appoggio nella vita!»

«Vuoi aver la bontà di comunicarmi quella maledetta frase, sì o no?»

«Mai, Thomas! Mai la ripeterò con le mie labbra! So quanto rispetto devo a me e a te in queste stanze...»

«Allora è inutile discutere con te.»

«Può darsi, e io preferirei che non se ne parlasse più...»

«Che cosa vuoi fare? Vuoi dividerti?»

«Sicuro che voglio, Tom. Sono ferma e decisa. Così devo agire per rispetto di me stessa, della mia creatura e di tutti voi.»

«Ho capito. Dunque sono stupidaggini» osservò lui con calma: e, voltandosi sui tacchi, si allontanò come considerando chiusa la discussione. «Per dividersi bisogna essere in due, cara mia; e che Permaneder voglia dichiararsi subito pronto a farlo, mi pare una idea piuttosto balorda...»

«Oh, lascia fare a me!» disse Tony, senza lasciarsi intimidire. «Tu credi che si opporrà, e precisamente in considerazione dei miei 17.000 talleri; ma anche Grünlich non voleva, e lo abbiamo costretto; ci sono i mezzi e io andrò dal dottor Gieseke; è un amico di Christian e mi assisterà... Sì, allora le cose erano diverse, so quello che vuoi dire. Allora si trattava di "incapacità del marito a mantenere la famiglia". Sta bene. Del resto, tu vedi che sono bene informata, mentre tu fai come se fosse la prima volta che mi divido dal marito! Ma non importa, Tom. Forse non è possibile, può anche darsi; ammetto che tu possa aver ragione. Ma questo non muta nulla. Questo non muta le mie decisioni. Se li tenga pure, quei soldi... ci sono cose più alte nella vita. Ma me non mi rivede più.»

E si raschiò la gola di nuovo. Era scesa dal letto, si era seduta sul seggiolone, aveva appoggiato un gomito sul bracciolo e affondato il mento nella mano, di modo che con quattro dita rattrappite si teneva stretto il labbro inferiore. Così, volta verso la finestra, vi fissò gli occhi irrequieti e arrossati. Il console si mise a passeggiare su e giù per la camera sospirando, scuotendo il capo, alzando le spalle. Infine si fermò davanti a lei torcendosi le mani.

«Tony, sei proprio una bambina!» disse desolato e implorante. «Ogni tua parola è una frase infantile. Ora, se ti prego di farlo, non vuoi aver la compiacenza di considerare le cose almeno per un istante da persona adulta? Non capisci che ti comporti come se ti fosse capitata una cosa seria e grave, come se tuo marito ti avesse crudelmente ingannata, ti avesse coperta di vergogna davanti a tutti? Cerca invece di renderti conto che non è accaduto niente, che di quello sciocco episodio sulla vostra scala del paradiso nella Kaufingerstrasse non c'è anima viva che sia informata! E che tu non fai alcun torto né a te né al nostro decoro ritornando da Permaneder con la massima tranquillità e tutt'al più con un'espressione ironica... Al contrario, pensa che rechi danno al nostro decoro precisamente se non fai così, perché solo in tal modo questa inezia diventa importante, solo in tal modo susciti uno scandalo...»

Ella alzò rapidamente il mento e lo guardò negli occhi.

«Adesso basta, Thomas. Adesso tocca a me. Stammi a sentire! Come? È vergogna e scandalo nella vita soltanto ciò che la gente viene a sapere? Invece no: lo scandalo segreto che ti divora in silenzio e distrugge la stima di te stesso è di gran lunga peggiore. Noi Buddenbrook siamo forse gente che all'esterno vuol essere "tip-top", come dite voi altri, mentre manda giù umiliazioni tra le quattro pareti? Tom, mi meraviglio di te. Figurati il babbo, pensa come si comporterebbe lui e giudica in conformità! Pulizia vuol essere, e sincerità... Tu puoi mostrare ogni giorno i tuoi libri a chiunque e dire: ecco qua! Così dev'essere per tutti noi. So come Dio mi ha fatta. Non ho nessuna paura. Lascia pure che Julchen Möllendorpf mi passi accanto senza salutare! Lascia pure che Pfiffi Buddenbrook venga qui il giovedì e gongoli della mia disgrazia dicendo: "Purtroppo questa è la seconda volta, ma beninteso la colpa è stata sempre dei mariti". Non so dirti, Thomas, quanto mi senta superiore a queste cose. So di aver agito come mi pareva ben fatto. Ma ingoiare offese per timore di Julchen Möllendorpf e di Pfiffi Buddenbrook e farmi insultare in un rozzo dialetto da un ubriaco di birra... resistere per timore di loro al fianco di un uomo, in una città dove dovrei far l'abitudine a simili vocaboli, a scenate come quella sulla scala, dove dovrei imparare a rinnegare me stessa e la mia origine e la mia educazione e tutto quanto ho nell'anima, soltanto per apparire felice e sodisfatta... questo, secondo me, è indecoroso, questo, làsciatelo dire, è per me scandaloso!»

S'interruppe, puntò di nuovo il mento sulla mano e fissò agitata i vetri della finestra. Egli stava davanti a lei con tutto il peso del corpo su una gamba, le mani nelle tasche dei calzoni, e la guardava senza vederla, immerso nei suoi pensieri e scrollando lentamente la testa.

«Tony» disse «a me non la dai a intendere. Lo sapevo già da prima, ma con le tue ultime parole ti sei tradita. Non si tratta affatto del marito. Si tratta della città. Non è quella sciocchezza della scala del paradiso. È tutto l'insieme. Tu, insomma, non hai potuto acclimatarti. Sii sincera.»

«Hai ragione, Thomas, perfettamente» esclamò lei. Anzi, balzò in piedi e gli puntò l'indice contro il viso. Era tutta rossa. E, in quell'atteggiamento guerriero, stringendo con una mano la spalliera della sedia, si mise a gesticolare con l'altra e tenne un discorso, un discorso commosso e appassionato che le sgorgava dal cuore, impetuoso e irresistibile. Il console stava a guardarla con profondo stupore. Ella non riusciva neanche a prender fiato: tanto rap;de si susseguivano le parole ribollendo e turbinando. Infatti trovava i termini giusti, esprimeva tutto il disgusto che si era accumulato in lei durante quegli anni: erano frasi un po' sconnesse e disordinate, ma non vi mancava l'eloquenza. Era un'esplosione, uno sfogo di sincerità disperata. Si scaricava qualche cosa di elementare che non ammetteva replica, che non ammetteva altre discussioni... «Sì, Thomas, hai ragione. Dillo pure forte. Ti faccio notare espressamente che non sono più una scioccherella e so qual valore si debba dare alla vita. Non rimango più di stucco quando mi capita di vedere che non tutto si svolge per vie pulite. Ho conosciuto gente come Trieschke il Piagnone e sono stata sposata con Grünlich e conosco qui in città i nostri *suitiers*. Non sono, te l'assicuro, una innocentina di campagna, e quella scena con Babette, presa a sé fuori dall'ambiente, non mi avrebbe cacciata via, credi pure! Fatto sta invece, Thomas, che quella ha colmato la misura... e non ci voleva molto, perché era già colma da un pezzo... colma da un pezzo... da un pezzo! Sarebbe bastato un nonnulla per farla traboccare: figuriamoci poi un fatto simile e, per giunta, l'esperienza che nemmeno in questo punto potevo fidarmi di Permaneder! Questo ha colmato il sacco. Questo ha dato il tracollo. Questo ha fatto maturare d'un colpo la mia decisione di andarmene da Monaco, ed era una decisione che stava maturando da molto tempo, perché, Tom, io non posso vivere laggiù, in nome di Dio e di tutti i suoi santi, non posso, non posso! Tu non sai, Thomas, fino a qual punto sia stata infelice, quando sei venuto a trovarmi non ho fatto scorgere nulla perché ho abbastanza tatto per non molestare gli altri con le mie querimonie, per non avere sempre il cuore sulle labbra, e poi sono sempre stata di carattere piuttosto chiuso. Ma ho sofferto, Tom, ho sofferto con tutte le mie fibre e, posso dirti, con la mia personalità. Come una pianta, per servirmi di quest'immagine, come un fiore trapiantato in terreno forestiero... Per quanto tu forse riterrai poco adatta la similitudine, perché sono brutta.. ma non potevo capitare in una terra più estranea, e preferirei andare in Turchia. Vedi, noi, noialtri quassù non dovremmo mai allontanarci di qui. Dovremmo rimanere sulle rive del nostro golfo a badare a ingrassare... Qualche volta voi vi siete fatti beffe delle mie simpatie per la nobiltà: si, in questi anni ho ripensato più volte alle parole che una persona intelligente mi disse una volta, molto tempo fa. "Lei nutre simpatia per i nobili..." diceva "vuole che le dica perché? Perché anche lei è nobile. Suo padre è un gran signore e lei una principessa. C'è un abisso fra lei e noialtri che non apparteniamo alla sua cerchia di famiglie dominanti." Sicuro, Tom, noi ci sentiamo nobili e avvertiamo la distanza e non dovremmo mai provare a vivere dove non si sa nulla di noi, dove non si sa valutarci, perché non ne ricaveremo altro che umiliazioni e tutti ci considereranno ridicoli e superbi. Proprio così: tutti mi hanno considerata ridicola e superba. Non me lo dicevano, ma lo sentivo a ogni ora e anche questo mi faceva soffrire. Oh, in un paese dove si mangia la torta col coltello, dove i prìncipi fanno errori di grammatica, dove ti considerano innamorato se raccatti il ventaglio caduto a una donna, in un paese simile non è difficile passare per superbi. Acclimatarmi? No, presso gente senza dignità, senza morale, senza amor proprio, senza signorilità e serietà, fra gente trascurata, scortese e sudicia, fra gente che nello stesso tempo è pigra e leggera, grossolana e superficiale... fra gente simile io non posso acclimatarmi e non lo potrei mai, com'è vero che sono tua sorella. Eva Ewers ci è riuscita... va bene! Ma una Ewers non è ancora una Buddenbrook, e poi essa ha un marito che serve a qualche cosa nella vita. Che cosa è toccato a me invece? Pensaci un po', Thomas, incomincia dal principio e cerca di ricordare. Da qui, da questa casa dove ci si muove e si tende a una mèta, sono andata a finire là da Permaneder, da un uomo che si è messo a riposo con la mia dote... Sì, era un gesto sincero; veramente significativo, ma questa fu anche l'unica cosa apprezzabile. E poi? Aspettai una creatura. Come ne ero felice! Mi avrebbe risarcita di tutto. Che cosa accade invece? La creatura muore. È morta. Non che sia stata colpa di Permaneder, non voglio dir questo. Fece quel che poteva e per due o tre giorni rinunciò persino all'osteria! Eppure, Thomas, anche quel fatto ha contribuito. Non mi ha certo resa più felice di prima. Ero sola, incompresa, considerata superba e pensavo: "gli ho dato il mio consenso per tutta la vita; è un po' goffo e poltrone e ha deluso le mie speranze; ma in fondo mi vuol bene e il suo cuore è puro". Poi mi è toccato di assistere a quella scena e vederlo in quei momenti disgustosi. E ho fatto l'esperienza che mi capiva così bene e sapeva rispettarmi tanto meglio degli altri da lanciarmi una frase, una frase che nessuno dei tuoi facchini direbbe a un cane! Allora ho capito che nulla mi poteva tenere e che sarebbe stata una gran vergogna rimanere con lui. E mentre venivo qua dalla stazione, vidi passare il facchino Nielsen il quale si levò il cappello e io risposi al saluto, senza alcuna superbia, come il babbo salutava la gente... così, con la mano. E ora sono qui. E tu potresti attaccare due dozzine di cavalli, ma a Monaco non mi ci porti più. E domani andrò da Gieseke!»

Questo fu il discorso di Tony, la quale si lasciò poi ricadere quasi sfinita sulla sedia e, affondando il mento nella mano, stette a guardare i vetri della finestra.

Spaventato, stordito, quasi scosso, il console taceva. Poi sospirò, alzò le braccia fino all'altezza delle spalle e le lasciò ricadere.

«Allora non c'è niente da fare» disse a voce bassa e, volgendosi sui tacchi, s'avviò per uscire.

Ella lo guardò con la stessa espressione con cui l'aveva ricevuto, sofferente, fra le lacrime.

«Tom» domandò «sei in collera con me?» Egli stringeva la maniglia ovale e fece con l'altra mano un cenno negativo: «No, no, nient'affatto». Ella tese una mano verso di lui e reclinò la testa sulla spalla.

«Vieni qua, Tom. Tua sorella non ha la vita facile. Tutto cade sulle sue spalle... E in questo momento non ha forse nessuno che prenda le sue parti...»

Egli tornò indietro e le afferrò una mano, senza energia, quasi con indifferenza, guardando dall'altra parte. Ad un tratto il labbro superiore di lei incominciò a tremare...

«Adesso devi lavorare tu solo» disse Tony. «Christian non combinerà niente e io sono una donna finita... Non potrò più far nulla e voi dovrete mantenermi poiché sono inutile.

Non avrei mai pensato un simile fallimento, non avrei pensato di non riuscire proprio a darti una mano. Ora rimani tu solo a difendere il nome dei Buddenbrook... E Dio ti assista!»

E due lacrime, grosse, chiare lacrime di fanciulla, le scorsero sulle guance dove la pelle incominciava a rivelare piccole ineguaglianze.

XI

Tony non se ne stette con le mani in mano, ma si accinse a definire la sua posizione. Sperando che si calmasse, si placasse, mutasse opinione, il console le aveva chiesto per il momento una cosa sola: di star tranquilla e di non uscir di casa né lei né Èrika. Tutto si poteva forse aggiustare... In primo luogo in città non si doveva sapere nulla. Il solito giovedì di famiglia venne sospeso. Ma il primo giorno dopo l'arrivo della signora Permaneder l'avvocato Gieseke ricevette un suo biglietto che lo invitava a venire nella Mengstrasse. Tony lo ricevette sola nella stanza a metà del corridoio del primo piano dove la stufa era accesa e dove lei aveva allineato per chi sa quale scopo, sopra una tavola, un calamaio, l'occorrente per scrivere e una gran quantità di fogli bianchi formato protocollo prelevati dall'ufficio di sotto. Si accomodarono su due sedie a braccioli...

«Senta, dottore» disse lei incrociando le braccia, buttando indietro la testa e guardando il soffitto. «Lei è uno che conosce la vita sia come uomo sia come avvocato: posso dunque parlare apertamente.» E gli spiegò come si erano svolte le cose con Babette e nella camera da letto; dopo di che il dottor Gieseke si disse dolente di doverle dichiarare che né il doloroso episodio sulla scala né quel tale insulto che lei si rifiutava di pronunciare rappresentavano motivi sufficienti per chiedere la separazione.

«Bene» disse lei «la ringrazio.»

Poi si fece presentare da lui un elenco dei motivi ammessi per la separazione legale e ascoltò attentamente e con profondo interesse una lunga lezione di diritto dotale, dopo di che accomiatò il dottor Gieseke con cortese gravità. Scese al pianterreno e tirò il console nel suo ufficio privato.

«Tom» disse «ora ti prego di scrivere immediatamente a quell'uomo... non lo nomino volentieri. Per quanto riguarda il denaro mi sono informata in modo preciso. È necessario che egli parli chiaro. Ma comunque sia non mi vede più. Se accetta la separazione legale, facciamo le pratiche per la restituzione della dote. Se rifiuta, non per questo ci dobbiamo scoraggiare, perché devi sapere, Tom, che il diritto di Permaneder alla mia dote, secondo le forme giuridiche, è certo una proprietà... non lo si può negare!... ma, grazie al cielo, io ho ancora materialmente i miei diritti...»

Il console era nervoso, passeggiava in su e in giù con le mani dietro la schiena, agitava le spalle perché il modo in cui ella parlava della dote era troppo pieno d'orgoglio. Thomas non aveva tempo. Era sovraccarico d'impegni. Bisognava che lei avesse pazienza e ci ripensasse almeno cinquanta volte. Egli doveva intraprendere, l'indomani stesso, un viaggio ad Amburgo per una conferenza, una penosa discussione con Christian. Questi aveva scritto per chiedere un aiuto, un sussidio che sua madre avrebbe dovuto detrarre dalla futura eredità. Gli affari andavano malissimo e, per quanto egli fosse soggetto a un'infinità di disturbi, pareva si divertisse lo stesso nei ristoranti, al circolo, a teatro e, a giudicare dai debiti che ora venivano a galla e che aveva potuto contrarre grazie al buon nome che portava, faceva evidentemente il passo più lungo della gamba. Nella Mengstrasse si sapeva, si sapeva al circolo e in tutta la città a chi andava attribuita la colpa maggiore: era una donna, una divorziata, che si chiamava Aline Puvogel e aveva due bei figlioli. Tra i commercianti di Amburgo non soltanto Christian aveva con lei rapporti intimi e costosi...

Insomma, oltre al desiderio di Tony di separarsi, c'erano anche altri scogli antipatici e quel viaggio ad Amburgo era urgente. Del resto era probabile che Permaneder stesso si facesse vivo... Il console partì e ritornò di umore torbido, in collera. Siccome però da Monaco non era giunta alcuna notizia, si vide costretto a fare il primo passo. Scrisse; scrisse in tono freddo e oggettivo, un po' dall'alto. Disse che innegabilmente Antoine aveva trovato nella convivenza con Permaneder gravi delusioni... Anche prescindendo dai particolari, non aveva incontrato nel complesso di quel matrimonio la felicità auspicata... Il suo desiderio di sciogliere quel legame doveva apparir giustificato a chiunque pensasse equamente... Purtroppo la sua decisione di non ritornare più a Monaco pareva irremovibile. Conchiudeva chiedendo come Permaneder vedesse la cosa...

Giorni di attesa! Poi Permaneder rispose. Rispose come nessuno si era aspettato, né il dottor Gieseke, né Thomas, né sua madre, né Antonie stessa. Con poche e schiette parole accettava la separazione.

Scrisse che si doleva moltissimo di quanto era successo, che rispettava però il desiderio di Antonie, poiché capiva che in fin dei conti non erano fatti l'uno per l'altra. Se le aveva causato giorni penosi, la pregava di cercar di dimenticare e di perdonargli. E poiché egli non avrebbe riveduto probabilmente né lei né Erika, augurava a tutte e due ogni bene e ogni felicità... Alois Permaneder. In un poscritto si dichiarava espressamente disposto a restituire subito la dote. Per parte sua poteva vivere con quello che aveva. Non aveva bisogno di un termine, perché non c'erano affari da sbrigare, la casa era sua e l'importo poteva essere liquidato sui due piedi.

Tony restò quasi un po' vergognosa, e per la prima volta si sentì propensa a lodare il poco attaccamento di Permaneder al denaro.

Il dottor Gieseke entrò di nuovo in funzione, si mise in relazione col marito per stabilire il motivo della separazione, si accordò sulla "incompatibilità di carattere" e il processo fece il suo corso: il secondo processo di Tony del quale ella seguì le fasi con serietà, competenza e grande fervore. Ne parlava sempre e dovunque, di modo che il console andò in collera più volte. Ella non era capace di condividere l'amarezza di lui. Era tutta presa dalle parole come per esempio "i frutti", i "redditi", le "accessioni", le "rendite dotali", parole che pronunciava continuamente buttando indietro la testa e alzando un po' le spalle con disinvoltura e serietà. Tra le spiegazioni del dottor Gieseke le aveva fatto particolare impressione un paragrafo che trattava dell'eventuale "tesoro" trovato nei terreni dotali, tesoro che doveva considerarsi parte del patrimonio dotale e, allo scioglimento del matrimonio, doveva essere consegnato. Di questo tesoro, che non esisteva affatto, parlava con tutti: con Ida, con lo zio Justus, con la povera Klothilde, con le Buddenbrook della Via Larga, le quali d'altro canto, quando furono informate dei fatti, avevano giunto le mani in grembo, impietrite dallo stupore che fosse toccata loro anche questa sodisfazione; ne parlava con Sesemi Weichbrodt che istruiva di nuovo Èrika Grünlich, e persino con la buona M.me Kethelsen, la quale per più d'una ragione non ne capiva un'acca...

Venne poi il giorno in cui la separazione fu definitivamente sentenziata, in cui Tony sbrigò l'ultima formalità necessaria, chiedendo a Thomas le carte di famiglia e registrando di suo pugno il fatto nuovo...

E ora si trattava di adattarsi alla situazione. Tony lo fece con coraggio. Con dignità imperturbabile faceva finta di non udire le perfide punzecchiature delle signorine Buddenbrook, con ineffabile freddezza faceva finta di non vedere per la strada i Hagenström e i Möllendorpf che incontrava, e rinunciò del tutto alla vita di società che del resto da anni non si svolgeva più nella casa paterna, ma in quella di suo fratello. Aveva i suoi parenti prossimi: la mamma, Thomas, Gerda; aveva Ida Jungmann e Sesemi Weichbrodt, l'amica materna; aveva Èrika, della cui educazione signorile si occupava molto e nel cui avvenire riponeva forse una sua ultima segreta speranza... Così viveva e così il tempo passava.

Più tardi, in un modo che non si riuscì mai a spiegare, alcuni membri della famiglia vennero a sapere la "frase", quella sciagurata frase che Permaneder si era lasciato sfuggire in quella tal notte. Che cosa aveva detto? "Va' all'inferno, carogna porca!" Così si conchiuse il secondo matrimonio di Tony Buddenbrook.

Parte settima

I

Un battesimo!... Un battesimo nella Via Larga. È pronto tutto ciò che M.me Permaneder ha sognato nei giorni delle sue speranze. Infatti nella sala da pranzo la ragazza, con cautela e senza acciottolio perché disturberebbe i festeggiamenti di là nella sala, empie di cioccolata bollente e di panna montata numerose tazze allineate su un ampio vassoio, tazze dal manico dorato a forma di conchiglia, mentre il servo Anton sta affettando un enorme panettone a torre e madamigella Jungmann prepara fiori e dolciumi in tazzine d'argento, esaminandone l'effetto con la testa reclinata su una spalla e staccando alquanto i due mignoli dalle altre dita...

Non ci vorrà molto e tutte quelle buone cose verranno offerte in giro quando i signori si saranno accomodati nella stanza di soggiorno e nel salotto, e si spera che bastino per tutti, perché la famiglia si è raccolta nel senso più largo, anche se non larghissimo, dato che attraverso gli Oeverdieck si è un po' parenti anche coi Kistenmaker, attraverso questi coi Möllendorpf, e così via. Impossibile stabilire un limite... Gli Oeverdieck però sono rappresentati niente meno che dal capo della famiglia, il più che ottantenne dottor Kaspar Oeverdieck, borgomastro in carica.

È venuto in carrozza e ha salito le scale appoggiandosi al bastone e al braccio di Thomas Buddenbrook. La sua presenza accresce il decoro della festa, e non c'è dubbio che è una festa degna di ogni decoro.

Nella sala infatti, dietro un tavolino trasformato in altare e ornato di fiori, dove parla un giovane sacerdote dai paramenti neri e dal collare niveo inamidato, a forma di macina, sta una donna riccamente vestita di rosso e oro, una donna alta e robusta e ben pasciuta, che tiene fra le braccia carnose un cosino sepolto nei pizzi e nei nastri di raso... Un erede! Un continuatore della famiglia! Un Buddenbrook! Bisogna rendersi conto della sua importanza.

Si potrà mai comprendere l'entusiasmo con cui la notizia fu portata dalla Via Larga nella Mengstrasse, appena si ebbe il primo presentimento, appena fu sussurrata la prima parola? Il muto entusiasmo con cui a quella notizia la signora Permaneder abbracciò sua madre, suo fratello e, con maggior cautela, la cognata? E ora che è giunta la primavera del '61 l'erede è venuto e riceve il sacramento del santo battesimo, l'erede su cui si fondano già da tempo tante speranze, di cui si è tanto parlato, l'erede che si è aspettato e desiderato da anni, che si è implorato da Dio e per il quale si è tormentato il dottor Grabow: ora è giunto e non sembra un gran che.

Le sue manine giocano coi cordoncini dorati del corpetto della balia e la testina, coperta di una cuffietta celeste guarnita di merletti, posa sul cuscino: e gli occhietti, senza badare al pastore, guardano la sala e i parenti con una intelligenza che si direbbe da adulto. In quegli occhi, le cui palpebre portano lunghissime ciglia, l'azzurro degli occhi paterni e il castano dell'iride materna si sono fusi in un bruno dorato, chiaro, indistinto e cangiante secondo la luce; gli angoli però, alla radice del naso, sono fondi e immersi in un'ombra azzurrina. Ciò conferisce al visetto, che quasi non si può dire ancora tale, una caratteristica prematura e non dona molto a una creatura di quattro settimane; ma Dio farà in modo che non sia un cattivo presagio, perché anche sua madre, che pure sta benissimo, presenta la stessa caratteristica... e, comunque sia, la creatura è viva e la vera gioia di quattro settimane prima fu che fosse un maschietto.

Vive, ma potrebbe essere diversamente. Il console non dimenticherà mai la stretta di mano con cui il buon dottor Grabow allontanandosi un mese prima dalla madre e dal bambino aveva accompagnato queste parole: «Ringrazi il cielo, caro amico, perché è mancato poco...». Il console non ha avuto il coraggio di chiedere a che cosa era mancato poco. E respinge con terrore il pensiero che quella creaturina aspettata invano per tanto tempo, venuta al mondo così stranamente silenziosa, avrebbe potuto seguire la sorte della seconda bambina di Antonie... Sa che un mese prima sua moglie e il bambino hanno attraversato un momento disperato e ora si china con tenerezza e felicità verso Gerda che, i piedi incrociati su un cuscino di velluto, sta lì su una sedia a braccioli, accanto alla vecchia signora Buddenbrook.

Ma quanto è ancora pallida! E quanto stranamente bella nel suo pallore, con quella massa di capelli rossi e quegli occhi enigmatici che guardano il predicatore con un risolino dissimulato! È *il pastor marianus*, Andreas Pringsheim, che dopo la morte improvvisa del vecchio Kölling è giunto ancor giovane a quella carica. Egli tiene con devozione profonda le mani giunte sotto il mento rialzato. Ha i capelli biondi a riccioli brevi e il viso ossuto e accuratamente raso, la cui mimica varia tra la severità fanatica e l'estasi luminosa, e appare un tantino teatrale. Viene dalla Franconia dove ha assistito per alcuni anni una piccola comunità luterana in mezzo a un paese cattolico, e il suo dialetto, per il desiderio di raggiungere una pronuncia pura e patetica, è diventato un linguaggio singolare con vocali lunghe e cupe o improvvisamente accentate e con l'erre vibrante contro i denti...

Egli loda Iddio con voce ora sommessa ora crescente e forte, e la famiglia sta in ascolto: la signora Permaneder dignitosissima, che cerca di nascondere l'estasi e l'orgoglio; Èrika Grünlich, ormai quasi quindicenne, giovinetta robusta, coi capelli raccolti e la carnagione rosea di suo padre; e Christian che è arrivato la mattina da Amburgo e guarda di qua e di là con gli occhi incavati; il pastore Tiburtius e sua moglie che per assistere alla festa non hanno avuto paura di venire fin da Riga: Sievert Tiburtius si è passato sulle spalle i capi dei lunghi e radi favoriti, e i suoi occhietti grigi si allargano improvvisamente, si fanno sempre più grandi e pare vogliano uscire dall'orbita, mentre Clara gira intorno gli occhi scuri e severi e ogni tanto si porta una mano alla testa perché le fa male; d'altro canto essi hanno recato ai Buddenbrook un magnifico dono, un enorme orso bruno impagliato dalle fauci spalancate che un parente del pastore ha ucciso nell'interno della Russia e ora, con una coppa per i biglietti di visita tra le zampe, sta ritto nel vestibolo.

I Kröger hanno in visita il loro Jürgen, l'impiegato postale di Rostock: un uomo silenzioso vestito con semplicità. Dove sia Jakob nessuno lo sa tranne sua madre, la Oeverdieck, quella povera donna debole che in segreto vende l'argenteria per mandar denaro al diseredato.

Sono presenti anche le signorine Buddenbrook, assai liete del felice evento, che però non ha impedito a Pfiffi di far notare che il bambino sembra poco sano; e purtroppo sua madre, nata Stüwing, e Friederike e Henriette non hanno potuto fare a meno di confermalo. La povera Klothilde invece, grigia e scarna, paziente e affamata, è tutta commossa dalle parole del pastore Pringsheim e dalla speranza della cioccolata col panettone. Delle persone non strettamente di famiglia sono intervenuti il signor Friedrich Wilhelm Marcus e Sesemi Weichbrodt.

Ora il pastore si rivolge ai padrini e parla dei loro doveri. Uno dei padrini è Justus Kröger... Da principio il console Buddenbrook si è rifiutato di rivolgergli l'invito. «Non spingiamo quel brav'uomo a far sciocchezze!» ha detto. «Ogni giorno deve sostenere terribili scenate con sua moglie per via del figlio, il suo piccolo patrimonio si va assottigliando e da qualche tempo il dolore gli fa persino trascurare la sua persona. Che credete? Se lo preghiamo di fare da padrino è capace di regalare al bambino un intero servizio d'oro massiccio, e nessuno gliene sarebbe grato.»

Ma lo zio Justus, appena fu fatto il nome di un altro padrino, cioè di Stephan Kistenmaker, l'amico del console, è rimasto così offeso che si dovette ricorrere a lui: e il calice d'oro da lui offerto non è esageratamente pesante, con grande sodisfazione di Thomas Buddenbrook.

E l'altro padrino? È quel vecchio bianco e dignitoso dalla cravatta alta e dalla giacca di panno nero e morbido, dalla cui tasca sbuca sempre la cocca di un fazzoletto rosso; seduto sulla poltrona più comoda, appoggia le mani al bastone; è il dottor Oeverdieck, il borgomastro. È un avvenimento, una vittoria. Molti non sanno capire come sia stato possibile. Dio buono, non si può neanche dire una parentela. I Buddenbrook hanno proprio tirato il vecchio per i capelli... Difatti è un tiro, un piccolo intrigo ordito dal console insieme con M.me Permaneder. Veramente, nel primo impeto di gioia, quando madre e figlio furono al sicuro, è stato soltanto uno scherzo. «Un maschio, Tony! Dovrebbe avere per padrino il borgomastro!» ha esclamato il console; ma lei ha colto la palla al balzo e fatto sul serio, sicché anche lui, dopo averci ripensato, ha acconsentito a fare il tentativo. Così si sono nascosti dietro lo zio Justus che ha mandato sua moglie dalla cognata, la consorte del commerciante di legname Oeverdieck, la quale a sua volta ha lavorato il vecchio suocero. Una visita rispettosa di Thomas Buddenbrook presso il capo dello stato ha fatto il resto...

E ora, mentre la balia toglie la cuffia al bambino, il pastore spruzza due o tre gocce, dal bacile d'argento internamente dorato che ha davanti, sui radi capelli del piccolo Buddenbrook e pronuncia con lentezza solenne i nomi coi quali lo battezza: Justus Johann Kaspar. Segue una breve preghiera e i parenti sfilano a uno a uno per imprimere il bacio dell'augurio sulla fronte di quell'essere silenzioso e indifferente. Sesemi Weichbrodt è l'ultima e la balia deve abbassare verso di lei il bambino; in compenso Sesemi gli dà due baci con un lieve schiocco, dicendo tra l'uno e l'altro: «Caro e buon bambino!».

Tre minuti dopo tutti si sono riuniti nel salotto e nella sala di soggiorno, dove vengono offerti i dolciumi. C'è anche il pastore Pringsheim coi paramenti, di sotto ai quali sbucano gli stivali larghi e lustri, e col collare; egli sorbisce la panna montata fredda che copre la cioccolata bollente e chiacchiera con viso sereno e in un tono leggero che, in contrasto col suo discorso, è particolarmente efficace. Con ogni suo gesto pare che dica: "vedete, io so anche deporre l'abito sacerdotale ed essere una serena e innocua creatura di questo mondo". È persona abile che sa entrare nelle grazie altrui. Con la vecchia signora Buddenbrook parla un po' untuosamente, con Thomas e Gerda da uomo di mondo, con la signora Permaneder in tono cordiale e spiritoso. Ogni tanto, quando se ne rammenta, incrocia le mani in grembo, butta la testa indietro, si oscura in viso e se ne sta serio serio. Quando ride aspira l'aria a sorsi sibilanti di tra i denti stretti.

Ad un tratto si nota un movimento nel corridoio, si sentono ridere le persone di servizio e sulla soglia appare un tipo strano. È Grobleben: dal naso sottile gli pende in ogni stagione una goccia allungata che non cade mai. Grobleben è un lavoratore nei magazzini del console, il quale gli fa avere un compenso a parte per la pulitura delle scarpe. Egli compare la mattina presto nella Via Larga, prende le scarpe collocate davanti agli usci e le pulisce nell'androne. Nelle feste di famiglia invece indossa l'abito migliore, reca fiori e tiene un discorso con voce untuosa e piagnucolosa, bilanciando la goccia sotto il naso, dopo di che intasca una mancia. Ma non lo fa per questo!

Ha indossato una giacca nera (è una giacca smessa del console), ma porta gli stivaloni ingrassati e intorno al collo uno scialle di lana blu. In mano, una mano rossa e secca, stringe un gran mazzo di rose pallide, un po' troppo sbocciate, che si sfogliano lentamente sul tappeto. Gira intorno gli occhietti infiammati e pare che non veda nulla. Si ferma sulla soglia, tiene il mazzo davanti a sé e comincia senz'altro a parlare, mentre la vecchia signora Buddenbrook a ogni parola gli fa cenni d'incoraggiamento, con brevi interruzioni per facilitargli il compito, e il console lo guarda con un sopracciglio rialzato, e altri membri della famiglia, come per esempio la signora Permaneder, si tengono il fazzoletto sulla bocca.

«Signori, io sono un povero diavolo, ma ho il cuore tenero, e la gioia e la fortuna del mio padrone, il console Buddenbrook, che è sempre stato buono con me, mi tocca l'anima e perciò sono venuto per porgere le mie felicitazioni al signor console e alla sua signora e a tutta la rispettabile famiglia, proprio dal cuore, e che il bambino possa prosperare perché essi lo meritano davanti a Dio e agli uomini, e padroni come il console Buddenbrook non se ne trovano tanti, perché è un nobile padrone e il buon Dio gliene renderà merito...»

«Bravo, Grobleben! Avete parlato bene. Tante grazie. Ma perché avete portato le rose?»

Grobleben però non ha finito e sforza la voce piagnucolosa per superare quella del console.

«... gliene renderà merito il buon Dio, dico, a lui e a tutta la rispettabile famiglia, quando saranno a quel punto e quando ci troveremo davanti al suo trono, poiché una volta dobbiamo scendere tutti nella tomba, poveri e ricchi, poiché questa è la sua santa volontà, e uno riceva una cassa fine e lucida di legno stagionato, l'altro riceve un cassone vecchio, ma polvere dobbiamo diventare tutti, tutti dobbiamo diventare polvere, polvere... polvere...»

«Ma no, Grobleben, oggi abbiamo un battesimo, lasciate andare la polvere!...»

«E qui avrei un po' di fiori» conchiude Grobleben.

«Grazie, caro; grazie. Ma questo è troppo. Chi sa quanto avrete speso! E un discorso così non l'ho udito da molto tempo! Prendete e passate una buona giornata!» e così dicendo il console gli pone una mano sulla spalla e gli dà un tallero.

«Tenete, buon uomo» dice la vecchia signora «Ma volete bene anche al vostro Redentore?»

«Gli voglio bene con tutto il cuore, signora, com'è vero...» e Grobleben riceve un tallero anche da lei e poi un terzo da M.me Permaneder, dopo di che si ritira facendo inchini e, sopra pensiero, porta via anche le rose, meno quelle che sono già sfogliate sul tappeto...

Ora il borgomastro è uscito (il console l'ha accompagnato giù alla carrozza), e questo è il segnale della partenza anche per gli altri ospiti, poiché Gerda Buddenbrook ha bisogno di riguardi. Nelle stanze subentra un grande silenzio. La vecchia signora con Tony, Èrika e Ida rimangono per ultime.

«Ecco, Ida» dice il console «ho pensato, e anche mia madre è d'accordo, che lei ci ha assistiti tutti un giorno, e quando il piccolo Johann sarà più grandino... adesso ha ancora la balia e dopo questa ci vorrà probabilmente una bambinaia... ma poi le piacerebbe di trasferirsi in casa nostra?»

«Sì, signor console, se la signora ne sarà contenta...»

Il progetto piace anche a Gerda e la proposta diventa senz'altro una decisione.

Uscendo, la signora Permaneder che è già sulla soglia si volta. Torna da suo fratello, lo bacia sulle guance e dice:

«Questa è una bella giornata, Tom, io sono felice come non lo sono stata da anni. Grazie a Dio, noi Buddenbrook non siamo ancora all'ultima cartuccia: chi lo pensa sbaglia di grosso. Adesso che c'è il piccolo Johann (abbiamo avuto una buona idea chiamandolo Johann), adesso ho l'impressione che debba incominciare ancora una volta un'era nuova.»

II

Christian Buddenbrook, il titolare della ditta "H. C. F. Burmeester & Comp." di Amburgo, col cappello grigio all'ultima moda e il bastone giallo con la testa di monaca in mano, entrò nel salotto di suo fratello che stava leggendo insieme con Gerda. Era la sera del giorno del battesimo, alle nove e mezzo.

«Buona sera» disse. «Senti, Thomas, devo parlarti d'urgenza... Scusami, Gerda... Ho molta fretta.»

Passarono nella buia sala da pranzo dove il console accese una delle lampade a gas e squadrò il fratello. Aveva cattivi presentimenti. Prescindendo dai primi saluti, non aveva avuto ancora occasione di parlare con Christian; ma durante la festa l'aveva osservato con attenzione e notato che era insolitamente serio e irrequieto, che anzi, mentre il pastore Pringsheim teneva il discorso, era uscito dalla sala alcuni minuti per chi sa quali ragioni. Dal giorno in cui Christian ad Amburgo aveva ricevuto dalle sue mani l'anticipo di 10.000 marchi sull'eredità a copertura dei debiti, Thomas non gli aveva più scritto una riga.

«Continua pure così!» gli aveva detto. «I tuoi soldi sfumeranno presto. In quanto a me, spero d'incontrarti poco sulla mia strada. In questi anni hai messo la mia amicizia a troppo dura prova.» Perché veniva adesso? Ci doveva essere un motivo impellente...

«Sentiamo» disse il console.

«Non reggo più» replicò Christian sedendo su una delle sedie dall'alta spalliera che erano intorno alla tavola e tenendo il bastone e il cappello tra le magre ginocchia.

«Posso chiederti in che cosa non reggi più e che cosa ti porta qua?» domandò il console rimanendo in piedi.

«Non reggo più» ripeté Christian dondolando la testa con irrequieta gravità e girando intorno gli occhietti rotondi e infossati. Aveva trentatré anni, ma sembrava molto più vecchio. I suoi capelli rossicci erano tanto radi da lasciare quasi tutto il cranio scoperto. Nelle guance scarne e incavate le ossa apparivano in rilievo, e nel mezzo s'incurvava il grosso naso scarnito, con una gobba che pareva enorme.

«Fosse soltanto questo!» continuò passando la mano lungo il fianco sinistro, ma senza toccare la persona. «Non è un dolore, è un tormento, capisci, un tormento costante e indefinibile. Il dottor Drögemüller di Amburgo mi ha detto che da questa parte ho tutti i nervi troppo corti... Immagina un po', in tutto il fianco sinistro i nervi sono troppo corti! È una cosa molto strana... Qualche volta ho l'impressione che da questa parte mi debbano venire le convulsioni o una paralisi, una paralisi per sempre... Tu non te lo puoi figurare... non riesco mai a addormentarmi la sera. Salto su perché all'improvviso il mio cuore cessa di pulsare, e prendo uno spavento terribile... E ciò non mi accade una volta sola prima di addormentarmi, ma dieci volte. Non so se ti è mai toccato... Ti farò una descrizione precisa... È come...»

«Lascia stare» disse il console freddamente. «Non credo che tu sia venuto qui per farmi cotesto discorso.»

«Infatti, Thomas, fosse soltanto questo! Ma non è questo soltanto. Si tratta dell'azienda... non reggo più.»

«Di nuovo non sei in regola?» Il console non ebbe nessuno scatto, non alzò neanche la voce. Fece la domanda tranquillamente osservando suo fratello con una stanca freddezza.

«No, Thomas. E per dir la verità (tanto, è indifferente) non mi sono mai messo in regola, neanche allora con quei 10.000 marchi che sai... Servirono soltanto per non dover chiudere subito. Il fatto è... poco dopo ho avuto altre perdite col caffè... e con la bancarotta di Anversa... È vero, ma in seguito non ho fatto quasi nulla e mi sono mantenuto tranquillo. Ma bisogna pur vivere... e ora ci sono le cambiali e altri debiti... cinquemila talleri... Non puoi immaginare quale sia la mia rovina. E, oltre tutto, questo tormento...»

«Ah sì, ti sei mantenuto tranquillo!» gridò il console fuori di sé. In quel momento non poté fare a meno di uscir dai gangheri. «Hai piantato la carretta nel pantano e sei andato a divertirti! Credi che non mi figuri come sei vissuto nei teatri e nel circo equestre e nei circoli e con le tue spregevoli donnine?»

«Pensi ad Aline... Ecco, per queste cose tu non hai la sensibilità, Thomas, e forse la mia disgrazia è di averne troppa; in questo punto infatti hai ragione: mi è costata troppo e mi costerà forse ancora parecchio, perché vorrei dirti una cosa... qui siamo tra noi fratelli... la terza creatura, la bambina che è nata sei mesi fa... quella è mia.»

«Imbecille.»

«Non dirlo, Thomas. Devi esser giusto anche nella tua collera verso di lei e verso... Perché non dovrebbe esser mia? E poi, Aline non è affatto spregevole; non devi parlare così. Per lei non è affatto indifferente l'uno o l'altro, tant'è vero che per amor mio ha rotto la relazione col console Holm che ha molto più denaro di me... vedi com'è buona. Tu, Thomas, non hai un'idea di quanto sia straordinaria quella creatura! È così sana... così sana...!» ripeté Christian tenendo una mano con le dita curve e il dorso in fuori, davanti al viso, come soleva fare quando parlava di "*that's Maria*" e del vizio londinese. «Dovresti vedere i denti quando ride! In tutto il mondo non ho visto denti simili, né a Valparaiso né a Londra... non dimenticherò mai la sera che l'ho conosciuta, da Uhlich, nel ristorante delle ostriche... Allora stava col console Holm; ma io mi misi a raccontarle qualche storiella, le feci qualche cortesia... e quando poi l'ho avuta... Eh sì, Thomas, è una sensazione molto diversa di quando si fa un buon affare... Ma a te non piace sentir parlare di queste cose, anche adesso te lo leggo negli occhi; e, del resto, è finita. Ora le dirò addio pur rimanendo in rapporti con lei per via della bambina... Voglio pagare tutti i miei debiti ad Amburgo e poi chiudere. Ormai non reggo più. Ho già parlato con la mamma che è disposta ad anticiparmi i cinquemila talleri perché possa mettermi in regola e spero che anche tu sarai d'accordo, perché è sempre meglio che si dica: "Christian Buddenbrook liquida e va all'estero" anziché fallire: in questo sarai d'accordo con me. Devi sapere, Thomas, che voglio ritornare a Londra e cercarmi un posto. L'indipendenza non è fatta per me, me ne accorgo sempre più. Troppa responsabilità... Come impiegato, invece, si va a casa la sera senza pensieri... e a Londra ci sono sempre stato volentieri. Hai qualche cosa in contrario?»

Durante il colloquio il console aveva volto le spalle al fratello e, tenendo le mani nelle tasche dei calzoni, aveva disegnato con un piede figure sul pavimento.

«Bene, vai dunque a Londra» disse semplicemente: e, senza neanche voltarsi, piantò lì Christian e si avviò verso il salotto.

Ma Christian lo seguì. Si avvicinò a Gerda che stava leggendo e le porse la mano.

«Buona notte, Gerda. Dunque fra poco ritornerò a Londra. Strano come la vita ci butti di qua e di là. Di nuovo nell'incertezza, in una città così grande dove si possono incontrare avventure ogni due passi. Strano... non so se tu abbia provato. È un senso che si ha qui, all'incirca nello stomaco... molto strano...»

III

James Möllendorpf, il decano dei commercianti senatori, morì in modo grottesco, raccapricciante. Quel vecchio diabetico aveva perduto l'istinto di conservazione a tal punto che, negli ultimi anni, si era abbandonato sempre più alla passione per le torte e per i dolci. Il dottor Grabow, che era medico di famiglia anche dei Möllendorpf, aveva protestato con tutta l'energia di cui era capace, e la famiglia preoccupata aveva sottratto al suo capo con garbata violenza quei cibi ghiotti. Che cosa aveva fatto però il senatore? Indebolito di mente com'era, aveva preso in affitto in uno dei vicoli più umili e plebei una stanzetta, un buco, dove andava a nascondersi per mangiare i dolci... E là fu trovato morto con la bocca ancor piena di paste mezzo masticate, i cui resti gli avevano macchiato il vestito ed erano sparsi per terra. L'apoplessia aveva prevenuto la lenta consumazione.

La famiglia fece tutto il possibile per tener celati i disgustosi particolari della morte; ma questi si diffusero tosto in città e furono oggetto di conversazione in Borsa, al circolo, all'"Armonia", negli uffici, nel consiglio comunale, ai balli, ai pranzi e alle veglie, poiché il fatto era accaduto in febbraio, nel febbraio del '62, e la vita di società era ancora in pieno fervore. Anche le amiche della signora Buddenbrook parlarono della morte del senatore Möllendorpf nelle "Serate di Gerusalemme", appena Lea Gerhardt interrompeva le sue letture; ne sussurravano persino le scolarette della domenica, quando attraversavano rispettose il grande androne di casa Buddenbrook; e il signor Stuht ne parlò a lungo con sua moglie, quella che frequentava le migliori famiglie.

Ma l'attenzione non poteva essere rivolta per molto tempo al passato. Insieme con la prima notizia della morte del vecchio consigliere si era affacciato un grande problema... Quando poi egli fu sottoterra quel problema fu l'unico ad agitare tutti gli animi: "Chi sarà il successore?".

Quale tensione d'animi e quale lavorio sott'acqua! Il forestiero che è venuto per ammirare i monumenti medioevali e i bei dintorni della città non s'accorge di nulla: ma quale attività sotto la superficie! Quale agitazione! Opinioni oneste, sane, non inficiate da alcuno scetticismo cozzano le une contro le altre, fanno fracasso per convinzione, si pesano a vicenda e a poco a poco vengono a un'intesa. Le passioni sono eccitate. Ambizione e vanità minano il terreno sordamente. Speranze sepolte si riscuotono, risorgono e rimangono deluse. Il vecchio commerciante Kurz, che a ogni votazione riceve tre o quattro voti, starà ancora una volta tremante in casa sua nel giorno delle elezioni e aspetterà la chiamata; ma anche questa volta non sarà eletto e continuerà a battere il marciapiede col bastone da passeggio, dandosi un'aria sodisfatta di buon cittadino, e finirà per scendere nella tomba con la pena segreta di non essere diventato senatore...

Il giovedì in cui, nella solita riunione dei Buddenbrook, si era parlato della morte di James Möllendorpf, la signora Permaneder, dopo alcune frasi di cordoglio, aveva incominciato ad agitare la punta della lingua contro il labbro superiore e aveva dato un'occhiata astuta a suo fratello, la qual cosa aveva indotto le signorine Buddenbrook a scambiarsi sguardi pungenti e a chiudere poi tutte insieme per un secondo, come a un comando, gli occhi e le labbra. Il console aveva risposto all'occhiata furba della sorella, dando poi un'altra piega alla conversazione. Sapeva come in città si caldeggiasse quel pensiero che Tony covava beata in cuor suo.

Si facevano nomi e si scartavano. Altri affioravano ed erano vagliati. Henning Kurz era troppo vecchio. Ormai ci volevano energie giovani. Il console Huneus, il mercante di legname, i cui milioni avrebbero avuto un gran peso sulla bilancia, era escluso dalla costituzione perché suo fratello faceva già parte del senato. Sulla lista si affermavano il console Eduard Kistenmaker, il negoziante di vino, e il console Hermann Hagenström. Ma fin da principio si ripeteva continuamente il nome di Thomas Buddenbrook. E quanto più le elezioni si avvicinavano, tanto meglio si capiva che egli aveva le maggiori speranze insieme con Hermann Hagenström.

Senza alcun dubbio quest'ultimo aveva seguaci e ammiratori. Il suo zelo nelle questioni pubbliche, la sbalorditiva rapidità con cui era sorta e si era sviluppata la ditta "Strunck & Hagenström", la vita lussuosa del console, la sua casa e il pasticcio di fegato d'oca che mangiava a colazione facevano il loro effetto. Quell'uomo alto, un po' troppo grasso, dalla barba rossiccia e tagliata corta e dal naso un po' troppo appiattito contro il labbro superiore, quell'uomo del quale nessuno, nemmeno lui, aveva conosciuto il nonno, e il cui padre, per il matrimonio ricco ma equivoco, era stato quasi escluso dalla buona società e tuttavia, imparentato con gli Huneus e coi Möllendorpf, aveva saputo equiparare il proprio nome a quello delle cinque o sei famiglie dominanti, era innegabilmente una figura cospicua e rispettabile della città. Il lato nuovo e quindi attraente della sua personalità, ciò che lo distingueva e gli assicurava un posto direttivo agli occhi di molti, era il suo carattere liberale e tollerante. La disinvoltura e la signorilità con cui guadagnava e spendeva il suo denaro era una cosa diversa dalle fatiche pazienti, tenaci e guidate da severi princìpi tradizionali dei suoi concittadini dediti al commercio. Quell'uomo era libero dalle pastoie della tradizione familiare, camminava con le proprie gambe ed era lontano da ogni vecchiume. Non abitava in uno dei vecchi palazzi patrizi costruiti con insensato spreco di spazio, con le gallerie verniciate di bianco intorno agli enormi androni. La sua casa nella Sandstrasse, il prolungamento meridionale della Via Larga, con la semplice facciata verniciata a olio, con le stanze distribuite secondo uno sfruttamento pratico dello spazio, e con l'arredamento ricco, elegante e comodo, era nuova, e senza alcun carattere di stile rigido. In quella casa aveva invitato poco tempo prima, in occasione di una grande serata, una cantante del teatro civico, l'aveva fatta cantare dopo cena davanti agli ospiti, tra i quali c'era anche suo fratello, il giurisperito amante dell'arte e della letteratura, e l'aveva compensata splendidamente. Non era uomo da perorare nel consiglio comunale la concessione di grossi stanziamenti per i restauri e la conservazione dei monumenti medioevali. Era un fatto però che era stato il primo, assolutamente il primo in tutta la città, a illuminare col gas la sua abitazione e gli uffici. Certo, se il console Hagenström seguiva qualche tradizione si trattava della mentalità progressiva, illuminata, tollerante, senza barriere e senza pregiudizi ereditata da suo padre, il vecchio Heinrich Hagenström: e su questa mentalità si fondava l'ammirazione di cui egli godeva.

Il prestigio di Thomas Buddenbrook era d'altra natura. Egli non era soltanto lui stesso; si veneravano in lui ancora le indimenticabili personalità del padre, del nonno e del bisnonno e, prescindendo dai suoi propri trionfi nel commercio e nella vita pubblica, egli era il rappresentante di una fama cittadina secolare. Certo, la cosa più importante era il suo modo semplice, garbato, gentile e convincente di rappresentare quella fama e di valersene; e ciò che lo distingueva era il livello insolito, persino tra i concittadini eruditi, di cultura formale che, quando si manifestava, suscitava altrettanto stupore quanto rispetto.

Il giovedì, in casa Buddenbrook, si parlò, in presenza del console, delle elezioni imminenti, facendo solo brevi e quasi indifferenti osservazioni, alle quali però la vecchia signora volgeva lo sguardo lontano con discrezione. Tuttavia la signora Permaneder non poté fare a meno di sfoggiare la sua stupefacente conoscenza della costituzione, alle cui norme sull'elezione dei membri del senato aveva dedicato un accurato studio come, a suo tempo, ai paragrafi del divorzio. Discorreva di camere elettorali, di suffragio di votanti, di schede, esaminava tutte le possibilità, ripeteva alla lettera e senza inciampi il giuramento solenne che dovevano fare gli elettori, parlava della "libera discussione" che, secondo lo statuto, i singoli collegi elettorali intavolavano sul conto dei candidati, ed esprimeva il vivo desiderio di poter assistere alla "libera discussione" sulla persona di Hermann Hagenström. Dopo un istante si chinò sul piatto di suo fratello e si mise a contare i noccioli di prugna per trarne l'oracolo sulla futura nomina del senatore. Ma, dopo il pranzo, incapace di resistere, prese il console per un braccio e lo tirò vicino a una finestra.

«Dio mio, Tom, se toccasse a te!... Se il nostro stemma entrasse nella sala d'armi del municipio!... Morirei dalla gioia. Vedrai che cascherò per terra inanimata.»

«Via, cara Tony, bada di essere più sostenuta e coraggiosa. Sono qualità che di solito non ti mancano. Sono forse un Henning Kurz? Anche senza essere senatori siamo qualche cosa... E spero che resterai viva in un caso e nell'altro.»

L'agitazione, le consultazioni, il cozzo delle opinioni continuarono. Il console Peter Döhlmann, il *suitier*, con la sua azienda alla malora che ormai esisteva soltanto di nome e con la figliola ventisettenne, della quale si mangiava l'eredità, prendeva parte a quell'agitazione chiamando con voce squillante e rumorosa "signor senatore" sia Thomas Buddenbrook a un pranzo da questo organizzato, sia Hermann Hagenström a un altro pranzo dato da quest'ultimo. Siegmund Gosch invece, il vecchio mediatore, girava intorno come un leone ruggente e si dichiarava pronto a strozzare senz'altro chiunque non fosse disposto a votare per il console Buddenbrook.

«Il console Buddenbrook, cari signori, ah, che uomo! Io sono stato a fianco di suo padre quando nel '48 placò con una parola il furore della plebe scatenata... Se ci fosse giustizia a questo mondo, già suo padre, già il padre di suo padre avrebbero dovuto far parte del senato...»

In fondo però non era tanto la personalità del console Buddenbrook quella che faceva divampare il cuore di Gosch, ma piuttosto la sua giovane consorte, nata Arnoldsen. Non che il mediatore avesse mai scambiato una parola con lei. Egli non apparteneva alla cerchia dei ricchi commercianti, non mangiava alla loro mensa e non scambiava visite con loro. Ma, come si è detto, Gerda Buddenbrook aveva appena fatto la sua comparsa in città allorché lo sguardo del cupo mediatore, sempre alla ricerca di cose straordinarie, l'ebbe adocchiata. Con sicuro istinto aveva capito subito che quella figura era tale da conferire un po' di contenuto alla sua esistenza insodisfatta, e si era votato a lei anima e corpo come uno schiavo, benché lei non lo conoscesse quasi neanche di nome. Da quel momento i suoi pensieri si aggiravano intorno a quella signora nervosa e molto riservata, alla quale nessuno lo presentava, come la tigre gira intorno al domatore: con la stessa grinta, con lo stesso atteggiamento, umile e perfido con cui per la strada si toglieva il cappello davanti a lei, senza che lei se lo aspettasse. Quel mondo mediocre non gli offriva alcuna possibilità di commettere per quella donna un atto di orribile infamia del quale egli gobbo, truce e avvolto nel suo mantello, si sarebbe assunto la responsabilità con satanica indifferenza. Le noiose consuetudini di lei non gli consentivano di inalzare quella donna su un trono imperiale mediante delitti, assassinii e sanguinose astuzie. Ella non gli lasciava altra possibilità che quella di votare in municipio a favore di suo marito, di quell'uomo rabbiosamente venerato, e di dedicarle forse un giorno la traduzione di tutti i drammi di Lope de Vega.

IV

Ogni seggio che si rende vacante nel senato deve essere rioccupato entro quattro settimane; così vuole lo statuto. Tre settimane sono già passate dalla morte di James Möllendorpf e ora è venuto il giorno delle elezioni, un giorno di disgelo alla fine di febbraio.

Nella Via Larga, davanti al municipio con quella facciata di mattoni smaltati a trafori, con le acute guglie e torrette che si ergono contro il cielo grigio, con lo scalone coperto sorretto da colonne sporgenti, con le arcate a sesto acuto che permettono di vedere la piazza e la fontana nel mezzo, davanti al municipio la gente si affolla all'una pomeridiana. Tutti stanno impassibili nella neve molle che si va squagliando sotto i piedi, si guardano tra loro e allungano il collo. Là infatti, dietro quel portale, nella sala del consiglio dove quattordici seggioloni sono collocati a semicerchio, l'assemblea elettorale, composta dei membri del senato e del consiglio comunale, aspetta ancora le proposte dei collegi...

La faccenda è andata per le lunghe. Pare che il dibattito nei collegi non voglia finire, che la lotta sia dura, e che fino a questo momento non si sia ancora proposta all'assemblea un'unica persona, poiché il borgomastro l'avrebbe subito dichiarata eletta... Strano! Nessuno capisce donde vengano, dove e come si formino, ma da quel portale escono dicerie che si diffondono per la strada. Non c'è là dentro il signor Kaspersen, il più vecchio dei due inservienti comunali, il quale si definisce sempre "funzionario statale" e, a denti stretti e guardando da un'altra parte, torce la bocca e manda fuori le notizie? Ora si dice che le proposte sono arrivate nella sala e che ciascuno dei tre collegi ha proposto un nome diverso: Hagenström, Buddenbrook, Kistenmaker! Voglia il cielo che almeno l'elezione generale con votazione segreta dia un'assoluta maggioranza di voti!

Chi non è munito di soprascarpe incomincia ad alzare le gambe e a battere i piedi doloranti dal freddo. Ci sono lì in attesa persone di ogni ceto. Si vedono marinai dal collo nudo tatuato, con le mani nelle ampie tasche dei canzoni, caricatori di grano con le giubbe e i calzoni corti di lino nero e col viso franco e onesto, carrettieri che sono scesi dai sacchi di grano accatastati per aspettare con la frusta in mano i risultati dell'elezione, donne di servizio col fazzoletto al collo, il grembiule e le sottane grosse a righe, la cuffia bianca sulla nuca e il braccio infilato nella sporta, venditrici di pesce e di verdure coi larghi cappelli di paglia, e persino un paio di belle fioraie con la cuffia olandese, la sottana corta, le maniche candide a lunghe pieghe che sbucano dal corpetto a ricami colorati. E ci sono cittadini proprietari di negozi nelle vicinanze, usciti senza cappello, che si scambiano le loro opinioni, giovani commercianti ben vestiti, figli che nell'ufficio paterno o in quello di qualche loro amico stanno facendo i tre o quattro anni di pratica, scolari con la cartella o il pacco dei libri...

Dietro a due operai dalla dura barba di pescatori, che stanno masticando tabacco, si nota una signora che volge la testa di qua e di là in grande agitazione per poter vedere il municipio di fra le spalle di quei due pezzi d'uomini. Essa porta una specie di lungo mantello da sera guarnito di pelliccia bruna che tiene insieme internamente con le due mani, mentre ha il viso coperto da una fitta veletta marrone. Con le scarpe di gomma zampetta senza posa nella neve che si scioglie.

«Perdiana, neanche questa è la volta buona per il tuo signor Kurz» dice uno degli operai all'altro.

«Non c'è bisogno, zuccone, che tu me lo venga a dire.

Stanno facendo la votazione per Hagenström, Kistenmaker o Buddenbrook.»

«Già, e ora si tratta di vedere quale dei tre avrà il sopravvento sugli altri.»

«Be', indovina un po'.»

«Che ne dici? Io credo che sarà eletto Hagenström.»

«Ah furbacchione! Sei d'accordo col diavolo.»

Poi sputa la cicca davanti a sé perché la folla non gli consente di lanciarla a parabola, si tira su i calzoni di sotto la cintura di cuoio e soggiunge:

«Hagenström, quel pancione, non riesce neanche a respirare dal naso, tanto è grasso... No, no, visto che Kurz non la spunta neanche questa volta, io sono per Buddenbrook. È un tipo in gamba...»

«Sì, dici bene, ma Hagenström è molto più ricco.»

«Non ha importanza. Non si tratta di questo.»

«E poi Buddenbrook è sempre così maledettamente elegante con quei polsini e con quella cravatta di seta e coi baffi impomatati. L'hai visto camminare? Saltella sempre come fosse un uccello...»

«Va là, salame, questo non c'entra.»

«E non è lui che ha una sorella che si è separata da due mariti?»

La signora in mantello da sera ha un tremito...

«...Sì, è una certa faccenda, ma non se ne sa nulla; e poi, che colpa ne ha il console?»

"Vero?" pensa la dama velata, stringendosi le mani sotto il mantello. "Vero che non ne ha colpa? Dio sia lodato!"

«E poi» soggiunge ancora quello che parteggia per Buddenbrook «e poi il borgomastro Oeverdieck ha fatto da padrino al battesimo di suo figlio; non è una cosa da poco, lasciatelo dire.»

"Vero?" pensa la signora. "Grazie al cielo, ha fatto effetto!..." Poi allibisce. Una nuova diceria è uscita dal municipio, percorre la folla a zig-zag e giunge fino a lei. La votazione generale non ha portato la decisione.

Eduard Kistenmaker, che ha avuto il minor numero di voti, è stato eliminato. Continua il ballottaggio fra Hagenström e Buddenbrook. Un cittadino osserva con aria d'importanza che, in caso di parità, si dovranno nominare cinque "arbitri", i quali decideranno a maggioranza di voti.

Improvvisamente si ode una voce dal portale: «Hanno eletto Heini Seehase!».

Bisogna sapere che Seehase è un eterno ubriacone che va intorno con un carretto a vendere ciambelle. Tutti ridono e si alzano sulla punta dei piedi per vedere il mattacchione. Anche la dama velata è presa da un riso nervoso che per un attimo le scuote le spalle. Ma poi con un gesto, come per dire "son momenti da burle questi?", si rifà seria e con appassionata impazienza guarda di nuovo fra i due operai verso il municipio. Senonché nello stesso momento lascia cader le braccia, di modo che il mantello le si apre davanti, e rimane lì con le spalle cadenti, afflosciata, annichilita.

Hagenström! La notizia giunge, non si sa da dove. C'è, come sorta dalla terra o caduta dal cielo, ed è dappertutto contemporaneamente. Nessuna smentita. Ormai è deciso. Hagenström! Eh sì, così è. Non c'è da aspettare altro. La dama velata poteva immaginarselo anche prima. Così accade sempre nella vita. Ora se ne può tornare a casa. E sente che il pianto le sale alla gola...

È passato in queste condizioni appena un secondo, allorché un urto improvviso, un movimento ondeggiante attraversa la folla, una spinta che si propaga dalle prime file di modo che ognuno viene ad appoggiarsi contro colui che gli sta dietro, mentre là davanti, sotto il portale, balena un che di rosso: le giubbe scarlatte dei due inservienti comunali, Kaspersen e Uhlefeldt, i quali in gran gala, col tricorno, i calzoni bianchi, gli stivaloni gialli e lo spadino, compaiono l'uno a fianco dell'altro e s'avviano in mezzo alla moltitudine che fa largo.

Passano come il destino: seri, chiusi, silenziosi, senza guardare né a destra né a sinistra, a occhi bassi, e prendono, con decisione inesorabile, la direzione che i risultati dell'elezione, dei quali sono informati, han loro segnato. Ed ecco, non è la direzione della Sandstrasse, bensì a destra, la Via Larga!

La dama velata non crede ai propri occhi. Ma tutti se ne accorgono intorno a lei. La gente si accalca nella stessa direzione dietro i due inservienti, e va ripetendo: «No, no, non è Hagenström! È Buddenbrook!». E già si vedono uscire in animato colloquio molte persone dal municipio, le quali prendono frettolosamente la Via Larga per arrivare tra i primi a presentare le loro congratulazioni.

La signora si stringe il mantello e parte di corsa. Corre come di norma una signora non corre. Il velo si sposta e le scopre il viso accaldato; ma non importa. E quantunque una delle sue soprascarpe orlate di pelliccia scivoli continuamente sulla neve molle e le sia di perfido inciampo, essa riesce a sorpassare tutti gli altri. Arriva per prima alla casa d'angolo della Bäckergrube, tira il campanello come si trattasse di incendio o assassinio, dice alla fantesca che apre: «Vengono, Thinka, vengono!», infila la scala e si precipita nel salotto dove suo fratello, un po' pallido davvero, depone il giornale e fa un gesto come per trattenerla. Ella lo abbraccia e va ripetendo: «Vengono, Tom, vengono! Sei eletto tu, Hermann Hagenström è bocciato!».

Era un venerdì. Già il giorno seguente il senatore Buddenbrook era nella sala del consiglio davanti al seggio del defunto James Möllendorpf, e in presenza dei senatori adunati e della giunta municipale pronunciava questo giuramento:

«Voglio disimpegnare il mio ufficio secondo coscienza, fare il bene dello stato con tutte le mie forze, seguire i suoi statuti con fedeltà, amministrare onestamente i beni pubblici e nel disbrigo dei miei doveri, particolarmente in ogni elezione, non tener conto né del mio vantaggio, né di amicizie o parentele. Voglio applicare le leggi dello stato e usar giustizia verso chiunque, sia ricco o povero. Voglio anche essere riservato in tutto ciò che richiede riservatezza, e specialmente mantenere il segreto quando mi sarà ordinato di mantenerlo. E così Dio mi assista!»

V

I nostri desideri e le nostre azioni procedono da certi bisogni dei nervi che è difficile determinare a parole. Quella che si diceva la "vanità" di Thomas Buddenbrook, la sua cura nel vestirsi, il lusso esteriore era in realtà una cosa del tutto diversa. In origine non era niente altro che l'aspirazione di un uomo d'azione ad essere sempre da capo a piedi consapevole di quella correttezza e integrità che costituiscono il fulcro interiore. Ora le esigenze che egli stesso e il mondo ponevano alla sua intelligenza e alle sue energie andavano crescendo. Era sovraccarico di doveri privati e pubblici. Nella distribuzione delle cariche fra i membri del senato gli era toccato come dicastero principale quello delle imposte. Ma anche questioni ferroviarie e doganali e altri affari pubblici richiedevano la sua attività e in mille assemblee di consigli d'amministrazione e di sorveglianza, dei quali una volta eletto gli era toccata la presidenza, doveva ricorrere a tutta la sua accortezza, alla sua gentilezza ed elasticità per non urtare mai la suscettibilità di persone molto più anziane di lui, per subordinarsi apparentemente alla loro più vecchia esperienza pur tenendo il potere nelle proprie mani. Il fatto strano che la sua "vanità", il bisogno cioè di ristorarsi fisicamente, di rinnovarsi, di cambiar abito più volte al giorno, di conservare la sua freschezza mattutina, andava aumentando in modo visibile significava semplicemente, quantunque Thomas avesse appena trentasette anni, un rilassamento della sua elasticità, un più rapido logorio delle sue energie.

Quando l'ottimo dottor Grabow lo pregava di concedersi un po' di riposo, gli rispondeva: «Oh, caro dottore, non sono ancora a questo punto». Con ciò voleva dire che lo aspettava ancora un lavoro infinito prima di poter forse un giorno conquistarsi una situazione nella quale, essendo giunto al termine, avrebbe potuto godersi la vita comoda. In realtà non credeva affatto a una tale situazione. Tutto lo spingeva avanti senza pace. E anche quando pareva riposasse, per esempio dopo i pasti, leggendo i giornali, mille progetti gli turbinavano nel cervello, mentre si torceva la punta di un baffo con una certa lentezza appassionata e le vene gli si gonfiavano sulle tempie pallide. E la sua serietà era ugualmente intensa quando escogitava un maneggio di affari o un discorso in pubblico, come quando si proponeva di rinnovare una buona volta il corredo di biancheria per essere in ordine qualche anno, almeno sotto questo riguardo.

Se quegli acquisti e rinnovamenti gli procuravano transitoriamente una certa sodisfazione e tranquillità, egli poteva permettersene le spese senza scrupoli perché in quegli anni gli affari andavano a gonfie vele, come era avvenuto soltanto ai tempi di suo nonno. Il nome della Ditta acquistò fama non solo in città ma anche fuori, e nella vita cittadina la sua autorità andò ancora crescendo. Tutti riconoscevano con invidia o con piacere la sua bravura e la sua abilità, mentre egli stesso si sforzava invano di eseguire i suoi lavori con calma l'uno dopo l'altro, giacché i progetti incalzanti della sua fantasia gli davano il senso di essere sempre disperatamente arretrato.

Non era dunque presunzione se nell'estate del '63 il senatore Buddenbrook ventilò il piano di costruirsi un nuovo grande palazzo. Chi sta bene non si muove. Ma la sua irrequietezza lo spingeva avanti e i suoi concittadini avrebbero potuto ascrivere quell'impresa alla sua "vanità": infatti era proprio così. Una casa nuova, un mutamento radicale della vita esteriore, lo sgombero, il trasloco, il nuovo arredamento con eliminazione del superfluo e di ogni vecchiume accumulato negli anni passati: queste prospettive gli davano un senso di pulizia, di novità, di freschezza, purezza e ristoro... e certo egli dovette sentirne il bisogno, poiché vi si buttò con zelo, e aveva già messo gli occhi su un dato terreno.

Era un terreno piuttosto esteso in fondo alla Fischergrube. Vi era in vendita una vecchia casa mal tenuta, la cui proprietaria, una zitella vecchissima, era morta da poco; vi aveva abitato sola sola, ultimo residuo di una famiglia dimenticata. In quel luogo il senatore intendeva di far sorgere la sua casa, e ogni volta che scendeva al porto vi passava facendo le sue osservazioni. Le vicinanze erano simpatiche: buone case borghesi col frontone, tra le quali quella dirimpetto era la più modesta: una casina stretta con un piccolo negozio di fioraio al pianterreno. Thomas tese tutte le energie per concretare l'impresa. Fece un preventivo approssimativo e, per quanto la somma stabilita provvisoriamente non fosse esigua, vide che poteva spenderla senza troppi sforzi. Tuttavia impallidì al pensiero che poteva essere forse un colpo inutile, poiché ammetteva che la casa dove abitava era più che sufficiente per lui, la moglie, il bambino e la servitù. Ma i suoi bisogni semicoscienti erano più forti e, desiderando trovare un appoggio e quasi una autorizzazione dal difuori, si confidò anzitutto con sua sorella.

«In breve, Tony, che cosa ne pensi tu? La scala a chiocciola per scendere nel bagno è molto graziosa, ma il complesso non è che un baraccone. Poco presentabile, vero? E ora che sei riuscita a farmi eleggere senatore... Insomma, ti pare che mi spetti?...»

Dio mio, che cosa non gli spettava, secondo M.me Permaneder? Ella ne fu entusiasta. Incrociò le braccia sul petto, si mise a passeggiare per la stanza con la testa buttata indietro e le spalle alzate.

«Dici bene, Tom. Come dici bene! Non ci sono obiezioni da fare perché, dopo tutto, chi ha una Arnoldsen con 100.000 talleri di dote... Del resto sono molto orgogliosa che tu ti sia confidato anzitutto con me. Sei molto gentile. E se si fa, Tom, sia fatto con signorilità...!»

«Già, sono anch'io di quest'opinione. Non voglio badare

a spese. L'affiderò a Voigt e già me la godo al pensiero di esaminare i piani insieme con te. Voigt ha molto buon gusto...»

Il secondo consenso che Thomas andò a prendere fu quello di Gerda, la quale approvò senz'altro il progetto. Certo, il trambusto del trasloco non era molto piacevole, ma l'idea di avere una sala di musica, ampia e acustica, la rendeva felice. La vecchia signora Buddenbrook fu subito pronta a considerare quella costruzione come logica conseguenza di altri casi di fortuna, ai quali assisteva sodisfatta e ringraziando il cielo. Dopo la nascita dell'erede e l'elezione del console, il suo orgoglio materno si manifestava ancor più palese di prima; aveva un modo di dire "mio figlio, il senatore" che irritava profondamente le Buddenbrook della Via Larga.

Queste zitelle trovavano infatti troppo poche distrazioni per non dover concentrarsi sullo spettacoloso sviluppo della vita esteriore di Thomas. A dileggiare la povera Klothilde, il giovedì, non c'era molto gusto, e Christian, che per il tramite di Mr. Richardson, il suo ex principale, aveva trovato un posto a Londra e poco tempo prima aveva telegrafato esprimendo il bizzarro desiderio di sposare la signorina Puvogel, attirandosi severissimi rimproveri di sua madre, Christian, che era semplicemente al livello di Jakob Kröger, era stato passato agli atti. Ci si ripagava quindi un pochino con le debolezze della vecchia signora Buddenbrook e della signora Permaneder, portando per esempio il discorso sulla foggia dei capelli: la vecchia signora infatti era capace di dire con la faccia più candida che portava i "suoi" capelli semplici e lisci, mentre tutte le persone che Dio aveva dotato di cervello, e prima di tutte le signorine Buddenbrook, dovevano ben ammettere che i capelli immutabilmente biondi sotto la cuffia della vecchia signora da un pezzo non si potevano più chiamare capelli "suoi". Ma ancor più valeva la pena di indurre la cugina Tony a pronunciarsi sulle persone che avevano avuto una così odiosa influenza sulla sua vita precedente. Trieschke il Piagnone! Grünlich! Permaneder! I Hagenström! Questi nomi che Tony, quando era irritata, lanciava nell'aria come piccoli squilli di tromba, con ribrezzo e con le spalle un po' sollevate, erano molto graditi alle orecchie delle figlie di zio Gotthold.

D'altro canto esse non si nascondevano (e non si prendevano certo la briga di stare zitte) che il piccolo Johann era paurosamente tardivo nel camminare e nel parlare. E non avevano torto: bisognava ammettere che Hanno (era questo il vezzeggiativo adottato per suo figlio dalla moglie del senatore Buddenbrook), mentre sapeva già chiamare quasi correttamente tutti i membri di famiglia, non era ancora capace di pronunciare in modo comprensibile i nomi di Friederike, Henriette e Pfiffi. In quanto a camminare, benché avesse quindici mesi, non era riuscito a fare un passo da solo, e fu allora che le signorine Buddenbrook dichiararono, crollando il capo disperatamente, che quel bambino sarebbe rimasto muto e sciancato per tutta la vita.

In seguito dovettero riconoscere che quella triste profezia era stata un errore, ma nessuno poté negare che Hanno era un po' arretrato nello sviluppo. Fin dai primi giorni aveva dovuto sostenere fieri assalti che avevano tenuto i suoi in continua apprensione. Era venuto al mondo silenzioso e debole e, poco dopo il battesimo, un attacco di diarrea con vomito, durato solo tre giorni, era quasi bastato per fermargli definitivamente il cuoricino messo in moto con tanta fatica. Rimase in vita, e il dottor Grabow stava prendendo le misure contro le crisi minacciose della dentizione, con cure speciali e con un'alimentazione razionale. Ma appena la prima puntina bianca fu lì lì per forare la gengiva, ecco che si manifestarono convulsioni, le quali si ripeterono poi alcune volte in modo pauroso. E ancor una volta si arrivò a tal punto che il vecchio medico strinse le mani ai genitori senza dire una parola... Il piccolo era sfinito, e lo sguardo fisso degli occhi affondati nell'ombra faceva supporre un'affezione cerebrale. La fine parve quasi desiderabile.

Tuttavia Hanno riprese le forze, il suo sguardo incominciò ad afferrare gli oggetti e, se anche le crisi sofferte rallentarono i progressi nel parlare e nel camminare, non c'era più da temere alcun pericolo immediato.

Hanno aveva le membra snelle e per la sua età era piuttosto alto. A quell'epoca incominciarono a crescergli con insolita rapidità i capelli color castano chiaro, morbidissimi, che, quasi impercettibilmente ondulati, gli ricadevano sulle spalle del grembiulino pieghettato. Già incominciavano ad emergere le somiglianze di famiglia. Fin da principio egli aveva decisamente le mani dei Buddenbrook: larghe, un po' troppo corte, ma ben formate; e il naso era tutto quello di suo padre e del bisnonno, anche se le pinne pareva dovessero rimanere più morbide. La parte inferiore del viso, piuttosto stretta e allungata, non era invece né quella dei Buddenbrook, né quella dei Kröger, ma veniva dalla famiglia materna, come del resto anche le labbra tendevano già allora a star chiuse e strette con un'espressione di malinconia e insieme di timidezza... quell'espressione alla quale più tardi si andò sempre più adattando lo sguardo dei suoi strani occhi dorati con le ombre azzurrine.

Sotto gli sguardi pieni di tenerezza contenuta coi quali il babbo lo osservava, fra le attenzioni con cui la mamma sorvegliava la sua salute e i suoi vestiti, adorato dalla zia Antonie, fra cavallucci e trottole regalati dalla vecchia signora Buddenbrook e dallo zio Justus, egli incominciò a vivere, e quando la sua graziosa carrozzina compariva per la strada la gente la seguiva con uno sguardo pieno di interessamento e di aspettativa. A proposito della signora Decho, la degna bambinaia che per il momento era ancora in servizio, si era ormai deciso che nella casa nuova non sarebbe entrata lei, bensì Ida Jungmann, mentre la vecchia signora avrebbe provveduto a cercarsi un altro aiuto.

Il senatore Buddenbrook attuò i suoi piani. Per l'acquisto del fondo nella Fischergrube non ci fu alcuna difficoltà, e la casa della Via Larga, che il mediatore Gosch si dichiarò subito pronto a rilevare, fu acquistata da Stephan Kistenmaker, la cui famiglia era cresciuta e i cui guadagni col vino rosso erano cospicui. Il signor Voigt si assunse la costruzione, e ben presto nei ritrovi di famiglia si poterono consultare il piano preciso e il disegno della facciata: era un magnifico palazzo con le cariatidi di arenaria che reggevano il balcone e il tetto piatto, a proposito del quale Klothilde osservò, stiracchiando le vocali, che vi si poteva andare a prendere il caffè nel pomeriggio. Persino la questione del pianterreno nella Mengstrasse, che ora sarebbe rimasto vuoto perché il senatore voleva trasportare nella Fischergrube anche gli uffici, fu sistemata rapidamente e nel modo migliore, poiché si venne a sapere che la società di assicurazioni contro l'incendio era disposta a prendere in affitto quei locali per mettervi i propri uffici.

Venne l'autunno, le vecchie muraglie furono ridotte a macerie e sopra le spaziose cantine, mentre l'inverno arrivava e riperdeva le sue forze, sorse la nuova casa di Thomas Buddenbrook. Non c'era in città argomento di conversazione più attraente. Era una casa veramente "tip-top", la più bella che ci fosse in lungo e in largo! Ce n'erano forse di più belle ad Amburgo? Certo doveva essere costata un mucchio di quattrini: il vecchio console non si sarebbe permesso balzi simili... I vicini, i cittadini delle case borghesi stavano alle finestre, osservavano il lavoro degli operai sulle armature, erano contenti di veder crescere la costruzione e cercavano d'indovinare il giorno della festa della copertura.

Questo venne e fu festeggiato con tutto il cerimoniale. In alto, sul tetto piatto, un vecchio capomastro tenne un discorso e alla fine buttò dietro le spalle la bottiglia di spumante, mentre l'immensa ghirlanda inaugurale intrecciata di rose e di fronde verdi dondolava pesantemente al vento fra le bandiere. Poi, in una trattoria vicina fu offerta una merenda a tutti gli operai, con birra, panini imbottiti e sigari, e il senatore Buddenbrook, con la consorte e col figlioletto sulle braccia di M.me Decho, passò nella stanza bassa fra le tavole, ricevendo con gratitudine gli evviva in suo onore.

Fuori, Hanno fu rimesso nella carrozzina, e Thomas attraversò la strada con Gerda per dare ancora una occhiata alla facciata rossa con le cariatidi bianche. Là, davanti al piccolo negozio di fiori, dalla porta stretta e dalla vetrina modesta, dov'erano esposti un paio di vasi con piante a bulbo sopra una mensola di vetro verde, c'era Iwersen, il proprietario del negozio, un gigante biondo in giacca di lana accanto a sua moglie, una donna molto esile, scura di capelli, di tipo meridionale. Essa teneva per mano un bambino di quattro o cinque anni, moveva piano con l'altra una carrozzina dove dormiva un bambino più piccolo, ed era evidentemente in stato interessante.

Iwersen fece un inchino tanto profondo quanto goffo, mentre sua moglie, che seguitava a muovere la carrozzina, osservava attentamente con gli occhi neri a mandorla la consorte del senatore che si avvicinava al braccio del marito. Thomas si fermò e indicò col bastone la ghirlanda sul tetto.

«Avete fatto un bel lavoro, Iwersen.

«Non è merito mio, signor senatore. L'ha fatta mia moglie.»

«Ah!» fece il senatore brevemente sollevando la testa con un piccolo scatto e guardando per un attimo con un lampo di gentilezza la signora Iwersen negli occhi. E senza aggiunger altro si accomiatò con un gesto cortese.

VI

Una domenica ai primi di luglio (il senatore Buddenbrook era entrato nella nuova casa da circa un mese) la signora Permaneder si presentò la sera tardi da suo fratello. Attraversò il fresco vestibolo ornato con bassorilievi di opere di Thorwaldsen che dava a destra negli uffici, suonò il campanello alla porta che si poteva aprire dalla cucina premendo una palla di gomma e, ai piedi dello scalone, dove c'era l'orso donato da Tiburtius, venne a sapere dal servo Anton che il senatore era ancora al lavoro.

«Va bene» disse «grazie, Anton, vado da lui.» Prima però passò davanti all'ingresso degli uffici un po' verso destra dove si apriva in alto l'immenso vano delle scale, quel vano che al primo piano era cinto dalla continuazione della ringhiera di ghisa e, all'altezza del secondo piano, si allargava in un'ampia galleria retta da colonne in bianco e oro, mentre dall'altezza vertiginosa del lucernario pendeva un'enorme lampada dorata... «Molto signorile!» disse la signora Permaneder a voce bassa e sodisfatta, guardando quella luminosa magnificenza che significava per lei la potenza, lo splendore e il trionfo dei Buddenbrook. Ma poi ricordò che era venuta per una faccenda triste e si volse lentamente verso l'ingresso degli uffici.

Thomas era solo là dentro; era seduto al solito posto davanti alla finestra e stava scrivendo una lettera. Alzò lo sguardo sollevando un sopracciglio e porse la mano alla sorella.

«Buona sera, Tony. Che cosa mi porti di bello?»

«Oh, niente di bello, Tom. Sai, il vano dello scalone è proprio stupendo!... Ma perché stai qui a scrivere quasi al buio?»

«Una lettera urgente... Dunque niente di bello? Andiamo intanto a far due passi nel giardino; sarà più piacevole.»

Un adagio per violino scendeva tremolando dal primo piano mentre essi attraversavano il vestibolo. «Ascolta!» disse la signora Permaneder fermandosi un istante. «È Gerda che suona. Divinamente! Dio, quella donna... è proprio una fata. E Hanno?»

«Starà cenando con la Jungmann. Peccato che non si decida ancora a camminare...»

«Verrà anche questo, Tom, verrà. Di Ida siete contenti?»

«Come dovremmo non essere contenti?...»

Attraversarono il corridoio lastricato di pietra lasciandosi a destra la cucina e, da una porta vetrata, salirono due scalini entrando nel grazioso giardino olezzante.

«Sentiamo» disse il senatore.

Faceva caldo e c'era un gran silenzio. I profumi delle aiuole accuratamente tracciate indugiavano nell'aria della sera, e la fontana, circondata di alti giaggioli lilla, mandava con un quieto chioccolio lo zampillo verso il cielo scuro dove si accendevano le prime stelle. Nello sfondo una breve scala fiancheggiata da due piccoli obelischi portava a uno spiazzo elevato coperto di ghiaia, sul quale sorgeva un padiglione di legno che, con la tenda abbassata, proteggeva alcune sedie da giardino. A sinistra il terreno era separato mediante un muro dal giardino attiguo; a destra invece il muro della casa vicina era rivestito in tutta l'altezza da un traliccio di legno destinato a coprirsi col tempo di piante rampicanti. Di fianco alla scala e alla piazzetta del padiglione c'erano alcuni ciuffi di ribes e di uvaspina; ma c'era un solo albero vicino al muro a sinistra, un noce alto e nodoso.

«Il fatto è questo» disse esitando la signora Permaneder mentre tutti e due si mettevano a passeggiare sulla ghiaia. «Tiburtius scrive...»

«Clara?» domandò Thomas. «Breve, per favore, senza preamboli!»

«Sì, Tom, è a letto e sta molto male. Il dottore teme che si tratti di tubercolosi... cerebrale. È ben duro dover pronunciare queste parole. Ecco qua la lettera che mi scrive il marito. Questo biglietto accluso indirizzato alla mamma, che, come dice lui, contiene le stesse cose, ci prega di darglielo, dopo averla un po' preparata. C'è anche un altro foglio accluso: anche questo indirizzato alla mamma, ma scritto da Clara stessa a matita, con mano malferma. Dice Tiburtius che, scrivendo, Clara ha detto che sono le sue ultime righe; infatti la cosa più triste è che lei non faccia alcuno sforzo per vivere. È vero che ha sempre desiderato di salire al cielo...» concluse la signora Permaneder asciugandosi gli occhi.

Il senatore camminava al suo fianco in silenzio con la testa bassa, le mani dietro la schiena.

«Non dici nulla, Tom... Hai ragione; che cosa si deve dire? E proprio adesso che anche Christian è ammalato ad Amburgo...»

Così era infatti. Il "tormento" di Christian al fianco sinistro era talmente aumentato negli ultimi tempi a Londra, si era trasformato talmente in spasimi reali, che gli aveva fatto dimenticare tutti i suoi disturbi minori. Non aveva più saputo a che santo votarsi, aveva scritto alla mamma che non poteva fare a meno di ritornare a casa per farsi curare da lei, aveva abbandonato il suo posto a Londra ed era partito. Ma appena arrivato ad Amburgo si era dovuto mettere a letto, il dottore aveva trovato un reumatismo articolare e fatto portare Christian dall'albergo all'ospedale, perché per il momento non era possibile che proseguisse il viaggio. E là Christian dettava al suo infermiere lettere molto tristi e turbate...

«Già» fece il senatore sottovoce. «Pare che una disgrazia tiri l'altra.»

Ella gli pose un braccio sulle spalle:

«Però, Tom, non devi perderti di coraggio. Non ne hai ancora il diritto. Forza ci vuole...»

«È proprio vero, ne avrei bisogno!»

«Che dici, Tom? Ma spiegami: ier l'altro, giovedì, perché sei stato così taciturno tutto il pomeriggio? Si può sapere?»

«Oh, che vuoi? Affari, mia cara. Ho dovuto vendere una partita di segale non molto piccola, non molto vantaggiosamente... o diciamo con franchezza: una grossa partita tutt'altro che vantaggiosamente...»

«Via, Tom, son cose che capitano. Oggi ti tocca così e domani ricuperi tutto. Non è il caso di guastarsi subito il buonumore.»

«Sbagliato, Tony» disse scuotendo il capo. «Il mio buonumore non è sotto zero perché ho avuto una perdita, ma viceversa. Di questo sono convinto: dunque è esatto.»

«Ma a proposito del tuo umore» esclamò lei spaventata e

stupita «esso dovrebbe essere piuttosto allegro, caro Tom. Clara è viva... e vedrai che coll'aiuto di Dio tutto andrà bene. E per il resto? Passeggiamo qui nel tuo giardino in mezzo a un'onda di profumi. Là c'è la tua casa bella come un sogno; in confronto, Hermann Hagenström abita una catapecchia! E tutto questo è merito tuo...»

«Infatti, Tony, è quasi troppo bello. Voglio dire: è ancora troppo nuovo, e mi turba ancora un poco: credo che di qui derivi quel malumore che mi prende e mi danneggia in ogni cosa. Ho pregustato moltissimo questa gioia, ma, come sempre, quel pregustare fu la parte migliore, perché il bene arriva sempre troppo tardi, si avvera sempre troppo tardi, quando non si ha più la possibilità di goderne...»

«Non più goderne, Tom? Giovane come sei!»

«Si è tanto giovani o vecchi quanto ci si sente tali. E quando il bene agognato arriva lento e in ritardo, giunge accompagnato da tante meschinità e noie e disturbi, coperto di tutta la polvere della realtà della quale non si è tenuto conto con la fantasia, e che irrita... irrita...»

«Già, già... Ma siamo giovani o vecchi come ci sentiamo? è proprio così, Tom?»

«Sicuro. Magari passerà... un disappunto certamente. Ma in questo momento mi sento più vecchio di quello che sono. Sono preoccupato per gli affari, e ieri nel consiglio di sorveglianza della ferrovia di Büchen il console Hagenström mi ha buttato a terra con un discorso, quasi esponendomi al compatimento di tutti. Ho l'impressione che prima una cosa simile non mi sarebbe potuta toccare. Ho l'impressione che qualche cosa incominci a sfuggirmi, che non mi riesca di tenere in pugno questa cosa indeterminata come a suo tempo... Che cos'è il successo? Una forza segreta indescrivibile, il senso di essere guardingo e pronto, la coscienza di esercitare una pressione sui moti della vita intorno a me con la mia sola esistenza, la fede nella docilità della vita in mio favore... Il successo e la fortuna sono in noi. Noi dobbiamo tenerli: saldi, profondamente. Appena qua dentro qualche cosa incomincia a cedere, a stancarsi, a perder forza, tutti intorno a noi si sentono liberi, si ribellano, recalcitrano, si sottraggono al nostro influsso. Allora un guaio viene dopo l'altro, batoste su batoste, e si è liquidati. Negli ultimi giorni mi è tornato spesso alla mente un proverbio turco che ho letto non so dove: "Quando la casa è finita, arriva la morte". Ora non è proprio necessario che sia la morte, ma il regresso... la discesa... il principio della fine... Vedi, Tony» continuò prendendola a braccetto e abbassando ancora la voce «quando abbiamo battezzato Hanno, ti ricordi? mi dicesti: "Ho l'impressione che debba incominciare ancora una volta un'era nuova". Sento le tue parole come fosse ora: e poi parve che tu dovessi aver ragione perché venne l'elezione a senatore e io ebbi fortuna e questa casa sorse dal suolo. Ma il titolo di senatore e la casa sono cose esteriori e io so una cosa alla quale tu non hai pensato, la so perché l'ho imparata dalla vita e dalla storia. So che spesso i segni esteriori visibili e tangibili e i simboli della fortuna e dell'ascesa si manifestano soltanto quando in realtà tutto ricomincia a discendere. Quei segni esteriori richiedono tempo per arrivare a noi come la luce di certi astri lassù, dei quali non sappiamo se non siano già in procinto di spegnersi, anzi non siano già spenti quando brillano col massimo splendore...»

Tacque, e per un po' continuarono a passeggiare in silenzio, mentre la fontana zampillante mormorava e tra le fronde del noce passava un bisbiglio. Poi la signora Permaneder trasse un sospiro così profondo che parve un singhiozzo. «Come sono tristi le tue parole, Thomas! Tristi come non mai. Ma è bene che ti sia sfogato; ora ti sarà più facile toglierti dalla mente tutte coteste ubbie.»

«Già, Tony, devo tentare per quanto sia possibile. E ora dammi i due fogli acclusi di Clara e del pastore. Penso che ti farà piacere se ti libero da questo compito parlando domattina io stesso con la mamma. La nostra buona mamma! Ma se sono tubercoli, bisognerà rassegnarsi.»

VII

«E tu non me lo chiedi nemmeno! Tu mi lasci da parte!»

«Io ho agito come dovevo agire.»

«Hai agito in modo balordo e irragionevole.»

«La ragione non è quanto di meglio ci sia sulla terra!»

«Frasi inutili! Si tratta della più elementare giustizia che hai trascurato in modo indegno.»

«Ti faccio notare, figlio mio, che a tua volta con cotesto tono dimentichi il rispetto che mi devi.»

«E io, mamma, ti rispondo che non ho mai dimenticato il rispetto che ti devo, ma come figlio non conto più nulla appena mi trovo di fronte a te per gli interessi della Ditta e della famiglia, io capo e successore di mio padre!»

«Ora, Thomas, vorrei pregarti di tacere.»

«No, non tacerò finché non avrai riconosciuto la tua infinita stoltezza e debolezza.»

«Del mio patrimonio dispongo come mi pare e piace.»

«L'equità e la ragionevolezza pongono limiti al tuo beneplacito.»

«Non avrei mai creduto che tu fossi capace di offendermi così!»

«Non avrei mai creduto che tu potessi schiaffeggiarmi così senza riguardi!»

«Tom! Tom!» intervenne con voce angosciata la signora Permaneder. Torcendosi le mani stava seduta accanto alla finestra della stanza dei paesaggi, mentre suo fratello misurava la stanza a passi concitati e sua madre, disciolta in collera e dolore, seduta sul divano, si reggeva con una mano puntata contro il cuscino, e a ogni parola violenta lasciava cadere l'altra sulla tavola. Tutti e tre portavano il lutto per Clara che non era più di questa terra, e tutti e tre erano pallidi e fuori di sé.

Che cosa accadeva? Una cosa orribile, raccapricciante, una cosa che agli stessi interessati appariva mostruosa e incredibile: una lite, una violenta discussione tra madre e figlio!

Era d'agosto, un pomeriggio afoso. Dieci giorni prima, dopo che il senatore aveva presentato con ogni cautela a sua madre le lettere di Sievert e Clara Tiburtius, gli era toccato il grave compito di comunicare alla vecchia signora la notizia della morte. Poi era andato a Riga per il funerale, era ritornato insieme col cognato Tiburtius, il quale aveva passato alcuni giorni con la famiglia della defunta consorte ed era anche andato a far visita a Christian all'ospedale di Amburgo... E ora, mentre da due giorni il pastore era di nuovo nella sua città, la signora Buddenbrook aveva fatto con visibile esitazione questa rivelazione al suo figliolo.

«Centoventisettemila e cinquecento marchi!» gridò questi agitando le mani giunte davanti al viso. «Vada per la dote! Poteva tenersi quegli ottantamila marchi, per quanto non ci siano figli. Ma l'eredità! Assegnargli l'eredità di Clara! E tu non mi dici niente! Tu mi lasci da parte!...»

«Thomas, per amore di Gesù, rendimi giustizia! Potevo fare diversamente? Potevo?... Clara, che ormai è presso il buon Dio ed è lontana da tutte queste miserie, mi scrive dal letto di morte... a matita... con mano tremante... "Mamma" scrive "quaggiù noi non ci rivedremo più e queste sono, lo sento, le mie ultime righe. Le scrivo negli ultimi momenti di conoscenza, col pensiero rivolto a mio marito. Dio non ci ha dato figli, ma ciò che sarebbe stato mio se fossi sopravvissuta a te fa che tocchi a lui quando tu un giorno mi seguirai, affinché egli ne goda finché è vivo! Mamma, è la mia ultima preghiera, la preghiera di una moribonda... tu non me lo negherai". Infatti, Thomas, non gliel'ho negato; non potevo farlo. Le ho telegrafato ed ella è trapassata in pace...»

La vecchia signora singhiozzava disperatamente.

«E a me non si dice una parola! Mi si nasconde tutto! Mi si lascia da parte!» ripeteva il senatore.

«È vero, ho taciuto, Thomas, perché sentivo che dovevo

accogliere l'ultima preghiera della mia creatura morente... e sapevo che tu avresti tentato di vietarmelo!»

«E come l'avrei tentato!»

«Ma non ne avresti avuto il diritto, perché tre dei miei figlioli sono d'accordo con me.»

«Oh, in quanto a questo, la mia opinione mi pare che valga quella di due signore e di un pazzo ammalato...»

«Tu parli senza affetto dei tuoi fratelli, e sei duro e aspro con me.»

«Clara era una donna pia, ma ignorante. E Tony è una bambina... che del resto fino a questo momento non sapeva nulla, altrimenti avrebbe chiacchierato a sproposito. Non è così? E Christian? Oh, è andato a chiedere il consenso di Christian, quel bravo Tiburtius... Chi se la sarebbe aspettata da lui? Ma non ti rendi conto, non capisci ancora che cos'è quell'ingegnoso pastore? È un miserabile, un miserabile a caccia di eredità!...»

«I generi sono sempre marioli» osservò la signora Permaneder con voce cupa.

«Un uomo a caccia di eredità! E che cosa ti fa? Prende il treno per Amburgo, si siede accanto al letto di Christian e gli fa un discorsetto. "Sì!" risponde Christian. "Ma sì, Tiburtius, con l'aiuto di Dio. E s'immagina lei il tormento che ho qui nel fianco sinistro?..." Oh, la stupidità e la cattiveria sono congiurate contro di me!» E il senatore, fuori di sé, appoggiato alla grata di ghisa davanti alla stufa, si premeva le mani intrecciate contro la fronte.

Quel parossismo di sdegno non corrispondeva alle circostanze. No, non erano quei centoventisettemilacinquecento marchi a farlo uscir dai gangheri come nessuno l'aveva mai visto sinora, bensì il fatto che, già irritato com'era, ora anche questo caso si aggiungeva alla catena di sconfitte e umiliazioni che aveva dovuto subire negli ultimi mesi in questioni cittadine e di affari... Niente andava più per il suo verso! niente più secondo la sua volontà! Si era dunque giunti al punto da "lasciarlo da parte" nella casa dei suoi padri, di fronte alle questioni più importanti? da farsi gabbare alle spalle da un pastore di Riga? Egli avrebbe potuto impedirlo, ma la sua influenza non era stata neanche messa alla prova! Gli avvenimenti si erano svolti senza di lui! A lui però sembrava che in altri tempi ciò non avrebbe potuto succedere, che in altri tempi ciò non avrebbe osato succedere. Era una nuova scossa inferta alla sua fede nella propria fortuna, nella propria potenza, nel proprio avvenire... E quella che nella scenata con la madre e con la sorella prorompeva violentemente non era altro che la sua debolezza interiore, la sua disperazione.

La signora Permaneder si alzò e lo abbracciò:

«Tom, via, calmati! Ritorna in te! È proprio così grave? Non vedi che ti fa male? Non è detto che Tiburtius debba poi vivere a lungo... Dopo la sua morte l'eredità ritorna a noi. Del resto, se vuoi, la cosa si può stornare. Non si può forse, mamma?».

La vecchia signora rispose soltanto coi singhiozzi.

«Ma no, no!» disse il senatore rincuorandosi e facendo un debole gesto di rifiuto. «Le cose sono come sono. Credete forse che correrò in tribunale a intentare un processo contro mia madre per aggiungere allo scandalo interno uno scandalo pubblico? Vada come vuole...» conchiuse avviandosi con fare stanco verso la porta vetrata dove si fermò ancora.

«Non crediate che la situazione sia allegra» disse con voce sommessa. «Tony ha perduto 80 mila marchi... Christian, oltre all'assegnazione di 50.000 marchi che ha sperperati, ha già consumato i 30.000 di anticipo... che aumenteranno ancora, perché non guadagna e dovrà fare una cura a Öynhausen... Ora non solo va perduta per sempre la dote di Clara, ma anche la sua parte di patrimonio esce dalla famiglia per tempo indeterminato. E gli affari vanno male, vanno a rotoli proprio dal momento in cui ho impiegato più di 100.000 marchi per la costruzione della casa. Non può essere prospera una famiglia nella quale si provocano scene come questa. Credete a me: se il babbo fosse vivo, se fosse ancora qui con noi, giungerebbe le mani e ci raccomanderebbe tutti alla misericordia di Dio.»

VIII

Guerra e tumulto di guerra, acquartieramenti e tramestio! Ufficiali prussiani si aggirano nella fuga di stanze al piano nobile della nuova casa del senatore Buddenbrook, baciano la mano alla padrona di casa e vengono introdotti nel circolo da Christian, che è ritornato da Öynhausen, mentre nella casa della Mengstrasse la signorina Severin, Riekchen Severin, la nuova governante della signora Buddenbrook, trascina con l'aiuto della cameriera una quantità di materassi nel "portale", il vecchio edificio nel giardino, ora tutto pieno di soldati. Brulichio di gente, agitazione, tensione dappertutto!

Truppe escono dalle mura, altre entrano, allagano la città, mangiano, dormono, rintronano le orecchie dei cittadini col rullo dei tamburi, con segnali di trombe, ordini di comandanti, e ripartono. Si vedono prìncipi reali; c'è un passaggio continuo di milizie. Poi, silenzio e attesa.

Nel tardo autunno e nell'inverno le truppe rientrano vittoriose, vengono nuovamente acquartierate e ritornano a casa loro tra gli evviva dei cittadini che respirano sollevati. La pace. La pace del '65, breve e gravida di avvenimenti.

E fra due guerre, tranquillo e impassibile nel vestitino a pieghe, nell'ondeggiare dei morbidi capelli, il piccolo Hanno gioca nel giardino presso la fontana zampillante, o sull'"altana", divisa appositamente per lui dal vestibolo del secondo piano con una piccola balaustrata; gioca i giochi dei suoi quattro anni e mezzo, quei giochi la cui attrattiva e il cui profondo significato nessun adulto saprebbe più comprendere, per i quali bastano tre ciottoli o un pezzetto di legno sormontato da un fiore di soffione che fa da elmetto, ma ci vuole soprattutto la fantasia pura, forte, casta, fervida, non ancora turbata o intimidita, di quell'età felice in cui la vita ha ancora timore di toccarci, in cui né il dovere né la colpa osano porci le mani addosso, in cui possiamo vedere, udire, ridere, stupirci e sognare, senza che il mondo pretenda servigi da noi... in cui l'impazienza di coloro che pur vorremmo amare non ci tormenta ancora pretendendo indizi e prime prove della nostra capacità di eseguire bene quei servigi... ahimè, non passerà molto e il mondo ci si butterà addosso con la sua goffa strapotenza per violentarci, esercitarci, allungarci, accorciarci, guastarci...

Grandi cose accaddero mentre Hanno giocava. Ci furon la conflagrazione della guerra, l'incertezza della vittoria, la vittoria decisa; e la città natale di Hanno Buddenbrook, che si era messa saggiamente dalla parte della Prussia, guardava non senza sodisfazione la ricca Francoforte che era costretta a pagare la sua fede nell'Austria cessando di essere una città libera.

Ma, per il fallimento di una grande ditta di Francoforte nel mese di luglio, immediatamente prima dell'armistizio, la Casa Johann Buddenbrook perdette d'un colpo la bella somma di 20.000 talleri.

Parte ottava

I

Quando il signor Hugo Weinschenk, che da qualche tempo era direttore della compagnia cittadina di assicurazioni contro gli incendi, con la giacca abbottonata, i baffi dentro gli angoli della bocca, rizzati con virile serietà, il labbro inferiore un po' pendente, attraversava impettito e con passo ondeggiante il vasto androne per passare dagli uffici che davano sulla strada a quelli di dietro, tenendo i pugni avanti a sé e movendo leggermente i gomiti sui fianchi, aveva l'aspetto di uomo attivo, agiato e imponente.

D'altra parte Èrika Grünlich, ormai ventenne, era una ragazza alta e florida dalla carnagione fresca e piena di salute e di energia. Quando il caso la portava a scendere per la scala o ad affacciarsi alla ringhiera del piano di sopra nel momento in cui passava il signor Weinschenk (e il caso non la portava di rado), il direttore si toglieva il cilindro dalla capigliatura nera e corta che incominciava a diventar grigia sulle tempie, ondeggiava maggiormente sulla vita e salutava la fanciulla con uno sguardo stupito e ammirativo degli occhi castani, arditi e irrequieti... dopo di che Èrika scappava via, andava a sedersi vicino a una finestra, a piangere per un'ora, tanto era confusa e impacciata.

La signorina Grünlich, sotto la tutela di Therese Weichbrodt, era cresciuta nel timor di Dio, e i suoi pensieri non arrivavano lontano. Piangeva per il cilindro del signor Weinschenk, per il modo con cui la guardava alzando di scatto e lasciando ricadere le sopracciglia, per il suo portamento quasi regale e per i pugni dondolanti. Sua madre invece, la signora Permaneder, vedeva più in là.

L'avvenire di sua figlia le dava da pensare già da anni perché Èrika, in confronto di altre ragazze da marito, era in svantaggio.

La signora Permaneder non solo non frequentava la società, ma viveva ostile a questa. L'ipotesi che nell'alta società, in seguito alla duplice separazione, la considerassero da meno delle altre signore era diventata un po' la sua idea fissa, ed ella scorgeva disprezzo e animosità dove probabilmente non c'era altro che indifferenza. Il console Hermann Hagenström, per esempio, persona leale e di larghi orizzonti, che la ricchezza rendeva sereno e cordiale, l'avrebbe probabilmente salutata per la strada se non glielo avesse vietato severamente lo sguardo di lei che, buttando indietro la testa, cercava di evitare quella sua "faccia da pasticcio di fegato d'oca" che, per usare una delle sue espressioni più forti, ella "odiava come la peste". Anche Èrika quindi rimase lontana dall'ambiente dello zio senatore, non frequentò i balli ed ebbe assai poche occasioni di fare conoscenze maschili.

Tuttavia, specialmente da quando lei stessa, come diceva, "aveva sbaraccato", il più ardente desiderio della signora Antonie era quello che sua figlia potesse attuare le speranze che la madre aveva fallite e contrarre un matrimonio che, vantaggioso e fortunato, tornasse d'onore alla famiglia e facesse dimenticare le disavventure materne. In primo luogo però, di fronte al fratello maggiore che negli ultimi tempi appariva così poco lieto e fiducioso, Tony avrebbe voluto dimostrare che la fortuna della famiglia non era ancora esaurita, che non era affatto prossima alla fine... La sua seconda dote, i 17.000 talleri che il signor Permaneder aveva restituiti con tanta larghezza, erano a disposizione di Èrika, e non appena la signora Antonie, esperta e oculata com'era, ebbe notato i dolci approcci tra il direttore e sua figlia, incominciò a pregare il cielo che il signor Weinschenk andasse a farle visita.

Questi lo fece davvero. Si presentò al primo piano, fu accolto dalle tre donne, la nonna, la figlia e la nipote, chiacchierò per dieci minuti e promise di ritornare un pomeriggio a prendere il caffè e a discorrere con maggiore comodità.

Anche questo avvenne, e così si fece la reciproca conoscenza. Il direttore era nativo della Slesia dove viveva ancora il suo vecchio padre; la sua famiglia doveva essere insignificante e Hugo Weinschenk un *self-made man*. Ne possedeva infatti la coscienza non innata, non del tutto sicura, un po' diffidente; le sue maniere non potevano dirsi del tutto corrette e la conversazione era cordiale ma senza garbo. D'altro canto la sua giacca dal taglio piuttosto borghese aveva qualche parte lustra, i polsini coi grossi bottoni di giada non erano perfettamente freschi e puliti, e l'unghia del dito medio della mano sinistra era atrofizzata per chi sa quale disgrazia e nera come il carbone; un particolare tutt'altro che gradevole, che però non impediva a Hugo Weinschenk di essere una persona rispettabilissima, assidua, energica, con dodicimila marchi di reddito annuo e, agli occhi di Èrika Grünlich, persino un bell'uomo.

La signora Permaneder abbracciò e valutò con rapido sguardo la situazione. Ne parlò francamente con sua madre e col senatore. Era chiaro che gli interessi delle due parti s'incontravano e si completavano. Come Èrika, anche il direttore Weinschenk era privo di relazioni con la società; l'uno aveva addirittura bisogno dell'altro e sembravano proprio destinati da Dio a vivere insieme. Se il direttore, che era prossimo alla quarantina e aveva i capelli che incominciavano a diventare brizzolati, voleva crearsi una famiglia adatta alla sua posizione e corrispondente alle sue possibilità, l'unione con Èrika Grünlich gli apriva una delle prime famiglie della città e poteva facilitarlo nella professione, rafforzarlo nella sua posizione. In quanto all'avvenire di Èrika, la signora Permaneder poteva esser certa che in questo caso erano da escludere per lo meno disgrazie simili alle sue. Hugo Weinschenk non aveva la minima somiglianza col signor Permaneder, e da Bendix Grünlich si distingueva per la sua veste di funzionario con un ottimo stipendio fisso che non escludeva un'ulteriore carriera.

Insomma, da tutte e due le parti c'era molta buona volontà, le visite pomeridiane del direttore Weinschenk si fecero più frequenti e in gennaio (il gennaio del 1867) egli si prese la libertà di chiedere, con poche, ferme e schiette parole, la mano di Èrika Grünlich.

Da quel momento egli fece parte della famiglia, incominciò a intervenire ai "ritrovi del giovedì" e fu accolto dai parenti della sposa con molta premura. Senza dubbio si accorse subito che quello non era proprio il suo ambiente; ma mascherò questa sensazione con un portamento più fiero, e tanto la vecchia signora Buddenbrook quanto il senatore e lo zio Justus (escluse, s'intende, le signorine Buddenbrook della Via Larga) erano disposti a usare indulgenza verso quel bravo burocrate, quel rude lavoratore inesperto della vita di società.

E quell'indulgenza ci voleva: spesso infatti si trattava di rompere con una parola animatrice quel silenzio che si stendeva sopra la mensa nella sala da pranzo, quando, per esempio, il direttore si occupava con troppo ardire delle guance e delle braccia di Èrika, quando nel corso di un colloquio s'informava se la marmellata di arance fosse un dolce o quando esprimeva la convinzione che *Romeo e Giulietta* fosse un dramma di Schiller: cose che diceva con ingenua sicurezza fregandosi tranquillamente le mani e appoggiandosi di traverso allo schienale della poltrona.

Meglio che con altri se la diceva col senatore, che sapeva manovrare una conversazione di politica o di affari senza provocare infortuni. Disperati erano invece i suoi rapporti con Gerda Buddenbrook. La personalità di questa signora gli riusciva così ostica che non era capace di trovare per lei un argomento di conversazione tale da riempire due soli minuti.

Poiché sapeva che suonava il violino e ciò gli aveva fatto molta impressione, si limitava ogni giovedì a rivolgerle la domanda scherzosa: «Come sta il violino?». Ma dopo la terza volta la moglie del senatore non gli rispose più.

Christian a sua volta osservava il nuovo parente arricciando il naso e imitando il giorno dopo il suo comportamento e il suo modo di parlare. A Öynhausen il secondogenito del defunto console Johann Buddenbrook era guarito dei reumatismi articolari; ma gli era rimasta una certa rigidità delle membra e non erano affatto spariti quei periodici "tormenti" al fianco sinistro (là dove aveva "tutti i nervi troppo corti"), come pure gli altri disturbi che lo torturavano: la difficoltà di respiro, la difficoltà d'inghiottire, le pulsazioni irregolari del cuore e la tendenza a fenomeni di paralisi o la paura di essi. Anche il suo aspetto esteriore non era quello di un uomo verso la quarantina. Aveva il cranio completamente calvo; soltanto sulle tempie e all'occipite gli erano rimasti un po' di capelli radi e rossicci, e i suoi occhietti rotondi che guardavano in giro seri e inquieti erano più che mai infossati nelle occhiaie. Più grosso invece e più ossuto di prima, il nasone gobbo emergeva tra le guance smunte e terree, sopra i baffi biondi e folti che gli pendevano sulla bocca. E i calzoni eleganti di autentico panno inglese gli sbattevano contro le gambe stecchite e curve.

Da quando era ritornato abitava, come una volta, in una stanza sul corridoio del primo piano, nella casa di sua madre, ma si tratteneva più al circolo che nella Mengstrasse, dove non gli rendevano la vita molto allegra. Infatti Rieckchen Severin, succeduta a Ida Jungmann e ormai a capo della servitù e della casa, una giovane di campagna ventisettenne, dalle guance rosse e screpolate e dalle labbra grosse, aveva intuito, col senso realistico dei contadini, che non occorreva aver molti riguardi per quel narratore di storielle disoccupato, alternativamente sciocco e malato, che il senatore, la vera persona di rispetto, guardava con un sopracciglio alzato; e perciò lo trascurava senz'altro. «Oh, signor Buddenbrook» diceva. «Non ho tempo per voi!» Christian la guardava arricciando il naso come per dire: "Non ti vergogni?" e se ne andava per la sua strada con le gambe rigide.

«Credi che abbia a mia disposizione una candela?» diceva a Tony. «Rare volte. Per lo più devo andare a letto con un fiammifero...» Oppure dichiarava (poiché il denaro per le spese minute che sua madre poteva dargli era piuttosto scarso): «Brutti tempi questi! Oh, prima si stava molto meglio! Che credi? Sai che spesso devo farmi prestare cinque scellini per il dentifricio?».

«Ma Christian!» esclamava la signora Permaneder. «È una cosa indegna! Con un fiammifero! Cinque scellini! Almeno non dovresti parlarne.» Era indignata, nauseata, offesa nei suoi più sacri sentimenti; ma tutto ciò non mutava la situazione...

I cinque scellini per il dentifricio Christian se li faceva prestare dal vecchio amico Andreas Gieseke, dottore *utriusque juris*. Era un'amicizia fortunata per lui, un'amicizia che lo onorava; infatti l'avvocato Gieseke, quel *suitier* che sapeva conservare la sua dignità, nell'inverno passato, quando il vecchio Kaspar Oeverdieck si era spento nel bacio del Signore e il dottor Langhals aveva preso il suo posto, era stato eletto senatore. Ma ciò non influiva sul suo tenore di vita. Si sapeva che, mentre dopo il matrimonio con una signorina Huneus possedeva una casa spaziosa nel centro della città, aveva anche nel sobborgo di Santa Geltrude una villetta comoda e rivestita di verde nella quale abitava sola sola una giovane signora di straordinaria bellezza e di ignota provenienza. Sopra la porta di casa faceva bella mostra di sé a graziose lettere dorate la scritta "Quisisana", e tutta la città conosceva la pacifica villetta con questo nome che veniva pronunciato con strane inflessioni locali. Ora Christian Buddenbrook, il miglior amico del senatore Gieseke, si era fatto aprire le porte di Quisisana e vi aveva trovato la stessa fortuna come ad Amburgo con Aline Puvogel e in simili occasioni a Londra, a Valparaiso e in tanti altri luoghi di questo mondo. "Aveva raccontato qualche storiella, le aveva fatto qualche cortesia" e ora frequentava la casetta verde con la stessa assiduità del senatore Gieseke. Che quest'ultimo lo sapesse e fosse d'accordo, non si saprebbe dire; certo è che Christian Buddenbrook trovava a Quisisana del tutto gratuitamente le stesse distrazioni che il senatore Gieseke era costretto a pagare col denaro sonante di sua moglie.

Poco dopo il fidanzamento di Hugo Weinschenk con Èrika, il direttore fece a Christian la proposta di accettare un incarico negli uffici della compagnia di assicurazioni, e difatti Christian lavorò due settimane nella cassa incendi. Purtroppo si vide poi che ne risultavano acuiti non soltanto il tormento al fianco sinistro, ma anche tutti gli altri suoi malanni non facilmente definibili, e che d'altro canto il direttore era un superiore molto violento, il quale, scoperto un... errore di somma, non si era peritato di lanciare al parente l'appellativo di "gazza"... e Christian si vide costretto a lasciare il posto.

M.me Permaneder era felice ed esprimeva il suo sereno umore con sentenze come questa: che la vita terrena ha di quando in quando il suo lato buono; e rifiorì davvero in quelle settimane che, con la vivace attività, coi molteplici progetti, con la preoccupazione per la casa e con la febbre per gli arredamenti, le rammentavano troppo bene l'epoca del suo primo fidanzamento perché non dovesse sentirsi ringiovanita e piena di illimitate e giocose speranze. Il suo viso e i gesti riebbero il brio grazioso di quando era fanciulla, e anzi arrivò a profanare la severità di un'intera "Serata di Gerusalemme" con una gaiezza così sfrenata che persino Lea Gerhardt lasciò cadere il libro del suo antenato e guardò in giro per la sala con quei suoi occhi apatici e diffidenti di sorda...

Èrika non doveva separarsi da sua madre. D'accordo col direttore, anzi per suo desiderio, fu deciso che la signora Antonie, almeno per il momento, andasse ad abitare coi Weinschenk, per assistere nelle faccende di casa la figliola inesperta... E fu proprio questo che suscitò in lei la deliziosa sensazione che non ci fosse mai stato al mondo un Bendix Grünlich, mai un Alois Permaneder, che tutte le disavventure, le delusioni, le sofferenze della sua vita sfumassero nel nulla ed ella potesse incominciare ancora una volta da capo con novelle speranze. È vero che esortava Èrika a essere grata a Dio perché le concedeva l'unico uomo che avesse amato, mentre lei, la madre, aveva dovuto soffocare, col ragionamento e col senso del dovere, il suo primo amore; è vero che nel registro di famiglia tracciò con mano resa malferma dalla gioia il nome di Èrika insieme con quello del direttore... ma la vera sposa era lei, lei stessa, Tony Buddenbrook. Era lei che poteva ancor una volta scegliere con mano esperta le portiere e i tappeti, rovistare ancora nei negozi di mobili e di arredamenti, cercare e prendere in affitto ancora un appartamento signorile! Era lei che doveva lasciare un'altra volta la pia e vasta casa paterna e cessar di essere soltanto una signora divorziata; a lei si presentava un'altra volta la possibilità di alzare la fronte e cominciare una vita nuova, tale da richiamare l'attenzione di tutti e da far rifulgere il nome della famiglia... Non era un sogno? Nuove vestaglie vennero a galla! Due vestaglie per lei e per Èrika, di morbida stoffa ricamata, con larghi strascichi e file di fiocchi di velluto dall'accollatura fino ai piedi!

Ma le settimane passarono e il periodo del fidanzamento di Èrika volgeva alla fine. La giovane coppia aveva fatto poche visite perché il direttore, lavoratore serio e inesperto della vita di società, intendeva dedicare le ore di riposo all'intimità della casa; un banchetto aveva riunito Thomas, Gerda, i due fidanzati, Friederike, Henriette e Pfiffi Buddenbrook coi parenti prossimi del senatore nel salone della casa nella Fischergrube, dove tutti provarono un'altra volta una impressione di stupore perché il direttore non la smetteva di accarezzare il collo nudo di Èrika... E il giorno delle nozze si avvicinava.

Il vestibolo a colonne fu come una volta, quando la signora Grünlich era ornata di mirto, il teatro della cerimonia nuziale. La signora Stuht, quella stessa che frequentava la più alta società, era venuta a dare una mano alla sposa nell'aggiustare le pieghe dell'abito di raso bianco e i ramoscelli verdi; il senatore Buddenbrook era il primo testimonio, e il senatore Gieseke, l'amico di Christian, il secondo; due ex compagne di pensione di Èrika fungevano da damigelle d'onore. Il direttore Hugo Weinschenk aveva un aspetto maschio e imponente e per andare fino all'altare improvvisato pestò una sola volta il lungo velo di Èrika; il pastore Pringsheim, le mani giunte sotto il mento, celebrò con tutta la solennità estatica che gli era propria, e tutto si svolse con decoro e secondo le usanze. Quando furono scambiati gli anelli e si udirono nel silenzio il sì di soprano e quello di basso, entrambi un po' rochi, la signora Permaneder, sopraffatta dal passato, dal presente e dall'avvenire, scoppiò a piangere rumorosamente (era ancora il suo pianto di bambina, spontaneo e impulsivo), mentre le signorine Buddenbrook, tra le quali Pfiffi portava per l'occasione una catenina d'oro agli occhiali, sorridevano, come sempre in siffatte occasioni, di un sorriso un po' acido. M.lle Weichbrodt invece, Therese Weichbrodt, che negli ultimi tempi era diventata ancor più piccola di prima, Sesemi, che portava al collo rinsecchito il medaglione ovale col ritratto di sua madre, disse con quella esagerata fermezza che vuol nascondere una profonda commozione: «Sii felice, cara e buona figliola!».

Seguì poi, nella cerchia delle bianche divinità che pareva uscissero in atteggiamenti immutabilmente pacati dalla tappezzeria azzurra, un banchetto altrettanto solenne quanto sostanzioso, alla cui fine gli sposi novelli scomparvero per iniziare il loro viaggio verso alcune grandi città. Era circa la metà di aprile; e nelle due settimane seguenti la signora Permaneder, aiutata dal tappezziere Jacobs, compì uno dei suoi capolavori: l'arredamento signorile di quello spazioso primo piano che era stato preso in affitto in una casa della Bäckergrube, le cui stanze abbondantemente ornate di fiori accolsero poi la coppia ritornata dal viaggio di nozze.

E qui incominciò il terzo matrimonio di Tony Buddenbrook.

La definizione colpiva nel segno e il senatore stesso l'aveva usata un giovedì quando i due sposi non erano presenti: la signora Permaneder l'aveva accettata con compiacimento. Difatti tutte le cure per la casa cadevano sulle sue spalle, ma ella si prendeva anche la sua parte di gioia e di orgoglio, e un giorno, incontrando improvvisamente per la strada Julchen Möllendorpf nata Hagenström, la guardò in faccia con un'espressione di sfida così trionfante che la signora Möllendorpf si adattò a salutare per prima. Gioia e orgoglio assumevano sul suo volto e nel suo atteggiamento un tono di gravità solenne quando faceva da guida ai parenti che venivano a visitare la casa nuova, mentre Èrika stessa vi faceva quasi la parte di un'ospite tutta compresa di ammirazione.

Tirandosi dietro lo strascico della vestaglia, le spalle un po' alzate, la testa buttata all'indietro e tenendo il mazzo di chiavi legato con un nastro di raso (ella aveva la passione delle gale di raso), la signora Antonie mostrava ai visitatori i mobili, le portiere, la porcellana trasparente, l'argenteria lucida, i grandi quadri a olio che il direttore aveva acquistati; erano tutte nature morte di cose mangerecce e figure di donne svestite, perché questo era il gusto di Hugo Weinschenk; e i gesti di Antonie pareva dicessero: "Vedete, fin qui sono arrivata ancor una volta nella vita; è una casa distinta quasi come quella di Grünlich e certo più distinta che quella di Permaneder!".

La vecchia signora Buddenbrook venne, vestita di seta grigia a strisce nere, diffondendo intorno un lieve profumo di pasciolì, osservò con calma ogni cosa e, senza esagerate espressioni di ammirazione, dichiarò la sua sodisfazione e il suo compiacimento. Il senatore arrivò con la moglie e col figlio, si divertì con Gerda alla beata esaltazione di Tony ed evitò a fatica che questa gli soffocasse il piccolo Hanno adorato a furia di panini con l'uva passa e vino di Porto. Vennero le signorine Buddenbrook, le quali furono unanimi nel dichiarare che tutto era talmente bello che loro, ragazze modeste com'erano, non avrebbero voluto abitarci. Venne la povera Klothilde, terrea, paziente e scarna, si fece prendere in giro e ingollò quattro tazze di caffè, dopo di che elogiò ogni cosa con parole cortesi e cantate a suo modo. Di tanto in tanto, quando non aveva trovato nessuno al circolo, compariva anche Christian, che beveva un bicchierino di *bénédictine*, diceva che aveva intenzione di assumere la rappresentanza di una ditta di cognac e spumanti (se ne intendeva, lui, ed era un lavoro facile e piacevole perché si è indipendenti, ogni tanto si fa qualche annotazione nel taccuino e in un baleno si guadagnano trenta talleri), si faceva poi prestare quaranta scellini dalla signora Permaneder per poter regalare un mazzo di fiori alla prima amorosa del teatro civico, veniva a parlare Dio sa per quale associazione di idee di "Maria" e del "vizio londinese", cadeva nella storiella del cane rognoso che aveva fatto il viaggio in una scatola da Valparaiso a San Francisco e, una volta preso l'aire, raccontava le sue storielle con tale abbondanza, con tale slancio e comicità che avrebbe potuto far divertire una sala affollata

Preso dall'entusiasmo parlava come in estasi. Parlava l'inglese e lo spagnolo, il dialetto tedesco settentrionale e quello amburghese, narrava storie di coltellate nel Cile e imprese ladresche a Whitechapel, poi gli veniva in mente di dare un'occhiata alla sua provvista di *couplets* che cantava o recitava con una mimica impareggiabile e un certo genio pittoresco nei gesti:

Passavo ciondolando
pel pubblico giardino,
quando d'una brunetta
sorprendo il bel musino.
Aveva molto garbo
e un certo sederino!...
e in testa, di sghimbescio,
un largo cappellino...

Le dico: «Signorina,
poiché è così carina,
permette?...» e le do il braccio.
E lei, senza timor:
«Andiamo a casa, caro,
andiamo a far l'amor!».

Finito questo passava subito a parlare del circo Renz e riproduceva l'entrata di un *clown* inglese in modo così plastico che pareva di trovarsi davanti al maneggio. Si udiva il solito grido dietro le tende: "aprimi la porta!" e il litigio col capo della scuderia e poi, in un misto piagnucoloso di tedesco e di inglese, una filza di aneddoti. Era la storia di quell'uomo che nel sonno ingoia un topo e va dal veterinario, il quale a sua volta gli consiglia di ingoiare anche un gatto... La storia della "nonna, fresca e sana com'era", la quale andando alla stazione incontra mille avventure finché, fresca e sana com'era, perde il treno che le scappa di sotto il naso... Dopo di che Christian s'interrompeva di scatto con un trionfale "musica, maestro!" e, come destandosi da un sogno, sembrava sbalordito che la musica non suonasse...

Poi d'un tratto ammutoliva, mutava faccia e i suoi movimenti diventavano lenti. Gli occhietti tondi e infossati incominciavano a guardare di qua e di là irrequieti, mentre egli si passava una mano lungo il fianco sinistro e pareva stesse ad ascoltare le sue viscere dove avvenivano cose strane... Poi beveva un altro bicchierino di liquore, ritrovava per un po' il buonumore, imbastiva un'altra storiella e se ne andava alquanto depresso.

La signora Permaneder, che in quel tempo era molto facile al riso e si divertiva un mondo, accompagnava suo fratello fino alla scala e gli diceva allegramente: «Addio, signor rappresentante! Menestrello! Acchiapparagazze! Vecchio burlone! Ritorna presto» e con una gran risata rientrava nelle sue stanze.

Ma Christian Buddenbrook non vi faceva caso, non la

sentiva nemmeno, perché era assorto nei suoi pensieri. "Be'" pensava "adesso vado un pochino a Quisisana." E col cappello sulle ventitré, appoggiandosi al bastone dalla testa di monaca, scendeva le scale lento, rigido, un po' zoppicante.

II

Era la primavera del '68 allorché la signora Permaneder, una sera verso le dieci, si trovò al primo piano della casa della Fischergrube. Il senatore Buddenbrook era solo nel salotto arredato con mobili rivestiti di seta color oliva, seduto alla tavola centrale entro la luce della grande lampada a gas che pendeva dal soffitto. Aveva davanti a sé la *Berliner Börsenzeitung* e stava leggendo, un po' chino sulla tavola, la sigaretta fra l'indice e il medio della sinistra e, sul naso, gli occhiali d'oro, dei quali doveva servirsi da qualche tempo per lavorare. Udì i passi di sua sorella nella sala da pranzo. Si tolse gli occhiali e guardò nel buio finché, tra le portiere, vide comparire Tony nella cerchia di luce.

«Oh, sei tu. Buona sera. Già di ritorno da Pöppenrade? Come stanno i tuoi amici?»

«Buona sera, Tom. Grazie, Armgard sta bene... E tu qui così solo?»

«Sì, Per questo vieni a proposito. Questa sera ho dovuto mangiare solo come il papa; tu sai, la signorina Jungmann non può considerarsi una compagnia perché tutti i momenti si alza e va disopra per dare un'occhiata a Hanno. Gerda è andata al concerto. C'è Tamayo, il violinista. Christian è venuto a prenderla...»

«Cospetto! per dire come dice la mamma. Infatti negli ultimi tempi ho notato che Gerda e Christian vanno d'accordo.»

«Anch'io. Da quando è qui stabile ha incominciato a piacerle. Lo ascolta con molta attenzione anche quando descrive i suoi malanni. Si vede che ci si diverte. L'altro giorno mi ha detto: "Non è un borghese, Thomas! È ancor meno borghese di te..."."»

«Borghese... borghese? Perbacco, mi sembra che non ci sia al mondo un borghese migliore di te...»

«Va bene, ma non era da intendere così. Siediti, stai comoda! Hai un aspetto magnifico. L'aria di campagna ti ha fatto bene.»

«Benissimo» disse lei deponendo la mantiglia e il cappello ornato di nastri di seta lilla e sedendosi maestosamente su una poltrona accanto alla tavola. «Lo stomaco e il sonno di notte, tutto è migliorato in questo poco tempo. Sai, il latte caldo appena munto e le salsicce e il prosciutto... si prospera come il grano e il bestiame. E poi, Tom, quel miele fresco che io ho sempre considerato uno dei migliori alimenti! È un puro prodotto naturale. Si sa almeno che cosa si mangia. Armgard è stata veramente gentile a ricordarsi della nostra vecchia amicizia di collegio e a invitarmi. E il signor von Maiboom è stato di una premura veramente... Sai, hanno tanto insistito perché rimanessi ancora un paio di settimane, ma tu capisci, Èrika se la cava male senza di me, specialmente adesso che è venuta al mondo la piccola Elisabeth...»

«A proposito, come sta la bambina?»

«Grazie, Tom, non c'è male. Lodando il cielo, è in sesto per i suoi quattro mesi, nonostante che Friederike, Henriette e Pfiffi non l'abbiano ritenuta vitale...»

«E Weinschenk? Come si sente nella sua veste di padre? Io lo vedo soltanto il giovedì...»

«Oh, è sempre lui. Vedi, è un uomo bravo e assiduo e in certo qual modo un modello di marito, perché evita le osterie, viene a casa dritto dritto dall'ufficio e passa tutte le ore libere con noi. Ma la faccenda è questa, caro Tom (tra noi possiamo parlarci liberamente): pretende che Èrika sia sempre serena, parli e scherzi sempre, perché quando è stanco del lavoro e viene a casa di malumore vuole, dice, che sua

moglie lo diverta, lo intrattenga con cose allegre e lo rasserени; per questo, dice, sono al mondo le donne...»
«Cretino!» mormorò il senatore.
«Come dici?... Vedi, il grave è che Èrika tende un po' alla malinconia: deve averla presa da me. Ogni tanto è seria, taciturna, pensierosa ed egli la rimprovera e sbuffa con parole che, a dire il vero, non sono sempre molto delicate. Assai spesso si capisce che non è di buona famiglia e non ha avuto, purtroppo, quella che si dice un'educazione distinta. Non te lo voglio nascondere: alcuni giorni prima della mia partenza per Pöppenrade ha avuto il coraggio di buttare in terra il coperchio della zuppiera e di mandarlo in frantumi perché la zuppa era troppo salata...»
«Carino!»
«No, tutt'altro. Ma non per questo dobbiamo condannarlo. Dio mio, tutti abbiamo i nostri difetti. È un uomo così bravo, serio, laborioso... Sai, Tom, l'esterno ruvido e il nocciolo buono non è quanto di peggio si possa trovare su questa terra. Vengo ora da una famiglia le cui condizioni, ti garantisco, sono più tristi. Armgard, quando era sola con me, ne piangeva amaramente.»
«Che cosa mi racconti? Il signor von Maiboom...?»
«Sì, Tom. E a questo volevo arrivare. Noi stiamo qui a chiacchierare, ma in realtà questa sera sono venuta per una faccenda seria e importante»
«Sentiamo. Che cosa fa dunque von Maiboom?»
«Rolf von Maiboom è una persona gentile, ma uno sventato, un caposcarico. Giuoca a Rostock, giuoca a Warnemünde e i suoi debiti sono come la sabbia in riva al mare. Non lo si crederebbe, dopo aver vissuto un paio di settimane a Pöppenrade. La casa è distinta, tutto prospera, non manca il latte né il salame né il prosciutto. In un podere così è difficile avere la misura delle condizioni reali. Insomma, sono dissestati nel modo più doloroso, come Armgard mi ha confessato tra singhiozzi strazianti.»
«Triste, triste.»

«Puoi dirlo tre volte. Ma il fatto è che, come ho capito, quelle brave persone non mi hanno invitata del tutto disinteressatamente.»

«Come mai?»

«Ti dirò, Tom: il signor von Maiboom ha bisogno di denaro, gli occorre subito una somma cospicua e, conoscendo la vecchia amicizia fra me e sua moglie, e sapendo che sono tua sorella, nel suo imbarazzo ha mandato avanti la moglie, la quale a sua volta ha mandato avanti me... Hai capito?»

Il senatore si passò i polpastrelli della destra su e giù fra i capelli e contrasse un po' il viso.

«Mi pare di sì» rispose. «La tua faccenda seria e importante mi pare che si riduca a un anticipo sul raccolto di Pöppenrade. È così? Ma in questo caso tu e i tuoi amici avete sbagliato indirizzo. Prima di tutto non ho mai concluso un affare col signor von Maiboom, e cotesto sarebbe un modo piuttosto singolare di contrarre relazioni. In secondo luogo noi, il bisnonno, il nonno, il babbo e io, abbiamo, sì, dato qualche volta anticipi ad agricoltori, quando però la loro persona e la loro situazione offrivano una certa garanzia... Ma come tu stessa, due minuti fa, mi hai descritto la persona e la situazione del signor von Maiboom, credo che di garanzie non si possa discorrere...»

«Sei in errore, Tom. Ti ho lasciato parlare, ma sei in errore. Qui non può trattarsi di un anticipo. Maiboom ha bisogno di 35.000 marchi...»

«Corbezzoli!»

«Trentacinquemila marchi il cui pagamento scade fra due settimane. Ha il coltello alla gola e, per parlar chiaro, è costretto a vendere subito, sui due piedi.»

«Vendere il raccolto in erba? Oh povero diavolo!» E il senatore. giocando con gli occhiali sulla tovaglia, scosse la testa. «Ma per noi questo mi sembra un caso piuttosto insolito. Ho sentito parlare di affari simili specialmente nell'Assia, dove una parte non esigua di possidenti è nelle mani di ebrei... Chi sa nella rete di quale strozzino va a cadere quel povero Maiboom!»

«Ebrei? Strozzini?» esclamò la signora Permaneder meravigliatissima. «Ma si tratta di te, Tom, di te!»

Thomas Buddenbrook buttò gli occhiali sulla tavola di modo che scivolarono per un tratto sul giornale, e si volse verso sua sorella.

«Di me?» domandò con le labbra senza far sentire la voce. Poi soggiunse a voce alta: «Vai a dormire, Tony! Sei troppo stanca».

«Già, Tom, così diceva Ida la sera quando incominciavamo a essere troppo allegri. Ma ti assicuro che non sono mai stata così sveglia come in questo momento, come ora che vengo nel cuor della notte da te per comunicarti la proposta di Armgard... cioè indirettamente di Rolf von Maiboom...»

«E io attribuisco cotesta proposta alla tua ingenuità e alla perplessità dei Maiboom.»

«Perplessità? Ingenuità? Non ti capisco, Thomas. Ne sono ben lontana. Ti si offre l'occasione di fare una buona azione e di concludere nello stesso tempo il miglior affare della tua vita...»

«Va là, cara, non fai che dire sciocchezze!» esclamò il senatore voltandosi con impazienza. «Scusami, ma con la tua ingenuità finisci per farmi perdere le staffe, Non capisci che mi consigli un'azione assolutamente indegna, una manipolazione poco pulita? Come, devo pescar nel torbido? Sfruttare brutalmente il prossimo? Approfittare dell'imbarazzo di quel possidente per scannarlo inerme? Costringerlo a cedermi a metà prezzo il raccolto di un anno per intascare un profitto da usuraio?»

«Ah, così vedi tu la cosa!» fece la signora Permaneder intimidita e pensierosa. Ma poi proseguì vivacemente: «Ma non è necessario, Tom, non è affatto necessario prenderla da questo lato. Non si tratta di costringerlo, è lui che viene da te. È lui che ha bisogno di denaro e vorrebbe risolvere il problema in via amichevole, sottomano, in silenzio. Perciò ha rintracciato i legami con noi e perciò mi ha invitata».

«Insomma, quello s'inganna sul conto mio e sul tipo della nostra azienda. Io ho le mie tradizioni. In cento anni non abbiamo mai fatto un affare simile e non intendo incominciare adesso con tali manovre.»

«Certo, Tom, tu hai le tue tradizioni e io le rispetto. Il babbo non l'avrebbe fatto, Dio guardi! Chi lo dice? Ma, per quanto io sia sciocca, capisco che sei un uomo ben diverso dal babbo e da quando hai preso in mano gli affari hai introdotto un'aria nuova, ben diversa da quella che spirava prima, e intanto hai fatto parecchie cose che lui non avrebbe fatto. Sei giovane appunto per questo, e intraprendente. Temo soltanto che negli ultimi tempi ti sia lasciato intimidire dalle varie disgrazie... e se ora non lavori più col buon esito di una volta, ciò dipende dal fatto che a furia di prudenza e di meticolosa coscienza ti lasci sfuggire le occasioni di qualche bel colpo...»

«Fammi il piacere, cara, non irritarmi!» disse il senatore con voce aspra, agitandosi sulla sedia. «Parliamo d'altro!»

«Capisco, Tom, sei irritato, lo vedo. Lo eri fin dal principio e appunto per questo ho continuato a parlare per dimostrarti che hai torto di sentirti mortificato. Ma se mi chiedo perché sei irritato, devo dire che in fondo non sei del tutto alieno dall'occuparti di questa cosa. Infatti, anche se sono una sciocherella, so benissimo per esperienza mia e altrui che nella vita ci si agita e si diventa cattivi, di fronte a una proposta, solo quando non si è ben sicuri della propria resistenza e si è intimamente tentati di accettare.»

«Molto sottile» disse il senatore: e, masticando il bocchino della sigaretta, tacque.

«Sottile? No, no, è l'esperienza più semplice ch'io abbia fatto nella vita. Ma lasciamo andare, Tom, non voglio insistere. Ho forse il modo di convincerti? No, mi mancano gli elementi. Io sono soltanto una sciocchina... Peccato. Ma poco importa. Era una cosa molto interessante. Da una parte ero spaventata e rattristata per Maiboom, dall'altra ero contenta per te. Dicevo fra me: "Da qualche tempo Tom vive senza gioia. Prima si lagnava e ora ha anche smesso di lagnarsi. Ha avuto qua e là qualche perdita, i tempi sono cattivi. Proprio adesso, mentre la situazione mia è migliorata con l'aiuto di Dio e io mi sento felice". Poi ho pensato ancora: "Questo è un colpetto che va bene per lui, una buona retata. Con ciò potrà tappare qualche buco e far vedere alla gente che la Ditta Johann Bruddenbrook non è ancora abbandonata dalla fortuna". E se tu avessi accettato, sarei stata orgogliosa di aver fatto da intermediaria, poiché tu sai che è sempre stato il mio sogno e il mio desiderio di rendere qualche servigio al nostro nome... Basta, ora la questione è liquidata. Quel che mi secca però è che in ogni caso Maiboom deve vendere in erba, e se cercherà un po' qui in città troverà certo il compratore... e sarà, per esempio, Hermann Hagenström, quel mariolo...»

«Certo non siamo affatto sicuri che egli respinga l'affare» fece il senatore con amarezza. E la signora Permaneder obietta tre volte: «Lo vedi? Lo vedi? Lo vedi?».

Ad un tratto Thomas Buddenbrook si mise a scuotere il capo e a ridere indispettito: «È stupido... noi stiamo qui a discorrere con grande spreco di serietà (almeno da parte tua) di una cosa del tutto vaga, campata in aria! Se non erro, non ti ho ancora chiesto nemmeno di che cosa si tratta veramente, non so neanche che cosa abbia da vendere il signor von Maiboom... Non conosco affatto Pöppenrade».

«Si sa, avresti dovuto andar là!» disse lei con ardore. «Fino a Rostock c'è un tiro di schioppo e di là son pochi passi. Che cosa abbia da vendere? Pöppenrade è un podere assai vasto. So di sicuro che rende oltre mille sacchi di grano... ma non so nulla di più preciso. Si tratta di segale, di avena, di orzo? Cinquecento sacchi di ciascun cereale? O più o meno? Io non lo so. So che tutto cresce magnificamente, questo te lo posso dire, ma non ho cifre da mettere a tua disposizione, Tom, perché io sono un'oca. S'intende che dovresti andar là...

Ci fu una pausa.

«Via, non vale la pena di sprecare parole» disse il senatore fermamente; prese gli occhiali, li infilò nel taschino del panciotto, si abbottonò la giacca, si alzò e si mise a passeggiare per la stanza con movimenti rapidi, energici e disinvolti come per escludere volutamente ogni apparenza di perplessità.

Poi si fermò presso la tavola e, mentre si chinava un po' verso la sorella e batteva leggermente sulla tavola col polpastrello dell'indice, disse: «Mia cara Tony, ti voglio raccontare un aneddoto che ti farà capire quale sia il mio atteggiamento in queste cose. Conosco il tuo debole per la nobiltà in genere e per i nobili mecklemburghesi in particolare, e perciò ti prego di aver pazienza se nel mio racconto darò una lezione a uno di quei signori... Tu sai che tra loro c'è qualcuno che non ha molta stima dei commercianti, quantunque gli siano necessari quanto lui a loro; qualcuno che mette troppo in rilievo la superiorità (ammissibile fino a un certo punto) del produttore sull'intermediario nei rapporti d'affari, e insomma considera il commerciante non molto diversamente da come si considera l'ebreo girovago al quale si vendono gli abiti usati ben sapendo di perderci. Io mi lusingo di non aver fatto, in complesso, a quei signori l'impressione dello sfruttatore moralmente inferiore, e ho incontrato fra loro persone assai più tenaci nel contrattare di quanto io non sia. Con uno di loro però, per avvicinare un pochino i nostri rapporti sociali, occorse il piccolo tiro che ti voglio raccontare. Si tratta del padrone di Gross-Poggendorf, del quale avrai sentito parlare, perché tempo fa ho lavorato parecchio con lui: il conte Strelitz, un uomo di idee feudali, col monocolo quadrato all'occhio (non ho mai capito come facesse a non tagliarsi), con gli stivaloni verniciati e il frustino dall'impugnatura dorata. Aveva l'abitudine di guardarmi con le labbra semiaperte e gli occhi socchiusi, come da un'altezza irraggiungibile. La prima visita che gli feci fu molto significativa. Dopo uno scambio preliminare di corrispondenza andai da lui e, annunciato dal servitore, entrai nello studio. Il conte Strelitz era seduto alla scrivania. Al mio inchino risponde accennando ad alzarsi, scrive l'ultima riga di una lettera, si rivolge verso di me guardando lontano e incomincia a trattare per la vendita della sua merce. Io mi appoggio a un tavolino, incrocio le braccia e le gambe e mi diverto. Sto in piedi i primi cinque minuti di colloquio. Dopo altri cinque minuti mi siedo sul tavolino e dondolo una gamba nel vuoto. Le nostre trattative continuano e dopo un quarto d'ora egli mi dice con un gesto di gran degnazione: "Vuole accomodarsi?". "Come?" dico io. "Non è necessario. È già un po' che sono seduto."»

«Hai detto così? Proprio così?» esclamò la signora Permaneder con entusiasmo. Aveva quasi dimenticato il discorso precedente e viveva tutta di quell'aneddoto. «Eri seduto da un pezzo! Magnifica!»

«Proprio così. E ti assicuro che da quel momento il conte mutò comportamento e, appena mi vedeva, mi stringeva la mano e m'invitava a sedermi... Di modo che in seguito siamo diventati addirittura amici. Ma perché ti racconto questo fatto? Per domandarti: avrei il coraggio, il diritto, la sicurezza interiore di dare anche al signor von Maiboom una lezione analoga nel caso che, trattando con me il prezzo complessivo del suo raccolto, dovesse dimenticare di... offrirmi una sedia?»

La signora Permaneder tacque. Poi si alzò e disse:

«Va bene. Avrai ragione tu, Tom, e, come ho detto, non voglio insistere. Sei tu che devi sapere ciò che si deve fare o non fare, e tanto basta. Purché tu creda che ho parlato in buona fede... Siamo d'accordo. Buona notte, Tom! Cioè no, aspetta, prima devo andare a dare un bacio a Hanno e a salutare la buona Ida... Poi verrò di nuovo a dare un'occhiata».

E così si allontanò.

III

Salì la scala del secondo piano, si lasciò a destra l'"altana", passò lungo la ringhiera bianco-dorata della galleria e attraversò un'anticamera la cui porta sul corridoio era aperta e dalla quale una seconda uscita a sinistra portava nello spogliatoio del senatore. Poi premette piano la maniglia della porta di fronte ed entrò.

Era una stanza straordinariamente spaziosa con le finestre nascoste da tendine pieghettate a grandi fiorami. Le pareti erano un po' nude. Tranne una grande incisione dentro una cornice nera che era appesa sopra il letto della signorina Jungmann e rappresentava Giacomo Meyerbeer circondato dai personaggi delle sue opere, non c'era altro che alcune stampe inglesi a colori che rappresentavano bambini coi capelli gialli e i calzoncini rossi ed erano fissate con spilli alla chiara tappezzeria. Ida era seduta nel mezzo della stanza presso la grande tavola e rammendava le calzine di Hanno. La fedele prussiana aveva da poco varcato la cinquantina, ma, benché avesse incominciato molto presto a diventar grigia, i suoi capelli lisci non erano ancor bianchi: si erano fermati a un determinato grigio, e la sua persona eretta era così robusta e nerboruta, gli occhi bruni così freschi, chiari e instancabili come vent'anni prima.

«Buona sera, Ida, anima cara!» disse la signora Permaneder smorzando la voce, ma allegramente perché l'aneddoto raccontato da suo fratello l'aveva messa di buonumore. «Come stai, vecchio mobile?»

«Ahi, ahi, Tony, mobile mi dici? Ancora qui a quest'ora?»

«Sì, sono stata da mio fratello... per affari che non consentivano dilazioni... Purtroppo tutto è andato a monte. Dorme?» domandò indicando col mento il lettino alla parete di sinistra, con la testata coperta da una tendina verde, presso la porta che dava nella camera del senatore Buddenbrook e della sua consorte.

«Sst!» fece Ida. «Sì, dorme.» E la signora Permaneder si

avvicinò al lettino in punta di piedi, aprì cautamente le tendine e si chinò a guardare il faccino del nipote addormentato. Il piccolo Johann Buddenbrook giaceva supino, teneva il visetto, incorniciato dai lunghi capelli castani, rivolto verso la stanza e respirava con un lieve fruscio contro il cuscino. Delle mani, le cui dita sbucavano appena dalle maniche troppo lunghe e troppo larghe della camicia da notte, teneva l'una sul petto, l'altra abbandonata sulla trapunta, e di tanto in tanto le dita rattratte avevano un fremito. Anche sulle labbra semiaperte si poteva notare un lieve movimento quasi tentassero di formar parole. Di tempo in tempo passava su tutto il visetto, di sotto in su, un che di doloroso che incominciando con un tremito del mento si propagava intorno alla bocca, faceva vibrare le delicate pinne del naso e metteva in moto i muscoli della fronte delicata. Le lunghe ciglia non riuscivano a coprire le ombre azzurrine stagnanti agli angoli degli occhi.

«Sogna» osservò la signora Permaneder commossa. Poi si chinò sul bambino. Lo baciò cautamente sulla guancia calda di sonno, riassestò le tendine e ritornò da Ida che alla luce gialla della lampada aveva tirato un'altra calza sull'uovo da rammendo e, esaminato lo strappo, si accingeva a chiuderlo. «Stai rammendando, Ida? È strano, non so immaginarti diversamente.»

«Sì, sì, Tony... Tu sapessi quanta roba consuma il piccolo da quando va a scuola!»

«Eppure è un ragazzino così dolce e quieto, non è vero?»

«Sì, sì... però...»

«Va a scuola volentieri?»

«Tutt'altro, Tony. Avrebbe preferito continuare a studiare con me. E anch'io l'avrei desiderato, cara figliola, perché i maestri non lo conoscono come me fin da quando, era piccino, e non sanno come si deve prenderlo... Spesso gli riesce difficile stare attento e si stanca rapidamente...»

«Oh, poverino! L'hanno picchiato?»

«No, no! *Mei boje cochhanne*… Non vorranno mica essere così cattivi! Quando il piccolo mi guarda...»

«E come è andata quando si presentò a scuola la prima volta? Ha pianto?»

«E come! Piange tanto facilmente... Non forte, ma così, fra sé... E poi voleva trattenere tuo fratello per la giacca e implorava che non andasse via.»

«È stato dunque mio fratello ad accompagnarlo? Eh, sì, è un momento penoso, credi a me, Ida. Me ne ricordo come fosse ieri. Io piangevo... ti assicuro che uggiolavo come un cane alla catena. Era una cosa penosissima. E sai perché? Perché a casa mia ero stata così bene, proprio come Hanno. I figlioli di famiglie distinte piangevano tutti, l'ho notato subito, mentre gli altri non se ne preoccupavano e ci guardavano con tanto d'occhi ghignando... Dio mio, Ida, che cos'ha?»

Non compì neanche il gesto della mano e si volse spaventata verso il lettino donde era venuto un grido che aveva interrotto la sua chiacchierata, un grido di angoscia che dopo un istante si ripeté con un'espressione ancor più tormentata, ancor più atterrita, e risuonò poi rapidamente tre, quattro, cinque volte: «Oh! Oh! Oh!» come una protesta disperata e indignata, un urlo d'orrore di fronte a qualche cosa di raccapricciante che accadeva o s'era mostrato. Nello stesso momento il piccolo Hanno si rizzò sul letto e, balbettando parole incomprensibili, spalancò gli occhi, quegli occhi così singolarmente bruno-dorati, ma senza afferrare la realtà delle cose, come fissando un mondo del tutto diverso...

«Non è niente» assicurò Ida. «È il *pavor*. Certe volte è molto peggio.» E con tutta calma depose il lavoro, andò da Hanno con quei suoi lunghi passi pesanti e, parlandogli con voce bassa e tranquillante, lo rimise sotto la coperta.

«Hai detto il *pavor*...» ripeté la signora Permaneder. «Adesso è sveglio?»

Hanno però non era affatto sveglio benché i suoi occhi

spalancati e fissi continuassero a muoversi, come pure le labbra...

«Come? Via, via!... Adesso smettiamo di chiacchierare... Che cosa dici?» domandò Ida. Anche la signora si avvicinò per ascoltare quell'inquieto mormorio e balbettio.

«Scendo nel... giardinetto...» diceva Hanno a stento «ad annaffiare... i fiori...»

«Recita le sue poesie» spiegò Ida scuotendo il capo. «Va bene, va bene, adesso basta. Adesso, piccolo mio, dobbiamo dormire...»

«Arriva... l'uomo gobbo... si mette... a starnutire...» continuò Hanno sospirando. Ad un tratto però l'espressione del suo viso mutò, i suoi occhi si aprirono e, mentre dondolava la testa sul cuscino, egli continuò a recitare con voce piana e dolorosa:

«Splende la luna,
la notte è bruna,
a notte fonda piange il bimbo stanco,
ai sofferenti Iddio sia sempre a fianco!...»

A queste parole mandò un profondo singhiozzo, le lacrime gli sbucarono dagli occhi e scorsero lentamente giù per le guance... e così si svegliò. Abbracciò Ida, si guardò in giro con gli occhi umidi, mormorò sodisfatto il nome della "zia Tony", si rimise a posto e riprese a dormire tranquillamente.

«Strano» fece la signora Permaneder quando Ida si risedette al lavoro. «Che poesie erano?»

«Poesie del suo libro di lettura» rispose la signorina Jungmann. «Sono strane cose. Il bambino ha dovuto impararle in questi giorni e dell'omino gobbo ha fatto un gran discorrere. La sai, la storia? È piuttosto impressionante. Quell'omino gobbo è dappertutto, spezza la pentola di coccio, mangia la palla, ruba la legna, impedisce che la ruota del filatoio giri, si fa beffe del prossimo e poi infine chiede che si preghi per lui! Il piccolo ne è rimasto soggiogato. Non ha pensato ad altro in questi giorni. Due o tre volte mi ha detto: "Vero, Ida, non lo fa per cattiveria, non per cattiveria? Lo fa per tristezza e poi diventa ancora più triste. Ma se preghiamo, non è più costretto a farlo, vero?". E non più tardi di questa sera, quando la mamma venne a dargli la buona notte prima di recarsi al concerto, le ha chiesto se doveva pregare anche per l'omino gobbo.»

«E ha pregato?»

«Non a voce alta, ma probabilmente fra sé. Dell'altra poesia che è intitolata *L'orologio della balia* non ha parlato: ha soltanto pianto. Piange tanto facilmente e quando ci si mette non la finisce più...»

«Ma che cosa vi è di doloroso in quella poesia?»

«Che ne so io? Quando la recita non riesce mai a passare oltre l'inizio, quello che lo faceva singhiozzare anche ora nel sonno... E poi ha pianto anche per il carrettiere che si alza dal giaciglio alle tre...»

La signora rise commossa, ma poi fece la faccia seria.

«Ti dirò, Ida, non è un bene, non mi pare una buona cosa che tutto lo commuova tanto. Il carrettiere si alza alle tre... Dio mio, fa bene il carrettiere per questo! Il bambino, mi par di aver capito, tende a considerare tutte le cose con troppa penetrazione e a prendersi troppo a cuore ogni cosa... Ciò lo deve consumare, credi a me. Bisognerebbe parlarne seriamente con Grabow... Ma questo è il punto» continuò incrociando le braccia, chinando la testa sulla spalla e battendo seccata con la punta del piede sul pavimento «Grabow diventa vecchio e anche prescindendo da questo, per quanto sia un brav'uomo e abbia un cuore d'oro... come medico non lo stimo molto, Ida; e Dio mi perdoni se m'inganno sul suo conto. Vedi, per esempio, le inquietudini di Hanno, questo suo agitarsi la notte, queste crisi di angoscia nel sonno... Grabow lo sa e tutto il suo intervento si limita a dirci di che cosa si tratta, a pronunciare un nome latino: *Pavor nocturnus*... Sì, santo cielo, è molto istruttivo... però, ecco, è una cara persona, un buon amico di famiglia, tutto quello che vuoi, ma non è certo un luminare. Le persone d'ingegno sono fatte diversamente e fin da giovani mostrano di valere qualche cosa. Grabow ha visto l'epoca del '48: allora era giovane. Ma credi che si sia mai agitato... per la libertà e la giustizia e per l'abolizione dei privilegi e dell'arbitrio? È un erudito, ma io sono convinta che le inaudite leggi federali di allora sulle università e sulla stampa lo hanno lasciato del tutto indifferente. Non ha mai avuto un gesto ribelle, non ha mai fatto un passo troppo lungo... Ha sempre messo in mostra quel suo volto mite, e ora prescrive un po' di piccione e di pane bianco e, quando il caso è serio, una cucchiaiata di decotto di altea... Buona notte, Ida... Sono persuasa che esistano medici di ben altro valore!... Peccato che non faccio più in tempo a vedere Gerda... No, grazie, nel corridoio la luce è ancora accesa... Buona notte.»

Quando passando di là la signora Permaneder aprì la porta della sala da pranzo per andar a dare la buona notte anche a suo fratello, vide che in tutta la fuga delle stanze la luce era accesa e che Thomas vi passeggiava con le mani dietro la schiena.

IV

Rimasto solo, il senatore aveva ripreso il suo posto alla tavola, si era rimesso gli occhiali e aveva continuato a leggere il giornale. Ma già dopo due minuti i suoi occhi si erano staccati dalla carta stampata e senza mutare atteggiamento egli era rimasto a guardare a lungo di tra le portiere verso il buio del salone.

Come si trasformava il suo viso, quand'era solo, fino a diventare quasi irriconoscibile! I muscoli della bocca e delle guance che di solito erano disciplinati e costretti all'obbedienza e al servizio d'un incessante sforzo di volontà, si allentavano, si afflosciavano; come una maschera la sua espressione conservata artificialmente, espressione di energia e di gentilezza, di intelligenza aperta e guardinga, cadeva da quel viso lasciando i segni di una stanchezza tormentosa; gli occhi, rivolti con espressione torbida e cupa su un oggetto che non vedevano, si arrossavano, incominciavano a lacrimare... e, senza osare il tentativo di illudere ancora sé stesso, egli fra tutti i pensieri confusi e irrequieti che gli appesantivano la testa riusciva a trattenerne uno solo, il pensiero disperato che Thomas Buddenbrook, a quarantadue anni, era un uomo esausto.

Con un profondo sospiro si passò lentamente una mano sulla fronte e sugli occhi, accese macchinalmente un'altra sigaretta, pur sapendo che gli faceva male, e attraverso il fumo continuò a guardare nel buio. Quale contrasto fra il torpore sofferente dei suoi lineamenti e le cure dedicate a quella testa elegante e quasi marziale: ai baffi appuntiti e profumati, alla pelle accuratamente rasa del mento e delle guance, alla precisa pettinatura che copriva alla meglio il cocuzzolo che incominciava a scoprirsi; ai capelli che rientravano sulle tempie delicate in due lunghe insenature e sulle orecchie non erano più lunghi e arricciati come una volta, ma molto corti perché non si vedesse che in quel punto erano brizzolati... Egli stesso lo sentiva, quel contrasto, e sapeva benissimo che a nessuno poteva sfuggire l'antitesi fra la sua elastica e mobile attività e il pallore scialbo del viso.

Non che in città egli fosse meno che una volta una personalità importante e indispensabile. Gli amici lo andavano ripetendo e gli avversari non potevano negare che il borgomastro Langhals aveva confermato a voce altissima la sentenza del predecessore Oeverdieck: essere il senatore Buddenbrook il braccio destro del borgomastro. Che però la Ditta Johann Buddenbrook non fosse più quella di altri tempi era una verità così palmare che il signor Stuht la poteva ripetere a sua moglie quando a mezzogiorno mangiavano insieme la minestra col lardo... E Thomas ne fremeva.

Tuttavia era stato proprio lui il primo a contribuire massimamente al sorgere di quell'idea. Era ricco e nessuna perdita subìta, nemmeno quella grave del '66, aveva potuto scuotere la solidità della Ditta. Ma benché, com'era naturale, egli continuasse il suo adeguato tenore di vita e componesse i suoi pranzi di tante portate quante gli ospiti si aspettavano da lui, aveva l'impressione che la sua fortuna e i suoi successi fossero terminati; quest'impressione era una verità interiore più di quanto fosse basata su fatti esterni e l'aveva portato a un tale grado di sfiducia e diffidenza che, come non mai, s'era messo a lesinare il denaro e a fare nella vita privata economie quasi meschine. Mille volte maledisse la costosa costruzione della nuova casa che, secondo lui, non gli aveva portato altro che disgrazie. I viaggi estivi furono aboliti e il giardinetto di città dovette sostituire la villeggiatura al mare o in montagna. Per suo ordine severo e ripetuto i pranzi che prendeva insieme con sua moglie e col piccolo Hanno erano di una semplicità addirittura comica, in confronto alla vasta sala da pranzo dal pavimento lucido, dal soffitto lussuoso e dai magnifici mobili di rovere. Per parecchio tempo le frutta furono ammesse soltanto la domenica. L'eleganza del suo vestire non subì cambiamenti, ma Anton, il vecchio domestico, poteva riferire in cucina che il senatore si cambiava la camicia bianca soltanto ogni due giorni, perché il bucato rovinava troppo la tela di lino. Se non che Anton sapeva anche dell'altro. Sapeva che doveva essere licenziato. Gerda protestò affermando che tre persone di servizio erano appena sufficienti per una casa così grande. Tutto inutile: con una liquidazione adeguata Anton, che per tanto tempo era stato a cassetta quando Thomas andava al senato in carrozza, venne mandato via.

Queste misure corrispondevano al ritmo fiacco che avevano assunto gli affari. Non si sentiva più quello spirito nuovo e fresco con cui il giovane Thomas Buddenbrook aveva animato l'azienda... e il signor Marcus, il socio che partecipando con un piccolo capitale non aveva mai avuto grande influenza, era per natura e temperamento alieno da qualsiasi iniziativa.

Anzi, con l'andar degli anni la sua pedanteria era aumentata e si era fatta stravaganza. Gli occorreva un quarto d'ora per spuntare il sigaro lisciandosi i baffi, raschiandosi in gola e guardando cautamente intorno prima di riporre la punta nel borsellino. Di sera, quando le lampade a gas illuminavano a giorno ogni angolo dell'ufficio, egli non dimenticava mai di porre sulla scrivania anche una stearica accesa. Ogni mezz'ora si alzava per andare al rubinetto dell'acqua e bagnarsi la testa. Una mattina, per inavvertenza, fu lasciato sotto la sua scrivania un sacco vuoto che egli prese per un gatto e cercò di scacciare imprecando, con grande spasso di tutto il personale. Nò, non era uomo da far fronte alla fiacchezza del socio e da intervenire attivamente negli affari; e il senatore, quando guardava come ora con occhio spento verso l'oscurità della sala, si sentiva prendere dalla vergogna e da un'impazienza disperata, ripensando al piccolo commercio senza importanza, a quel modo di fare gli affari a soldini, a cui negli ultimi tempi si era umiliata la Ditta Johann Buddenbrook.

Ma non era un bene che fosse così? Anche la sventura, egli pensava, deve fare il suo tempo. Non era forse saggio star tranquilli nel periodo della sventura, non muoversi, aspettare a raccogliere intanto con calma novelle energie? Perché proprio in quel momento dovevano fargli quella proposta, strapparlo prima del tempo alla sua saggia rassegnazione, torturarlo con dubbi e scrupoli? Era giunto il momento? Era un segno del destino? Doveva essere incoraggiato ad alzarsi e a fare il colpo? Con tutta la risolutezza di cui era capace, la sua voce aveva respinto la proposta; ma da quando Tony era uscita la cosa era veramente liquidata? Pareva di no, se egli stava ancora lì a riflettere. "Ci si agita di fronte a una proposta solo quando non si è ben sicuri della propria resistenza..." Furbacchiona, quella piccola Tony!

E lui che cosa aveva obiettato? Ricordava di aver parlato

molto bene e con energia. "Manipolazione poco pulita... Pescar nel torbido... Sfruttamento brutale... Scannare un inerme... Profitti da usuraio..." Perfettamente! Bisognava vedere però se quella era l'occasione di mettere in campo parole così grosse. Il console Hermann Hagenström non le avrebbe cercate e non le avrebbe trovate. Thomas Buddenbrook era un uomo d'affari, un uomo d'azione o un ponzatore scrupoloso?

Certo, questo era il problema: era stato sempre il suo problema, da quando aveva incominciato a pensare! La vita era dura e la vita negli affari era, con la sua mancanza di riguardi e di sentimentalismi, una copia della vita in grande. E Thomas era forse piantato saldamente con le due gambe, come i suoi padri, in quella vita dura e pratica? Troppo spesso aveva avuto motivo di dubitarne! Troppo spesso, fin dalla giovinezza, aveva dovuto correggere i suoi sentimenti di fronte a quella vita... Usare durezza, incontrare durezza, e non sentirla come tale, ma come cosa ovvia e naturale... Non doveva forse impararlo mai?

Rammentava l'impressione che gli aveva fatto la catastrofe del '66 e richiamava alla memoria i pensieri indicibilmente dolorosi che allora l'avevano sopraffatto. Aveva perduto un mucchio di denaro... Oh, ma non era stata questa la cosa più intollerabile! Per la prima volta invece aveva dovuto sentire, in tutta la sua estensione e sulla propria pelle, la crudele brutalità degli affari dove tutti i sentimenti buoni, dolci e gentili si ritirano davanti all'istinto rozzo, nudo e imperioso della conservazione e dove una sventura subita non suscita negli amici, negli amici migliori, la pietà, bensì la diffidenza, la fredda, ostile diffidenza. Ma lui non l'aveva saputo? Era portato a stupirsene? Quante volte più tardi, nelle ore migliori e di maggiore energia, si era vergognato di essersi indignato in quelle notti insonni, di essersi ribellato, inguaribilmente ferito e schifato, contro la durezza perversa e spudorata della vita!

Com'era stato sciocco! Com'erano stati ridicoli quei moti

dell'animo! Com'era possibile che sorgessero in lui? Infatti, ripetendo la domanda, era un uomo pratico o uno svenevole sognatore?

Mille volte si era posto il quesito, e nei momenti di fiducia e di energia l'aveva risolto in un modo, nei momenti di stanchezza in un altro. Ma era troppo perspicace e onesto per non ammettere che in realtà egli era un misto dei due aspetti.

In tutta la sua vita si era presentato alla gente come uomo attivo, ma in quanto avevano ragione di ritenerlo tale, non lo era stato forse per "cosciente riflessione", secondo il motto goethiano da lui così spesso citato? A suo tempo aveva riportato molte vittorie, ma non erano state forse il frutto dell'entusiasmo, dello slancio che egli doveva alla riflessione? E ora che era abbattuto, che le sue energie (volesse Iddio non per sempre!) sembravano esauste, non era questa forse la conseguenza necessaria di quello stato insostenibile, di quel contrasto rodente che aveva nel cuore? Suo padre, suo nonno, il suo bisnonno avrebbero forse comperato in erba il raccolto di Pöppenrade? Ma che importa?... Che importa?... Che però fossero uomini pratici, che lo fossero in modo più completo, più forte, più spregiudicato di lui, questo era un fatto positivo!

Lo prese una grande inquietudine, un bisogno di moto, di spazio, di luce. Spinse indietro la sedia, passò nel salotto e accese alcune fiamme a gas del lampadario sopra la tavola. Si fermò, si tormentò le punte dei baffi e senza veder nulla si guardò in giro nella stanza arredata con lusso. Insieme con la stanza di soggiorno essa occupava tutta la larghezza della casa, era arredata con mobili chiari e curve eleganti e, col grande pianoforte da concerto sul quale era l'astuccio del violino di Gerda, con lo scaffaletto carico di libri di musica, col leggio intagliato e con gli amorini musicanti in bassorilievo sopra le porte, aveva l'aspetto di una sala da concerti. Il verone era pieno di palme.

Il senatore Buddenbrook stette immobile per due o tre

minuti. Poi si scosse, ritornò nella stanza di soggiorno, passò nella sala da pranzo e illuminò anche questa. Si avvicinò alla credenza e, per calmarsi o tanto per far qualche cosa, bevette un bicchier d'acqua e si mise a camminare rapidamente per la casa con le mani dietro la schiena. La "stanza da fumo" aveva i mobili scuri ed era rivestita di legno. Thomas aprì macchinalmente la cassetta dei sigari, la richiuse subito e, vicino al tavolo da gioco, sollevò il coperchio di un cofano di rovere che conteneva mazzi di carte, taccuini e simili oggetti. Prese una manciata di gettoni di osso, se li fece scorrere fra le dita, richiuse il coperchio e riprese a camminare.

Attiguo alla stanza per fumatori era uno stanzino con la finestra a vetri colorati. Vi si trovavano soltanto alcuni tavolinetti di servizio, rientranti l'uno nell'altro, sui quali era posata una cassetta di liquori. Di lì si passava nella sala che, con l'immenso pavimento lucido e coi quattro finestroni sul giardino ornati di tende rosso-vino, occupava anch'essa tutta la larghezza della casa. Era arredata con un paio di divani bassi e pesanti dello stesso rosso delle portiere e con una serie di seggiole dalla spalliera alta, allineate lungo le pareti. C'era un caminetto che dietro la grata conteneva un mucchietto di carboni finti i quali parevano incandescenti, solo perché rivestiti di carta lucida rosso-dorata. Sulla lastra di marmo davanti allo specchio si ergevano due enormi vasi cinesi...

La fuga delle stanze era illuminata da alcune lampade a gas come dopo una festa quando è uscito l'ultimo ospite. Il senatore misurò la sala ancora una volta per il lungo, si fermò davanti alla finestra, dirimpetto alla stanzetta, e guardò nel giardino.

La luna era alta e piccola tra fiocchi di nuvole, e la fontana zampillante chioccolava nel silenzio sotto i rami penduli del noce. Thomas guardò il padiglione che chiudeva lo scenario, guardò la piccola terrazza bianca coi due obelischi, le viottole ordinate coperte di ghiaia, le aiuole regolari vangate di fresco e i tappeti erbosi, ma tutta quella graziosa e perfetta simmetria, anziché calmarlo, lo irritò sempre più. Afferrò la maniglia della finestra, vi posò la fronte e lasciò che i suoi pensieri riprendessero la loro via tormentosa. Dove andava a finire? Si rammentò di un'osservazione che aveva fatto poco prima a sua sorella e della quale, appena l'aveva pronunciata, si era pentito come di una cosa molto superflua. Aveva parlato del conte Strelitz, della nobiltà terriera, e in quell'occasione aveva espresso chiaramente l'opinione che bisognava riconoscere una certa superiorità sociale del produttore sul mediatore. Era esatto? Oh, del resto, era ben indifferente che fosse esatto o no. Ma toccava proprio a lui esprimere quel concetto, considerarlo e, in genere, pensarlo? Poteva forse immaginare suo padre o suo nonno o un concittadino qualunque alle prese con quel pensiero e nell'atto di pronunciarlo? Un uomo che stia saldo e senza dubbi nella sua professione conosce questa soltanto, sa e apprezza soltanto questa...

Improvvisamente sentì che il sangue gli montava alla testa, sentì che arrossiva a un altro ricordo, un ricordo più lontano. Si vedeva passeggiare con suo fratello Christian nel giardino della Mengstrasse impegnato in un litigio, in una di quelle loro discussioni violente e così incresciose. Christian, con quel suo modo indiscreto e compromettente, aveva fatto davanti a molte persone una dichiarazione riprovevole della quale, lui, indignato, furente e seccatissimo, gli aveva chiesto conto. Veramente, aveva detto Christian, in fondo ogni uomo d'affari è un imbroglione... Come? Quella frase insulsa e indegna era proprio tanto lontana da quella che egli stesso si era permesso di pronunciare poco prima davanti a sua sorella? Egli se n'era sdegnato, aveva protestato con calore... Ma come aveva ribattuto quella furba di Tony? "Ci si agita..."

«No!» esclamò d'un tratto a voce alta: e, levando la testa di scatto, lasciò andare la maniglia della finestra, si strappò di là quasi con forza e disse: «È la fine!». Poi si raschiò la gola per superare la sensazione sgradevole che gli aveva causato la propria voce solitaria, si volse e a testa bassa, con le mani dietro la schiena, si mise a passeggiare per tutte le stanze.

«È finita!» ripeté. «Bisogna farla finita. Io m'impaludo, mi perdo, divento più sciocco di Christian!» Oh, era felice di essere consapevole della sua situazione. Stava in lui di correggersi. Con la violenza!... Vediamo... Vediamo un po'... Come era l'offerta che gli avevano fatto? Il raccolto... il raccolto di Pöppenrade in erba?

«Sì, lo farò!» disse con un bisbiglio appassionato e persino scuotendo una mano con l'indice teso. «Lo farò!»

Era ben quello che si chiama un bel colpo. Un'occasione di raddoppiare, esagerando magari un pochino, un capitale di... diciamo 40.000 marchi! Sì, era un segno del destino, un invito a sollevarsi. Si trattava di un inizio, di un primo colpo, e il rischio che vi era collegato non era che una nuova confutazione di tutti gli scrupoli morali. Se il colpo riusciva, egli si sarebbe rimesso in gambe, avrebbe osato ancora, avrebbe riacciuffato la fortuna e la potenza con quelle elastiche grappe interiori... Eh, sì, i signori Strunck & Hagenström dovevano rassegnarsi a perdere la preda. C'era sul posto una Ditta che in questo caso, grazie a rapporti personali, avrebbe mantenuto il sopravvento! Infatti il punto decisivo era la conoscenza personale. Non si trattava di un affare comune che si sbriga freddamente e nelle forme consuete. Invece, così com'era stato impostato da Tony, aveva quasi un carattere privato da trattarsi con discrezione e deferenza. Oh, Hermann Hagenström non sarebbe stato certo l'uomo adatto! Thomas, da commerciante, approfittava della situazione e più tardi, quando si sarebbe trattato di vendere, avrebbe certo saputo riapprofittarne. D'altro canto, a quel possidente che si trovava in difficoltà egli rendeva un servizio al quale lui solo era chiamato per l'amicizia fra Tony e la signora von Maiboom. Scrivere dunque... bisognava scrivere quella sera stessa, non già su carta ufficiale della Ditta, ma su un foglio di carta personale con la sola intestazione "Senatore Buddenbrook"... Scrivere nel modo più riguardoso e chiedere se avrebbero gradito una visita nei prossimi giorni. Questione delicata, in ogni caso, un terreno sdrucciolevole sul quale bisognava sapersi muovere con una certa grazia... Tanto più dunque era cosa adatta per lui.

I suoi passi si fecero più frettolosi, il respiro più profondo. Sedette un istante, balzò in piedi e riprese a camminare per le stanze. Ripensò tutta la questione, si ricordò di Marcus, di Hermann Hagenström, di Christian e Tony, vide ondeggiare al vento il raccolto giallo e maturo di Pöppenrade, fantasticò della ripresa generale della Ditta che si sarebbe avuta dopo quel colpo, scacciò adirato ogni scrupolo, agitò la mano e disse: «Lo farò!».

La signora Permaneder aprì la porta della sala da pranzo e augurò: «Buona notte!». Egli rispose senza rendersene conto. Gerda, dalla quale Christian si era accomiatato alla porta di casa, entrò mentre i suoi occhi bruni, strani e vicini fra loro, avevano quella luce misteriosa che suol conferire la musica. Il senatore si fermò davanti a lei macchinalmente, chiese macchinalmente notizie del violinista spagnolo e del concerto, e disse che aveva bisogno di andar subito a letto.

Invece non andò a riposare, ma riprese la sua passeggiata. Pensò ai sacchi di grano, di segale, di avena e di orzo che dovevano empire i magazzini del "Leone", della "Balena", del "Rovere" e del "Tiglio", studiò il prezzo... oh, un prezzo tutt'altro che disonesto che intendeva di offrire; scese a mezzanotte piano piano nell'ufficio e, alla luce della stearica di Marcus, scrisse senza interrompersi una lettera al signor von Maiboom di Pöppenrade, una lettera che, quando la rilesse con la testa grave e accaldata, gli parve la migliore e la più diplomatica della sua vita.

Ciò avveniva nella notte sul 27 maggio. Il giorno seguente Thomas spiegò a sua sorella, in tono leggero e umoristico, che aveva considerato la cosa da ogni lato e che non poteva opporre un semplice rifiuto al signor von Maiboom, né invitarlo a rivolgersi al primo borsaiolo. Il 30 del mese intraprese un viaggio a Rostock e proseguì con una carrozza da nolo.

Nei giorni seguenti fu di umore eccellente, camminava con passo libero ed elastico, aveva in viso una espressione cortese. Prendeva in giro Klothilde, rideva cordialmente di Christian, scherzava con Tony e la domenica giocò un'ora intera con Hanno sull'"altana" del secondo piano, aiutando suo figlio a sollevare minuscoli sacchi di grano in un granaio color mattone, imitando il lungo grido degli operai... e il 3 giugno, in una seduta del consiglio comunale, tenne sull'argomento più noioso del mondo, una certa questione di tasse, un discorso così esemplare e spiritoso che riportò un pieno trionfo, mentre il console Hagenström, il sostenitore dell'opposizione, fu travolto nell'ilarità generale.

V

Fosse disattenzione o intenzione da parte del senatore, poco mancò ch'egli trascurasse un fatto che la signora Permaneder, quella che si dedicava col più fedele attaccamento ai documenti di famiglia, annunciò solennemente a tutti: il fatto che il 7 luglio 1768 era considerato nei documenti come giorno di fondazione della Ditta e che il centenario era imminente.

Parve quasi che Thomas rimanesse male quando Tony gli diede questa notizia con voce commossa. La sua euforia non era stata duratura. Ben presto egli si era rifatto silenzioso, forse più di prima. Durante il lavoro usciva talvolta dall'ufficio per una passeggiatina solitaria nel giardino, dove si fermava ogni tanto come per un invisibile ostacolo e si copriva gli occhi sospirando. Non diceva niente, non si pronunciava... Con chi, del resto? Per la prima volta nella sua vita (scena stupefacente) Marcus aveva dato in escandescenze quando il socio gli aveva comunicato brevemente la conclusione dell'affare di Pöppenrade, e aveva declinato ogni responsabilità e rifiutato ogni partecipazione. Con sua sorella, invece, Thomas si aprì un giovedì sera sulla strada, mentre lei prendeva commiato con un'allusione al raccolto, e le strinse brevemente la mano soggiungendo in fretta e a voce bassa: «Oh, Tony, vorrei che avessimo già rivenduto!». Poi si volse interrompendosi di botto e lasciò la signora Antonie sconcertata e commossa. Quell'improvvisa stretta di mano era come uno sfogo di disperazione, quelle parole sussurrate come lo scoppio d'un'angoscia a lungo contenuta... ma quando Tony, alla prossima occasione, aveva tentato di riprendere il discorso, egli si era chiuso in un silenzio ancor più ostile, pieno di vergogna per la debolezza alla quale si era abbandonato un istante, pieno di esasperazione per la sua inettitudine a giustificare davanti a sé stesso quell'impresa...

Ora disse dunque impacciato e seccato: «Oh, mia cara, vorrei che potessimo passar sopra a questa data».

«Passarci sopra, Tom? Impossibile! Non c'è neanche da pensarci! Credi che si possa nascondere questo fatto? Credi che la città possa ignorare l'importanza di un simile giorno?»

«Non dico che sia possibile, dico che preferirei passare sotto silenzio la giornata. Festeggiare il passato è una bella cosa quando non si è preoccupati per il presente e per l'avvenire... Ricordarsi dei propri antenati è piacevole quando si sa di essere d'accordo con loro e si ha la coscienza di aver agito secondo le loro vedute... Se il giubileo cadesse in un momento più opportuno... Per farla breve, ho poca voglia di feste.»

«Tom, non devi parlare così. Cotesto non è neanche il tuo pensiero e tu sai bene che sarebbe un vergogna lasciar passare il centenario della Ditta Johann Buddenbrook senza che se ne faccia alcun rumore. Capisco, ora sei un pochino nervoso; so anche perché... quantunque a rigore non ci sia nessun motivo per esserlo. Ma appena verrà quel giorno, sarai lietamente commosso come tutti noi...»

Aveva ragione lei: non si poteva passare quel giorno sotto silenzio. Poco tempo dopo comparve nel giornale locale un preannuncio che prometteva un esauriente articolo sulla storia dell'antica e autorevole casa commerciale per il giorno dei festeggiamenti: e non ce ne sarebbe stato neppur bisogno per richiamare l'attenzione degli onorevoli commercianti. In quanto poi alla famiglia, Justus Kröger fu il primo a parlare, un giovedì, del fatto imminente, e la signora Permaneder, appena la tavola fu sparecchiata, provvide a far portare solennemente la veneranda cartella di cuoio coi documenti di famiglia e ad occuparsi, come preludio alla festa, delle date e dei fatti che si conoscevano circa la vita del fondatore della Ditta, la buonanima di Johann Buddenbrook, il trisavolo del piccolo Hanno. E rilesse con religiosa serietà il racconto di quand'egli aveva avuto la scarlattina, e quando il vaiolo, e quando era caduto dal terzo piano sull'essiccatoio e quando aveva avuto una grave febbre con delirio fino al più vecchio Buddenbrook di cui si aveva notizia, quello che era stato consigliere del comune di Grabau, e al sarto di Rostock che era "vissuto in condizioni agiate" (queste parole erano sottolineate) e aveva generato un'enorme sequela di figli vivi e morti... «Che uomo meraviglioso!» esclamò Tony accingendosi a leggere vecchie lettere ingiallite e slabbrate e poesie d'occasione...

Il signor Wenzel fu, si capisce, il primo a porgere le sue felicitazioni la mattina del 7 luglio.

«Perbacco, senatore, cento anni!» esclamò manipolando abilmente con le mani rosse il rasoio e la coramella. «E per quasi la metà di questi, posso ben dire, ho fatto il barbiere nella famiglia e in questo modo si vengono naturalmente a sapere molte cose quando uno è il primo a parlare col principale... Anche il signor console buonanima era molto loquace la mattina e qualche volta domandava: "Wenzel, che cosa ne pensate della segale? Devo vendere o pensate che i prezzi saliranno ancora?"...»

«Proprio così, Wenzel, io non saprei immaginare la nostra storia senza di lei. La sua professione, come le ho già detto più volte, ha un vero fascino. La mattina quando ha finito il suo giro, lei è più informato di tutti perché ha avuto sotto il rasoio i capi delle maggiori case e conosce l'umore di ciascuno. È certo molto interessante e c'è d'aver invidia di lei!»

«C'è qualcosa di vero, signor senatore. Ma per quanto riguarda l'umore suo, se posso esprimermi così... questa mattina mi pare, signor senatore, che sia un pochino pallido.»

«Davvero? Infatti mi fa male la testa e, secondo le previsioni umane, il male non mi passerà tanto presto perché credo che oggi non mi daranno pace.»

«Credo anch'io, senatore. L'interessamento è grande, grandissimo. Dopo dovrebbe affacciarsi alla finestra. Un'infinità di bandiere! E in fondo alla Fischergrube sono ancora il *Wullenwewer* e il *Federica Oeverdieck* che hanno issato il gran pavese.»

«Facciamo presto dunque, Wenzel, non ho tempo da perdere.»

Quel giorno il senatore non si mise la giubba d'ufficio, ma indossò subito una giacchetta nera aperta che lasciava vedere il panciotto di picché bianco; portava i calzoni chiari. Si aspettavano visite fin dalla mattina. Egli si diede l'ultima oc chiata nello specchio, passò ancor una volta le punte dei baffi nelle schiacce e, con un breve sospiro, s'avviò. Il turbine incominciava... Fosse passata presto la giornata! Chi sa se avrebbe potuto rimaner solo un istante, allentare per un momento i muscoli del viso? Tutto il giorno ricevimenti durante i quali si trattava di accogliere con tatto e dignità le congratulazioni di cento persone, di trovare con cautela e con la giusta sfumatura le parole adatte, parole rispettose, serie, amichevoli, ironiche, scherzose, indulgenti, cordiali... E dalla sera fino a notte tarda un pranzo nel ristorante del municipio...

Non era vero che avesse il mal di testa. Era soltanto stanco e, appena passata la tranquillità mattutina dei nervi, si sentì di nuovo oppresso da quello struggimento indeterminato... Perché aveva mentito? Non pareva che di fronte al suo malessere avesse sempre la coscienza poco pulita? Perché, perché? Ma non c'era tempo di stare a pensarci.

Quando entrò nella sala da pranzo Gerda gli andò incontro con vivacità. Anch'essa era già in abito da ricevimento. Portava una gonna liscia di stoffa scozzese, la camicetta bianca e, sopra, una leggera giacchetta di seta alla zuava dello stesso rosso cupo dei suoi capelli. Sorridendo mostrava i denti larghi e regolari ancor più bianchi del suo bel viso, e gli occhi, quegli occhi ravvicinati, castani, misteriosi, con le ombre azzurrine, sorridevano.

«Sono in piedi da un pezzo: da ciò puoi dedurre quanto siano entusiastiche le mie felicitazioni.»

«To', i cento anni ti fanno impressione?»

«Un'impressione profonda! Ma può anche darsi che sia soltanto l'aria festosa... Che bella giornata! Questa, per esempio» e indicò la tavola della colazione ornata di fiori del giardino «è opera della signorina Jungmann. Del resto, tu t'inganni se credi di poter prendere il tè. Nel salotto ti aspettano già i più importanti membri della famiglia con un dono nel quale ho avuto anch'io la mia parte... Vedi, Thomas, questo è soltanto il principio della ridda di visite che seguirà. Da principio resisterò, ma verso mezzogiorno ti garantisco che mi ritiro. Benché il barometro sia sceso un poco, il cielo è ancora di un azzurro sfacciato che certamente s'intona alle bandiere... tutta la città è imbandierata... ma ci manderà un calore insopportabile... E ora vieni di là. La tua colazione deve aspettare. Dovevi alzarti più presto. Ora devi sopportare la prima commozione a stomaco vuoto..»

La signora Buddenbrook, Christian, Klothilde, Ida Jungmann, la signora Permaneder e Hanno erano nel salotto e i due ultimi reggevano, non senza sforzo, il dono della famiglia: una grande tavola commemorativa. La vecchia signora abbracciò il figlio maggiore con profonda commozione.

«Caro figliolo, questa è una bella giornata... Una bella giornata...» ripeté. «Non dobbiamo cessare mai di ringraziare Iddio col cuore per tutte le grazie... per tutte le grazie...» e piangeva.

A quell'abbraccio il senatore provò un momento di debolezza. Era come se nel suo cuore qualche cosa si staccasse e lo abbandonasse. Le sue labbra tremavano. Si sentì prendere dal bisogno di rimanere a occhi chiusi fra le braccia della madre, sul suo petto, in quell'onda delicata di profumo che emanava dalla seta morbida dell'abito, di non veder più nulla, di non dover più parlare. La baciò e si rizzò per porgere la mano a suo fratello che gliela strinse tra imbarazzato e distratto, con quell'espressione che aveva sempre alle cerimonie. Klothilde disse qualche parola cortese stirando le vocali. La Jungmann si limitò a fare un inchino profondissimo, giocherellando con la catenina d'argento che le pendeva sul seno piatto...

«Vieni, Thomas» disse la signora Permaneder con voce incerta. «Non possiamo più reggerlo, Hanno e io.» Ella portava il quadro quasi da sola poiché le braccia di Hanno non potevano gran che: e nel suo sforzo entusiastico sembrava una martire ispirata. Aveva gli occhi umidi, le guance accese, e giocava con la punta della lingua contro il labbro superiore con un'espressione tra disperata e birichina.

«A voi, dunque!» esclamò il senatore. «Che cos'è cotesto? Lasciate andare, appoggiamolo qua.» E rizzò il quadro vicino al pianoforte contro la parete, fermandosi a guardare circondato dai suoi. Una pesante cornice di noce intagliato racchiudeva un cartone che portava sotto vetro i ritratti dei quattro proprietari della Ditta Johann Buddenbrook: sotto a ciascuno erano stampati in oro il nome e la data. C'era, riprodotto da un antico dipinto a olio, il ritratto di Johann Buddenbrook il fondatore, un vecchio alto e severo che stringendo le labbra guardava con austerità volitiva al disopra della pettorina; c'era il viso largo e gioviale di Johann Buddenbrook, l'amico di Jean Jacques Hoffstede; col mento affondato nel colletto, con la bocca larga e il gran naso curvo, Johann Buddenbrook il console rivolgeva all'osservatore gli occhi intelligenti pieni di passione religiosa; e c'era infine Thomas Buddenbrook in età un po' più giovanile... Spighe di grano stilizzate passavano fra i ritratti, sotto i quali, stampate in oro come le spighe, facevano pompa di sé le date 1768-1868. In testa al quadro si leggeva a grandi lettere gotiche e con la grafia di colui che l'aveva tramandata ai successori questa sentenza: "Figlio mio, dedicati con ardore agli affari durante il giorno, ma combina soltanto quelli che ti consentano di dormire tranquillamente di notte".

Con le mani dietro la schiena il senatore stette a lungo a contemplare il quadro.

«Già, già» disse ad un tratto con un tono piuttosto ironico «il tranquillo riposo notturno è una bellissima cosa.» Poi rivolgendosi serio a tutti i presenti soggiunse in fretta: «Miei cari, vi ringrazio di cuore. È un dono molto bello e indovinato. Che ne dite? Dove lo appendiamo? Nel mio ufficio privato?»

«Si, Tom, sopra la tua scrivania» rispose la signora Permaneder abbracciando il fratello. Poi lo fece uscire sul verone e fece un cenno verso la città. Sotto il cielo estivo turchino le bandiere tricolori garrivano a tutte le case, giù per tutta la Fischergrube dalla Via Larga fino al porto, dove il *Wullenwewer* e il *Federica Oeverdieck* battevano il gran pavese in onore dell'armatore. «Tutta la città è così» esclamò la signora Permaneder con voce tremante. «Sono già andata a fare una passeggiata. Anche i Hagenström hanno esposto la bandiera! Eh, non possono fare diversamente... Io romperei loro i vetri a sassate...» Egli sorrise e Tony lo ricondusse nella stanza vicino alla tavola.

«E qui, Tom, ci sono i telegrammi... soltanto i primi, beninteso, quelli personali, della famiglia. Quelli dei colleghi commerciali vengono recapitati in ufficio...»

Aprirono un paio di dispacci: dei parenti di Amburgo, di quelli di Francoforte, del signor Arnoldsen e dei suoi da Amsterdam, di Jürgen Kröger da Wismar... A un certo punto la signora Permaneder arrossì.

«A modo suo è però un buon uomo» disse porgendo a suo fratello un telegramma aperto. Era firmato: «Permaneder».

«Però il tempo passa» disse il senatore facendo scattare il coperchio dell'orologio. «Vorrei prendere il mio tè. Mi fate compagnia? Più tardi la casa sarà come una piccionaia...»

Sua moglie, alla quale Ida aveva fatto un segno, lo trattenne. «Un momento, Thomas... Tu sai che Hanno deve andare subito a lezione... Prima vorrebbe recitarti una poesia. Hanno, vieni qua. E ora fa finta che non ci sia nessuno. Non agitarti!»

Anche durante le vacanze (infatti in luglio c'erano le vacanze estive) il ragazzo doveva prendere lezioni private d'aritmetica per potersi tenere alla pari con la sua classe in questa materia. Nel sobborgo di Santa Geltrude, in una stanza calda che non si poteva dire profumata, un uomo dalla barba rossa e dalle unghie poco pulite lo aspettava per fargli apprendere quell'abbaco dannato. Prima però bisognava recitare al babbo la poesia, quella poesia che aveva imparata con l'aiuto di Ida sull'"altana" del secondo piano.

Il piccolo stava appoggiato al pianoforte nel suo vestitino alla marinara col largo colletto di tela, con la scollatura bianca e il grosso nodo da marinaio che gli sbucava dal colletto, le gambe sottili incrociate, la testa un po' reclinata in un atteggiamento di grazia timida e inconsapevole. Due o tre settimane prima gli avevano tagliato i capelli lunghi perché a scuola non solo i compagni, ma anche i maestri avevano incominciato a prenderlo in giro. Ma i capelli erano ancora folti e riccioluti e gli crescevano fin sulle tempie e sulla fronte delicata. Egli teneva le labbra un po' contratte e le palpebre abbassate di modo che le lunghe ciglia brune si disegnavano sull'ombreggiatura azzurrina degli occhi.

Sapeva già dove sarebbe andato a finire. Avrebbe pianto, per le lagrime non avrebbe potuto giungere alla fine della poesia, che gli stringeva il cuore come quando la domenica, nella chiesa di Santa Maria, il signor Pfühl, l'organista, intonava una certa melodia solenne e penetrante... Avrebbe pianto, come accadeva sempre quando pretendevano che si mostrasse in pubblico, quando lo interrogavano, quando si mettevano alla prova, come piaceva al babbo, le sue capacità e la sua presenza di spirito. Almeno la mamma non gli avesse raccomandato di non agitarsi! Doveva essere un incoraggiamento, ma egli sentiva che era un passo falso. Tutti stavano a guardarlo, temendo e aspettando che si mettesse a piangere... In tali condizioni era forse possibile non piangere? Egli alzò le ciglia e cercò gli occhi di Ida che giocherellava con la catenina dell'orologio e gli fece un cenno cordialmente acido. Sentì un immenso bisogno di stringersi a lei, di farsi portar via, di non udire altro che la sua voce profonda e tranquillante che dicesse: «Stai quieto, Hanno, piccolo mio, non è necessario che tu reciti...".

«Dunque, figliolo, sentiamo!» disse brevemente il senatore. Si era seduto presso la tavola e aspettava. Non sorrideva affatto... come non sorrideva mai in simili occasioni. Serio serio, con un sopracciglio alzato, misurava la personcina del piccolo Hanno con occhi indagatori e persino freddi.

Hanno si rizzò. Passò una mano sul legno lucido del pianoforte, girò un'occhiata timida sui presenti, e, un po' incoraggiato dalla bontà che vedeva brillare negli occhi della nonna e della zia Tony, disse con voce smorzata, quasi dura:

«*La domenica del pastore*... di Uhland.»

«No, no, mio caro, non così!» esclamò il senatore. «Non si sta così appiccicati al pianoforte con le mani sulla pancia... Ritto, senza appoggio! E si parla liberamente. Questa è la prima cosa. Qua, mettiti qua, fra le portiere! Alta la testa! E le braccia abbandonate tranquillamente...»

Hanno si mise sulla soglia della stanza di soggiorno e allungò le braccia lungo il corpo. Obbediente alzò la testa, ma tenne le palpebre così abbassate che non gli si vedevano gli occhi. Probabilmente erano già pieni di lacrime.

«Questo è il giorno del Signore» incominciò pianissimo, ma fu interrotto dalla voce energica del babbo: «Ogni recita dev'essere preceduta da un inchino. E poi bisogna alzare la voce. Da capo, per piacere. *La domenica del pastore*...».

Era una cosa crudele e il senatore sapeva bene che in tal modo toglieva al bambino l'ultimo residuo di fermezza e di resistenza. Ma il ragazzo doveva precisamente non lasciarselo togliere. Non doveva lasciarsi sconcertare. Doveva acquistare il tono fermo e virile... «*La domenica del pastore*...» ripeté inesorabile e incoraggiante.

Ma Hanno era finito. Teneva il mento sul petto e la sua piccola destra, che sbucava pallida e con le vene azzurrine dalla manica della marinara molto stretta, turchina, ornata di un'ancora ricamata, si aggrappava convulsa al broccato della portiera. «Sono solo qui nei campi» riuscì ancora a dire, ma poi fu finita. L'intonazione del verso lo travolse. Un'immensa pietà di sé stesso gli troncò la voce e gli spremette irresistibilmente le lacrime. Lo prese la nostalgia di certe notti quando era a letto indisposto col mal di gola e una leggera febbretta e Ida andava a portargli da bere e gli metteva amorosamente sulla fronte le compresse fresche... Si chinò su un fianco, pose la testa sulla mano con la quale si teneva attaccato alla portiera, e si mise a singhiozzare.

«Bel divertimento!» disse il senatore con durezza e alzandosi irritato. «Che c'è da piangere? Verrebbe da piangere al pensiero che persino in un giorno come questo non sai trovare l'energia necessaria per darmi una gioia. Sei forse una bambina? Se continui così, che cosa diventerai? Hai forse intenzione di sciogliertiin lacrime quando dovrai parlare con la gente?»

"Mai" pensava Hanno disperato "mai parlerò con la gente!"

«Ripensaci fino al pomeriggio» concluse il senatore e, mentre Ida Jungmann inginocchiatasi presso l'alunno gli asciugava gli occhi e cercava di consolarlo fra rimproveri ed effusioni di tenerezza, si ritirò nella sala da pranzo.

Durante la colazione affrettata sua madre, Tony, Klothilde e Christian si accomiatarono. A mezzogiorno dovevano desinare in casa di Gerda coi Kröger, coi Weinschenk e con le Buddenbrook, mentre il senatore, volere o non volere, avrebbe partecipato al banchetto nel ristorante del municipio, dove però sperava di non rimanere tanto da non trovare ancora in casa, la sera, tutta la famiglia.

Alla tavola infiorata prese il tè bollente, mandò giù in fretta un uovo, e sulla scala trasse due boccate dalla sigaretta. Grobleben, con lo scialle di lana intorno al collo anche in quella stagione, uno stivale nella sinistra, lo spazzolino della cera nella destra e la goccia sotto il naso, entrò dal cortile e andò incontro al padrone ai piedi della scala dove era collocato l'orso bruno con la tazza per i biglietti di visita.

«Signor senatore, cento di questi giorni... e l'uno è povero, l'altro è ricco...»

«Va bene, Grobleben, tutto bene!» e così dicendo il senatore lasciò cadere una moneta nella mano che teneva lo spazzolino e, attraversato l'androne, entrò nel vicino salotto di attesa. Nell'ufficio gli andò incontro il cassiere, un uomo alto dagli occhi buoni, per porgergli, con frasi tornite, le felicitazioni di tutto il personale. Il senatore ringraziò con due parole e andò a sedersi al suo posto vicino alla finestra. Ma aveva appena incominciato a dare un'occhiata ai giornali e ad aprire la corrispondenza, allorché si udì bussare alla porta che dava nel vestibolo e vi comparve un gruppo di persone che venivano a congratularsi.

Era una deputazione del personale addetto ai magazzini, sei uomini che avanzarono come orsi, con passo largo e pesante, con un'espressione devota sulle labbra e il berretto tra le mani inquiete. Il loro capo sputò nella stanza la saliva bruna di cicca, si tirò su i calzoni e incominciò a parlare con voce agitata di «cento anni» e "molte volte cento anni ancora". Il senatore annunciò loro un considerevole supplemento di paga per quella settimana e li salutò.

Vennero i funzionari delle imposte per felicitare il loro capo in nome del reparto. Quando uscirono s'imbatterono sulla soglia in un gruppo di marinai che, guidati da due piloti, rappresentavano le due navi dell'armatore ancorate in quel momento nel porto. Venne una rappresentanza degli scaricatori di grano in giubba nera, calzoni corti e cilindro. Tra un gruppo e l'altro si fecero avanti anche singoli cittadini. Così il sarto Stuht con la giacca nera sopra la camicia di lana; così alcuni vicini fra i quali il fioraio Iwersen. Un vecchio portalettere dalla barba bianca, dai cerchietti alle orecchie e dagli occhi cisposi, un tipetto originale che nelle buone giornate il senatore fermava per la strada chiamandolo "signor direttore delle poste", esclamò di sulla soglia: «Non è per questo! So bene, tutti vanno dicendo che oggi qui ciascuno si busca qualche cosa... Ma io non vengo per questo!». Tuttavia anche lui prese la mancia con espressioni di gratitudine. Non si finiva più. Quando furono le dieci e mezzo la cameriera venne ad annunciare che la signora Gerda riceveva nel salotto i primi ospiti.

Thomas Buddenbrook lasciò l'ufficio e salì lo scalone di corsa. All'ingresso della sala si trattenne mezzo minuto davanti allo specchio, si aggiustò la cravatta e aspirò per un istante il profumo d'acqua di colonia dal fazzoletto. Quantunque fosse sudato, era molto pallido; aveva le mani e i piedi freddi. I ricevimenti nell'ufficio l'avevano quasi ridotto all'estremo della resistenza. Respirò profondamente ed entrò per salutare, nella stanza piena di sole, il console Huneus, commerciante di legnami e cinque volte milionario, sua moglie e la loro figlia col marito, il senatore dottor Gieseke. I signori erano rientrati insieme da Travemünde dove passavano il mese di luglio e, con parecchie altre delle prime famiglie, avevano interrotto la cura dei bagni soltanto per assistere al giubileo della casa Buddenbrook.

Erano seduti da appena tre minuti nelle ampie poltrone chiare, allorché arrivarono il console Oeverdieck, figlio del defunto borgomastro, e sua moglie, la Kistenmaker; e quando il console Huneus prese commiato incontrò suo fratello che possedeva un milione di meno, ma in compenso era senatore.

Così si iniziò la giostra. La grande porta bianca con sopra il rilievo degli amorini musicanti non rimase quasi mai chiusa lasciando vedere costantemente il vano delle scale illuminato dalla luce che scendeva dal lucernario e lo scalone stesso sul quale gli ospiti salivano e scendevano senza posa. Siccome però il salone era spazioso e i gruppi si fermavano a conversare, quelli che arrivavano erano più numerosi di quelli che uscivano, e presto la stanza divenne insufficiente e la cameriera fu esonerata dal compito di aprire e chiudere la porta, che rimase aperta perché alcuni gruppi di persone avevano invaso il corridoio.

Un brusio, un rombare di discorsi, un insieme di voci maschili e femminili e strette di mano e inchini e parole scherzose e risate forti e libere che salgono tra le colonne dello scalone e riecheggiano dal soffitto, dalla grande lastra di cristallo del lucernario. Il senatore Buddenbrook riceve, ora in cima alla scala, ora sulla soglia del verone, gli auguri talvolta formali e mormorati con serietà, talvolta espressi con calore cordiale. Il borgomastro dottor Langhals, uomo tarchiato e distinto col mento raso affondato nella cravatta bianca, coi favoriti corti e grigi e lo sguardo stanco da diplomatico, viene accolto con universale rispetto. Sono arrivati anche il console Eduard Kistenmaker, il commerciante di vino, con la consorte nata Möllendorpf, e suo fratello Stephan, il più fedele seguace e amico del senatore Buddenbrook, con la consorte, la figlia di un possidente, rosea e piena di salute. La signora Möllendorpf, la vedova del senatore, troneggia in mezzo al divano, mentre suo figlio il console Augusto Möllendorpf e la moglie Julchen nata Hagenström arrivano in questo momento, porgono le loro felicitazioni e si aggirano tra i presenti salutando. Il console Hermann Hagenström ha trovato per la sua pesante persona un appoggio nella ringhiera della scala e, mentre respira un po' faticosamente col naso appiattito contro il labbro superiore, discorre col senatore dottor Cremer, il capo della polizia, le cui basette brizzolate incorniciano un viso sorridente, con un'espressione di moderata furberia. L'avvocato Mauritius Hagenström comparso con la bella moglie, la Puttfarken di Amburgo, mostra sorridendo i denti acuti e le loro lacune. Per un istante si vede il vecchio dottor Grabow stringere fra le mani la destra del senatore Buddenbrook, tosto seguito dal costruttore Voigt. Il pastore Pringsheim in abito borghese, che però rivela la sua qualità con la lunghezza dalle falde, sale a braccia aperte trasfigurato in viso. È presente anche Friedrich Wilhelm Marcus. I signori che rappresentano qualche corporazione, il senato, il consiglio comunale, la camera di commercio, sono tutti in frac. Sono le undici e mezzo. Fa ormai molto caldo. La padrona di casa si è ritirata da un quarto d'ora...

Ad un tratto dalla porta d'ingresso sale un rumore di passi, uno stropiccìo come se molta gente entrasse nell'androne, e nello stesso tempo una voce squillante empie la casa. Tutti si affollano alla ringhiera, si accalcano nel corridoio davanti alle porte che danno nel salone, nella sala da pranzo e nella stanza da fumo, e guardano in giù. Là in fondo un gruppo di quindici o venti persone con strumenti musicali si schiera al comando di un maestro dalla parrucca bruna, dalla barba grigia e dalla dentiera giallastra che egli mette in mostra quando parla a gran voce... Che cosa succede? È il console Peter Döhlmann che entra con la banda del Teatro civico! Ed eccolo salire trionfante la scala agitando un fascio di programmi. In un'acustica impossibile ed esagerata che confonde i suoni e accavalla gli accordi rendendoli assurdi (mentre il bombardone, nel quale un uomo panciuto soffia con un'espressione disperata, domina tutti gli altri strumenti col suo rumoroso grugnito) si inizia la serenata per il centenario della casa Buddenbrook: s'incomincia col Te Deum cui segue un'elaborazione della *Bella Elena* di Offenbach che, a sua volta, sarà seguita da un centone di canzoni popolari. Il programma è piuttosto nutrito.

Una bella trovata di Döhlmann! Tutti si felicitano col console e nessuno ha voglia di andarsene prima che il concerto sia terminato. Seduti o in piedi nel salone e nel corridoio si sta a sentire e si chiacchiera...

Thomas Buddenbrook insieme con Stephan Kistenmaker, col senatore Gieseke e col costruttore Voigt rimase a discorrere dall'altra parte dello scalone, presso la porta esterna della stanza per fumatori, donde si saliva al secondo piano. Stava appoggiato alla parete, interveniva ogni tanto con una frase nella conversazione del gruppo e guardava silenzioso, oltre la ringhiera, nel vuoto. Il caldo era ancora aumentato, si era fatto sempre più opprimente. Ma non era escluso che venisse la pioggia perché, a giudicare dalle ombre che passavano sul lucernario, il cielo era coperto di nuvole. Quelle ombre erano così frequenti e si susseguivano così rapidamente che l'illuminazione continuamente mutevole e balenante nel vano delle scale finiva per far dolorare gli occhi. Tutti i momenti il luccichio degli stucchi dorati, del grande lampadario e degli strumenti di ottone laggiù si spegneva per poi balenare di nuovo. Solo una volta l'ombra durò un po' più a lungo, e intanto si udì battere cinque, sei o sette volte qualche cosa di duro sulla lastra del lucernario, con un picchiettio a intervalli: senza dubbio erano chicchi di grandine. Poi il vano si riempì ancora di sole da cima a fondo.

Esiste uno stato di depressione in cui tutto ciò che in condizioni normali ci secca e provoca in noi una sana reazione di dispetto ci schiaccia con uno struggimento sordo, cupo, silenzioso... Così si struggeva Thomas per il contegno del piccolo Johann, così si struggeva per i sentimenti evocati in lui da quella solennità e ancor più per quelli che non la miglior volontà non poteva provare. Più volte tentò di sollevarsi, di schiarire il suo sguardo, di dire a sé stesso che era una bella giornata la quale pur doveva riempirlo di impressioni elevate e gioiose. Ma benché il fragore degli strumenti, il ronzio delle voci e la vista di tante persone gli scotessero i nervi e, insieme col ricordo del passato e di suo padre, destassero in lui una lieve commozione, tuttavia prevalevano la pena e il ridicolo di tutta quella scena, della musica da strapazzo acusticamente caricaturale, dell'adunata volgare dove non si discorreva che di cambi e di pranzi... e quel misto di commozione e di disgusto gli dava un senso stanco e disperato...

Alle dodici e un quarto, quando il programma della banda civica volgeva verso la fine, avvenne un incidente che non toccò né interruppe in alcun modo la gaiezza dominante, ma, dato il carattere commerciale, costrinse il padrone di casa a lasciare gli ospiti alcuni minuti. Su per lo scalone, in una pausa della musica, salì tutto confuso dalla presenza di tanti signori il più giovane apprendista dell'ufficio, un omino piuttosto deforme che, rosso di vergogna, teneva la testa infossata tra le spalle più di quanto fosse necessario, agitava esageratamente un braccio sottile e troppo lungo per darsi un'aria di noncuranza fiduciosa, e portava nell'altra mano un foglio ripiegato, un telegramma. Salendo cercò con occhi irrequieti il principale e, appena l'ebbe scorto, s'insinuò mormorando parole di scusa tra la folla degli ospiti che gli sbarrava il passaggio.

La sua soggezione era del tutto superflua perché nessuno badava a lui. Senza guardarlo e continuando a chiacchierare, i presenti gli fecero largo spostandosi lievemente, e fu molto se si accorsero con un'occhiata fuggevole che inchinandosi egli porgeva un telegramma al senatore Buddenbrook e che per leggerlo questi si staccava da Kistenmaker, Gieseke e Voigt. Anche in quel giorno, benché si sapesse che la maggior parte dei telegrammi erano telegrammi di augurio, ogni dispaccio doveva essere recapitato durante le ore di ufficio senza indugio e in qualsiasi circostanza.

Per salire al secondo piano il corridoio formava un gomito e proseguiva lungo la sala fino alla scala di servizio, presso la quale si apriva un ingresso secondario che dava nella sala stessa. Di fronte alla scala del secondo piano era l'apertura del montacarichi col quale si facevano salire le vivande dalla cucina, e lì alla parete era appoggiata una tavola dove di solito la domestica puliva l'argenteria. Il senatore si fermò là volgendo le spalle all'apprendista gobbo e aprì il dispaccio.

I suoi occhi si spalancarono talmente che chiunque li avesse visti sarebbe balzato indietro atterrito. Con uno scatto convulso egli aspirò l'aria così violentemente che si sentì la gola secca e dovette tossire. Poté dire soltanto: «Sta bene». Ma il frastuono delle voci dietro le sue spalle assorbì le sue parole. «Sta bene» ripeté, ma anche questa brevissima frase si spense in un soffio.

Siccome il senatore non si muoveva, non si voltava, non accennava a fare alcun movimento, l'apprendista deforme rimase ancora un momento incerto appoggiandosi ora su un piede ora sull'altro. Poi ripeté il suo inchino bizzarro e scese per la scala di servizio.

Il senatore rimase fermo accanto alla tavola. Teneva le mani col telegramma spiegato abbandonate davanti a sé, e mentre seguitava a respirare con le labbra dischiuse a fatica e rapidamente, movendo il busto avanti e indietro, andava scotendo la testa come inebetito e colpito da un accidente: «Quel po' di grandine... quel po' di grandine...» ripeteva da insensato. Poi il suo respiro si fece più profondo e tranquillo, l'ondeggiare del corpo più lento; gli occhi socchiusi gli si velarono di un'espressione stanca e quasi affranta, ed egli si volse con la testa pesantemente abbandonata.

Aprì la porta della sala ed entrò. Lento, a testa bassa, s'incamminò sul pavimento lucido dell'ampia stanza e si abbandonò presso la finestra su uno dei divani scarlatti. Là faceva fresco e c'era silenzio. Si udiva lo sciacquio della fontana nel giardino, una mosca batté ronzando contro i vetri, e dal corridoio arrivava soltanto un rumore smorzato.

Egli abbandonò la testa sul cuscino e chiuse gli occhi. «Va bene, va bene così» bisbigliò a mezza voce. Poi ripeté respirando sodisfatto e liberato: «Va benissimo così».

Coi lineamenti in pace, col corpo rilassato, stette là a riposare per cinque minuti. Poi si alzò, piegò il telegramma, lo infilò nella tasca interna della giacca e si alzò per ritornare dagli ospiti.

Ma nello stesso momento ricadde sul divano con un gemito di ribrezzo. La musica... quella musica aveva ripreso con un fragore insensato che doveva essere un galoppo, nel quale piatti e timpani marcavano un ritmo che le altre masse sonore confuse anticipando o posticipando non riuscivano a tenere, producendo un guazzabuglio invadente e, nella sua ingenuità, intollerabile, di stridi e squilli e scrosci, lacerati dai fischi pazzi dell'ottavino.

VI

«Oh, signora, Bach, Sebastiano Bach!» esclamò Edmund Pfühl, l'organista di Santa Maria, che attraversava agitato il salotto, mentre Gerda, col capo appoggiato a una mano, stava seduta al pianoforte e Hanno su una sedia si stringeva le ginocchia fra le mani e stava in ascolto. «Certo... come dice lei... A Bach è dovuta la vittoria dell'armonia sul contrappunto... È stato lui a creare l'armonia moderna, siamo d'accordo. Ma in che modo? Devo dirle come? Con l'evoluzione progressiva dello stile contrappuntistico... Lei lo sa quanto me. Quale è stato dunque il principio movente di quell'evoluzione? Forse l'armonia? No, nient'affatto. È stato il contrappunto, gentile signora. Il contrappunto!... A che cosa, domando io, avrebbero portato gli esperimenti assoluti del mondo armonico? Bisogna guardarsi... lo ripeterò finché avrò vita, guardarsi dagli esclusivi esperimenti dell'armonia!»

In siffatte discussioni egli parlava con molto zelo e vi si abbandonava perché in quel salotto si sentiva come a casa propria. Ogni mercoledì nel pomeriggio la sua figura alta, quadrata, dalle spalle un po' sollevate, compariva sulla soglia in una finanziera color caffè le cui falde gli scendevano fino al ginocchio e, aspettando la signora, apriva amorosamente il Bechstein, collocava le parti per violino sul leggio intagliato e preludiava un po' con tocco leggero e con maestria spiegando la testa con compiacenza ora su una spalla, ora sull'altra. La capigliatura stupefacente, la massa confusa di ricciolini sodi, brizzolati, fra il grigio e il color volpe, facevano apparire quella testa insolitamente grossa e pesante, quantunque troneggiasse libera sul collo lungo, provvisto di un pomo d'Adamo molto grosso che sporgeva dal colletto rovesciato. I baffi incolti a selva, dello stesso colore dei capelli, gli sporgevano dal viso più che il naso piccolo e robusto. Aveva come due borse sotto gli occhi tondi, castani e lustri, il cui sguardo, quand'egli suonava, pareva attraversasse le cose come in sogno e si soffermasse al di là della loro realtà. Non era una faccia straordinaria, per lo meno non portava le stigmate di un'intelligenza sveglia e acuta. Le palpebre erano per lo più abbassate e il mento raso pendeva di solito stanco e abulico, ma senza che il labbro inferiore si staccasse da quello superiore, e ciò conferiva alla sua bocca un'espressione molle, chiusa, abbandonata e insulsa, come quella di chi sonnecchia...

D'altro canto la sua dignità e severità di carattere formava uno stranissimo contrasto con quella mollezza esteriore. Edmund Pfühl era un organista assai stimato, e la fama della sua competenza nel contrappunto non si era fermata entro le mura della città. Il libretto sulle tonalità ecclesiastiche da lui dato alle stampe era stato raccomandato da due o tre conservatori per lo studio privato, e le sue fughe e i corali venivano eseguiti ogni tanto dove c'era un organo che cantasse le lodi del Signore. Quelle composizioni, come anche le fantasie che improvvisava la domenica nella chiesa di Santa Maria, erano irreprensibili, senza alcun'ombra, piene di dignità rigorosa, imponente, logica e morale. Erano ben lontane da ogni bellezza terrena, e ciò che esprimevano non toccava i sentimenti puramente umani del profano. Ne balzava vittoriosa e trionfale la tecnica fatta religione ascetica, la bravura elevata a santità assoluta, fine a sé stessa. Pfühl non si preoccupava di piacere, e della bella melodia parlava senza amore, è vero, ma per quanto possa sembrare enigmatico non era un uomo arido né anchilosato. «Palestrina!» diceva con un accento categorico che incuteva paura. Ma subito, quando evocava con lo strumento una serie di brani arcaici, il suo viso si trasfigurava in un sogno estatico e, quasi vedesse in funzione l'estrema necessità di ogni divenire, il suo sguardo riposava in sacre lontananze... lo sguardo di un musicista, che sembra vago e vuoto perché egli vive nel regno di una logica più profonda, più pura, più assoluta, più libera da scorie, di quella dei nostri concetti e pensieri espressi con parole. «Pfühl aveva le mani grandi, morbide, apparentemente senza ossa e macchiate di lentiggini, e la voce tenue e profonda, quasi parlasse con un boccone in gola: così era la voce con la quale salutava Gerda Buddenbrook che, scostando le portiere, veniva dalla stanza di soggiorno. «Servo suo, signora!» Mentre si alzava un po' dalla sedia e chinando la testa stringeva rispettosamente la mano che gli era offerta, accennava già con la sinistra le quinte, dopo di che Gerda afferrava lo Stradivario e accordava lo strumento rapidamente e con orecchio sicuro. «Il Concerto in sol minore di Bach, signor Pfühl. Tutto l'adagio, mi pare, lasciava qualcosa a desiderare...»

E l'organista incominciava. Ma dopo i primi accordi capitava che la porta del corridoio si aprisse lentamente con la massima cautela e che il piccolo Hanno, senza far rumore, camminasse sul tappeto fino a un seggiolone. Là sedeva, si abbracciava le ginocchia e stava zitto, in ascolto tanto della musica quanto della conversazione.

«Oh, Hanno, sei venuto a rubare un po' di musica?» domandava Gerda in una pausa, guardandolo con gli occhi ravvicinati e ombreggiati, nei quali la musica accendeva un umido bagliore.

Allora il bambino si alzava e con un silenzioso inchino porgeva la mano al signor Pfühl, il quale lo accarezzava amorosamente sui capelli castani che gli avvolgevano con tanta grazia la fronte e le tempie.

«Stai pure a sentire, figlio mio!» diceva con dolcezza, mentre il piccolo osservava con un certo timore il grosso pomo d'Adamo dell'organista che si sollevava mentre quello parlava. Poi ritornava rapido e silenzioso al suo posto, quasi impaziente di udire la continuazione della musica e dei commenti.

Si eseguivano un tempo di Haydn, alcune pagine di Mozart, una sonata di Beethoven. Ma poi, mentre Gerda, col violino sotto il braccio, andava a prendere altri fascicoli di musica, accadeva il fatto sorprendente che il signor Pfühl, Edmund Pfühl, l'organista di Santa Maria, scivolasse col suo libero interludio, a mano a mano, in uno stile assai curioso che faceva brillare nei suoi sguardi lontani una specie di pudica felicità. Di sotto alle sue dita si elevava una fioritura, un canto, dal quale, in principio sommesso e sfumato, poi sempre più chiaro e robusto, emergeva con mirabile arte contrappuntistica un grandioso e solenne, meravigliosamente pomposo motivo di marcia... Un rinforzando, una fuga, un passaggio... e nella risoluzione il violino interveniva col fortissimo. Si snodava il preludio dei *Maestri Cantori*.

Gerda Buddenbrook amava appassionatamente la musica moderna. Ma in Pfühl aveva incontrato una resistenza così indignata che da principio aveva disperato di conquistarlo.

Il giorno in cui per la prima volta gli aveva messo sul leggio la riduzione per pianoforte del *Tristano e Isotta*, e l'aveva pregato di suonare, egli, dopo venticinque battute, era balzato in piedi e si era messo a correre fra il pianoforte e il terrazzo, mostrando il più profondo ribrezzo.

«Non suono questa roba, signora! Sono il suo umilissimo servitore, ma questa roba non la suono! Questa non è musica... creda a me... Ho sempre creduto di intendermene un pochino, di musica. Questo è il caos. Questa è demagogia, bestemmia, pazzia! Questo è un fumo profumato attraversato da lampi. Questa è la fine di ogni morale nell'arte. No, non suono.» Con queste parole si era ributtato sulla sedia, e mentre il suo pomo d'Adamo si moveva in su e in giù aveva cavato dallo strumento, inghiottendo e tossendo a vuoto, altre venticinque battute per finire chiudendo il pianoforte ed esclamando:

«Uh, santo cielo, questo è troppo! Mi perdoni, signora, ma io sono schietto... Lei mi compensa, lei paga i miei servigi da molto tempo e io sono un povero diavolo. Ma se mi costringe a queste infamie, rinuncio al mio servizio e mi ritiro! E c'è anche il bambino: eccolo là sulla sedia. È entrato in punta di piedi per sentir della musica! Vuole proprio avvelenargli l'anima?»

Ma, per quanto egli si divincolasse, Gerda lo tirò passo passo dalla sua, lentamente, con l'abitudine e con parole incoraggianti.

«Pfühl» disse «sia equo e consideri le cose con calma. L'uso insolito dell'armonia la confonde... In confronto, lei vede che Beethoven è puro, limpido e naturale. Pensi però come Beethoven sconcertò i suoi contemporanei educati all'antica... E Bach stesso! Dio mio, gli rimproveravano la mancanza di chiarezza e di armonia! Lei discorre di morale: ma che cosa intende per morale nell'arte? Se non m'inganno, sarebbe l'antitesi di ogni edonismo, vero? Ebbene, qui c'è l'antitesi. Proprio come in Bach. Anzi, più grandiosa, più consapevole, più approfondita che in Bach. Creda a me, Pfühl, questa musica è meno lontana dal suo cuore di quanto lei creda.»

«Impostura e sofismi... scusi tanto» bofonchiò il signor Pfühl. Ma ebbe ragione lei: in fondo quella musica gli era meno estranea di quanto egli credesse da principio. Col *Tristano*, è vero, non si riconciliò mai più, benché pregato da Gerda finisse per trascrivere con grande abilità la *Morte di Isotta* per violino e pianoforte. Ebbe qualche parola di approvazione per certi brani dei *Maestri Cantori* prima di tutto... e di lì incominciò a destarsi in lui l'amore per quell'arte con un crescendo irresistibile. Egli non lo confessava, questo amore, anzi ne era quasi spaventato e lo rinnegava brontolando. Ma la signora non aveva più bisogno di insistere affinché, dopo aver sostenuto i vecchi maestri, egli complicasse il tocco ed entrasse, con negli occhi quell'espressione di felicità pudica e quasi indispettita, nella vita e nel gioco dei motivi conduttori. Quando avevano suonato, seguiva talvolta una discussione sui rapporti fra quello stile e la composizione classica, e un giorno il signor Pfühl dichiarò che, quantunque l'argomento non lo riguardasse personalmente, era pur costretto ad aggiungere al suo libro sullo stile ecclesiastico un'appendice "sull'uso delle tonalità antiche nella musica religiosa e popolare di Riccardo Wagner".

Hanno se ne stava silenzioso, le mani incrociate sulle ginocchia e, come al solito, sfregava la punta della lingua contro un molare, di modo che la bocca appariva un po' storta. Con tanto d'occhi immobili osservava la mamma e il signor Pfühl. Stava a sentire la loro musica e i loro colloqui, sicché, dopo i primi passi sulle vie della vita, egli s'accorse che la musica era una cosa molto seria, importante e profonda. Raramente capiva qualche parola di ciò che dicevano, e quei suoni erano di solito molto al disopra della sua comprensione infantile. Ma se ritornava e perseverava immobile al suo posto per ore e ore senza annoiarsi, certo ve lo spingevano la fede, l'amore e il rispetto.

Aveva soltanto sette anni quando incominciò a ripetere per conto suo sul pianoforte certe combinazioni di note che gli avevano fatto impressione. Sua madre lo guardava sorridendo, rettificava gli accordi cercati con muto zelo e gli spiegava perché proprio quella tal nota non doveva mancare affinché da un accordo ne risultasse un altro. E l'udito confermava al ragazzo le parole della mamma.

Dopo averlo lasciato fare per qualche tempo, Gerda Buddenbrook decise di fargli dare lezioni di pianoforte.

«Credo che non abbia inclinazione per fare il solista» disse a Pfühl «e, a dire il vero, ne sono contenta perché c'è anche il lato meno bello. Non alludo al fatto che il solista è legato all'accompagnatore, benché in certi casi questo legame possa essere molto sensibile, e se io non avessi lei... ma poi si corre sempre il pericolo di cadere in un virtuosismo più o meno perfezionato. Io ne so qualche cosa. Le confesso sinceramente che, secondo me, per il solista la musica incomincia a un livello molto alto di capacità. L'affaticata concentrazione sul canto, sul fraseggio e sulla modulazione, dove la polifonia arriva alla coscienza soltanto in modo vago e generico, può produrre molto facilmente nei mediocri un'atrofia del senso armonico e della memoria per le armonie, che più tardi è molto difficile correggere. Io amo il mio violino e ho fatto progressi molto notevoli, ma a rigore stimo più il pianoforte... Dirò questo soltanto: la conoscenza del pianoforte, di un mezzo cioè che riassume le più ricche e molteplici formazioni di suoni, di un mezzo insuperabile di riproduzione musicale, rappresenta per me un più intimo, più limpido, più vasto rapporto con la musica. Senta, Pfühl, io vorrei ricorrere senz'altro al suo aiuto per Hanno. Sia buono! So benissimo che ci sono qui in città due o tre persone (donne, credo) che danno lezioni: ma sono maestre di pianoforte... Lei m'intende... Ora non si tratta di esercitarsi su uno strumento, ma piuttosto di capire qualche cosa di musica, non le pare? Di lei mi fido. Lei prende le cose sul serio. E vedrà che con lui troverà sodisfazione. Ha le mani dei Buddenbrook... I Buddenbrook arrivano tutti a prendere le none e le decime. Ma finora non ci hanno mai tenuto» concluse ridendo; e il signor Pfühl si dichiarò disposto ad assumersi l'insegnamento.

Da quel giorno egli veniva dunque anche il lunedì nel pomeriggio per dedicarsi al piccolo Hanno, mentre Gerda rimaneva nella stanza di soggiorno. Egli non procedeva nel modo solito, poiché sentiva di dovere allo zelo muto e appassionato del ragazzo più che l'insegnamento di un po' di pianoforte. Superati i primi passi elementari, incominciò subito a esporre la teoria in forma facile e comprensibile e a far intravedere all'allievo i fondamenti dell'armonia. Hanno capiva: trovava infatti confermato ciò che a rigore aveva sempre saputo.

Fin dove era possibile Pfühl teneva conto dell'ansia del ragazzo di andare avanti. Con amorosa attenzione badava ad alleggerire i piombi, coi quali la materia grava i piedi della fantasia e del genio alato. Non pretendeva troppo severamente una grande agilità nell'esercizio delle scale e in ogni caso non lo considerava il vero scopo di quegli esercizi. Ciò che voleva, e che raggiunse presto, era piuttosto una visione chiara, larga e penetrante di tutte le tonalità, una confidenza interiore e panoramica con le loro parentele e fusioni, dalla quale dopo non molto derivarono la rapida comprensione delle numerose possibilità di combinazioni e quell'intuitiva padronanza della tastiera che induce a improvvisare e a fantasticare. Con sensibilità fine e commovente Pfühl valutava i bisogni spirituali del piccolo allievo già viziato a furia di star ad ascoltare, bisogni che tendevano a uno stile severo. Non deprimeva quell'atteggiamento profondo e solenne col fargli suonare canzonette volgari. Ricorreva ai corali e non lasciava mai svolgersi un accordo da un altro senza fargli notare la norma severa di questo risultato.

Ricamando o leggendo, Gerda, al di là delle portiere, seguiva i progressi dell'insegnamento.

«Lei ha superato ogni mia aspettativa» disse un giorno al signor Pfühl. «Ma non va troppo oltre? Non procede con troppa rapidità? Il suo metodo mi sembra eminentemente creativo... Difatti Hanno fa già qualche tentativo di improvvisazione. Ma se non merita il suo metodo, se non ha sufficiente ingegno, finirà col non imparare niente...»

«Lo merita» confermò Pfühl. «Qualche volta lo guardo negli occhi... e vi leggo tante cose, ma egli tiene le labbra chiuse. Un giorno nella vita, che forse gli farà tenere le labbra sempre più strette, dovrà pur avere una possibilità di parlare...»

Ella lo guardò, quel musicista quadrato, con la parrucca color volpe, con le borse sotto gli occhi, con le selva dei baffi e il grosso pomo d'Adamo, e gli porse la mano dicendo: «Grazie, Pfühl. Lei è bene intenzionato e oggi non possiamo ancora sapere quanto importante possa essere la sua opera».

La gratitudine di Hanno per quel maestro, la sua dedizione a quella guida era senza pari. Mentre, nonostante tutte le lezioni private, egli se ne stava a scuola cupo e senza speranza di capire, a rimuginare i quesiti d'aritmetica, al pianoforte capiva tutto ciò che Pfühl gli diceva, e se l'appropriava come ci si può appropriare soltanto quel che ci appartiene fin dall'inizio. Edmund Pfühl con quella sua giubba bruna gli pareva un grande angelo che ogni lunedì lo prendesse tra le braccia per rapirlo dalla miseria quotidiana in un regno sonoro di dolce e confortante severità...

Talvolta la lezione aveva luogo nella casa di Pfühl, una vecchia casa spaziosa con molti angoli e corridoi freschi, nella quale l'organista abitava solo con una vecchia governante. Qualche domenica il piccolo Buddenbrook poteva assistere all'ufficio divino nella chiesa di Santa Maria dall'alto dell'organo: ed era una cosa ben diversa da quella di stare nella navata insieme con l'altra gente. In alto, al disopra dei fedeli, al disopra persino del pastore Pringsheim sul pulpito, i due se ne stavano in mezzo al rombo delle potenti masse sonore che essi scatenavano e dominavano insieme, poiché certe volte Hanno, felice e orgoglioso, otteneva il permesso di aiutare il maestro nel maneggio dei registri. Quando poi era terminato il posludio, quando Pfühl aveva staccato man mano tutte le dita dalla tastiera, facendo svanire solennemente soltanto il basso fondamentale, quando, dopo una pausa studiata per fare impressione, la voce modulata del pastore incominciava a echeggiare di sotto il baldacchino del pulpito, accadeva non di rado che Pfühl incominciasse a farsi beffe della predica, delle inflessioni dialettali del pastore, di quelle vocali lunghe, cupe e troppo accentate, o si mettesse a ridere dei suoi sospiri e della rapida vicenda di luce e tenebra sul suo volto. Allora anche Hanno rideva divertendosi, poiché, senza guardarsi l'un l'altro e senza dirselo, quei due lassù erano dell'opinione che la predica era fatta di chiacchiere piuttosto sciocche e che il vero ufficio divino era piuttosto quello che il pastore e i suoi fedeli consideravano soltanto come un'aggiunta per aumentare la devozione: cioè la musica.

Pfühl intuiva che laggiù nella navata, fra quei senatori, consoli, cittadini e le loro famiglie, c'era ben poca comprensione per i suoi meriti; questo era il suo cruccio costante, e appunto per questo prendeva con sé volentieri il piccolo allievo al quale poteva per lo meno far capire che il pezzo suonato era stato di una straordinaria difficoltà. Si avventurava infatti nelle più strane imprese tecniche. Aveva composto una "imitazione retrograda", una melodia che si poteva leggere dal capo e dalla fine, e vi aveva costruito tutta una fuga che bisognava suonare "a gambero". Appena finito poneva le mani in grembo con faccia triste. «E nessuno se n'accorge» diceva scuotendo disperatamente la testa. E mentre il pastore Pringsheim predicava, egli sussurrava: «Questa, sai, era un'imitazione a gambero. Tu veramente non sai ancora che cosa sia... È l'imitazione di un tema dal fondo verso il principio, dall'ultima nota alla prima... Una cosa piuttosto difficile. Più tardi vedrai che cosa l'imitazione significhi nella composizione rigorosa... Non ti tormenterò mai con la composizione retrograda, non ti costringerò a impararla... Non è proprio necessaria. Ma non prestar mai fede a coloro che pretendono di definire queste cose come giochetti senza valore musicale. Tu li trovi nei più grandi musicisti di tutti i tempi. Soltanto i mediocri e i superficiali ripudiano per superbia queste esercitazioni. Umiltà ci vuole: ricordatene, Hanno.»

Il 15 aprile 1869, nel suo ottavo compleanno, Hanno suonò, insieme con sua madre, davanti alla famiglia adunata, una piccola fantasia composta da lui, un motivo semplice che aveva trovato e che, sembratogli singolare, aveva un po' elaborato. Naturalmente il signor Pfühl, col quale si era confidato, aveva trovato parecchio da ridire.

«Perché ti attrae questa chiusa, Hanno? Non è intonata col resto, non ti pare? Da principio tutto procede regolarmente, ma vorrei sapere: come ti viene in mente di passare qui all'improvviso dal si maggiore all'accordo di quarta e sesta, di quarto grado, con la terza minore? Sono buffonate. E come non bastasse vi aggiungi il tremolo. Dev'essere roba sgraffignata... dove l'hai presa? Ma mi pare di saperlo. Sei stato troppo attento quando ho dovuto suonare per la tua mamma certa roba... Modifica la chiusa, figliolo, e avrai una cosina veramente pulita.»

Ma appunto a quella chiusa e a quell'accordo in minore Hanno dava il massimo peso, e sua madre ci si divertì talmente che fu lasciato. Ella prese il violino, suonò il canto e, mentre Hanno ripeteva tutto il tempo, ella lo variò sino alla fine in scale di semicrome. Era di effetto così grandioso che Hanno baciò la mamma per la felicità: e così presentarono il pezzo alla famiglia, il 15 di aprile.

La vecchia signora Buddenbrook, la signora Permaneder, Christian, Klothilde, i coniugi Kröger, il direttore Weinschenk con la moglie, le Buddenbrook della Via Larga e la signorina Weichbrodt avevano fatto colazione insieme in casa del senatore per festeggiare il genetliaco di Hanno; e dopo si trovarono nel salotto e stavano guardando il ragazzo che, vestito alla marinara, era seduto al pianoforte, e accanto a lui la figura esotica ed elegante di Gerda, la quale suonò prima una magnifica cantilena sulla quarta corda e scatenò poi con virtuosismo impeccabile un torrente di cadenze spumeggianti come una cascata di perle. L'impugnatura dell'archetto, rivestita di filo argentato, lampeggiava alla luce del gas.

Hanno, pallido per l'agitazione, non aveva mangiato quasi nulla a tavola; ora però la dedizione alla sua opera, che purtroppo doveva terminare dopo due soli minuti, era tale che gli aveva fatto dimenticare del tutto l'ambiente in cui si trovava. Quel piccolo brano melodico era piuttosto di natura armonica che ritmica, ed era molto strano il contrasto fra i mezzi musicali primitivi, fondamentali, infantili, e il modo importante, appassionato e quasi raffinato col quale quei mezzi erano accentuati e messi in valore. Con un movimento obliquo della testa, Hanno dava risalto a ogni passaggio e, seduto sull'orlo della sedia, cercava di conferire col pedale e con la sordina un valore sensibile a ogni nuovo accordo. Difatti, quando raggiungeva un effetto, questo, anche se si limitava esclusivamente a lui stesso, era, più che di natura sentimentale, di natura sensitiva. Una semplice battuta armonica assumeva, con l'accentuazione sapiente e ritardante, una importanza misteriosa e preziosa. Un accordo, una nuova armonia, un'entrata esercitavano, per un'improvvisa intonazione smorzata, un'efficacia sorprendente sui nervi, mentre Hanno, alzando le sopracciglia, eseguiva col busto un movimento verso l'alto, quasi librantesi nell'aria... E venne poi la chiusa, la chiusa prediletta di Hanno, che incoronava il brano con elevatezza primitiva. L'accordo in mi minore tremolava in *pianissimo*, limpido come uno squillo di campane, circonfuso dalle variazioni diamantine del violino... E andò crescendo, prendendo corpo lentamente, mentre nel *forte* Hanno aggiunse il do diesis dissonante come passaggio alla tonalità fondamentale; e mentre lo Stradivario con sonori ondeggiamenti spumeggiava anche intorno a quel do diesis, Hanno rinforzò la dissonanza con tutta la sua energia al *fortissimo*. Ma rifiutò la risoluzione, la negò a sé stesso e agli ascoltatori. Come sarebbe stata quella risoluzione, quell'estatica e libera ricaduta nel si maggiore? Una felicità senza uguale, una sodisfazione di traboccante dolcezza. La pace, la beatitudine, il regno dei cieli!... Non ancora... non ancora! Un altro istante di indugio, di proroga, di tensione, che doveva diventare insopportabile affinché la sodisfazione fosse tanto più dolce... Assaporare ancora per un ultimo istante quella nostalgia urgente e impellente, quel desiderio di tutta l'anima, quell'estrema e convulsa tensione della volontà che tuttavia negava ancora il raggiungimento e la redenzione, perché egli sapeva che la felicità è solo un istante. Hanno sollevò lentamente il busto, i suoi occhi si dilatarono, le labbra chiuse tremarono ed egli aspirò l'aria dal naso con un tremito e a scatti... finché la voluttà non poté più essere trattenuta. Lo colse ed egli non oppose più resistenza. I suoi muscoli si allentarono, la testa si piegò sopraffatta e stanca sulla spalla, gli occhi si chiusero, e un sorriso malinconico, quasi doloroso, di ineffabile beatitudine gli apparve sulle labbra, mentre il tremolo accompagnato dall'onda bisbigliante e dal mormorio dei passaggi del violino, il tremolo al quale egli aggiunse soltanto un rincorrersi di bassi scivolò nel si maggiore, crebbe rapidamente fino al *fortissimo* e s'interruppe con un breve rombo senza eco.

L'effetto di quel brano musicale su Hanno non poteva certamente comunicarsi agli ascoltatori. La signora Permaneder, per esempio, non aveva capito un'acca di tutto quello sforzo. Aveva notato però il sorriso del ragazzino, i movimenti del busto, la beatitudine con cui egli aveva reclinato la cara testolina: e quella vista l'aveva commossa nel profondo della sua bontà e tenerezza

«Come suona questo figliolo! Che bravo!» esclamò correndo verso di lui quasi piangendo e stringendolo fra le braccia. «Gerda, Tom! Diventerà un Mozart, un Meyerbeer, un...» e, in mancanza di un terzo nome di altrettanta importanza, si limitò a coprir di baci il nipote che se ne stava lì con le mani in grembo e con gli occhi assenti, stanco e spossato.

«Basta, basta, Tony!» sussurrò il senatore. «Fammi il piacere, che cosa gli metti in testa?...»

VII

In fondo al cuore Thomas Buddenbrook non era d'accordo col carattere e con lo sviluppo del piccolo Hanno.

Un giorno, a dispetto dei borghesi facilmente impressionabili che scuotevano il capo, aveva sposato Gerda Arnoldsen perché si sentiva abbastanza forte e libero per manifestare, senza far torto alla sua capacità di borghese, un gusto più fine del comune. Ma ora il ragazzo, l'erede atteso per tanto tempo invano, che pur portava parecchi segni fisici della famiglia paterna, doveva forse appartenere interamente alla madre? Lui che un giorno avrebbe dovuto continuare con mano più libera e felice le fatiche della vita paterna doveva forse rimanere intimamente e per natura estraneo a tutto l'ambiente in cui era chiamato a vivere e agire, e addirittura a suo padre?

La musica di Gerda aveva rappresentato fino allora per Thomas, in accordo con quegli occhi strani che egli amava, con la massa di capelli rossi e con tutta la figura eccezionale, un fascino di più da aggiungere alla sua singolare personalità; ma ora vedendo che la passione per la musica, a lui estranea, s'impadroniva così presto, così a fondo e fin dall'inizio anche di suo figlio, questa passione divenne una potenza ostile che si poneva fra lui e il ragazzo, del quale pur sperava di fare un autentico Buddenbrook, un uomo forte e pratico, con energiche volontà di potere e di conquista. E nello stato d'animo eccitabile in cui si trovava gli parve che quella potenza ostile minacciasse di farne invece un estraneo nella propria casa.

Egli non era capace di avvicinarsi alla musica come la facevano Gerda e quel signor Pfühl suo amico; e Gerda, esclusiva e intollerante com'era nelle questioni d'arte, gli rendeva ancor più difficile quell'avvicinamento in modo veramente crudele.

Egli non aveva mai creduto che l'essenza della musica fosse così estranea alla sua famiglia come ora gli appariva. Suo nonno aveva suonato volentieri il flauto ed egli stesso aveva ascoltato con piacere le belle melodie quando rivelavano o una grazia lieve o una malinconia contemplativa o uno slancio allegro. Se però manifestava quel suo compiacimento, era certo che Gerda alzava le spalle dicendo con un sorriso di indulgenza: «Ma è possibile? Una cosa talmente priva di valore musicale!...».

Egli odiava quel "valore musicale", la frase con cui non sapeva collegare altro concetto che quello di un'altera freddezza. E se Hanno era presente, Thomas provava la voglia di ribellarsi. Più d'una volta ebbe a protestare in simili occasioni, esclamando: «Ma cara, cotesto sbandierare il "valore musicale" mi pare nient'altro che albagia di pessimo gusto!». Ed ella ribatté: «Senti, Thomas, una volta per sempre: di musica in quanto arte non capirai mai nulla, e per quanto tu sia intelligente non comprenderai mai che è qualche cosa di più che un passatempo dopo i pasti e un godimento dell'orecchio. In musica tu non possiedi il senso del volgare, mentre lo hai per altre cose... E questo è il criterio della comprensione dell'arte. Quanto la musica ti sia lontana puoi capire già dal fatto che il tuo gusto musicale non corrisponde per niente ai tuoi altri bisogni e alle tue convinzioni. Nella musica che cosa ti dà piacere? Lo spirito di un insipido ottimismo che, se tu trovassi racchiuso in un libro, ti indignerebbe al punto da fartelo buttar via seccato e ironico... la sùbita e cortese sodisfazione della volontà appena stimolata... L'andamento del mondo è forse come una bella melodia? Cotesto è idealismo melenso...»

Egli la capiva, capiva ciò che diceva, ma non sapeva seguirla col sentimento, non sapeva comprendere perché le melodie che lo rallegravano o commovevano dovessero essere spregevoli e senza valore, e quei brani di musica che gli sembravano acerbi e confusi dovessero avere un immenso valore musicale. Era davanti a un tempio dalla cui soglia Gerda lo scacciava con un gesto spietato... e, con accoramento, la vedeva entrare portando con sé il figliolo.

Non lasciava trapelare la preoccupazione con cui notava la freddezza che andava aumentando fra lui e il suo figlioletto; e a nessun costo voleva far capire che cercava di cattivarsi la simpatia del ragazzo. Durante il giorno aveva poco tempo per incontrarsi con Hanno, ma a tavola lo trattava con una cordialità amichevole che aveva una punta di durezza incoraggiante. «Olà, camerata» diceva dandogli un paio di manate sulla nuca, mentre sedeva a tavola di fronte a sua moglie. «Come andiamo? Che cosa abbiamo fatto oggi? Studiato? Suonato il pianoforte? Va bene: ma non troppo, altrimenti non avremo più voglia di studiare, e a Pasqua saremo bocciati!» Non un muscolo del viso tradiva la tensione con cui aspettava la risposta di Hanno; nulla tradiva il dolore e l'angoscia che aveva nel cuore quando il ragazzo dirigeva verso di lui soltanto uno sguardo timido degli occhi bruno-dorati senza raggiungere neanche il suo viso... e si curvava muto sopra il piatto.

Sarebbe stato mostruoso crucciarsi per quell'imbarazzo infantile. Mentre erano insieme, per esempio, nelle pause, quando si cambiavano i piatti, egli sentiva il dovere di occuparsi del giovinetto, di sottoporlo a qualche esame, di stimolare il suo senso pratico... Quanti abitanti aveva la città? Quali strade portavano dal Trave verso la città alta? Come si chiamavano i magazzini di proprietà dell'azienda? Su, rispondere a tono e rapidamente! Hanno invece taceva. Non per ribellarsi al babbo, non per fargli male. Ma gli abitanti, le strade e persino i granai, che in condizioni normali gli erano infinitamente indifferenti, ora, diventati oggetto d'esame, gli davano un disgusto disperato. Prima poteva essere stato molto allegro, poteva persino aver chiacchierato col babbo, ma appena il discorso prendeva sia pur da lontano la piega dell'esame il suo buonumore crollava, la forza di resistenza si sfasciava. I suoi occhi si velavano, le labbra assumevano un'espressione di sconforto, e quello che lo dominava era un doloroso rincrescimento per l'imprudenza con cui il babbo, il quale doveva pur sapere che quei tentativi fallivano sempre, aveva rovinato il pranzo a sé stesso e a tutti gli altri. Con gli occhi gonfi di lacrime Hanno guardava nel piatto. Ida lo toccava e gli suggeriva le strade, i magazzini. Ma, ahimè, tutto era inutile! Ella lo fraintendeva. Quei nomi, almeno in parte, Hanno li sapeva benissimo, e sarebbe stato tanto facile accogliere almeno fino a un certo punto il desiderio del babbo, purché fosse stato possibile, purché non lo avesse ostacolato quella cosa invincibilmente triste... Una parola severa, un colpo della forchetta battuta da suo padre sul reggiposate, gli dava uno scrollone. Egli lanciava uno sguardo alla mamma e a Ida e tentava di parlare; ma già le prime sillabe erano soffocate dai singhiozzi. Impossibile. «Basta!» esclamava il senatore in collera. «Taci! Non voglio sentir altro!» È inutile che tu parli. Puoi continuare per tutta la vita a rimanere muto, stupido e immusonito.» E nel silenzio il pranzo terminava in un'atmosfera di malumore.

Ora quella debolezza sognante, quel pianto, quell'assoluta mancanza di energia e di freschezza giovanile erano il punto al quale il senatore si attaccava quando esprimeva i suoi dubbi circa la passione di Hanno per la musica.

Il ragazzo era sempre stato delicato di salute. Specialmente i denti gli avevano causato fin dal principio guai e disturbi dolorosi. La prima dentizione, con accompagnamento di febbri e convulsioni, gli era quasi costata la vita, e poi le gengive avevano sempre avuto la tendenza a infiammarsi e a formare ascessi che, quando erano maturi, la signorina Jungmann apriva con uno spillo. Ora, all'epoca della seconda dentizione, le sue sofferenze erano ancor maggiori. Subentrarono dolori che andavano quasi al di là delle forze di Hanno, il quale passava intere notti insonni gemendo e piangendo, con una febbriciattola che non aveva altra origine se non quegli stessi dolori. I denti, che a vederli apparivano belli e bianchi come quelli di sua madre ma erano straordinariamente fragili, gli crescevano storti e accavallati e, per ovviare a tutti questi inconvenienti, il ragazzo dovette fare la conoscenza di un uomo terribile: il signor Brecht, il dentista della Mühlenstrasse...

Già il nome di quell'uomo ricordava quell'orribile scricchiolio che si forma nelle mandibola quando, tirando, girando e sollevando, si strappano le radici di un dente, e quel nome faceva tremare il cuore di Hanno allorché di fronte alla fedele Ida Jungmann si accoccolava su una sedia nella sala d'aspetto e, tra gli odori acuti di quell'ambiente, sfogliava i giornali illustrati, finché il dentista, con un «prego, s'accomodi» altrettanto cortese quanto raccapricciante, compariva sulla soglia del gabinetto.

Quella sala d'aspetto aveva però una forte attrattiva, un fascino particolare, che era rappresentato da un bellissimo maestoso pappagallo con gli occhietti velenosi, il quale se ne stava in un angolo dentro una gabbia di ottone e, non si sa perché, si chiamava Josephus. Con una voce da vecchia infuriata soleva dire: "Si accomodi... Un momento..." e quantunque, date le circostanze, quegli inviti suonassero come una perfida ironia, Hanno Buddenbrook si era affezionato a quell'uccello con un misto di affetto e di terrore. Un pappagallo... un grosso volatile a colori vivaci che si chiamava Josephus e sapeva parlare! Non pareva fuggito da una foresta incantata, da una di quelle fiabe dei fratelli Grimm che Ida gli leggeva a casa? Anche quel "prego" con cui il signor Brecht apriva la porta, Josephus lo sapeva ripetere esattamente e si verificava così il fatto strano che si entrava nel gabinetto sorridendo per sedersi su quella grande poltrona, strana e paurosa, davanti alla finestra, con accanto il trapano.

Fisicamente il signor Brecht era molto simile a Josephus, poiché il naso gli scendeva sui baffi brizzolati duro e curvo come il becco del pappagallo. Il peggio però, il suo lato spaventevole, era l'irritabilità nervosa e l'incapacità a sopportare quei dolori che la sua arte era costretta a provocare. «Signorina, dobbiamo procedere a un'estrazione» diceva a Ida Jungmann, e impallidiva. Quando poi Hanno – madido di sudor freddo, con tanto d'occhi spalancati, incapace di reagire, incapace di scappare, in condizioni di spirito identiche a quelle di un delinquente sul punto di essere giustiziato – vedeva avvicinarsi il signor Brecht con le tenaglie nella manica, scorgeva la fronte calva del dentista imperlata di sudore e le sue labbra contratte dallo spavento... E quando l'atto atroce era compiuto, quando Hanno pallido, tremante, con gli occhi lacrimanti e il viso sfigurato, sputava il sangue nella bacinella azzurra al suo fianco, Brecht era costretto a sedersi un istante, ad asciugarsi la fronte e a prendere un sorso d'acqua.

Al ragazzo si faceva capire che quell'uomo gli procurava un mondo di bene preservandolo da sofferenze ancor peggiori; ma quando Hanno confrontava il dolore inflittogli dal signor Brecht coi vantaggi positivi e sensibili che gli doveva, il primo era di tanto superiore ai secondi che il ragazzo non poteva fare a meno di annoverare quelle visite nella Mühlenstrasse fra i peggiori di tutti i tormenti inutili. In previsione dei denti del giudizio che sarebbero nati un giorno, gli si dovettero strappare quattro molari appena spuntati, belli, bianchi, perfettamente sani e, poiché non lo volevano affaticare troppo, la faccenda durò quattro settimane. Che giornate! Quel martirio prolungato, durante il quale la paura della sofferenza imminente lo riprendeva quando non era ancora superata la stanchezza per la sofferenza passata, andava oltre ogni limite. Dopo l'estrazione dell'ultimo dente Hanno fu malato per otto giorni, di puro sfinimento.

Del resto quei disturbi ai denti influirono non soltanto sul loro umore, ma anche sulle funzioni di singoli organi. La diffficoltà di masticare gli causava continui disturbi di digestione e addirittura attacchi di febbri gastriche, e quegli sconcerti di stomaco erano collegati a palpitazioni di cuore più forti o più deboli del normale e ad attacchi di vertigine. E oltre tutto continuava, anzi si era intensificato quello strano male che il dottor Grabow chiamava "*pavor nocturnus*". Non passava notte senza che il piccolo Hanno si alzasse di soprassalto una o due volte, torcendosi le mani, coi sintomi di un indicibile terrore, e implorasse aiuto o pietà, come se fosse in mezzo alle fiamme o in pericolo di essere strangolato o di fronte a qualche cosa di spaventevole. La mattina dopo non ricordava più niente. Il dottor Grabow cercava di guarire quel male con pozioni serali di succo di mirtillo; ma queste erano del tutto inefficaci.

Gli impedimenti ai quali soggiaceva il fisico di Hanno, i dolori ch'egli soffriva non mancarono di destare in lui quel senso grave di precoce esperienza che chiamiamo saccenteria; e benché questa, quasi repressa dalla prevalente intelligenza e dal buon gusto, si facesse sentire di rado e sempre senza riuscir molesta, tuttavia si manifestava talvolta con un tono di malinconica superiorità... «Come stai, Hanno?» gli domandava l'uno o l'altro dei parenti, la nonna, le signorine Buddenbrook della Via Larga... e per tutta risposta ricevevano una smorfietta rassegnata delle labbra, un'alzata delle spalle vestite della marinara turchina.

«Vai a scuola volentieri?»

«No» rispondeva Hanno tranquillamente, con quella sincerità che di fronte a cose più serie considera superfluo mentire in cose tanto futili.

«No? Eppure bisogna imparare: a scrivere, a far di conto, a leggere...»

«E così via» concludeva lui.

No, non ci andava volentieri in quella scuola, quell'ex convento col chiostro e con le aule dalle volte gotiche. Le assenze per malattia e la totale mancanza di attenzione quando i suoi pensieri erano intenti a seguire qualche combinazione armonica o le meraviglie ancora indecifrate d'un brano musicale che aveva udito da sua madre e dal signor Pfühl non contribuivano certo a farlo progredire nelle scienze; e i maestri supplenti o tirocinanti che lo istruivano in quelle prime classi, dei quali sentiva l'inferiorità sociale, la depressione spirituale e la poca cura dell'esteriorità fisica, gli ispiravano, oltre al timore della punizione, un segreto disprezzo. Il signor Tietge, il maestro d'aritmetica, un vecchietto dalla giacca nera e unta che aveva insegnato in quell'istituto già ai tempi del defunto Marcellus Stengel ed era guercio in modo incredibile, ma cercava di correggere quel difetto con tanto di lenti rotonde e grosse come oblò di navi: il signor Tietge ricordava in ogni lezione al piccolo Johann come suo padre fosse stato bravo e svelto nel far di conto. Ripetuti e forti attacchi di tosse lo costringevano a coprire di sputi la pedana della cattedra.

In complesso i rapporti del ragazzo coi suoi piccoli compagni erano lontani ed esteriori; soltanto a uno di loro, e fin dai primi giorni di scuola, lo stringeva un legame più saldo: era costui un ragazzo di nobile famiglia ma molto trascurato nel vestire, un certo conte Mölln, che con nome frisone si chiamava Kai. Era un giovinetto della statura di Hanno, ma non portava come questi l'abito dei marinai danesi, bensì un misero vestito di colore indefinibile al quale mancava qualche bottone e che mostrava una gran toppa sul fondo dei calzoni. Le mani che gli sbucavano dalle maniche troppo corte erano come impregnate di terra e di polvere e d'un colore immutabilmente grigio, ma d'altro canto erano mani sottili finissime, con le dita affusolate e le unghie lunghe a punta. A quelle mani corrispondeva anche la testa che, trascurata, spettinata e non molto pulita, aveva per natura tutti i caratteri d'una razza pura e nobile. I capelli rossicci, con una scriminatura approssimativa nel mezzo, lasciavano libera la fronte bianca come l'alabastro sotto la quale lampeggiavano due occhi celesti profondi e nello stesso tempo acuti. Gli zigomi erano un po' sporgenti, e il naso sottile, leggermente curvo e con le narici delicate, aveva già un'impronta caratteristica, come la bocca dal labbro superiore un po' sollevato.

Già prima che incominciasse la scuola, Hanno Buddenbrook aveva visto di sfuggita il piccolo conte due o tre volte durante le passeggiate con Ida fuori le mura a nord della città. Laggiù infatti, alquanto lontano, nei pressi del primo villaggio c'era una piccola masseria, una minuscola proprietà quasi senza valore che non aveva neanche un nome. Vi si scorgevano un letamaio, un branco di polli, un canile e una povera casupola dal tetto rosso e spiovente. Era la casa padronale, in cui abitava il padre di Kai, il conte Eberhard Mölln.

Era costui un originale che si vedeva di rado e viveva lontano dal mondo in quella piccola casa di campagna dedicandosi all'allevamento di polli e cani e alla coltivazione di legumi: un pezzo d'uomo con gli stivaloni alla moschettiera, la giubba di rascia verde, la testa calva, un'enorme barbaccia grigia, un frustino da cavallerizzo in mano, benché non possedesse alcun cavallo, e il monocolo incastrato nell'occhio sotto un sopracciglio cespuglioso. All'infuori di lui e di suo figlio non c'era in tutto il paese nessun altro conte Mölln. I singoli rami della famiglia già ricca, potente e fiera, erano a mano a mano intristiti, morti e marciti, e ormai c'era al mondo soltanto una zia del piccolo Kai con la quale però suo padre non era in corrispondenza. Ella pubblicava romanzi, con un bizzarro pseudonimo, in riviste per le famiglie. In quanto al conte Eberhard molti rammentavano che per proteggersi dalle noie di richieste, offerte e accattonaggi aveva esposto per parecchio tempo sull'umile porta di casa un cartello che diceva: "Qui abita il conte Mölln. È solo, non ha bisogno di nulla, non compera nulla e non ha niente da regalare". Quando il cartello ebbe fatto il suo effetto e nessuno veniva più a importunarlo, il conte l'aveva tolto.

Senza madre, poiché la contessa era morta mettendolo al mondo, il piccolo Kai era cresciuto laggiù (una donna in età badava alla casa) come un animale selvatico fra polli e cani, e proprio là Hanno Buddenbrook l'aveva visto, da lontano e con molta soggezione, saltare in mezzo ai cavoli come un coniglio e ruzzare coi cuccioli e spaventare le galline con le capriole.

Lo aveva poi ritrovato nell'aula scolastica e da principio doveva aver provato soggezione per l'aspetto selvaggio del contino. Ma ben presto il suo istinto sicuro l'aveva fatto penetrare oltre la scorza negletta, gli aveva fatto notare la fronte candida, le labbra sottili, gli occhi celesti a mandorla che guardavano con una specie di iroso stupore, e tosto aveva provato una grande simpatia per quel compagno preferendolo a tutti gli altri. Eppure aveva troppo ritegno per trovare il coraggio di iniziare rapporti amichevoli con lui, e senza l'iniziativa spregiudicata di Kai i due ragazzi sarebbero rimasti certo estranei l'uno all'altro. Anzi, da principio la fretta e la passione mostrata da Kai nell'avvicinarlo gli aveva persino fatto paura. Quel ragazzino così negletto aveva cercato di conquistarsi il favore di Hanno, il ragazzo silenzioso e vestito elegantemente, con un ardore, con un'aggressività così impetuosa e virile che l'altro non aveva saputo resistere. Certo, nella scuola non poteva essergli di aiuto perché al suo spirito indomito e scorrazzante in libertà la tavola pitagorica era altrettanto odiosa quanto allo spirito sognante e assente del piccolo Buddenbrook; ma Kai gli aveva regalato tutto ciò che aveva, le palline di vetro, le trottole di legno e persino una pistola di latta, storta, che era quanto di meglio possedeva. Tenendolo per mano durante gli intervalli fra una lezione e l'altra, gli aveva parlato della sua casa, dei cuccioli, dei polli; e a mezzogiorno l'aveva accompagnato il più lontano possibile, benché Ida col pacchettino di panini imburrati venisse a prelevare il suo alunno davanti alla porta di scuola per condurlo alla passeggiata. In questa occasione Kai aveva saputo che in casa il piccolo Buddenbrook era chiamato Hanno, e subito si era impadronito di questo vezzeggiativo, sicché non lo chiamava mai altrimenti che così.

Un giorno aveva chiesto che Hanno, invece di andare sui bastioni, andasse a fare una passeggiata fino alla proprietà di suo padre per vedere i porcellini d'India appena nati: e la signorina Jungmann aveva infine ceduto alle preghiere. Erano dunque andati alla casa del conte, avevano visto il letamaio, le verdure, i cani, le galline e i porcellini d'India e infine erano entrati anche nella casa: in una stanza bassa del pianterreno, il conte Eberhard, vera immagine d'una solitudine orgogliosa, stava leggendo presso una tavola rustica e pesante, e aveva chiesto bruscamente che cosa volessero...

Non era stato possibile indurre Ida Jungmann a ripetere

quella visita; anzi, aveva insistito perché, se i due ragazzi volevano stare insieme, Kai venisse piuttosto a far visita a Hanno: e in questo modo il contino era entrato per la prima volta, con ammirazione sincera ma senza alcuna soggezione, nella magnifica casa paterna dell'amico. Da quel giorno era ritornato sempre più spesso, e ormai soltanto la neve alta nell'inverno poteva impedirgli di rifare nel pomeriggio il lungo percorso per passare un paio d'ore insieme con Hanno Buddenbrook.

Stavano nell'ampia stanza dei bambini al secondo piano e sbrigavano i compiti di scuola. C'erano da risolvere lunghi problemi aritmetici i quali, dopo che i ragazzi avevano coperto i due lati della lavagnetta con addizioni, sottrazioni, moltiplicazioni e divisioni, dovevano dare per risultato finale un semplice zero: in caso contrario c'era in qualche punto un errore che bisognava cercare finché si fosse snidata quella bestia maligna: e c'era da sperare che non fosse troppo in alto perché altrimenti bisognava riscrivere tutto quanto. Oltre a ciò bisognava dedicarsi alla grammatica e imparare l'arte della comparazione scrivendo in colonna molto ordinatamente, l'una sotto l'altra, considerazioni come questa: "Il corno è trasparente, il vetro è più trasparente, l'aria è la più trasparente". Poi si prendeva il quaderno dei dettati per studiare proposizioni come questa: "La nostra Edvige è molto docile ma non raccoglie mai bene la spazzatura nel cortile". Questo esercizio pieno di tentazioni e di trabocchetti mirava a far commettere un sacco di errori d'ortografia... che i ragazzi commettevano coscienziosamente, per cui bisognava poi procedere alla correzione. Ma appena avevano finito, essi riponevano libri e quaderni e sedevano presso la finestra per ascoltare Ida che leggeva.

Quell'anima santa leggeva loro le storie del Gatto dagli stivali, di Raperonzolo, di Pollicino, di colui che desiderava imparare la paura; leggeva con voce bassa e paziente, con gli occhi semichiusi perché quelle favole che nella sua vita aveva lette fin troppe volte le sapeva quasi a memoria, sicché voltava le pagine macchinalmente con l'indice inumidito.

In quelle riunioni però avvenne un fatto strano: nel piccolo Kai nacque il bisogno di imitare il libro e di raccontare qualche cosa anche lui, e ciò veniva a proposito perché essi conoscevano ormai tutte le favole stampate, e d'altro canto anche Ida aveva bisogno di riposare ogni tanto. Da principio le storie di Kai erano brevi e semplici, ma a poco a poco divennero più ardite e complicate e tanto più interessanti in quanto non erano del tutto campate in aria ma prendevano le mosse dalla realtà e la ponevano sotto una luce strana e misteriosa. Hanno ascoltava con particolare interessamento il racconto del mago malvagio ma molto potente che teneva prigioniero un principe bello e intelligente chiamato Josephus trasformato in un uccello dai colori vivaci: e il mago tormentava tutti con le sue perfidie. Ma in terra lontana già cresceva l'eletto che un giorno avrebbe mosso guerra al mago impavido alla testa di un irresistibile esercito di cani e polli e porcellini d'India e avrebbe redento il principe e il mondo intero, ma in modo speciale Hanno Buddenbrook, con un colpo di spada. Allora, sciolto l'incanto, Josephus sarebbe ritornato nel suo regno e diventato re mentre Hanno e Kai sarebbero saliti alle cariche più alte...

Il senatore Buddenbrook, che di quando in quando passando dalla stanza dei bambini vedeva i due amici insieme, non aveva niente da obiettare contro quell'amicizia, perché era facile rilevare che ciascuno dei ragazzi traeva vantaggio dall'altro. Hanno esercitava un influsso calmante, moderava e addirittura nobilitava Kai il quale lo amava teneramente, ne ammirava le mani candide e per amor suo sottometteva le proprie allo spazzolino e al sapone della signorina Jungmann. E se Hanno a sua volta prendeva un po' di vivacità e di fierezza dal piccolo conte, non si poteva che esserne contenti: il senatore infatti non si nascondeva che la continua tutela femminile, sotto la quale il ragazzo cresceva, non era la più adatta per stimolare e sviluppare in lui qualità virili.

Invero la fedeltà e la devozione della buona Ida Jungmann, che serviva in casa Buddenbrook da ormai più che tre decenni erano impagabili. Ella aveva già assistito la generazione precedente con grandi sacrifici: ma quanto a Hanno lo portava in palma di mano, lo cullava nella sua assidua tenerezza, lo adorava e, con la sua ingenua e incrollabile fede nella posizione assolutamente privilegiata del ragazzo, arrivava talvolta fino all'assurdo. Quando si trattava di agire in suo favore, aveva talvolta una stupefacente e imbarazzante faccia tosta. In occasione di acquisti dal pasticciere, per esempio, non faceva mai a meno di mettere senza riguardo le mani nei vassoi esposti per offrire qualche dolciume al ragazzo, andandosene poi senza pagare: secondo lei, quell'uomo non poteva che sentirsi onorato! E davanti a una vetrina assediata era sempre pronta a chiedere un po' di posto per il suo protetto, parlando il dialetto prussiano con cortesia ma anche con decisione. Ai suoi occhi egli era un essere così straordinario che raramente aveva ritenuto altri ragazzi degni di venire in contatto con lui. Nel caso del piccolo Kai la reciproca simpatia dei ragazzi era stata più forte della sua diffidenza: anche il nome stesso l'aveva conquisa. Ma quando sui bastioni ella sedeva con Hanno su una panchina e altri ragazzi con le persone che li accompagnavano si mettevano accanto a loro, la signorina Jungmann si alzava quasi subito e si allontanava col pretesto di essere in ritardo o di non poter soffrire la corrente d'aria. Le spiegazioni che dava in proposito al ragazzo erano tali da suscitare in lui l'idea che tutti i suoi coetanei fossero affetti da scrofole e "succhi maligni"... tranne lui. La qual cosa non contribuiva affatto a rafforzare la sua già manchevole confidenza e disinvoltura.

Di questi particolari il senatore Buddenbrook non sapeva niente; vedeva però che lo sviluppo di suo figlio non prendeva, per natura e per le influenze esteriori, l'indirizzo che avrebbe voluto dargli. Oh, avesse potuto occuparsi personalmente della sua educazione, agire ogni giorno e ogni ora sul suo spirito! Ma gliene mancava il tempo, e con suo grande dolore doveva notare come i suoi tentativi occasionali fallissero miseramente rendendo, se mai, più freddi e più distanti i rapporti tra padre e figlio. Davanti agli occhi gli stava un'immagine sulla quale bramava di modellare il proprio figlio: l'immagine del bisnonno di Hanno, come egli stesso l'aveva conosciuto da ragazzo: testa limpida, gioviale, semplice, forte e piena di buon umore. Non poteva diventare cosa anche Johann? Era forse impossibile? Perché? Si fosse almeno potuto sopprimere e relegare la musica che straniava il ragazzo dalla vita pratica, non favoriva certo la sua salute e d'altro canto assorbiva le sue energie spirituali! Quel suo fare sognante non era talvolta assai vicino all'irresponsabilità?

Un pomeriggio, tre quarti d'ora prima del pranzo fissato per le quattro, Hanno era sceso, solo, al primo piano. Per un po' si era esercitato al pianoforte e ora se ne stava ozioso nella stanza di soggiorno. Semicoricato sulla sedia a sdraio, giocherellava col nodo della marinara che aveva sul petto e girando intorno gli occhi senza cercar nulla scorse ad un tratto, sul grazioso tavolino di noce della mamma, una cartella di cuoio aperta: la cartella coi documenti di famiglia. Puntò il gomito sul cuscino e posando il mento sulla mano osservò per un poco quelle carte da lontano. Senza dubbio il suo babbo se n'era occupato dopo colazione e le aveva lasciate lì per consultarle ancora. Una era infilata nella cartella, altri fogli sciolti erano tenuti fissi da una riga di metallo; il grosso fascicolo dal taglio dorato e dai fogli di diverse qualità era aperto.

Hanno si lasciò scivolare adagio dalla sedia e si avvicinò al tavolino. Il fascicolo era aperto al punto in cui v'era tracciato, con le scritture di parecchi antenati e, in fondo, con quella del babbo, tutto l'albero genealogico dei Buddenbrook con rubriche e sgraffe e le date messe in evidenza. Piegando un ginocchio sulla sedia, i morbidi capelli ondulati sul palmo della mano, Hanno osservò un po' il manoscritto con la serietà debolmente critica e un po' sprezzante d'una perfetta indifferenza e con la mano libera prese la penna della mamma mezza d'oro e mezza di ebano. I suoi sguardi passarono sopra tutti quei nomi maschili e femminili incolonnati e affiancati, in parte scritti con ghirigori all'antica e larghi svolazzi, con inchiostro stinto e giallastro o nero carico, sul quale c'erano ancora tracce di polverino dorato. Lesse anche, alla fine, il proprio nome tracciato con la scrittura minuta e frettolosa di suo padre sotto quello dei genitori: Justus Johann Kaspar, nato il 15 aprile 1861; e ciò gli fece piacere. Poi si rizzò, prese con gesti lenti la riga e la penna, pose la riga sotto il suo nome e fece scorrere ancora una volta lo sguardo su tutto quel groviglio genealogico: dopo di che, con aria tranquilla e con accuratezza spensierata, macchinalmente e trasognato, con la penna d'oro tracciò due belle righe parallele attraverso tutto il foglio, tenendo la riga di sopra un po' più grossa dell'altra, così come doveva fare su ogni pagina del suo quaderno di aritmetica. Poi esaminò l'opera sua reclinando un po' la testa, e si allontanò. Dopo pranzo il senatore lo chiamò e corrugando le sopracciglia lo redarguì aspramente.

«Che roba è questa? Chi l'ha fatto? Sei stato tu?»

Hanno dovette riflettere un momento chiedendosi se l'aveva fatto lui e disse timidamente: «Sì».

«Che ti viene in mente? Che cosa ti prende? Rispondi! Perché questa monelleria?» gridava il senatore percotendo piano la guancia di Hanno col fascicolo arrotolato. Il ragazzo, ritraendosi e portando una mano alla guancia, balbettò:

«Credevo... credevo... non dovesse seguire altro...»

VIII

Il giovedì, quando la famiglia circondata dalle immagini degli dèi pacatamente sorridenti di su la tappezzeria era raccolta a tavola, la conversazione si aggirava da qualche tempo su un argomento nuovo e molto serio che sul viso delle signore

Buddenbrook della Via Larga provocava una espressione di freddo riserbo, nei gesti invece della signora Permaneder un'insolita eccitazione. Ella parlava buttando indietro la testa e tendendo le braccia o davanti a sé o verso l'alto, con ira, con indignazione, con sincera e profonda ribellione. Dal caso particolare di cui si trattava passava a generalizzare, discorreva di uomini malvagi e, interrompendosi per quel raschio asciutto e nervoso che dipendeva dalla sua debolezza di stomaco, faceva sentire, con la voce gutturale che aveva quando s'arrabbiava, brevi squilli di orrore come: «Trieschke il Piagnone... Grünlich!... Permaneder!». Strano era però il nuovo grido che si era aggiunto e che lei proferiva con indescrivibile astio e disprezzo: «Il pubblico ministero!...».

Quando poi il direttore Hugo Weinschenk, in ritardo come al solito perché sovraccarico di affari, entrava nella sala e bilanciando i pugni e dondolandosi sulla vita con insolita vivacità andava a prendere il suo posto mentre il labbro inferiore gli pendeva di sotto i baffi sottili con un'aria ardita, la conversazione ammutoliva, un silenzio penoso e pesante si stendeva sopra la tavola; finché il senatore cavava tutti d'impaccio chiedendo al direttore come stavano le cose, e lo chiedeva in tono indifferente, come si trattasse d'un affare qualunque. Weinschenk rispondeva che le cose stavano benissimo, che non poteva non essere così... dopo di che cambiava discorso allegramente. Era molto più gioviale di prima, si guardava in giro con una certa ardita innocenza e domandava più volte, senza ottenere risposta, come stesse il violino di Gerda Buddenbrook. In genere parlava molto e con vivacità; spiacevole era soltanto il fatto che nella sua franchezza non pesasse sempre abbastanza le parole e per gaiezza esuberante riferisse ogni tanto storielle che erano fuori di posto. Un suo aneddoto, per esempio, trattava di una balia che comprometteva la salute del bambino affidatole perché soffriva di flatulenze. In un modo che certo a lui pareva comico imitava il medico che aveva esclamato: «Ma chi puzza qui? Chi puzza così?». E troppo tardi s'accorgeva o forse non s'accorgeva affatto che sua moglie arrossiva, che la vecchia signora Buddenbrook e Thomas e Gerda erano impassibili, che le signorine Buddenbrook si scambiavano occhiate espressive, che persino Rieckchen Severin all'altro capo della tavola appariva offesa e tutt'al più il vecchio console Kröger sogghignava tra sé...

Che cosa era successo con il direttore Weinschenk? Quell'uomo serio, attivo e vigoroso, alieno dalla vita di società, quell'uomo dalla scorza ruvida, tenace e fedele ai suoi doveri, dedito soltanto al lavoro... quell'uomo si era reso colpevole, così si diceva, non una volta sola, ma più volte, d'una grave infrazione: era accusato di aver eseguito in varie riprese certe manovre che non si potevano dire soltanto equivoche ma addirittura losche e delittuose, e contro di lui si stava istruendo un processo del quale non si poteva prevedere l'esito! Di che cosa era imputato? In vari luoghi erano scoppiati incendi, incendi piuttosto gravi che dovevano costare somme cospicue alla società assicuratrice. Ora il direttore Weinschenk, avvertito rapidamente e in confidenza dai suoi agenti, dunque commettendo un truffa cosciente, aveva provveduto a riassicurare i colpiti presso un'altra società, alla quale così spettava la liquidazione dei danni. E ora la cosa era nelle mani del giudice istruttore, il dottor Mauritius Hagenström...

«Thomas» disse la vecchia signora a quattr'occhi «senti, io non ne capisco niente. Che cosa devo pensare di questa faccenda?»

Ed egli rispose: «Ecco, mamma... che cosa vuoi che ti dica? Purtroppo dobbiamo dubitare che le cose siano in regola. D'altro canto però mi sembra improbabile che Weinschenk sia colpevole nella misura che certuni pretendono. Nel commercio di stile moderno ci sono quelli che si chiamano usi commerciali... Un uso, capisci, è una manovra che non è del tutto ineccepibile, che non s'accorda in tutto con la legge scritta e ai profani può già sembrare disonesta, ma nel mondo degli affari è ammessa per tacita convenzione. È molto difficile tracciare il limite fra l'uso commerciale e qualche cosa di peggio. Ma non importa... Se Weinschenk si è reso colpevole, non avrà agito peggio di numerosi suoi colleghi i quali se la sono cavata impunemente. Però... non garantisco affatto l'esito favorevole del processo. In una grande città verrebbe forse assolto; qui invece, dove tutto si riduce a consorterie e moventi personali... Egli avrebbe dovuto pensarci prima di scegliere il difensore. Qui in città non abbiamo nessun avvocato cospicuo, non abbiamo un oratore eccezionale e convincente che sia un volpone matricolato e versato nelle cause più spinose. In compenso invece i nostri signori giuristi fanno un mazzo tra loro, sono reciprocamente legati da interessi comuni, da pranzi, anche da parentele, e devono usarsi l'un l'altro certi riguardi. Secondo me Weinschenk avrebbe agito saggiamente se si fosse preso un avvocato locale. Che cosa ha fatto invece? Ha ritenuto necessario... dico necessario, e questo mi induce a domandarmi se ha la coscienza pulita... di far venire un difensore da Berlino, il dottor Breslauer, un tizzone d'inferno, oratore astuto, leguleio raffinato, preceduto dalla fama di avere aiutato non so quanti bancarottieri a scansare la galera. Senza dubbio costui verso lauto compenso tratterà la causa con altrettanta astuzia. Ma sarà utile? Mi par di vederli, i nostri bravi giuriperiti, difendersi con le mani e coi piedi contro il forestiero, e credo che la corte ascolterà molto più volentieri la requisitoria del dottor Hagenström... E i testi? Per quanto riguarda il personale della sua azienda non credo che vi troverà assistenza molto amorevole. Quello che noi, che gli vogliamo bene (e credo anche lui stesso), chiamiamo il suo lato ruvido non gli ha certo procurato molti amici. Insomma, cara mamma, ho brutti presentimenti. Sarebbe un guaio per Èrika se accadesse una disgrazia, ma chi mi fa più pena è Tony. Lei ha ragione, vedi, quando dice che Hagenström si occupa della cosa con piacere e sodisfazione. È una faccenda che ci riguarda tutti, e l'esito vergognoso colpirebbe tutti noi perché Weinschenk fa parte della famiglia e mangia al nostro desco.

Per me, io me la cavo. So come devo comportarmi. In pubblico devo apparire del tutto estraneo, non devo assistere al dibattimento (benché mi interesserebbe di sentire Breslauer) e non devo occuparmi di nulla, non fosse altro per salvarmi dal rimprovero di voler in qualche modo influire. Tony invece... non so immaginare quanto sarebbe triste per lei una condanna. Basta sentire l'angoscia che trema nelle sue proteste rumorose contro le calunnie e gl'intrighi degl'invidiosi... l'angoscia di dover perdere, dopo tutte le sciagure che ha avuto, anche quest'ultima posizione onorata, la pace familiare della sua figliola. Ma vedrai che proclamerà sempre più forte l'innocenza di Weinschenk via via che sarà costretta a dubitarne. Certo egli può anche essere innocente, del tutto innocente... Dobbiamo aspettare, mamma, e trattare con molto tatto lui e Tony e Èrika. Ma non ho buoni presentimenti...»

La festa di Natale arrivò questa volta in siffatte circostanze, e il piccolo Johann, con l'aiuto d'un calendario a foglietti preparatogli da Ida, la quale aveva disegnato sull'ultimo foglio un abete, aspettava col cuore in tumulto l'avvicinarsi del gran giorno.

Già si annunciavano i presagi. Fin dal primo giorno dell'Avvento, nella sala da pranzo della nonna era appesa una figura a colori di San Ruperto in grandezza naturale. Una mattina Hanno trovò la coperta, lo scendiletto e i suoi vestiti cosparsi di lustrini dorati. Pochi giorni dopo, un pomeriggio, mentre il babbo sulla sedia a sdraio leggeva il giornale e Hanno aveva aperto le *Foglie di palma* di Gerok per leggervi la poesia della strega di Endor, la cameriera venne ad annunciare, come ogni anno e tuttavia con grande sorpresa, "un vecchio che desiderava parlare col ragazzo". Lo si fece entrare e il vecchio arrivò strascicando i piedi, avvolto in una larga pelliccia col pelo difuori, tutto coperto di lustrini e di fiocchi di neve, col berretto in testa, con righe nere sul viso e un'enorme barba bianca intrecciata, al pari delle sopracciglia esageratamente folte, di luccicanti striscioline metalliche. Come ogni anno egli dichiarò con voce stentorea che il sacco sulla spalla sinistra conteneva mele e noci dorate per i bambini buoni che sanno pregare, mentre la verga che portava sulla spalla destra era destinata ai bambini cattivi. Era San Ruperto. Certo, non forse quello vero; anzi, in fin dei conti poteva essere il barbiere Wenzel con la pelliccia del babbo rivoltata; ma nei limiti del possibile era proprio San Ruperto e anche questa volta Hanno, sinceramente commosso e interrompendosi soltanto un paio di volte con un singhiozzo nervoso e semincosciente, recitò il Padrenostro, dopo di che poté ficcare una mano nel sacco per i bambini buoni che, del resto, il vecchio allontanandosi dimenticò di portarsi via...

Vennero le vacanze e passò abbastanza bene anche il momento in cui il babbo lesse la pagella che la scuola doveva compilare anche a Natale. La grande sala era già chiusa misteriosamente, a tavola si erano già visti il marzapane e le ciambelle brune, in città era già Natale. Cadde la neve, venne il gelo e nell'aria limpida e tagliente risuonarono per le strade le ben note e malinconiche melodie degli organetti degl'italiani arrivati per le feste con le loro giacche di velluto e i baffi neri. Nelle vetrine facevano bella mostra di sé le esposizioni natalizie. Intorno all'alta fontana gotica nel mezzo della piazza erano rizzati i molteplici divertimenti della fiera di Natale. Dovunque si passasse, si respirava, col profumo degli abeti messi in vendita, l'odore delle feste.

Finalmente arrivò la sera del 23 dicembre e con essa le cerimonia dei doni nel salone della Fischergrube, cerimonia molto intima che rappresentava soltanto l'inizio, l'apertura, il preludio: la vera vigilia di Natale infatti era riservata alla vecchia signora Buddenbrook e alla famiglia, di modo che nel tardo pomeriggio del 24 l'intera tavolata del giovedì, più Jurgen Kröger di Wismar e Therese Weichbrodt con Madame Kethelsen, si trovò riunita nella stanza dei paesaggi.

La vecchia signora, vestita di pesante seta grigia a strisce nere, con le guance arrossate e gli occhi accaldati, delicatamente profumata di pascioli, ricevette gli ospiti a uno a uno, e ai silenziosi abbracci i suoi braccialetti d'oro mandavano un lieve tintinno. Quella sera era eccitata, ma muta e tremante. «Mamma, mi sembri febbricitante!» esclamò il senatore appena entrato con Gerda e Hanno. «Mi pare che si possa fare tutto con calma!...» Ma baciando tutti e tre la vecchia sussurrò: «A gloria di Gesù... e poi, il mio caro povero Jean...».

Difatti bisognava osservare il programma suggestivo che il console defunto aveva stabilito per quella solennità, e il senso della propria responsabilità per un degno svolgimento della serata, che doveva essere animata da una profonda, seria e intima gaiezza, la spingeva irrequieta da una parte all'altra, dal vestibolo a colonne, dove già si adunavano i piccoli coristi della chiesa di Santa Maria, alla sala da pranzo, dove Rieckchen Severin dava gli ultimi tocchi all'albero e ai regali esposti, al corridoio, dove si trovavano timidi e impacciati alcuni vecchietti, i poveri abituali che dovevano anch'essi partecipare alla distribuzione dei doni, e di nuovo alla stanza dei paesaggi, dove con una muta occhiata di traverso frenava ogni rumore e ogni parola superflua. Il silenzio era tale che si udivano i suoni di un lontano organino i quali arrivavano fin lì da chissà quale strada sepolta nella neve, limpidi e delicati come quelli d'un *carillon*. Infatti, benché nella stanza fossero adunate circa venti persone, c'era più silenzio che in una chiesa: e l'allegria, come il senatore mormorò cautamente all'orecchio dello zio Justus, era un po' quella di un funerale.

Del resto non c'era gran pericolo che quel tono potesse essere incrinato da suoni di baldanza giovanile. Bastava un'occhiata per notare che quasi tutti i membri della famiglia lì raccolti erano in un'età in cui le manifestazioni della vita hanno assunto da tempo forme posate. Il senatore Thomas Buddenbrook, il cui pallore smentiva l'espressione sveglia, energica e persino gaia del viso; sua moglie Gerda, la quale reclinata, immobile, su una sedia, col bel viso bianco rivolto al soffitto, si lasciava ammaliare gli occhi (troppo ravvicinati, ombreggiati d'azzurro e stranamente brillanti) dai prismi scintillanti del lampadario di cristallo; la sorella di lui, Tony Permaneder; Jurgen Kröger, suo cugino, l'impiegato silenzioso e vestito con semplicità; le cugine Friederike, Henriette e Pfiffi, delle quali le due prime erano diventate ancor più magre e allampanate, mentre la terza appariva ancor più piccola e corpulenta di prima, ma che avevano in comune l'espressione stereotipata e il sorriso pungente e maligno volto contro tutto e contro tutti con scettica maldicenza, come se volessero dire continuamente: "Davvero? Noi intanto vorremmo metterlo in dubbio"; infine la povera cinerea Klothilde, che probabilmente pensava alla cena: tutti avevano passato la quarantina mentre la padrona di casa col fratello Justus e con la moglie di lui era, al pari della piccola Therese Weichbrodt, parecchio al di là dei sessanta, e la signora Buddenbrook nata Stüwing, come la sorda Madame Kethelsen, erano già alla settantina.

Nel fiore della giovinezza c'era soltanto Èrika Weinschenk; ma quando quegli occhi celesti (gli occhi di Grünlich) sfioravano suo marito, il direttore, la cui testa rapata, brizzolata alle tempie, e il viso dai baffetti rientranti agli angoli della bocca si profilavano sul paesaggio idillico della tappezzeria, si poteva ben notare come il seno florido le si sollevasse al respiro silenzioso ma pesante. Probabilmente la angustiavano pensieri paurosi e confusi di usi commerciali, di contabilità e testimoni e giudici e difensori; anzi tra i presenti non c'era forse nessuno che non fosse attraversato da siffatti pensieri poco natalizi. Lo stato d'accusa del genero della signora Permaneder, la consapevoleza che tutta la famiglia aveva della presenza di un membro accusato di un'infrazione alle leggi, all'ordine civile e all'onore commerciale e forse già destinato all'infamia e alla prigione, conferiva a quella riunione un'impronta strana e mostruosa. Una vigilia di Natale della famiglia Buddenbrook con un imputato in casa! La signora Permaneder si appoggiava con maestà più severa alla spalliera della sedia, il sorriso delle signorine Buddenbrook della Via Larga aveva una sfumatura più acre del solito...

E i figlioli? La discendenza piuttosto scarsa? Era anche questa accessibile al leggero brivido di quella circostanza così nuova e ignota? In quanto alla piccola Elisabeth, non sarebbe stato possibile giudicare il suo stato d'animo. Con quel vestitino, le cui abbondanti guarnizioni di fiocchi di raso rivelavano il gusto della signora Permaneder, la piccola sedeva sul braccio della bambinaia, teneva i pollici dentro i minuscoli pugni, si succhiava le labbra, guardava davanti a sé con gli occhi un po' prominenti e faceva udire ogni tanto un breve gorgoglio che induceva la ragazza a ninnarla un pochino. Hanno invece sedeva silenzioso sullo sgabello ai piedi della mamma e fissava come lei un prisma del lampadario.

Mancava Christian! Dov'era Christian? Soltanto adesso, all'ultimo momento, ci si accorgeva della sua assenza. I gesti della vecchia signora, il caratteristico movimento con cui si passava la mano dalla bocca ai capelli come per rimettere a posto un filo ribelle, si fecero ancor più febbrili. Ella diede istruzioni alla signorina Severin, la quale, passando tra i piccoli coristi adunati nel vestibolo e fra i poveri nel corridoio, andò a bussare alla porta del signor Buddenbrook.

Tosto Christian comparve con quelle sue gambe magre e curve, che dopo il reumatismo articolare zoppicavano un poco, e arrivò piano nella stanza dei paesaggi, passandosi una mano sulla fronte calva.

«Caspita, gente mia» esclamò «me n'ero quasi dimenticato!»

«Te n'eri...» ripeté sua madre esterrefatta.

«Sì, avevo quasi dimenticato che oggi è Natale. Stavo leggendo un libro... un libro di viaggi nell'America del Sud. Dio mio, ho già visto altri Natali...» soggiunse: e stava per iniziare il racconto di una vigilia di Natale vissuta a Londra in una taverna di quint'ordine quando improvvisamente il silenzio religioso che regnava nella stanza incominciò ad agire anche su di lui, che s'avviò al suo posto in punta di piedi e arricciando il naso.

«Figlia di Sion, allegrati!» cantavano i ragazzi del coro mentre fino a un momento prima avevano fatto là fuori un tal baccano che il senatore si era dovuto affacciare alla porta per farli star a dovere: ma ora cantavano a meraviglia. Quelle voci bianche che, sorrette da voci più basse, si elevavano pure e gioiose trascinavano con sé ogni cuore, facevano diventare meno acre il sorriso delle vecchie zitelle e inducevano le persone anziane a riguardare in sé stesse e a riandare la loro vita, mentre quelle che erano nel pieno vigore dimenticavano per un istante i loro pensieri.

Hanno lasciò andare il ginocchio che fino a quel momento aveva tenuto abbracciato. Era molto pallido, giocava con le frange dello sgabello e sfregava la lingua contro un dente tenendo la bocca semiaperta con un'espressione quasi di gelo. Ogni tanto sentiva il bisogno di respirare profondamente poiché, mentre il canto, quel limpido canto *a cappella* empiva l'aria, si sentiva stringere il cuore in una felicità quasi dolorosa... Dalle fessure della gran porta verniciata di bianco e ancora chiusa il profumo dell'abete penetrava suscitando col suo dolce aroma la visione delle meraviglie che erano là nel salone e che ogni anno si aspettavano col batticuore come una magnificenza inconcepibile, sovrumana. Che cosa vi avrebbe trovato questa volta? Ciò che si era augurato, s'intende: questo infatti era fuori discussione; altrimenti, se fossero state cose impossibili, gliele avrebbero levate dalla testa già prima. Gli avrebbe subito dato nell'occhio il teatro, e questo gli avrebbe indicato il suo posto: quell'agognato teatro di burattini era stato in cima all'elenco dei desideri presentato alla nonna, sottolineato due volte, e dopo il *Fidelio* era stato il suo quasi unico pensiero.

Infatti, come risarcimento e premio per una visita al signor Brecht, Hanno era stato recentemente per la prima volta a teatro, nel Teatro civico e, in prima fila, a fianco della mamma aveva potuto seguire, trattenendo il fiato, l'azione e la musica del *Fidelio*. Da quel giorno non sognava altro che scene d'opera, e l'aveva preso una tale passione per il teatro che quasi gli toglieva il sonno. Per la strada guardava con indicibile invidia le persone che, al pari dello zio Christian, erano assidue del teatro: il console Döhlmann, il mediatore Gosch... Come si poteva non essere schiacciati dalla felicità di andarci quasi ogni sera? Oh, avesse potuto, almeno una volta la settimana, dare un'occhiata alla sala prima della rappresentazione, ascoltare l'accordatura degli strumenti e guardare un momento il sipario calato. Nel teatro infatti egli voleva bene a tutto: all'odore del gas, ai sedili, ai suonatori, al sipario...

Come sarebbe stato il suo teatro dei burattini? Grande e largo? Che aspetto avrebbe avuto il sipario? Bisognava praticarvi subito un piccolo buco perché anche nel sipario del Teatro civico c'era un pertugio. Chi sa se la nonna o la signorina Severin (poiché la nonna non poteva pensare a tutto) avevano trovato gli scenari per il *Fidelio*? L'indomani stesso si sarebbe chiuso in qualche stanza per dare una rappresentazione da solo... E nella sua mente già faceva cantare i personaggi; la musica infatti gli era parsa subito intimamente collegata col teatro.

«Esulta, Gerusalemme!» conchiusero i coristi le cui voci, che prima si erano affiancate come in una fuga, si ritrovavano finalmente in pace e con gioia nell'ultima sillaba. Il limpido accordo si perdette nell'aria e un silenzio profondo calò sull'atrio e sulla stanza dei paesaggi. Sotto la pressione della pausa i membri della famiglia tenevano gli occhi bassi; soltanto quelli del direttore Weinschenk erravano intorno disinvolti e spavaldi e la signora Permaneder faceva udire il raschio secco che non poteva reprimere. La signora s'avvicinò adagio alla tavola e sedette in mezzo ai parenti sul divano che ora non era più isolato e lontano dalla tavola come in altri tempi. Accostò la lampada e prese la grande Bibbia il cui taglio d'oro impallidito dal tempo era enormemente largo. Poi si aggiustò gli occhiali sul naso, aprì i due fermagli di cuoio che chiudevano il librone, cercò la pagina dov'era il segno, di modo che si videro i fogli grossi e ingialliti con la stampa troppo grande, prese un sorso d'acqua zuccherata e si mise a leggere il capitolo di Natale.

Lesse le ben note parole lentamente con intonazione semplice e commossa, con una voce che si staccava chiara e serena dal silenzio solenne. «E pace agli uomini di buona volontà» disse. Ma aveva appena finito quando nel vestibolo si udì intonare a tre voci il "Santa notte, notte silente" al quale si accompagnarono le voci dei parenti raccolti nella stanza dei paesaggi. Questi procedevano con una certa cautela perché la maggior parte di loro non aveva orecchio, e infatti nel coro si udiva ogni tanto una nota profonda e stonata. Ma ciò non diminuiva l'effetto del cantico.

La signora Permaneder lo cantava con le labbra tremanti poiché esso tocca con la massima dolcezza e con maggior dolore il cuore di chi ha dietro di sé una vita agitata e la ripensa in un breve momento di pace. M.me Kethelsen piangeva amaramente in silenzio, benché non udisse quasi nulla.

Poi la vecchia signora si alzò. Prese per mano il nipote Hanno e la pronipote Elisabeth e attraversò la stanza. Le persone anziane la seguirono, le più giovani si aggregarono a queste, nel vestibolo si unirono il personale di servizio e i poveri e, mentre tutti intonavano a una voce la Canzone dell'abete e lo zio Christian faceva ridere i bambini perché marciando buttava le gambe come una marionetta, tutti, con gli occhi abbacinati e col sorriso sulle labbra, varcarono la gran porta spalancata e si trovarono in Paradiso.

Il salone, pieno del profumo di ramoscelli d'abete bruciacchiati, era illuminato da infinite fiammelle, e l'azzurro della tappezzeria con le bianche statue degli dèi faceva apparire ancor più chiaro tutto l'ambiente. Le fiamme delle candele, tra le due finestre coperte dalle tende scarlatte, brillavano sull'immenso abete ornato di lustrini d'argento e di grandi gigli bianchi; aveva in vetta un angelo scintillante e al piede un presepio in rilievo e arrivava quasi fino al soffitto. E in quella grande onda di luce le fiammelle luccicavano come astri lontani. La tavola coperta da una tovaglia bianca e tutta carica di doni si estendeva dalle finestre fin quasi alla porta e reggeva ancora una fila di alberi minori carichi di confetture e anch'essi luminosi di candeline di cera. Erano anche accesi i bracci del gas sporgenti dalle pareti e ardevano le grosse candele nei candelabri dorati ai quattro angoli della sala. Gli oggetti voluminosi, i doni che non avevano trovato posto sulla tavola, erano allineati sul pavimento. Tavolini più piccoli, anch'essi coperti di bianco e carichi di doni e ornati di alberelli luminosi, erano collocati ai due lati delle porte; erano i regali per la servitù e per i poveri.

Abbagliati e quasi estranei nel ben noto ambiente, tutti fecero una volta il giro della sala, sfilarono cantando davanti al presepio dove un Gesù Bambino di cera sembrava facesse il segno della croce e, abbracciando con un'occhiata i singoli oggetti, si fermarono in silenzio al proprio posto.

Hanno era sbalordito. Appena entrato, i suoi occhi, nella ricerca ansiosa, avevano scorto il teatrino: un teatro che, come troneggiava lassù sulla tavola, appariva di un'altezza e di una larghezza che egli non avrebbe mai osato immaginare. Ma era messo in un posto diverso da quello dell'anno precedente e perciò, nel suo sbalordimento, Hanno dubitò seriamente che quel meraviglioso teatro fosse destinato a lui. Ai piedi del teatro poi, sul pavimento, c'era una cosa grande e sconosciuta, una cosa che non era nella lista dei suoi desideri, un mobile, un oggetto simile a un canterano... Era per lui?

«Vieni, caro, vieni a vedere» disse la vecchia sollevando il coperchio. «So che tu suoni volentieri i corali... Il signor Pfühl ti darà le istruzioni necessarie... Vedi, bisogna pigiare qui... ora più forte, ora meno... e non sollevare le mani, ma cambiare le dita così a poco a poco...» Era un armonio, un piccolo armonio lucidato, bruno, con maniglie di metallo ai due fianchi, mantici colorati e un grazioso seggiolino girevole. Hanno suonò un accordo: un dolce suono d'organo si diffuse e fece alzare gli occhi dai doni a tutti i presenti... Hanno abbracciò la nonna che lo strinse teneramente al seno e lo lasciò per andare a ricevere i ringraziamenti degli altri.

Egli si accostò al teatro. L'armonio era certo un sogno grandioso, ma lì per lì egli non aveva tempo di occuparsene. Provava quell'esuberante felicità nella quale, ingrati verso le singole cose, si tocca tutto lievemente per rendersi conto dell'insieme. Oh, c'era anche la cuffia del suggeritore, a forma di conchiglia, e dietro a questa si arrotolava largo e maestoso il sipario rosso e oro. Sul palco era montata la scena dell'ultimo atto del *Fidelio*. I poveri prigionieri giungevano le mani. Don Pizarro, con sbuffi enormi alle maniche, stava in atteggiamento spaventevole. E dal fondo, tutto vestito di velluto nero, arrivava di corsa il ministro, per volgere le cose a lieto fine. Era come nel Teatro civico e quasi più bello ancora. Hanno si sentiva riecheggiare nelle orecchie il coro esultante, il finale dell'opera, e accostatosi all'armonio volle ricavarne alcune battute di quel coro che gli erano rimaste nella memoria. Ma si rialzò per prendere il libro, il desiderato libro di Mitologia greca che era rilegato in rosso e portava impressa sulla copertina una Pallade d'oro. Dal suo piatto si mise a mangiare confetti, marzapane e torta bruna, poi esaminò gli oggetti minori, i quaderni di scuola, l'occorrente per scrivere e, per un istante, dimenticò ogni altra cosa di fronte a un portapenne nel quale era incastrato un grano di vetro che bastava accostare all'occhio per vedervi, come per arte magica, un ampio paesaggio svizzero.

La signorina Severin e la domestica incominciarono a girare col tè e coi biscotti, e Hanno, mentre stava intingendo, trovò un momento di tempo per guardarsi in giro. I presenti erano in piedi accanto alla tavola o passeggiavano su e giù chiacchierando e ridendo, mostrandosi a vicenda i doni e ammirando quelli degli altri. C'erano oggetti di porcellana, di nichel, d'argento, d'oro, di legno, seta e panno. Grosse torte brune cosparse simmetricamente di mandorle e di zucca candita si alternavano con marzapani massicci che didentro erano ancora umidi, tanto erano freschi. I doni che erano stati eseguiti o decorati dalla signora Permaneder, una borsa da lavoro, un sottovaso per piante verdi, un cuscino per i piedi, erano adorni di grandi fiocchi di raso.

Ogni tanto qualcuno si avvicinava al piccolo Johann, gli cingeva col braccio il colletto alla marinara e osservava i suoi regali con quell'ammirazione ironicamente esagerata con la quale si suole stupirsi di fronte alle meraviglie dei fanciulli. Soltanto lo zio Christian non conosceva quest'alterigia degli adulti, e mentre con al dito un anello di brillanti avuto in dono da sua madre passava davanti a Hanno, la sua gioia al vedere il teatro delle marionette non era per nulla diversa da quella del nipote.

«Corbezzoli, com'è carino!» diceva sollevando e abbassando il sipario e facendo un passo indietro per godersi l'effetto dello scenario. «L'hai chiesto tu? Ah sì, proprio tu» fece dopo essersi guardato in giro con strana serietà e con gli occhi pieni di pensieri irrequieti. «Perché? Come t'è venuto in mente? Sei già stato a teatro qualche volta?... Al *Fidelio*? Già, lo danno molto bene... E ora lo vuoi imitare, vero? Vuoi rappresentare opere anche tu... Ti ha fatto tanta impressione? Dai retta a me, caro, non attaccarti troppo a queste cose... al teatro e a cose simili. Non ne vale la pena, puoi credere a tuo zio. Anch'io mi sono sempre interessato troppo a queste cose, e per ciò non sono riuscito a niente. Devi sapere che ho commesso gravi errori...»

E così faceva il predicozzo a suo nipote il quale lo guardava con curiosità. Ma poi, dopo una pausa durante la quale alla vista del teatro il suo viso ossuto e macilento si era rischiarato, fece muovere un personaggio sulla scena cantando con voce tremula e gracchiante: «Ah, qual delitto orrendo!» dopo di che spinse davanti al teatrino lo sgabello dell'armonio e, sedutosi, incominciò a rappresentare un'opera cantando e gesticolando ed eseguendo alternatamente i movimenti del direttore d'orchestra e dei personaggi in scena. Alle sue parole parecchi membri della famiglia si adunarono ridendo e divertendosi, ma scuotendo il capo. Hanno invece si divertiva sinceramente. Ma dopo un po' Christian s'interruppe d'improvviso. Ammutolì, mentre appariva irrequieto e preoccupato, si passò una mano sul cranio e lungo il fianco sinistro e si rivolse al pubblico arricciando il naso e facendosi serio.

«Ecco, vedete, ci siamo di nuovo» disse. «Ora viene il castigo. Non posso mai permettermi uno scherzo: tosto devo pagare. Non è un dolore, capite, è un tormento... un tormento indistinto, perché da questa parte tutti i miei nervi sono troppo corti, sì, troppo corti...» I parenti però prendevano quei lamenti altrettanto poco sul serio quanto le buffonate, e si sparpagliarono indifferenti quasi senza rispondere, sicché Christian se ne stette ancora un po' muto davanti al teatro e, dopo averlo osservato sopra pensiero e strizzando gli occhi, si alzò.

«Bene, caro, divertiti» disse passando una mano sui capelli a Hanno. «Ma non troppo... non dimenticare i tuoi lavori seri, hai capito? Io ho commesso molti errori... ma adesso vado al circolo. Faccio un salto al circolo!...» disse agli adulti. «Anche là si festeggia il Natale. Arrivederci.» E se ne andò attraversando l'atrio con quelle sue gambe rigide e curve.

A mezzogiorno tutti avevano anticipato la colazione e ora si erano serviti abbondantemente di tè e biscotti. Ma, appena finiti questi, si fecero girare grandi coppe di cristallo con una crema gialla e granulosa. Era crema di mandorle, un miscuglio di uova, mandorle tritate e acqua di rose che aveva un sapore squisito, ma a chi ne avesse preso un cucchiaino di più causava i più gravi disturbi di stomaco. Tuttavia, e per quanto la signora Buddenbrook esortasse i presenti "a conservare un buchino libero per la cena", nessuno si fece pregare. Klothilde poi compì meraviglie. In silenzio mandava giù le cucchiaiate di crema come fosse minestrina di gran saraceno. Per rinfresco c'era anche gelatina d'uva con accompagnamento di *plumcake* inglese. A poco a poco tutti si ritirarono infine nella stanza dei paesaggi e, coi piatti in mano, formarono gruppi intorno alla tavola.

Soltanto Hanno rimase nel salone, poiché la piccola Elisabeth Weinschenk era stata portata a casa mentre lui per la prima volta aveva ottenuto il permesso di rimanere a cena nella Mengstrasse; le domestiche e i poveri si erano ritirati coi loro doni e Ida Jungmann stava chiacchierando nel vestibolo con Rieckchen Severin, quantunque come educatrice osservasse di solito una rigorosa distanza sociale di fronte alla signorina. Le candele dell'albero grande si erano consumate e spente, sicché il presepio era al buio; alcune candeline ardevano però ancora sugli alberelli minori e ogni tanto un rametto, arrivando a portata di una fiammella, bruciava crepitando e rendeva più intenso il profumo che empiva la sala. Ogni corrente d'aria che arrivava agli alberelli faceva rabbrividire con sommesso rumore metallico le striscioline d'oro falso che vi erano applicate. Ora il silenzio era abbastanza profondo per poter sentir l'eco degli organetti che giungevano nella serata fredda da qualche strada lontana.

Hanno si godeva con abbandono gli aromi e i suoni natalizi. Reggendosi la fronte, sfogliava la sua Mitologia, mangiava, macchinalmente e solo perché era di prammatica, i confetti, il marzapane, la crema di mandorle e il *plumcake*, mentre quell'oppressione angosciosa che deriva dallo stomaco troppo pieno si univa in lui alle dolci eccitazioni della serata dandogli il senso di una malinconica felicità. Leggeva la storia delle lotte che Giove aveva dovuto sostenere per conquistare il dominio e ogni tanto tendeva l'orecchio verso la stanza di soggiorno dove si parlava dell'avvenire di zia Klothilde.

Questa era senza dubbio la persona più beata fra tutti i presenti e accoglieva le felicitazioni e le canzonature, che le giungevano da ogni parte, con un sorriso che trasfigurava il suo volto cinereo; parlava con voce commossa e tremante dalla gioia. Era stata accolta nel "Monastero di San Giovanni". Il senatore le aveva ottenuto un posto intervenendo di straforo nel consiglio d'amministrazione benché certuni a quattr'occhi mormorassero di nepotismo. Si discorreva di quella lodevole istituzione che corrispondeva ai nobili ritiri per signore a Mecklemburgo, Dobberthien e Ribnitz, e aveva per scopo di provvedere decorosamente alla vecchiaia di fanciulle sprovviste di mezzi ma provenienti da famiglie antiche e benemerite. Così la povera Klothilde poteva fare assegnamento su una rendita, piccola ma sicura, che sarebbe aumentata con gli anni; e quando da vecchia fosse passata alla categoria più alta, avrebbe avuto persino un appartamento tranquillo e pulito nel monastero stesso...

Il piccolo Johann si trattenne un po' coi grandi, ma poi ritornò presto nel salone che, essendo meno illuminato e destando meno soggezione con le sue meraviglie e meno sbalordimento che da principio, esercitava un fascino di nuovo genere. Era un divertimento particolare quello di aggirarvisi e di guardare un po' dietro le quinte come in un teatro semibuio alla fine della rappresentazione: di osservare da vicino i gigli del grande abete con gli stami d'oro, di prendere in mano gli animali e i personaggi del presepio, di scoprire la candela che aveva fatto brillare la cometa trasparente sopra la stalla di Betlemme e di sollevare la lunga tovaglia per vedere le scatole e gli imballaggi ammucchiati sotto la tavola.

D'altro canto i discorsi nella stanza dei paesaggi diventavano sempre meno attraenti. Oggetto della conversazione era diventato a poco a poco inevitabilmente quell'unico fatto sgradevole, del quale si era finora taciuto per amore della festa, ma che non aveva mai cessato di occupare la mente di tutti: il processo del direttore Weinschenk. Egli stesso ne discorreva con una certa amara gaiezza sul volto e nei gesti. Riferiva i particolari della escussione dei testi interrotta dalle feste, biasimava vivacemente la troppo palese prevenzione del presidente, dottor Philander, e criticava con sovrano disprezzo il tono beffardo che il giudice dottor Hagenström aveva ritenuto di poter assumere contro di lui e contro i testimoni a difesa. Del resto, Breslauer aveva scalzato con molto spirito parecchie deposizioni a carico e aveva assicurato decisamente che per il momento non c'era neanche da pensare a una condanna.

Per cortesia il senatore formulava ogni tanto una domanda e la signora Permaneder, seduta sul sofà, con le spalle alzate, mormorava di quando in quando una tremenda maledizione contro Moritz Hagenström. Tutti gli altri tacevano. Erano così silenziosi che a poco a poco anche il direttore ammutolì; e mentre nel salone il tempo passava rapidamente per il piccolo Johann come fosse in Paradiso, nella sala dei paesaggi gravava un silenzio pesante e angoscioso che durava ancora quando alle otto e mezzo Christian ritornò dal circolo, dalla festa natalizia con gli scapoli e i *suitiers*.

Aveva fra le labbra un mozzicone spento e le sue guance scarne si erano arrossate. Venne attraversando il salone ed esclamando: «Gente mia, com'è bello il salone! Ecco, Weinschenk, oggi avremmo dovuto invitare Breslauer: una festa simile certamente non l'ha mai vista».

Dagli occhi di sua madre gli arrivò un'occhiata di rimprovero. Egli rispose con un'espressione interrogativa e con un'aria di ingenua incomprensione.

E alle nove si andò a tavola. Come tutti gli anni, la cena era servita nel vestibolo a colonne. La padrona di casa pronunciò con espressione cordiale la tradizionale preghiera: «Vieni, Gesù, sii ospite nostro e benedici i doni che ci hai dati», dopo di che secondo le usanze tenne un breve fervorino invitando i presenti a pensare particolarmente a tutti coloro che nella santa vigilia non erano in condizioni così buone come quelle della famiglia Buddenbrook... E, sbrigato anche questo, tutti sedettero con la coscienza tranquilla a un lungo pasto che ebbe inizio con le carpe nel burro sciolto e con vecchio vino del Reno.

Il senatore infilò due squame del pesce nel borsellino affinché non vi mancasse il denaro per tutto l'anno; Christian però gli fece notare che non serviva a nulla, e il console Kröger rinunciò a quelle misure di precauzione poiché, come diceva, non aveva più da temere le oscillazioni dei cambi ed era arrivato da gran tempo in porto coi suoi quattro scellini. Il brav'uomo se ne stava il più lontano possibile da sua moglie con la quale ormai da anni non scambiava più una parola, perché lei non la voleva smettere di mandar denaro in segreto al figlio Jakob, diseredato, che a Londra, a Parigi o in America (lei sola sapeva dove) viveva la sua vita di avventuriero randagio. Il console si rabbuiò e aggrottò la fronte quando, alla seconda portata, s'incominciò a parlare dei membri della famiglia assenti e quando vide che la madre nella sua debolezza si asciugava gli occhi. Si parlò di quelli di Francoforte e di Amburgo, si rammentò anche senza malevolenza il pastore Tiburtius di Riga, e a voce bassa il senatore brindò con sua sorella Tony alla salute di Grünlich e Permaneder, i quali in un certo senso appartenevano ancora alla famiglia...

Il tacchino farcito di una poltiglia di castagne, uva passa e mele, ebbe gli elogi di tutti. Si fecero confronti coi tacchini degli anni precedenti e ne risultò che questo era il più grande da diversi anni. C'erano patate arrosto con due qualità di legumi e due di composte, e i vassoi che passavano contenevano porzioni tali che invece di contorni si sarebbero detti il piatto forte, del quale tutti dovessero saziarsi. E si beveva vecchio vin rosso delle cantine Möllendorpf.

Hanno era seduto fra i suoi genitori, e a fatica si pigiava nello stomaco un pezzo di carne bianca col ripieno. Non poteva mangiare quanto la zia Thilde; anzi si sentiva poco bene e stanco; ma era fiero di poter stare a tavola coi grandi, di aver trovato anche lui sul tovagliolo, accuratamente piegato, uno di quei deliziosi panini col latte cosparsi di semi di papavero, di avere anche lui tre bicchieri da vino, mentre di solito beveva dal piccolo calice d'oro che aveva avuto in dono dallo zio Kröger, il padrino. Ma poi, quando lo zio Justus incominciò a mescere nei bicchieri più piccoli un vino greco giallo come l'olio e quando comparvero le meringhe di gelato rosso bianco e marrone, anche il suo appetito si ridestò.

Sorbì, benché gli facesse un gran male ai denti, un gelato rosso, poi la metà d'uno bianco, e infine volle assaggiare un po' di quello marrone fatto con la cioccolata, sempre sgranocchiando cialde, sorseggiando il vino dolce, e ascoltando lo zio Christian che era in vena di discorrere.

Questi parlava della festa natalizia al circolo, che era stata molto allegra. «Dio mio!» diceva con quel tono che usava quando nominava Johnny Thunderstorm. «Quei diavoli bevevano il ponce svedese come fosse acqua!»

«Vergogna!» osservò brevemente la signora Buddenbrook abbassando gli occhi.

Ma egli non se n'accorse. Incominciò a guardare di qua e di là e i ricordi erano così vivi in lui che gli scivolavano come ombre sul viso scarno.

«Sapete voialtri» domandò «come ci si sente quando si è bevuto troppo ponce svedese? Non intendo l'ubriachezza, ma quel che segue il giorno dopo, le conseguenze... che sono così strane e disgustose... sì, strane e disgustose nello stesso tempo.»

«Motivo sufficiente per descriverle con esattezza» obiettò il senatore.

«*Assez*, Christian, sono cose che non ci riguardano» osservò la vecchia signora.

Ma egli finse di non sentire. In simili momenti nessuna obiezione giungeva fino a lui. Fece una pausa finché i pensieri che lo agitavano parvero maturi per essere comunicati.

«Ecco, tu incominci a sentirti male» disse rivolgendosi a suo fratello e arricciando il naso. «Mal di testa e le viscere in disordine... Sì, capisco, accade anche in altre occasioni. Ma in questo caso ti senti sudicio» e andava fregandosi le mani e aveva il viso stravolto «ti senti sudicio in tutto il corpo. Ti lavi le mani ma non serve, le senti umide e sporche e le unghie hanno un che di grasso... Prendi un bagno ma non giova, tutto il corpo ti sembra vischioso e poco pulito. E tutto il corpo ti dà noia, ti infastidisce, ti fa sentire ribrezzo di te stesso... Lo sai, Thomas? Conosci questo fenomeno?»

«Sì, sì» fece il senatore «lasciamo andare.» Ma con quella strana mancanza di tatto che dimostrava sempre più con l'andar degli anni e non gli permetteva di immaginare che quella descrizione doveva riuscire penosa a tutti i commensali, che in quell'ambiente e in quel momento era fuori di posto, Christian continuò a descrivere il malessere di chi abusa del ponce svedese finché gli parve di averlo caratterizzato abbastanza.

Prima che si passasse al burro e al formaggio, la vecchia Buddenbrook prese ancora una volta la parola e tenne una breve allocuzione. Se durante l'anno, disse, non tutto si era svolto come avevano desiderato nella loro miopia e nella loro poca saggezza, rimanevano sempre tante benedizioni visibili perché i cuori fossero pieni di gratitudine. Appunto l'avvicendarsi di fortune e di gravi tribolazioni dimostrava che Dio aveva protetto sempre la famiglia e anzi aveva guidato e ancora guidava il suo destino secondo direttive savie e profonde che non bisognava aver l'ardire di investigare con impazienza. E ora, con la speranza nel cuore, invitava tutti a brindare concordi alla prosperità della famiglia, al suo avvenire, a quell'avvenire che si sarebbe avverato quando i più vecchi fra i presenti sarebbero scesi da gran tempo nel sepolcro; alla prosperità dei bambini ai quali veramente la festa era destinata...

Siccome la figlioletta del direttore Weinschenk non era più presente, il piccolo Johann, mentre i grandi brindavano anche tra loro, dovette fare da solo il giro della tavola per toccare il bicchiere di tutti a cominciare dalla nonna fin laggiù alla signorina Severin. Quando giunse da suo padre, il senatore avvicinando il bicchiere a quello del ragazzo sollevò dolcemente il mento di Hanno per guardarlo negli occhi... ma non incontrò il suo sguardo; le lunghe ciglia dorate di Hanno si erano abbassate profondamente fino su l'ombra azzurrina degli occhi.

Therese Weichbrodt invece gli strinse la testa fra le mani, lo baciò su ciascuna guancia con un lieve schiocco e disse con un tono così affettuoso che certo Dio doveva prenderlo in considerazione: «Sii felice, caro e buon figliolo!».

Un'ora dopo Hanno era nel suo letto, nell'anticamera che dava sul corridoio del secondo piano e che aveva a sinistra lo spogliatoio del senatore. Giaceva supino per riguardo allo stomaco che non si era ancora riconciliato con tutto ciò che aveva dovuto accogliere nel corso della serata, e guardava con gli occhi ansiosi la buona Ida che già in veste da notte usciva dalla sua camera e agitava a fondo un bicchier d'acqua. Egli vuotò d'un fiato il bicchiere mandando giù il bicarbonato di soda, fece una smorfia e ricadde sul letto.

«Mi pare, Ida, che tanto più dovrò rigettare...»

«Ma no, Hanno. Basta che tu stia tranquillo... Però, vedi, chi ti faceva i cenni a tavola? Ma chi non ha voluto obbedire è stato il signorino.»

«Sì, sì, forse passerà. Ida, quando arrivano i doni?»

«Domattina, caro.»

«Desidero che me li portino subito qua. Li voglio veder subito!»

«Va bene, Hanno, ma prima bisogna dormire.» E baciatolo spense il lume e uscì.

Egli rimase solo e mentre, fermo e silenzioso, sentiva i benefici effetti del bicarbonato, davanti agli occhi chiusi gli riapparve lo splendore del salone. Rivide il suo teatrino, l'armadio, la Mitologia, e gli parve di udire in lontananza l'"Esulta, Gerusalemme" dei piccoli coristi. Tutto scintillava. Nella testa gli ronzava una sorda febbretta e il cuore compresso e angustiato dallo stomaco in rivolta pulsava lento e irregolare. In un misto di malessere, di agitazione, di oppressione, di stanchezza e di felicità, Hanno stette lì a lungo senza prender sonno.

L'indomani era la terza festa di Natale con la distribuzione dei doni in casa di Therese Weichbrodt, ed egli la pregustava come una commediola burlesca. L'anno precedente Therese aveva chiuso la pensione, di modo che nella casetta abitavano ora soltanto Madame Kethelsen al primo piano e lei stessa al pianterreno. I disturbi che le causava il suo fragile corpiciattolo erano aumentati con gli anni e, con mansuetudine cristiana, Sesemi riteneva che la sua fine non fosse lontana. Perciò da parecchi anni festeggiava il Natale come fosse l'ultimo per lei e cercava di conferire alla festa, in quelle stanzette terribilmente surriscaldate, tutto lo splendore che le sue deboli forze consentivano. Siccome non poteva comperare molte cose, regalava ogni anno una parte delle sue modeste carabattole e ammucchiava ai piedi dell'albero tutto ciò di cui poteva privarsi: ninnoli, calcafogli, cuscinetti per aghi, vasi da fiori e frammenti della sua biblioteca, vecchi libri in buffi formati e strane rilegature, *il Diario segreto di un osservatore di sé stesso*, le *Poesie alemanne* di Hebel, le *Parabole* di Krummacher... Di lei Hanno possedeva già un'edizione delle *Pensées de Blaise Pascal*, un'edizione così minuscola che non si poteva leggere senza la lente.

Il bisciof scorreva in quantità inesauribili e le torte di Sesemi condite con zenzero erano straordinariamente saporite. Senonché, in virtù della tremebonda passione con la quale la signorina Weichbrodt festeggiava ogni anno il suo ultimo Natale, quella sera non passava mai senza che si verificasse una sorpresa, un incidente, una piccola catastrofe che faceva ridere gl'invitati e aumentava ancora il tono tragico della padrona di casa. O una caraffa di *bisciof si* rovesciava e allagava ogni cosa col liquido rosso, dolce e aromatico... oppure l'albero ornato cadeva dal sostegno proprio nel momento in cui si faceva il solenne ingresso nella stanza dei doni... Nel momento di addormentarsi Hanno rivide la sciagura dell'anno passato. Era poco prima della distribuzione dei regali. Therese aveva letto il capitolo di Natale con tanta energia da cambiare il posto a tutte le vocali, e davanti agli ospiti si stava ritirando verso la porta per tenervi un discorsetto. Era sulla soglia, gobba, piccina, le mani scarne piegate sul petto di fanciulla; i nastri di seta verde le ricadevano dalla cuffia sulle fragili spalle mentre sopra di lei un trasparente, inghirlandato di ramoscelli d'abete, faceva brillare le parole: "Gloria in excelsis Deo". Sesemi incominciò a parlare della bontà divina, ricordò che quella era la sua ultima festa di Natale e conchiuse con le parole dell'apostolo invitando tutti alla serenità; e mentre parlava tremava da capo a piedi, tanto era compresa di quell'ammonimento: «Allegratevi!» esclamò reclinando il capo su una spalla e agitandosi tutta. «E ripeto ancora: Allegratevi!» Ma in quell'istante il trasparente sopra la sua testa si incendiò tra sibili e crepitii, in maniera che Sesemi si sottrasse con un piccolo grido di spavento alla pioggia di faville spiccando un balzo con agilità pittoresca e impreveduta. Hanno ricordava il salto eseguito dalla vecchia signorina, e per alcuni minuti rise fra sé in un accesso di allegria irritata e nervosa premendo il viso contro il guanciale.

IX

La signora Permaneder passava per la Via Larga e camminava in gran fretta. Il suo atteggiamento aveva qualche cosa di disgregato, e le spalle e la testa accennavano appena quella dignità maestosa che di solito la circondava per la strada. Affannata, frettolosa, come inseguita, aveva raccolto soltanto una parvenza di quella dignità, allo stesso modo che un re sconfitto raduna i resti delle sue truppe prima di darsi alla fuga...

Ma non aveva bella cera. Il labbro superiore, quel labbro arcuato e un po' prominente che a suo tempo aveva tanto contribuito ad abbellirle il viso, ora tremava, i suoi occhi erano paurosamente dilatati e guardavano avanti quasi a tentoni, con battiti esaltati, i capelli le sbucavano in disordine di sotto il cappuccio, e tutto il viso aveva quella tinta giallognola che assumeva quando il suo stomaco peggiorava.

In quel periodo stava male infatti; il giovedì tutta la famiglia poteva notare il peggioramento. Per quanto si cercasse di evitare lo scoglio, la conversazione cadeva sempre sul processo di Hugo Weinschenk. Ve la portava irresistibilmente la stessa signora Permaneder, la quale incominciava a domandare a Dio e al mondo come fosse mai possibile che Moritz Hagenström riuscisse a dormire di notte! Non capiva, non l'avrebbe capito mai e intanto a ogni parola la sua agitazione aumentava. «No, grazie, non mangio» diceva e rifiutava ogni cosa, sollevando le spalle, buttando indietro la testa e ritirandosi solitaria sulle vette della sua indignazione per non prendere niente altro che birra, quella birra bavarese gelata che si era abituata a bere dai tempi di Monaco e che versava nello stomaco vuoto il quale, avendo i nervi in subbuglio, si vendicava atrocemente. Infatti verso la fine del pranzo ella doveva alzarsi, scendere nel giardino o nel cortile e, sorretta da Ida Jungmann o dalla Severin, sopportare le nausee più tremende. Il suo stomaco si sbarazzava del contenuto e continuava a contrarsi dolorante, perdurando in quei crampi per minuti; incapace di prendere altro, Tony soffriva e si sentiva strozzare.

Erano circa le tre del pomeriggio, di un pomeriggio ventoso e piovoso di gennaio. Arrivata all'angolo della Fischergrube, la signora Permaneder vi si inoltrò scendendo di corsa per la via scoscesa fino alla casa di suo fratello. Dopo aver bussato entrò frettolosa nell'atrio e di lì nell'ufficio, cercò al disopra delle scrivanie il posto del senatore presso la finestra e assunse un aspetto così supplichevole che Thomas depose subito la penna e le andò incontro.

«Che c'è?» domandò sollevando un sopracciglio.

«Scusa, Thomas, un momento... una cosa urgente... non si può rimandare...»

Egli aprì la porta imbottita del suo ufficio privato, la richiuse quando furono entrati e guardò sua sorella con aria interrogativa.

«Tom» disse lei con voce tremante e torcendosi le mani dentro il manicotto «devi prestarci... esporre provvisoriamente... vedi, bisogna versare la cauzione... noi non li abbiamo... dove dovremmo prendere ora venticinquemila marchi?... Ti saranno restituiti interamente... oh, fin troppo presto! Tu capisci... è successo che... insomma il processo è giunto al punto che Hagenström ha proposto l'arresto immediato o il versamento di una cauzione di venticinquemila marchi. Weinschenk ti dà la sua parola d'onore che rimarrà qui sul posto.»

«Siamo dunque arrivati a questo punto!» fece il senatore scotendo il capo.

«Sì, sono arrivati a questo quei furfanti, quei miserabili!...» e con un singhiozzo di rabbia impotente la signora Permaneder si lasciò cadere sulla sedia rivestita di tela incerata che stava accanto a lei. «E andranno anche più in là, Tom, arriveranno sino in fondo...»

«Tony» disse lui, sedendosi davanti alla scrivania di mogano, accavallando le gambe e reggendosi la fronte con una mano «dimmi sinceramente: credi ancora che sia innocente?»

Ella singhiozzò un paio di volte e rispose disperata, con voce sommessa: «Oh no, Tom... come potrei crederlo? Proprio io che ho dovuto sopportare tante sciagure! Non ho potuto fin da principio, per quanto ne abbia fatto lo sforzo onestamente. La vita, tu sai bene, ci vieta di credere all'innocenza di qualcuno... Già da un pezzo mi tormentano i dubbi perché non credo che abbia la coscienza pulita, e anche Èrika... anche lei ha perduto la fiducia... Me lo ha confessato con le lacrime agli occhi... ha perduto la fiducia in seguito al comportamento di lui in casa. Naturalmente abbiamo taciuto... Ma è diventato sempre più aspro, e pretendeva sempre più che Èrika fosse allegra e dissipasse le sue preoccupazioni, e quando lei era seria, egli rompeva le stoviglie. Tu non immagini le scene di quando la sera tardi si rinchiudeva per ore e ore coi suoi documenti... e quando si bussava lo udivamo balzare in piedi e gridare: "Chi va là? Che c'è?..."».

Tacquero entrambi.

«Ma sia pure colpevole! Abbia pure commesso una infrazione!» riprese a dire la signora Permaneder alzando la voce. «Non ha intascato nulla, ha lavorato in favore della società e poi, Dio mio, bisogna pur avere riguardi nella vita, vero, Tom? Ormai è entrato nella nostra famiglia... sposandosi è diventato uno dei nostri... Santo cielo, non si potrà mica mettere in prigione uno di noi!...» Egli crollò le spalle.

«Tu crolli le spalle, Tom. Sei dunque disposto a tollerare, ad accettare che quelle canaglie osino portare a compimento l'opera loro? Bisognerà pur fare qualche cosa. Non bisogna permettere che sia condannato!... Tu sei pur sempre il braccio destro del borgomastro... Dio mio, il senato non potrebbe graziarlo subito? Ti dirò... un momento prima di venire da te stavo per andare da Cremer per scongiurarlo in tutti i modi di intervenire, di interessarsi della cosa... È il capo della polizia...»

«Oh, figliola, che stoltezze!»

«Stoltezze, Tom? E Èrika? E la bambina?» disse Tony sollevando verso di lui il manicotto nel quale teneva nascoste le mani. Poi tacque un istante e lasciò cadere le braccia; la bocca le si allargò, il mento arricciandosi incominciò a tremarle e, mentre dalle palpebre abbassate le sgorgavano due grosse lacrime, soggiunse a voce bassissima: «E io?...».

«Coraggio, Tony!» rispose il senatore che, commosso e preso da quel suo abbandono, le si avvicinò per ravviarle i capelli con un gesto di conforto. «Non è ancora la fine del mondo. Non l'hanno ancora condannato. Tutto può risolversi in bene. Adesso verseremo la cauzione: beninteso non mi rifiuto di farlo. D'altro canto Breslauer è un furbacchione...»

Ella scosse il capo piangendo.

«No, Tom, non finirà bene; non ci credo. Lo condanneranno e lo ficcheranno in prigione e poi verranno tempi difficili per Èrika, per la bambina e per me. La sua dote non c'è più, è investita nel corredo, nei mobili e nei quadri... e se si vendono, non se ne ricava nemmeno un quarto. E lo stipendio l'abbiamo consumato sempre... Weinschenk non ha messo da parte niente. Ritorneremo in casa della mamma, se ce lo permette, finché lui sia rimesso a piede libero... e poi sarà forse anche peggio perché dove andrà a finire e dove andremo noi con lui? Potremo metterci a sedere sui sassi» concluse singhiozzando.

«Sui sassi?»

«Sì, è un modo di dire... un'immagine... Oh, no, no, non finirà bene. Troppe sciagure mi sono cadute sulle spalle... non so come me lo sia meritato... ma non posso nutrire speranze. Ora toccherà a Èrika quello ch'è toccato a me con Grünlich e Permaneder... Ma adesso puoi vedere anche tu, puoi giudicare da vicino come avviene, come ci si arriva, come i guai ti piombano addosso. Che colpa ne abbiamo? Tom, dimmi tu, abbiamo forse qualche colpa?» ripeté sconsolata, interrogandolo coi grandi occhi pieni di lacrime. «Tutto è fallito, tutto ciò che ho intrapreso si è tramutato in disgrazia... e Dio sa se le mie intenzioni erano buone! Ho sempre desiderato vivamente di arrivare a essere qualche cosa nella vita e di farmi onore... Adesso crolla anche questo. Siamo dunque alla fine... all'ultimo...» E, appoggiata al braccio col quale egli per calmarla le aveva cinto la vita, pianse sulla sua vita mancata, nella quale si erano ormai spente le ultime speranze.

Una settimana dopo, il direttore Hugo Weinschenk veniva condannato a tre anni e mezzo di prigione e arrestato immediatamente. L'affluenza alla seduta nella quale si erano tenute le arringhe era stata grandissima e l'avvocato Breslauer di Berlino aveva parlato come non si era mai udito parlare un uomo. Il mediatore Siegmund Gosch spumeggiante d'entusiasmo disse per settimane di quell'ironia, di quel tono patetico, di quella commozione, e Christian Buddenbrook, che era pure stato presente, si metteva presso una tavola al circolo, vi collocava un pacco di giornali come fossero atti e rifaceva la copia perfetta del difensore. A casa poi dichiarava che la giurisprudenza era la professione più bella, e che anzi sarebbe stata la professione fatta per lui... Persino il giudice dottor Hagenström che, si sa, era un amante delle buone lettere, dichiarò in confidenze private che il discorso di Breslauer gli aveva procurato un vero godimento. Ma l'ingegno del celebre avvocato non aveva impedito che i giuristi della città gli battessero una spalla e gli dicessero con molta bonomia che a loro non la dava ad intendere...

Poi, terminate le vendite che si erano rese necessarie dopo la scomparsa del direttore, Hugo Weinschenk cadde a mano a mano in dimenticanza. Ma il giovedì, a tavola, le signorine Buddenbrook della Via Larga confessarono che subito, alla prima occhiata, avevano intuito che quell'uomo non doveva avere tutte le carte in regola, che il suo carattere doveva essere pieno di difetti e che sarebbe andato a finir male. Certi riguardi, che ora erano dolenti di non aver trascurati, le avevano indotte a mantenere il silenzio su quelle dolorose intuizioni.

Parte nona

I

Seguendo i due dottori, il vecchio Grabow e il giovane Langhals, un membro della famiglia Langhals che esercitava la professione in città da circa un anno, il senatore Buddenbrook uscì dalla camera da letto della vecchia signora, passò nel tinello e chiuse la porta.

«Signori, se permettono... un momento solo» disse: e li guidò su per la scala attraverso il corridoio e per il vestibolo a colonne fin nella stanza dei paesaggi dove, per via del tempo autunnale umido e freddo, si era già accesa la stufa. «Loro comprenderanno la mia ansia... Si accomodino! Mi tranquillizzino, se è possibile!»

«Perdiana, mio caro senatore!» rispose il dottor Grabow che, col mento dentro la cravatta, si era allungato sulla sedia e con tutt'e due le mani premeva la tesa del cappello contro il ventre, mentre il dottor Langhals, tarchiato e bruno, con la barbetta a punta, i capelli a spazzola, gli occhi belli e un'espressione di vanità sul volto, aveva deposto il cilindro accanto a sé sul tappeto e si guardava le mani eccezionalmente piccole coperte di peli neri... «Per il momento non c'è assolutamente alcun motivo di spaventarsi seriamente. Mi faccia il piacere... una paziente della capacità di resistenza della nostra venerata signora!... in fede mia, come medico di casa, io la conosco, quella capacità di resistenza. Stupefacente per la sua età... E io dico...»

«Già, appunto, per la sua età...» fece il senatore irrequieto e torcendosi la punta di un baffo.

«Beninteso, non affermerò che la sua signora mamma possa rimettersi a passeggiare domani mattina» continuò il dottor Grabow dolcemente. «L'ammalata non avrà fatto questa impressione neanche a lei, caro senatore. Certo non si può negare che da ventiquattr'ore a questa parte il catarro abbia preso una brutta piega. Il tremito di ieri sera non m'è piaciuto per niente, e in verità oggi si verifica qualche fitta e il respiro è un po' corto. C'è anche qualche linea di febbre... oh, insignificante, ma è pur sempre febbre. Insomma, caro senatore, bisogna familiarizzarsi col fatto sgradevole che il polmone è lievemente intaccato...»

«Polmonite, dunque?» domandò il senatore guardando da un medico all'altro.

«Sì, pneumonia» disse il dottor Langhals, con un inchino severo e corretto.

«Sì, diciamo pure una piccola polmonite destra» soggiunse il medico curante «che dobbiamo cercar di localizzare attentamente...»

«Dunque, c'è motivo di preoccuparsi sul serio?» E il senatore fissò gli occhi in quelli dell'interlocutore.

«Preoccuparsi? Oh, dobbiamo, ripeto, preoccuparci di arginare la malattia, di moderare la tosse, di combattere la febbre... Bene! il chinino farà il suo dovere. E poi, senatore, un'altra cosa... Nessuno spavento di fronte ai singoli sintomi, siamo intesi? Se la difficoltà di respiro dovesse aumentare un po', se di notte dovesse subentrare un po' di delirio, o domattina presentarsi qualche sputo... lei sa, quello sputo bruno-rossastro con qualche filo di sangue... tutto ciò sarebbe logico, intonato al quadro clinico, perfettamente normale. Prepari, mi faccia il favore, anche la nostra cara signora Permaneder che sovrintende alla cura con tanta abnegazione... A proposito, come sta? Mi sono proprio dimenticato di domandare come è stata di stomaco in questi ultimi giorni...»

«Come al solito. Niente di nuovo, ch'io sappia. Ora il pensiero della sua salute passa beninteso in seconda linea...»

«Questo si capisce. D'altro canto... mi viene una idea. La sua signora sorella ha bisogno di riposo, specie di notte, e credo che la signorina Severin da sola non potrebbe bastare... Caro senatore, se prendessimo un'infermiera? Ci sono le nostre brave Suore Grige cattoliche, alle quali lei dimostra sempre tanta benevolenza. La superiora sarà molto lieta di poterle essere utile.»

«Lo ritiene dunque necessario?»

«Io faccio una proposta. Si sta più traquilli... Quelle suore sono impagabili. Con la loro esperienza e circospezione esercitano un influsso così tranquillizzante sui malati... specialmente in queste malattie che, come ho detto, sono accompagnate da vari sintomi sgradevoli... Ancora una volta, dunque: sangue freddo, vero, mio caro senatore? Del resto si vedrà... Sì, si vedrà... questa sera ripasseremo...»

«Senza fallo» disse il dottor Langhals: e, prendendo il cilindro, si alzò insieme col collega anziano. Il senatore invece rimase seduto: non aveva finito, aveva in mente ancora una domanda, voleva fare ancora una prova.

«Signori» disse «ancora una parola... Mio fratello Christian è nervoso, non sopporta molto... Mi consigliate di comunicargli la notizia della malattia? di proporgli, al caso... che ritorni?»

«Suo fratello Christian non è qui in città?»

«No, è ad Amburgo. Temporaneamente. Credo per affari...»

Il dottor Grabow lanciò un'occhiata al collega poi strinse la mano al senatore ridendo e disse:

«Lasciamolo fare in pace i suoi affari! Perché spaventarlo inutilmente? Se dovesse subentrare qualche cambiamento che rendesse desiderabile la sua presenza, diciamo per tranquillizzare la malata, per elevarne il morale... allora ci sarà sempre tempo... sempre tempo...»

I due dottori ritornando per il vestibolo e il corridoio si

intrattennero ancora un istante sul pianerottolo a parlar di tutt'altre cose, di politica, delle scosse e dei rivolgimenti della guerra appena finita...

«Adesso vengono i tempi buoni, vero, senatore? Denaro in circolazione... e dappertutto un vento nuovo...»

Il senatore confermò così così. Anche lui era del parere che lo scoppio della guerra aveva dato una grande spinta al commercio del grano russo, e accennò alle vaste proporzioni che aveva preso l'importazione dell'avena per l'approvvigionamento dell'esercito; ma i profitti erano distribuiti in modo assai ineguale...

I medici se ne andarono e il senatore ritornò nella camera della malata. Ripensava alle parole di Grabow: c'erano state tante reticenze... si sentiva che aveva voluto evitare una dichiarazione precisa. L'unica parola chiara era stata "polmonite", e questa parola non diventava più confortante per il fatto che il dottor Langhals l'aveva tradotta nel linguaggio della scienza. Una polmonite a quell'età... Già il fatto che i medici erano due conferiva alla faccenda un aspetto inquietante. Grabow aveva organizzato la cosa con tatto e quasi senza farsi scorgere. Aveva detto che nutriva il proposito di mettersi tosto o tardi a riposo e, siccome il giovane Langhals era destinato a subentrare al suo posto, egli, Grabow, si prendeva la sodisfazione di consultarlo e di introdurlo senz'altro qua e là.

Quando il senatore entrò nella camera semibuia aveva un atteggiamento energico e l'aspetto sereno. Era tanto avvezzo a nascondere la stanchezza e le preoccupazioni sotto un'espressione di superiore sicurezza che sulla soglia quella maschera gli si era posata quasi automaticamente sul volto in seguito a un brevissimo sforzo di volontà.

La signora Permaneder era seduta accanto al letto a bal dacchino dalle tendine aperte, e teneva fra le sue la mano della mamma che, appoggiata ai guanciali, volse la testa verso Thomas il quale entrava, e gli fissò negli occhi uno sguardo indagatore. Era uno sguardo calmo e padrone di sé, teso e penetrante che, siccome veniva un po' di fianco, sembrava quasi in agguato. Prescindendo dal pallore della pelle che sulle guance metteva in rilievo certe macchie di rossore febbrile, quel viso non rivelava alcuna debolezza o spossatezza. La vecchia signora seguiva tutto attentamente, più attentamente di chi le stava intorno perché in fin dei conti era la persona più interessata. Diffidava della sua malattia e non era affatto disposta ad abbandonarsi o a lasciare che le cose facessero il loro corso.

«Che cosa hanno detto, Thomas?» domandò con voce così ferma e vivace da provocare subito un attacco di tosse; ella cerca di trattenerlo stringendo le labbra, ma la tosse proruppe e la costrinse a premersi la mano sul fianco destro.

«Hanno detto» rispose il senatore accarezzandole la mano quando l'attacco fu passato «hanno detto che la nostra buona mamma sarà di nuovo in piedi fra un paio di giorni. E se non puoi farlo subito, vedi, dipende dal fatto che codesta stupida tosse ha intaccato un pochino il polmone... No, non è proprio polmonite» disse vedendo che lo sguardo di lei si faceva ancor più penetrante «per quanto anche questa non sarebbe un gran guaio. Oh, c'è di peggio! Insomma, il polmone è un po' irritato, dicono tutti e due, e penso che non avranno torto... Ma dov'è la Severin?»

«È andata in farmacia» rispose la signora Permaneder.

«Vedete? di nuovo in farmacia, e tu, Tony, pare che ti debba addormentare da un momento all'altro. No, non possiamo andare avanti così. Anche se fosse soltanto per un paio di giorni... bisogna avere qui una infermiera. Non vi pare? Aspettate, mando a chiedere subito alla madre superiora delle Suore Grige se ne ha una disponibile...»

«Thomas» intervenne la vecchia signora ma con voce cauta per non scatenare di nuovo la tosse «credi a me, tu dài scandalo con la continua protezione delle suore cattoliche contro le Suore Nere protestanti. Alle prime hai procurato vantaggi diretti, e per le altre non fai niente. Ti assicuro che recentemente il pastore Pringsheim si è lamentato con me in modo molto chiaro...

«Va bene, ma non la spunta. Io sono convinto che le Suore Grige sono più fedeli, più devote, più pronte a sacrificarsi che quelle Nere. Queste protestanti non mi persuadono: alla prima occasione vogliono prendere marito... per farla breve, sono egoiste, ordinarie, vincolate alla terra. Le Grige, invece, non hanno legami e sono certamente più vicine al cielo. E appunto perché mi devono gratitudine sono da preferire. Che cosa non è stata per noi suor Leandra quando Hanno aveva il mal di denti! Speriamo che sia libera...»

E suor Leandra arrivò. Depose in silenzio la borsa, lo scialle e la cuffia grigia che portava sopra quella bianca, e mentre il rosario appeso alla sua cintura mandava un lieve rumore di nacchere si mise al lavoro con gesti e parole dolci e cortesi. Assisteva giorno e notte l'inferma viziata e non sempre docile e si ritirava poi, muta e quasi vergognosa della sua debolezza umana, per cedere il posto a un'altra suora e andare un po' a casa a dormire; poi ritornava.

La vecchia signora infatti richiedeva un servizio continuo. Quanto più le sue condizioni peggioravano, tanto più i suoi pensieri e tutto il suo interessamento si rivolgevano alla malattia che ella seguiva con timore e con ingenua e palese ostilità. Lei che un giorno era stata una donna di mondo, attaccata naturalmente e tenacemente alla vita, alla vita comoda, aveva empito gli ultimi anni con opere di pietà e di beneficenza... Perché? Non solo, forse, per il pietoso ricordo del defunto marito, ma anche per un inconscio desiderio di riconciliare il cielo con la sua forte vitalità e di indurlo a concederle un giorno una morte tranquilla. Nonostante parecchie esperienze dolorose, la sua persona era rimasta eretta, l'occhio limpido. Le piaceva sedersi a una buona tavola, vestirsi con lusso e signorilità, ignorare e velare i fatti sgradevoli che accadevano intorno a lei e partecipare con compiacimento alla grande considerazione che il figlio maggiore aveva saputo conquistarsi in ogni campo. Quella malattia, quella polmonite si era insinuata nel suo corpo eretto senza che alcuna preparazione spirituale ne avesse facilitato l'opera di distruzione: era mancato quel lavorio sordo del dolore che a poco a poco ci strania dalla vita o per lo meno dalle condizioni nelle quali l'abbiamo ricevuta, e desta in noi il dolce desiderio della fine, di condizioni diverse o della pace... al contrario, la vecchia signora sentiva benissimo che, nonostante la sua vita cristiana degli ultimi anni, non era affatto preparata alla morte ed era terrorizzata dal pensiero indistinto che, se quella doveva essere la sua ultima malattia, il male stesso doveva da solo infrangere la sua resistenza all'ultimo momento, con rapidità paurosa e fra tormenti fisici, provocando così la rinuncia di lei ad ogni lotta.

Pregava molto, ma più ancora, quando era in sé, sorvegliava il proprio stato, si tastava il polso, si misurava la temperatura, combatteva contro la tosse. Ma il polso andava male, la temperatura dopo essere un po' calata saliva ancora e la faceva passare dal tremito al delirio ardente; la tosse, che era accompagnata da dolori interni e le faceva espettorare sputi sanguigni, andava aumentando, e la diffficoltà di respiro l'angosciava. Tutto ciò derivava dal fatto che non soltanto un lobo, ma tutto il polmone destro era interessato e anzi, se le osservazioni erano giuste, anche a sinistra si trovavano tracce di quel fenomeno che il dottor Langhals guardandosi le unghie chiamava "epatizzazione" e sul quale il dottor Grabow preferiva non pronunciarsi. La febbre la divorava senza posa. Lo stomaco incominciava a rifiutare il cibo. Le forze diminuivano irresistibilmente con costante lentezza.

Ella seguiva quella decadenza, ingeriva, appena era possibile, gli alimenti concentrati che le erano offerti, osservava con maggior precisione delle stesse infermiere le ore in cui doveva prendere le medicine e se ne occupava così intensamente che ormai parlava quasi soltanto coi medici o per lo meno mostrava di interessarsi davvero soltanto alla conversazione con loro. Le visite che da principio erano ammesse, le amiche, le partecipanti alle "Serate di Gerusalemme", le vecchie signore conoscenti e le consorti dei pastori, venivano accolte con apatia o con cordialità distratta e licenziate in fretta. I parenti sentivano penosamente l'indifferenza con la quale li trattava; sembrava quasi una specie di disprezzo come per dire: "Tanto, voi non mi potete aiutare". Persino al piccolo Hanno, che lasciavano entrare nei momenti di tranquillità, ella passava una rapida carezza sulla guancia, e si voltava dall'altra parte. Pareva volesse dire: "Siete tutti care e brave persone, ma io... io forse dovrò morire". I due dottori invece li accoglieva con calore e vivacità e conferiva con loro minutamente.

Un giorno comparvero le due vecchie Gerhardt, le discendenti del poeta Paul Gerhardt. Tornavano con le loro mantelline, il cappello piatto e la borsa delle provviste dalle visite ai poveri, e non si era potuto impedire che entrassero a vedere l'amica malata. Furono lasciate sole con lei e Dio sa che cosa le dissero, sedute accanto al letto. Quando poi se ne andarono, i loro occhi e i loro lineamenti erano ancor più limpidi, più mansueti e beati di prima, e nella camera la vecchia signora aveva gli stessi occhi e la stessa espressione, era tranquilla e pacifica, più pacifica che mai, aveva il respiro lento e calmo e passava evidentemente da una depressione all'altra. La signora Permaneder, che aveva mormorato alle spalle delle Gerhardt una parola piuttosto energica, mandò subito a chiamare i medici: ma appena questi comparvero sulla soglia, la vecchia mostrò un mutamento incredibile. Si ridestò, si agitò, quasi si alzò a sedere. La vista dei due uomini, dei due medici messi tosto al corrente, la riportò d'un colpo sulla terra. Tendendo le mani, entrambe le mani verso di loro, esclamò: «Siate i benvenuti, signori! La situazione è questa: oggi, durante la giornata...».

Ma ormai era venuto il giorno in cui non si poteva più negare che la polmonite fosse doppia.

«Proprio, caro senatore» aveva detto il dottor Grabow prendendo le mani di Thomas Buddenbrook. «Non abbiamo potuto evitarlo. Ora la polmonite è doppia e questa è sempre una faccenda seria, lo sa anche lei, non le vendo lucciole per lanterne... Abbia il paziente vent'anni o settanta, è sempre una cosa che va presa sul serio, e qualora oggi lei mi chiedesse un'altra volta se sia il caso di scrivere a suo fratello Christian, o magari mandargli un piccolo telegramma, non glielo sconsiglierei, mi guarderei bene dal trattenerla... A proposito, come sta suo fratello? È una persona divertente; gli ho sempre voluto bene... Per carità, senatore, non tragga deduzioni esagerate dalle mie parole! Non che vi sia un pericolo immediato... Sono proprio sciocco a pronunciare questa parola. Ma in queste circostanze, sa, bisogna tener conto, sia pure da lontano, di eventualità impreviste... Della sua signora mamma come paziente siamo sodisfattissimi. Ci aiuta bravamente, non ci pianta in asso, tutt'altro; senza voler fare complimenti, è una malata proprio impareggiabile. Perciò conviene sperare, mio caro senatore, sperare! Speriamo sempre che tutto volga al meglio!»

Ma viene un momento in cui la speranza dei parenti diventa artificiosa e insincera. Il malato ha già subito un mutamento e c'è in lui alcunché di estraneo alla persona viva. Dalle sue labbra escono certe parole strane alle quali non sappiamo rispondere e che in certo modo gli precludono la via del ritorno e lo consegnano alla morte. E fosse anche la persona più cara, dopo di ciò non possiamo più volere che si rialzi e cammini. Se lo facesse ciò nonostante, diffonderebbe intorno un senso di orrore come uno che esca dal sepolcro...

Orribili sintomi del dissolvimento incipiente si manifestarono mentre gli organi lavoravano ancora, sostenuti da una volontà di ferro. Poiché dal momento in cui la signora si era dovuta mettere a letto col catarro erano passate più settimane, la lunga degenza le aveva prodotto piaghe che non si chiudevano ed erano in condizioni spaventevoli. Ella non dormiva più; prima di tutto perché glielo impedivano i dolori, la tosse e la difficoltà di respiro, in secondo luogo perché lei stessa si ribellava al sonno e si aggrappava alla veglia. Solo per qualche minuto la sua coscienza affondava nella febbre; ma anche a mente desta parlava forte con persone che erano morte da gran tempo. Un pomeriggio, verso il crepuscolo, disse ad un tratto a voce alta, un po' angosciata ma fervida: «Sì, mio caro Jean, ora vengo!». E l'immediatezza di quella risposta era così convincente che, dopo, i presenti credettero di aver udito la voce del console defunto che l'avesse chiamata.

Christian arrivò. Veniva da Amburgo dove, a sentir lui, si era occupato di affari, e si trattenne poco nella camera dell'inferma. Poi uscì passandosi una mano sulla fronte e girando gli occhi irrequieti: «È spaventevole... è spaventevole... non ci resisto».

Comparve anche il pastore Pringsheim il quale sfiorò suor Leandra con un'occhiata gelida e si mise a pregare modulando la voce presso il letto della malata.

Poi sopravvenne il breve miglioramento, il guizzo vitale, il calar della febbre, l'ingannevole ritorno delle forze, la sosta nei dolori con alcune parole limpide e piene di speranza che ai parenti fecero montare le lacrime agli occhi...

«La salviamo, vedrete che rimane con noi nonostante tutto!» disse Thomas Buddenbrook. «A Natale sarà con noi e non le permetteremo di affannarsi come al solito...»

Ma nella notte seguente Gerda e suo marito si erano appena coricati allorché la signora Permaneder li mandò a chiamare perché la malata era entrata in agonia. Il vento s'ingolfava nella pioggia fredda e la sbatteva scrosciante contro i vetri delle finestre.

Quando il senatore e sua moglie entrarono nella camera rischiarata dalle candele di due candelabri che ardevano sulla tavola, i due medici erano già presenti. Si era fatto scendere anche Christian il quale s'era seduto in un angolo volgendo le spalle al letto e reggendosi la fronte china con ambo le mani. Si aspettava il fratello della malata, il console Justus Kröger che pure si era mandato a chiamare. La signora Permaneder e Èrica Weinschenk stavano a piedi del letto singhiozzando sommessamente. Suor Leandra e la signorina

Severin non avevano più nulla da fare e guardavano turbate il viso della morente.

Questa, sostenuta da alcuni guanciali, stava supina e le sue mani, quelle belle mani dalle vene d'un azzurro smorto, ora tanto magre e consunte, accarezzavano continuamente la trapunta con ansia frettolosa e tremante. Volgeva qua e là senza posa, con una spaventosa regolarità ritmica, la testa coperta da una cuffia bianca. La bocca, dove le labbra sembravano rientrate, si apriva e si chiudeva con uno schiocco a ogni penoso tentativo di respirare, e gli occhi infossati erravano intorno cercando aiuto, posandosi ogni tanto con una commovente espressione d'invidia sui presenti che erano vestiti e respiravano, padroni della vita, e non potevano far altro che offrire il loro sacrificio d'amore consistente nel tenere gli sguardi fissi su quella scena. E la notte trascorreva senza che si manifestasse alcun mutamento.

«Quanto può durare ancora?» domandò sottovoce Thomas Buddenbrook, tirando il vecchio dottor Grabow in un angolo della stanza, mentre il dottor Langhals provvedeva a fare un'iniezione. Anche la signora Permaneder si accostò col fazzoletto sulle labbra.

«Non si può stabilire, caro senatore» rispose Grabow. «La sua signora mamma può essere liberata fra cinque minuti, ma può anche vivere per qualche ora... non si può dir niente. Si tratta di quella che chiamano apoplessia polmonare... È un edema...»

«So che cos'è» osservò la signora Permaneder chinandosi sul fazzoletto mentre le lacrime le scorrevano giù per le guance. «Avviene spesso nelle polmoniti... C'è un siero acqueo che si raccoglie negli alveoli del polmone e, quando è grave, non si può più respirare... sì, sì, io lo so...»

Giungendo le mani il senatore guardò verso il letto. «Chi sa come deve soffrire!» sussurrò.

«No» disse il dottor Grabow altrettanto sommessamente ma con solenne autorità, corrugando la fronte tranquilla. «Ci si inganna, caro amico, creda a me. La coscienza è molto velata... quelli che vede sono per lo più movimenti riflessi... creda pure...»

Thomas rispose: «Voglia il cielo!». Ma un bambino avrebbe visto, guardando gli occhi di quella donna, che era in sé e sentiva tutto...

Ripresero i loro posti. Era arrivato anche il console Kröger il quale, appoggiato al bastone, sedeva accanto al letto con gli occhi arrossati.

I movimenti della malata si erano intensificati. Una terribile inquietudine, un'angoscia indicibile, un senso infinito e inevitabile di abbandono e di impotenza doveva pervadere da capo a piedi quel corpo votato alla morte. I suoi occhi, quei poveri occhi imploranti, inquieti, lamentosi, si chiudevano ogni tanto al girarsi rantolante della testa o si allargavano al punto da mettere a nudo le piccole vene sanguigne del bulbo. E non cadeva in deliquio!

Poco dopo le tre si vide Christian alzarsi. «Non ne posso più» disse e uscì zoppicando, appoggiandosi ai mobili che incontrava sulla sua strada.

Èrica Weinschenk e la Severin, probabilmente cullate da quei monotoni gemiti di dolore, si erano addormentate sulla sedia e fiorivano tutte rosee nel sonno.

Verso le quattro la situazione andò peggiorando. L'inferma fu sorretta mentre le si asciugava il sudore dalla fronte. La respirazione parve venir meno, e gli accessi di angoscia aumentavano.

«Qualche cosa per dormire...!» riuscì a dire la malata. «Un sonnifero...» Ma si era ben lontani dal concederle qualche cosa per dormire. All'improvviso riprese a rispondere, come aveva già fatto, a qualche cosa che gli altri non udivano. «Sì, Jean, non ancora molto...» E poco dopo: «Sì, Clara, ora vengo...».

Poi ricominciò l'agonia. Era ancora la lotta con la morte? No, ora ella lottava con la vita per conquistarsi la morte. «Volentieri...» ansimava. «Non posso... Qualche cosa per dormire... Dottore, per pietà! Dormire...»

Quel «per pietà» fece sì che la signora Permaneder scoppiasse a piangere e Thomas mandasse un gemito mentre si prendeva la testa fra le mani. Ma i medici sapevano il loro dovere. Si trattava comunque di conservare fino dove era possibile quella vita che apparteneva ai parenti, mentre invece un sonnifero avrebbe provocato immediatamente l'abbandono dello spirito senza resistenza. I medici non sono al mondo per chiamare la morte, ma per conservare la vita, ad ogni costo. In favore di ciò parlano certi motivi religiosi e morali dei quali Grabow e Langhals avevano sentito discorrere all'università, anche se in quel momento non li avevano presenti. Ricorsero dunque a vari mezzi per rafforzare il cuore e produrre col vomito qualche fugace miglioramento.

Alle cinque l'agonia non poteva essere più spaventevole. La vecchia, sollevata dai crampi, con gli occhi sbarrati, agitava le braccia come per raggiungere un punto d'appoggio o afferrare mani che le fossero tese, e rispondeva ancora a richiami che lei sola sentiva giungere da ogni parte e pareva diventassero sempre più numerosi e insistenti. Sembrava che fossero lì presenti non solo il suo defunto marito e la figlia, ma anche i suoi genitori e i suoceri e molti altri parenti che l'avevano preceduta nella morte, e chiamava nomi dei quali lì per lì nessuno avrebbe saputo dire a quale defunto appartenessero. «Sì» diceva torcendosi da una parte all'altra. «Ora vengo... Subito... All'istante... Così... Non posso... Dottore, un sonnifero...»

Verso le cinque e mezzo subentrò un momento di calma. Poi ad un tratto quei lineamenti invecchiati e straziati dal dolore ebbero un guizzo, un'espressione di gioia atterrita, una tenerezza profonda, timida e scossa da brividi; ella allargò le braccia fulmineamente con uno scatto così rapido e subitaneo da far intendere che fra ciò che aveva ascoltato e la sua risposta non c'era neanche lo spazio di un baleno; e con un'espressione di assoluta obbedienza, con una docilità amorevole e infinitamente remissiva esclamò a voce alta: «Eccomi qua!...» e spirò.

Tutti erano rimasti atterriti. Che cosa era successo? Chi aveva chiamato facendola obbedire all'istante?

Uno dei presenti aprì le tendine della finestra e spense le candele, mentre il dottor Grabow con viso dolce chiudeva gli occhi alla vecchia deceduta.

Tutti rabbrividivano di freddo nella scialba mattina autunnale che inondava la stanza. Suor Leandra coprì con un panno lo specchio della toletta.

II

Dalla porta aperta della camera funebre si vedeva la signora Permaneder assorta nella preghiera. Era sola e, con la veste a lutto allargata sul pavimento, stava inginocchiata presso il letto, davanti a una sedia sulla quale aveva appoggiato le mani giunte mentre bisbigliava a testa china... Udì benissimo che suo fratello e la cognata entravano nel tinello e si fermavano istintivamente in attesa che ella finisse di pregare; ma non per questo si affrettava gran che. Infine fece udire il suo raschio secco, raccolse la veste con lenta solennità, si alzò e andò incontro ai suoi con atteggiamento dignitoso, senza ombra di confusione.

«Thomas» disse non senza asprezza «a proposito della Severin mi pare che la nostra povera mamma abbia covato una serpe in seno.»

«Perché?»

«Ne sono indignata. Ci sarebbe da perdere le staffe... Ha forse il diritto, quella donna, di amareggiarci il dolore di questi momenti in un modo così volgare?»

«Ma che cosa c'è?»

«In primo luogo è di un'avidità rivoltante. Apre l'armadio, ne toglie gli abiti di seta dalla mamma, se li mette sul braccio e fa per ritirarsi. "Rieckchen" dico io "dove porti codesta roba?" "Me l'ha promessa la signora." "Ma, cara Severin!" dico io, e con molto riguardo le faccio notare che il suo modo di agire non è gentile. Che cosa credi che abbia ottenuto? Non solo si prende gli abiti di seta, ma aggiunge un pacco di biancheria e se ne va. Non potevo mica fare a pugni?... E non lei sola... anche le ragazze... Ceste piene di vestiti e di biancheria vanno fuori di casa. Davanti ai miei occhi il personale si spartisce la roba poiché la Severin ha le chiavi degli armadi. "Signorina Severin" le dico "vorrei le chiavi." E che cosa mi risponde? Con parole plebee mi fa capire chiaro e tondo che io non ho niente da ordinare, che lei non è al servizio mio, che non sono stata io a prenderla e che terrà le chiavi finché andrà via!»

«Le chiavi dell'argenteria le hai tu? Sta bene. Non preoccuparti del resto. Sono cose inevitabili quando si disfa una casa nella quale già da qualche tempo il governo era piuttosto allentato. Non ho voglia di chiassate. La biancheria è vecchia e sciupata... Del resto vedremo che cosa è rimasto. Hai gli elenchi? Sulla tavola? Va bene. Vedremo subito.»

Entrarono nella camera per trattenersi un momento in silenzio tutti insieme accanto al letto, dopo che la signora Antonie ebbe sollevato il pannolino bianco dal viso della defunta. Questa aveva già indosso l'abito di seta col quale doveva essere esposta quel pomeriggio nel salone di sopra: erano passate quarantott'ore dal suo estremo respiro. Poiché non aveva la dentiera, le labbra e le guance le erano rientrate mentre il mento emergeva ossuto e appuntito. Tutti e tre guardavano addolorati quelle palpebre inesorabilmente chiuse e serrate e si sforzavano di riconoscervi il viso della loro mamma. Sotto la cuffia che la vecchia aveva portato le domeniche appariva, come quando era viva, il toppé liscio e rossiccio che era stato tante volte argomento di riso per le signorine Buddenbrook della Via Larga. Alcuni fiori erano sparsi sulla trapunta.

«Sono già arrivate corone stupende» disse la signora Permaneder a voce bassa. «Da tutte le famiglie... da tutti... da tutti! Le ho fatte portare tutte disopra nel corridoio. Anche voi, Gerda e Tom, dovete andarle a vedere. Bello e triste. Fiocchi di raso grandi così...»

«A che punto è il salone?» domandò il senatore.

«Quasi finito, Tom. Quasi pronto. Il tappezziere Jacobs ha fatto del suo meglio. Anche la...» e mandò giù la saliva «anche la bara è già arrivata. Ma ora toglietevi il mantello» continuò ricollocando delicatamente a posto il pannolino bianco. «Qui fa freddo, ma nel tinello abbiamo scaldato un po'. Gerda, permettimi che ti aiuti; uno scialle così meraviglioso va trattato con cautela... Posso darti un bacio? Tu sai che ti voglio bene anche se ti sono sempre stata antipatica... No, non ti sciupo la pettinatura se ti levo il cappello... Che bei capelli! Anche la mamma quando era giovane aveva i capelli così. È vero, non è mai stata bella come te, ma vi fu un tempo, e io ero al mondo, in cui era proprio una bella donna E adesso... non è forse vero quello che dice il vostro Grobleben, che tutti dobbiamo diventar polvere?... Così semplice com'è quell'uomo... Sì, Tom, questi sono gli elenchi più importanti.»

Erano ritornati nella stanza attigua e si accomodavano intorno alla tavola rotonda mentre il senatore prendeva i fogli sui quali erano elencati gli oggetti che si dovevano distribuire fra gli eredi più prossimi. La signora Permaneder teneva gli occhi fissi sul viso del fratello, lo osservava con viva attenzione. C'era come una grave domanda inevitabile, sulla quale ella concentrava tutti i pensieri e della quale bisognava discorrere tra breve.

«Direi» incominciò il senatore «di attenerci alla consuetudine secondo la quale tutti i regali tornano indietro, di maniera che...»

Sua moglie lo interruppe: «Scusa, Thomas, mi pare che... Christian... dov'è?».

«Già, Dio mio, Christian!» esclamò la signora Permaneder. «L'abbiamo dimenticato!»

«È vero» fece il senatore deponendo i fogli. «Non l'avete fatto chiamare?»

La signora Permaneder andò per tirare il campanello. Ma nello stesso momento Christian apriva la porta ed entrava. S'avanzò piuttosto rapidamente, chiuse la porta non senza far rumore e rimase lì aggrottando le sopracciglia, girando intorno i piccoli occhi infossati senza veder nessuno e aprendo e chiudendo con moto irrequieto le labbra sotto i baffi rossicci e folti. Pareva che fosse irritato e in certo qual modo sdegnato.

«Ho saputo ch'eravate qui» disse in breve. «Se si deve discorrere della roba, devo pur essere avvertito anch'io.»

«Lo stavamo facendo» rispose il senatore con indifferenza. «Siedi pure.»

E mentre diceva così i suoi occhi si fissarono sui bottoni bianchi che chiudevano la camicia di Christian. Thomas stesso portava un abito da lutto irreprensibile e sullo sparato della camicia che, chiuso al colletto da una larga cravata nera, sbucava candidissimo dalla cornice della giacca di panno nero, c'erano dei bottoni neri invece di quelli d'oro che portava di solito. Christian notò l'occhiata poiché, mentre prendeva una seggiola per sedersi, si portò una mano al petto e disse: «So che ho i bottoni bianchi. Non ho ancora avuto il tempo di comprarmi quelli neri o, dirò meglio, ne ho fatto a meno. Più d'una volta in questi ultimi anni ho dovuto farmi prestare cinque scellini per il dentifricio e andare a letto alla luce d'un fiammifero... Non so se la colpa sia tutta mia. Del resto i bottoni neri non sono la cosa più importante di questo mondo. A me non piacciono le cose esteriori. Non vi ho mai dato peso».

Gerda, che l'aveva guardato mentre parlava, sorrise. Il senatore osservò: «Quest'ultima affermazione non potresti certo sostenerla a lungo, caro mio».

«Davvero? Forse tu, Thomas, ne sai più di me. Affermo soltanto che non do importanza a queste cose. Ho visto un bel po' di mondo, ho vissuto tra gente troppo diversa, con usi e costumi troppo differenti perché... del resto, sono un uomo adulto» esclamò alzando la voce «ho quarantatré anni, sono padrone di me e posso impedire a chiunque di immischiarsi nei fatti miei.»

«Direi, caro amico, che devi avere un peso sul cuore» disse il senatore stupefatto. «In quanto ai bottoni, se non m'inganno, io non ho detto ancora neanche una parola. Vestiti a lutto come ti pare; soltanto non devi credere di farmi impressione con cotesta facile spregiudicatezza.»

«Non intendo affatto di farti impressione...»

«Tom... Christian...» intervenne la signora Permaneder. «Non alziamo la voce... oggi... e qui, mentre lì accanto... Continua, Thomas. Dunque i regali ritornano a chi li ha dati. Mi sembra più che equo.»

E Thomas continuò. Incominciò dagli oggetti di maggior mole e scelse per sé quelli che potevano servire in casa sua: i candelabri della sala da pranzo, la grande cassapanca intagliata che era nell'anticamera. La signora Permaneder seguiva tutto con la massima attenzione e, non appena il futuro proprietario di un oggetto mostrava qualche esitazione, diceva in modo inimitabile: «Questo sono disposta a prenderlo io» con un'aria come se tutto il mondo dovesse esserle grato della sua abnegazione. E così ottenne per sé, per sua figlia e per la nipote la parte maggiore dell'arredamento.

Christian ebbe alcuni mobili, un orologio da tavolino e persino l'armonio, e ne pareva sodisfatto. Ma quando si trattò di spartire l'argenteria, la biancheria e i vari servizi da tavola, incominciò a rivelare, fra lo stupore di tutti, una passione che quasi si sarebbe detta ingordigia.

«E io? E io?» domandava. «Vi prego di non dimenticarmi del tutto...»

«E chi ti dimentica? Ti ho già... guarda qua, ti ho già assegnato un intero servizio da tè col vassoio d'argento. Quello buono, con l'orlo dorato, possiamo usarlo soltanto noi, mi pare...»

«Quello di tutti i giorni col disegno a bulbi sono disposta a prenderlo io» dichiarò la signora Permaneder.

«E io?!» esclamò Christian con quella indignazione che,

quando lo prendeva, faceva apparire ancor più scarne le sue guance e gli conferiva un aspetto così stravagante... «Anch'io vorrei avere la mia parte di stoviglie. Quanti cucchiai e quante forchette mi toccano? Vedo che non ricevo quasi nulla!...»

«Ma, caro figliolo, che cosa ne vuoi fare? Tu non hai modo di farne uso. Non capisco... Mi sembra preferibile che queste cose rimangano per uso della famiglia...»

«Non fosse altro per ricordo della povera mamma» disse Christian ostinato.

«Senti, caro amico» replicò il senatore alquanto impazientito «non ho nessuna voglia di scherzare... ma, a giudicare dalle tue parole, si direbbe che per ricordo della mamma tu voglia mettere sul canterano una zuppiera! Fammi il piacere di non credere che ti si voglia far torto. Quel tanto che ricevi ora in meno ti sarà naturalmente rifuso sotto altra forma. Lo stesso vale per la biancheria...»

«Io non voglio denaro, voglio biancheria e stoviglie.»

«Ma per farne che cosa, in nome del cielo?» E ora Christian diede una risposta in seguito alla quale Gerda Buddenbrook si volse di scatto verso di lui e lo guardò con un'espressione enigmatica, mentre il senatore si toglieva gli occhiali e lo fissava sbalordito e la signora Permaneder giungeva persino le mani. La sua risposta era questa: «Ecco, per farla breve, ho intenzione di prender moglie tosto o tardi». Pronunciò queste parole piuttosto sottovoce e in fretta con un breve gesto della mano, come se gettasse qualche cosa sulla tavola davanti al fratello, dopo di che si appoggiò alla spalliera immusonito e quasi offeso e stranamente distratto mentre i suoi sguardi erravano qua e là irrequieti.

Seguì una lunga pausa. Finché il senatore disse: «Bisogna riconoscere, Christian, che cotesti progetti arrivano un po' tardi... sempreché beninteso siano progetti seri e attuabili, non sul tipo di quelli che per avventatezza avevi già presentati una volta alla povera mamma...».

«Le mie intenzioni sono sempre le stesse» fece Christian senza guardare nessuno e senza mutare espressione.

«Ma è impossibile. Come? Tu avresti aspettato la morte della mamma per...»

«Sicuro, ho avuto questo riguardo. Sembra, Tom, che tu creda di aver accaparrato da solo tutto il tatto e la finezza di questo mondo.»

«Non so che cosa ti autorizzi a parlare così. D'altro canto non posso che ammirare la grandiosità dei tuoi riguardi. Il giorno dopo la morte della mamma, ti metti già a proclamare la disobbedienza verso di lei...»

«Perché siamo venuti su questo argomento. E poi, quel che conta è che la mamma non può più agitarsi per il mio modo di agire. Non può farlo né oggi né tra un anno... Santo cielo, Tom, non è detto che la mamma avesse ragione in senso assoluto, ma soltanto dal suo punto di vista, del quale ho tenuto conto finché era in vita. Era una donna anziana, una donna di altri tempi, con altre vedute...»

«Ebbene, ti faccio notare che, per quanto ci riguarda, condivido in tutto quelle vedute.»

«Di questo non posso tener conto.»

«Ne terrai conto per forza, caro mio.» Christian lo guardò.

«No» esclamò. «Non posso! Se ti dico che non posso!... Devo ben sapere quel che ho da fare. Sono maggiorenne...»

«Oh, in quanto al maggiorenne, nel caso tuo si tratta di una cosa molto esteriore. Tu non sai affatto quel che devi fare...»

«Invece sì! In primo luogo agisco da uomo d'onore... Tu non sai come stanno esattamente le cose. Ci sono qui Tony e Gerda... non possiamo parlarne a nostro agio. Ma ti ho ben detto che ho degli obblighi. L'ultima bambina, la piccola Gisela...»

«Non so chi sia la piccola Gisela e non ne voglio sentir parlare! Sono convinto che t'ingannano. In ogni caso però verso una femmina come quella a cui pensi non hai altri obblighi che quelli legali e, se vuoi, puoi continuare a osservarli.»

«Femmina, Tom? Femmina? Tu ti sbagli sul suo conto. Aline...»

«Silenzio!» tuonò il senatore Buddenbrook. Ora i due fratelli si guardavano negli occhi, uno di qua e uno di là dalla tavola, Thomas pallido e tremante di collera, Christian spalancando gli occhietti tondi e incavati, dalle palpebre improvvisamente arrossate, e con la bocca aperta per lo sdegno, di modo che le guance cadenti sembravano ancor più infossate. Sotto gli occhi aveva qualche macchia rossa. Gerda guardava l'uno e l'altro con un piglio piuttosto beffardo, mentre Tony si torceva le mani e seguitava a implorare: «Ma Tom... Ma Christian... e la mamma è di là!».

«Tu sei talmente privo di pudore» continuò il senatore «che trovi persino il coraggio... no, anzi non ti costa nessuno sforzo pronunciare quel nome in questo luogo e in queste circostanze. La tua mancanza di tatto è anormale, è morbosa...»

«Non capisco perché non dovrei pronunciare il nome di Aline!» Christian era così agitato che Gerda lo osservava con sempre maggior attenzione. «Lo pronuncio apposta Tom, come vedi, e ho intenzione di sposarla... Ho bisogno di una casa, di pace, di tranquillità... e ti proibisco, capisci? questa è la parola che scelgo, ti proibisco di immischiartene! Io sono libero, sono padrone delle mie azioni...»

«Un pazzo sei! Vedrai, quando apriremo il testamento, quanto sei padrone di te stesso. È già provveduto, mi comprendi? a che tu non possa sperperare l'eredità della mamma come hai sperperato in anticipo trentamila marchi. Il resto del tuo patrimonio l'amministrerò io, e tu non ti troverai mai fra le mani più che il mensile, te lo giuro.»

«Tu saprai meglio di me chi abbia indotto la mamma a prendere coteste misure. Io però non posso fare a meno di meravigliarmi che la mamma non abbia affidato tale compito a uno che mi stia più vicino e mi sia più fratello di te...» Christian era ormai fuori di sé e incominciava a dire cose che non aveva dette mai. Si era chinato sulla tavola, vi picchiava senza posa con la punta dell'indice curvo e, con occhi arrossati, i baffi irti, fissava il fratello il quale a sua volta lo guardava dall'alto in basso, pallido e con le palpebre socchiuse. «Il tuo cuore è pieno di gelo, di malevolenza e di disprezzo per me» continuò a dire Christian con voce cavernosa e ad un tempo gracchiante. «Fin dove posso riandare il passato, hai sempre avuto per me tanta freddezza che alla tua presenza mi sentivo gelare... sarà forse un'espressione strana, ma io sento così. Tu mi respingi... mi respingi appena mi guardi e posso dire che non mi guardi quasi mai. Che cosa te ne dà il diritto? Anche tu sei un uomo e hai le tue debolezze. Per i nostri genitori sei sempre stato il figlio migliore, ma se davvero somigli a loro tanto più di me, dovresti pur aver accolto almeno un poco della loro carità fraterna, si dovrebbe pur aspettarsi da te un tantino di carità cristiana. Ma sei così privo di affetto che non sei neanche venuto a trovarmi... nemmeno una volta, ad Amburgo, quando ero all'ospedale coi reumatismi articolari.»

«Devo occuparmi di cose più serie che le tue malattie. D'altro canto anche la mia salute...»

«Oh, Thomas, la tua salute è ottima. Non saresti qui quello che sei, se, in confronto con la mia, la tua salute non fosse eccellente.»

«Io sono forse più malato di te.»

«Tu saresti?... Questa è grossa! Tony! Gerda! Dice che è più malato di me. Come? Sei stato forse tu ad Amburgo vicino a morire per reumatismo articolare? Sei costretto tu a sostenere, dopo ogni più piccolo disordine, quel tormento che non si può descrivere? Hai forse tu i nervi di un fianco troppo corti? Autorità mediche mi hanno assicurato che è il mio caso. Capita forse a te di vedere, entrando nella stanza, al crepuscolo, un uomo seduto sul tuo divano il quale ti fa cenni col capo mentre non esiste affatto? ! ...»

«Christian!» esclamò la signora Permaneder atterrita. «Che cosa dici! Ma, Dio mio, perché litigare? Fate come se l'esser più malati fosse un onore. Se dovessimo badare a questo, che cosa dovremmo dire Gerda e io?... E la mamma è di là!»

«E non capisci» inveì Thomas accalorandosi «che tutte coteste avversità sono conseguenza e prodotti dei tuoi vizi, della tua pigrizia, della tua insistenza nell'osservarti meticolosamente? Lavora! Smettila di covare e cullare i tuoi stati d'animo e di parlarne! Se impazzisci (e ti dico chiaro che non è una cosa impossibile) io certo non potrò versare una lacrima, perché la colpa sarà tua, soltanto tua.»

«Non verserai una lacrima, lo so, neanche se morissi.»

«Ma se non muori!» fece il senatore con disprezzo.

«Ah, io non muoio? Va bene, non muoio. Vedremo chi di noi due morirà prima!... Lavora! E se non posso? Se non posso, santo cielo, a lungo andare? Non posso fare la stessa cosa per molto tempo, mi sento male. Se tu invece hai potuto e puoi ancora, sii contento, ma non pretendere di giudicare, perché non hai nessun merito. Dio dà la forza a uno e all'altro no. Ma così sei fatto tu, Thomas» continuò chinandosi ancora sulla tavola con la faccia stravolta e picchiandovi sempre più forte. «Sei pieno di te... Ma no, non è questo che volevo dire e gettarti in faccia. Non so, vedi, da dove incominciare, e quello che potrò dirti sarà soltanto la millesima... oh, soltanto la milionesima parte del rancore che nutro contro di te. Tu ti sei conquistato un posto nella vita, una posizione onorata, e di lì respingi consapevole e freddo tutto ciò che potrebbe farti deviare un istante e turbare il tuo equilibrio, poiché l'equilibrio è per te la cosa più importante. Ma non è la più importante, non è quella che più conti davanti a Dio. Tu sei un egoista: ecco che cosa sei! Eppure, non mi dispiaci quando imprechi e borbotti e mandi tuoni e fulmini: il peggio è il tuo silenzio, la cosa peggiore è vederti improvvisamente ammutolire quando uno ti parla, e ritirarti, e respingere ogni responsabilità senza che ti si possa toccare nel tuo riserbo signorile, e abbandonare il tuo interlocutore confuso e umiliato. Sei senza pietà, senza amore, senza umiltà. Oh!» esclamò ad un tratto, agitando le mani dietro la testa e spingendole poi avanti come per allontanare da sé il mondo intero. «Come sono stufo di tutto ciò, del tatto e della finezza, dell'equilibrio e della dignità e austerità... quanto ne sono stufo!» E quest'ultimo grido era tanto sincero, veniva talmente dal cuore e proruppe con un tale accento di avversione e di disgusto da travolgere seriamente anche Thomas, il quale ne fu scosso e per un po' chinò lo sguardo con aria stanca senza parlare.

«Sono diventato quello che sono» disse infine con voce commossa «perché non volevo diventare come te. Se ti ho evitato nell'intimo, l'ho fatto perché dovevo stare in guardia di fronte a te, perché il tuo carattere rappresenta un pericolo per me... dico la verità.» Tacque un istante e continuò poi in tono più risoluto: «Del resto, ci siamo allontanati troppo dal nostro argomento. Mi hai tenuto una predica sul mio carattere... una predica piuttosto confusa che però contiene forse un nocciolo di verità. Ma qui non si tratta di me, si tratta di te. Tu pensi di sposarti e io vorrei persuaderti a fondo che l'attuazione del tuo progetto è impossibile. In primo luogo gl'interessi che io potrò versarti non saranno cospicui e incoraggianti...».

«Aline ha messo da parte parecchio».

Il senatore inghiottì la saliva e si dominò.

«Uhm... messo da parte. Tu pensi dunque di fondere l'eredità della mamma coi risparmi di costei...»

«Certo. Non vedo l'ora di avere una casa e qualcuno che abbia compassione di me quando sto male. D'altronde, siamo fatti l'uno per l'altro. Tutti e due siamo un po' fuori di strada...»

«E poi intendi di adottare i figli che ci sono o eventualmente di... legittimarli?»

«Sicuro.»

«Di maniera che, dunque, dopo la tua morte il tuo patrimonio passerebbe a quella gente?» Mentre il senatore diceva così, la signora Permaneder gli poneva una mano sul braccio scongiurando sottovoce: «Thomas!... La mamma è di là!».

«Sì» rispose Christian. «Bisogna pur fare così.»

«Ebbene, tu non farai nulla di tutto ciò!» esclamò il senatore alzandosi. Anche Christian si alzò e postosi dietro la sedia la strinse con una mano, premette il mento sul petto e guardò il fratello fra timido e indignato. «Non lo farai» ripeté Thomas Buddenbrook quasi fuori di sé per la collera, pallido, tremante, gesticolando a scatti. «Finché ci sarò io, ciò non avverrà... te lo giuro! Guardati... Sta' attento! Abbastanza denaro è andato perduto a causa di disgrazie, pazzie e azioni nefande perché tu possa osare di buttare un quarto del patrimonio materno in grembo a cotesta femmina e ai suoi bastardi! Senza dire che un altro quarto ci è stato carpito da Tiburtius!... Abbastanza hai fatto sfigurare la famiglia perché si debba ancora imparentarsi con una cortigiana e dare il nostro nome ai suoi figli. Te lo proibisco! hai capito? Te lo proibisco!» gridò con una voce che rintronò nella stanza e spinse la signora Permaneder piangente in un angolo del sofà. «E non ardir di agire contro questo divieto, ti raccomando! Finora ti ho soltanto disprezzato, ho finto di non vederti... ma se mi sfidi, se mi fai arrivare agli estremi, vedremo chi avrà la peggio! Stai attento, ti dico! Non avrò più riguardi! Ti faccio interdire, ti faccio rinchiudere, ti riduco a zero! Hai compreso bene?...»

«E io ti rispondo...» prese a dire Christian. E tutta la disputa si trasformò in un alterco verbale, in un diverbio futile, deplorevole, sconclusionato, senza un filo proprio, senza altro scopo che quello di offendersi, di ferirsi a sangue con vicendevoli insulti. Christian riparlò del carattere di suo fratello, riesumò dal passato singoli tratti, singoli episodi penosi a conferma dell'egoismo di Thomas, episodi che Christian non aveva potuto dimenticare, aveva anzi portati nel cuore imbevendoli di amarezza. Il senatore a sua volta replicava con esagerate parole di disprezzo e di minaccia delle quali dopo dieci minuti si pentiva. Gerda si reggeva il capo con la mano e osservava quei due con gli occhi velati e con un'espressione indefinibile. La signora Permaneder seguitava a dire disperata: «E la mamma è di là... e la mamma è di là».

Christian, che già durante le ultime battute si era mosso qua e là per la stanza, sgomberò infine il campo di battaglia.

«Va bene! La vedremo!» esclamò: e coi baffi arruffati, con gli occhi accesi, la giacca sbottonata, il fazzoletto nella mano abbandonata, esaltato e accaldato, uscì e richiuse la porta dietro di sé.

Nel silenzio improvviso il senatore rimase ancora un istante ritto a guardare il punto dove suo fratello era scomparso. Poi sedette silenzioso, riprese le carte con brevi gesti e sbrigò asciutto asciutto ciò che rimaneva ancora da sbrigare; indi si appoggiò alla spalliera, si passò fra le dita le punte dei baffi e si immerse nei suoi pensieri.

La signora Permaneder aveva un gran batticuore. La domanda, quella grande domanda non si poteva più rimandare, bisognava formularla, era necessario che egli rispondesse... Ma, ahimè, Thomas era forse in condizioni di spirito tali da usare pietà e misericordia?

«Senti, Tom» incominciò lei sollevando gli occhi dal grembo e facendo un timido tentativo di leggergli in viso «i mobili... tu avrai certamente considerato ogni cosa... la roba che appartiene a noi, voglio dire a Èrika, alla piccola e a me... rimangono qui... con noi... insomma, la casa come rimane?» domandò stringendo le mani senza farsi scorgere. Il senatore non rispose subito, ma per un po' continuò ad arricciarsi i baffi torbido e pensieroso. Poi trasse un sospiro e si tirò su.

«La casa?» disse. «S'intende che appartiene a tutti noi, a te, a Christian e a me... e, quel ch'è buffo, anche al pastore Tiburtius perché fa parte dell'eredità di Clara. Non posso decidere io solo, ma ho bisogno del vostro consenso. Va da sé però che bisognerà cercar di vendere al più presto possibile» conchiuse, stringendosi nelle spalle. Tuttavia un'ombra gli passò sul viso, come se fosse rimasto atterrito dalle proprie parole.

La signora Permaneder abbassò ancora la testa; smise di torcersi le mani e provò un improvviso rilassamento di tutte le membra.

«Il nostro consenso!» ripeté dopo una pausa tristemente, e persino con una certa amarezza. «Buon Dio, tu sai bene, Tom, che farai come ti sembra giusto e che noialtri non potremo negarti il nostro consenso... Ma se possiamo dire una nostra parola... se possiamo esprimere una preghiera» soggiunse con voce smorzata mentre il labbro superiore incominciava a tremarle... «La casa! La casa della mamma! La casa dei nostri genitori dove siamo stati tanto felici... ora dobbiamo venderla?»

Ancora una volta il senatore si strinse nelle spalle. «Non crederai, figlia mia, che tutto quanto puoi obiettare non scuota me come scuote te. Ma coteste non sono obiezioni, sono sentimentalismi. Quello che si deve fare è chiaro. C'è qui questo vasto terreno... come dobbiamo disporne? Da molti anni, fin dalla morte del babbo, tutto l'edificio posteriore sta andando in rovina. Nella sala dei biliardi vive una libera famiglia di gatti e chi voglia entrare corre il rischio di sprofondare dal pavimento. Oh, se non avessi la casa mia nella Fischergrube! Ma ce l'ho, e che dovrei farne? Devo vendere piuttosto quella? Giudica da te... A chi? Perderei circa la metà del denaro che vi ho investito. Oh, Tony, abbiamo abbastanza terreni, ne abbiamo fin troppi. I magazzini e due case molto grandi. Del resto il valore dei terreni non è da confrontare col capitale liquido. Vendere, vendere!...»

Ma la signora Permaneder non udiva. Raggomitolata in sé stessa teneva gli occhi umidi fissi nel vuoto.

«La nostra casa!» mormorava. «Ricordo ancora quando l'abbiamo inaugurata... Non eravamo più alti di così. C'era tutta la famiglia. E lo zio Hoffstede recitò una poesia... È là nella cartella... La so a memoria... "Anadiomene". La stanza dei paesaggi, la sala da pranzo! E gente estranea...»

«Sì, Tony, così avranno pensato allora quelli che hanno dovuto abbandonare la casa quando il nonno la comperò. Avevano perso il loro denaro e se ne dovettero andare e sono morti e sepolti. Tutto passa. Contentiamoci e ringraziamo Iddio che non siamo ancora arrivati al punto a cui erano allora i Ratenkamp e che ci separiamo da questa casa in circostanze più favorevoli delle loro...»

Un singhiozzo, un lento doloroso singhiozzo lo interruppe. La signora Permaneder si abbandonava talmente al suo cordoglio che non pensava neanche ad asciugarsi le lacrime che le scorrevano giù per le guance. Stava china e rannicchiata e una goccia dopo l'altra le cadeva sulle mani abbandonate in grembo senza che lei vi facesse caso.

«Tom» disse dando alla sua voce, che le lacrime minacciavano di soffocare, un vigore commovente «tu non immagini come mi senta in questo momento, non immagini. Tua sorella non ha avuto molto bene dalla vita, anzi ha avuto molto male. Sulle mie spalle sono cadute tutte le disgrazie immaginabili... non so come me lo sia meritato. Ma ho accettato senza disperare tutto quello che mi è venuto da Grünlich e da Permaneder e da Weinschenk. Infatti ogni volta che Dio mandava in frantumi la mia esistenza non mi sentivo interamente perduta. Sapevo un luogo, un porto sicuro, dirò così, dov'ero protetta, dove potevo rifugiarmi in tutte le avversità della vita. E anche recentemente, quando tutto era finito, quando portarono Weinschenk in prigione... "Mamma" ho detto "possiamo venire da te?" "Sì, figliole, venite"... Quando eravamo piccoli, Tom, e facevamo ad acchiapparci, c'era sempre un "rifugio", un piccolo tratto limitato dove potevamo ritirarci se eravamo in angustie, e donde non si poteva essere cacciati, ma si riposava in pace. La casa della mamma, questa casa è stata, caro Tom, il mio "rifugio" nella vita... e ora... vendere...» Così dicendo si nascose il viso nel fazzoletto e pianse amaramente. Egli le prese una mano e la strinse fra le sue.

«Lo so, cara Tony, so tutto anch'io. Ma ora non vogliamo

essere un po' ragionevoli? La nostra buona mamma se n'è andata... non possiamo richiamarla in vita. E allora? Non ha senso conservare questa casa come un capitale morto... Io devo ben saperlo, non ti pare? Vogliamo farne una casa d'affitto? Capisco, il pensiero che qui debbano entrare degli estranei ti tormenta; ma è pur sempre meglio che tu non sia qui a vedere e che tu prenda invece una bella casina per te e per i tuoi, o tutto un piano, per esempio in qualche casa fuori porta... o preferiresti invece abitare qui insieme con altre famiglie? D'altro canto hai ancora la tua famiglia, hai Gerda e me e le Buddenbrook della Via Larga e i Kröger e anche Mademoiselle Weichbrodt... senza parlare di Klothilde, che non so se ami ancora la nostra compagnia: da quando è stata accolta nel monastero è diventata un po' schizzinosa...»

Ella trasse un sospiro che era quasi una risata, si voltò dall'altra parte e premette più forte il fazzoletto sugli occhi gemendo come un bambino che con uno scherzo si voglia distogliere dal suo dolore. Ma poi scoprì la faccia e si raddrizzò come faceva sempre quando si trattava di dimostrare dignità e forza di carattere, e buttò indietro la testa cercando tuttavia di premere il mento sul petto.

«Va bene, Tom» disse seria e rassegnata, guardando con gli occhi rossi verso la finestra «anch'io voglio essere ragionevole... anzi lo sono già. Devi perdonarmi... e anche tu, Gerda... se ho pianto. Che vuoi? quando ti prende... È una debolezza. Ma è cosa soltanto esteriore. Voi sapete bene che in fondo sono una donna indurita dalla vita. Sì, Tom, quello che hai detto del capitale improduttivo lo capisco benissimo. Per questo sono abbastanza intelligente. Ripeto soltanto che devi fare quello che ritieni giusto. Sei tu che devi pensare e agire per noi, perché Gerda e io siamo donne e Christian... oh, Dio lo assista! Noi non possiamo tener testa a te perché quel che possiamo dire non sono obiezioni, ma soltanto sentimentalismi: è evidente. A chi pensi di vendere, Tom? Credi che si potrà far presto?»

«Eh, figliola, se lo sapessi... In ogni caso però... questa

mattina ho scambiato qualche parola con Gosch, il vecchio mediatore; non parve alieno dall'idea di occuparsene...»

«Sarebbe una bella cosa, veramente. S'intende, anche Siegmund Gosch ha i suoi lati deboli... Quella faccenda delle sue traduzioni dallo spagnolo di cui si va dicendo (non sono riuscita a sapere come si chiami quel poeta) è un po' strana, lo ammetterai anche tu, Tom. Ma è stato amico del nostro babbo ed è persona onestissima. E poi è un uomo di cuore, tutti lo sanno. Capirà che qui non si tratta di una compera qualsiasi, di una casa qualunque... Che ne dici, Tom, quanto chiederai? Direi che centomila marchi sono il minimo, non ti pare?»

«Tom, centomila marchi dovrebbero essere il minimo» ripeté ancora, con la mano sulla maniglia, mentre suo fratello scendeva già dalla scala con la consorte. Poi, rimasta sola, si fermò nel mezzo della stanza e, accostando le mani davanti a sé con le palme rivolte verso terra, si guardò in giro sconcertata. Scoteva continuamente la testa coperta da una cuffietta di pizzi neri e, grave di pensieri, la reclinò piano piano sopra una spalla.

III

Il piccolo Johann fu costretto a prender commiato dalle spoglie mortali della nonna; così suo padre aveva ordinato, ed egli, per quanto avesse paura, non fece alcuna obiezione. Il giorno dopo la difficile agonia di sua madre, a tavola, il senatore aveva biasimato (e pareva apposta alla presenza del figlio) con parole aspre il comportamento dello zio Christian, il quale nel momento in cui l'ammalata stava più male si era allontanato per andare a letto. «Questione di nervi, Thomas» aveva osservato Gerda; ma con un'occhiata verso Hanno, il quale l'aveva notata, Thomas aveva replicato in tono quasi severo: la povera mamma aveva sofferto tanto che c'era da vergognarsi a non provar dolore alla sua presenza e a sottrarsi vigliaccamente a quel po' di sofferenza che la vista della sua agonia doveva provocare. Hanno ne aveva tratto la conclusione che non poteva arrischiarsi di far opposizione a quella visita.

Quando il giorno prima del funerale entrò in mezzo al babbo e alla mamma, la sala gli sembrò estranea come alla vigilia di Natale. Di fronte, in fondo, stagliandosi bianca contro il verde cupo di grandi piante in vaso che, alternate con alti candelieri d'argento, formavano un semicerchio, sorgeva su un piedestallo nero la copia del Cristo benedicente di Thorwaldsen, la quale di solito stava nel corridoio. Tutt'intorno alle pareti ondeggiava a ogni corrente d'aria il crespo nero che copriva l'azzurro della tappezzeria e le figure bianche e sorridenti degli dèi i quali avevano assistito ai lieti simposi che si erano svolti in quella sala. Circondato dai parenti tutti vestiti di nero, con un largo bracciale nero sulla manica della marinara, il cervello annebbiato dai profumi che salivano dai mazzi di fiori e dalle corone, profumi coi quali si mescolava lievemente e solo in certi momenti un altro odore strano e tuttavia familiare, il piccolo Johann stava a fianco della bara e fissava la figura immobile che giaceva, severa e solenne, davanti a lui sopra il raso bianco.

Quella non era la nonna. Aveva bensì la cuffia di gala coi nastri di seta bianca e, sotto, i capelli rossicci. Ma quel naso appuntito, quelle labbra rientrate, quel mento sporgente, quelle mani giunte, gialle e diafane, che si vedeva quanto erano fredde e rigide, non appartenevano a lei. Quello era un ignoto fantoccio di cera, e quel modo di esporlo e onorarlo aveva un che di raccapricciante. Hanno guardò verso la stanza dei paesaggi come se da un momento all'altro vi dovesse apparire la nonna vera... Ma ella non venne. Era morta. La morte l'aveva scambiata per sempre con quella figura di cera che teneva le palpebre e le labbra così inesorabilmente, così inavvicinabilmente chiuse.

Reggendosi sulla gamba sinistra e piegando il ginocchio

destro in modo da bilanciare il piede sulla punta, egli stringeva con una mano il nodo da marinaio che aveva sul petto mentre l'altra gli penzolava inerte. Teneva la testa, coi capelli castani arricciati sulle tempie, un po' piegata sulla spalla, e di sotto le sopracciglia corrugate i suoi occhi bruno-dorati circondati da ombre azzurrine guardavano socchiusi il viso della defunta con un'espressione di ripugnanza e di concentrazione. Respirava lentamente e con cautela, perché a ogni respiro si aspettava quell'odore, quell'odore strano e pur così familiare che l'intenso profumo dei fiori non riusciva sempre a sopraffare. E quando gli giungeva, quando lo sentiva, le sopracciglia gli si aggrottavano più profondamente e le labbra avevano un tremito. Infine sospirò: ma quel sospiro assomigliava talmente a un singhiozzo senza lacrime che la signora Permaneder si chinò, lo baciò, e lo portò via.

E dopo che il senatore e sua moglie, insieme con la signora Permaneder e con Èrika Weinschenk, ebbero accolto per lunghe ore, nella stanza dei paesaggi, le condoglianze della città, Elisabeth Buddenbrook, nata Kröger, fu messa sottoterra. Erano intervenuti i parenti di fuori, da Francoforte e da Amburgo, i quali per l'ultima volta erano ospiti nella Mengstrasse. La folla dei dolenti empiva la sala e la stanza dei paesaggi, la galleria e il corridoio, quando alla luce delle candele, eretto maestosamente a capo della bara, col volto raso, la cui espressione variava fra il tetro fanatismo e l'estasi soave, il pastore Pringsheim di Santa Maria, le mani giunte sotto il largo collare pieghettato, tenne l'orazione funebre.

Con voce ora forte ora smorzata elogiò le virtù della defunta, la sua signorile umiltà, la serena devozione, la benefica clemenza. Accennò alle "Serate di Gerusalemme" e alla scuola domenicale, fece rifulgere con tutto lo splendore della sua dialettica la lunga, ricca e felice esistenza terrena della trapassata... e siccome la parola "fine" voleva un aggettivo, conchiuse parlando della sua placida fine.

La signora Permaneder conosceva benissimo le esigenze della propria dignità di rappresentante della famiglia di fronte a sé stessa e a tutti i presenti. Con sua figlia Èrika e con la nipote Elisabeth aveva occupato accanto al pastore i posti più in vista a capo della bara coperta di corone, mentre Thomas, Gerda, Christian, Klothilde, il piccolo Johann e il vecchio console Kröger, che stava seduto, dovettero accontentarsi, come i parenti di secondo grado, di assistere alla cerimonia da posti meno distinti. Stava eretta, con le spalle un po' sollevate, e l'orgoglio di avere la prima parte in quella solennità era tale che in certi momenti le faceva dimenticare il dolore. Sapendo di essere esposta agli sguardi curiosi di tutta la città, teneva gli occhi per lo più abbassati, ma di tanto in tanto non poteva fare a meno di abbracciare con lo sguardo la moltitudine nella quale c'era anche Julchen Möllendorpf nata Hagenström... Eh sì, tutti avevano dovuto intervenire, i Möllendorpf, i Kistenmaker, i Langhals e gli Oeverdieck! Prima che Tony Buddenbrook uscisse dalla casa paterna, essi avevano dovuto adunarsi lì ancora una volta per presentarle, nonostante Grünlich, nonostante Permaneder, nonostante Hugo Weinschenk, le loro ossequiose condoglianze!...

E il pastore Pringsheim continuava a frugare col suo elogio funebre dentro la piaga aperta dalla morte, faceva volutamente notare a ciascuno ciò che aveva perduto, e sapeva spremere lacrime anche dove non ne sarebbero scorse spontanee; e di ciò tutti gli erano grati nella loro commozione. Quando parlò delle "Serate di Gerusalemme" tutte le vecchie amiche della defunta si misero a singhiozzare, tranne Madame Kethelsen la quale non udiva nulla e guardava davanti a sé con l'espressione assente dei sordi, e le sorelle Gerhardt, le discendenti di Paul Gerhardt, che stavano in un angolo tenendosi per mano e avevano gli occhi limpidi: infatti erano contente della morte della loro amica, e non la invidiavano soltanto perché l'invidia era estranea al loro cuore.

Mademoiselle Weichbrodt si soffiava continuamente il naso traendone un suono breve ed energico. Le Buddenbrook della Via Larga invece non piangevano: non era loro costume. I loro visi sia pure meno maligni del solito, esprimevano una serena sodisfazione per l'imparziale giustizia della Morte...

Poi, spento l'ultimo *amen* del pastore, ecco entrare coi tricorni neri, piano piano, ma pur tanto rapidamente da far gonfiare i mantelli dietro di sé, i quattro necrofori che dovevano por mano al feretro. Erano quattro facce da lacchè che tutti conoscevano, aiutanti che ai pranzi delle famiglie più cospicue porgevano i vassoi carichi e, nei corridoi, vuotavano le caraffe di vin rosso delle cantine Möllendorpf. Ma erano anche indispensabili in ogni funerale di prima e di seconda classe, e bisogna dire che possedevano una grande abilità. Sapevano che bisogna superare con tatto e sveltezza il momento in cui il feretro deve essere sollevato da estranei in mezzo ai parenti e portato via per sempre. Con due o tre movimenti energici, svelti e silenziosi, si erano caricati il peso sulle spalle, e, prima che i presenti avessero tempo di rendersi conto dell'atto terribile, la cassa coperta di fiori era già partita senza indugio, ma con ritmo lento, e scomparsa nel vestibolo.

Le signore si affollarono contegnose intorno alla signora Permaneder e a sua figlia per stringer loro la mano e mormorare con gli occhi bassi né più né meno di ciò che si deve mormorare in siffatte occasioni, mentre gli uomini si preparavano a scendere nelle carrozze.

E il lungo nero corteo passò lento per le strade umide e grige, uscì dalla porta della città, e lungo il viale spoglio e abbrividente nella pioggerella fredda arrivò fino al cimitero dove tutti, al suono di una marcia funebre che veniva da dietro una macchia di piante brulle, seguirono a piedi il feretro per le viottole bagnate fin dove al margine della cinta alberata la tomba di famiglia dei Buddenbrook elevava la lapide gotica sormontata dalla gran croce di marmo. La lastra di pietra ornata dello stemma di famiglia in rilievo giaceva accanto al sepolcro nero incoronato di fronde umide.

Laggiù si era preparato il loculo per la nuova arrivata. Sotto la sorveglianza del senatore vi si era fatta in quegli ultimi giorni un po' di pulizia e si erano messi da una parte i resti degli antichi Buddenbrook. E ora, mentre la musica taceva, il feretro sorretto dalle funi dei portatori oscillò sopra il baratro murato; poi calò con un lieve tonfo, e il pastore, che si era infilato i polsini di lana, riprese a parlare. La sua voce pacata risuonava limpida, pia e commossa sopra la tomba aperta e sopra le teste curve o reclinate dei presenti, nell'aria autunnale fredda e immobile. Infine egli si chinò sopra la tomba, chiamò la morta per nome e la benedisse col segno della croce. Quando poi tacque e mentre tutti gli uomini con le mani inguantate di nero si tenevano il cilindro davanti al viso per pregare in silenzio, sbucò un raggio di sole. Non pioveva più, e tra il rumore delle gocciole che qua e là cadevano dagli alberi e dai cespugli si insinuava brevemente un sottile e interrogativo cinguettare d'uccelli.

Ognuno si accinse poi a stringere ancora una volta la mano ai figli e al fratello della defunta. Thomas Buddenbrook, col soprabito spesso e scuro cosparso di minuscole gocce argentee, stava davanti a quella sfilata tra il fratello Christian e lo zio Justus. Negli ultimi tempi aveva incominciato a ingrassare: unico segno esteriore degli anni che passavano anche per lui. Le guance dalle quali sporgevano i baffi a punta gli si arrotondavano, ma erano pallide, bianchicce, esangui e senza vita. Gli occhi un po' arrossati, egli guardava con un'espressione di stanca cortesia ciascuno dei signori ai quali stringeva la mano.

IV

Otto giorni dopo, nello studio privato del senatore Buddenbrook, sulla poltrona di cuoio a fianco della scrivania, sedeva un vecchietto accuratamente raso, dai candidi capelli lisciati sulla fronte e sulle tempie. Tutto curvo sul manico bianco del bastone vi appoggiava le mani e su queste il mento aguzzo; teneva le labbra strette e gli angoli della bocca tirati in giù in una smorfia cattiva, mentre guardava il senatore di sotto in su, con uno sguardo così disgustoso, perfido e penetrante che veniva da chiedersi come mai quest'ultimo non preferisse evitare il contatto con un uomo simile. Thomas invece era appoggiato alla spalliera senza mostrare inquietudine e parlava con quella figura maligna e demoniaca come con un qualunque innocuo cittadino. Il principale della Ditta Johann Buddenbrook discuteva col mediatore Siegmund Gosch il prezzo d'acquisto per il vecchio palazzo della Mengstrasse.

Ciò richiese parecchio tempo perché l'offerta di 28.000 talleri fatta dal signor Gosch sembrava troppo bassa al senatore, mentre invece il mediatore dichiarava che aggiungere a quella somma un solo marco d'argento sarebbe stata una follia e tanto valeva vendere l'anima al diavolo. Thomas faceva notare la posizione centrale e la non comune estensione del terreno, ma Gosch con voce sibilante e soffocata, con le labbra stirate e con gesti raccapriccianti, gli impartì una lezione sul rischio schiacciante che si caricava sulle spalle, una spiegazione che nella sua plastica vivezza si poteva dire quasi un poema... Ah! quando e a chi avrebbe rivenduto quella casa e per quale importo? Quante volte nel corso dei secoli si sarebbe mai presentata la richiesta di un terreno siffatto? Poteva forse l'amico suo generoso e venerato promettergli che l'indomani col treno di Büchen sarebbe arrivato un nababbo dall'India per insediarsi in casa Buddenbrook? Lui, Siegmund Gosch, se la sarebbe dovuta tenere... sicuro, tenere, e allora era un uomo perduto, rovinato per sempre, un uomo che non avrebbe più trovato il tempo di risollevarsi perché la sua clessidra era vuotata, la sua tomba già scavata, sicuro, scavata... E poiché questa frase gli parve attraente, aggiunse ancora qualche parola allusiva a lemuri ciondolanti, e zolle cadenti con un tonfo sopra il feretro.

Tuttavia il senatore non era disposto a cedere. Parlò della facilità con cui si poteva suddividere il terreno, ricordò la responsabilità che aveva di fronte ai fratelli, e insistette sul prezzo di 30.000 talleri, disponendosi, con un misto di nervosismo e di compiacimento, ad ascoltare la replica spiritosa del signor Gosch. Così si andò avanti per due buone ore, durante le quali Gosch ebbe l'occasione di manovrare tutti i registri della sua arte dialettica. Recitava, per così dire, due parti e faceva l'impostore malvagio. «Accetti, senatore, mio giovane e generoso amico... 84.000 marchi... È l'offerta di una persona anziana e onesta!» diceva con voce melliflua reclinando la testa, costringendo il viso devastato dalle smorfie a un sorriso di ingenua tenerezza e tenendo la mano bianca e larga dalle dita lunghe e tremule. Ma era menzogna, era tradimento. Un bambino avrebbe potuto penetrare quella maschera d'impostura dalla quale ghignava orribilmente l'intima furfanteria di quell'uomo.

Infine Thomas Buddenbrook dichiarò che doveva prendersi tempo e conferire coi fratelli prima di accettare i 28.000 talleri: cosa che probabilmente non avrebbe fatto mai. Per il momento portò la conversazione su un terreno neutro, si informò dei buoni affari del signor Gosch, chiese come stava di salute...

Gosch stava male; con un gesto largo ed elegante respinse l'ipotesi che si potesse annoverarlo tra le persone fortunate. Gli acciacchi della vecchiaia si avvicinavano e, come aveva già detto, la sua fossa era già scavata. La sera non era quasi più in grado di portare alle labbra il bicchiere di grog senza versarne la metà: tanto il diavolo gli faceva tremare le mani. Ed era inutile bestemmiare. La volontà non la spuntava più... Certo aveva vissuto, aveva fatto una vita non proprio misera. Aveva guardato il mondo con gli occhi aperti. Davanti a lui erano passate le bufere delle rivoluzioni e delle guerre e anche il suo cuore, per dir così, ne aveva sentito gli sconvolgimenti. Eh, perbacco, quelli erano altri tempi, quando, durante una storica seduta del consiglio comunale, era stato al fianco del padre del senatore, e si era opposto assieme al console Johann Buddenbrook all'assalto della plebe infuriata! L'orrore degli orrori!... No, la sua vita non era stata povera neanche interiormente. Per tutti i diavoli, aveva avuto le sue energie, e quale l'energia tale l'ideale, dice il Feuerbach. E anche adesso, ancora adesso... il suo spirito non era immiserito, il suo cuore era rimasto giovane e non aveva mai cessato, non avrebbe mai cessato di essere capace di sentimenti grandiosi, di accogliere i cari ideali con calore e fedeltà. Certo li avrebbe portati con sé nella tomba. Ma gli ideali esistono forse per essere raggiunti e realizzati? Niente affatto. Le stelle non si desiderano, ma la speranza... oh, la speranza, non l'adempimento, la speranza è quanto di meglio abbiamo nella vita. *L'espérance toute trompeuse qu'elle est sert au moins à nous mener à la fin de la vie par un chemin agréable*. L'aveva già detto La Rochefoucauld. Bello, vero? Però il suo venerato e generoso amico poteva anche ignorare queste cose. Quando le onde della vita reale prendono uno sul proprio dorso incoronandogli di fortuna la fronte, non occorre che questi abbia tali cose per la mente. Ne ha bisogno invece chi rimane a sognare solitario, in basso, nelle tenebre...

«Lei è felice» disse ad un tratto posando la mano sul ginocchio del senatore e guardandolo con occhi umidi. «Ma sì! Non commetta peccato negandolo! Lei è felice. Tiene la felicità tra le braccia... È andato a conquistarsela con le braccia robuste... con le mani robuste» si corresse perché non poteva tollerare l'immediata ripetizione della parola braccia. Poi tacque e, senza percepire una parola della protesta e della risposta rassegnata del senatore, continuò a guardarlo negli occhi cupo e trasognato. D'un tratto si riscosse:

«Ma noi stiamo qui a chiacchierare» disse «mentre ci siamo incontrati per affari. Il tempo è prezioso: non perdiamolo in esitazioni. Dia retta a me... perché è lei... capisce? perché...» E pareva che Gosch stesse per ricadere nelle sue dolci meditazioni: senonché si scrollò ed esclamò con un gesto entusiastico e pieno di slancio: a 29.000 talleri... 87.000 marchi per la casa di sua madre! D'accordo?».

Il senatore Buddenbrook accettò.

Come era da aspettarsi, la signora Permaneder dichiarò che quel prezzo era ridicolo. In considerazione delle memorie che vi erano legate, se qualcuno le avesse messo sulla tavola un milione ella avrebbe detto che era onesto: nient'altro. Tuttavia fece presto l'orecchio alla cifra che suo fratello le aveva comunicato, specie perché i suoi pensieri erano tutti presi dai progetti per l'avvenire. Era cordialmente lieta dei molti mobili che le erano toccati, e quantunque nessuno pensasse per il momento a mandarla via dalla casa paterna si dedicava con molto zelo alla ricerca di un nuovo appartamento per sé e per i suoi. Certo, il distacco le sarebbe riuscito penoso e questo pensiero le faceva salire le lacrime agli occhi. Ma d'altro canto la prospettiva di novità e mutamenti aveva anche la sua seduzione. Non era quasi come metter su casa di nuovo, per la quarta volta? Di nuovo andò a vedere appartamenti, di nuovo prese accordi col tappezziere, di nuovo trattò nei negozi per l'acquisto di tendaggi e tappeti. E aveva il batticuore: proprio così, la vecchia signora indurita dalla vita aveva il batticuore!

Passarono in tal modo le settimane, quattro, cinque, sei settimane. Venne la prima neve, giunse l'inverno, le stufe scoppiettarono e i Buddenbrook incominciarono con tristezza a pensare alla nuova festa di Natale... Ma improvvisamente accadde un fatto drammatico, una sorpresa straordinaria. La vita prese una piega che meritava e ottenne l'interessamento generale; accadde... anzi piombò come un fulmine un fatto che fece rimaner di sasso la signora Permaneder in mezzo a tutte le sue faccende.

«Tom» esclamò «sono impazzita? Gosch vaneggia? Ma non è possibile! È troppo assurdo, troppo impensabile, troppo...» e tacque prendendosi le tempie fra le mani. Il senatore invece si strinse nelle spalle.

«Cara figliola, non è deciso nulla ancora, ma si è affacciata l'idea, la possibilità: e se ti soffermi a riflettere pacatamente, vedrai che la cosa non è affatto impensabile. Da rimanerne un po' sbalorditi, questo sì. Anch'io ho fatto un passo indietro quando Gosch venne a dirmelo. Ma perché impensabile? Quale ostacolo c'è?»

«Io non sopravvivo a questo colpo» disse lei sedendosi e rimanendo immobile.

Che cosa era successo? Ecco: si era già presentato un compratore, o per lo meno un individuo che s'interessava all'affare e aveva manifestato il desiderio di vedere minutamente la proprietà messa in vendita per far seguire le trattative. E questo individuo era Hermann Hagenström, grande commerciante e console del regno di Portogallo.

Quando le prime voci giunsero alle orecchie della signora Permaneder, questa era rimasta paralizzata, sbalordita, sconcertata, incredula, incapace di accogliere quel pensiero in tutta la sua profondità. Ma ora che la questione andava sempre più concretandosi, ora che la visita del console Hagenström nella Mengstrasse era imminente, ora ella si riprese e si rianimò. Non protestò, ma si inalberò. Trovò parole roventi, parole taglienti, incominciò a lanciarle come fiaccole incendiarie, come asce di guerra.

«Non sarà mai, Thomas! Finché vivo, ciò non avverrà. Quando si vende un cane, si bada a chi lo si dà. La casa della mamma! La nostra casa! La stanza dei paesaggi!...»

«Ma io ti domando quali ostacoli ci siano veramente.»

«Ostacoli! Dio buono, ostacoli! Montagne dovrebbero ostacolarlo, quel grassone. Montagne! Ma egli non le vede. Non se ne cura. Non ha alcun sentimento. Che sia una bestia?... Da tempi immemorabili i Hagenström sono nostri rivali... Il vecchio Heinrich ha fatto angherie al nonno e al babbo, e se Hermann non ha potuto farti seriamente del male, se non ha potuto metterti ancora alcun bastone fra le ruote, è stato perché non ne ha avuto l'occasione. Quando eravamo ragazzi l'ho schiaffeggiato sulla pubblica via, e avevo le mie buone ragioni, e in compenso la sua soave sorella

Julchen mi ha graffiata a sangue. Ragazzate, lo so... Ma hanno assistito con gioia e ironia a tutte le nostre disgrazie, e per lo più ero io quella che procurava loro tale piacere... Dio ha voluto così... Ma i danni che il console ti ha recato nel campo degli affari, la spudoratezza con la quale ti ha sorpassato, queste cose le devi sapere tu meglio di tutti, Tom; non sarò io a insegnartele. E infine, quando Èrika fece un buon matrimonio, l'invidia li ha rosi finché son riusciti a toglier di mezzo il direttore e a cacciarlo in prigione per mano del loro fratello, di quella tigre, di quel satanasso d'un procuratore... E adesso vorrebbero osare... adesso hanno la sfacciataggine...»

«Senti, Tony, in primo luogo noi, a rigore, in questa faccenda non c'entriamo più, perché l'abbiamo passata a Gosch e ora tocca a lui conchiudere con chi vuole. Ammetto volentieri che sarebbe una certa ironia della sorte...»

«Ironia della sorte? Ecco, Tom, ecco la tua maniera di esprimerti. Io invece la chiamo un'ignominia, uno schiaffo sulla faccia, proprio cosi! Non pensi che cosa significa? Rifletti un po', Thomas! Significherebbe che i Buddenbrook sono liquidati, che sono definitivamente buttati giù di sella, che se ne vanno, mentre i Hagenström subentrano al loro posto con la musica in testa... No, Thomas, non parteciperò mai a questo spettacolo! Non terrò mano a una simile malvagità. Venga pure, osi pure venir qua per visitare la casa. Io non lo ricevo, puoi star sicuro. Vado con mia figlia e mia nipote in una stanza e giro tanto di chiave e gli proibisco di entrare, proprio cosi.»

«Mia cara, farai come crederai meglio, ma prima penserai se non sia consigliabile osservare le forme della convivenza civile. Tu pensi forse che il console Hagenström rimarrebbe molto colpito dal tuo comportamento? Grave errore, figlia mia. Non ne sarebbe né lieto né offeso, ma soltanto stupito, d'uno stupore freddo e indifferente. Fatto sta che tu presupponi in lui quegli stessi sentimenti verso di te e verso di noi che tu nutri verso di lui. Sbagliato, Tony! Egli non ti odia affatto. Perché dovrebbe odiarti? Non odia nessuno. È un uomo fortunato, in mezzo alla prosperità e, credi a me, pieno di benevolenza e di serenità. Ti ho assicurato non so quante volte che per la strada ti saluterebbe con la massima gentilezza, se tu riuscissi a dominarti e a non guardare in aria con fierezza così bellicosa. Egli se ne meraviglia e per due minuti prova uno stupore calmo e un po' ironico, incapace di spostare l'equilibrio d'un uomo che nessuno può toccare... Che cosa gli rinfacci? Se mi ha superato di molto negli affari e se qualche volta mi combatte con successo nella vita pubblica... bene, vuol dire che è un commerciante più bravo di me e miglior diplomatico... Non c'è nessuna ragione di ridere furiosamente come fai. Ma per ritornare alla casa, già da molto tempo il vecchio palazzo non ha alcuna importanza effettiva per la famiglia; l'importanza è passata a poco a poco sulla mia casa. Te lo dico per consolarti. D'altra parte si capisce facilmente come al console Hagenström sia venuta l'idea di farne l'acquisto. Costoro sono saliti, la loro famiglia aumenta, sono imparentati coi Möllendorpf, e per censo e autorità sono pari alle prime famiglie. Tuttavia sentono la mancanza di qualche cosa, di una cosa tangibile della quale finora hanno fatto a meno con superiore spregiudicatezza... la consacrazione storica, per così dire, la legittimazione... Ora sembra che gliene sia venuto il desiderio e se la procurano acquistando un palazzo come questo. Sta a vedere che il console conserverà tutto ciò così com'è, non farà mutamenti edili, lascerà stare anche il *Dominus providebit* sopra la porta di casa, per quanto, a esser giusti, si debba riconoscere che non già il Signore ma lui, Hermann, ha portato la ditta Strunck & Hagenström a tali fastigi...»

«Bravo, Tom! Come fa bene sentirti pronunciare una cattiveria sul suo conto! Dio mio, se avessi la tua testa, come lo farei filare! Tu invece...»

«Tu vedi però che la mia testa serve a ben poco.»

«Ma tu invece, dico, parli della cosa con una flemma inspiegabile, e mi spieghi il modo di agire di Hagenström... Oh, di' quello che vuoi, ma anche tu hai un cuore come me e non ammetto che tu sia così calmo come vuoi far credere. Mentre rispondi ai miei lamenti... forse vuoi soltanto confortare te stesso...»

«Adesso diventi insolente, Tony. Come *voglio far credere* così sono... e basta. Il resto non riguarda nessuno.»

«Dimmi ancora una cosa, Tom, ti scongiuro: non sarebbe un'allucinazione?»

«Perfettamente.»

«Un incubo?»

«Perché no?»

«Una commedia da piangere?»

«Basta, basta!»

....E il console Hagenström si presentò nella Mengstrasse, vi fece la sua comparsa insieme col signor Gosch che col cappellone in mano, tutto curvo, guardandosi perfidamente in giro e passando davanti alla cameriera che aveva recato i biglietti di visita e teneva aperta la porta vetrata, entrò dietro il console nella stanza dei paesaggi. Hermann Hagenström che aveva indosso una pelliccia grossa e pesante, lunga fino ai piedi, aperta sul davanti in modo da far vedere l'abito invernale di stoffa inglese giallo verde, pelosa e resistente, era una figura da città grande, un tipo imponente di capitalista. Era tanto grasso che non solo il mento, ma tutta la metà inferiore del suo viso era doppia senza che la barbetta bionda lo potesse nascondere; e, a certi movimenti della fronte e delle palpebre, persino la pelle rapata del cranio gli formava grosse pieghe. Il naso gli si adagiava più piatto che mai sul labbro superiore e respirava faticosamente tra i baffi; ma ogni tanto la bocca doveva venirgli in soccorso e si apriva a un respiro più abbondante: e questo era accompagnato ogni volta da un lieve schiocco provocato dal lento staccarsi della lingua dal palato e dalla gola.

Udendo quel ben noto rumore, la signora Permaneder si scolorò. Davanti agli occhi le passò una visione di panini con salsicce tartufate e pasticcio di fegato d'oca che per un istante minacciò di incrinare la marmorea dignità del suo atteggiamento. Con la cuffietta nera sui capelli lisciati, con un abito nero di taglio perfetto, la cui gonna era ornata di volanti fino alla cintura, ella se ne stava sul sofà con le braccia incrociate e le spalle un po' sollevate, e nel momento stesso in cui quei due entravano rivolse un'osservazione calma e indifferente al fratello senatore il quale non avrebbe potuto assumersi la responsabilità di lasciarla sola in quella circostanza. Rimase seduta anche quando il senatore che era andato incontro agli ospiti fin nel mezzo della stanza scambiò un saluto cordiale col mediatore e un inchino cortese e corretto col console; a sua volta poi si alzò, eseguì un inchino compassato davanti ai due e accolse senza alcuna fretta l'invito espresso a tutti da suo fratello con la mano e con le parole a volersi accomodare. E per ostentata indifferenza tenne gli occhi quasi chiusi.

Mentre sedevano e nei primi minuti successivi, il console e il mediatore parlarono alternatamente. Con umiltà falsa e ripugnante, dietro la quale tutti vedevano la perfidia in agguato, il signor Gosch pregò di perdonare il disturbo, ma il signor console Hagenström, disse, desiderava di fare un giro nelle stanze della casa perché aveva intenzione di acquistarla. Poi, con una voce che di nuovo rammentò alla signora Permaneder certi panini imbottiti, il console ripeté la stessa cosa con altre parole: infatti quell'idea gli era venuta e si era rapidamente trasformata in un desiderio ch'egli sperava di poter attuare per sé e per i suoi, sempreché, ah, ah, il signor Gosch non volesse fare in quell'occasione un affare troppo buono... Ma non dubitava che la cosa si sarebbe regolata con sodisfazione di tutti.

Il suo contegno era libero e franco, placido, da cavaliere, e ciò non mancò di fare effetto sulla signora Permaneder, tanto più che egli, per cortesia, si rivolgeva quasi sempre a lei. Si degnò persino di motivare ampiamente il suo desiderio quasi scusandosi. «Spazio! più spazio!» esclamò. «La mia casa nella Sandstrasse... lei non lo crederebbe, signora, e lei, senatore... ci diventa effettivamente troppo stretta, non ci si rigira più. Non parliamo, Dio guardi, di quando ci sono invitati. Ma effettivamente basta la famiglia, gli Huneus, i Möllendorpf, i parenti di mio fratello Moritz... e ci stiamo effettivamente come le acciughe. A che scopo, dunque, vero?»

Parlava quasi in tono leggermente indignato, con gesti ed espressioni che sembrava dicessero: "Capirete anche voi... perché dovrei tollerare?... Sarei uno sciocco... dato che, grazie a Dio, non mi mancano i mezzi per correre ai ripari...".

«Però ho voluto aspettare» continuò «aspettare finché Zerline e Bob avessero bisogno di una casa per cedere loro la mia e cercare per me un alloggio più ampio; ma... loro sanno» s'interruppe «che mia figlia Zerline e Bob, il figlio maggiore di mio fratello il procuratore, sono fidanzati da molti anni... Ora non vogliamo rimandare di troppo le nozze. Due anni tutt'al più... Sono giovani: tanto meglio! Ma insomma perché dovrei aspettar loro e lasciarmi sfuggire la buona occasione che mi si offre in questo momento? Effettivamente non ci sarebbe senso comune...»

Tutti approvarono e la conversazione si soffermò un poco su quella circostanza di famiglia, su quel futuro matrimonio: nesssuno ci trovava da ridire, perché i matrimoni di convenienza fra cugini non erano niente di straordinario. Si chiesero informazioni sui progetti dei due giovani, progetti che riguardavano già il viaggio di nozze... Pensavano di recarsi in Riviera, a Nizza, e così via. Ne avevano la voglia: perché no, dunque, vero?... Si menzionarono anche i figli minori e il console ne parlò con tranquillo compiacimento senza dar peso alla cosa e scrollando le spalle. Aveva cinque figlioli e suo fratello Moritz quattro, maschi e femmine... Sì, grazie, tutti stavano bene. Del resto perché non avrebbero dovuto star bene, vero? Insomma, stavano bene. E poi venne a parlare di nuovo della famiglia aumentata e della sua casa troppo stretta. «Oh, questa è altra cosa! Ho potuto farmene un'idea venendo quassù... Questa casa è una perla, senza dubbio una perla, premesso che il paragone regga date le dimensioni, ah ah! Già queste tappezzerie... le confesso, signora, che le sto ammirando da quando abbiamo incominciato a parlare. Effettivamente è una stanza deliziosa. Quando penso... che lei ha potuto passare qui la sua vita finora...»

«Sì... con qualche interruzione» disse la signora Permaneder con quella particolare voce di gola che aveva qualche volta.

«Interruzioni... già» ripeté il console con un sorriso garbato. Poi diede un'occhiata al senatore Buddenbrook e a Gosch e, poiché i due stavano parlando tra loro, avvicinò la sedia al sofà della signora Permaneder e si chinò verso di lei in modo da portare il greve ansito del suo naso immediatamente sotto il naso di lei. Troppo educata per voltarsi dall'altra parte e sottrarsi al fiato di lui, ella stette rigida ed eretta guardandolo di sotto le palpebre abbassate. Egli però non notò affatto il disagio in cui essa si trovava.

«Dica un po', signora» incominciò. «Mi sembra che a suo tempo abbiamo già fatto qualche affare tra noi. Certo, allora si trattava soltanto... di che cosa mai? Dolciumi, ghiottonerie, vero?... Ora invece si tratta di un palazzo...»

«Non ricordo» rispose la signora Permaneder allungando ancor più il collo perché il viso di lui le era vicino in modo indecente e insopportabile.

«Non si ricorda?»

«No, a dire il vero, non ricordo i dolciumi. Ho una vaga idea di panini imbottiti con salsiccia grassa... una merenda disgustosa... non so più se era roba mia o sua... Eravamo ragazzi allora. Ma il palazzo oggi riguarda esclusivamente il signor Gosch...»

Gettò al fratello una rapida occhiata di gratitudine perché egli aveva visto la sua pena e accorreva in aiuto permettendosi di chiedere se intanto i signori desideravano di fare il giro della casa. Questi erano pronti e si accomiatarono per il momento dalla signora Permaneder con la speranza di avere poi ancora il piacere... e il senatore condusse via i due ospiti attraversando la sala da pranzo.

Li guidò su e giù per le scale e mostrò loro le stanze del secondo piano, come pure quelle che si aprivano sul corridoio del primo e i locali a pianterreno e persino la cucina e la cantina. In quanto agli uffici, i visitatori rinunciarono a entrarvi perché la visita avveniva durante le ore d'ufficio della compagnia di assicurazione. Si scambiarono alcune osservazioni sul nuovo direttore che il console definì due volte, a breve distanza, persona onestissima, mentre il senatore ammutoliva.

Attraversarono poi il giardino spoglio, sepolto sotto la neve molle, diedero un'occhiata al "portale" e ritornarono nel primo cortile dov'era la lavanderia, per recarsi poi, attraverso lo stretto passaggio lastricato, fra i due muri, oltre il secondo cortile dove cresceva la quercia, nell'edificio posteriore. Là non c'era che vecchiume negletto. Tra le pietre del cortile prosperavano erbe e licheni, le scale erano in piena rovina, e nella sala dei biliardi la libera famiglia di gatti poté essere solo lievemente disturbata all'aprir della porta: il pavimento non era abbastanza sicuro per entrarvi.

Il console Hagenström era taciturno e si occupava evidentemente di progetti. «Già, già...» andava ripetendo, indifferente, negativo, accennando che se un giorno quella proprietà gli fosse appartenuta le cose non sarebbero certo rimaste così. Con la stessa espressione si soffermò anche sul pavimento di argilla battuta del pianterreno e alzò lo sguardo verso i granai deserti. «Già, già...» ripeté: fece dondolare leggermente la grossa fune guasta della carrucola che col gancio arrugginito pendeva lì da tanti anni immobile, e si girò sui tacchi.

«Bene, la ringrazio molto, senatore, delle sue premure; credo che abbiamo finito» disse: e in tutto il tragitto fino all'edificio anteriore rimase silenzioso, e così più tardi quando nella stanza dei paesaggi, senza neanche accomodarsi, lui e Gosch salutarono la signora Permaneder e quando Thomas li guidò giù per la scala e attraverso l'atrio. Ma appena ebbero preso commiato, appena, uscendo sulla strada, il console si fu rivolto al mediatore, si poté vedere che fra i due si intavolava una conversazione animatissima...

Il senatore ritornò nella stanza dei paesaggi dove sua sorella, rigida e seria, si era seduta presso la finestra e con due grossi aghi di legno lavorava a maglia un giubbetto di lana nero per la piccola Elisabeth, gettando ogni tanto uno sguardo nella "spia". Thomas, con le mani nelle tasche dei calzoni, passeggiò un poco per la stanza.

«Dunque, l'ho affidato al mediatore» disse poi. «Ora stiamo a vedere come va a finire. Io ritengo che comprerà tutto, si insedierà qui davanti e utilizzerà diversamente il terreno retrostante...»

Ella non lo guardò, non mutò posizione e non smise di lavorare; al contrario, la rapidità con cui gli aghi si muovevano tra le sue dita aumentò visibilmente. «Certo comprerà, comprerà tutto» disse, anche questa volta con la voce di gola. «Perché non dovrebbe comperare, vero? Effettivamente non ci sarebbe senso comune.» E inarcando le sopracciglia, con gli occhiali che ora doveva usare quando lavorava, ma non sapeva inforcare a dovere, guardò rigida e impettita gli aghi che si incrociavano con turbinosa velocità e con un sommesso trepestio.

Venne il Natale, la prima festa di Natale senza la mamma. La sera del 24 dicembre fu festeggiata nella casa del senatore, ma senza le Buddenbrook della Via Larga e senza i vecchi Kröger; come infatti erano finiti i periodici "ritrovi di famiglia", così Thomas non aveva alcuna voglia di adunare lui e di coprire di doni tutti i partecipanti alle vecchie sere di Natale. Furono invitati soltanto la signora Permaneder con Èrika Weinschenk e con la piccola Elisabeth, Christian, Klothilde – la dama del monastero – e Mademoiselle Weichbrodt, la quale il giorno 25 continuava a fare nelle sue stanzette troppo calde la solita distribuzione di doni accompagnata da qualche infortunio.

Mancava il coro dei soliti poveri che nella Mengstrasse avevano ricevuto scarpe e indumenti di lana, mancava il coro dei fanciulli. Nel salotto si intonò solo il canto "Santa notte, notte silente", dopo di che Therese Weichbrodt lesse alla perfezione il capitolo di Natale sostituendo la moglie di Thomas, la quale non ci teneva gran che, cantando poi a mezza voce la prima strofa della Canzone dell'abete si attraversò la fuga delle stanze e si andò nel salone.

Non c'era alcuna ragione di organizzare festeggiamenti allegri. I volti non erano certo raggianti di felicità, la conversazione non era certamente gaia. Di che cosa si doveva discorrere? Non c'era molto di buono nel mondo. Si ricordò la povera mamma, si parlò della vendita della casa, dell'appartamento luminoso che la signora Permaneder aveva affittato in una ridente casa sul Parco dei tigli, e di ciò che si sarebbe fatto quando Hugo fosse stato rimesso a piede libero. Fra un discorso e l'altro, il piccolo Johann sonò al pianoforte alcuni pezzi che aveva imparato col maestro Pfühl e, con qualche errore ma con bella sonorità, accompagnò la mamma in una sonata di Mozart. Ebbe elogi e baci, ma poi fu messo a letto da Ida Jungmann perché in seguito a un recente disturbo intestinale era ancora pallido e fioco.

Persino Christian che, dopo quel tale scontro nel tinello, non aveva più parlato di sposarsi e continuava a vivere con suo fratello nei vecchi rapporti non molto onorevoli per lui, era assai poco loquace e non aveva voglia di scherzare. Guardandosi intorno con gli occhi irrequieti fece un piccolo tentativo di destare nei presenti un po' di comprensione per il suo "tormento" al fianco sinistro, e andò presto al circolo donde ritornò per la cena che si svolse nel modo tradizionale. E per i Buddenbrook anche la sera di Natale passò: e quasi erano lieti che fosse passata.

Al principio del 1872 la casa della defunta signora Buddenbrook fu disfatta. Le domestiche se ne andarono e la signora Permaneder ringraziò Iddio quando la signorina Severin, che le aveva contestato fino allora l'autorità nelle faccende di casa, si accomiatò portandosi via gli abiti di seta e la biancheria. Poi arrivarono nella Mengstrasse i carrozzoni dei mobili e s'incominciò lo sgombero della vecchia casa.

La cassapanca intagliata, i candelabri dorati e gli altri oggetti che erano toccati al senatore e a sua moglie furono trasportati nella Fischergrube, Christian prese un appartamentino da scapolo con tre stanze nei pressi del circolo, e la piccola famiglia Permaneder-Weinschenk occupò l'appartamento luminoso e arredato non senza pretese di signorilità sul Parco dei tigli. Era un'abitazione graziosa e sulla porta d'ingresso si leggeva su una targa di ottone lucido a caratteri eleganti: *Ved. A. Permaneder Buddenbrook.*

Appena la casa della Mengstrasse fu vuota, vi comparve uno stuolo di operai che incominciarono a demolire l'edificio posteriore, oscurando l'aria con la polvere dei vecchi calcinacci. Il terreno era passato definitivamente nelle mani del console Hagenström. Egli l'aveva comperato, e pareva che avesse impegnato la sua ambizione in quell'acquisto, perché aveva rincarato subito un'offerta giunta a Siegmund Gosch da Brema, e ora si era messo a sfruttare la sua proprietà in quel modo ingegnoso che tutti ammiravano in lui. Già in primavera entrò con la famiglia nel palazzo dove lasciò per quant'era possibile ogni cosa al suo posto, riservandosi però qualche piccolo rinnovamento e alcuni mutamenti improrogabili consoni ai tempi nuovi: si abolirono, per esempio, tutti i campanelli all'antica sostituendoli con campanelli elettrici. L'edificio posteriore era scomparso e su quell'area stava sorgendo una costruzione elegante e leggera che dava sulla Bäckergrube e offriva vasti locali per botteghe e magazzini.

La signora Permaneder aveva giurato più volte a suo fratello che nessuna forza al mondo l'avrebbe mai potuta indurre a rivedere la casa paterna. Ma non fu possibile mantenere la promessa e ogni tanto bisognava passare per forza davanti ai negozi affittati molto vantaggiosamente e alle vetrine dell'edificio posteriore, oppure lungo la veneranda facciata dall'altra parte dove si leggeva il nome del console Hermann Hagenström sotto il *Dominus providebit.* In quelle occasioni la signora Permaneder Buddenbrook si metteva a singhiozzare per la strada in presenza della gente. Buttava indietro la testa come un uccello che incominci a cantare, si premeva il fazzoletto sugli occhi e mandava un gemito che era per metà protesta e per metà lamento, dopo di che si abbandonava al pianto senza preoccuparsi dei passanti o delle preghiere di sua figlia. Era ancora quel suo pianto di fanciulla, spontaneo e consolatore, ch'ella aveva conservato in tutte le tempeste e nei naufragi della vita.

Parte decima

I

Spesso, nei momenti tristi, Thomas Buddenbrook si chiedeva chi fosse dopo tutto, che cosa gli desse il diritto di credersi, sia pure poco, più in alto dei concittadini, semplici borghesi onesti e limitati. Lo slancio della fantasia, il vivace idealismo della sua giovinezza erano finiti. Lavorare nel gioco e giocare col lavoro, tendere con ambizione tra seria e ironica a mete cui si riconosce soltanto un valore di paragone: per siffatti compromessi scettico-sereni e per tali ambiguità intelligenti ci voglion molta freschezza e senso umoristico: Thomas invece si sentiva ineffabilmente stanco e svogliato.

Quel che aveva potuto raggiungere lo aveva raggiunto e sapeva bene che da parecchio aveva superato il vertice della vita seppure, soggiungeva tra sé, di vertice si poteva parlare in una vita cosi mediocre.

Nell'ambito degli affari il suo patrimonio passava per alquanto ridotto, e tutti ritenevano che la Ditta fosse in decadenza. Tuttavia, calcolando l'eredità materna, la sua parte nella casa della Mengstrasse e i terreni che possedeva era un uomo che valeva più di 600.000 marchi. Ma il capitale dell'azienda era da molti anni infruttifero; il lavoro in piccolo, a soldo a soldo, di cui il senatore si era lagnato fin dai tempi dell'affare di Pöppenrade, anziché migliorare, dopo quel colpo era peggiorato; e ora, mentre tutti si davano da fare, lieti della vittoria, mentre, dopo l'adesione della città all'Unione doganale, persino piccoli negozietti di mercerie diventavano in pochi anni aziende cospicue, ora la Ditta Johann Buddenbrook era ferma e non sapeva trarre vantaggi dalle conquiste dell'epoca. Interrogato sull'andamento degli affari, il principale rispondeva con un gesto stanco: «Oh, non c'è nessuna sodisfazione». Uno dei concorrenti più attivi, intimo amico dei Hagenström, affermò che la figura di Thomas Buddenbrook alla Borsa era ormai puramente decorativa: e lo scherzo, che era fatto con allusione alla cura che il senatore aveva per le esteriorità, fu ammirato dai cittadini come frutto della più abile dialettica, e li fece ridere.

Se da una parte l'attività del senatore in favore dell'antica insegna, alla quale a suo tempo si era dedicato con tanto entusiasmo, era paralizzata dalle sventure sofferte e dall'intima stanchezza, d'altro canto la sua ascesa negli affari pubblici incontrava limiti esteriori che non si potevano valicare. Da anni, fin da quando era stato accolto nel senato, aveva ottenuto tutto quanto poteva ottenere. Ormai c'erano soltanto posizioni da mantenere, cariche da coprire, ma niente più da conquistare: c'era soltanto il presente e la meschina realtà, ma niente più avvenire, niente piani ambiziosi. Egli aveva bensì allargato il suo potere in città più di quanto altri avrebbero saputo fare nei suoi panni, e i suoi avversari non potevano certo negare che fosse "il braccio destro del borgomastro". Però, borgomastro Thomas Buddenbrook non poteva diventare, perché era commerciante, e non un intellettuale: non aveva terminato il liceo, non aveva studiato legge, non aveva cultura accademica. Ma siccome fin da giovane aveva riempito le ore libere con libri di storia e di letteratura, siccome si sentiva superiore a tutto l'ambiente per spirito, intelligenza e formazione interiore ed esterna, non sapeva darsi pace e si arrovellava perché la mancanza delle qualifiche regolari gli toglieva la possibilità di arrivare al primo posto nel piccolo regno in cui era nato. «Come siamo stati sciocchi» diceva all'amico e ammiratore Stephan Kistenmaker (ma con quel plurale voleva alludere soltanto a sé stesso) «a ficcarci così presto nell'ufficio e a non portare a termine gli studi!» E Stephan rispondeva: «Già, hai proprio ragione... Ma perché, poi?».

Adesso il senatore lavorava per lo più solo alla grande scrivania di mogano del suo studio privato. In primo luogo perché nessuno lo vedeva quando, con la testa fra le mani e gli occhi chiusi, rimuginava i suoi pensieri, ma soprattutto perché la stomachevole pedanteria con la quale il suo socio Friedrich Wilhelm Marcus allineava gli oggetti sulla scrivania e si lisciava i baffi l'aveva scacciato dal suo seggio presso la finestra dell'ufficio principale.

Con l'andar degli anni la pacata meticolosità del vecchio Marcus era degenerata in una vera mania e stravaganza; ma negli ultimi tempi per Thomas era diventata insopportabile, irritante e offensiva, perché egli stesso s'accorgeva con terrore di esserne affetto. Anche in lui infatti, che a suo tempo era stato così alieno da ogni piccineria, si era sviluppata una specie di pedanteria, sia pure sulla base di una costituzione diversa e di un diverso stato d'animo.

Egli si sentiva vuoto nell'anima e non vedeva più progetti allettanti e lavori avvincenti ai quali dedicarsi con gioia e sodisfazione. Ma il suo bisogno di agire, la sua insofferenza di riposo, la sua attività che era sempre stata fondamentalmente diversa dalla tenace e costante laboriosità dei suoi padri: una cosa artificiosa dunque, un bisogno dei nervi, un narcotico, in sostanza, simile alle sottili e forti sigarette russe ch'egli fumava: quell'attività non lo aveva abbandonato ed egli riusciva meno che mai a dominarla: essa anzi aveva il sopravvento, era diventata un martirio poiché si sciupava in un'infinità di cose futili. Era molestato da mille bagattelle insignificanti che in gran parte riguardavano soltanto l'amministrazione della casa e del suo vestiario, inezie che rimandava annoiato, che la sua testa non era in grado di seguire e coordinare perché vi sprecava riflessioni e tempo inadeguati.

Quella che i cittadini chiamavano la sua "vanità" era aumentata a tal segno che egli stesso aveva incominciato da un pezzo a vergognarsene senza esser capace di liberarsi dalle consuetudini che vi erano collegate. Dal momento in cui, dopo una notte non irrequieta ma passata in un sonno grave e senza ristoro, entrava in veste da camera nello spogliatoio dove lo aspettava Wenzel, il vecchio barbiere (erano le nove, mentre prima si alzava assai più per tempo) impiegava un'ora e mezza a vestirsi; e solo quando si sentiva pronto e deciso a iniziare la nuova giornata scendeva al primo piano per prendere il tè. La sua toletta era tanto complicata e, nella successione dei particolari, dalla doccia fredda nello stanzino da bagno fino al momento in cui non aveva più un granello di polvere sulla giacca e le punte dei baffi erano passate per l'ultima volta attraverso le schiacce, talmente fissa e sempre la stessa che la ripetizione macchinale di tutti quei gesti lo esasperava. Ciò nonostante non sarebbe stato capace di uscire di lì con la coscienza di aver omesso qualche cosa o di averla eseguita superficialmente, per tema di perdere quel senso di calma, di freschezza, di gioventù che dopo meno di un'ora era già perduto e doveva essere rinnovato alla meglio.

Faceva continue economie fin dove era possibile senza esporsi alle chiacchiere: eccetto quando si trattava del vestiario per il quale si serviva dal più elegante sarto di Amburgo e per il cui mantenimento e completamento non badava a spese. Una porta che pareva desse in un'altra camera chiudeva il vasto armadio a muro nella parete dello spogliatoio, dove erano appese, a ganci e grucce di legno, ogni sorta di giacche da giorno e da sera per tutte le stagioni e per tutte le gradazioni delle cerimonie sociali, mentre i calzoni, accuratamente piegati, erano disposti su alcune sedie. Nel cassettone, invece, sormontato dall'enorme specchio il cui piano era coperto di pettini, spazzole e barattoli per la cura dei capelli e dei baffi, s'ammucchiava il corredo della biancheria che veniva sempre cambiata, lavata, consumata e rinnovata.

In quello spogliatoio egli passava molto tempo non solo la mattina ma anche prima di ogni pranzo, di ogni seduta del senato, di ogni adunanza pubblica, ogni qualvolta insomma si trattava di mostrarsi e di muoversi tra la gente, e persino prima dei pasti quotidiani in casa sua, ai quali partecipavano soltanto sua moglie, Hanno e Ida. Quando usciva, la biancheria fresca che aveva indosso, l'impeccabile e distinta eleganza del vestito, la faccia accuratamente lavata, il profumo della brillantina sui baffi e il sapore aspro e fresco del dentifricio gli davano quel senso di sodisfazione e di prontezza col quale l'attore, contento di essersi truccato alla perfezione, si avvia al palcoscenico... Infatti l'esistenza di Thomas Buddenbrook non era molto diversa da quella d'un attore, ma di un attore la cui vita, fino alle inezie più futili e quotidiane, sia diventata una continua rappresentazione, tale da richiedere e logorare senza tregua tutte le sue energie, salvo in alcuni brevi momenti di solitudine e di abbandono. L'assoluta assenza di un interessamento sincero e la desolazione del suo spirito (desolazione così forte che si faceva sentire quasi incessantemente come greve e indistinto struggimento) insieme con un senso inesorabile del dovere e una tenace risolutezza a fare degnamente in pubblico la propria parte ad ogni costo, a celare con tutti i mezzi la propria debolezza e a conservare le forme, avevano reso la sua vita artificiosa, voluta, forzata, e avevano fatto in modo che ogni sua parola, ogni gesto, ogni minima azione tra la gente diventasse una recita faticosa e snervante.

E intanto strani particolari affioravano, strani bisogni che egli stesso notava con stupore e disgusto. In contrasto con coloro che non agiscono ma, inosservati e celati agli sguardi altrui, fanno tranquilli le loro osservazioni, egli non amava di avere le finestre alle spalle, di sapersi nell'ombra e di veder gli altri davanti a sé in piena luce; sentirsi invece la luce negli occhi mezzo abbagliati, e vedere davanti a sé nell'ombra gli spettatori, il suo pubblico, coloro sui quali doveva agire come amabile conversatore, o come vivace uomo d'affari, o come principale di una ditta in vista, o come pubblico oratore: questo soltanto gli dava il senso di distacco e di sicurezza, la cieca ebbrezza di chi recita, e qui soltanto otteneva i suoi trionfi. Anzi, proprio quello stato di ebbrezza teatrale era diventato a poco a poco lo stato che preferiva. Quando, col calice in mano, sorgeva in piedi e faceva un brindisi con volto amabile, con gesti simpatici e con frasi abili che colpivano nel segno e provocavano sereni consensi, nonostante il suo pallore poteva sembrare il Thomas di una volta; molto più difficile gli riusciva conservare il dominio di sé quando era seduto e inerte. Allora la stanchezza e la noia si impadronivano di lui, gli intorbidavano lo sguardo e gli toglievano ogni potere sui muscoli del viso e sul portamento. Un unico desiderio lo prendeva allora: di abbandonarsi a quella sorda disperazione, di allontanarsi di soppiatto e di andare a casa a posare la testa su un cuscino fresco.

La signora Permaneder aveva cenato nella Fischergrube, da sola: la figlia, infatti, che pure era stata invitata, era andata in quel pomeriggio a fare una visita a suo marito in prigione e, come sempre in quei casi, si sentiva indisposta e stanca e perciò era rimasta a casa.

A tavola la signora Antonie aveva parlato di Hugo Weinschenk che doveva trovarsi in condizioni di spirito molto tristi, e poi avevano studiato quando si sarebbe potuto con qualche probabilità di successo presentare al senato la domanda di grazia. Quindi i tre parenti si erano accomodati nella stanza di soggiorno intorno alla tavola rotonda, sotto la grande lampada a gas. Gerda e sua cognata erano sedute l'una di fronte all'altra e lavoravano. La prima teneva il bel viso bianco chino su un ricamo di seta, in modo che i suoi abbondanti capelli illuminati dalla luce pareva ardessero come una fiamma cupa, e la signora Permaneder, con gli occhiali a stringinaso inforcati di sghimbescio e a sproposito, saldava un grande fiocco di raso rosso su un minuscolo cestello giallo: doveva essere un regalo per il compleanno di qualche conoscente. Il senatore era adagiato su una larga poltrona imbottita dallo schienale obliquo e, con le gambe accavallate, leggeva il giornale aspirando ogni tanto il fumo della sigaretta russa ed espirandolo poi tra i baffi come un'ondata grigia.

Era di domenica, una calda serata estiva. La finestra era aperta e lasciava entrare nella stanza l'aria tiepida, leggermente umida. Dalla mensa si potevano vedere, al disopra dei frontoni grigi delle case, le stelle migranti lentissimamente fra le nuvole. Di fronte, nel negozietto del fioraio Iwersen, la luce era ancora accesa. Più in là, nella strada silenziosa, qualcuno suonava la fisarmonica sbagliando continuamente i tasti: forse un servo del vetturale Dankwart. Di quando in quando si udiva far chiasso: era un gruppo di marinai che passava cantando e fumando, marinai che venivano da un'osteria equivoca del porto tenendosi a braccetto e nell'aria festiva andavano in cerca di un'altra più equivoca ancora. Le loro voci aspre e la cadenza dei passi ondeggianti si spegnevano in una via traversa.

Il senatore depose il giornale sulla tavola, infilò gli occhiali nel taschino del panciotto e si passò la mano sulla fronte e sugli occhi.

«Misera, miserella questa gazzetta!» disse. «Quando la leggo mi vengono in mente le parole del nonno a proposito di pietanze insipide e senza consistenza: è come allungare la lingua fuori della finestra... Ci si annoia tre minuti e si è già in fondo. Non c'è proprio niente...»

Puoi dirlo, Tom. Proprio così» disse la signora Permaneder deponendo il lavoro e guardando il fratello al disopra degli occhiali. «Che cosa vuoi che ci sia? Io l'ho sempre detto fin da quando ero ragazza e ancora stupidella: questa gazzetta cittadina è proprio un misero giornalucolo! Certo anch'io la leggo, ma per lo più perché non c'è altro... Che però il console tal dei tali stia per festeggiare le nozze d'argento non mi sembra una notizia molto impressionante. Altri giornali bisognerebbe leggere, la *Hartungsche Zeitung* di Konigsberg, oppure la *Rheinische Zeitung*. Allora sì...»

S'interruppe. Aveva preso il giornale, lo aveva spiegato e mentre parlava aveva fatto scorrere lo sguardo sprezzante sulle colonne. Ora però i suoi occhi rimasero fissi su un punto, su una breve notizia di quattro o cinque righe. Ammutolì, si portò una mano agli occhiali, lesse tutta la notizia aprendo lentamente la bocca e mandò due gridi di spavento mentre si premeva le palme sulle guance e allargava i gomiti.

«Impossibile!... Ma non è possibile!... Gerda... Tom... Come ti è sfuggito?... È spaventevole... Povera Armgard! A questo punto...»

Gerda aveva sollevato la fronte dal lavoro e Thomas si era volto spaventato verso la sorella. Agitatissima, accentuando con voce tremante ogni parola, la signora Permaneder, con l'inesorabilità del destino, lesse a voce alta la notizia che veniva da Rostock e riguardava il nobile possidente Rolf von Maiboom, il quale la notte precedente, nello studio della casa padronale di Pöppenrade, si era ucciso con una rivoltellata. «Difficoltà finanziarie sembra siano state il movente. Il signor von Maiboom lascia la moglie con tre figli.» Così conchiuse, e si lasciò cadere il giornale in grembo; poi appoggiandosi alla spalliera guardò con occhi imploranti il fratello e la cognata rimanendo silenziosa e sconcertata.

Già mentre ella leggeva, Thomas si era voltato dall'altra parte e guardava di tra le portiere nel buio della sala.

«Con una rivoltellata?» domandò dopo due buoni minuti di silenzio. E dopo un'altra pausa soggiunse sottovoce lentamente, con ironia: «Si sa, un cavaliere così...». Poi si immerse nei suoi pensieri. La rapidità con cui andava attorcigliando la punta di un baffo era in strano contrasto con l'immobilità evanescente e senza meta dei suoi sguardi.

Egli non badava ai lamenti della sorella né alle ipotesi ch'ella faceva circa la vita avvenire dell'amica Armgard, né si accorgeva che Gerda, senza volger la testa, fissi su di lui gli occhi bruni, ravvicinati dentro ombre azzurrine, lo stava spiando.

II

Con quello sguardo di stanco scoramento, col quale prevedeva il resto della propria vita, Thomas Buddenbrook non riusciva a leggere nell'avvenire del piccolo Johann. Glielo impediva il suo attaccamento alla famiglia, sia ereditato sia inculcato dall'educazione, rivolto tanto al passato quanto all'avvenire: l'interessamento affettuoso alla storia intima della sua casa. Quell'amorevole o curiosa aspettativa con cui gli amici e i conoscenti, sua sorella e persino le signorine Buddenbrook della Via Larga guardavano a suo figlio influiva anche sui suoi pensieri. Egli pensava con sodisfazione che, per quanto si sentisse personalmente disfatto e privo di speranze, tuttavia di fronte al suo piccolo erede era ancora capace di animarsi e di sognare, per l'avvenire, fatiche pratiche ed energiche, trionfi, guadagni, potenza, ricchezze e onori... Anzi, in questo punto la sua vita raffreddata e artificiosa era tutta sincera preoccupazione e vivo timore e palpitante speranza.

E se un giorno, da vecchio, in un angolino quieto avesse potuto assistere ad una ripresa del tempo antico, di quando viveva il bisnonno di Hanno? Era forse una speranza del tutto campata in aria? La musica gli era parsa una nemica; ma nella realtà era proprio da prendere tanto sul serio? Pur ammettendo che il ragazzo nella sua passione per la musica libera, senza note, dimostrasse attitudini non comuni, nella scuola regolare del signor Pfühl non aveva fatto però progressi straordinari. La musica, questo era certo, gli veniva dall'influsso materno, e non c'era da stupirsi se nei primi anni quell'influsso era stato soverchiante. Ma ora veniva il tempo in cui a un padre si offre l'occasione di agire a sua volta sul figlio, di tirarlo un poco dalla sua e di neutralizzare con impressioni virili la precedente influenza femminile. Il senatore era deciso a non trascure l'occasione.

A Pasqua, Hanno ormai undicenne era stato promosso alla seconda come il suo amico, il contino Mölln, per il rotto della cuffia e con due esami di riparazione, in aritmetica e in geografia. Era stabilito che dovesse frequentare le tecniche, perché ben s'intendeva che doveva diventare commerciante e assumersi un giorno l'azienda; e alle domande di suo padre se si sentisse la voglia di seguire quella carriera, rispondeva di sì: un sì semplice, un po' timido, senza aggiunte, che con altre domande insistenti il senatore cercava di allargare e rendere un pochino più vivace: per lo più invano.

Se il senatore avesse avuto due figli, senza alcun dubbio avrebbe avviato il minore al liceo. La Ditta però esigeva un erede e, anche prescindendo da ciò, Thomas riteneva di fare il bene del ragazzo risparmiandogli le inutili fatiche del greco. Era del parere che gli studi tecnici fossero più facili e che Hanno, con la sua lentezza nell'afferrare le cose, con la sua sognante disattenzione e con la fragilità fisica che troppo spesso lo costringeva a perdere le lezioni, avrebbe superato più rapidamente, senza tanta fatica e con migliori risultati, le classi tecniche. Se un giorno Johann doveva svolgere il compito che gli era assegnato e dare ciò che i suoi aspettavano da lui, bisognava badare soprattutto a consolidare e a migliorare la sua costituzione non robustissima, da un lato usando riguardi e dall'altro rinvigorendolo in modo razionale.

Con quei capelli castani divisi su un lato e spazzolati dalla fronte in su, mentre tuttavia tendevano ad arricciarsi morbidamente sulle tempie, con le ciglia lunghe e brune e con quegli occhi bruno-dorati Johann Buddenbrook, nonostante la marinara danese, si distingueva, nel cortile della scuola e per la strada, dai compagni biondi, coi loro occhi azzurri come l'acciaio, di pretto tipo scandinavo, e aveva un che di esotico. Negli ultimi tempi era cresciuto parecchio, ma le sue gambe, vestite di calze nere, e le braccia dentro quelle maniche turchine gonfie e ricamate erano morbide e sottili come quelle d'una fanciulla, e ancora aveva, come sua madre, quelle ombre azzurrine nell'angolo degli occhi: occhi che, specialmente quando guardavano di sbieco, avevano un'espressione pavida e negativa, mentre le sue labbra rimanevano malinconicamente strette come al solito, quando Hanno non preferiva, a bocca semichiusa e con faccia di chi ha freddo, strofinare la punta della lingua contro un dente sospetto...

Come si apprese dal dottor Langhals, che ora aveva la clientela del vecchio dottor Grabow ed era diventato il medico di famiglia dei Buddenbrook, la mancanza di forze e il pallore della pelle di Hanno avevano la loro buona ragione: purtroppo, cioè, l'organismo del ragazzo non produceva in numero sufficiente gli importantissimi globuli rossi del sangue. Per ovviare a questa insufficienza c'era però un rimedio, un rimedio eccellente che il dottor Langhals prescriveva in grandi quantità: l'olio di fegato di merluzzo, quell'olio buono, giallo, grasso, denso, che bisognava prendere due volte al giorno con un cucchiaio di porcellana; a che questo avvenisse, in base agli ordini precisi del senatore, pensava Ida Jungmann con amorevole severità. Da principio, dopo ogni cucchiaiata, Hanno rigettava, e pareva che il suo stomaco non volesse saperne di quell'olio di merluzzo così buono, invece vi si abituò, e quando, appena inghiottito l'olio, masticava un pezzetto di pan di segale trattenendo il fiato, Hanno riusciva a vincere anche la nausea.

Tutti gli altri disturbi non erano che conseguenze di quella deficienza di globuli rossi, erano "fenomeni secondari" come diceva il dottor Langhals guardandosi le unghie. Ma anche quei fenomeni secondari bisognava debellarli irremissibilmente. Per curare, otturare e, al caso, estrarre i denti c'era nella Mühlenstrasse il signor Brecht col suo Josephus; e per regolare la digestione c'era al mondo l'olio di ricino, il buon olio di ricino, denso e argenteo, che preso con un cucchiaio da tavola scivolava dalla gola come una viscida salamandra e per tre giorni lasciava in bocca il sapore e l'odore insistente... Ma perché tutte queste cose erano così decisamente disgustanti? Un'unica volta (Hanno era stato a letto molto malato e il suo cuore si era reso colpevole di certe speciali irregolarità) il dottor Langhals, innervosito, aveva prescritto un rimedio che aveva fatto piacere al ragazzo e gli aveva fatto un gran bene: erano pillole di arsenico. In seguito Hanno, spinto verso quelle pillole dolci e beatificanti da un bisogno quasi affettuoso, ne aveva chieste ancora: ma non gliene avevano date più.

Già, l'olio di fegato e l'olio di ricino erano belle cose, ma il dottor Langhals era d'accordo col senatore che non bastavano per fare del piccolo Johann un uomo capace e resistente alle intemperie, a meno che egli stesso non vi avesse contribuito. Sotto la direzione del signor Fritsche, per esempio, durante l'estate ogni settimana si tenevano i giochi sportivi sul Burgfeld, e così si offriva ai giovani della città l'occasione di mostrare e di coltivare il coraggio, la forza, la destrezza e la presenza di spirito. Ma con grande dispetto di suo padre Hanno non dimostrava per quella sana istituzione altro che antipatia, un'antipatia muta, riservata, quasi caparbia. Ma perché era così privo di contatti coi suoi coetanei e compagni di scuola coi quali in seguito doveva pur vivere e lavorare? Perché se ne stava sempre in compagnia di quel piccolo e mezzo sudicio Kai, il quale era, sì, un bravo ragazzo, ma pur sempre una creatura equivoca e un poco probabile amico per l'avvenire? I ragazzi devono pur sapersi conquistare fin dall'inizio la fiducia e il rispetto dei compagni che crescono con loro e sulla cui stima devono fare assegnamento per tutta la vita. C'erano, ecco, i due figli del console Hagenström: due pezzi di giovinotti di dodici e quattordici anni, grassi, robusti e scatenati, i quali nei boschetti dei dintorni organizzavano veri e propri duelli a suon di pugni, erano i migliori ginnasti della scuola, nuotavano come foche, fumavano il sigaro ed erano pronti a qualunque birichinata. Erano temuti, amati e rispettati. Invece i loro cugini, i due figli del dottor

Moritz Hagenström, ragazzi di costituzione più delicata e di maniere più dolci, si distinguevano nel campo degli studi: erano scolari modello, pieni d'amor proprio, ossequenti, silenziosi, diligenti come api, attentissimi e divorati dal desiderio di essere sempre i primi della classe e di portare a casa la pagella migliore; e la portavano davvero e godevano la stima dei loro compagni più pigri e meno intelligenti. Ma, anche a prescindere dagli insegnanti, che concetto dovevano avere di Hanno i suoi compagni, se era un allievo mediocre e per di più delicatino e cercava di evitare ansiosamente tutto ciò che richiedeva un po' di coraggio, di forza, di destrezza e di mente sveglia? Quando il senatore Buddenbrook, andando nello spogliatoio, passava presso l'"altana" del secondo piano, udiva venire, dalla stanza che Hanno occupava da quando era troppo grande per dormire insieme con Ida, le note dell'armonio o la voce sommessa e misteriosa di Kai che raccontava una storia...

Quest'ultimo evitava i "giochi sportivi" perché aveva orrore della disciplina e dell'ordine che vi erano imposti. «No, no, Hanno» diceva «io non ci vado. Ci vai tu? Per mille diavoli!... Tutto ciò che ti farebbe piacere non è ammesso.» Espressioni come "per mille diavoli" le imparava da suo padre. Hanno rispondeva: «Se almeno una volta il signor Fritsche cambiasse odore, invece che saper sempre di sudore e di birra, si potrebbe discutere. Lasciamo stare, Kai, e continua il tuo racconto. Sai, quello dell'anello che sei andato a prendere nell'acquitrino non era ancora finito...». «Va bene» diceva Kai; «ma quando ti faccio un cenno devi suonare.» E continuava il suo racconto.

A dargli retta, poco tempo prima, in una notte afosa, in una regione ignota e non definibile, egli era sdrucciolato giù da una lunga scarpata viscida e là in fondo, alla luce gialla e sfiaccolante di fuochi fatui, aveva trovato una palude nera dalla quale sorgevano continuamente con un gorgoglio sordo bolle lucide come l'argento. Una di queste, che continuava a salire presso la riva, scoppiava sempre in forma di anello: e dopo lunghi, pericolosi sforzi egli era riuscito ad acchiapparla con la mano, e allora, invece di scoppiare, gli si era fissata intorno a un dito come un anello solido e liscio. Attribuendo giustamente a quell'anello qualità magiche, egli col suo aiuto aveva potuto risalire il pendio erto e viscido, e a poca distanza aveva trovato, dentro una nebbia rossastra, un castello nero, silenzioso, custodito da mostri, nel quale era riuscito a penetrare e ad operarvi, sempre con l'aiuto dell'anello, miracolosi disincantamenti di persone che vi giacevano stregate... Nei momenti più interessanti Hanno toccava sull'armonio dolci sequenze di accordi. E poi, se non c'erano ostacoli scenici insormontabili, quei racconti venivano rappresentati nel teatro dei burattini con accompagnamento di musica.

Ai "giochi sportivi" Hanno partecipava soltanto quando suo padre glielo ordinava espressamente, e in quel caso anche Kai lo accompagnava. Lo stesso accadeva d'inverno col pattinaggio e d'estate coi bagni laggiù nel fiume, nello stabilimento di legno del signor Asmussen. «Bagni! Nuoto!» aveva detto il dottor Langhals. «Questo figliolo deve fare i bagni e nuotare!» E il senatore era stato pienamente d'accordo. Ma ciò che tratteneva in special modo Hanno dai bagni, dal pattinaggio e, se appena era possibile, dai giochi sportivi era il fatto che i due figli del console Hagenström, i quali partecipavano a tutti quegli esercizi facendosi onore, ce l'avevano con lui, e quantunque abitassero nel palazzo di sua nonna non lasciavano passare alcuna occasione per torturarlo e umiliarlo con la loro forza. Lo pizzicavano e lo burlavano a ginnastica, lo spingevano nella spazzatura di ghiaccio al pattinaggio, nuotavano minacciosi contro di lui nella piscina. Hanno non tentava neanche di fuggire, e del resto sarebbe stato inutile. Con quelle braccia da fanciulla, immerso fino al ventre nell'acqua piuttosto torbida sulla cui superficie galleggiavano qua e là frammenti di piante verdi, corrugando le sopracciglia, chinando lo sguardo pensoso e stirando le labbra, li vedeva arrivare a gran balzi fra gli spruzzi, sicuri della preda. Avevano certi muscoli che bisognava vedere, quei due Hagenström! E lo afferravano, lo tuffavano piuttosto a lungo per fargli bere parecchia di quell'acqua sporca e vederlo poi prender fiato torcendosi disperatamente. Un'unica volta fu vendicato. Un pomeriggio infatti, nel momento in cui i due fratelli lo tenevano sott'acqua, uno di loro mandò improvvisamente un grido di dolore e di rabbia e trasse dall'acqua la gamba muscolosa dalla quale spicciava il sangue. Accanto a lui uscì dall'acqua il conte Kai Mölln, il quale chi sa in che modo si era procacciato il biglietto d'ingresso e senza farsi scorgere aveva nuotato sott'acqua arrivando a mordere il giovane Hagenström, ficcandogli i denti nella gamba come un botolo infuriato. E gli occhi azzurri gli lampeggiavano sotto i capelli rossicci che gli pendevano bagnati sulla fronte... Però male gliene incolse, al contino, e dalla piscina uscì piuttosto conciato. Ma il robusto figlio del console Hagenström ritornò a casa zoppicando...

Alimenti sostanziosi ed esercizi fisici di ogni genere formavano la base delle cure che il senatore Buddenbrook aveva per suo figlio. Ma non meno badava ad agire sul suo spirito e a procurargli vive impressioni della vita pratica alla quale era destinato.

Incominciò a introdurlo a mano a mano nel regno della sua futura attività, lo prese con sé nei suoi giri d'affari, giù nel porto, lo fece assistere alle sue conversazioni con gli scaricatori sulle banchine in un linguaggio misto di dialetto locale e di danese; e lo tenne con sé quando conferiva coi capi degli uffici o quando dava ordini ai facchini che con lunghi gridi issavano i sacchi di grano nei depositi... Quel brano di mondo nel porto, fra navi, chiatte e granai, dove si sentiva odore di burro, di pesci, d'acqua, di catrame e di ferraglia unta, era sempre stato per Thomas Buddenbrook, fin da quando era ragazzo, il luogo più interessante e più caro; e siccome suo figlio non vi manifestava alcuna gioia spontanea né alcun interessamento, egli doveva pensare a suscitare l'una e l'altro. Come si chiamavano i piroscafi che facevano servizio con Copenaghen? *Najade... Halmstadt... Friederike Oeverdieck...* «Meno male, figliolo, che conosci almeno questi. È già qualche cosa. Imparerai anche gli altri... Devi sapere che parecchi di costoro che sollevano i sacchi portano il tuo nome perché sono stati battezzati col nome di tuo nonno. E fra i loro figli ricorre frequentemente il mio... e anche quello della mamma... Ogni anno regaliamo loro qualche piccolezza.. Da questo magazzino passiamo via senza soffermarci a parlare; qui non abbiamo nulla da dire: è un concorrente...»

«Vuoi venire, Hanno?» diceva altre volte. «Nel pomeriggio variamo una nuova nave. Il battesimo lo faccio io... Hai voglia?» E Hanno diceva che sì, aveva voglia. Andava, ascoltava il discorso del babbo, lo vedeva spezzare la bottiglia di champagne contro la prua e seguiva con gli occhi assenti la nave, che slittava sul piano inclinato tutto spalmato di sapone verde e scendeva nell'acqua sollevando un'ondata di spuma...

In certi giorni dell'anno (la domenica delle Palme, in occasione della confermazione, o a Capo d'anno) il senatore faceva in carrozza un giro di visite in varie famiglie verso le quali aveva obblighi sociali e, siccome sua moglie preferiva scansare quelle visite adducendo emicranie e nervosismo, invitava Hanno ad accompagnarlo. E anche qui Hanno aveva voglia. Montava in carrozza con suo padre e se ne stava silenzioso nei salotti, al suo fianco, osservando il comportamento disinvolto e cosi vario, così ben graduato e sfumato. Al momento del commiato il tenente colonnello e comandante distrettuale von Rinnlingen asseriva che apprezzava molto l'onore di quella visita: e allora Hanno vedeva suo padre cingergli un istante le spalle con amabile stupore; in altri ambienti lo vedeva invece accogliere una uguale osservazione con tranquilla serietà, e altrove respingerla con un complimento ironico ed esagerato: sempre con una versatilità formale nella parola e nel gesto, che presentava con evidente piacere all'ammirazione di suo figlio, ripromettendosene buoni effetti didattici.

Senonché il piccolo Johann vedeva più di quanto avrebbe dovuto, e i suoi occhi, quegli occhi timidi bruno-dorati, cinti di ombre azzurrine, osservavano fin troppo. Egli non vedeva soltanto la franca amabilità che suo padre esercitava su tutti, vedeva anche, vedeva con un acume strano e tormentoso, quanto quell'arte fosse difficile da seguire: vedeva che dopo ogni visita su padre si adagiava nella carrozza più laconico, più pallido, chiudendo gli occhi dalle palpebre arrossate, e col terrore nell'anima notava che sulla soglia della prossima casa una maschera copriva quello stesso viso e una nuova improvvisa elasticità agiva in quelle stesse membra spossate... Quel presentarsi e discorrere e comportarsi e muoversi fra la gente non era, nella mente di Johann, una manifestazione ingenua, naturale e semincosciente di interessi pratici che si hanno in comune con altri o si vogliono far valere contro altri, ma una specie di fine a sé stesso, uno sforzo consapevole e artificioso che, invece di una sincera e semplice partecipazione interiore, richiedeva al proprio atteggiamento e alla spina dorsale un virtuosismo difficilissimo e sfibrante. E al pensiero che un giorno anche lui, a quanto si sperava, dovesse presentarsi in pubbliche assemblee e agire con la parola e col gesto sotto l'oppressione di tanti sguardi, Hanno chiudeva gli occhi con un brivido di angosciosa ripugnanza.

Oh, non erano quelli gli effetti che Thomas sperava dall'influenza della propria personalità sul suo figliolo! Egli non pensava ad altro che a suscitare in lui la disinvoltura, il coraggio e il senso della vita pratica.

«Sembra, mio caro, che ti piaccia viver bene» diceva quando Hanno chiedeva una seconda porzione di frutta o mezza tazza di caffè dopo il pranzo. «In questo caso devi pensare a diventare un bravo commerciante e a far molti quattrini. Lo farai?» E Johann rispondeva: «Sì».

Di tanto in tanto, quando tutta la famiglia era invitata a pranzo dal senatore e la zia Antonie o lo zio Christian, secondo la vecchia consuetudine, canzonavano la povera zia

Klothilde e le facevano il verso imitando quei suoi modi umili e gentili, accadeva che Hanno, sotto l'azione inconsueta del vino rosso, assumesse anche lui per un momento quello stesso tono e burlasse la zia. Allora Thomas si metteva a ridere ed era una risata sonora, cordiale, incoraggiante, quasi di gratitudine, come di uno cui si faccia un grande favore e si dia una piacevole sodisfazione. Anzi dava una mano a suo figlio e partecipava alla beffa: eppure da anni e anni non si era mai permesso quel tono verso la parente povera. Era tanto facile, tanto innocuo imporsi a quella povera Klothilde sottomessa, limitata, scarna e sempre affamata, che, per quanto la cosa fosse innocente, egli ne sentiva la volgarità. La sentiva con quella riluttanza disperata che nella vita di tutti i giorni doveva opporre al proprio carattere scrupoloso quando non sapeva darsi pace, quando non riusciva a spiegarsi come fosse possibile capire, vedere una situazione e tuttavia sfruttarla senza un senso di pudore... Però, diceva fra sé, sfruttare senza pudore le situazioni significa saper vivere! Oh, come era lieto, felice, pieno di speranze a ogni minimo indizio di quel saper vivere, a ogni piccola prova che Hanno ne rivelava!

III

Da parecchi anni i Buddenbrook avevano rinunciato ai loro viaggi estivi, e persino quando, nell'ultima primavera, Gerda aveva attuato il desiderio di andar a trovare suo padre ad Amsterdam e di suonare con lui qualche duetto dopo tanto tempo, il marito le aveva dato il permesso piuttosto a denti stretti. Che invece Gerda, Hanno e la signorina Jungmann si trasferissero tutti gli anni, durante le vacanze estive, nel grande albergo di Travemünde, era di prammatica specialmente per la salute del figliolo.

L'estate al mare! Chi poteva mai immaginare questa felicità? Dopo la lenta e penosa monotonia di infiniti giorni di scuola, quattro settimane di pacifico e spensierato isolamento in mezzo all'odore delle alghe e al dolce mormorio della risacca... Quattro settimane, un periodo che all'inizio la mente non riusciva ad abbracciare e calcolare, mentre sarebbe stato volgare bestemmia parlare della fine o credere che la fine fosse possibile. Il piccolo Johann non aveva mai capito come l'uno o l'altro dei suoi insegnanti potesse avere il coraggio di pronunciare, alla chiusura delle lezioni, frasi come questa: "Da qui continueremo dopo le vacanze, e passeremo a trattare di questo o quello...". Dopo le vacanze! E sembrava che ne avesse piacere, quell'incomprensibile uomo dalla giacca di lana pettinata! Dopo le vacanze! Come si poteva pensarci? Tutto ciò che era al di là di quelle quattro settimane era avvolto nel meraviglioso grigiore della lontananza.

In uno dei padiglioni svizzeri che, collegati da una stretta costruzione intermedia, formavano una linea diritta con la pasticceria e con l'edificio principale del grande albergo, quale risveglio la prima mattina! Il giorno precedente Hanno aveva superato bene o male il momento della presentazione della pagella e compiuto il viaggio con la carrozza carica di bagagli. Un vago senso di felicità che gli montava nelle membra e gli stringeva il cuore lo svegliava di soprassalto... Egli apriva gli occhi e abbracciava con uno sguardo avido e beato i vecchi mobili della stanzetta pulita... Un secondo di delizioso stordimento tra il sonno e la veglia, e poi si rendeva conto che era a Travemünde, per quattro interminabili settimane, a Travemünde! Non si moveva; stava supino nel lettuccio di legno giallo, le cui lenzuola per il lungo uso erano straordinariamente sottili e morbide, richiudeva gli occhi e sentiva che il cuore al respiro lento e profondo gli tremava di gioia e d'inquietudine.

La stanza era inondata dalla luce giallastra del giorno che penetrava fra le stecche della persiana mentre tutto intorno regnava il silenzio e tanto la mamma quanto Ida dormivano ancora. Non si udiva se non il rumore sommesso e monotono prodotto dal giardiniere che rastrellava la ghiaia del giardino, e il ronzio di una mosca che tra la persiana e i vetri cozzava insistente contro questi disegnando sulla tela rigata la sua ombra che percorreva lunghi tratti a zig zag. Silenzio. Soltanto il rumore del rastrello e quel ronzio monotono. E in quella pace dolcemente animata Hanno provava la deliziosa sensazione di quel pacato, distinto e signorile isolamento della villeggiatura balneare che amava sopra ogni cosa. Grazie a Dio, fin lì non arrivava nessuna di quelle giacche di lana pettinata che nel mondo rappresentavano la grammatica e la regola del tre, perché lì la vita era piuttosto costosa.

Un impeto di gioia lo faceva balzare dal letto e correre alla finestra a piedi nudi. Sollevava la tenda, apriva un battente girando la maniglia verniciata di bianco e seguiva la mosca che se ne volava sopra le viottole e le aiuole di rose del giardino. Il chiosco della musica cinto di bosso a semicerchio era ancora vuoto e silenzioso davanti all'albergo. Il "Campo del faro" si estendeva sotto il cielo bianchiccio fin dove l'erba bassa, interrotta da tratti nudi, toccava la zona coperta di canneti aspri, oltre i quali si distinguevano sulla rena le file delle cabine di legno e dei seggioloni di vimini rivolti verso il mare. Era là, il mare, sotto la tranquilla luce mattutina, a strisce turchine e verde-bottiglia, qua lisce là increspate, e un piroscafo arrivava da Copenaghen fra i gavitelli dipinti di rosso che gli indicavano la rotta: e non c'era bisogno di sapere se si chiamasse *Najade* o *Friederike Oeverdieck*. Hanno Buddenbrook, nella sua muta beatitudine, aspirava a pieni polmoni l'aria aromatica che veniva dal mare, e con gli occhi mandava un saluto affettuoso e riconoscente. Poi incominciava la giornata, la prima di quelle misere ventotto giornate che da principio sembravano una eternità beata ma, passate le prime, volavano con disperata velocità. Si faceva colazione sulla terrazza e sotto il grande ippocastano laggiù, davanti allo spiazzo riservato ai giochi dei bimbi dove c'era la grande altalena: e ogni cosa, l'odore della tovaglia lavata di fresco, che il cameriere spiegava, i tovaglioli di carta velina, il pane insolito, il fatto che non si prendevano le uova come a casa coi cucchiaini d'osso ma con comuni cucchiaini da tè e nei portauovo di metallo: tutto divertiva il piccolo Hanno.

E tutto il resto era ordinato in libertà, era una vita deliziosamente oziosa e calda che si svolgeva senza pensieri e turbamenti: la mattina sulla spiaggia, mentre la banda dello stabilimento svolgeva il programma del mattino, il riposo sulla rena davanti al seggiolone, i giochi teneri e sognanti con la sabbia morbida che non insudicia, mentre gli occhi spaziano senza sforzo e senza dolore sopra l'infinito verde e azzurro dal quale arriva senza ostacoli, con lieve sussurro, un soffio fresco, gagliardo, dolcemente profumato che ti avvolge le orecchie e provoca una piacevole vertigine, un leggero stordimento nel quale la coscienza del tempo e dello spazio e di qualsiasi limite affonda beata. Poi il bagno che lì era una cosa ben diversa da quello nello stabilimento di Asmussen, poiché non c'erano resti vegetali sull'acqua cristallina che a smuoverla spumeggiava in lungo e in largo, e anziché su un fondo di assi limacciose le piante dei piedi si posavano su morbide ondulazioni di sabbia, e i figli del console Hagenström erano lontani in Norvegia o nel Tirolo. D'estate il console intraprendeva volentieri lunghi viaggi per diporto... perché no, vero?... Una passeggiata per scaldarsi, lungo la spiaggia fino al "Sasso dei gabbiani" o al "Tempio marino", una merendina nel seggiolone di vimini... e già s'avvicinava l'ora di risalire in camera per riposare un'oretta prima di cambiarsi per il pranzo. La *table d'hôte* era allegra, la stagione balneare in piena fioritura, e molte persone amiche dei Buddenbrook, molti signori di Amburgo e persino inglesi e russi gremivano il salone dell'albergo; a un tavolinetto solenne un signore vestito di nero scodellava la minestra da una zuppiera d'argento; si servivano quattro portate più saporite, più gustose e in ogni caso preparate più festosamente che in casa, e in qualche punto delle lunghe tavole si beveva sciampagna. Spesso arrivavano dalla città persone che non se la sentivano di seguire i loro affari per tutta la settimana, ma desideravano divertirsi e dopo cena mettere un po' in moto la *roulette:* il console Peter Döhlmann che lasciava a casa sua figlia e con voce squillante raccontava in dialetto aneddoti così disinvolti che le signore amburghesi tossivano dal gran ridere e imploravano un minuto di interruzione; il senatore Cremer, il vecchio capo della polizia; lo zio Christian e il suo compagno di scuola, il senatore Gieseke, anche lui senza famiglia, che pagava continuamente per Christian. Più tardi, quando i grandi al suono della musica prendevano il caffè sotto la tenda della pasticceria, Hanno rimaneva inchiodato davanti ai gradini del chiosco e stava a sentire. Anche per il pomeriggio, tutto era previsto. Nel giardino c'era un tiro al bersaglio e a destra dei padiglioni svizzeri sorgevano le scuderie con cavalli e asini e le mucche delle quali verso il tramonto si beveva il latte caldo, spumeggiante e profumato. Si poteva fare una passeggiatina in città lungo il "Prospetto", di lì si poteva traghettare con la barca al "Priwal" sulla cui spiaggia si trovava l'ambra; nella piazzetta dei bambini si poteva partecipare a una partita di *croquet* o sedersi su una panchina del colle boscoso che sorgeva dietro gli alberghi, dov'era la campana dei pasti, e farsi leggere un libro da Ida Jungmann... Tuttavia, la cosa più saggia era di ritornare al mare e nel crepuscolo, col viso rivolto all'orizzonte aperto, sedersi in capo alla diga, salutare col fazzoletto le navi che passavano e ascoltare le piccole onde che col loro chiacchiericcio sussurravano contro i massi, mentre tutta l'aria era mossa da quel lieve e grandioso sussurro che diceva a Johann parole di bontà e lo invitava a chiuder gli occhi nella sua illimitata contentezza. Ma poi arrivava la signorina Jungmann: «Vieni, Hanno! Dobbiamo andare: è ora di cena, ti prenderai un malanno se ti addormenti qui...». Come era calmo e sodisfatto, come pulsava regolare il suo cuore quando risaliva dal mare! E quando aveva preso la cena annaffiata di latte o di birra scura con molto malto, nella sua camera (la mamma cenava più tardi nella veranda dell'albergo in più numerosa compagnia), non appena si stendeva fra le lenzuola sottili da tanto ch'eran vecchie, il sonno lo coglieva senza febbre e senza paura, ai battiti dolci e sani del cuore sodisfatto e ai ritmi smorzati del concerto serale...

La domenica, al pari di alcuni altri signori che durante la settimana erano trattenuti in città dalle loro faccende, il senatore veniva a trovare i suoi e rimaneva fino al lunedi mattina. Ma quantunque a tavola si servissero il gelato e lo spumante, benché si organizzassero cavalcate a dorso d'asino e gite a vela in mare, Hanno non nutriva molta simpatia per quelle domeniche. La tranquillità e l'isolamento della vita balneare ne erano turbati. Una folla di cittadini che non c'entravano, "effimere del buon ceto medio", come Ida li chiamava con benevolo disprezzo, popolavano nel pomeriggio i giardini e la spiaggia e prendevano il caffè e ascoltavano la musica e facevano il bagno: Hanno dal canto suo avrebbe preferito aspettare chiuso in camera il deflusso di quei disturbatori vestiti a festa. Oh, era lieto quando il lunedì tutto ritornava sul solito binario, quando non vedeva più gli occhi di suo padre, quegli occhi che erano rimasti lontani per sei giorni e che, egli l'aveva ben sentito, durante tutta la domenica lo avevano fissato e osservato con critica insistenza...

Erano passati quindici giorni e Hanno diceva a sé e a tutti quanti lo ascoltavano che s'iniziava ancora un periodo lungo quanto le vacanze di San Michele. Ma era una consolazione fallace perché, raggiunto il colmo delle vacanze, si scendeva dall'altra parte verso la fine, rapidamente, tanto rapidamente che egli avrebbe voluto aggrapparsi ad ogni ora per non lasciarla fuggire, e rallentare ogni suo respiro di aria marina per non dilapidare sbadatamente quella felicità.

Ma il tempo passava inesorabile nella vicenda di pioggia e sole, di vento di terra e brezza marina, di calore afoso e di temporali fragorosi che non riuscivano a valicare il mare e pareva non volessero smettere. Certi giorni il grecale inondava il golfo di una marea verde-nera che copriva la spiaggia di alghe, di conchiglie e di meduse e minacciava le cabine. Poi il mare torbido e sconvolto si copriva di schiuma. Grandi e potenti ondate arrivavano con una calma inesorabile e paurosa, si inchinavano maestose formando una curva verdecupa dal bagliore metallico e si rovesciavano sulla spiaggia rombando, tuonando, sibilando. Altre volte il ponente respingeva il mare mettendone a nudo il fondo graziosamente ondulato e scoprendo banchi di sabbia privi di vegetazione, mentre la pioggia cadeva a torrenti, cielo, terra e acqua si confondevano e i rèfoli si ingolfavano nella pioggia e la sbattevano contro i vetri facendovi scorrere non gocce, ma ruscelli, e rendendoli opachi. Allora Hanno si tratteneva per lo più nella sala dell'albergo, al pianoforte che era bensì alquanto pestato dai valzer e dalle polche dei festini e non permetteva di fantasticare col bel suono del pianoforte di casa, ma tuttavia dava effetti abbastanza divertenti con la sua sonorità velata e gorgogliante... E altre giornate venivano, trasognate, biave, in piena bonaccia, accaldate quando le mosche azzurre ronzavano al sole sopra il "Campo del faro" e il mare era silenzioso e immobile come uno specchio.

E quando mancavano ancora tre giorni, Hanno diceva a sé stesso e a chi lo ascoltava che ora veniva un periodo come quello delle vacanze di Pentecoste. Ma per quanto il calcolo fosse inoppugnabile, nemmeno lui ci credeva, e già da un pezzo il suo cuore aveva capito che l'uomo dalla giacca lustra, di lana pettinata, aveva pur avuto ragione, che nonostante tutto le quattro settimane volgevano al termine e che, già, si sarebbe dovuto continuare dal punto dove avevano smesso e passare a questo e a quello.

La carrozza carica di bagagli era ferma davanti all'albergo. Il giorno temuto era giunto. La mattina presto Hanno aveva già detto addio al mare e alla spiaggia; ora lo diceva ai camerieri, che intascavano le mance, al chiosco della musica, alle aiuole di rose e a tutta l'estate. Poi, tra gli inchini del personale dell'albergo, la carrozza si metteva in moto.

Passava dal viale che portava alla cittadina, passava lungo

il "Prospetto". Hanno premeva la testa nell'angolo della carrozza e sfiorando Ida seduta di fronte a lui sul sedile posteriore, con quegli occhi vivaci e i capelli bianchi, guardava dal finestrino. Il cielo mattutino era coperto di nuvole bianchicce, il Trave era solcato da crespe che fuggivano incalzate dal vento. Di quando in quando una goccia crepitava contro i vetri. All'uscita dal "Prospetto" la gente era seduta davanti alla porta di casa a rammendar le reti; bimbi scalzi arrivavano di corsa a guardare la carrozza con curiosità. Non partivano, quelli!...

Quando la carrozza si lasciò indietro le ultime case, Hanno si sporse per vedere ancora una volta il faro; poi si appoggiò allo schienale e chiuse gli occhi. «A un altr'anno, caro» disse Ida con voce profonda e consolante; ma non mancava che questo per fargli tremare il mento e fargli sgorgare le lacrime di sotto le lunghe ciglia.

Egli aveva le mani e il viso abbronzati dall'aria marina; ma se quel soggiorno al mare aveva avuto lo scopo di renderlo più robusto, più resistente, più fresco ed energico, lo scopo era miseramente fallito: di questa disperata verità egli era tutto compreso. Quelle quattro settimane di adorazione del mare e di pace isolata avevano reso il suo cuore ancor più tenero, sensibile, viziato, sognante, ancor più incapace di farsi forza per apprendere la regola del tre del signor Tiedge; e gli riusciva difficile non disperarsi al pensiero di dover imparare a memoria le regole di grammatica e le date storiche, di buttare all'aria i libri con disperata leggerezza, di dormire profondamente per sottrarsi a tutto, di provare la mattina le note angosce in vista delle lezioni, delle catastrofi, dell'inimicizia dei Hagenström e delle pretese di suo padre.

Ma poi il viaggio in quelle ore del mattino lo animò, mentre fra il gorgheggio degli uccelli la carrozza passava per la strada provinciale coperta di fango. Egli pensava a Kai e al momento in cui l'avrebbe riveduto, pensava a Pfühl, alle lezioni di pianoforte e all'armonio. Del resto il giorno seguente era domenica e il primo giorno di scuola, lunedì, non presentava ancora alcun pericolo. Dentro le scarpe sentiva ancora un po' di rena della spiaggia... avrebbe pregato il vecchio Grobleben di lasciarcela per sempre... Ricominciasse pure tutta la vita con le giacche di lana pettinata e coi Hagenström e col resto! Quel che aveva, aveva. Di fronte all'assalto di tutti quei guai avrebbe ripensato al mare e al giardino dell'albergo, e sarebbe bastato un breve ricordo del rumore prodotto nel silenzio della sera dalle piccole onde scroscianti contro la diga, per consolarlo e renderlo forte contro tutte le avversità...

Poi venne il traghetto, vennero il viale di Israelsdorf, il "Monte di Gerusalemme", la piazza della rocca; la carrozza passò dalla porta delle mura, di fianco alla quale si elevavano le muraglie della prigione dove era rinchiuso lo zio Weinschenk, infilò la strada della rocca, passò il Koberg, si lasciò dietro la Via Larga e frenando scese la ripida Fischergrube. Ecco la facciata rossa col balcone e con le cariatidi bianche... E quando, dalla strada assolata, entrarono nella frescura del cortile lastricato, il senatore, con la penna in mano, uscì dall'ufficio per salutarli.

E adagio adagio, tra lacrime segrete, il piccolo Johann imparò ancora a fare a meno del mare, riprese ad angustiarsi e ad annoiarsi mortalmente, a paventare sempre l'arrivo dei Hagenström e a consolarsi con Kai, col signor Pfühl e con la musica.

Appena lo videro, le Buddenbrook della Via Larga e zia Klothilde gli chiesero che sapore avesse la scuola dopo le vacanze, con un ammiccare ironico degli occhi che doveva far credere a una matura comprensione delle sue condizioni e con quella strana albagia degli adulti che trattano i piccoli superficialmente e con la smania di scherzare. Hanno però a quelle domande sapeva tener testa.

Tre o quattro giorni dopo il suo ritorno in città, ecco comparire nella Fischergrube il medico di famiglia dottor Langhals per constatare gli effetti dei bagni... Dopo un colloquio piuttosto lungo con la mamma, Hanno fu introdotto perché si sottoponesse seminudo a un attento esame del suo *status praesens*, come il dottor Langhals diceva guardandosi le unghie. Questi esaminò i muscoli meschini del ragazzo, gli misurò il torace, ascoltò il moto del cuore, si fece riferire su tutte le sue funzioni corporali, estrasse infine con la siringa dal braccino di Hanno una goccia di sangue per farne poi l'analisi e, in complesso, parve non proprio sodisfatto.

«Ci siamo abbronzati» disse cingendo il collo di Hanno con un braccio e ponendogli sulla spalla la piccola mano coperta di peli neri, mentre guardava la madre di lui e la signorina Jungmann «ma abbiamo ancora la faccia troppo triste.»

«Ha nostalgia del mare» osservò Gerda Buddenbrook.

«Ah sì? Ci vai dunque volentieri?» domandò il dottore guardando Hanno con quei suoi occhi fatui. Questi impallidì. Che cosa significava quella domanda alla quale si vedeva che il medico aspettava risposta? E una speranza folle e fantastica, resa possibile dall'esaltata convinzione che, a dispetto di tutte le persone in giacca di lana pettinata, nulla è impossibile davanti a Dio, s'impadronì di Johann.

«Sì» disse con gli occhi sbarrati e fissi sul dottore. Ma questi, formulando la domanda, non aveva avuto alcuna intenzione particolare.

«Be', l'effetto dei bagni e dell'aria buona si vedrà in seguito... verrà in seguito...» disse, battendo una mano sulla spalla di Johann, spingendolo da una parte e alzandosi con un lieve inchino verso la signora e la signorina Jungmann (quell'inchino benevolo, incoraggiante e conscio che hanno i medici sapienti quando si pende dalle loro labbra) e terminò la seduta.

La più pronta comprensione per il suo rimpianto del mare e per quella ferita che si rimarginava così lentamente e, appena tocca dalla più piccola ostilità di tutti i giorni, riprendeva a bruciare e a sanguinare, Hanno la trovò nella zia Antonie, che lo ascoltava con piacere palese mentre raccontava della vita di Travemünde e faceva eco cordiale ai suoi nostalgici elogi.

«Sì, Hanno» diceva «quel che è vero è sempre vero, e Travemünde è un bellissimo soggiorno. Finché scenderò nella tomba, ti assicuro che mi ricorderò con gioia delle settimane estive che vi passai quando ero una ragazza sciocchina. Abitavo da gente che mi era cara e che a sua volta mi voleva bene perché allora ero un caposcarico molto carino (ora che sono vecchia lo posso dire) ed ero quasi sempre di buon umore. Era brava gente, ti dico, gente buona, diritta, devota e oltre tutto così intelligente, cosi erudita e piena di entusiasmi come non ne ho più vista in tutta la vita. Discorrere con loro era proprio interessante. Allora, devi sapere, in quanto a vedute e convinzioni ho imparato molto, e se non fossero intervenuti ostacoli, certi avvenimenti... sai, come capita nella vita... io da quella sciocchina che ero avrei appreso tante altre cose. Vuoi che ti dica quanto ero sciocca a quel tempo? Volevo estrarre dalle meduse le stelle colorate. Ne portai a casa un fazzoletto pieno e le allineai sulla terrazza al sole, affinché evaporassero: dopo di ciò mi sarebbero rimaste certamente le stelle! Bene, quando andai a vedere, vi trovai una gran macchia bagnata e soltanto un po' di odore di fuco marcio...»

IV

Ai primi dell'anno 1873 il senato accolse la domanda di grazia di Hugo Weinschenk e mandò a piede libero l'ex direttore sei mesi prima che scadesse la pena inflittagli.

Se la signora Permaneder avesse dovuto dire la verità, avrebbe ammesso che questo fatto non le aveva recato molto piacere e che avrebbe preferito che tutto fosse rimasto così com'era sino alla fine. Viveva tranquilla con la figlia e la nipote presso il Parco dei tigli, aveva rapporti con la casa della Fischergrube e con la sua compagna di pensione Armgard von Maiboom, nata von Schilling, la quale, dopo la morte del marito, viveva in città. Tony sapeva che non avrebbe trovato un posto degno fuori le mura della città natale, e coi suoi ricordi di Monaco, con lo stomaco che diventava sempre più debole e sensibile, col suo sempre crescente bisogno di riposo, non aveva certo alcuna voglia di trasferirsi da vecchia ancora una volta in una grande città della patria unita... o addirittura all'estero.

«Cara figliola» disse a Èrika «devo chiederti una cosa, una cosa molto seria. Tu ami ancora tuo marito con tutto il cuore, vero? Lo ami al punto che dovunque egli vada, dato che purtroppo qui non potrà rimanere, sei disposta a seguirlo con vostra figlia: è così?» E siccome la signora Èrika Weinschenk, nata Grünlich, con molte lacrime che potevano significare qualunque cosa, rispose con quel senso del dovere con cui una volta in circostanze simili Tony stessa aveva risposto a suo padre, nella villa presso Amburgo, si incominciò a pensare a una prossima separazione.

La giornata in cui la signora Permaneder andò a prendere il genero in prigione con una carrozza chiusa fu quasi altrettanto tremenda quanto quella in cui il direttore era stato imprigionato. Lo portò nella sua abitazione al Parco dei tigli, e quando ebbe salutato la moglie e la figlia, egli, confuso e sconcertato, si chiuse nella stanza che gli fu assegnata e stette a fumare sigari dalla mattina alla sera senza osar scendere nella strada e per lo più senza mettersi a tavola insieme coi suoi: era ombroso e ormai tutto grigio.

La vita in carcere non aveva potuto intaccare la sua salute perché era stato sempre di costituzione solida; ma aveva un aspetto da far pietà. Era spaventevole veder quell'uomo (che molto probabilmente non aveva commesso se non quello che la maggior parte dei suoi colleghi commetteva allegramente tutti i giorni e che, se non fosse stato colto in fallo, avrebbe certo proseguito per la sua strada a testa alta e con la coscienza serena), vederlo moralmente annientato in seguito alla caduta, alla condanna e a quei tre anni di prigione. Davanti ai giudici aveva confermato che nel mondo degli affari l'audace manovra eseguita a onore e vantaggio della sua società e della sua persona era considerata come un uso commerciale. I giuristi invece, gente che secondo lui di quelle cose non capiva un'acca, che viveva con altri concetti e con vedute in tutto diverse, l'avevano condannato per dolo: e quella sentenza sorretta dal potere statale aveva scosso talmente la sua stima di sé che non ardiva più guardare in faccia nessuno. Il suo passo elastico, l'aria intraprendente con cui si dondolava sulla vita, bilanciando i pugni e roteando gli occhi, l'insolita disinvoltura con cui dall'alto della sua ignoranza e ruvidezza formulava le sue domande e presentava i suoi aneddoti: tutto ciò era scomparso! Tanto scomparso che i suoi rabbrividivano vedendolo cosi depresso, così codardo e privo di dignità.

Hugo Weinschenk dopo essersi dedicato, per otto o dieci giorni, soltanto al fumo, si mise a leggere i giornali e a scriver lettere; con questo frutto che, dopo altri otto o dieci giorni, dichiarò con frasi sibilline che riteneva gli si offrisse una nuova posizione a Londra, ma voleva intanto recarsi là da solo per regolare le cose di persona e, quando queste fossero assestate, invitare la moglie e la figlia a raggiungerlo.

Accompagnato da Èrika si recò in carrozza chiusa alla stazione e partì senza aver riveduto nessun altro dei suoi parenti.

Dopo qualche giorno arrivò da Amburgo una sua lettera con la quale faceva sapere alla moglie che era risoluto a non riunirsi con lei e con la figlia, e anzi a non dar notizie di sé, finché non potesse offrire loro un'esistenza decorosa. E quello fu l'ultimo segno di vita dell'ex direttore.

Dopo di allora nessuno ne seppe più nulla. Benché più tardi la signora Permaneder, versata com'era in queste cose e piena di prudente energia, lanciasse vari appelli a suo genero per motivare, come dichiarava con aria d'importanza, la domanda di divorzio per abbardono premeditato del tetto coniugale, egli non si fece vivo: e così fu che Èrika Weinschenk con la piccola Elisabeth rimase come prima insieme con sua madre nel luminoso appartamento sul Parco dei tigli.

V

Il matrimonio dal quale era nato il piccolo Johann non aveva mai perduto il suo fascino come argomento di conversazione. Come era certo che ciascuno dei due coniugi aveva un che di stravagante e di enigmatico, cosi era certo che quell'unione stessa era insolita e misteriosa. Capirci qualche cosa e, prescindendo dai fatti esteriori e piuttosto scarsi, andare a fondo di quella relazione poteva essere un compito difficile ma non ingrato. E nei salotti e nelle camere da letto, nelle riunioni e nei circoli, e persino alla Borsa, la gente parlava di Gerda e Thomas Buddenbrook tanto più volentieri quanto meno ne sapeva sul loro conto.

Come si erano trovati quei due? In che rapporti vivevano? Si rammentava la risolutezza improvvisa con cui aveva proceduto diciotto anni prima l'allora trentenne Thomas Buddenbrook. «Quella o nessun'altra» aveva detto. E probabilmente anche Gerda doveva essersi trovata nella stessa situazione, poiché ad Amsterdam fino ai ventisette anni aveva rifiutato proposte di matrimonio dando ascolto invece subito al nuovo pretendente. Matrimonio d'amore, dunque, pensava la gente: per quanto a malincuore, si doveva infatti concedere che i trecentomila marchi di Gerda avevano certo rappresentato una parte molto secondaria. Ma di amore, di quello che s'intendeva per amore, se n'era visto ben poco fin dall'inizio, fra quei due. Non si era notato altro, invece, che cortesia nei loro rapporti, una cortesia corretta e rispettosa assolutamente straordinaria fra coniugi, una cortesia la quale, e questo non si riusciva a capire, pareva derivasse non da un distacco, da un'intima lontananza, bensi da una singolarissima familiarità e da una profonda reciproca conoscenza, da una continua vicendevole indulgenza e dal bisogno di usarsi l'un l'altro tutti i riguardi. Di ciò gli anni non avevano mutato un filo. L'unico mutamento apportato dal tempo era che la loro differenza di età, per quanto fosse piccola, incominciava a dare nell'occhio.

A guardarli si vedeva che lui era un uomo alquanto invecchiato, già un po' corpulento, con a fianco una donna giovane. Si notava che Thomas era deperito... sì, questa era la parola giusta nonostante la vanità un pochino comica con la quale si agghindava... mentre Gerda in quei diciotto anni non si era quasi mutata per nulla: pareva anzi ben conservata nel gelo nervoso in cui viveva e che da lei emanava. I capelli rossoscuri avevano mantenuto il colore, il bel viso bianco aveva ancora le fattezze regolari, e la sua figura l'antica signorilità alta e slanciata. Agli angoli degli occhi castani un po' troppo piccoli e un po' troppo ravvicinati si addensavano ancora le ombre azzurrine. Non ci si fidava di quegli occhi. Avevano uno sguardo singolare, e la gente non riusciva a decifrare ciò che vi era scritto. Quella donna che appariva così fredda, riservata e ritirata, e sembrava concedesse soltanto alla sua musica un po' di calore vitale, destava vaghi sospetti. La gente ricorreva alla propria polverosa esperienza dell'anima umana e la applicava alla moglie del senatore Buddenbrook. Si sa, l'acqua cheta è spesso profonda. Ci sono al mondo furbacchioni matricolati. E siccome la gente desiderava di avvicinarsi alla faccenda e di saperne e capirne qualche cosa, la sua mediocre fantasia la portò a supporre che senza dubbio la bella Gerda doveva ingannare un pochino il marito invecchiato.

Stettero attenti e dopo non molto si trovarono d'accordo nel pensare che Gerda Buddenbrook nei suoi rapporti col tenente von Throta passava, a dir poco, i limiti della morale.

René Maria von Throta, oriundo delle province del Reno, era sottotenente in un battaglione di Fanteria, di guarnigione in città. Il colletto rosso gli si intonava bene coi capelli neri, con la scriminatura di fianco, spazzolati in modo da formare a destra un gran ciuffo di riccioli. Per quanto però fosse robusto e alto di statura, la sua figura, i gesti e il modo di parlare e di tacere erano tutt'altro che da soldato. Gli piaceva infilare una mano fra i bottoni della giubba d'ordinanza, mezzo aperta, o di appoggiare, quando stava seduto, la guancia sul dorso della mano; i suoi inchini non erano affatto compassati, non lo si udiva mai battere i tacchi e portava la divisa sul corpo muscoloso con la stessa trascuratezza capricciosa con cui avrebbe portato l'abito borghese. Persino un paio di baffetti da giovinetto che gli scendevano sugli angoli della bocca, e non potevano avere ancora né punta né slancio, contribuivano ad aumentare quella impressione così poco marziale. Ma la sua cosa più strana erano gli occhi: occhi grandi, straordinariamente luminosi e cosi neri che parevano abissi ardenti e insondabili, mentre afferravano cose e persone con entusiastica e balenante serietà.

Senza dubbio era entrato nell'esercito contro voglia o per lo meno senza alcun attaccamento, perché, nonostante la sua robustezza, nel servizio lasciava molto a desiderare ed era malvisto dai camerati coi quali condivideva troppo poco gli interessi e i divertimenti: interessi e divertimenti di giovani ufficiali appena ritornati da una campagna vittoriosa. Tra loro passava per un originale antipatico e stravagante che faceva passeggiate solitarie, non aveva amore né per i cavalli né per la caccia, non s'appassionava né al gioco né alle donne, e non pensava ad altro che alla musica: infatti sonava parecchi strumenti, e con quegli occhi ardenti e quel suo atteggiamento indisciplinato, negletto e teatrale, lo incontravano a tutti i concerti e all'opera, mentre invece evitava il circolo ufficiali e gli altri ritrovi.

Bene o male, fece le visite indispensabili alle famiglie più in vista; ma respinse quasi tutti gl'inviti e, a dire il vero, frequentava soltanto la famiglia Buddenbrook... troppo, pensava la gente, troppo, pensava anche il senatore...

Nessuno sospettava ciò che avveniva nel cuore di Thomas Buddenbrook, nessuno doveva immaginarlo, e proprio questo imprescindibile compito di tenere tutti all'oscuro del suo cruccio, del suo rancore, della sua impotenza era tremendamente difficile. La gente incominciava a trovarlo un po' ridicolo, ma forse avrebbe represso tale sentimento e avrebbe provato pietà se, sia pur da lontano, avesse potuto supporre con quale dolorosa suscettibilità egli cercava di evitare il ridicolo e come da un pezzo l'avesse presentito e visto arrivare prima che la gente ci pensasse. Anche la sua vanità, quella "vanità" tanto canzonata, derivava in gran parte da quella preoccupazione. Lui per primo aveva notato con sospetto la crescente sproporzione fra la propria persona e la strana immutabilità di Gerda sulla quale nulla potevano gli anni, e ora, da quando era venuto in casa il signor von Throta, doveva combattere col resto delle sue forze quella preoccupazione, doveva tenerla nascosta, doveva proprio, se non voleva, rivelandola, esporre il suo nome al ridicolo.

Gerda Buddenbrook e il giovane ufficiale si erano incontrati, ben s'intende, nella musica. Von Throta sonava il pianoforte, il violino, la viola, il violoncello e il flauto, tutto magnificamente, e le sue visite si preannunciavano molte volte al senatore, seduto nel suo ufficio privato, col solo fatto che l'attendente, portando la cassa del violoncello sulle spalle, passava davanti alle tendine verdi e scompariva dentro la casa.

Allora Thomas rimaneva seduto finché vedeva entrare anche lui, l'amico di sua moglie, finché la sala sopra la sua testa si empiva di armonie sonore che con canti, lamenti e gridi di gioia sovrumani pareva si elevassero a mani giunte o a mani tese, convulsamente, e dopo estasi folli ed errabonde si sprofondassero singhiozzando nella notte e nel silenzio. Divampassero pure, piangessero di dolore e di giubilo, si avvinghiassero frementi e assumessero pure a volontà qualunque atteggiamento sovrumano! Il male, il vero tormento, era il silenzio che seguiva e che lassù nel salone regnava a lungo, molto a lungo, ed era troppo profondo e inanimato per non destare orrore. Non un passo faceva vibrare il soffitto, non una sedia era smossa. Soltanto il silenzio, un silenzio torvo, perfido, reticente... Allora Thomas si crucciava al punto da mandare talvolta un gemito sommesso.

Che cosa temeva? Anche la gente aveva visto il signor

von Throta entrare in casa, e con gli occhi di questa gente, per così dire, Thomas vedeva il quadro che essa vedeva: vedeva sé stesso, l'uomo invecchiato, logorato e scontroso, seduto nell'ufficio presso la finestra, mentre disopra la sua bella moglie col vagheggino faceva musica e non soltanto musica... Così, lo sapeva, così se li figurava la gente. Eppure sapeva che per il signor von Throta la parola "vagheggino" era assai poco significativa. Oh, sarebbe stato quasi felice di poterlo chiamare e concepire cosi, di poterlo disprezzare come si disprezza un giovanotto vuoto, ignorante e ordinato che riversi la sua normale porzione di albagia in un po' d'arte per conquistare il cuore delle donne. Faceva di tutto per formarne una figura cosi. Per questo unico scopo ridestava in sé gl'istinti dei suoi padri: la rigida diffidenza del commerciante economo e solido di fronte alla casta avventuriera, leggera ed economicamente mal sicura dei militari. Pensando a lui e anche parlandone lo chiamava sempre con un certo disprezzo "il sottotenente": ma sapeva troppo bene che quel titolo era il meno adatto a definire quel giovane...

Che cosa paventava Thomas Buddenbrook? Niente... niente di preciso. Oh, avesse potuto opporsi a qualche cosa di concreto, di semplice e di brutale! Alla gente di fuori invidiava la semplicità del loro modo di vedere la cosa: lui invece, mentre con la testa fra le mani si torturava ad ascoltare, sapeva troppo bene che le parole "inganno" e "adulterio" non bastavano a definire le musiche e i silenzi profondi di lassù.

Talora, quando dalla finestra guardava i comignoli grigi e i concittadini che passavano, quando fermava lo sguardo sul quadro commemorativo appeso davanti a lui, il dono del centenario coi ritratti degli antenati, e riandava la storia della sua casa, pensava che tutto ciò era finito: ci mancava ancora quel fatto nuovo! Mançava soltanto, per coronare l'opera, che la sua persona cadesse nel ridicolo e il suo nome, la sua vita coniugale diventasse la favola della gente... Questo pensiero, però, quasi gli faceva bene perché gli appariva semplice, sano e comprensibile, pensabile e formulabile, in confronto col sordo rimuginare e covare quel mistero vergognoso, quello scandalo sopra la sua testa...

Quando non ne poteva più, rimoveva la sedia, lasciava l'ufficio e saliva in casa. Ma dove andare? Nel salone, per salutare con disinvoltura e un po' dall'alto al basso il signor von Throta, per invitarlo a cena e ricevere, come già altre volte, un rifiuto? Questo infatti era insopportabile: che il sottotenente lo evitasse, rifiutasse quasi tutti gli inviti ufficiali e si degnasse invece di mantenere soltanto quei contatti liberi e privati con sua moglie.

O aspettare? Aspettare in qualche posto, per esempio nella stanza per fumatori, finché l'ufficiale andasse via e presentarsi poi a Gerda e costringerla a parlare? Non si costringeva Gerda a parlare, non si poteva discorrere con lei. Discorrere di che cosa? La loro unione era fondata sulla comprensione, sul rispetto reciproco, sul silenzio. Non era necessario ch'egli si rendesse ridicolo anche davanti a lei. Fare il geloso voleva dire dar ragione alla gente, proclamare lo scandalo, diffonderne la notizia. Era poi geloso? Di chi? Di che cosa? Oh tutt'altro! Un sentimento così impetuoso provoca reazioni, sbagliate forse e insensate, ma risolutive e liberatrici. Egli provava invece soltanto un po' d'angoscia, un'ansietà incalzante e tormentosa.

Saliva nello spogliatoio per lavarsi la fronte con l'acqua di Colonia, ridiscendeva al primo piano deciso a rompere ad ogni costo il silenzio che regnava nel salone; ma nel momento in cui aveva già in mano la maniglia dorata della porta bianca la musica riprendeva con ondate tempestose, ed egli si tirava indietro.

Scendeva al pianterreno dalla scala di servizio, attraversava l'atrio e il freddo cortile fino al giardino, tornava indietro, si aggirava intorno all'orso impagliato e sul pianerottolo dello scalone, intorno alla vasca dei pesci dorati, incapace di trovar requie, sempre in ascolto e in agguato, crucciato e vergognoso, depresso e incalzato dalla paura dello scandalo privato e pubblico.

Una volta, in uno di quei momenti, mentre al secondo piano s'appoggiava alla ringhiera, e guardava giù nel vano illuminato delle scale, dove tutto era silenzioso, ecco Hanno uscire dalla stanza, scendere i gradini dell'"altana" e attraversare il corridoio per andare da Ida. Strisciando con un libro in mano lungo la parete avrebbe voluto passare davanti a suo padre con gli occhi bassi e con un breve saluto; ma il senatore lo trattenne.

«Oh, Hanno, che cosa fai?»

Studio, babbo. Vado da Ida per farle sentire la traduzione...»

«Andiamo bene? Che compiti hai?»

Con le palpebre abbassate, ma in fretta e sforzandosi di dare una risposta limpida, corretta e precisa, Hanno dopo aver inghiottito la saliva rispose: «Dobbiamo preparare una pagina di Cornelio, copiare in bella una fattura commerciale, studiare alcune regole di grammatica francese, i fiumi dell'America settentrionale... la correzione del compito di lingua...»

Tacque, infelice di non aver detto "e" prima dell'ultima frase e di non aver abbassato senz'altro la voce; ora infatti non aveva più nulla da elencare e la risposta era rimasta sospesa e incompiuta. «Nient'altro» soggiunse, con tutta la fermezza possibile pur non alzando gli occhi. Ma suo padre, a quanto pareva, non se n'accorse. Prese tra le sue la mano libera di Hanno e, distratto e senza saper che farsene di quanto aveva udito, andava tastando con le dita nervose quelle tenere falangi, e taceva.

Poi, ad un tratto, Hanno udì qualche cosa che non aveva alcuna relazione con quel discorso, udì una voce sommessa, angosciata e quasi implorante che non aveva mai udita, ma pure era la voce di suo padre: «Il sottotenente è con la mamma già da due ore... Hanno...».

Ed ecco, a quel suono, il ragazzo aprì gli occhi bruno-dorati e li fissò grandi, limpidi e amorosi come non mai sul viso del babbo, su quel viso dalle palpebre arrossate sotto le sopracciglia chiare e dalle guance pallide e un po' gonfie oltre le quali sporgevano le lunghe rigide punte dei baffi. Dio sa quanto poteva aver capito. Ma una cosa era certa, e lo sentirono entrambi, che in quei momenti, mentre i loro sguardi s'incontravano, ogni distanza, ogni freddezza forzata e ogni malinteso erano scomparsi fra loro, e che Thomas Buddenbrook, ora come sempre, quando non fossero state in gioco l'energia, la bravura, la risolutezza ma la paura e la sofferenza, poteva essere più che sicuro della confidenza e della devozione di suo figlio.

Non vi fece caso; gli ripugnava di farci caso. Più severo che mai, in quel periodo avviava Hanno alla preparazione pratica della sua futura vita attiva, esaminava le sue facoltà spirituali, insisteva perché dichiarasse decisamente di voler abbracciare la professione che l'attendeva, e montava in collera a ogni segno di ripugnanza e di fiacchezza. Thomas Buddenbrook infatti, a quarantotto anni, pensava già che i suoi giorni fossero contati e prevedeva la morte vicina.

La sua salute era peggiorata. L'insonnia, la disappetenza, le vertigini, e quel tremito al quale era sempre stato disposto, lo costrinsero più volte a consultare il dottor Langhals. Ma non riusciva a seguirne le prescrizioni. La sua forza di volontà minata da anni di inerzia affaccendata e affannata non era più sufficiente. Aveva incominciato a rimanere a letto la mattina fino a tardi, benché ogni sera formulasse l'iroso proposito di alzarsi presto per fare prima del tè la passeggiata prescritta. In realtà lo fece soltanto due o tre volte... E così avveniva in tutte le cose. La costante tensione della sua volontà, senza buoni risultati e senza sodisfazioni, logorava il suo rispetto di sé e lo faceva disperare. Era ben lontano dal negarsi il godimento narcotizzante delle forti sigarette russe che fin da giovane fumava in grandi quantità. Senza ambagi diceva in faccia al medico:

«Vede, dottore, lei ha il dovere di proibirmi le sigarette...

dovere molto facile e piacevole, in verità! Osservare il divieto, però, tocca a me! Lei se ne sta a guardare... Lo so, dobbiamo collaborare per la mia salute, ma le parti sono distribuite male: a me tocca la fatica maggiore. Non rida... non faccio dello spirito. Sono terribilmente solo... e fumo. Posso offrire?»

E gli presentava il portasigarette...

Ma le sue forze andavano diminuendo; si rafforzava in lui soltanto la convinzione che così non si poteva andare avanti a lungo, e che la sua dipartita era prossima. Gli venivano strane idee e presentimenti. Una volta a tavola ebbe la sensazione di non essere più insieme coi suoi, ma di trovarsi in una lontananza nebulosa dalla quale li guardava... "Morirò" diceva tra sé, e allora chiamava il figliolo e lo esortava: «Posso andarmene, figlio mio, più presto di quel che si pensi. E allora devi essere al tuo posto. Anch'iò vi sono stato chiamato presto... Non capisci che la tua indifferenza è un tormento per me? Sei deciso dunque?... Sì, sì... Non è una risposta. Non si risponde così. Io voglio sapere se sei deciso con gioia e con coraggio... Credi di aver denaro abbastanza e di non aver bisogno di lavorare? Se vorrai vivere, e vivere bene, dovrai lavorare, lavorare duramente, più duramente di me...».

E non era soltanto questo; non era soltanto il pensiero per l'avvenire di suo figlio e della casa che lo faceva soffrire. Un'altra cosa, una cosa nuova s'impadronì di lui e agitava i suoi stanchi pensieri. Appena infatti la sua fine gli si presentò non già come una necessità lontana, teorica e inconsistente, ma come cosa vicina e tangibile, per la quale bisognava fare preparativi immediati, si mise a riflettere, a scandagliare sé stesso, a pensare il suo atteggiamento di fronte alla morte e al problema dell'al di là... E già ai primi tentativi gli risultò che il suo spirito era assolutamente immaturo e impreparato a morire.

La fede nella lettera, l'esaltato cristianesimo biblico che suo padre aveva saputo fondere col proprio sviluppatissimo senso pratico e che poi aveva conquistato anche sua madre, gli era rimasto sempre estraneo. In tutta la vita aveva invece opposto alle cose ultraterrene lo scetticismo mondano del nonno; ma, troppo profondo, troppo intelligente e bisognoso di una visione metafisica per limitarsi alla comoda superficialità del vecchio Johann Buddenbrook, aveva risposto ai quesiti dell'eternità e dell'immortalità con una concezione storica, e si era detto che, come era vissuto nei suoi antenati, avrebbe continuato a vivere nei posteri; Ciò si accordava non solo col suo senso della famiglia, con la sua coscienza di patrizio, col suo attaccamento alla storia, ma lo aveva sorretto e incoraggiato anche nella sua attività, nella sua ambizione, in tutto il suo tenore di vita. Adesso però, di fronte all'occhio vicino e penetrante della morte, tutto ciò crollava e non poteva dargli nemmeno un'ora di tranquillità e di serena disposizione al trapasso.

Thomas Buddenbrook, benché nella sua vita avesse accarezzato talvolta una certa inclinazione al cattolicesimo, era pur sempre compreso di quel senso di responsabilità severo, profondo, inflessibile, rigido fino al martirio che hanno i veri protestanti. No, di fronte alle cose supreme egli non poteva aspettarsi alcun aiuto esterno, alcun mediatore, alcun'assoluzione: con assidua e ardente fatica doveva risolvere l'enigma prima che fosse troppo tardi, e prepararsi chiaramente o morire disperato. Deluso e senza speranza staccò dunque lo sguardo dal suo unico figliolo, nel quale si era illuso di continuar a vivere forte e rinnovato, e prese a cercare in fretta con pavida ansietà quella verità che pur doveva esistere in qualche luogo per lui.

Era l'estate avanzata del '74. Nuvole rotonde e argentee migravano per il cielo turchino sopra la graziosa simmetria del giardinetto; fra i rami del noce gli uccelli cinguettavano in tono interrogativo; la fontana zampillava in mezzo a una corona di alti giaggioli lilla, e il profumo delle serenelle si mescolava purtroppo con quello degli sciroppi che un soffio d'aria calda portava dal vicino zuccherificio. Con grande stupore del personale il senatore lasciava spesso l'ufficio, quando più ferveva il lavoro, per ritirarsi con le mani dietro la schiena nel giardino a rastrellare la ghìaia, a togliere il limo dalla vasca della fontana o a puntellare un rosaio. Il suo viso, con un sopracciglio alzato, pareva tutto compreso di quelle occupazioni: i suoi pensieri invece andavano ben lontano nel buio per i loro faticosi sentieri.

Talvolta, sull'alto della terrazza, si metteva a sedere nel padiglione tutto rivestito di vite rampicante, e senza veder nulla guardava il muro rosso della sua casa. L'aria era dolce e calda e pareva che tutto intorno lievi rumori gli parlassero per placarlo e cullarlo. Stanco di guardar nel vuoto, stanco di quella solitudine e di quel silenzio, chiudeva ogni tanto gli occhi per poi risollevarsi e respingere da sé quella pace.

"Devo pensare" diceva quasi ad alta voce. "Devo metter ordine prima che sia troppo tardi..."

E proprio lì, in quel padiglione, sulla sedia a dondolo di canna gialla, un bel giorno si soffermò a leggere per ben quattr'ore con sempre maggior attenzione un libro che, un po' cercato e un po' per caso, gli era capitato fra le mani. Dopo la seconda colazione, con la sigaretta fra le labbra, l'aveva trovato nella stanza per fumatori, in un angolo remoto della libreria dietro certi grossi volumi, e si era ricordato che un giorno, molto tempo prima, l'aveva acquistato sbadatamente dal libraio a un prezzo d'occasione: era un'opera piuttosto voluminosa stampata male su carta sottile e giallognola, legata male; era la seconda parte di un celebre sistema metafisico... Se l'era portata con sé nel giardino e, profondamente assorto, andava voltando le pagine...

Una nuova grande contentezza piena di gratitudine lo pervase. Provò l'incomparabile sodisfazione di vedere come un cervello enormemente superiore si fosse impossessato della vita, di questa vita così violenta, crudele e beffarda, per dominarla e condannarla: la sodisfazione del sofferente che di fronte alla dura freddezza della vita ha tenuto sempre nascosta la propria sofferenza per pudore e per mancanza di fiducia, e ad un tratto ottiene dalle mani di un grande sapiente il ragionato e solenne diritto di soffrire nel mondo, in questo mondo migliore di tutti i mondi pensabili che con scherzoso sarcasmo si dimostra essere il peggiore di tutti i mondi pensabili.

Non afferrava tutto; princìpi e premesse gli rimanevano confusi e la sua mente, non esercitata a tal genere di letture, era incapace di seguire determinati ragionamenti. Ma appunto la vicenda di luce e tenebre, di sorda incomprensione, di vaghe intuizioni e di improvvise illuminazioni lo faceva stare col fiato sospeso, e le ore passavano senza che alzasse gli occhi dal libro o soltanto mutasse posizione sulla sedia.

Da principio aveva saltato parecchie pagine e procedendo rapidamente nella ricerca frettolosa e inconsapevole del punto essenziale, della parte veramente importante, si era soffermato soltanto su questo o quel capitolo più avvincente. Poi incontrò un lungo capitolo che lesse dalla prima all'ultima parola con le ciglia aggrottate e le labbra strette, con una serietà perfetta quasi assente, non influenzata per nulla dalla vita circostante. Il capitolo era intitolato: "Della morte e del suo rapporto con la indistruttibilità del nostro essere in sé".

Gli mancavano poche righe quando alle quattro la cameriera scese nel giardino per avvertirlo che era in tavola. Egli accennò di sì, lesse gli ultimi periodi, chiuse il libro e si guardò intorno. Si sentiva l'anima enormemente ampliata e presa da una greve e oscura ebbrezza, i sensi annebbiati e tutti inebriati di qualche cosa di nuovo, di allettante e di promettente che faceva pensare ai primi palpiti di un amore pieno di speranze. Ma quando con le mani fredde e incerte ripose il libro nel cassetto della tavola del giardino, il suo cervello ardente, dominato da una strana pressione, da una tensione paurosa come se qualche cosa vi dovesse scoppiare, era incapace di formulare un pensiero.

"Che cosa è stato?" si chiedeva mentre rientrava e, salito per lo scalone principale, sedeva coi suoi nella sala da pranzo. «Che cosa è successo? Che cosa ho udito? Che cosa mi hanno detto, a me, Thomas Buddenbrook, consigliere comunale di questa città, capo della Ditta Johann Buddenbrook, commerciante in granaglie? Era destinato a me? Potrò sopportarlo? Non so che cosa sia stato... So soltanto che è troppo, troppo per il mio cervello borghese..."

E così rimase tutto il giorno nello stato cupo, ebbro, grave di chi si sente sopraffatto. Ma poi venne la sera ed egli, incapace di reggere ancora la testa sulle spalle, si coricò per tempo. Dormì tre ore d'un sonno profondo, infinitamente profondo, come non mai nella sua vita. Poi si svegliò così deliziosamente scosso come quando ci si sveglia soli con un amore nascente nel cuore.

Sapeva di esser solo nell'ampia camera perché ora Gerda dormiva nella camera di Ida Jungmann, la quale poco prima, per essere più vicina a Hanno, si era trasferita in una delle tre stanze che davano sull'"altana". Intorno a lui regnava la notte fonda poiché le tende delle due finestre erano chiuse. Supino, in quel grave silenzio e in quell'aria calda e opprimente, stette a guardare nel buio.

Ed ecco all'improvviso gli parve che le tenebre si squarciassero davanti ai suoi occhi, che nel muro vellutato della notte si aprisse un varco rivelando una infinita eterna lontananza luminosa. "Io vivrò!" disse Thomas Buddenbrook quasi a voce alta: e sentiva che il petto gli tremava per un singhiozzo interno. «Proprio così: io vivrò. Si vivrà... e che questo *si* non sia io è soltanto un'illusione, è stato soltanto un errore, che la morte rettificherà. È così, è così!... Perché?" E a questa domanda la notte si richiuse davanti a lui. Egli non vedeva, non sapeva, non capiva più nulla, e affondò la testa nei guanciali, abbacinato e spossato da quel briciolo di verità che aveva potuto intravedere.

E stette silenzioso, in trepida attesa, provò quasi il bisogno di pregare che la luce ritornasse a illuminarlo. E ritornò. A mani giunte, senza osar di muoversi, egli poté vedere...

Che cos'è la morte? La risposta non gli si presentò con parole povere e presuntuose: la sentiva, la possedeva nell'intimo. La morte è una felicità, così profonda da potersi valutare appieno solo in momenti di grazia come quello. È il ritornare da un labirinto ineffabilmente penoso, il correggere un grave errore, è la liberazione dai più odiosi legami, dalle più odiose barriere: la riparazione di un deplorevole infortunio.

Fine? Dissolvimento? Tre volte da compiangere chiunque veda in questi concetti insignificanti uno spauracchio! Che cosa finirà? Che cosa si dissolverà? Questo corpo... questa personalità e individualità, questo goffo, caparbio, difettoso e odioso *ostacolo a essere qualche cosa di diverso e di migliore*!

Non è ogni uomo un errore, un passo falso? Non cade in una prigionia tormentosa appena nasce? Prigione! Prigione! Barriere e legami dappertutto! Di fra le sbarre della sua individualità l'uomo contempla disperato le mura massicce delle circostanze esteriori finché arriva la morte e lo invita al ritorno e alla libertà.

Individualità! Ahimè, ciò che si è, che si può e si ha sembra misero, grigio, insufficiente e noioso; ciò che invece non si è, non si può e non si ha, ciò attira il nostro sguardo con quella nostalgica invidia che diventa amore perché ha paura di diventare odio.

Io porto in me il germe, lo spunto, la possibilità di tutte le capacità e di tutte le attività. Dove potrei essere se non fossi qui? Chi, che cosa, come potrei essere se io non fossi io, se questa mia persona non mi racchiudesse e non separasse la mia coscienza da quella di tutti coloro che non sono io? L'organismo! Eruzione cieca, inconsiderata, deplorevole della volontà urgente! Meglio, meglio davvero che questa volontà viva libera nella notte senza tempo e senza spazio anziché languire in un carcere a malapena illuminato dalla fiammella tremolante e vacillante dell'intelletto!

Ho sperato di continuare a vivere in mio figlio? In una personalità ancor più debole, più pavida, più labile? Stoltezza puerile ed errore! Che m'importa un figlio? Non ho bisogno di figli! Dove sarò quando sarò morto? È chiarissimo, è estremamente semplice! Sarò in tutti coloro che mai abbiano detto *io*, che lo dicono e lo diranno: ma specialmente in coloro che lo dicono *con maggior pienezza, con maggiore energia, con maggiore serenità*...

In un punto qualsiasi del mondo cresce un fanciullo ben dotato e ben riuscito, capace di sviluppare le sue attitudini, cresciuto in dirittura e senza turbamenti, puro, crudele e allegro, uno di quegli uomini la cui vista potenzia la felicità dei felici e spinge gli infelici alla disperazione: quello è mio figlio. *Quello sono io*, appena... appena la morte mi libererà dalla miserabile illusione che io non sia tanto lui quanto io...

Ho mai odiato la vita, questa vita pura, forte e crudele? Stoltezza e malinteso! Soltanto me ho odiato per il fatto che non la potevo tollerare. Ma io vi amo... vi amo tutti, voi felici, e presto questa stretta prigionia non mi escluderà da voi; presto quel che dentro di me vi ama libererà il mio amore per voi e sarà presso di voi e in voi... presso e in voi tutti!

Thomas piangeva. Premette il viso sui guanciali e pianse tremando, quasi ebbro, sollevato da una felicità con la quale nessun'altra al mondo poteva paragonarsi per dolorosa dolcezza. Era quello che fin dal pomeriggio l'aveva inebriato e vagamente pervaso, quello che nel cuor della notte si era destato in lui e l'aveva turbato come un amore incipiente. E mentre era in grado di comprenderlo e di intuirlo, non già a parole e in una catena di pensieri bensì in improvvise beatificanti illuminazioni del suo spirito, egli era già libero, era già redento, si era già sbarazzato di tutti i legami, di tutte le barriere, naturali e artificiali. Le mura della città natale, tra le quali si era chiuso volutamente e consapevolmente, si spalancavano schiudendo al suo sguardo il mondo, il mondo intero del quale in gioventù aveva visto questa e quella parte mentre la morte glielo prometteva in dono tutto intero. Le fallaci nozioni dello spazio, del tempo e quindi della storia, l'affanno per una continuazione storica e onorata nella persona dei discendenti, il timore di un dissolvimento storico, di una decomposizione nel tempo, tutto ciò rendeva libero il suo spirito e non gli impediva più di comprendere l'eternità. Nulla incomincia e nulla finisce. C'era soltanto il presente infinito e quella forza di lui che amava la vita d'un amore così dolorosamente dolce, insistente e nostalgico, e della quale la sua persona non era che un'espressione errata: ma avrebbe sempre saputo trovare le vie d'accesso a questo presente.

"Io vivrò!" sussurrava tra i guanciali, piangeva e... dopo un momento non sapeva più perché. Il suo cervello si era fermato, la sua scienza era spenta, e ad un tratto nel suo spirito non c'era altro che tenebra silenziosa. "Ma ritornerà" assicurava sé stesso. "Non l'ho forse già posseduta?" E mentre sentiva che il sonno e lo stordimento lo avvolgevano irresistibili nell'ombra, giurò a sé stesso di non abbandonare mai quell'enorme felicità, ma di raccogliere le proprie energie e di imparare, di leggere e di studiare finché si fosse appropriato saldamente e definitivamente tutta la visione del mondo dalla quale aveva tratto quei momenti felici.

Ma non fu possibile, e fin dal mattino seguente, quando si destò con un lieve senso di disagio per le scappatelle spirituali del giorno prima, intuì vagamente che quei bei proponimenti non erano eseguibili.

Si alzò tardi, e doveva partecipare subito alle discussioni di una seduta del consiglio comunale. La vita pubblica, la vita degli affari in quell'emporio di media grandezza, dalle vie tortuose e dagli alti frontoni, s'impadronì di nuovo del suo spirito e delle sue forze. Sempre animato dal proposito di riprendere quella meravigliosa lettura, incominciò però a chiedersi se le esperienze di quella notte potessero in realtà e durevolmente essere qualche cosa per lui, e se al giunger della morte avrebbero avuto un valore pratico. Il suo istinto borghese vi si levava contro. Anche la sua vanità, il timore di recitare una parte curiosa e ridicola. Erano cose da par suo? Si addicevano a lui, a lui, il senatore Thomas Buddenbrook, il capo della Ditta Johann Buddenbrook?

Non riuscì mai più a dare un'occhiata a quel libro strano che conteneva tanti tesori, e meno ancora a procurarsi i rimanenti volumi della grande opera. Quella pedanteria nervosa che gli era venuta con gli anni assorbiva le sue giornate. Incalzato da mille inezie insulse e volgari che si sforzava di tenere in ordine e di sbrigare, aveva troppo poca volontà per saper suddividere il suo tempo in modo ragionevole e proficuo. E due settimane circa dopo quel memorabile pomeriggio arrivò al punto da rinunciare a tutto e da ordinare alla domestica di andar a prendere un libro che per errore era andato a finire nel cassetto della tavola del giardino e di collocarlo nella libreria.

E fu così che Thomas Buddenbrook, il quale aveva teso avidamente le braccia verso le supreme e ultime verità, ricadde spossato nei concetti e nelle immagini che fin dall'infanzia si era esercitato ad accettare con animo credulo. Ricordava il Dio uno e personale, il Padre degli uomini, il quale aveva mandato in terra una parte personale di sé stesso, perché soffrisse e sanguinasse per noi, e ci dovrà giudicare nel giorno del giudizio, quando i giusti prostrati ai suoi piedi saranno compensati dei dolori di questa valle di lacrime per tutta l'eternità che avrà inizio da quel momento; ricordava tutta questa storia un po' oscura e un po' assurda che però non richiedeva alcuna comprensione ma soltanto la fede obbediente e che negli ultimi momenti di angoscia l'avrebbe soccorso con parole immutabili e puerili... Davvero?

Ahimè, nemmeno qui trovava pace. Quell'uomo, roso dal pensiero dell'onore della casa, della moglie, del figlio, del proprio nome, quell'uomo esausto che con arte e fatica si manteneva elegante, ritto e corretto, si torturò parecchi giorni chiedendosi come stavano le cose. L'anima giungeva davvero in cielo immediatamente dopo la morte, o la beatitudine incominciava soltanto con la resurrezione della carne? E fino a quel momento l'anima dove rimaneva? Glielo aveva forse insegnato mai qualcuno a scuola o in chiesa? Come si poteva pretendere che gli uomini lo ignorassero? Ed era stato sul punto di andare dal pastore Pringsheim e di chiedergli consiglio e conforto, ma all'ultimo momento vi aveva rinunciato per timore del ridicolo.

Infine lasciò andare e ripose tutto nelle mani di Dio. Ma siccome col desiderio di assestare la faccenda della vita eterna era arrivato a risultati poco sodisfacenti, deliberò di regolare per lo meno coscienziosamente le cose terrene, attuando così un progetto che accarezzava da un pezzo.

Un giorno, dopo colazione, mentre i suoi genitori prendevano il caffè nella stanza di soggiorno, Johann udì il babbo comunicare alla mamma che quel giorno aspettava l'avvocato tal dei tali per redigere il testamento, la cui stesura non si doveva procrastinare all'infinito. Più tardi Hanno si esercitò per un'ora intera al pianoforte. Quando poi stava per attraversare il corridoio si imbatté in suo padre che saliva dallo scalone insieme con un signore in soprabito lungo e nero.

«Hanno!» chiamò il senatore. Il piccolo si fermò, mandò giù la saliva e rispose subito con voce sommessa: «Dimmi, babbo...».

«Ho da fare un lavoro importante con questo signore» soggiunse suo padre. «Fammi il piacere di metterti davanti a questa porta» e indicò l'ingresso della stanza dei fumatori «e stai attento che nessuno ci disturbi. Nessuno, hai capito?»

«Sì babbo» disse Johann: e si mise davanti alla porta che si chiuse dietro quei due. Stette là, stringendo con una mano il nodo della marinara che gli ricadeva sul petto, strofinando la lingua contro un dente sospetto, e ascoltando le voci gravi e sommesse che gli arrivavano dall'interno. Teneva inclinata sopra una spalla la testa dei riccioli castani che gli ricadevano sulle tempie e di sotto le sopracciglia contratte i suoi occhi bruno-dorati, circondati da ombre azzurrine, guardavano di sbieco con un'espressione pensosa assai simile a quella con cui presso la bara della nonna aveva respirato il profumo dei fiori e quell'altro odore cosi diverso e tuttavia cosi stranamente familiare. Passò Ida e domandò: «Hanno, piccino mio, dove sei? Che cosa fai qui?».

Dall'ufficio l'apprendista gobbo salì con un telegramma in mano e chiese del senatore.

Ma ogni volta Hanno stendeva il braccio entro la manica

della marinara dall'ancora ricamata, scoteva il capo e diceva risolutamente, dopo un attimo di silenzio: «Non si può entrare. Il babbo fa testamento.

VI

In autunno il dottor Langhals muovendo i begli occhi con vanità femminile disse: «I nervi, senatore... La colpa è dei nervi. Talvolta anche la circolazione del sangue lascia un po' a desiderare. Se permette che le dia un consiglio, quest'anno dovrebbe concedersi un po' di riposo. Quel paio di domeniche estive all'aria di mare non hanno potuto fare gran che. Siamo alla fine di settembre, gli alberghi di Travemünde sono ancora aperti, non tutti i forestieri sono partiti. Ci vada, senatore, e stia ancora un po' sulla spiaggia. Quindici giorni o tre settimane aggiustano parecchie cose...».

E Thomas Buddenbrook si dichiarò d'accordo. Quando poi i suoi seppero della decisione, Christian si offerse di accompagnarlo.

«Tom, vengo anch'io» disse semplicemente. «Spero che non avrai niente in contrario.» E il senatore, benché avesse in contrario un monte di cose, di nuovo si dichiarò d'accordo.

Il fatto sta che Christian era più che mai padrone del suo tempo perché, in vista della salute cagionevole, era stato costretto ad abbandonare anche la sua ultima attività commerciale, la rappresentanza di cognac e vini spumanti. Per fortuna l'apparizione dello spettro che al crepuscolo gli faceva cenni dal sofà non si era più ripetuta. Ma quel "tormento" periodico al fianco sinistro era peggiorato ancora e con esso si era sviluppata una gran quantità di altri disturbi che Christian osservava attentamente e descriveva arricciando il naso, appena gli si presentava l'occasione. Come in passato, molte volte, quando mangiava, i muscoli della deglutizione si rifiutavano di agire, sicché rimaneva col boccone in gola e guardava in giro cogli occhi tondi e infossati; molte volte soffriva di quell'indefinibile ma invincibile senso di paura che all'improvviso gli si paralizzasse la lingua o l'esofago o le estremità o addirittura le facoltà mentali. Nessuna paralisi si produceva, è vero: ma il timore di essa non era anche peggio? Christian raccontava con tutti i particolari come un giorno, nel preparare il tè, aveva tenuto il fiammifero acceso sopra la bottiglia dello spirito anziché sulla macchinetta, ed era mancato poco che non lui solo, ma tutti gli altri inquilini e forse anche le case vicine facessero una fine spaventosa... Era troppo. Ma con particolare ampiezza e insistenza, coi massimi sforzi per farsi capire, descriveva un'orribile anomalia che aveva notato in quegli ultimi tempi. In certi giorni, cioè, quando col cattivo tempo anche lui era di umor nero, non poteva assolutamente vedere una finestra aperta senza esser preso dalla smania orrenda e del tutto ingiustificata di buttarsi nel vuoto: uno stimolo feroce e quasi irresistibile, una specie di tracotanza insensata e disperata! Una domenica, mentre era a colazione presso la famiglia nella Fischergrube, raccontò che aveva dovuto ricorrere a tutte le sue energie morali e strisciare con le mani e coi piedi fino alla finestra aperta per chiuderla... A questo punto tutti gli davano sulla voce e nessuno lo ascoltava più.

Queste e simili cose egli notava con una certa acre sodisfazione. Ma ciò che non osservava e non constatava, ciò che rimaneva fuori della sua coscienza e andava quindi peggiorando, era la strana mancanza di tatto che dimostrava sempre più col passare degli anni. Era una brutta cosa quando in famiglia raccontava certi aneddoti che, se mai, avrebbe potuto raccontare al circolo. Ma vi erano anche indizi di un continuo rilassamento del suo pudore fisico. Per dimostrare a sua cognata Gerda, con la quale era sempre in rapporti amichevoli, come erano lavorati bene i suoi calzini inglesi, e d'altro canto quanto era dimagrito, ebbe il coraggio di tirar su molto al disopra del ginocchio i calzoni larghi e quadrettati: «Ecco, vedi come divento magro... non è strano?» disse preoccupato, mentre arricciando il naso mostrava la gamba ossuta e curva nelle mutande di lana bianca che segnavano tristemente la forma del ginocchio scarno...

Aveva dunque abbandonato ogni attività commerciale; ma le ore del giorno che non passava al circolo cercava tuttavia di riempirle in qualche modo e si compiaceva di far notare che nonostante gli impedimenti, non aveva mai cessato del tutto di lavorare. Stava allargando le sue nozioni linguistiche, e per amor della scienza, senza alcun fine pratico, aveva da poco incominciato a imparare il cinese e vi si era dedicato con molta assiduità per quindici giorni. In quel tempo stava "completando" un dizionario inglese-tedesco che gli pareva insufficiente; ma siccome ogni tanto un piccolo cambiamento d'aria era pur necessario e siccome dopo tutto era un bene che il senatore avesse un po' di compagnia, quell'occupazione non aveva potuto trattenerlo in città.

I due fratelli si recarono al mare. Mentre la pioggia tamburellava sul tetto della carrozza, percorsero la strada provinciale, che era tutta una pozzanghera, quasi senza scambiarsi parola. Christian guardava intorno come se ascoltasse qualcosa di sospetto; Thomas rabbrividiva di freddo dentro il pastrano, aveva gli occhi stanchi e arrossati, e le punte dei lunghi baffi emergevano ritte dalle sue guance livide. Così entrarono verso sera nel giardino dell'albergo, mentre le ruote macinavano la ghiaia bagnata. Siegmund Gosch, il vecchio mediatore, era nella veranda dell'edificio principale e beveva il suo grog col rum. Si alzò sibilando fra i denti, e mentre il fattorino portava su le valige i nuovi arrivati sedettero per prendere anch'essi qualcosa di caldo.

Gosch era ancora nell'albergo insieme con altre poche persone, una famiglia inglese, una signorina olandese e uno scapolo di Amburgo, i quali probabilmente facevano il pisolino prima della *table d'hôte*: regnava infatti un silenzio totale e non si udiva che lo scroscio della pioggia. Dormissero pure: di giorno Gosch non dormiva di certo; era lieto se poteva conquistarsi di notte qualche oretta d'incoscienza. Non stava bene e faceva quella cura d'aria contro il tremito, quel tremito delle membra che... Maledizione! non riusciva neanche a reggere il bicchiere del grog e, corpo del demonio! assai raramente riusciva ormai a scrivere, sicché la traduzione di tutti i drammi di Lope de Vega procedeva con una lentezza esasperante. Era molto depresso, e persino le sue imprecazioni erano prive di vita e di vigore. «E vada a rotoli!» diceva, e questo sembrava il suo motto preferito: infatti lo ripeteva continuamente e spesso senza alcun motivo.

E il senatore? Come stava? Quanto intendevano di trattenersi?

Oh, rispondeva Thomas, il dottor Langhals l'aveva mandato là per i nervi. Naturalmente aveva obbedito, nonostante quel tempo da lupi: che cosa non si fa per paura del medico? Del resto si sentiva realmente piuttosto male. Sarebbero rimasti fin quando fosse stato meglio...

«Sto molto male anch'io» disse Christian con invidia e piccato che Thomas parlasse soltanto di sé; e si accingeva a parlare dello spettro che gli faceva cenni, della bottiglia di spirito da ardere e della finestra aperta, quando suo fratello si alzò per andare a prendere possesso della camera.

La pioggia non cessava. Scavava la terra e faceva danzare le gocce saltellanti sul mare che rabbrividendo ai soffi del libeccio si ritirava dalla spiaggia. Tutto era avvolto in un velo grigio. I piroscafi passavano come ombre, come navi spettrali, e scomparivano nelle brume dell'orizzonte.

Con gli altri villeggianti ci si incontrava soltanto a tavola. Il senatore faceva le sue passeggiate in impermeabile e soprascarpe col mediatore Gosch, mentre Christian, nella pasticceria, beveva il ponce svedese insieme con la cameriera.

Due o tre volte, nel pomeriggio, poiché sembrava che il sole volesse sbucare dalle nuvole, si trovarono a tavola un paio di conoscenti venuti dalla città, per far quattro chiacchiere lontano dai parenti: il senatore Gieseke, il compagno di scuola di Christian, e il console Peter Döhlmann che, d'altronde, aveva una brutta cera perché si guastava con l'uso eccessivo dell'acqua di Hunyadi-János. Intabarrati si mettevano sotto la tenda della pasticceria, di fronte al chiosco della musica ormai abbandonato, prendevano il caffè e digerivano le cinque portate, guardando tra le chiacchiere il giardino in veste autunnale.

Si discorreva dei fatti cittadini, dell'ultima piena che aveva invaso molte cantine e nelle contrade basse aveva costretto la gente ad andare in barca, di un incendio (si era bruciato un magazzino nel porto), dell'elezione di un senatore... La settimana scorsa era stato eletto Alfred Lauritzen della ditta Stürmann & Lauritzen, coloniali all'ingrosso e al minuto, ma il senatore Buddenbrook non era d'accordo. Avvolto nel pastrano fumava sigarette, e intervenne solo a questo punto nella conversazione. Disse che il suo voto al signor Lauritzen lui non l'aveva dato: questo era certo. Lauritzen era, sì, una persona onesta, un ottimo commerciante senza dubbio; ma apparteneva al ceto medio, al buon ceto medio; suo padre aveva preso personalmente le aringhe salate dal barile e le aveva incartate alle donne di servizio: e ora in senato c'era il titolare d'un negozio al minuto! Suo nonno invece, il nonno di Thomas, era stato in rotta col figlio maggiore perché questi aveva voluto sposare una che aveva in dote un simile negozio. Così si pensava a quei tempi. «Ma il livello si abbassa: il livello sociale del senato si va abbassando, il senato diventa democratico, caro Gieseke, e questo non sta bene. Non basta l'abilità commerciale; secondo me, bisognerebbe anzi continuare a pretendere un pochino di più. Quando immagino Alfred Lauritzen con quei piedoni e con quella faccia da barcaiolo nella sala del consiglio, non so, mi sento mortificato... È contro ogni senso di opportunità, è insomma una mancanza di buon gusto.»

Il senatore Gieseke però era un po' risentito. In fin dei conti anche lui era soltanto figlio di un capitano dei pompieri. No, no, onore al merito. «Per questo siamo repubblicani. D'altro canto, Buddenbrook, lei non dovrebbe fumare tante sigarette. Che vantaggio ha dall'aria di mare?»

«Adesso smetto» replicava Thomas e, buttando via il mozzicone, chiudeva gli occhi.

Mentre la pioggia riprendendo con insistenza impediva la vista, la conversazione si trascinava pigramente. Si venne a parlare dell'ultimo scandalo cittadino, di certe cambiali false del commerciante Kassbaum, P. Philipp Kassbaum & Co., il quale era in gattabuia. Ma nessuno si accalorava; si diceva che Kassbaum aveva commesso una sciocchezza e si scrollavano le spalle con un sorriso. Il dottor Gieseke disse che il commerciante era rimasto di buon umore. Nella nuova dimora aveva chiesto uno specchio, che nella cella mancava; «Io non sto qui da anni, ma per anni» aveva detto; «dunque devo avere uno specchio». Come Christian Buddenbrook e Andreas Gieseke, era stato allievo del defunto Marcellus Stengel.

Senza torcere il viso, questi risero brevemente. Gosch ordinò un grog col rum, con un tono come a dire: "A che serve questa vitaccia?". Il console Döhlmann fece onore a una bottiglia d'acquavite, e Christian era arrivato di nuovo al ponce svedese che il senatore Gieseke aveva ordinato per sé e per lui. E poco dopo Thomas Buddenbrook riprese a fumare.

E con questo tono pigro, sdegnoso, scettico e superficiale si continuò a parlare di affari, degli affari di ciascuno, con indifferenza, sotto la pesantezza del cibo, delle bevande e della pioggia. Ma l'argomento non animava nessuno.

«Oh, non c'è proprio sodisfazione» disse Thomas Buddenbrook con aria grave, appoggiandosi seccato allo schienale.

«Già, e lei, Döhlmann?» s'informò il senatore Gieseke sbadigliando. «Lei si dà tutto all'acquavite, vero?»

«Bisogna pure alimentare il fuoco» rispose il console. «Ogni tanto vo a dare un'occhiata all'ufficio. I capelli corti si fa presto a pettinarli.»

«E tutti gli affari importanti sono nelle mani di Strunck

& Hagenström» osservò cupamente il mediatore Gosch coi gomiti appoggiati sulla tavola e la testa di vecchio malizioso fra le mani.

«Bisognerebbe puzzare più del letame» fece il console Döhlmann con una pronuncia volutamente volgare e con un tale cinismo disperato da far rattristare tutti i presenti. «E lei, Buddenbrook, lavora ancora?»

«No» rispose Christian «non posso più.» E saltando di palo in frasca, soltanto sotto l'impressione dell'umore dominante, e per il bisogno di concentrarsi, col cappello di sghembo sulla fronte, incominciò di punto in bianco a parlare del suo ufficio a Valparaiso e di Johnny Thunderstorm... «Con quel calore, santo cielo!... "Lavorare? *No, Sir*, come vede..." E intanto tutti avevano soffiato in faccia al principale il fumo delle sigarette. Santo cielo!...» Il suo viso e i suoi gesti esprimevano magnificamente una poltroneria spudorata e provocante e nello stesso tempo bonaria e ciondolona. Suo fratello non si mosse.

Gosch tentò di portare il grog alle labbra, lo ripose sulla tavola sibilando e si batté col pugno sul braccio renitente, dopo di che riportò il bicchiere alle labbra, versò una parte del liquido e tracannò il resto, furibondo.

«Eh, quel tremito, Gosch!» esclamo Döhlmann. «Dovrebbe fare anche lei come me. Quella maledetta acqua di Hunyadi-János... Se non ne bevo un litro al giorno, crepo: a questo punto siamo arrivati; e se la bevo, crepo tanto più. Lei non sa che cosa si prova quando non si riesce mai, ma proprio mai, a smaltire la colazione... voglio dire, quando rimane sullo stomaco, capisce?» E si diffuse in alcuni disgustosi particolari che Christian Buddenbrook ascoltava avidamente arricciando il naso e replicando con una minuta descrizione del suo "tormento".

La pioggia si era fatta più impetuosa. Cadeva fitta e il fruscio costante, eterno, esasperante empiva il silenzio del giardino.

«Oh, la vita è misera» disse il senatore Gieseke che aveva bevuto molto.

«Non ho più voglia di stare al mondo» fece Christian.

«E vada a rotoli!» esclamò il signor Gosch.

«Ecco Fiken Dahlbeck» osservò il senatore Gieseke.

Era la proprietaria della stalla, che passava col secchio del latte e mandava sorrisi agli ospiti. Una donna sulla quarantina, adiposa e sfacciata.

Il senatore Gieseke la guardò con gli occhi fuori della testa.

«Che petto!» disse. E il console Döhlmann aggiunse un motto di spirito così osceno che gli altri fecero una breve risata sprezzante.

Poi chiamarono il cameriere di servizio.

«Sono arrivato al fondo della bottiglia, Schröder» disse Döhlmann. «E allora si potrebbe anche pagare. Tanto, bisogna farlo... E lei, Christian? Ah, per lei paga Gieseke.»

Ma a questo punto il senatore Buddenbrook si animò. Avvolto nel pastrano, era stato lì con le mani in grembo e la sigaretta in bocca, quasi assente. Ma ora si rizzò e disse accentuando le parole:

«Non hai denaro con te, Christian? Allora, se permetti, pago io questa piccolezza».

Poi tutti aprirono l'ombrello e sbucarono di sotto la tenda per andare a far quattro passi...

...Ogni tanto la signora Permaneder veniva a trovare il fratello. Allora i due andavano fino al "Sasso dei gabbiani" o al "Tempietto marino", e ogni volta Tony Buddenbrook, per chi sa quali ragioni, si entusiasmava e assumeva un tono vagamente rivoluzionario. Affermava più volte la libertà e l'uguaglianza di tutti gli uomini, negava decisamente ogni graduatoria nei ceti, pronunciava parole aspre contro ogni arbitrio e privilegio, e pretendeva che si facesse onore al merito. Poi passava a parlare della propria vita. Parlava bene e faceva ottima compagnia a suo fratello. Dacché era sulla terra, quella beata creatura non aveva avuto bisogno di trangugiare, di mandar giù nessun dispiacere. Non aveva mai taciuto né a un'offesa, né a una lusinga. Di tutto, di ogni gioia e di ogni dolore si era liberata con torrenti di parole, modeste e infantili, che però appagavano appieno il suo bisogno di espansione. Non aveva più lo stomaco sanissimo, ma il cuore era libero e leggero, lei stessa non sapeva quanto. Non la logorava nessuna cosa inespressa né sentiva il peso di alcun segreto. Perciò il suo passato non la opprimeva. Sapeva benissimo di aver avuto una vita movimentata e difficile, ma questa non le aveva lasciato alcun gravame, alcuna stanchezza e, in fondo in fondo, non ci credeva nemmeno. Ma siccome erano fatti riconosciuti da tutti, li sfruttava vantandosene e parlandone con aria d'importanza... Così si dava a imprecare e, gonfia di onesta esasperazione, citava per nome le persone che avevano amareggiato la sua vita e per conseguenza quella di tutta la famiglia Buddenbrook, persone che col tempo erano assai cresciute di numero. «Trieschke il Piagnone!» esclamava. «Grünlich! Permaneder! Tiburtius! Weinschenk! I Hagenström! Il procuratore! La Severin! Che marioli, Thomas! ma un giorno Dio li punirà: ho questa fede!»

Quando salirono al "Tempietto marino" calava già il crepuscolo. Era l'autunno inoltrato. Sedettero in uno degli scompartimenti rivolti verso il mare, dove c'era odor di legno come nelle cabine dello stabilimento balneare e dove le rozze pareti erano coperte di iscrizioni, di monogrammi, di cuori, di versi. L'uno accanto all'altra guardavano giù per l'umido pendio verde e, oltre la riva sassosa, sul mare torbido e mosso.

«Onde lunghe...» disse Thomas Buddenbrook. «Come vengono e s'infrangono, l'una dopo l'altra, senza fine, senza scopo, folli e deserte! Eppure hanno un effetto calmante e consolante come le cose semplici e necessarie. Sempre più ho imparato a voler bene al mare... Forse un tempo preferivo la montagna soltanto perché era più lontana. Ora non ci vorrei ritornare. Penso che avrei paura e vergogna. È troppo capricciosa, troppo irregolare, troppo multiforme... Certo mi sentirei soggiogato. Che uomini sono quelli che dànno la preferenza alla monotonia del mare? Sono quelli, mi sembra, che hanno visto troppo a fondo nelle complicazioni delle cose intime per non dover desiderare in quelle esterne per lo meno una cosa: la semplicità. La montagna bisogna scavalcarla con coraggio, mentre invece in riva al mare si riposa tranquillamente sulla sabbia. Ma io conosco lo sguardo con cui si venera quella e lo sguardo con cui si incontra questo. Gli occhi sicuri, ostinati e felici, gli occhi pieni di intraprendenza, di coraggio, di forza, errano di vetta in vetta; sulla vastità del mare, invece, che muove le onde con questo fatalismo mistico e snervante, si sofferma a sognare lo sguardo velato, saggio e senza speranze che un giorno è penetrato a fondo nei grovigli della tristezza. Salute e malattia: ecco la differenza. Ci si arrampica arditamente nella meravigliosa molteplicità di quelle guglie frastagliate ed eminenti per mettere a prova l'energia vitale che non si è ancora spesa. Ma si riposa sulla vasta semplicità delle cose esteriori, stanchi come si è del disordine in quelle intime.»

La signora Permaneder ammutolì con quella soggezione e quel disagio che le persone semplici provano quando in società sentono dire improvvisamente qualche cosa di buono e di serio. "Ma queste cose non si dicono!" pensò guardando lontano per non incontrare gli occhi del fratello. E, per chiedergli tacitamente perdono della vergogna che provava per lui, lo prese a braccetto.

VII

Era venuto l'inverno, Natale era passato, il calendario segnava il gennaio 1875. La neve che copriva i marciapiedi come una massa compatta, mista di sabbia e cenere, s'ammucchiava ai due lati della strada, e quei mucchi diventavano sempre più grigi, porosi e frastagliati perché il termometro era sopra zero. Il lastrico era sudicio e bagnato e i tetti sgocciolavano. Ma in alto si inarcava il cielo teneramente celeste e immacolato, e miliardi di atomi di luce luccicavano e danzavano come cristalli nell'azzurro.

Il centro della città era molto animato poiché era sabato e giorno di mercato. Sotto le arcate a sesto acuto del municipio i macellai nelle loro botteghe pesavano la merce con le mani insanguinate. Sulla piazza, intorno alla fontana, c'era il mercato del pesce. Con le mani nei manicotti mezzo spelati e con lo scaldino ai piedi le venditrici corpulente custodivano la preda gelida e bagnata e chiamavano a gran voce le cuoche e le massaie che andavano in giro. Non c'era alcun pericolo di essere imbrogliati. Si poteva star sicuri di acquistare roba fresca perché i pesci grassi e carnosi erano ancora vivi. Alcuni di essi erano fortunati: nuotavano, un po' stretti, è vero, ma allegri e senza sofferenze, nei secchi d'acqua. Altri invece giacevano sui banchi con gli occhi fuori dell'orbita, con le branchie boccheggianti, tormentati e duri a morire, e sbattevano disperatamente la coda finché erano presi e un coltello aguzzo e rosso di sangue tagliava loro la gola con aspro stridore. Anguille lunghe e grasse si torcevano serpeggiando e formando strane figure. In grandi mastelli brulicavano i granchi nerastri del Baltico. Ogni tanto un grosso rombo si contraeva convulso e, folle di terrore, scattava lungi dal banco, sul lastrico viscido e coperto d'immondizie, dimodoché la proprietaria doveva rincorrerlo e riportarlo, con rudi parole di riprovazione, al suo dovere...

Verso mezzogiorno c'era molto movimento nella Via Larga. Scolari con la cartella sulle spalle empivano l'aria di risate e brusio e si tiravano la neve mezzo disciolta. Giovani apprendisti di buona famiglia, col berretto da marinai danesi, o vestiti elegantemente alla moda inglese, con la borsa sotto il braccio, uscivano dalle case di commercio e passavano per la strada con aria dignitosa, felici di essere sfuggiti all'istituto tecnico. Cittadini posati e molto benemeriti, dalla barba brizzolata e dall'incrollabile convinzione liberale-nazionale scritta in volto, si appoggiavano al bastone da passeggio, e guardavano con attenzione la facciata di laterizi smaltati del municipio, dove due sentinelle erano di fazione davanti al portale. C'era infatti l'assemblea del senato. Ciascuno dei due fanti, chiuso nel pastrano, il fucile in spalla, percorreva il tratto assegnatogli battendo coraggiosamente i piedi nella fanghiglia di neve. S'incontravano nel mezzo, davanti all'ingresso, si guardavano, scambiavano una parola e si separavano uno di qua uno di là. Talora, quando s'avvicinava, col bavero alzato e le mani nelle tasche, un ufficiale che seguiva le orme di qualche giovinetta e nello stesso tempo si faceva ammirare dalle signorine di famiglia, ciascuno d'essi si fermava davanti alla sua garitta, dava un'occhiata alla propria divisa e presentava le armi. C'era tempo prima che avessero da salutare i senatori uscenti. La seduta era incominciata soltanto tre quarti d'ora prima. Probabilmente avrebbero avuto il cambio prima che fosse finita.

Ed ecco ad un tratto uno dei due soldati udì un fischio sommesso nell'interno del palazzo, e nello stesso momento vide luccicare sulla soglia la marsina scarlatta del messo comunale Uhlefeldt il quale, col tricorno e lo spadino, comparve tutto affaccendato, disse sottovoce: «Attenti!» e si ritirò premurosamente, mentre nell'atrio si udiva echeggiare un rumore di passi.

I due fanti si disposero di fronte, batterono i tacchi, irrigidirono il collo, gonfiarono il torace e presentarono l'arme con scatti precisi. In mezzo a loro passò piuttosto in fretta, togliendosi il cilindro, un signore di media statura che teneva un sopracciglio un po' alzato e aveva le guance bianche dalle quali sporgevano i lunghi baffi a punta. Il senatore Thomas Buddenbrook lasciava il municipio molto tempo prima che fosse terminata la seduta.

Prese a destra, avviandosi dunque non verso casa sua. Irreprensibile, pulito ed elegante s'incamminò per la Via Larga con quel suo passo un po' saltellante, salutando continuamente di qua e di là. Portava i guanti di pelle bianca e teneva sotto il braccio sinistro il bastone del manico d'argento. Dietro i grossi risvolti della pelliccia s'intravedeva la cravatta bianca del frac. Ma la sua testa, così ben curata, mostrava una grande stanchezza. Parecchi passanti notarono che improvvisamente gli occhi arrossati gli si empivano di lacrime e che teneva le labbra serrate in un modo strano e convulso. Ogni tanto inghiottiva come se la bocca gli si fosse empita di liquido: dai movimenti dei muscoli alle guance e alle tempie si capiva che stringeva le mascelle.

«Come, Buddenbrook, hai marinato la seduta? È una gran novità!» gli disse qualcuno ch'egli vide venirsi incontro al principio della Mühlenstrasse. Era Stephan Kistenmaker, il suo amico e ammiratore, che faceva proprie tutte le sue opinioni negli affari pubblici. Aveva la gran barba rotonda un po' brizzolata, sopracciglia enormi e un gran naso poroso. Un paio d'anni avanti, dopo aver fatto parecchi quattrini, si era ritirato dal commercio del vino che suo fratello Eduard continuava per conto proprio. Da allora viveva di rendita; ma siccome in fondo se ne vergognava un pochino, fingeva sempre di avere un cumulo di faccende. «Mi esaurisco!» diceva, passandosi una mano sui capelli grigi, ondulati artificialmente. «Ma l'uomo non è forse a questo mondo per esaurirsi?» Passava ore e ore alla Borsa, dandosi una grand'aria d'importanza, mentre là non c'entrava per nulla. Aveva un'infinità di cariche inutili. Recentemente si era nominato direttore dei bagni cittadini. Faceva da giurato, da mediatore, da esecutore testamentario e si tergeva il sudore dalla fronte...

«C'è l'assemblea, Buddenbrook» ripeté «e tu te ne vai a spasso?»

«Oh, sei tu?» fece il senatore a voce bassa e movendo le labbra con uno sforzo. «In certi momenti non ci vedo. Ho dolori atroci.»

«Dolori? Dove?»

«Mal di denti. Fin da ieri. Questa notte non ho chiuso occhio. Non sono andato ancora dal dentista perché questa mattina avevo da fare in ufficio e poi non volevo mancare all'adunanza. Ma ora non ne posso più e vado da Brecht.

«Dove ti fa male?»

«Qui sotto a sinistra... Un molare... Naturalmente cariato. È una cosa insopportabile... Addio, Kistenmaker! Capirai che ho fretta...»

«Credi che non ne abbia io? Ho un'infinità d'impegni... Addio! E guarisci presto! Fallo cavare! cavare subito è sempre meglio...»

Thomas proseguì, stringendo le mascelle, benché così non facesse che peggiorare la situazione. Provava un dolore lancinante, bruciante, insistente, una tortura malvagia che dal molare guasto gli si era diffusa in tutta la parte sinistra della mandibola. L'infiammazione vi bussava con martelletti roventi e gli faceva montare il calore al viso e le lacrime agli occhi. La notte insonne gli aveva logorato terribilmente i nervi. Poco prima, mentre parlava, aveva dovuto raccogliere le sue forze per non urlare.

Nella Mühlenstrasse entrò in una casa verniciata di giallo-bruno e salì al primo piano dove su una targa di ottone si leggeva "Brecht, dentista". Non vide neanche la domestica che venne ad aprirgli. Nel corridoio stagnava un odore caldo di bistecche e cavolfiore. Poi respirò improvvisamente l'odore acuto della sala d'aspetto nella quale fu fatto entrare. «Si accomodi... un momento!» gridò una voce da vecchia: era Josephus che se ne stava nella sua gabbia lucida, in un angolo, e lo guardava con gli occhietti pieni di veleno e di perfidia.

Il senatore sedette alla tavola rotonda e tentò di gustare lo spirito d'un fascio di giornali umoristici, ma poi li ripose con disgusto, premette l'argento fresco del bastone contro la guancia, chiuse gli occhi brucianti e mandò un gemito. Tutto intorno era silenzio, e soltanto Josephus beccava con un rumore secco le gretole della gabbia. Il signor Brecht sapeva che, anche quando era disoccupato, era opportuno far attendere i clienti.

Thomas si alzò di scatto e da una caraffa sopra un tavolino prese un bicchier d'acqua che aveva odore e sapore di cloroformio. Poi aprì la porta del corridoio e gridò in tono impaziente che se non aveva impedimenti urgenti, il signor Brecht poteva usargli la cortesia di affrettarsi: aveva dolori forti.

Tosto vide apparire, sulla soglia del gabinetto, i baffi brizzolati, il naso aquilino e la fronte calva del dentista.

«Prego» disse questi. «Prego!» gridò anche Josephus. Il senatore obbedì all'invito senza ridere. "Caso grave!" pensò Brecht impallidendo.

Entrambi attraversarono rapidamente la stanza piena di luce verso il seggiolone girevole situato davanti a una delle due finestre col suo cuscinetto per la testa e i braccioli di velluto verde. Sedendo il senatore spiegò in breve di che cosa si trattava, appoggiò la testa e chiuse gli occhi.

Brecht aggiustò un poco la poltrona e si mise a esaminare il dente con lo specchietto e il bastoncino d'acciaio. Le sue mani sapevano di sapone alla mandorla, il suo fiato di bistecca e cavolfiore.

«Bisognerà procedere all'estrazione» disse dopo qualche istante, sbiancandosi ancora.

«Proceda pure» fece il senatore stringendo ancor più le palpebre.

Seguì una pausa. Brecht preparava qualche cosa presso un armadio e ne toglieva gli strumenti. Poi si riaccostò al paziente.

«Farò una pennellatura» disse. E tosto tradusse in atto il proponimento passando abbondantemente un liquido forte sulla gengiva. Poi con voce sommessa e gentile pregò il paziente di star fermo e di aprir bene la bocca, e si mise all'opera.

Thomas stringeva con ambo le mani i braccioli di velluto. Non sentì quasi il contatto delle tenaglie che afferravano il dente, ma poi, dallo stridore che aveva in bocca e dalla pressione sempre più forte, più dolorosa, più atroce cui era esposta tutta la testa, si accorse che ogni cosa procedeva per il meglio. "Dio mi assista!" pensò. "Adesso viene. Questo dolore cresce e cresce all'infinito e diventa intollerabile fino alla catastrofe vera e propria, fino a uno schianto folle e inumano che ti strazia il cervello. Ma poi è finita. Ora devo resistere."

Durò tre o quattro secondi. L'impiego di forza del signor Brecht, che tremava, si comunicò a tutto il corpo di Thomas che si sentì quasi sollevato dalla poltrona e udì come un breve rantolo in fondo alla gola del dentista... e a un tratto ci fu un urto terribile, uno scrollone come se gli si rompesse il collo, e un breve schianto. Egli aprì gli occhi... La pressione era cessata ma la testa gli rintronava, il dolore infuriava rovente nella mandibola infiammata e maltrattata ed egli ebbe la precisa sensazione che il vero problema non era risolto, che quella era una catastrofe prematura, la quale non faceva che peggiorare la situazione. Brecht si era tirato indietro e appoggiato all'armadio degli strumenti esclamava pallido come la morte: «La corona... me l'aspettavo».

Thomas sputò un po' di sangue nella bacinella azzurra che aveva di fianco, perché la gengiva aveva subito una lesione. Poi domandò quasi svenuto: «Che cosa si aspettava? Che dice della corona?»

«Si è spezzata la corona, senatore... Lo temevo... Il dente è troppo guasto... ma era mio dovere tentare...»

«E adesso?»

«Lasci fare a me, senatore...»

«Che cosa bisogna fare?»

«Bisogna estrarre le radici. Mediante la leva... sono quattro...»

«Quattro? Dunque bisognerà scalzare e tirare quattro volte!»

«Purtroppo.»

«Be', per oggi basta!» disse il senatore, facendo l'atto di alzarsi: ma rimase ancora seduto e reclinò la testa. «Caro signore, lei non deve pretendere più di quanto un uomo possa sopportare. Non sono proprio in forze, oggi. Comunque sia, per ora basta così... Per favore, vuol aprire un po' quella finestra?»

Brecht eseguì e replicò: «Le sarei molto grato, senatore, se volesse ripassare domani o dopodomani, a qualunque ora. fin là possiamo rimandare l'operazione. Le confesso che anch'io... Ora, se permette, faremo un'altra pennellatura e uno sciacquo per attutire il dolore...». Fece lo sciacquo e la pennellatura, dopo di che il senatore usci mentre il signor Brecht pallido come un cencio alzava le spalle in segno di rammarico esaurendo in quell'atto la sua ultima energia.

«Un momento... prego!» gridò Josephus, mentre attraversavano la sala d'aspetto: e continuò a gridare quando Thomas scendeva già le scale. Mediante la leva... sì, sì, domani. E ora? Andare a casa e riposare, cercar di dormire! Il vero dolore sembrava smorzato; gli era rimasto in bocca soltanto un bruciore sordo e pesante. A casa dunque... E passò per le strade a passo lento rispondendo macchinalmente ai saluti che riceveva, con gli occhi assorti e incerti, come se stesse chiedendosi che cosa si sentiva.

Arrivò alla Fischergrube e prese il marciapiede di sinistra. Dopo una ventina di passi incominciò a sentirsi male. "Vado nella fiaschetteria di fronte, devo prendere un cognac" pensò: e scese dal marciapiede. Quando arrivò nel mezzo della strada gli capitò questo fatto: era come se qualcuno gli prendesse il cervello e una forza irresistibile lo facesse girare a spirale con rapidità sempre crescente, paurosamente crescente, in cerchi concentrici sempre più piccoli, sempre più stretti, e infine lo scaraventasse con violenza brutale e spietata contro il centro durissimo di quei cerchi... Fece mezzo giro su sé stesso e andò a sbattere con le braccia aperte sul lastrico bagnato. Siccome la strada era in forte pendenza, la sua testa era alquanto più in basso dei piedi. Era caduto col viso in giù, e lì sotto incominciò subito ad allargarsi una pozza di sangue. Il cappello era ruzzolato un tratto per la strada. La pelliccia era tutta inzaccherata di fango e acqua di neve.

Le mani, nei guanti di pelle bianca, giacevano in una pozzanghera.

Così stette e così rimase finché alcune persone accorsero e lo rivoltarono.

VIII

La signora Permaneder salì lo scalone, sollevando con una mano la veste e con l'altra premendosi contro la guancia il grande manicotto marrone. Più che camminare proseguiva inciampando e cadendo, aveva il cappuccio storto, le guance accaldate, e sul labbro superiore un po' prominente piccole gocce di sudore. Benché non incontrasse nessuno, parlava, parlava, tutta affannata, e dal suo borbottìo si staccava ogni tanto una parola che l'angoscia le faceva proferire a voce alta... «Non è niente» diceva. «Nessuna importanza... Il buon Dio non vorrà... Egli sa quello che fa: non voglio perdere questa fede... certamente è una cosa da nulla... Oh, Signore, pregherò tutti i giorni...» Nel suo spavento balbettava parole insensate e, salita al secondo piano, attraversò il corridoio...

La porta dell'anticamera era aperta e sua cognata le venne incontro.

Il bel viso bianco di Gerda Buddenbrook era contratto per l'orrore e il ribrezzo, e i suoi occhi castani troppo vicini e adombrati di luce azzurrina mandavano sguardi conturbati pieni di rancore e di disgusto. Appena riconobbe Tony allargò le braccia e la strinse a sé, nascondendo il viso sulla spalla di lei.

«Gerda, Gerda, che cosa...» esclamò la signora Permaneder «che cosa è successo?... Che cosa c'è?... Caduto, dicono. Privo di sensi... Come sta?... Il buon Dio non vorrà il peggio... Dimmi tutto, per amor del cielo...»

Ma non ottenne alcuna risposta, sentì soltanto che Gerda

era tutta scossa da un brivido. Poi percepì un mormorìo sulla spalla...

«Tu l'avessi visto» queste furono le parole che sentì «quando l'hanno portato! In vita sua nessuno gli ha mai visto un granello di polvere... È un'infamia, uno scherno che abbia dovuto finire così!...»

Un rumore sommesso giunse alle loro orecchie. La porta dello spogliatoio si era aperta e Ida Jungmann era comparsa nel vano in grembiule bianco, una catinella in mano. Aveva gli occhi rossi. Vide la signora Permaneder e si ritrasse a capo chino per lasciarla passare. Il mento le tremava.

Quando Tony, seguita dalla cognata, entrò nella camera, le tendine fiorate delle finestre si agitavano alla corrente. Vi regnava un odore di acido fenico, di etere e di altri medicamenti. Nel largo letto di mogano, sotto la trapunta rossa, Thomas Buddenbrook giaceva supino, svestito, in camicia da notte ricamata. I suoi occhi semiaperti erano vitrei, le labbra, sotto i baffi scomposti, emettevano un balbettìo, e dalla gola gli usciva un suono gorgogliante. Il giovane dottor Langhals, curvo su di lui, gli toglieva dal viso una benda insanguinata e ne immergeva un'altra in una bacinella che era sul comodino. Poi auscultò il petto del malato e ne tastò il polso. Su uno sgabellino, a piedi del letto, il piccolo Johann si torceva il nodo della marinara e ascoltava, con viso assorto, i gemiti che suo padre emetteva dietro di lui. I vestiti insudiciati erano buttati sopra una sedia.

La signora Permaneder si accoccolò a fianco del letto, prese la mano del fratello, fredda e pesante, e lo fissò negli occhi. Incominciò a capire che, sapesse o non sapesse il buon Dio quel che faceva, in ogni caso "voleva il peggio".

«Tom» incominciò a piagnucolare. «Non mi riconosci? Come ti senti? Vuoi proprio abbandonarci? No, che non te ne vuoi andare, vero? Oh, non può essere, non deve essere...»

Non seguì nulla che potesse parere una risposta. Ed ella alzò gli sguardi supplichevoli verso il dottor Langhals. Questi teneva i begli occhi bassi ed esprimeva col viso, non senza una certa compiacenza, il volere del buon Dio.

Ida Jungmann ritornò per aiutare dov'era necessario. Anche il vecchio dottor Grabow comparve in persona, strinse la mano a tutti con grande bontà, osservò il malato scotendo il capo e fece esattamente quel che aveva già fatto il dottor Langhals. La notizia si era diffusa in tutta la città con la velocità del vento. Si udiva continuamente scampanellare alla porta e chiedere come stesse il senatore. Sempre uguale, sempre uguale: tutti ottenevano la stessa risposta.

I due medici furono del parere che in ogni caso bisognasse prendere una suora per la notte. Si mandò a chiamare suor Leandra, la quale venne senza manifestare ombra di sorpresa o di spavento. Anche questa volta depose la borsa, la cuffia e il velo, e si mise all'opera con gesti dolci e cortesi.

Il piccolo Johann stette seduto ore e ore sullo sgabellino guardando ogni cosa e ascoltando quei rantoli gorgoglianti. Veramente avrebbe dovuto andare alla lezione privata di aritmetica ma capiva che quelli erano avvenimenti davanti ai quali anche le giacche di lana pettinata dovevano tacere. Anche ai suoi compiti di scuola pensò soltanto un momento e con scherno. Ogni tanto, quando la signora Permaneder andava a stringerselo al cuore, versava lacrime. Ma per lo più se ne stava a guardare con gli occhi asciutti, con un'espressione assorta e disgustosa, respirando irregolarmente e con cautela, come si aspettasse quell'odore, quell'odore ignoto e pur così stranamente familiare...

Verso le quattro la signora Permaneder prese una risoluzione. Pregò il dottor Langhals di seguirla nella stanza attigua, incrociò le braccia e reclinò il capo pur tentando di premere il mento sul petto.

«Dottore» disse «una cosa è in suo potere e io gliela chiedo. Non faccia misteri! Io sono una donna indurita dalla vita... creda a me, ho imparato a sopportare la verità. Mio fratello sarà ancora in vita domani? Parli francamente!»

Il dottor Langhals girò i begli occhi, si guardò le unghie e disse dell'umana impotenza, dell'impossibilità di rispondere al quesito se il signor fratello della signora Permaneder avrebbe superato quella notte o sarebbe stato chiamato fra un minuto...

«Allora so quel che devo fare» disse lei, e, uscita, mandò a chiamare il pastore Pringsheim.

Questi venne coi paramenti comuni, senza collare, ma con l'abito lungo, sfiorò suor Leandra con un'occhiata fredda e sedette accanto al letto sulla sedia che gli era offerta. Invitò il malato a riconoscerlo e a prestargli ascolto; ma siccome il tentativo rimase infruttuoso si volse addirittura a Dio e gli parlò nel suo dialetto francone stilizzato, modulando la voce con suoni ora cupi ora improvvisamente accentati, mentre sul suo viso il tetro fanatismo si alternava con l'estasi più dolce. Quando arrotava l'erre contro il palato con una singolare e untuosa abilità, il piccolo Johann aveva la chiara sensazione che poco prima il pastore doveva aver preso il caffè coi panini imburrati.

Pringsheim disse che lui e i presenti non pregavano più per la vita di quel caro congiunto perché capivano che la santa volontà del Signore era di prenderlo con sé. Soltanto una grazia chiedevano, la grazia di un sereno trapasso... Poi recitò con accenti efficaci due preghiere di circostanza e si alzò. Strinse la mano a Gerda Buddenbrook e alla signora Permaneder, prese fra le mani la testa del piccolo Johann e gli guardò per un minuto, tremando di profonda tristezza, le palpebre abbassate, salutò la signorina Jungmann, sfiorò un'altra volta con un'occhiata gelida suor Leandra e si allontanò.

Quando il dottor Langhals ritornò dopo essere andato un momento a casa, trovò tutto come prima. Si consultò brevemente con l'infermiera e se ne andò. Anche il dottor Grabow venne a vedere ancora una volta, si assicurò che tutto fosse in ordine e uscì. Thomas, con gli occhi spenti, continuava a muover le labbra e a emettere suoni gorgoglianti. Scese il crepuscolo. Di fuori, nel cielo invernale, c'erano sprazzi rossi che dalla finestra penetravano sui vestiti insudiciati deposti sopra la sedia.

Alle cinque la signora Permaneder si lasciò trascinare a un atto inconsulto. Seduta presso il letto, di fronte a sua cognata, incominciò improvvisamente a intonare a mani giunte, e con la sua voce gutturale, un canto religioso.

«Poni un termine, o Signore» disse, mentre tutti ascoltavano immobili «fa che cessi il suo dolore; dagli forza a mani e piedi, e fa sì che nella fine...» Pregava con tanta devozione badando soltanto alle parole che pronunciava via via, senza considerare che, non sapendo tutta la strofa, dopo il quarto verso si sarebbe miseramente arenata. Così fu: ed ella dovette interrompersi a mezzo e sostituire alla chiusa la maggior dignità del suo atteggiamento. Tutti stavano in attesa e rimasero perplessi e in soggezione per lei. Johann si raschiò la gola così forte che parve mandasse un gemito; poi, nel silenzio, non si udì altro che il rantolo agonizzante di Thomas.

Fu una liberazione quando la cameriera venne ad annunciare che nella stanza accanto era preparato un po' da mangiare. Mentre però nella camera di Gerda si incominciava ad assaggiare la minestra, suor Leandra si affacciò e fece un cenno cortese.

Il senatore moriva. Singhiozzò due o tre volte, ammutolì e smise di muovere le labbra. Questo era tutto il mutamento; i suoi occhi erano morti già prima.

Il dottor Langhals, arrivato dopo pochi minuti, puntò lo stetoscopio sul petto del trapassato, auscultò a lungo e dopo attento esame disse: «Sì, è finito».

E suor Leandra, con l'anulare della mano pallida e lieve, chiuse piano le palpebre del defunto.

La signora Permaneder si buttò in ginocchio presso il letto, premette il viso contro la trapunta e si mise a piangere forte abbandonandosi senza ritegno, senza smorzare o reprimere nulla, a uno di quegli sfoghi rinfrescanti che erano a disposizione della sua felice natura. Col viso tutto bagnato, ma rinforzata, sollevata e in pieno equilibrio psichico, si alzò e fu subito in grado di pensare alle partecipazioni di morte che bisognava predisporre immediatamente e in tutta fretta: una ordinazione grandiosa di partecipazioni stampate con signorilità...

Poi entrò in scena Christian. Egli aveva ricevuto la notizia della caduta del senatore mentre era al circolo ed era uscito subito. Ma per timore di qualche spettacolo orribile aveva intrapreso una lunga passeggiata fuori porta sicché nessuno lo aveva potuto trovare. Ora, appena arrivato, già nel vestibolo seppe che suo fratello era deceduto.

«Ma non è possibile!» esclamò: e salì zoppicando e roteando gli occhi.

Poi stette fra la sorella e la cognata presso il letto di morte. Stette lì con quel cranio calvo, le guance incavate, i baffi cadenti, il nasone gibbuto, sulle gambe sottili e curve, un po' scavezzato, un po' a punto interrogativo: e i suoi occhietti infossati guardavano il viso del fratello che era così taciturno, freddo, scostante e indiscutibile, cosi inaccessibile a ogni umano giudizio! Thomas aveva gli angoli della bocca stirati in un'espressione quasi sprezzante. Quell'uomo cui Christian aveva rinfacciato che non avrebbe pianto alla sua morte, adesso era morto lui, morto così senza dire una parola, si era ritirato da signore nel silenzio e lasciava l'altro, come tante volte nella vita, spietatamente svergognato! Aveva agito bene o con bassezza quando per le sofferenze di Christian e per il suo "tormento", per lo spettro accennante e per la bottiglia di spirito e per la finestra aperta non aveva avuto altro che gelo e scherno? Il quesito crollava, era divenuto insensato dacché la morte, con parzialità capricciosa e imprevedibile, aveva distinto e giustificato lui e lo aveva accettato e accolto e reso venerando procurandogli con un atto d'imperio il timoroso interessamento di tutti, mentre invece ripudiava Christian e avrebbe continuato a corbellarlo con lazzi e sgambetti che non incutevano rispetto a nessuno. Mai Thomas Buddenbrook aveva fatto tanta impressione a suo fratello quanto in quei momenti. Quel che conta è il successo. La considerazione altrui per le nostre sofferenze ce la procura soltanto la morte, e questa rende rispettabili anche i dolori più miseri. "Hai avuto ragione tu, e io m'inchino" pensò Christian: e con un gesto rapido e goffo piegò un ginocchio e baciò la mano fredda stesa sulla coperta. Poi si ritrasse e si mise a passeggiare per la stanza con occhi irrequieti.

Altri visitatori si fecero vedere: i vecchi Kröger, le Buddenbrook della Via Larga, il vecchio Marcus. Venne anche la povera Klothilde e se ne stette magra e cinerea davanti al letto, giungendo con viso apatico le mani nei guanti di filo. «Non dovete credere, Tony e Gerda» disse lamentosamente stirando le vocali all'infinito «che abbia il cuore freddo se non piango. Non ho più lacrime...» E tutti le credettero sulla parola, tanto era disperatamente terrea e risecchita...

Infine tutti sgomberarono all'arrivo di una donna, una vecchia antipatica, sdentata e biascicante, che era venuta per aiutare suor Leandra a lavare e vestire la salma.

Fino a tarda sera Gerda Buddenbrook, la signora Permaneder, Christian e il piccolo Johann stettero nel salotto sotto la grande lampada a gas, intorno alla tavola, a lavorare assiduamente. Si trattava di comporre gli elenchi delle persone che dovevano ricevere la partecipazione di morte e di scrivere gl'indirizzi sulle buste. Tutte le penne stridevano. Ogni tanto l'uno o l'altro aveva un'idea e aggiungeva un nome all'elenco. Anche Hanno doveva aiutare perché la sua scrittura era chiara e il tempo incalzava.

C'era silenzio in casa e nella strada. Di rado si udivano passi che poi si spegnevano. La lampada a gas friggeva lievemente, si udiva mormorare un nome o frusciare un foglio. Ogni tanto i presenti si scambiavano un'occhiata e ripensavano a quello che era successo.

La signora Permaneder scarabocchiava tutta affannata. Ma, come a un segnale, esattamente ogni cinque minuti deponeva la penna, alzava le mani giunte fino all'altezza delle labbra e scoppiava in lamenti. «Non so capacitarmi!» esclamava, indicando così che a poco a poco incominciava a capacitarsi di quel che era accaduto. «Ma questa è la fine di tutto!» esclamava poi all'improvviso in un impeto di disperazione: e piangendo buttava le braccia al collo della cognata, dopo di che riprendeva con nuova lena il suo lavoro.

Christian era all'incirca nella situazione della povera Klothilde. Ancora non aveva versato una lacrima, e se ne vergognava un po'. La sensazione di aver fatto brutta figura sgominava in lui qualunque altro sentimento. Del resto quel continuo occuparsi del proprio stato e delle proprie stranezze lo aveva sfinito e reso ottuso. Di quando in quando si tirava su, si passava la mano sulla fronte calva e diceva con voce soffocata: «È triste, molto triste!». Lo diceva a sé stesso, si costringeva a pensarci attentamente e imponeva ai suoi occhi di inumidirsi...

Ad un tratto avvenne una cosa che fece allibire tutti. Il piccolo Johann s'era messo a ridere. Scrivendo aveva incontrato un nome dal suono buffo, e non aveva saputo resistere. Ripeté il nome, soffiò dal naso, si chinò sulla tavola, tremando e singhiozzando, senza sapersi contenere. Al primo momento poté sembrare che piangesse, ma non era così. Gli adulti lo guardarono increduli e sconcertati. Poi sua madre lo mandò a letto...

IX

Per un dente... Il senatore Buddenbrook era morto per un dente, si diceva in città. Ma, corpo del diavolo, di un dente non si muore! Aveva avuto dolori, è vero, Brecht gli aveva spezzato la corona e poco dopo il senatore era caduto per la strada. Si era mai sentita una cosa simile?...

Ma questo era indifferente, questo era affar suo. La prima cosa da fare era di mandare corone, grandi corone, corone costose, corone con le quali si poteva farsi onore, che si sarebbero menzionate nei giornali e dovevano far capire che venivano da gente seria e danarosa. Infatti affluirono da ogni parte, inviate tanto dalle associazioni quanto dalle famiglie e dai privati. Corone d'alloro, di fiori olezzanti, d'argento, con nastri neri o coi colori della città, con dediche stampate in nero o a lettere d'oro. E foglie di palma, enormi ventagli di palma...

Tutti i negozi di fiori fecero affaroni, non ultimo quello di Iwersen, di rimpetto alla casa dei Buddenbrook. Durante il giorno la signora Iwersen suonò più volte il campanello dell'ingresso recando offerte di fiori in diverse forme, del senatore tale, del console talaltro, di questo o quel gruppo di funzionari... A un certo punto chiese se poteva salire un momento a vedere il senatore. Sì che poteva, le fu risposto: e si avviò dietro la signorina Jungmann su per lo scalone, lanciando mute occhiate allo splendido ambiente.

Camminava adagio perché, al solito, era incinta. In complesso la sua figura con gli anni era diventata un po' volgare, ma gli occhi neri a mandorla e gli zigomi malesi erano ancora deliziosi, e si vedeva che una volta doveva essere stata di una bellezza straordinaria. Fu fatta entrare nel salotto, perché là era esposto Thomas Buddenbrook.

Egli giaceva nel mezzo della stanza larga e luminosa, dalla quale erano stati tolti i mobili, nella cassa imbottita di seta bianca, vestito, coperto di seta bianca, dentro un profumo acuto e inebriante di tuberose, di viole e di cento altri fiori. Alla sua testa, in un semicerchio di crespo nero, sorgeva il Cristo benedicente di Thorwaldsen. Le ghirlande, le corone, i canestri, i mazzi erano collocati lungo le pareti e sul pavimento e sulla trapunta; foglie di palma erano appoggiate alla bara e si inchinavano sui piedi del morto. Il viso mostrava qualche scalfittura e specialmente il naso era ammaccato. Ma i capelli erano pettinati come da vivo, e i baffi, passati un'ultima volta sotto le schiacce dal vecchio Wenzel, sporgevano lunghi e rigidi dalle guance bianche. Aveva la testa un po' piegata da un lato e teneva tra le mani giunte un crocifisso d'avorio.

La signora Iwersen si fermò quasi sulla soglia e guardò la bara socchiudendo gli occhi; soltanto quando la signora Permaneder, tutta vestita di nero e costipata dal gran piangere, comparve tra le portiere del salotto e la invitò con parole gentili ad avvicinarsi, osò avanzare un po' sul pavimento lucidato. Le mani giunte sul prominente grembo, abbracciò con gli occhi neri le piante e i candelabri, i nastri, tutta quella seta bianca e il volto di Thomas Buddenbrook. Sarebbe stato difficile definire l'espressione dei suoi lineamenti pallidi e slavati di donna gravida. Infine disse: «Eh sì...». Singhiozzò... un'unica volta... con un singhiozzo breve e indistinto, e se ne andò.

Alla signora Permaneder quelle visite erano benvenute. Senza allontanarsi mai da casa, sorvegliava con zelo instancabile gli omaggi che si tributavano alle spoglie mortali del fratello. Con la sua voce gutturale leggeva e rileggeva gli articoli dei giornali che, come all'epoca del centenario della Ditta, esaltavano i meriti di lui e lamentavano la perdita irreparabile della sua personalità. Nel salotto era presente a tutte le visite di condoglianza che Gerda riceveva; e non erano mai finite, erano legione. Con varie persone aveva abboccamenti per il funerale che doveva riuscire estremamente signorile. Organizzava scene di commiato. Fece salire il personale dell'ufficio perché desse l'ultimo addio al principale. Poi dovettero venire gli operai dei magazzini. Questi avanzarono coi piedoni enormi sul pavimento lucido, atteggiarono le labbra a un'espressione di gran devozione e diffusero un puzzo di acquavite, di cicche e di fatica fisica. Osservarono la sontuosa camera ardente, rigirando il berretto tra le mani, rimasero dapprima stupefatti e poi annoiati, finché uno di loro ebbe il coraggio di muoversi per uscire e tutti lo seguirono strascicando i piedi. La signora Permaneder ne era entusiasta. Asseriva che a parecchi di loro le lacrime erano colate fin nella barba incolta. Non era punto vero. Ma se lei aveva visto e se ciò la rendeva felice!?

E venne il giorno della sepoltura. La cassa di metallo fu chiusa ermeticamente e coperta di fiori, le candele ardevano nei candelabri, la casa si empì di gente e, circondato dai dolenti di città e da quelli venuti di fuori, il pastore Pringsheim stette solennemente a capo della bara, con la testa espressiva sul largo collare come sopra un piatto.

Un servo esperto e svelto, un che di mezzo fra il cameriere e il cerimoniere, aveva assunto la direzione delle solenni esequie. Col cilindro in mano corse giù dalle scale senza far rumore, e nel vestibolo che si stava affollando di impiegati del dazio in divisa e di scaricatori in giubba, calzoni corti e cilindro, annunciò con voce sussurrata, ma penetrante: «Le stanze sono piene, ma nel corridoio c'è ancora un po' di posto...».

Poi tutti fecero silenzio: il pastore incominciò a parlare e la sua voce pacata, sonora e modulata empì tutta la casa. E mentre lassù, accanto al Cristo, egli si stringeva le mani davanti agli occhi e le allargava benedicendo, giù nella strada, sotto il bianco cielo invernale, arrivava il carro funebre tirato da quattro cavalli e seguito da una lunga fila di carrozze che si snodava fin giù al fiume. Di fronte al portone di casa era schierata su due file, con l'arme al piede, una compagnia di soldati comandata dal sottotenente von Throta, il quale, la sciabola nuda sul braccio, guardava con occhi ardenti verso il balcone. Alle finestre e sui marciapiedi molta gente allungava il collo.

Infine ci fu un movimento nel vestibolo, si udì il comando sommesso del sottotenente, i soldati scattarono presentando le armi, von Throta abbassò la sciabola, il feretro comparve. Portato dai quattro uomini in manto nero e tricorno, uscì oscillando dal portone, mentre il vento spandeva il profumo dei fiori sopra le teste dei curiosi, arruffava il pennacchio nero sul tetto del carro funebre, agitava la criniera dei cavalli che stavano in attesa fino alla riva del fiume e tentava di strappare il velo nero dal cappello del cocchiere e dei valletti. Dal cielo radi fiocchi di neve cadevano descrivendo archi larghi e lenti.

I cavalli del carro funebre, tutti parati di nero sicché se ne vedevano soltanto gli occhi irrequieti, tenuti a mano dai quattro valletti vestiti di nero, si misero lentamente in moto. I soldati si accodarono seguìti dalle carrozze. Christian Buddenbrook col pastore montò nella prima. Seguì il piccolo Johann insieme con un ben pasciuto parente di Amburgo. E lento, lento, lungo, triste e solenne il corteo funebre di Thomas Buddenbrook si avviò, mentre alle finestre il vento faceva schioccare le bandiere a mezz'asta. Gli impiegati e gli scaricatori di grano seguivano a piedi.

Quando per le viottole del cimitero il feretro seguìto dalla schiera dei dolenti passò davanti a croci e statue, a cappelle e salici piangenti, e si avvicinò alla tomba di famiglia dei Buddenbrook, la compagnia d'onore era già sull'attenti e presentò un'altra volta le armi. Dietro un gruppo di cespugli risuonava con ritmo grave e smorzato una marcia funebre.

E ancora si era rimossa la grande pietra sepolcrale con lo stemma di famiglia in rilievo, e ancora al margine delle piantagioni spoglie i cittadini circondarono la fossa murata nella quale Thomas Buddenbrook raggiungeva i genitori. Lì erano raccolti gli uomini autorevoli e danarosi: stavano a capo chino, malinconici, e fra loro i consiglieri comunali che si riconoscevano dai guanti bianchi e dalle cravatte. Dietro si accalcavano i funzionari, gli operai, gli impiegati, gli scaricatori.

La musica tacque: parlava il pastore Pringsheim. E come l'eco delle sue benedizioni si spense nell'aria fredda, tutti si accinsero a stringere ancora una volta la mano al fratello e al figlio del defunto.

Fu una sfilata faticosa. Christian Buddenbrook accoglieva le attestazioni di cordoglio con quella espressione tra imbarazzata e distratta che aveva nelle solennità. Il piccolo Johann, che aveva indossato la spessa giubba da marinaio coi bottoni dorati, stava accanto a lui, teneva fissi a terra gli occhi ombreggiati d'azzurro, senza guardar nessuno, e torceva la testa all'indietro contro il vento con una smorfia di disgusto.

Parte undicesima

I

Si ricorda questa o quella persona e ci si chiede come starà; e ad un tratto ci viene in mente che essa non passeggia più sui marciapiedi, che la sua voce non risuona più nel concento universale, ma è scomparsa per sempre dalla scena e giace in qualche posto là fuori porta, sotto terra.

La signora Buddenbrook, nata Stüwing, vedova dello zio Gotthold, era morta. Anche a lei, che un giorno era stata causa di violente discordie in famiglia, la morte aveva imposto la luminosa corona dell'espiazione, e ora le sue tre figlie, Friederike, Henriette e Pfiffi, si sentivano in diritto di far le offese di fronte alle condoglianze dei parenti, quasi volessero dice: "Ecco, vedete? Le vostre persecuzioni l'hanno fatta scendere nella fossa!..." benché la vecchia vedova del console avesse raggiunto un'età molto avanzata.

Anche Madame Kethelsen aveva trovato la pace. Dopo essere stata torturata dall'artrite negli ultimi anni, se n'era andata tranquillamente nella sua fede ingenua e puerile, invidiata dalla sorella erudita che ancora doveva lottare ogni tanto contro piccole tentazioni razionalistiche e, quantunque diventasse sempre più gobba e minuscola, era legata a questa terra malvagia da una costituzione più resistente.

Il console Peter Döhlmann era stato chiamato anche lui. Dopo essersi mangiato tutto il patrimonio, era infine rimasto vittima dell'acqua di Hunyadi-János e aveva lasciato a sua figlia una rendita annua di duecento marchi affidando alle pubbliche simpatie per il nome Döhlmann il compito di provvedere a lei e di farla accogliere nel monastero di San Giovanni.

Era deceduto anche Justus Kröger, e questo era un guaio: ora infatti nessuno impediva più alla sua debole consorte di vendere fin l'ultimo servizio di argenteria per mandare denaro al degenerato Jakob che non si sa dove, via per il mondo, trascinava la sua vita dissoluta...

Anche sarebbe stato vano cercare Christian Buddenbrook in città: egli non era più fra le sue mura. Appena scaduto l'anno dalla morte del fratello senatore, si era trasferito ad Amburgo dove aveva sposato davanti a Dio e agli uomini la donna con la quale era in relazione da molto tempo, la signorina Aline Puvogel. Nessuno gliel'aveva potuto impedire. L'eredità materna, i cui interessi del resto erano sempre andati per metà ad Amburgo, veniva amministrata, in quanto non era stata già consumata in precedenza, da Stephan Kistenmaker che ne aveva ricevuto l'incarico dal testamento dell'amico defunto; ma per il resto Christian era padrone di sé. Appena si sparse la voce del suo matrimonio, la signora Permaneder scrisse alla signora Aline Buddenbrook, in Amburgo, una lettera lunga e squisitamente ostile che incominciava con "*Madame!*" e conteneva, in parole accuratamente avvelenate, la dichiarazione che la signora Permaneder non avrebbe mai riconosciuto come parenti né la destinataria né i suoi figli.

Il signor Kistenmaker era esecutore testamentario, amministratore del patrimonio dei Buddenbrook e tutore del piccolo Johann: ed assolveva con onore questi incarichi. Essi gli procuravano occupazioni molto importanti e gli davano il diritto, alla Borsa, di passarsi una mano sui capelli in segno di eccessiva fatica e di assicurare che si esauriva. Non si deve dimenticare che per le sue fatiche incassava, con molta puntualità, il due per cento dei redditi. Ma in complesso non aveva fortuna negli affari e si attirò molto presto il malcontento di Gerda.

Fatto sta che bisognava liquidare, che la Ditta doveva scomparire nel giro di un anno: questa era l'ultima volontà del senatore. La signora Permaneder ne rimase molto scossa. «E Johann? E il piccolo Johann? E Hanno?» andava dicendo. Era molto delusa e addolorata perché suo fratello era passato sopra al figlio e unico erede e non aveva voluto mantenere in vita la Ditta per lui. Pianse per molte ore al pensiero che si dovesse rinunciare alla veneranda insegna, a quel gioiello tramandato da quattro generazioni, che si dovesse conchiudere la sua storia mentre c'era ancora un erede naturale. Ma poi si consolava pensando che la fine della Ditta non era poi la fine della famiglia, e che suo nipote avrebbe dovuto incominciare un'opera nuova e fresca per adempiere al suo alto compito, che consisteva evidentemente nel conservare splendore e risonanza al nome dei suoi padri e nel far rifiorire la famiglia. Non per niente assomigliava tanto al bisnonno...

La liquidazione degli affari incominciò dunque sotto la guida di Kistenmaker e del vecchio Marcus, e si svolse in modo disastroso. Il termine concesso era breve e doveva essere osservato alla lettera, con precisione, e il tempo urgeva. Gli affari in corso vennero sbrigati precipitosamente e con svantaggio. Le vendite affrettate e in perdita si susseguivano. I depositi e le giacenze di merci furono trasformati in denaro con grave danno E quel che non guastava la troppa fretta del signor Kistenmaker guastava la troppa lentezza del signor Marcus, del quale si andava dicendo che d'inverno, prima di uscire di casa, non solo scaldava sulla stufa il pastrano e il cappello, ma persino il bastone, e che quando gli si offriva un'occasione favorevole se la lasciava scappare regolarmente. Insomma, le perdite si accumulavano. Sulla carta Thomas Buddenbrook aveva lasciato un patrimonio di 650.000 marchi; un anno dopo l'apertura del testamento si vide che non si poteva neanche lontanamente fare assegnamento su quella somma.

Su quella disastrosa liquidazione circolavano voci imprecise ed esagerate, alimentate dalla notizia che Gerda pensava di vendere la sua casa. Si raccontavano cose strabilianti sui motivi che la spingevano a farlo, sulla paurosa riduzione del patrimonio dei Buddenbrook, sicché in città poté formarsi a poco a poco un'atmosfera che la vedova del senatore non poteva non notare dapprima con stupore e sorpresa, e poi con dispetto. Quando un giorno riferì a sua cognata che alcuni operai e fornitori avevano insistito con pessimo garbo perché si saldassero certe grosse fatture, la signora Permaneder rimase a lungo senza fiato, e poi scoppiò in una risata spaventevole. Gerda Buddenbrook era così indignata che manifestò persino una mezza idea di abbandonare la città col suo Johann, di ritornare ad Amsterdam dal vecchio padre e di riprendere con lui i duetti di violino. Ma ciò sconvolse tanto la signora Permaneder che dovette abbandonare subito il progetto.

Come era da aspettarsi, la signora protestò vivacemente anche contro la vendita della casa costruita da suo fratello. Lamentava a gran voce la brutta impressione che quell'atto poteva fare, e diceva che sarebbe stato una nuova perdita di prestigio per il nome della famiglia. Tuttavia doveva riconoscere come fosse poco pratico abitare e mantenere ancora quella casa così ampia e lussuosa, un costoso capriccio di Thomas, e che in fondo il desiderio di Gerda di prendersi una comoda villetta fuori porta, tra il verde, non era poi ingustificato.

Per il signor Gosch, il mediatore Gosch, spuntò una giornata sublime. Un grande avvenimento veniva a illuminargli la vecchiaia al punto da far cessare per alcune ore persino il tremito delle sue membra. Egli poté comparire nel salotto di Gerda Buddenbrook e sedersi di fronte a lei su una poltrona per trattare, con gli occhi negli occhi, il prezzo della casa. Coi capelli candidi che gli scendevano sulla faccia da ogni parte, la guardava di sotto in su, sporgendo orribilmente il mento e riuscendo ad apparire proprio gobbo. Aveva la voce sibilante.ma parlava dell'affare oggettivamente e nulla rivelava la sua intima agitazione. Si dichiarò disposto a prendere la casa, tese la mano e offrì, con un sorriso perfido, ottantacinquemila marchi. Era una buona offerta, poiché nella vendita una perdita era inevitabile. Ma bisognava sentire anche l'opinione del signor Kistenmaker, e Gerda dovette licenziare il signor Gosch prima di aver concluso: si vide infatti che Kistenmaker non intendeva tollerare intromissioni nelle sue funzioni. Rifiutò l'offerta del signor Gosch, si mise a ridere e giurò che avrebbe ottenuto di più. E continuò a giurare fintanto che, in definitiva, fu costretto a cedere la casa per sessantacinquemila a un vecchio scapolo reduce da lunghi viaggi, che intendeva di stabilirsi in città.

Kistenmaker provvide anche all'acquisto della casa nuova, una graziosa villetta che costò forse un po' troppo, ma situata com'era fuori porta, su un viale d'ippocastani, e cinta da un bel giardino e da un orto, rispondeva ai desideri di Gerda Buddenbrook. La quale nell'autunno del '76 vi si trasferì col figliolo, con la servitù e con una parte dell'arredo, mentre un'altra parte, tra i lamenti della signora Permaneder, dovette essere lasciata e passare nelle mani del vecchio scapolo.

E questi non furono i soli mutamenti! La signorina Jungmann, Ida Jungmann che da quarant'anni era in casa Buddenbrook, lasciò il servizio e ritornò al suo paese nella Prussia occidentale per trascorrere gli ultimi anni di vita con certi parenti. Per dir la verità, fu licenziata dalla vedova del senatore. Cresciuta e fattasi adulta la generazione precedente, quell'anima santa aveva trovato da curare e seguire il piccolo Johann cui poteva leggere le fiabe dei fratelli Grimm e raccontare la storia dello zio morto di singhiozzo. Ma ora il piccolo Johann non era più piccolo, era un ragazzo quindicenne al quale, nonostante la sua fragilità, ella non poteva essere di grande aiuto. E con sua madre già da un pezzo era in rapporti piuttosto tesi. Considerava Gerda, che era entrata nella famiglia molto dopo di lei, come un po' estranea e senza uguali diritti, e d'altro canto in età più avanzata, con quella presunzione che hanno i servitori anziani, incominciò ad arrogarsi funzioni eccessive. Ed era urtante quando si attribuiva troppa importanza, quando si rendeva colpevole di questa o quella usurpazione. La situazione divenne insostenibile, ci furono scenate e, per quanto la signora Permaneder intercedesse per lei con la stessa eloquenza con cui aveva perorato la causa dei due palazzi e dei mobili, la vecchia Ida fu licenziata.

E quando giunse il momento di dire addio al piccolo Johann, pianse amaramente. Egli la abbracciò, poi incrociò le mani dietro la schiena, si resse su una gamba dondolando l'altro piede sulla punta e la vide partire con quello stesso sguardo assorto e pensieroso che i suoi occhi bruno-dorati dalle ombre azzurre avevano avuto presso la salma della nonna, alla morte del babbo di fronte al disfacimento della casa e a tanti altri intimi avvenimenti consimili. Nella sua mente, il congedo della vecchia Ida seguiva con perfetta logica gli altri fenomeni di sgretolamento, di dissolvimento, di rovina ai quali aveva assistito. Erano cose che non lo stupivano più, anzi non l'avevano stupito mai. Talvolta, quando sollevava la testa con quei capelli castani chiari e ricciuti e con le labbra un po' stirate moveva le sensibili pinne del naso, sembrava fiutasse attentamente l'atmosfera, l'aria che lo circondava, in attesa di sentire quel profumo strano e familiare che presso la bara della nonna gli aromi acuti dei fiori non avevano potuto sopraffare...

La signora Permaneder, ogni qualvolta faceva visita a sua cognata, tirava a sé il nipote per parlargli del passato e prospettargli quell'avvenire di cui i Buddenbrook, con l'aiuto di Dio, sarebbero andati debitori a lui. Quanto più il presente era spiacevole, tanto meno lei si saziava di descrivere come fosse stata signorile la vita nella casa dei suoi genitori e dei nonni, e di ripetergli che il bisnonno viaggiava in tiro a quattro. Un giorno ebbe un forte attacco di crampi allo stomaco perché Friederike, Henriette e Pfiffi Buddenbrook avevano asserito ad una voce che i Hagenström erano il fior fiore della società...

Di Christian si avevano notizie rattristanti. Il matrimonio pareva non avesse avuto buoni effetti sulle sue condizioni di salute. Paurose follie e idee fisse l'avevano turbato ripetutamente, e su proposta di sua moglie e d'un medico egli si era ritirato in una clinica. Non ci stava volentieri, scriveva lettere lamentose ai suoi e chiedeva con insistenza di esser liberato da quel ricovero dove pareva fosse trattato con molta severità. Ma non fu rilasciato, e forse fu un bene per lui. In ogni caso ciò mise sua moglie, nonostante i vantaggi pratici e ideali che doveva a quel matrimonio, nella possibilità di continuare senza scrupoli e impedimenti la vita indipendente che aveva condotto prima.

II

Il meccanismo della sveglia scattò e, ligio al suo dovere, gracidò. Era un rumore roco e fesso, un suono di raganella più che uno scampanellìo, poiché la sveglia era vecchia e logora; e siccome aveva la carica al completo quel suono durò a lungo, disperatamente.

Hanno Buddenbrook si destò spaventato. Come tutte le mattine, allo scoccare improvviso di quello squillo familiare ad un tempo e maligno sul comodino a un palmo dalle sue orecchie, le viscere gli si torsero dal dispetto e dalla disperazione. Esteriormente però rimase calmo, non mutò posizione nel letto e, strappato a qualche vago sogno mattutino, si limitò a spalancare gli occhi.

Nella stanza gelida era buio perfetto: non si distingueva alcun oggetto e non si potevano vedere le lancette dell'orologio. Ma egli sapeva che erano le sei perché la sera precedente aveva puntato la sveglia su quell'ora... La sera precedente! Mentre coi nervi tesi, lottando col proposito di accendere la luce e di uscir dal letto, stava supino e immobile, a mano a mano gli riaffiorò alla coscienza ciò ch'era avvenuto la sera precedente...

Era una domenica e, poiché egli aveva consentito a lasciarsi torturare per parecchi giorni dal signor Brecht, sua madre in premio l'aveva accompagnato a teatro dove davano il *Lohengrin*. La trepida e dolce attesa di quella serata aveva empito il suo cuore già da una settimana. Peccato, però, che prima di simili feste bisognasse sostenere tante cose odiose che fino all'ultimo minuto guastavano la libera e gioiosa prospettiva. Ma, infine, il sabato anche le ore di scuola erano terminate, e il trapano doloroso aveva ronzato per l'ultima volta nella sua bocca. Messa da parte e superata ogni cosa, egli aveva poi rinviato risolutamente i compiti oltre la domenica sera. Che cos'era mai il lunedì? Chi sa? forse non sarebbe neanche spuntato. Non si crede al lunedì, quando la domenica sera si deve andar a sentire il *Lohengrin*... Si sarebbe alzato per tempo lunedì mattina a sbrigare quelle scempiaggini. E così sia! E si era sentito libero, aveva accarezzato la gioia nel cuore, aveva sognato sui tasti del pianoforte e dimenticato ogni contrarietà.

Poi la felicità si era attuata e l'aveva avvolto in un mondo di sacre delizie facendolo tremare e rabbrividire e singhiozzare nell'anima in una ebbrezza estasiata e insaziabile. Certo, nel preludio i violini da strapazzo dell'orchestra avevano un po' scantinato, e un grassone infatuato con tanto di barba rossa era arrivato nella navicella un po' a scosse. E nel palco attiguo c'era il tutore, Stephan Kistenmaker, il quale aveva brontolato perché in quel modo si distraeva il giovane dai suoi doveri. Ma la soave e radiosa magnificenza che giungeva alle orecchie di Hanno gli aveva fatto dimenticare quella seccatura.

Poi tutto era finito. La canora e balenante felicità era svanita e ammutolita, ed egli, trovatosi in casa con la testa ardente, si era accorto che soltanto un paio d'ore di sonno nel suo letto lo separavano dal grigiore di tutti i giorni. Allora aveva avuto un accesso di quello sconforto che conosceva tanto bene. Aveva sentito quanto male faccia la bellezza, quanto a fondo ci precipiti nella soggezione e nello sgomento nostalgico, struggendo tuttavia il nostro coraggio e la nostra capacità di vivere nella vita comune. Essa lo aveva depresso disperatamente sotto un peso così immane da fargli pensare che quel peso doveva essere qualche cosa di più dei suoi crucci personali, un carico che fin dall'inizio aveva gravato il suo spirito e a un certo momento l'avrebbe soffocato...

Caricata la sveglia aveva dormito profondamente come si dorme quando non si vorrebbe ridestarsi più. Ed ecco, era venuto il lunedì, erano le sei ed egli non si era preparato per nessuna delle lezioni!

Si alzò a sedere e accese la candela sul comodino. Ma siccome nell'aria gelata le braccia e le spalle provarono subito brividi di freddo, si lasciò ricadere e si tirò addosso la coperta.

Le lancette segnavano le sei e dieci... Oh, era inutile alzarsi e lavorare; troppo c'era da fare: c'era da studiare quasi per ogni lezione; non valeva neanche la pena di incominciare. D'altronde l'ora stabilita era già passata... Era poi tanto sicuro, come gli era parso il giorno prima, che sarebbe stato interrogato in latino e in chimica? Bisognava supporlo, anzi secondo le previsioni umane era probabile. Ultimamente, per la traduzione da Ovidio erano stati interrogati gli alunni il cui nome incominciava con le ultime lettere dell'alfabeto: era da presumere che ora si sarebbe incominciato da capo con l'A e la B. Ma proprio sicuro sicuro non era, non era fuori di ogni dubbio! Avvenivano pur sempre eccezioni alla regola. Che scherzi non fa qualche volta la sorte?... E mentre si dedicava a queste considerazioni fallaci e forzate, i pensieri gli si confusero e si riaddormentò.

Alla luce oscillante della candela, la cameretta da studente era immersa nel silenzio, fredda e spoglia, con la Madonna Sistina incisa in rame sopra il letto, il tavolino nel mezzo, lo scaffale zeppo di libri accatastati in disordine, un leggio di mogano dalle gambe rigide, l'armonio e il piccolo lavamano.

Fiori di ghiaccio coprivano i vetri delle finestre, le cui persiane non erano chiuse affinché la luce del giorno entrasse più presto. E Hanno dormiva con la guancia affondata nel cuscino. Dormiva a labbra aperte, con le ciglia abbassate, con un'espressione di intima e dolorosa dedizione al sonno, e i suoi capelli morbidi e castano-chiari gli coprivano di riccioli le tempie. A poco a poco la fiammella sul comodino perdette la sua luminosità rossastra perché, attraverso la crosta di ghiaccio dei vetri, il mattino scialbo guardava nella stanza freddo e triste.

Quando furono le sette, Hanno si ridestò di soprassalto. Anche quel termine era passato. Bisognava alzarsi e prendere sulle spalle la giornata: non c'era modo di scansarla. Mancava un'oretta sola all'inizio della scuola. Il tempo urgeva; che dire dei lavori? Tuttavia rimase coricato, pieno di amarezza, di malinconia e di ostilità contro quella brutale costrizione di dover lasciare il letto caldo nella penombra gelida e di avventurarsi nei pericoli tra uomini severi e male intenzionati. "Oh, ancora due miseri minuti, vero?" domandò al suo cuscino con tenerezza traboccante. Poi, in un impeto di caparbietà, si regalò addirittura cinque minuti per poter chiudere ancora un po' gli occhi e aprirne di tanto in tanto uno solo a guardare disperatamente la lancetta che, idiota e impassibile, proseguiva per la sua strada...

Dieci minuti dopo le sette saltò giù e incominciò a muoversi affannato per la stanza. La candela ardeva ancora perché la luce del giorno non era sufficiente. Sciogliendo col fiato uno dei fiori di ghiaccio, Hanno vide che difuori c'era un gran nebbione.

Soffriva un freddo atroce. Il gelo lo faceva rabbrividire tutto, dolorosamente. Aveva le punte delle dita brucianti e così gonfie che non poteva usare la spazzolina per le unghie. Mentre si lavava il viso e il collo, lasciò cadere la spugna dalla mano quasi morta e stette un istante rigido e impacciato, fumando come un cavallo sudato.

Infine, con gli occhi torvi e il respiro ansante, si trovò

pronto davanti al tavolino, prese la cartella di cuoio, raccolse le ultime forze della mente che la disperazione gli aveva lasciate e infilò nella cartella i libri necessari per le lezioni del giorno. Guardava nel vuoto con grande sforzo mormorando: «Religione... Latino... Chimica...». E ammucchiava i volumi rilegati, gualciti e macchiati d'inchiostro...

Era già cresciuto, il piccolo Johann. Aveva quindici anni compiuti e non portava più la marinara danese, bensì una giacca color cannella con la cravatta azzurra picchiettata di bianco. Sul panciotto aveva la lunga e sottile catena d'oro che gli era pervenuta dal bisnonno, e all'anulare della destra un po' troppo larga, ma aggraziata, portava infilato l'antico anello di famiglia con la pietra verde che ora apparteneva a lui... Indossò la grossa giacca invernale di lana, si mise in testa il cappello, afferrò la cartella, spense la candela, scese a precipizio al pianterreno e, passando davanti all'orso impagliato, entrò nella sala da pranzo.

La signorina Clementine, la nuova cameriera di sua madre, una ragazza esile, coi riccioli sulla fronte, il naso appuntito e gli occhi miopi, era già là e stava preparando la colazione.

«Che ora è precisamente?» domandò Hanno fra i denti, benché lo sapesse benissimo.

«Manca un quarto alle otto» rispose lei indicando con la piccola mano rossa, che sembrava artritica, la pendola alla parete. «Dovrebbe spicciarsi, Hanno...» E così dicendo gli pose davanti la tazza fumante e gli avvicinò il cestino del pane, il burro, il sale e il portauovo. Egli non disse altro, prese un panino e in piedi, col cappello in testa e la cartella sotto il braccio, incominciò a sorbire il cacao. La bevanda bollente gli faceva un male terribile a un molare che il signor Brecht gli aveva curato da poco... Ne lasciò la metà, rinunciò all'uovo, mandò un lieve suono strozzato che poteva essere un addio, e via di corsa.

Erano le otto meno dieci quando, attraversato il giardino e lasciatasi alle spalle la villetta rossa, prese a destra per il viale in veste invernale. Ancora dieci, nove, otto minuti soltanto. E la strada era lunga. Nella nebbia non riusciva nemmeno a distinguere fino a che punto fosse arrivato. La aspirava e la rimandava fuori, quella nebbia densa e gelata, con tutta la forza del suo petto gracile, puntava la lingua contro il dente che ancora gli doleva per il cacao e sottoponeva i muscoli delle gambe a uno sforzo insensato. Era madido di sudore e tuttavia si sentiva gelare nelle membra. Incominciò a provare delle fitte ai fianchi. Quel po' di colazione gli brontolava nello stomaco, a quella passeggiata mattutina, e il suo cuore non era che una cosa tremante e svolazzante che gli toglieva il fiato.

La porta della rocca! Era soltanto alla porta della rocca, e mancavano quattro minuti alle otto. Mentre si affannava per le strade bagnato di sudore freddo, sentendosi male e angosciato, spiava da tutte le parti per vedere se incontrasse qualche altro scolaro. No no, non c'era nessuno. Tutti erano già sul posto e già gli orologi incominciavano a suonare le otto. Le campane squillavano tra la nebbia, da tutte le torri, e quelle di Santa Maria, per festeggiare il momento, suonavano persino il Te Deum. Suonavano note sbagliate, come Hanno poté rilevare nella sua disperazione, senza ombra di ritmo, e per di più erano stonate. Ma quello era il meno! Ormai sarebbe arrivato tardi, non c'era più alcun dubbio. L'orologio della scuola era un po' indietro, è vero, ma Hanno arrivava tardi: questo era certo. Fissava gli occhi in faccia alla gente che gli passava accanto. Quelli si recavano nei loro uffici, ai loro affari, e non avevano fretta: non avevano alcuna minaccia sul capo. Taluni ricambiavano la sua occhiata invidiosa e supplichevole, osservavano la sua figura disordinata e sorridevano. Quei sorrisi lo facevano montare in bestia. Che cosa immaginavano? Come giudicavano la situazione, loro che non erano terrorizzati? "Cari signori" avrebbe voluto dir loro "il vostro sorriso è una crudeltà! Potreste pensare che sarebbe una bella cosa cader morti davanti al portone chiuso..."

Il lungo squillo che segnava l'inizio della preghiera del lunedì gli giunse alle orecchie quando era ancora a venti passi dal muro rosso, interrotto da due portoni di ghisa, che separava il primo cortile della scuola dalla strada. Non avendo più a disposizione altre forze per correre, Hanno si buttò in avanti, facendo affidamento sulle gambe che bene o male gli avrebbero impedito di cascare, e procedendo a scatti e inciampiconi: e così raggiunse il primo portone nel momento in cui lo scampanio cessava.

Il signor Schlemiel, il bidello, un uomo tarchiato dal volto e dalla barba rude di operaio, era in procinto di chiudere. «Be'...» disse, e lasciò sgattaiolar dentro l'allievo Buddenbrook. Forse, forse era salvo. Si trattava di introdursi non visto nella classe, di aspettarvi nascosto la fine della funzione religiosa che si svolgeva nella palestra e di far le viste di niente. Ansando e boccheggiando, sfinito e tutto sudato, si trascinò attraverso il cortile lastricato di mattonelle rosse e varcò una delle belle porte ornate di vetri colorati.

Nell'istituto tutto era bello, nuovo, pulito. Il tempo aveva fatto valere i suoi diritti e le parti grigie e cadenti dell'ex scuola conventuale, dove ancora i padri della presente generazione si erano dedicati alla scienza, erano state rase al suolo e al loro posto erano sorti edifici nuovi, ariosi e sontuosi. Si era conservato lo stile, e sopra i corridoi e le logge s'inarcavano solenni le volte gotiche. Ma in quanto a illuminazione e riscaldamento, a spaziosità e abbondanza di luce nelle classi, alla comodità delle sale per i docenti, all'arredamento pratico delle aule per la chimica, per la fisica e per il disegno, si erano introdotte tutte le migliorie dell'epoca moderna.

Hanno, spossato com'era, strisciò lungo la parete e si guardò in giro. Grazie al cielo, non si vedeva nessuno. Dai corridoi lontani gli arrivava il brusìo della folla di allievi e insegnanti che si recavano alla palestra per trovarvi un po' di conforto religioso prima di iniziare le fatiche della settimana. Lì invece c'era silenzio profondo, e anche sullo scalone coperto di linoleum la via era libera. Piano piano, in punta di piedi, con le orecchie tese e trattenendo il fiato, Hanno salì. La sua classe, la quinta dell'istituto tecnico, era al primo piano dirimpetto alla scala; la porta era aperta. Arrivato sull'ultimo gradino, egli si sporse a spiare il lungo corridoio sul quale si aprivano di qua e di là gli usci delle varie classi, distinti con targhe di smalto; fece tre passi rapidi e silenziosi e fu nell'aula.

Era vuota. I tre finestroni erano ancora coperti dalle tende e le lampade a gas che pendevano dal soffitto ronzavano sommessamente nel silenzio. Schermi verdi diffondevano la luce sulle tre file di banchi a due posti, di legno chiaro, di fronte ai quali sorgeva la cattedra scura, professorale e severa, con una lavagna alla parete. La parte inferiore delle pareti era rivestita di legno giallo e più sopra, sul muro imbiancato di calce, pendevano alcune carte geografiche. Una seconda lavagna era sorretta da un cavalletto, di fianco alla cattedra.

Hanno andò al suo posto che era circa nel mezzo dell'aula, infilò la cartella nel cassetto, si buttò sul duro sedile, incrociò le braccia sul piano inclinato e vi appoggiò la testa. Un benessere ineffabile lo pervase. Quella stanza così nuda era brutta e odiosa, ed egli si sentiva sul cuore il peso di tutta la mattinata minacciosa e irta di pericoli: ma per il momento era al sicuro, era materialmente protetto e poteva stare in attesa degli eventi. D'altronde la prima ora, l'ora di religione col signor Ballerstedt, era piuttosto innocua... Dalle vibrazioni della linguetta di carta lassù davanti all'apertura circolare nella parete si poteva verificare l'entrata dell'aria calda, e anche le fiamme del gas scaldavano l'ambiente. Ah, finalmente Hanno poteva stendere le membra irrigidite dall'umidità, e liberarle dal gelo. Un calore piacevole e malsano gli montava alla testa, gli ronzava nelle orecchie e gli velava gli occhi...

Ad un tratto udì dietro di sé un rumore che lo fece trasalire e voltarsi di scatto: ed ecco, dietro l'ultimo banco emerse il busto del giovane conte Kai Mölln. Il ragazzo sbucò dal nascondiglio, si alzò in piedi, batté leggermente le mani per scuoterne la polvere e s'avvicinò a Hanno col volto raggiante.

«Oh, sei tu, Hanno!» disse. «E io mi ero cacciato là sotto perché, quando sei entrato, ti avevo preso per un pezzo di corpo insegnante!»

La sua voce stava già diventando virile, mentre il suo amico non era ancora arrivato a quel punto. Kai era cresciuto quanto l'altro, ma nel rimanente era sempre lo stesso. Portava ancora un vestito di colore indefinibile, al quale mancavano alcuni bottoni, e aveva grandi toppe sul fondo dei calzoni. Ancora le sue mani non erano del tutto pulite, ma sottili e di forma nobilissima, con le dita lunghe e affusolate e le unghie a punta. E ancora i suoi capelli rossicci, con la scriminatura approssimativa nel mezzo, gli ricadevano sulla fronte d'alabastro immacolato sotto la quale lampeggiavano, profondi e acuti ad un tempo, gli occhi celesti. Il contrasto fra il suo vestire tanto trascurato e la purezza di quei lineamenti delicati, dal naso leggermente arcuato al labbro superiore un po' prominente, dava ora nell'occhio più di prima.

«Oh, Kai» disse Hanno stirando le labbra e portandosi una mano sul cuore «che spavento m'hai fatto prendere! Perché sei quassù? Perché ti sei nascosto? In ritardo anche tu?»

«Dio guardi!» rispose Kai. «Sono qui già da parecchio... Come sai bene anche tu, il lunedì mattina non vedo l'ora di rientrare nell'istituto. Sono rimasto quassù così per spasso. Era di turno il *dottor profondo* e ci teneva a mandar giù tutto il gregge per la funzione. Allora feci in modo di trovarmi sempre dietro le sue spalle... Comunque si girasse e si guardasse in giro, quel mistico, ero sempre dietro di lui finché se ne andò e io potei rimanere qui. Ma tu» soggiunse impietosito, sedendosi sul banco accanto a Hanno, con un gesto affettuoso «hai dovuto correre, eh, poverino? Sei tutto affannato. Hai i capelli appiccicati alle tempie...» E presa una riga staccò con serietà e cautela i capelli del piccolo Hanno. «Dunque hai dormito oltre l'orario? Ma io sono seduto al posto di Adolf Todtenhaupt» s'interruppe guardandosi attorno «al posto sacro del primo della classe! Be', non fa niente per questa volta... Dunque ti sei addormentato?»

Hanno aveva riabbassato il viso sulle braccia incrociate «Ieri sera sono stato a teatro» disse con un profondo sospiro.

«È vero, l'avevo dimenticato!... Era bello?»

Kai non ricevette risposta.

«Sei fortunato, tu» continuò in tono suasivo «non dovresti dimenticarlo, Hanno. Vedi, io non sono stato mai a teatro e per parecchi anni non ho neanche la minima probabilità di andarci...»

«Se non ci fosse, dopo, questa malinconia!» disse Hanno con voce soffocata.

«La conosco, la conosco anch'io.» E Kai si chinò a raccogliere il cappello e il soprabito dell'amico che erano sul pavimento, e li portò nel corridoio senza far rumore. «Allora» disse rientrando «non avrai bene in mente neanche i versi delle *Metamorfosi*.»

«Tutt'altro» rispose Hanno.

«O ti sei forse preparato per il compito di geografia?»

«Non ho preparato niente e non so niente» ammise Hanno.

Dunque, neanche chimica, neanche inglese? *All right!* Siamo amici d'infanzia e commilitoni!» Evidentemente Kai era sollevato. «Sono anch'io nella stessa identica situazione» dichiarò con allegria. «Sabato non ho studiato perché ieri era domenica, e ieri non ho studiato per religiosità... No, no, sciocchezze... Non ho studiato perché, beninteso, avevo qualche cosa di meglio da fare» soggiunse con improvvisa serietà, mentre un lieve rossore gli saliva alle guance. «Oggi, Hanno, rischiamo di passare una bella giornata.»

«Se mi busco ancora un voto cattivo» osservò Hanno «mi bocciano; e l'avrò di certo se sarò interrogato in latino. Oggi tocca alla B, caro Kai, non c'è niente da fare...»

«Stiamo a vedere! Cesare avanza; solo alle mie spalle ebbi sempre pericoli e minacce; quando vedran di Cesare la fronte...» Ma Kai non portò a termine la citazione. Anche lui era di pessimo umore. Andò alla cattedra, sedette sulla sedia a braccioli, incominciò a dondolarsi col viso aggrondato. Hanno continuava a tenere la testa sulle braccia incrociate. Così stettero per un po' in silenzio l'uno di fronte all'altro.

Ad un tratto si udì da lontano un sordo ronzio mutato rapidamente in un brusìo di voci che s'andava avvicinando minaccioso di secondo in secondo.

«Il gregge» disse Kai con amarezza. «Dio mio, come hanno fatto presto! La lezione non s'accorcia neanche di dieci minuti...»

Scese dalla cattedra e andò verso la porta per infilarsi in mezzo ai ragazzi che entravano. Hanno invece sollevò un istante la testa, torse le labbra e rimase seduto.

La scolaresca s'avvicinava pestando o strisciando i piedi in una confusione di voci puerili e virili, di contralti e di baritoni; inondò le scale, si riversò nel corridoio e invase anche l'aula che improvvisamente fu piena di vita, di movimento e di chiasso. Entrarono, i giovanotti, i compagni di Hanno e di Kai, gli allievi della quinta istituto, circa venticinque, e con le mani nelle tasche dei calzoni o dondolando le braccia s'avviarono al loro posto, dove aprirono la Bibbia. C'erano fisionomie piacenti e facce proibite, visi sani e floridi e visi sospetti, ragazzoni alti e forti che dovevano diventare commercianti o andare addirittura in mare e non si curavano più di nulla, e altri, sgobboni, progrediti oltre la loro età, che facevano una gran figura specialmente nelle materie nelle quali bisognava studiare a memoria. Adolf Todtenhaupt, il capoclasse, però, sapeva tutto; da quando era al mondo non si era mai trovato a non saper rispondere. Ciò dipendeva, in parte, dalla sua diligenza e dalla passione per lo studio, e in parte dal fatto che i maestri si guardavano dal chiedergli cose che forse non avrebbe potuto sapere. Si sarebbero addolorati, sarebbero rimasti umiliati e avrebbero perduto la fede nella perfezione umana, se Todtenhaupt non avesse risposto. Egli aveva il cranio stranamente gibboso, sul quale i capelli biondi stavano appiccicati e lisci come uno specchio, occhi grigi cerchiati di nero e lunghe mani brune che gli sbucavano dalle maniche troppo corte della giacca accuratamente spazzolata. Sedette accanto a Hanno Buddenbrook con un sorriso dolce e un po' malizioso, gli diede il buongiorno, usando il comune dialetto che trasformava la parola in un suono trascurato e approssimativo. Poi, mentre tutti intorno chiacchieravano a mezza voce, o si preparavano per la lezione, o ridevano e sbadigliavano, si mise a scrivere in silenzio nel registro di classe, maneggiando la penna con impareggiabile maestria e con le dita diritte e distese.

Dopo due minuti si udì un rumore di passi dal corridoio, gli allievi dei primi banchi si alzarono senza fretta e più indietro alcuni seguirono il loro esempio, mentre altri continuavano le loro occupazioni quasi senza prender nota che il professor Ballerstedt era entrato nell'aula e, appeso il cappello alla porta, andava verso la cattedra.

Era un uomo sulla quarantina, d'una floridezza simpatica, con tanto di testa calva e la barba biondo-rossiccia tagliata corta, la carnagione rosea, e intorno alle labbra umide un misto di unzione e di placida sensualità. Cavò di tasca il taccuino e si mise a sfogliarlo in silenzio; ma poiché la calma nella classe lasciava parecchio a desiderare sollevò la testa, stese il braccio sulla tavola e, mentre il viso gli si tingeva d'un rossore così cupo da far sembrare che avesse la barba gialla, agitò varie volte senza alcuna energia il pugno debole e bianco, mentre le sue labbra si movevano inutilmente per emettere infine nient'altro che un breve "be'..." soffocato come un gemito. Poi cercò ancora qualche altra espressione di biasimo, ma ritornò infine al suo taccuino, si sgonfiò e rinunciò alla ramanzina. Così faceva il professor Ballerstedt.

A suo tempo aveva voluto fare il predicatore, ma la sua tendenza alla balbuzie e alla bella vita comoda l'avevano indotto a dedicarsi piuttosto all'insegnamento. Era scapolo, possedeva un modesto patrimonio, portava al dito un piccolo brillante e amava la buona tavola. Con i suoi colleghi di professione aveva soltanto contatti di servizio. Per il rimanente, preferiva trovarsi col bel mondo dei commercianti scapoli o anche con gli ufficiali della guarnigione; prendeva due pasti al giorno nel primo ristorante ed era socio del circolo. Se alle due o tre di notte incontrava qualcuno degli scolari più grandi in qualche punto della città, si gonfiava, diceva buon giorno con voce strozzata e non se ne parlava più, nell'interesse di ambedue le parti.

Da lui Hanno Buddenbrook non aveva nulla da temere: infatti non era interrogato che raramente. Troppe volte il professore si era trovato con lo zio Christian in situazioni fin troppo umane perché avesse voglia di mettersi in conflitto scolastico col nipote...

«Be'...» disse guardando ancora la classe e agitando il debole pugno adorno del piccolo brillante. Consultò ancora il taccuino e chiamò: «Perlemann. Il riassunto».

In un punto della classe Perlemann si alzò. Quasi non lo si vedeva. Era uno dei piccoli, dei più progrediti. «Riassunto» disse con voce sommessa e garbata sporgendo la faccia con un timido sorriso. «Il libro di Giobbe si suddivide in tre parti. Primo, lo stato di Giobbe prima di giungere alla croce ossia al castigo del Signore; capitolo primo, versetti da 1 a 6. Secondo, la croce stessa e ciò che vi successe; capitolo...»

«Va bene, Perlemann» lo interruppe Ballerstedt, commosso da tanta timida sommissione: e segnò un buon voto nel taccuino. «Heinricy, continui.»

Heinricy era uno di quei ragazzoni che non si curavano più di nulla. Infilò nella tasca dei calzoni il coltello a serramanico col quale stava lavorando, si alzò rumorosamente e, il labbro inferiore penzoloni, si raschiò con voce rude da uomo fatto. Tutti videro di malocchio che ora toccasse a lui, in sostituzione del mite Perlemann. Gli allievi erano assorti e, come in un dormiveglia, sognavano nell'aula riscaldata, sotto il lieve ronzio delle fiamme del gas. Tutti erano stanchi della domenica ed erano usciti dal letto caldo, in quella fredda mattina di nebbia, sospirando e battendo i denti. Tutti sarebbero stati lieti se il piccolo Perlemann avesse continuato a sussurrare un'ora intera, mentre Heinricy certamente avrebbe attaccato briga.

«Ero assente quando ha spiegato questa lezione» disse in tono aspro e sgarbato.

Ballerstedt si gonfiò, agitò il pugno gracile, mosse le labbra e sollevando le sopracciglia fissò negli occhi il giovane Heinricy. La testa rossa gli tremava per lo sforzo, ma infine riuscì a pronunciare un "be'..." con cui ruppe il ghiaccio e vinse la partita. «Da lei, Heinricy, non si ottiene mai una risposta» continuò con parola facile ed eloquente «lei ha sempre pronta una scusa. Se durante la lezione precedente era malato, in questi giorni avrebbe ben potuto informarsi del brano che era da studiare, e se la prima parte tratta dello stato prima del castigo, e la seconda del castigo stesso, lei può ben calcolare sulla punta delle dita che la terza parte tratterà dello stato dopo lo strazio suddetto. Ma a lei manca la buona volontà, lei non solo è un individuo debole ma è anche sempre pronto a vantare e giustificare la sua debolezza. Si ricordi però, Heinricy, che finché farà così non si potrà discorrere di miglioramenti. Si sieda. Wasservogel, continui lei.»

Heinricy, testone e caparbio, sedette strisciando i piedi per terra, sussurrò un'insolenza al compagno vicino e tirò fuori di nuovo il coltello a serramanico. Lo scolaro Wasservogel si alzò: era un ragazzo dagli occhi infiammati, dal naso volto all'insù, le orecchie a ventola e le unghie rosicchiate. Con voce da fanciulla completò il "riassunto" e incominciò a parlare di Giobbe, l'uomo del paese di Uz, e di quel che gli successe. Dietro le spalle dello scolaro che era seduto nel banco avanti aveva aperto l'Antico Testamento e vi leggeva con un'aria di perfetta innocenza e di concentrazione pensosa, poi guardava un punto della parete e, fra intoppi e colpetti di tosse, ripeteva le frasi che aveva letto traducendole alla bell'e meglio in espressioni moderne. Aveva un che di estremamente antipatico, ma Ballerstedt lo lodò molto per la sua diligenza. Lo scolaro Wasservogel aveva questa fortuna: che la maggior parte degli insegnanti lo elogiavano volentieri e più di quanto meritasse per dimostrare a lui, a sé stessi e gli altri che la sua bruttezza non li induceva per nulla a essere ingiusti.

E la lezione di religione continuò. Parecchi altri giovani furono chiamati a sfoderare le loro nozioni su Giobbe, l'uomo del paese di Uz; e Gottlieb Kassbaum, figlio dello sfortunato commerciante Kassbaum, nonostante il dissesto in famiglia ottenne un ottimo voto perché aveva saputo dichiarare con esattezza che Giobbe possedeva settemila pecore, tremila cammelli, cinquecento paia di buoi, cinquecento asini e moltissimi cervi.

Poi gli alunni ebbero il permesso di aprire la Bibbia, che la maggior parte teneva già aperta, e si proseguì nella lettura. Quando s'incontrava un passo che riteneva di dover commentare, Ballerstedt si gonfiava, diceva "be'..." e, dopo i soliti preparativi, teneva sul passo in questione un breve discorso, lardellato di generiche considerazioni morali. Nessuno lo stava a sentire. Pace e sonnolenza regnavano nell'aula. Per l'azione del calorifero e delle lampade la temperatura era salita notevolmente e l'aria era alquanto viziata in seguito al respiro e alla traspirazione di venticinque corpi. Il calore, il sommesso ronzio delle fiamme e la voce monotona dell'alunno che leggeva fasciavano i cervelli annoiati e li cullavano in un sopore sognante. Il contino Kai Mölln aveva aperto, oltre alla Bibbia, gli *Avvenimenti incomprensibili e fatti misteriosi* di Edgar Allan Poe e vi leggeva reggendosi la fronte con la mano aristocratica e non molto pulita. Hanno Buddenbrook stava assorto e appoggiato alla spalliera e guardava a bocca aperta e con gli occhi arsi e trasognati il libro di Giobbe, dove le righe e le lettere gli si confondevano in un grigio brulichìo. Talora, quando gli passava per la mente il motivo del Gral o quello dell'entrata in chiesa, abbassava lentamente le palpebre e sentiva come un singhiozzo interno. E in cuor suo pregava che quella lezione così pacifica e senza trabocchetti potesse non terminare mai.

Tuttavia accadde quello che era nell'ordine delle cose: lo squillo stridulo della campana del bidello si propagò per i corridoi e trasse dal sopore trasognato i venticinque cervelli.

«Fin qui» disse Ballerstedt e, fattosi dare il registro di classe, vi mise la firma a testimonianza che in quell'ora aveva fatto il suo dovere.

Hanno chiuse la Bibbia e si stirò tremando, con uno sbadiglio nervoso; ma mentre abbassava le braccia e allentava i muscoli, fu costretto a respirare con fatica affannata per rimettere in equilibrio il cuore che per un istante aveva vacillato e rifiutato l'obbedienza. Ora veniva la lezione di latino... Egli mandò un'occhiata implorante verso Kai che non si era nemmeno accorto della fine della lezione e continuava a dedicarsi alla sua lettura privata; poi trasse dalla cartella l'Ovidio rilegato in cartone marmorizzato, e cercò i versi che bisognava sapere a memoria. No, non c'era nessuna speranza di far amicizia con quelle righe nere che, corredate di segni a matita, si allineavano dritte e numerate di cinque in cinque e lo fissavano così disperatamente oscure e ignote. Egli ne capiva appena il significato: figurarsi se sarebbe stato in grado di recitarne a memoria sia pure una sola. E di quelle che vi erano accodate e che avrebbe dovuto preparare non sapeva decifrare nemmeno una frase.

«Che cosa significa *deciderant patula Jovis arbore glandes?*» chiese con voce disperata a Todtenhaupt che accanto a lui scriveva nel registro di classe. «Son cose senza senso! Tanto per tormentare il prossimo...»

«Come dici?» fece Todtenhaupt continuando a scrivere. «Le ghiande dall'albero di Giove... Sarebbe la quercia... Veramente non ne sono sicuro...»

«Suggeriscimi un po', Todtenhaupt, quando tocca a me» supplicò Hanno, e respinse il libro. Poi, dopo aver osservato con occhi tristi l'assenso sbadato e senza impegno del primo della classe, uscì dal banco.

La situazione era mutata. Ballerstedt era uscito dall'aula e ora al suo posto c'era, dritto e impettito, un omino debole e smunto, dalla barbetta bianca, il cui collo rosso e sottile usciva dal bavero stretto, mentre una delle sue manine coperte di peli bianchi reggeva il cilindro con l'apertura all'insù. I ragazzi lo chiamavano il "ragno", ma in realtà si chiamava professor Hückopp. Poiché durante quell'intervallo aveva la sorveglianza del corridoio, gli era affidato anche il compito di badare all'ordine dentro le aule. «Spegnere le lampade! Tirare le tende! Aprire le finestre!» disse concentrando nella sua vocina tutta la forza imperativa possibile e agitando il braccio con un gesto energico e goffo, come se stesse girando una manovella. «E tutti giù nel cortile, all'aria fresca, perdincibacco baccone!»

Le lampade si spensero, le tende si spalancarono, la scialba luce del giorno empì la stanza, e la nebbia gelata irruppe dalle finestre aperte mentre gli allievi, sfilando davanti al professore, si affollavano verso l'uscita; soltanto il capoclasse aveva il permesso di rimanere.

Hanno e Kai si incontrarono sulla soglia e scesero insieme giù per l'ampio scalone e attraverso il vestibolo gotico. Tacevano entrambi. Hanno aveva una pessima cera e Kai era sopra pensiero. Giunti nel cortile grande, si misero a passeggiare su e giù in mezzo alla folla dei loro compagni di varia età che si rimescolavano rumorosamente sul selciato rosso e umido.

La sorveglianza laggiù era affidata a un giovane dal pizzo biondo. Era il *professore fine*. Si chiamava dottor Goldener e teneva una pensione per ragazzi frequentata dai figli di ricchi e nobili possidenti del Holstein e del Mecklemburgo. Sotto l'influsso dei giovani feudatari che gli erano affidati, egli curava la sua persona come non usava affatto tra i suoi colleghi. Portava cravatte di seta sgargianti, giacchettine attillate, calzoni dai colori delicati, fermati con fettucce di sotto le scarpe, e fazzoletti profumati dall'orlo colorato. Figlio di gente modesta com'era, quello sfarzo non s'intonava alla persona e, per esempio, i suoi piedoni enormi facevano una figura piuttosto ridicola negli stivaletti a punta. Non si riusciva a capire come fosse orgoglioso delle sue mani rozze e tozze che andava sempre fregando, intrecciando e contemplando amorosamente. Di solito teneva la testa reclinata da un lato e con quegli occhi socchiusi, il naso arricciato e la bocca semiaperta faceva sempre una faccia come stesse per dire: «Che diavolo succede qui?». Ciò nonpertanto era troppo signore per non fingere di non vedere le piccole marachelle che avvenivano nel cortile. Con la sua aria distinta non vedeva, a mo' d'esempio, che qualche alunno si era portato il libro per ripassare la lezione all'ultimo momento; non vedeva che i suoi pensionanti mettevano qualche spicciolo in mano al bidello, il signor Schlemiel, per farsi comperare qualche cosa dal fornaio, non vedeva che un piccolo conflitto fra due alunni di sesta degenerava in uno scambio di botte intorno al quale si formava un circolo di competenti, e che là in fondo un allievo, che in qualche modo si era dimostrato vigliacco o privo di senso d'onore e cameratesco, era trascinato dai compagni verso il rubinetto dell'acqua per esservi annaffiato a suo disdoro...

Era una generazione in gamba e un tantino rozza, quella folla tra la quale Kai e Hanno stavano passeggiando. Cresciuti nell'atmosfera della patria vittoriosa in guerra e rinnovata, i giovani si abituavano a maniere di rude virilità. Parlavano un gergo trascurato ad un tempo ed energico, pieno di termini tecnici. Le bravate nel bere e nel fumare, la forza fisica e le doti sportive erano molto apprezzate, mentre i vizi più spregevoli erano la mollezza e la fatuità. Chi veniva trovato col bavero del soprabito alzato poteva aspettarsi il rubinetto. Chi si faceva vedere per la strada col bastone da passeggio subiva, nella palestra, il pubblico castigo che era altrettanto obbrobrioso quanto doloroso...

I discorsi che Hanno e Kai facevano tra loro si sommergevano nella confusione di voci che empiva l'aria umida e fredda. Da gran tempo quell'amicizia era ben nota in tutta la scuola. I maestri la tolleravano a malincuore perché vi sospettavano qualcosa di sporco e di rivoluzionario, e i compagni, incapaci di scoprirne la natura, si erano abituati ad accettarla con una certa timida antipatia e a considerare i due amici come *outlaws* e come strani originali che bisognava lasciar stare. Del resto il conte Kai Mölln godeva un certo rispetto per la sua libera e selvaggia insubordinazione.

In quanto a Hanno Buddenbrook, nemmeno il grande Heinricy che bastonava tutti sapeva decidersi a toccarlo quale colpevole di vigliaccheria e fatuità: provava infatti un vago timore dei suoi capelli morbidi, delle membra delicate e di quello sguardo torbido, pavido e freddo.

«Ho paura» disse Hanno a Kai, fermandosi presso il muro del cortile e appoggiandovisi con uno sbadiglio e un brivido di freddo mentre si stringeva nella giacca. «Ho una paura folle, Kai, e mi fa male in tutto il corpo. Ora domando io se Mantelsack è l'uomo del quale si debba avere una paura simile! Dillo tu! Fosse almeno passata questa odiosa lezione di Ovidio! Avessi almeno il mio voto cattivo nel registro di classe e fossi bocciato: tutto sarebbe in regola. Non ho paura di questo, ho paura dello scandalo che ne seguirebbe...»

Kai era immerso nei suoi pensieri: «Quel Rodrigo Usher è la figura più meravigliosa che sia mai stata inventata!» disse all'improvviso. «Ho letto tutta l'ora... Se un giorno potessi scrivere anch'io storie così!»

Fatto sta che Kai scriveva. A ciò aveva alluso quella mattina stessa dicendo che aveva da fare di meglio che dedicarsi ai compiti di scuola, e Hanno l'aveva ben compreso. Dalla tendenza a raccontar storielle che aveva manifestato da ragazzino si erano sviluppati i suoi tentativi letterari, e poco prima aveva terminato un'opera, una fiaba, un'avventura libera e fantastica dove tutto era illuminato d'una luce cupa: l'azione si svolgeva fra metalli e fuochi misteriosi, nei recessi più sacri e profondi della terra e ad un tempo dell'anima umana; e le forze primordiali della natura e dello spirito vi erano stranamente mescolate, trasformate e purificate: era un'opera scritta in un linguaggio intimo, allegro, un po' ridondante e nostalgico, teneramente appassionato... Hanno conosceva quella storia che gli piaceva molto; ma in quel momento non aveva voglia di parlare delle opere di Kai o di Edgar Poe. Sbadigliò ancora e sospirò canterellando un motivo che aveva trovato poco tempo prima al pianoforte. Così faceva di solito. Spesso sospirava, respirava profondamente per l'urgente bisogno di accelerare le pulsazioni del cuore tardo e si era abituato a espirare l'aria con un tema musicale, con qualche frammento di melodie proprie o altrui.

«To', ecco il *padreterno!*» esclamò Kai. «Passeggia nel suo paradiso terrestre!»

«Bel paradiso!» fece Hanno, mettendosi a ridere. Rideva d'un riso nervoso e non sapeva smettere, si teneva il fazzoletto sulla bocca e osservava colui che Kai chiamava il «padreterno».

Nel cortile era comparso il preside della scuola, dottor Wulicke: un uomo di statura altissima col cappello nero a cencio, la barba breve, la pancia prominente, i calzoni troppo corti e i polsini a imbuto che portava sempre molto sporchi. Con una faccia che pareva quasi sofferente per la collera, egli attraversava il cortile lastricato, indicando col braccio teso il rubinetto dell'acqua. L'acqua colava... Un gruppo di allievi lo precedeva correndo a precipizio per rimediare chiudendo l'acqua. Ma anche quando l'ebbero fatto stettero stralunati a guardare ora il rubinetto ora il direttore che paonazzo si era rivolto al dottor Goldener subito accorso e gli parlava con voce profonda, cupa e concitata. Le sue parole erano inframmezzate da sibili e brontolii inarticolati.

Il preside Wulicke era un uomo terribile. Era il successore del vecchio, gioviale filantropo sotto il cui regime avevano studiato il padre e lo zio di Hanno. Morto quello poco dopo il '71, il dottor Wulicke, fino allora professore in un liceo prussiano, era stato nominato preside, e con lui era entrato nella vecchia scuola uno spirito nuovo e ben diverso. Mentre prima la cultura classica era stata considerata fine a sé stessa, un fine sereno da raggiungere con calma e tranquillità e con gaio idealismo, ora erano in onore altri concetti, i concetti di autorità, dovere, potenza, impiego, carriera; e "l'imperativo categorico del nostro filosofo Kant" era il vessillo che il direttore Wulicke faceva sventolare minaccioso nei discorsi delle grandi occasioni. La scuola era diventata uno stato nello stato dove il rigore prussiano regnava così potente che non solo gl'insegnanti ma anche gli scolari si sentivano funzionari, preoccupati soltanto della promozione e desiderosi quindi di essere nelle grazie dei potenti. Poco dopo l'ingresso del nuovo preside si era incominciata, secondo i migliori criteri igienici ed estetici, la ricostruzione deil'istituto col nuovo arredo, e tutto era stato portato a termine felicemente. Rimaneva da decidere se, un tempo, quando quegli ambienti avevano avuto meno comodità moderne e un pochino più bontà, serenità, benevolenza, più anima e tranquillità, la scuola non fosse un'istituzione più simpatica e più benefica...

Personalmente il preside Wulicke era cinto dal terrore enigmatico, ambiguo, ostinato e geloso del Dio dell'Antico Testamento. Era spaventevole nel sorriso come nella collera. L'enorme autorità di cui era investito lo rendeva paurosamente capriccioso e imperscrutabile. Era capace di dire una parola scherzosa e di andar sulle furie se si rideva. Nessuno dei suoi tremebondi dipendenti sapeva come comportarsi con lui. Non rimaneva altro che venerarlo nella polvere ed evitare, con umiltà pazzesca, di essere travolti dalla sua ira e stritolati dalla sua immane giustizia...

Il nome che Kai gli aveva appioppato lo usavano soltanto lui e Hanno e si guardavano bene dal comunicarlo ai compagni per non incontrare le loro fredde e imbambolate occhiate d'incomprensione che conoscevano bene. Non c'era un punto in cui essi s'intendessero coi compagni. Erano persino lontani dalla maniera di ribellarsi e di vendicarsi della quale gli altri si accontentavano; e spregiavano i nomignoli in voga perché vi si estrinsecava un umorismo che non li toccava e non li faceva nemmeno sorridere. Era tanto facile e prosaico e poco spiritoso chiamare "ragno" il piccolo professor Hückopp e "pappagallo" il professor Ballerstedt: ben misera rappresaglia alla tirannide cui erano soggetti! Oh, il conte Kai Mölln era più mordace! Per sé e per Hanno aveva introdotto l'usanza di chiamare i maestri soltanto col loro vero cognome preceduto da "signore": il signor Ballerstedt, il signor Mantelsack, il signor Hückopp... Ne derivava una freddezza ostile e ironica, una distanza beffarda. Parlavano del "corpo insegnante", e durante gli intervalli si divertivano a immaginare quel corpo come un essere esistente, una specie di mostro dalle forme ripugnanti e fantastiche. E in genere parlavano dell'"istituto" con un tono come se si trattasse di quello in cui viveva Christian, lo zio di Hanno...

Alla vista del "padreterno" che per un po' tenne ancora tutti sospesi nel terrore indicando con un borbottio terribile le carte unte che giacevano qua e là sul lastrico, Kai aveva ritrovato il buon umore. Trasse Hanno verso una delle porte dalla quale entravano nel cortile gl'insegnanti della seconda lezione e incominciò a fare profondissimi inchini ai seminaristi pallidi, dagli occhi rossi, che passavano per recarsi negli altri cortili dagli alunni di sesta e settima. S'inchinava esageratamente lasciando spenzolare le braccia e guardando di sotto in su quei poveri diavoli con la massima devozione. Quando poi comparve il vecchio insegnante d'aritmetica Tiedge, curvo, giallo e sputacchiante, guercio in un modo inverosimile, Kai disse a voce alta: «Buongiorno, cadavere»: dopo di che fissò un punto nell'aria con lo sguardo limpido e acuto.

In quel momento il campanello squillò e tosto gli alunni accorsero da ogni parte verso gl'ingressi. Hanno rideva ancora; e su per la scala continuò a ridere così di gusto che i suoi compagni di classe lo guardarono con freddo stupore e persino un po' disgustati da tanta scemenza.

Nella classe si fece silenzio e tutti si alzarono quando entrò il dottor Mantelsack. Era l'"ordinario" della classe, e dell'ordinario si aveva rispetto. Chiuse la porta dietro di sé, inchinandosi, allungò il collo per vedere se tutti erano in piedi, appese il cappello al chiodo e alzando e abbassando la testa con rapida alternativa si avviò rapidamente alla cattedra. Là si mise in posizione e guardò un po' dalla finestra passando e ripassando fra il collo e il colletto l'indice teso, ornato d'un grosso anello a sigillo. Era di media statura e aveva capelli grigi e radi, una barba da Giove arruffata e occhi di zaffiro miopi, sporgenti e lustri dietro le grosse lenti. Portava una giacca aperta di stoffa grigia e morbida che spesso palpava all'altezza della vita con la mano breve e rugosa. I suoi calzoni, come quelli di tutti gl'insegnanti tranne l'elegante dottor Goldener, erano troppo corti e lasciavano scoperti i gambali d'un paio di stivali enormemente larghi e lustri come il marmo.

Ad un tratto distolse lo sguardo dalla finestra, mandò un breve sospiro bonario guardando la scolaresca silenziosa, disse: «Già, già», e sorrise in confidenza ad alcuni scolari. Si vedeva che era di buon umore. Per l'aula passò un moto di sollievo. Dipendeva molto, tutto dall'umore del dottor Mantelsack, perché tutti sapevano che si abbandonava ai suoi umori inconsciamente e senza la minima autocritica. Era di una straordinaria e ingenua ingiustizia e la sua benevolenza era soave e sfarfallante come la Fortuna. Aveva sempre alcuni beniamini, due o tre che chiamava col nome di battesimo e ai quali dava del tu: e questi potevano ben stimarsi in paradiso. Potevano dire qualunque cosa ed era ben detto! e dopo la lezione il dottor Mantelsack chiacchierava con loro con la massima cordialità. Ma un giorno, per esempio dopo le vacanze, Dio solo sapeva perché, uno si trovava detronizzato, annichilito, abolito, ripudiato e per nome era chiamato un altro... A questi fortunati egli segnava gli errori dei compiti in classe con freghi leggeri e garbati di maniera che i loro lavori, anche se pieni di sbagli, conservavano un aspetto pulito. In altri quaderni invece la sua penna graffiava infuriata e li allagava di rosso, sicché facevano un'impressione paurosa e desolante. E poiché non contava gli errori, ma dava i voti a seconda della quantità di inchiostro rosso che usava, i suoi favoriti godevano sempre di grandi vantaggi. E del suo modo di procedere non si rendeva conto: gli pareva che fosse in tutto regolare e non gli passava neanche per la mente che commetteva una parzialità. Se poi qualcuno avesse avuto il triste coraggio di protestare, avrebbe perduto qualunque probabilità di esser chiamato un giorno col nome di battesimo e col tu. E questa speranza nessuno si sentiva di abbandonarla...

Il dottor Mantelsack, in piedi, incrociò le gambe e sfogliò il taccuino. Hanno Buddenbrook era curvo sul banco e si torceva le mani. Ora toccava alla B, alla lettera B! Tra un istante avrebbe udito il suo nome e si sarebbe alzato e non avrebbe saputo nemmeno un verso e lo scandalo sarebbe scoppiato, la catastrofe paurosa e il chiasso, per quanto l'ordinario fosse di buon umore. I secondi si susseguivano in un lento martirio. "Buddenbrook... Adesso dice Buddenbrook..."

«Edgar!» disse il dottor Mantelsack: chiuse il taccuino lasciandovi dentro l'indice, e sedette come se ogni cosa fosse a posto. Come? Che succedeva? Edgar?... Ma quello era Lüders, il grosso Lüders, là presso la finestra, la lettera L, la quale non era di turno neanche lontanamente! Possibile? Sì, il professore era tanto di buon umore che prendeva un beniamino e non pensava affatto a seguire l'ordine regolare! Il grasso Lüders si alzò. Aveva la faccia rincagnata e gli occhi bruni apatici. Benché fosse in un posto vantaggioso e potesse, volendo, leggere comodamente dal libro, era troppo pigro per farlo. Si sentiva troppo sicuro nel suo paradiso e rispose schietto: «Ieri avevo mal di capo e non ho potuto studiare».

«Oh, Edgar, mi abbandoni?» fece il dottor Mantelsack rattristato. «Non vuoi dunque recitare i versi dell'età dell'oro? Che peccato, mio giovane amico! Hai avuto mal di testa? Mi sembra però che avresti dovuto dirmelo al principio della lezione prima di farti interrogare... Ma non hai avuto mal di testa anche ultimamente? Dovresti curarti, Edgar, altrimenti non è da escludere il pericolo che tu rimanga indietro... Timm, lo sostituisca lei.»

Lüders sedette. In quel momento tutti i compagni lo odiavano. Si vedeva chiaro che l'umore dell'ordinario era alquanto peggiorato e che forse già nella lezione successiva Lüders sarebbe stato chiamato col cognome. Timm si alzò in uno degli ultimi banchi. Era un giovanotto biondo dall'aspetto campagnolo con la giacca marrone e le dita corte e grosse. Teneva la bocca aperta a imbuto con un'espressione zelante e stupida e andava mettendo a posto il libro aperto, mentre guardava diritto avanti a sé. Poi chinò la testa e si mise a leggere con voce monotona e con frequenti inciampi come i bambini quando leggono il sillabario: "*Aurea prima sata est aetas*...".

Era chiaro: il dottor Mantelsack interrogava a capriccio e non si preoccupava affatto di vedere chi non fosse stato interrogato da molto tempo. Non era più tanto probabile la minaccia che Hanno fosse chiamato: ciò poteva accadere soltanto per un caso sfortunato. Egli scambiò con Kai un'occhiata felice e allentò la tensione delle membra concedendosi un po' di riposo. Improvvisamente Timm si interruppe nella lettura. Sia che Mantelsack non capisse bene le parole dell'alunno, sia che desiderasse fare un po' di moto, fatto sta che, sceso dalla cattedra e passeggiando tranquillo per la classe, andò a mettersi con l'Ovidio in mano accanto a Timm il quale con rapidi gesti furtivi aveva messo via il libro e ora non sapeva che pesci pigliare. Boccheggiava con le labbra a imbuto, guardava il professore con gli occhi azzurri onesti e stralunati e non riusciva a spiccicare una sillaba.

«Su, Timm» fece il dottor Mantelsack. «Come mai? Non sa andare avanti?»

Timm si prese la testa fra le mani, strabuzzò gli occhi, sospirò e disse con un sorriso incerto: «Mi confondo, dottore, quando lei mi sta così vicino».

Anche il professore sorrise; sorrise lusingato e disse: «Si concentri dunque e continui!». E ritornò alla cattedra.

Timm si concentrò. Tirò fuori di nuovo il libro, lo aprì e facendo le viste di darsi coraggio si guardò in giro per l'aula, abbassò la testa e ritrovò sé stesso.

«Sono sodisfatto» disse l'ordinario quando Timm ebbe terminato. «Lei ha studiato, non c'è dubbio. Ma vede, Timm, le manca troppo il senso ritmico. Le elisioni le ha capite bene, eppure i suoi non erano propriamente esametri. Direi che ha studiato a memoria il pezzo come fosse prosa... Ma, ripeto, è stato diligente, ha fatto del suo meglio e chi fa il debito sforzo... Sieda pure.»

Timm sedette raggiante d'orgoglio, mentre il professore scriveva accanto al suo nome un voto sodisfacente. Strano era però che in quello stesso momento non solo il maestro, ma anche Timm stesso e tutti i suoi compagni erano sinceramente del parere che Timm fosse davvero un allievo bravo e diligente e che avesse meritato il buon voto. Persino Hanno Buddenbrook era incapace di sottrarsi a quella impressione benché sentisse dentro di sé una vaga ribellione. E di nuovo stette ansiosamente in attesa del nome che l'insegnante avrebbe pronunciato...

«Mumme!» chiamò il dottor Mantelsack. «Ripeta! *Aurea prima...*»

Mumme, dunque! Dio sia lodato! Hanno era al sicuro. Non era probabile che quei versi si sarebbero recitati una terza volta, e per la parte nuova gli alunni con la B erano stati interrogati poco tempo prima. Mumme si alzò. Era una creatura lunga e pallida con le mani tremanti e certe lenti rotonde straordinariamente grandi: soffriva di mal d'occhi ed era tanto miope che, in piedi, non riusciva a leggere da un libro sul banco. Era costretto a studiare e aveva studiato. Ma siccome era privo d'intelligenza, e poi non aveva immaginato che sarebbe stata la sua volta, sapeva assai poco e ammutolì dopo le prime parole. Il dottor Mantelsack lo aiutò, gli suggerì una seconda volta con voce più alta, e la terza volta in tono seccato; quando poi Mumme si arenò del tutto, l'ordinario montò seriamente in collera.

«È del tutto insufficiente, Mumme! Si metta a sedere. Lei è un poveraccio, glielo dico io, cretino che non è altro. Stupido e anche pigro: troppa grazia...»

Mumme sprofondò. Pareva la Sciagura personificata e in quel momento in tutta l'aula non c'era nessuno che non lo disprezzasse. Hanno provò di nuovo un disgusto, una specie di nausea che gli serrava la gola. E nello stesso tempo osservò con spaventevole lucidità ciò che stava accadendo. Il dottor Mantelsack faceva un segno di cattivo augurio accanto al nome di Mumme e consultava aggrondato il taccuino. Nella sua collera passava all'ordine del giorno e cercava evidentemente l'alunno a cui toccava essere interrogato! Hanno, sopraffatto da quell'intuizione, udì il proprio nome, lo udì come in un brutto sogno.

«Buddenbrook.» Il dottor Mantelsack aveva detto "Buddenbrook": il suono vibrava ancora nell'aria, ma Hanno non ci credeva. Aveva sentito solo un ronzìo nelle orecchie. E rimase seduto.

«*Signor* Buddenbrook!» ripeté il professore fissandolo con quegli occhi di zaffiro sporgenti che lampeggiavano dietro le lenti. «Vuol avere la cortesia?»

Bene, dunque doveva essere così. Non poteva essere altrimenti. I fatti non si erano svolti come li aveva immaginati, ma Hanno era perduto lo stesso. Ora era rassegnato. Si sarebbe fatto molto rumore? Si alzò e stava per pronunciare una scusa insensata e ridicola, per dire che aveva "dimenticato" di imparare quei versi, allorché s'accorse che l'alunno seduto davanti a lui gli presentava il libro aperto.

Quell'alunno, Hans Hermann Kilian, era un ragazzo piccolino e bruno dai capelli unti e dalle spalle larghe. Voleva fare l'ufficiale ed era talmente animato di spirito cameratesco da non abbandonare nemmeno Johann Buddenbrook che pur non poteva soffrire. Gli indicò persino con l'indice il punto dove doveva incominciare...

Hanno vi fissò gli occhi e incominciò a leggere. Con voce mal sicura, stringendo le sopracciglia e stirando le labbra, lesse dell'età dell'oro che era sorta per prima e, senza punizioni, per libera volontà, senza leggi, aveva osservato il diritto e la parola data. «Non esisteva il castigo né la paura» disse in latino. «Non si leggevano parole di minaccia su affisse tavole di bronzo né la moltitudine implorante paventava il volto del giudice...» Leggeva con un'espressione di pena e di disgusto, leggeva volutamente male e a sbalzi, trascurava apposta certe elisioni che nel libro di Kilian erano indicate a matita, pronunciava male i versi, s'impappinava e procedeva con apparente fatica aspettandosi da un momento all'altro che il professore si accorgesse e gli piombasse addosso... Il piacere proibito di vedere davanti a sé il libro aperto gli produceva un vellicamento alla pelle; ma era disgustato, e ingannava peggio che poteva soltanto per rendere meno volgare l'inganno. Infine tacque, e nel silenzio che seguì non ebbe il coraggio di alzare lo sguardo. Era un silenzio terribile. Hanno era convinto che il dottor Mantelsack avesse visto tutto. Aveva le labbra bianche. Ma infine l'ordinario sospirò e disse:

«Oh, Buddenbrook, *si tacuisses*! Mi scusi se eccezionalmente uso il tu classico! Sa che cos'ha fatto? Ha trascinato nel fango la bellezza, si è comportato come un vandalo, come un barbaro. Lei, Buddenbrook, è una creatura negata all'arte: lo si vede dal naso. Mi domando se in tutto questo tempo ha tossito o se ha recitato versi sublimi: e propendo per la prima ipotesi. Timm ha poco senso ritmico, ma di fronte a lei è un genio, un rapsodo... Sieda, disgraziato. Ha studiato, capisco, ha studiato, non posso darle un.voto cattivo. Ha cercato di fare del suo meglio... Ma, dica un po', si vocifera che lei è musicista, che suona il pianoforte. È mai possibile?... Bene, bene, sieda; riconosco la sua diligenza e sta bene.»

Registrò nel taccuino un voto sodisfacente, e Hanno sedette. Come era avvenuto prima con Timm, il rapsodo, così avvenne ora. Hanno non poté fare a meno di sentirsi lusingato dall'elogio che era contenuto nelle parole del dottor

Mantelsack. In quel momento era seriamente del parere di essere uno scolaro non molto intelligente, ma assiduo, che se l'era cavata con discreto onore, e sentì benissimo che tutti i suoi compagni, non escluso Kilian, erano della medesima opinione.

Di nuovo provò come un po' di nausea, ma era troppo sfinito per soffermarsi a riflettere sugli avvenimenti. Pallido e tremante chiuse gli occhi e piombò in letargo...

Intanto il dottor Mantelsack continuava la lezione. Passò ai versi che si erano dovuti preparare per quel giorno e chiamò Petersen. Questi si alzò, fresco, vispo e fiducioso, in atteggiamento pugnace e pronto a rischiare la partita. Eppure lo aspettava la rovina! L'ora non doveva terminare senza che avvenisse una catastrofe assai più grave di quella che aveva colpito il povero miope Mumme...

Petersen incominciò a tradurre gettando ogni tanto un'occhiata sulla pagina di fronte dove, a rigore, non avrebbe dovuto volgere lo sguardo. Lo faceva con abilità. Fingeva che qualche cosa su quella pagina lo disturbasse, vi passava una mano e vi soffiava come per allontanare un po' di polvere che gli desse fastidio. Ma il disastro si produsse ugualmente.

Infatti, a un certo punto, il dottor Mantelsack fece un gesto violento, al quale Petersen rispose con un gesto uguale. Nel medesimo istante il professore scese dalla cattedra, si buttò giù a precipizio e andò verso Petersen a passi lunghi e risoluti.

«Lei ha una traduzione nel libro, una chiave» disse quando gli fu appresso.

«Una traduzione?... Io... no...» balbettò Petersen. Era un bel ragazzo, con un'onda di capelli biondi sulla fronte e gli occhi azzurri bellissimi, che ora lappolavano dallo spavento.

«Non ha la traduzione nel libro?»

«No, professore... dottore... La traduzione, io?... Non ce l'ho davvero... Lei è in errore... Nutre un falso sospetto...»

Petersen parlava come non si parla comunemente. La paura gli suggeriva frasi scelte, nella speranza di commuovere il professore. «Io non inganno» disse smarrito. «Sono sempre stato onesto... in tutta la mia esistenza!» Ma il dottor Mantelsack era troppo sicuro del triste misfatto.

«Mi dia il libro!» disse freddamente.

Petersen si aggrappò al libro, lo sollevò con le due mani, supplicando, e continuò a declamare con la lingua quasi paralizzata: «Abbia fede in me... professore, dottore... Nel libro non c'è nulla... Non c'è la traduzione... Io non inganno... sono sempre stato un ragazzo onesto...».

«Qua il libro!» ripeté l'altro pestando un piede. Petersen si accasciò e si fece terreo.

«Bene» disse consegnando il libro «ecco. Sì, la traduzione c'è. Guardi, eccola qui!... Ma non me ne sono servito!» gridò all'improvviso.

Ma il dottor Mantelsack non ascoltò quella menzogna insensata scaturita dalla disperazione. Tirò fuori la "chiave", la guardò con una faccia come se avesse avuto in mano una cosa sudicia, puzzolente, se la cacciò in tasca e ributtò con disprezzo l'Ovidio sul banco di Petersen. «Il registro di classe» disse con voce sorda.

Adolf Todtenhaupt, servizievole come sempre, glielo portò, e Petersen ebbe una nota di biasimo per tentato inganno, la qual cosa lo atterrò per parecchio tempo e consacrò la sua bocciatura a Pasqua. «Lei è la vergogna della classe» concluse il dottor Mantelsack ritornando alla cattedra.

Petersen sedette. Era condannato. Si vide subito il suo vicino scostarsi d'un palmo. Tutti lo guardarono con un misto di ribrezzo, di pietà e di orrore. Era precipitato nell'abisso, solo e abbandonato per il fatto che si era lasciato cogliere in flagrante.

Tutti erano unanimi nel ritenere Petersen "la vergogna della classe". Si riconobbe e si accettò la sua caduta senza opposizione, come si erano riconosciuti e accettati i trionfi di Timm e di Buddenbrook e la sventura del povero Mumme. E lui stesso faceva altrettanto.

Coloro che fra quei venticinque giovani erano di costituzione sana e agguerriti per la vita com'è in realtà consideravano la situazione per quello che era, non si sentivano offesi e la pigliavano come una cosa naturale, in piena regola. Ma c'erano anche occhi che si fissavano su un punto con tetre riflessioni... Il piccolo Johann guardava le spalle larghe di Kilian, e i suoi occhi bruno-dorati, cinti di ombre azzurrine, erano pieni di schifo e ribellione e paura. Intanto il dottor Mantelsack continuava la lezione. Chiamò un altro alunno, uno qualunque, Adolf Todtenhaupt, perché ormai aveva perduto la voglia di interrogare gli allievi sospetti. Poi ne interrogò un altro che era preparato così così e non sapeva neanche che cosa significasse *patula Jovis arbore glandes*, per cui dovette spiegarlo Buddenbrook: lo disse sottovoce e senza alzare gli occhi, dato che il professore glielo chiedeva; e fu compensato con un cenno di approvazione.

Terminate le esibizioni degli alunni, la lezione aveva perduto ogni attrattiva. Il professore chiamò a tradurre uno dei migliori, ma senza starlo a sentire, come facevano gli altri ventiquattro che si preparavano per la lezione successiva. Ormai era indifferente. Non era più il caso di dar voti a nessuno né giudizi sulla loro diligenza. Del resto, la lezione stava per finire. Finì infatti. Il bidello scampanellava. Quella era stata la sorte di Hanno; persino un cenno di approvazione aveva ricevuto.

«Dunque» fece Kai quando con gli altri compagni si avviarono per i corridoi gotici verso l'aula di chimica «che dici ora, Hanno? Quando vedran di Cesare la fronte... Hai avuto una fortuna inaudita!»

«Mi sento male, Kai» replicò il piccolo Johann. «Non la voglio affatto, la fortuna: mi fa star male...» Kai sapeva che nei panni dell'amico avrebbe provato la stessa cosa.

L'aula di chimica aveva il soffitto a volta e i banchi ad anfiteatro; c'era una lunga tavola per gli esperimenti e due vetrine piene di fiale. Mentre in classe l'aria era molto calda e viziata, qui era pregna di idrogeno solforico, col quale si erano fatti esperimenti poco prima, e c'era un puzzo incredibile.

Kai spalancò la finestra, sottrasse il quaderno dei compiti a Adolf Todtenhaupt e si mise a copiare in gran fretta il compito che si doveva presentare. Hanno e altri fecero lo stesso. Così fu impiegato tutto l'intervallo finché squillò il campanello e comparve il dottor Marotzke.

Era costui il *dottor profondo*, come lo chiamavano Kai e Hanno. Di statura media, bruno, aveva la pelle tutta gialla, due bozze frontali, la barba ispida e sporca e così pure i capelli. Aveva sempre un'aria assonnata e sudicia, ma forse era un'illusione. Insegnava scienze naturali, ma la sua materia principale era la matematica, e in questa passava per essere un pensatore notevole. Amava discorrere dei passi filosofici della Bibbia e talvolta, quando era di buon umore e in vena di digressioni, si degnava di comunicare agli alunni delle ultime classi certe strane interpretazioni di passi misteriori della Scrittura. Inoltre era ufficiale di complemento, e lo era con entusiasmo. Come funzionario e militare ad un tempo godeva le particolari simpatie del preside Wulicke. Più di tutti gli altri insegnanti teneva alla disciplina, squadrava con occhio critico gli scolari schierati sull'attenti ed esigeva risposte brevi e precise. Quell'abbinamento di misticismo e di rigore marziale era un pochino ripugnante...

Gli alunni presentarono i compiti e il dottor Marotzke passò picchiando un dito su ogni quaderno; alcuni scolari però, che non avevano fatto il compito, gli presentarono altri libri o compiti vecchi senza che egli se ne accorgesse.

Poi incominciò la lezione. E come poco prima in Ovidio, così venticinque giovani dovettero dimostrare di sapersi rigirare fra il boro, il cloro e lo stronzio. Hans Hermann Kilian ricevette un elogio perché sapeva che $Ba\ SO_4$, ossia solfato di bario, è il mezzo di adulterazione più usato. Egli era l'allievo migliore per il fatto che voleva far l'ufficiale. Hanno e Kai erano del tutto impreparati e finirono male nel taccuino del dottor Marotzke.

Quando si giunse al termine delle interrogazioni e dell'assegnazione dei voti, anche le attrattive dell'ora di chimica poterono considerarsi esaurite. Il professore si mise a fare qualche esperimento, a produrre qualche scoppio e a sviluppare vapori colorati, ma questo nient'altro che per riempire il tempo. Infine dettò quel tanto che bisognava studiare per la volta seguente. Poi il campanello suonò e anche la terza ora era superata.

Tutti erano molto contenti tranne Petersen che era rimasto fulminato; seguiva infatti una lezione allegra della quale nessuno aveva timore e dalla quale tutti si ripromettevano divertimenti e disordini. Era la lezione d'inglese col supplente Modersohn, un giovane filologo che da qualche settimana faceva il suo periodo di prova nell'istituto. Però aveva poche probabilità di essere assunto: le sue lezioni erano troppo allegre.

Alcuni rimasero nell'aula di chimica, altri ritornarono nell'aula solita; non occorreva scendere in cortile e prender freddo, perché durante l'intervallo anche la sorveglianza nel corridoio era affidata a Modersohn il quale non osava mandar giù nessuno. E poi si trattava di fare i preparativi per riceverlo...

Quando il campanello suonò per l'inizio della quarta ora, il chiasso nell'aula non diminuì. Tutti chiacchieravano e ridevano in attesa della danza che si preparava. Il conte Mölln, con la testa fra le mani, continuava a occuparsi di Rodrigo Usher, e Hanno assisteva in silenzio al rumoroso spettacolo. Alcuni imitavano voci di animali. Il canto del gallo fendeva l'aria e laggiù in fondo Wasservogel grugniva esattamente come un porco senza che si potesse vedere che la voce veniva da lui. Sulla lavagna faceva bella mostra un grande disegno fatto col gesso, un visaccio strabico, opera del rapsodo Timm. E quando Modersohn entrò, nonostante i massimi sforzi non poté chiudere la porta perché una grossa pina era stata infilata nella fessura, e Todtenhaupt dovette andar a levarla.

Il supplente Modersohn era un omino insignificante che camminando spingeva sempre avanti la barbetta nera. Era continuamente in soggezione. Strizzava gli occhi lucidi, tirava il fiato e apriva la bocca come per dir qualche cosa; ma non trovava mai le parole necessarie. Aveva fatto appena tre passi dalla porta quando montò sopra un petardo, un petardo speciale che fece un fracasso come fosse carico di dinamite. Il supplente ebbe uno scossone, poi sorrise, fece finta di niente e si mise davanti alla fila dei banchi nel mezzo dell'aula appoggiando come di consueto il palmo della mano sul primo banco. Ma ormai si sapeva quel suo atteggiamento prediletto e perciò qualcuno aveva imbrattato d'inchiostro quel punto del banco, dimodoché Modersohn si insudiciò la piccola mano. Egli finse di non accorgersene, nascose dietro la schiena la mano sporca di nero strizzò gli occhi e disse con una vocina delicata: «In questa classe l'ordine lascia alquanto a desiderare!».

In quel momento Hanno gli voleva bene e lo guardava immobile nel viso contratto da una smorfia d'impotenza. Ma il grugnito di Wasservogel si fece sempre più forte e più naturale, e ad un tratto una manciata di piselli scrosciò contro i vetri della finestra e rimbalzò crepitando nella stanza.

«Gràndina» disse uno a voce alta e limpida. Modersohn parve ci credesse poiché si ritirò senz'altro sulla cattedra e chiese il registro di classe. Non lo fece già per scrivere il nome di qualche allievo, bensì per questa ragione: quantunque avesse già fatto cinque o sei lezioni in quella classe, non conosceva ancora gli allievi tranne pochissimi, ed era costretto a leggerne a casaccio i nomi dall'elenco scritto.

«Feddermann» disse «vuol recitarmi la poesia?»

Assente!» gridò un gruppo di voci. Feddermann invece stava tranquillamente al suo posto e schizzava con incredibile destrezza i piselli attraverso l'aula.

Modersohn strizzò gli occhi e sillabò un altro nome: «Wasservogel».

«Defunto!» esclamò Peterson preso dall'allegria del condannato a morte. E fra strofinìo di piedi, grugniti, chicchirichì e risate di scherno tutti ripeterono che Wasservogel era morto.

Modersohn strinse ancora gli occhi, si guardò in giro, torse la bocca con aria agrodolce e guardò ancora nel registro di classe puntando l'indice della mano piccolina sul nome che stava per chiamare.

«Perlemann» disse senza molta fiducia.

«Purtroppo impazzito» disse il conte Mölln risolutamente; e anche quella notizia fu confermata con gran chiasso. Allora Modersohn si alzò ed esclamò in mezzo al baccano: «Buddenbrook, lei scriverà un compito per punizione. E se ride ancora, dovrò segnare una deplorazione».

Poi sedette. Difatti, alla trovata spiritosa di Kai, Buddenbrook aveva riso d'un riso violento che non poteva frenare. Gli era piaciuta quella trovata, e specialmente il "purtroppo" gli era parso molto comico. Ma quando Modersohn lo investì, si calmò e fissò uno sguardo cupo sul supplente. Notò ogni suo particolare, ogni misero pelo di quella barba rada che lasciava trasparire la pelle, osservò che in certo qual modo portava due paia di polsini perché le maniche della camicia gli arrivavano ai polsi larghe e lunghe quanto i polsini veri e propri; osservò tutta la sua figura esasperata e miserabile. Vide anche dentro il suo cuore. Hanno Buddenbrook era quasi l'unico che Modersohn conoscesse di nome: e questi ne approfittava per richiamarlo continuamente all'ordine, per rifilargli qualche penso e perseguitarlo. Conosceva lo scolaro Buddenbrook soltanto perché questi si era distinto dagli altri per il comportamento tranquillo, e di quella mansuetudine approfittava per fargli sentire ogni momento l'autorità che non osava far valere verso gli allievi chiassoni e insolenti. "Persino la compassione, a questo mondo, te la rendono impossibile con la volgarità" pensava Hanno. "Io non partecipo alla tua tortura, supplente Modersohn, non penso a sfruttarti perché mi sembra una cosa brutale, non bella e volgare: e tu come mi compensi? Ma così è e così sarà sempre e dappertutto." E intanto provava di nuovo un accesso di nausea e di paura. "E per giunta proprio io devo vederti dentro con questa disgustosa evidenza!"

Infine si trovò uno che non era né morto né impazzito, e disposto a recitare quei versi inglesi. Si trattava di una poesia intitolata *The Monkey*, un'abborracciatura puerile che si pretendeva di far imparare a memoria a giovani che in gran parte anelavano dedicarsi al mare, agli affari, alla vita seria.

Monkey, little merry fellow,
Thou art nature's punchinello...

Le strofe erano parecchie e lo scolaro Kassbaum le leggeva dal libro. Di fronte a Modersohn non era necessario avere i minimi riguardi. Intanto il fracasso era aumentato. Tutti i piedi erano in moto e raspavano il pavimento polveroso. Il gallo faceva chicchirichì, il porco grugniva, i piselli volavano. I venticinque alunni erano inebriati e senza freni. Gli sregolati istinti dei loro sedici e diciassette anni si erano destati. Fogli con le caricature più oscene venivano esposti, mandati in giro, osservati avidamente tra le più grasse risate.

A un certo punto tutti fecero silenzio. L'allievo che recitava s'interruppe. Persino Modersohn tese l'orecchio. Avveniva un fatto grazioso: dal fondo dell'aula suoni limpidi e sommessi salivano e si diffondevano dolci e delicati nel silenzio improvviso. Era un *carillon* che uno aveva portato a scuola e che durante la lezione d'inglese suonava una canzone d'amore. Ma esattamente nell'istante in cui si spegneva l'eco della graziosa melodia, avvenne una cosa spaventevole, una cosa che si abbatté su tutti i presenti inaspettata, crudele, possente e schiacciante.

Senza che alcuno avesse bussato, la porta si spalancò di botto e un coso lungo, enorme, entrò emettendo un brontolìo sordo e arrivando d'un balzo in mezzo ai banchi: era il "padreterno".

Modersohn si fece terreo e afferrò la sedia a braccioli, spolverandola col fazzoletto. Gli scolari erano scattati in piedi come un sol uomo. Con le braccia strette ai fianchi si alzarono sulle punte dei piedi e chinarono la testa mordendosi la lingua in un atteggiamento di rispetto illimitato. Il silenzio era perfetto. Qualche sospiro per lo sforzo sostenuto, e di nuovo silenzio.

Il preside Wulicke squadrò un istante la schiera irrigidita sull'attenti, alzò le braccia con quei suoi polsini sudici a imbuto e le riabbassò allargando le dita come uno che prema una tastiera. «Sedete!» disse con voce di contrabbasso. Dava del tu a tutti.

Gli scolari sprofondarono. Modersohn accostò la sedia con mani tremanti e il preside sedette presso la cattedra. «Prego, continui pure» disse. E aveva un tono terribile come avesse detto: "Ora la vedremo e guai a colui che...".

Il motivo della sua venuta era lampante. Modersohn doveva dar prova della sua arte didattica, doveva far vedere che cosa gli allievi di quinta avevano imparato da lui in sei o sette lezioni: si trattava della sua esistenza e del suo avvenire. Quando il supplente ritornò alla cattedra e chiamò un allievo a ripetere la poesia *The Monkey*, era assai triste a vedersi. E come fino a quel momento erano stati esaminati e valutati gli scolari, così avveniva ora del maestro. E fu un malanno per gli uni e per l'altro! La comparsa del preside Wulicke era un attacco di sorpresa e nessuno, meno due o tre, avevano studiato la lezione. Modersohn non poteva interrogare per tutta l'ora Todtenhaupt che sapeva tutto. E siccome non si poteva leggere *The Monkey* nel libro in presenza del preside, tutti fecero una misera figura, e quando si passò alla lettura di *Ivanhoe* soltanto il contino Mölln fu in grado di tradurre qualche passo perché egli si interessava personalmente al romanzo. Gli altri annaspavano, tossicchiando tra un vocabolo e l'altro. Anche Hanno fu interrogato e non arrivò più in là d'una riga. Il preside Wulicke emise un suono come quando l'archetto passa con forza sulla quarta corda del contrabbasso. Modersohn si torceva le manine maldestre e sporche d'inchiostro e andava ripetendo in tono lamentoso:

«E di solito si andava così bene! E di solito si andava così bene!»

Il campanello suonò mentre ancora lo ripeteva rivolgendosi disperato tanto agli alunni quanto al preside. Ma il "padreterno" era terribile e a braccia conserte dominava la classe con lo sguardo e tentennava il capo. Poi si fece dare il registro di classe e vi segnò un biasimo per pigrizia a tutti coloro che avevano dato risposte insufficienti: sei o sette allievi in una volta sola. Non poteva segnare il nome di Modersohn, ma questi stava peggio di tutti gli altri: era pallido, affranto e liquidato. Tra quelli che avevano avuto il biasimo c'era anche Hanno Buddenbrook. «Vi rovinerò io la carriera» soggiunse il preside Wulicke. E scomparve.

La lezione era terminata. Era destino. Sempre così. Quando uno stava più in apprensione, se la cavava quasi bene: sembrava una beffa; quando invece non s'aspettava nessun guaio, la sventura gli piombava addosso. La promozione di Hanno a Pasqua era definitivamente tramontata. Egli si alzò e uscì dall'aula con occhi stanchi, fregando la lingua contro il molare guasto. Kai lo raggiunse, lo cinse con un braccio e s'incamminò con lui in mezzo ai compagni agitati che discutevano l'avvenimento straordinario. Nel cortile lo guardò negli occhi con amorevole timidezza e disse:

«Scusa, Hanno, se ho tradotto invece di tacere e farmi segnare nel registro. So che ho fatto male...»

«E io, prima, non ho detto che cosa significa *patula Jovis arbore glandes*?» replicò Hanno. «Che ci vuoi fare, Kai? Lasciamo stare. Non bisogna pensarci.»

«Hai ragione. Dunque, il "padreterno" vuol guastarti la carriera. Ti dovrai ben rassegnare, Hanno; poiché se è la sua imperscrutabile volontà... La carriera: che simpatica parola! Anche la carriera del signor Modersohn è andata a rotoli. Non diventerà mai professore, quel poveraccio. Poiché, capisci, ci sono i professori e ci sono i supplenti ma non ci sono maestri: è una cosa non molto facile da capire: una cosa per soli adulti e per le persone maturate dalla vita. Si potrebbe dire: uno è maestro o non lo è. Ma perché si debba essere professori o supplenti, non lo capisco davvero. Verrebbe voglia di andare dal "padreterno" o dal signor Marotzke e spiegarglielo. Ma che cosa succederebbe? La piglierebbero per un'offesa e ti scàccerebbero per insubordinazione, mentre invece avresti dimostrato della loro professione una opinione ben più alta di quella che hanno loro stessi. Be', lasciamoli stare; sono un branco di asini.»

Così passeggiavano per il cortile, e Hanno ascoltava volentieri ciò che Kai gli stava esponendo per fargli dimenticare la sconfitta.

«Vedi, qui c'è un portone, il portone del cortile: è aperto, là fuori c'è la strada. E se uscissimo un istante e passeggiassimo sul marciapiede? Siamo nell'intervallo, abbiamo ancora sei minuti: potremmo esser di ritorno puntualmente. Il fatto è questo invece: che non è possibile. Ti capacita? Qui c'è la porta, è aperta, non c'è cancello, niente, nessun ostacolo, tu vedi la soglia. Eppure è impossibile, persino il pensiero di uscire un istante è impossibile... be', lasciamo stare. Prendiamo un altro esempio. Sarebbe fuor di luogo dire che sono circa le undici e mezzo. Niente affatto: ora viene la lezione di geografia: ecco la realtà. E ora vorrei sapere se questa è la vita! Tutto è travisato... oh, buon Dio, se l'istituto ci liberasse finalmente dal suo abbraccio affettuoso!»

«Già, e poi? Vedi, Kai, poi saremmo al punto di chiederci ancora: "che cosa si fa?". Qui per lo meno si sta al sicuro. Da quando è morto il babbo, il signor Stephan Kistenmaker e il pastore Pringsheim si sono assunti il compito di chiedermi ogni giorno che cosa farò. Non lo so. Non so rispondere niente. Non posso diventare nulla. Ho paura di tutto...»

«Ma no, come si fa a scoraggiarsi così? Con la tua musica...»

«Che ne faccio della musica, Kai? Non serve a niente. Vuoi che vada in giro a dar concerti? In primo luogo non me lo permetterebbero, e poi non ne saprò mai abbastanza. Non so quasi nulla; so soltanto improvvisare qualche cosa quando sono solo. E poi quel continuo viaggiare mi spaventa. Tu sei diverso. Hai più coraggio. Te la ridi di tutto e hai qualche cosa da opporre a questa gente. Pensi di dedicarti a scrivere e raccontare al prossimo cose belle e meravigliose: bene, è qualche cosa. E certamente diventerai celebre perché sei tanto bravo. Da che cosa dipende? Dal fatto che sei più allegro. Alle lezioni qualche volta ci guardiamo, come dianzi nell'ora del signor Mantelsack quando Petersen, solo fra tutti quelli che avevano letto nel libro, fu biasmato. Pensiamo tutti e due la stessa cosa, ma tu fai uno sberleffo e te ne infischi... Io non sono capace. Io ci perdo le forze. Desidero di dormire e di non saperne più nulla. Desidero di morire, Kai! No, io non valgo niente. Non so volere. Non voglio neanche diventar celebre. Ne ho paura, come se ci fosse qualche cosa di male. Non sarà nulla di me, puoi star sicuro. Recentemente, dopo l'ora di dottrina, il pastore Pringsheim ha detto a qualcuno che bisognerà lasciarmi stare, che vengo da una famiglia degenerata...»

«Ha detto così?» domandò Kai con l'anima tesa.

«Sì, alludeva a mio zio Christian che è ricoverato ad Amburgo. Avrà ragione, certamente. Bisognerebbe abbandonarmi. Ne sarei tanto riconoscente... Ho tanti pensieri e tutto mi riesce difficile. Supponiamo che mi tagli un dito, che mi faccia male da qualche parte: è una ferita della quale altri guarirebbero in otto giorni. Io ci metto quattro settimane. Non vuol guarire, s'infiamma, peggiora e mi dà disturbi enormi... Recentemente il signor Brecht mi diceva che i miei denti sono in condizioni disastrose, che quasi tutti sono minati e consumati, senza dire di quelli già estratti. Siamo a questo punto. E con che cosa masticherò quando avrò trenta o quarant'anni? Non ho più speranze...»

«Ho capito» fece Kai accèlerando i passi. «E adesso parlami un po' del tuo pianoforte. Voglio scrivere qualche cosa di meraviglioso, di stupefacente... forse incomincerò subito, durante la lezione di disegno. Ti piacerebbe suonare oggi nel pomeriggio?»

Hanno tacque un momento. Nei suoi occhi era apparso un che di torbido, di confuso, di infiammato.

«Perché no? Suonerò» rispose «benché non dovrei farlo. Dovrei fare i miei esercizi, ripassare le sonate e poi smettere. Ma probabilmente suonerò; non posso farne a meno, quantunque ciò mi porti di male in peggio.»

«Peggio?»

Hanno tacque.

«So che cosa vuoi dire con la tua musica» disse Kai. Poi tacquero entrambi.

Erano in una strana età. Kai si era fatto di bragia e guardava a terra senza abbassare la testa. Hanno era pallido, tremendamente serio e guardava da un'altra parte con occhi velati.

Schlemiel scampanellò ed essi salirono.

Venne la lezione di geografia e con questa il compito in classe, un compito molto importante sul territorio dell'Assia-Nassau. Entrò un uomo dalla barba rossa e dalla giacca marrone a code. Aveva il viso pallido e le mani, i cui pori erano aperti, senza un sol pelo. Era il *professore spiritoso*, il dottor Mühsam. Soffriva talora di emottisi e parlava sempre in tono ironico perché si considerava altrettanto spiritoso quanto sofferente. A casa possedeva una specie di archivio heiniano, una collezione di carte e oggetti riferentisi al poeta malato e insolente. Tracciò sulla lavagna i confini dell'Assia-Nassau e, con un sorriso tra malinconico e beffardo, invitò gli allievi a segnare nei loro quaderni tutte le cose notevoli di quel paese. Sembrava che volesse pigliare in giro tanto gli allievi quanto il territorio dell'Assia; eppure era un compito in classe molto importante, del quale tutti avevano paura.

Dell'Assia, Hanno Buddenbrook non sapeva nulla; cioè non molto, quasi nulla. Tentò di sbirciare nel quaderno di Todtenhaupt, ma Heinrich Heine, che, nonostante la sua ironia altezzosa e sofferente, osservava ogni movimento con la massima attenzione, se n'accorse subito e disse: «Signor

Buddenbrook, sarei tentato di farle chiudere il fascicolo, ma temo troppo di renderle in tal modo un servizio. Continui pure». Quell'osservazione conteneva due cose spiritose: prima di tutto il fatto che il dottor Mühsam dava del "signore" a Hanno e, in secondo luogo, l'allusione al "servizio». Hanno continuò dunque a scervellarsi sul quaderno, e infine consegnò il foglio quasi in bianco: dopo di che uscì con Kai.

Per quel giorno avevano finito. Felice colui che se l'era cavata e non aveva la coscienza gravata da brutti voti: poteva mettersi a disegnare libero e sereno nella sala luminosa del signor Drägemüller.

La sala di disegno era vasta e luminosa. Sopra le mensole, alle pareti, c'erano calchi in gesso di sculture antiche, e in un grande armadio si trovava ogni sorta di modelli di legno e mobili da bambola che pure servivano di modelli. Drägemüller era un uomo tarchiato con la barba rotonda e la parrucca bruna, liscia, da pochi soldi, che non aderiva bene sulla nuca e lo tradiva. Possedeva due parrucche, una coi capelli lunghi e una coi capelli corti; quando si faceva tagliar la barba, metteva la più corta. In genere aveva parecchie buffe singolarità, e diffondeva, dovunque fosse, un odore oleoso e alcoolico, per cui alcuni dicevano che beveva petrolio. Le sue lezioni più belle erano quelle che teneva su altre materie in sostituzione di qualche collega. Allora discorreva della politica di Bismarck accompagnando il discorso con movimenti a spirale fra il naso e la spalla, e parlava del socialismo con paura e ostilità. «Dobbiamo stare uniti!» diceva agli scolari peggiori prendendoli per le braccia. «Il socialismo è alle porte!» Si dava un gran da fare ed era sempre affannato. Sedeva accanto a un allievo diffondendo quell'acuto odore di spirito, gli batteva sulla fronte il dito con l'anello, lanciava singole parole come "prospettiva! ombreggiatura! stare uniti! socialismo!" e scappava via.

In quell'ora Kai incominciò a scrivere il suo nuovo lavoro letterario, e Hanno passò il tempo dirigendo tra sé un preludio per orchestra. Poi anche quella lezione finì, e, prese le proprie robe, ciascuno poté ritornare a casa liberamente.

Hanno e Kai avevano da fare la stessa strada: andarono dunque insieme, coi libri sotto il braccio, fino alla villetta rossa fuori porta. Poi il contino Mölln doveva percorrere ancora un bel tratto da solo fino alla casa paterna. Non aveva nemmeno il pastrano.

La nebbia del mattino si era tramutata in neve che cadeva a gran fiocchi morbidi e diventava fango. Al cancello del giardino di casa Buddenbrook i due giovani si separarono; ma quando Hanno aveva già attraversato metà del giardino, Kai tornò indietro e lo cinse con un braccio. «Non perderti d'animo... E fai a meno di suonare!...» disse sottovoce; poi la sua figura snella e trasandata scomparve nel nevischio.

Hanno lasciò i libri nel corridoio, sul piatto che l'orso teneva fra le zampe ed entrò nel salotto per salutare la mamma. Ella stava sulla sedia a sdraio e leggeva un libro dalla copertina gialla. Mentre egli camminava sul tappeto, lo guardò con quegli occhi castani e vicini tra loro, circondati di ombre azzurrine. Quando se lo trovò davanti, gli prese la testa fra le mani e lo baciò sulla fronte.

Egli salì nella sua cameretta dove Clementine gli aveva preparato un po' di colazione, si lavò e mangiò. Quando ebbe finito, cavò dal cassetto un pacchettino di quelle forti sigarette russe che anche lui conosceva ormai, e si mise a fumare. Poi sedette all'armonio e sonò alcune pagine molto difficili, severe, fugate, di Bach. Infine giunse le mani dietro la nuca e guardò dalla finestra la danza silenziosa dei fiocchi cadenti. Non c'era altro da vedere. Sotto la sua finestra non c'era più il giardinetto grazioso con la fontana zampillante. La vista era troncata dal muro grigio della villa vicina.

Alle quattro pranzarono: Gerda e il piccolo Johann erano soli con Clementine. Poi, nel salone Hanno fece i preparativi per la musica e seduto al pianoforte aspettò sua madre. Eseguirono la Sonata op. 24 di Beethoven. Nell'Adagio il violino cantava come un angelo; tuttavia Gerda non era sodisfatta e, toltosi il violino dalla spalla, lo guardò seccata e disse che esso non era in vena. Rinunciò a suonare e andò di sopra a riposare.

Hanno rimase nel salone. Si accostò alla porta vetrata che dava su una piccola veranda e guardò per alcuni minuti il giardino bagnato. Poi si ritrasse d'un passo. Quindi tirò con forza sulla vetrata la tenda color crema, di modo che la stanza fu immersa in una penombra giallina, e corse al pianoforte. Là stette ancora un po', e mentre il suo sguardo fisso su un punto indeterminato si rabbuiava a poco a poco, si annebbiava, si velava... incominciò una delle sue improvvisazioni.

Il motivo che eseguiva era semplicissimo, un nulla, il frammento di una melodia non esistente, un tema di una battuta e mezza, e quando lo fece sentire per la prima volta nei bassi, come voce singola, con una forza che non si sarebbe supposta in lui, quasi ad annunciare con squilli di tube unanimi e imperiose la materia primigenia e il punto di partenza di tutto il seguito, non si sarebbe potuto dire a che cosa alludesse. Ma quando lo ripeté armonizzato in chiave di violino, con un timbro d'argento pallido, si sarebbe capito che consisteva essenzialmente di un'unica risoluzione, in un nostalgico e doloroso passaggio da una tonalità all'altra: era un'invenzione di poco respiro, un'invenzione misera, la quale però acquistava un valore strano, misterioso e significativo grazie alla risolutezza preziosa e solenne con cui era formulata e presentata. Seguirono scale movimentate, un incessante andare e venire di sincopi che procedevano tentoni, incerte e lacerate da grida, come se un'anima fosse in pena per quello che aveva udito e che, invece di ammutolire, si ripeteva in armonie sempre diverse, interrogando, implorando, smorendo tra i desideri e le promesse. E le sincopi si fecero sempre più insistenti, agitate e sospinte da terzine affannose; ma i gridi di spavento che vi erano inframmezzati presero forma, si fusero insieme, diventarono melodia, finché venne il momento in cui, come un canto supplice e fervido di strumenti a fiato, ottennero il dominio, forte e umile ad un tempo. La spinta incalzante, l'ondeggiamento errabondo e sfuggevole fu vinto e ridotto al silenzio, e il corale, contrito e orante con devozione infantile, squillò in un ritmo semplice e deciso. E terminò con una conclusione liturgica. Ci fu una fermata con una pausa. Ed ecco, all'improvviso, riapparire in pianissimo, con un timbro di pallido argento, il primo motivo, quell'invenzione misera, quel tema insulso e misterioso, quel dolce e doloroso passaggio da una tonalità all'altra. E ne venne un mostruoso tumulto, un lavorio agitato, dominato da accenti di fanfara, espressioni di una fiera risolutezza. Che cosa accadeva? Che cosa si preparava? Era come un suono di corni che invitassero alla partenza. Seguì come un raccoglimento, una concentrazione; ritmi più saldi si concatenarono, ed ecco apparire un tema nuovo, un'improvvisazione audace, una specie di canzone di caccia, intraprendente e impetuosa. Ma non era allegra: era intimamente disperata; i segnali che vi squillavano erano come gridi d'angoscia, e continuamente vi si udiva, in armonie bizzarre e snaturate, il motivo tormentoso dolce e vagante, quel primo motivo misterioso... Poi incominciò una irresistibile vicenda di avvenimenti, dei quali non si sarebbe potuto indovinare né la natura né il significato, una serie di avventure sonore, ritmiche e armoniche, che Hanno non poteva dominare, ma che prendevano forma sotto le sue dita, avventure ch'egli viveva senza averle mai conosciute.

Stava seduto e proteso sui tasti, con le labbra schiuse e lo sguardo lontano, e i capelli castani gli coprivano le tempie con morbidi riccioli. Che cosa accadeva? Che esperienze faceva? Erano forse terribili ostacoli superati, draghi uccisi, pareti rocciose scalate, fiumi attraversati a nuoto, vie percorse tra le fiamme? Come una risata stridula o una promessa incomprensibile di beatitudine, il primo motivo vi si intrecciava, quel tema insignificante, quel passaggio da una tonalità all'altra... anzi, era come se esso incitasse a sforzi sempre nuovi e violenti; folli rincorse di ottave lo seguivano terminando in un grido; finché si iniziò un crescendo lento e incontenibile, un'ascesa cromatica piena di irresistibile nostalgia, violentemente interrotta da pianissimi improvvisi, paurosi e stimolanti, che erano come un sùbito cedimento del terreno sotto i piedi e uno sprofondare nel desiderio...

A un certo punto parve che, come un sommesso monito lontano, si dovessero udire i primi accordi della preghiera supplice e contrita; ma tosto le fu addosso la marea delle cacofonie affioranti che si condensarono minacciose, si spinsero avanti, si ritirarono, s'arrampicarono, sprofondarono e tesero di nuovo verso una mèta ineffabile che doveva arrivare, arrivare subito, in quell'istante, nel tremendo apogeo in cui il tormento anelante era diventato intollerabile. E arrivò: non era più possibile fermarla, le convulsioni della nostalgia non si sarebbero più potute prolungare; venne come se un sipario si lacerasse, come se portoni si spalancassero... La solitudine, la risoluzione, l'adempimento, la perfetta sodisfazione irruppero e, con grida di giubilo, tutto si districò in un'eufonia che, con un dolce e nostalgico ritardando, passò tosto a un'altra eufonia: era il motivo, il primo motivo! Quello che seguì fu una festa, un tripudio, un'orgia sfrenata di quello stesso tema che si pavoneggiava in tutte le sfumature sonore, si riversava attraverso tutte le ottave, piangeva e singhiozzava vibrando nel tremolo, cantando e giubilando, e, rivestito di tutta la magnificenza rombante, scampanellante, scintillante e spumeggiante dei mezzi orchestrali, avanzava vittoriosa. C'era un che di brutale e di torpido e nello stesso tempo di ascetico e religioso, qualche cosa come fede e abnegazione, nel culto fanatico di quel nulla, di quel frammento melodico, di quella invenzione breve, puerile e armonica, d'una battuta e mezza; c'era un che di vizioso nella smodata insaziabilità con cui quell'invenzione era assaporata e sfruttata, e un che di cinico, di sconfortato, qualche cosa come desiderio di voluttà e di morte, nell'avidità con cui ne veniva estratta l'ultima dolcezza sino all'esaurimento, sino al tedio e alla nausea... finché, nello sfinimento dopo tanta intemperanza, un lungo e sommesso arpeggio in minore incominciò a ruscellare e, salito di un tono, a risolversi in maggiore e a smorire con esitante malinconia.

Hanno stette un momento silenzioso, il mento sul petto, le mani in grembo. Poi si alzò e chiuse il pianoforte. Era pallidissimo, senza forza nelle ginocchia, e i suoi occhi ardevano. Passò nella stanza attigua, si coricò sulla sedia a sdraio e rimase così, a lungo, senza muovere neanche un dito.

Più tardi andò a cena e poi fece con sua madre una partita a scacchi che non fu vinta da nessuno dei due. Dopo mezzanotte se ne stette ancora in camera sua, alla luce d'una candela, davanti all'armonio e suonò mentalmente, dato che non doveva far rumore, animato dalla buona intenzione di alzarsi l'indomani alle cinque e mezzo per fare i compiti di scuola più importanti.

Questa fu una giornata della vita del piccolo Johann.

III

Il tifo si presenta nel modo seguente.

Il colpito incomincia a sentire un malumore psichico, che si acuisce rapidamente e diventa fiacco scoramento. Nello stesso tempo si impadronisce di lui una spossatezza che non coinvolge soltanto muscoli e tendini, ma anche le funzioni degli organi interni, non ultime quelle dello stomaco che, disgustato, rifiuta il cibo. Egli prova un gran bisogno di dormire, ma nonostante l'estrema stanchezza il sonno è irrequieto, superficiale, affannoso e senza ristoro. Il cervello è dolorante: è stordito, confuso, come avvolto in una nebbia e preso da vertigini. In tutte le membra agisce un dolore indefinibile. Ogni tanto, senza alcuna cagione, il sangue esce dal naso. Questa è l'introduzione.

Segue un forte attacco di brividi che scrolla il corpo e fa battere i denti: è il segnale d'arrivo della febbre, che raggiunge tosto le più forti temperature. Sulla pelle del petto e del ventre compaiono alcune macchioline rosse grandi quanto una lenticchia, che alla pressione di un dito spariscono, ma per tornare subito. Il polso è veloce: ha fino a cento pulsazioni al minuto. Così, con una temperatura di quaranta gradi, passa la prima settimana.

Nella seconda settimana l'uomo è libero dai dolori di testa e muscolari; in compenso le vertigini sono diventate assai più violente, e nelle orecchie c'è un tale brusìo, un tale ronzìo da provocare addirittura un inizio di sordità. L'espressione del viso diventa ebete. Le labbra incominciano a stare aperte, gli occhi sono velati e assenti. La coscienza è ottenebrata; il malato è dominato dal desiderio di dormire, e spesso, se non proprio nel sonno, cade in un plumbeo torpore. Intanto i suoi vaneggiamenti, le sue fantasie esagitate empiono la stanza. La sua languida impotenza è arrivata sino a una ripugnante mancanza di pulizia. Le gengive, i denti e la lingua gli si coprono d'una patina nerastra che appesta l'alito. Col ventre gonfio egli giace supino e immobile, affondato nel letto e con le ginocchia divaricate. Tutte le funzioni sono affrettate e superficiali, tanto il respiro quanto il polso che compie circa centoventi fuggevoli e guizzanti pulsazioni al minuto. Le palpebre sono semichiuse, e le guance non gli ardono più come da principio, arrossate dalla febbre, ma hanno preso una tinta bluastra. Sul petto e sul ventre le macchioline rosse, grandi come lenticchie, si sono moltiplicate. La temperatura arriva a quarantun gradi...

Nella terza settimana la malattia raggiunge l'acme. Il delirio è cessato e nessuno può dire se lo spirito del malato sia sommerso nella notte vacua o se, disgiunto e lontano dal corpo sofferente, viva in sogni remoti e tranquilli, dei quali nessuna voce e nessun indizio rivelano l'esistenza. Il corpo è avvolto in una insensibilità senza limiti. Questo è il momento della crisi...

In certi individui la diagnosi è resa diffcile da circostanze particolari. Che dire, per esempio, se i sintomi iniziali della malattia, il malumore, la spossatezza, la disappetenza, il sonno inquieto, i mali di testa esistevano già quando il paziente, speranza della famiglia, era ancora in piena salute? se anche al loro intensificarsi improvviso non si sono palesati come un che di straordinario? Certo, un bravo medico colto e capace, come, tanto per fare un nome, il dottor Langhals, il bel dottor Langhals dalle mani piccole coi peli neri, sarà subito in grado di identificare la malattia, tanto più che la comparsa delle pericolose macchioline rosse sul petto e sul ventre gliene darà la certezza. Egli non sarà in dubbio sulle misure da prendere, sui rimedi da applicare. Esigerà una stanza possibilmente grande, arieggiata di frequente, con una temperatura non superiore ai diciassette gradi. Pretenderà la più meticolosa pulizia e cercherà di evitare, finch'è possibile (in certi casi non è possibile a lungo), le «piaghe di decubito» rinnovando spesso il letto del malato. Ordinerà la pulizia costante della cavità orale con pezzoline di tela bagnate, ricorrerà, in fatto di medicine, a una miscela di iodio e ioduro di potassio, prescriverà il chinino e l'antipirina, e, prima di tutto, considerando che lo stomaco e gli intestini sono gravemente compromessi, darà una dieta molto leggera e molto sostanziosa. Combatterà la febbre struggente coi bagni, bagni in vasca nei quali il malato dovrà essere portato di frequente, ogni tre ore, di giorno e di notte senza interruzione, e durante il bagno si farà raffreddare a poco a poco l'acqua a partire dal lato dei piedi. Dopo ogni bagno farà prendere al malato qualche cosa di stimolante e corroborante come cognac o anche sciampagna...

Ma egli usa tutti questi rimedi a caso, quasi nella ipotesi che possano avere qualche effetto, ignorando se la loro applicazione non sia del tutto inutile e senza scopo. Una cosa infatti egli non sa; in un punto brancola nel vuoto: fino alla terza settimana, fino alla crisi l'aut aut è del tutto incerto. Egli non sa se la malattia che ha definito "tifo" non sia in questo caso un infortunio, la spiacevole conseguenza di un'infezione che forse si sarebbe potuto evitare e combattere coi mezzi della scienza... o non sia semplicemente una forma di dissolvimento, la veste della morte, che potrebbe apparire anche sotto altra maschera e contro la quale non c'è medicina che valga.

Il tifo si presenta così: nei remoti sogni febbrili, nell'ardente smarrimento del malato, la vita entra con voce incoraggiante e inconfondibile. Dura e fresca, questa voce raggiungerà lo spirito sulla via strana e cocente per la quale è incamminato verso l'ombra, la frescura, la pace. Il paziente starà in orecchi e percepirà quell'invito, limpido e un po' ironico, a voltarsi e tornare indietro, quell'invito che gli viene da una regione ch'egli aveva lasciata così lontano dietro di sé e che aveva ormai dimenticata. Se ribolle in lui quasi il senso d'avere vilmente trascurato i suoi doveri, un senso di vergogna, di novella energia, di coraggio, di gioia, di attaccamento a quel lavorìo beffardo, vario e brutale che si è lasciato alle spalle: per quanto si possa essere allontanato su quella via strana e cocente, allora egli ritornerà indietro e vivrà. Se invece rabbrividisce di paura e di ripugnanza per la voce della vita che lo chiama, se quel ricordo, quella voce gaia e invitante fa sì che egli scuota il capo e tenda la mano dietro di sé con un gesto di rifiuto e si inoltri fuggendo per la via che gli si apre davanti... allora, si sa, allora morrà.

IV

«Non è giusto, non è giusto, Gerda» diceva per la centesima volta la vecchia signorina Weichbrodt, in tono di accorato rimprovero. Quella sera, nel salotto della sua ex allieva, occupava un posto sul sofà nel circolo formato intorno alla tavola da Gerda Buddenbrook, dalla signora Permaneder, da sua figlia Èrika, dalla povera Klothilde e dalle tre signorine Buddenbrook della Via Larga. I nastri verdi della cuffia le ricadevano sulle gracili spalle, ed era costretta ad alzarne una ben in alto per poter gesticolare col braccio sul piano della tavola: tanto era diventata minuscola coi suoi sessantacinque anni. «Non è giusto, làsciatelo dire; non fai bene, Gerda!» ripeté con voce tremula e fervida. «Io sono con un piede nella tomba, ho così poco tempo davanti a me e tu vuoi lasciarmi... vuoi abbandonarci, vuoi separarti per sempre... partire... Fosse un viaggio, una visita ad Amsterdam... ma per sempre!...» E scosse la sua vecchia testa da uccello con quegli occhi bruni, intelligenti, malinconici. «È vero che hai perduto molto...»

«Tutto ha perduto» interloquì la signora Permaneder. «Non dobbiamo essere egoiste, Therese. Gerda vuol partire, e parte: non c'è nulla da fare. È venuta con Thomas or sono ventun anni e tutti le abbiamo voluto bene, per quanto le fossimo sempre odiosi... Ma sì, Gerda, è così, non protestare! Ma Thomas non c'è più e... nessuno c'è più. Che cosa siamo noi per lei? Niente. Ci dispiace molto, ma tu, Gerda, vai pure con Dio: noi ti siamo grate di non essere partita prima, allora, quando è morto Thomas...»

Era dopo cena, una sera d'autunno. Da circa sei mesi, munito delle benedizioni del pastore Pringsheim, il piccolo Johann (Justus Johann Kaspar) stava laggiù al margine del boschetto, sotto la croce di marmo e lo stemma di famiglia. Fuori la pioggia scrosciava sugli alberi mezzo spogli del viale. Ogni tanto un colpo di vento la buttava contro i vetri delle finestre. Le otto donne vestivano tutte di nero.

Era una piccola riunione di famiglia per prendere commiato da Gerda Buddenbrook che stava per abbandonare la città e ritornare ad Amsterdam dove, come una volta, avrebbe suonato i duetti col vecchio babbo. Nessun obbligo la tratteneva più. La signora Permaneder non aveva più nulla da opporre a quella decisione. Si rassegnava, ma nell'intimo ne era profondamente addolorata. Se la vedova del senatore fosse rimasta in città, se avesse conservato sul luogo il suo posto nella società e il patrimonio, il nome della famiglia avrebbe mantenuto ancora un po' di prestigio... In ogni caso la signora Antonie intendeva di camminare a fronte alta finché fosse rimasta al mondo e tra la gente. Suo nonno aveva viaggiato in tiro a quattro...

Nonostante la movimentata vita trascorsa e nonostante lo stomaco debole non le si davano i suoi cinquant'anni. La carnagione si era fatta un po' cascante e scialba, e sul labbro superiore, il bel labbro superiore di Tony Buddenbrook, la peluria cresceva più abbondante; ma nei capelli lisci, sotto la cuffietta nera, non le si sarebbe trovato nemmeno un filo bianco.

Sua cugina, la povera Klothilde, prendeva la partenza di Gerda con dolce indifferenza, così come si devono prendere tutte le cose di questo mondo. Poco prima, a cena, aveva mangiato con impassibile voracità e ora se ne stava lì, magra e cinerea come al solito, e distribuiva cortesie stiracchiando le vocali.

Nemmeno Èrika Weinschenk, ormai trentunenne, era donna da agitarsi per il distacco dalla zia. Ne aveva passate di peggio e assai presto aveva imparato a rassegnarsi. Negli occhi stanchi e celesti, gli occhi di Grünlich, le si leggeva l'adattamento a una vita mancata, e se ne udiva l'eco nella sua voce pacata e talvolta un po' querula.

Le tre signorine Buddenbrook, figlie dello zio Gotthold, avevano un'aria piccata e criticona come al solito. Friederike e Henriette, le maggiori, invecchiando si erano fatte sempre più scarne, ossute, mentre Pfiffi, la più giovane, cinquantatreenne, era ben piccola e corpulenta.

Anche la vecchia Kröger, vedova dello zio Justus, era stata invitata; ma stava poco bene o forse non aveva un abito presentabile: era difficile sapere la verità.

Si parlò del viaggio di Gerda, del treno col quale intendeva partire e della vendita della villa ammobiliata, assunta dal mediatore Gosch. Gerda, infatti, non portava via nulla e se n'andava com'era venuta.

Poi la signora Permaneder venne a discorrere della vita e, prendendola dal lato più serio, fece alcune considerazioni sul passato e sull'avvenire, benché su questo non ci fosse quasi nulla da osservare.

«Quando sarò morta, Èrika se ne vada pure dove vuole» disse «ma io non resisterei in nessun altro luogo, e finché son viva cerchiamo di stare unite noi poche rimaste... Una volta la settimana verrete a pranzo da me... e allora leggeremo le carte di famiglia...» e toccò la cartella che aveva davanti. «Sì, Gerda, le accetto con gratitudine. Dunque, siamo d'accordo... Hai capito, Thilde? Per quanto anche tu potresti invitar noi, poiché in fondo oggi non stai peggio di noialtre. Così va la vita: ci si affanna, si prende la rincorsa, si lotta... e tu te ne sei stata lì seduta, paziente, in attesa. Però una scema sei sempre, Thilde, non avertene a male...»

«Via, Tony» disse Klothilde sorridendo.

«Mi rincresce di non poter salutare Christian» osservò Gerda. E così si venne a parlare anche di lui. C'erano poche speranze che potesse uscire un giorno dall'istituto nel quale era ricoverato, per quanto il suo caso non fosse tanto grave da non permettergli di vivere in libertà. Ma a sua moglie quella situazione piaceva troppo; era, come asseriva la signora Permaneder, in combutta col medico, e Christian avrebbe probabilmente finito i suoi giorni in quel ricovero.

Seguì una pausa. Il discorso si volse lentamente e con cautela ai fatti recenti, e quando fu pronunciato il nome del piccolo Johann si fece un grande silenzio, nel quale si distingueva meglio il fruscìo della pioggia davanti alla casa.

L'ultima malattia di Hanno, che doveva essere stata spaventevole, era come velata da un greve mistero. Parlandone a mezza bocca, con allusioni sommesse, tutte tenevano gli occhi bassi. Poi si rievocò quell'ultimo episodio, la visita del contino malvestito che si era introdotto quasi a forza nella camera dell'ammalato. Hanno, udendo la sua voce, aveva sorriso per quanto non riconoscesse più nessuno, mentre Kai non cessava dal baciargli le mani.

«Davvero, gli ha baciato le mani?» domandarono le signorine Buddenbrook.

«Sì, molte volte.»

Qui tutte tacquero pensose.

Ad un tratto la signora Permaneder scoppiò in lacrime.

«E io gli ho voluto tanto bene» singhiozzava. «Non potete immaginare quanto gli volevo bene... Più di voi tutte... oh, scusa, Gerda, tu sei la mamma... Oh, era un angelo...»

«È un angelo adesso» corresse Sesemi.

«Hanno, piccolo Hanno» continuò la signora Permaneder mentre le lacrime le scorrevano sulle guance cascanti e scialbe. «Tom, il babbo, il nonno e tutti gli altri, dove sono ora? Non si vedono più. Oh, è dura e triste!»

«Dopo ci si rivede» disse Friederike Buddenbrook giungendo le mani in grembo, abbassando gli occhi e alzando il naso.

«Già, così si dice... ma ci sono momenti, Friederike, in cui non c'è conforto e, Dio mi perdoni, si comincia a dubitare della giustizia, della bontà... di tutto. La vita, voi sapete, frantuma tante cose nel nostro cuore, delude tante volte la nostra fede... Rivedersi?... Fosse vero!...»

In quella, Sesemi Weichbrodt si rizzò quanto poté. Si resse in punta di piedi, allungò il collo, batté sulla tavola, mentre la cuffia le tremava sulla testa.

«*È* vero!» disse con tutta la sua energia: e guardò le presenti in aria di sfida.

E così stette, vittoriosa nella buona battaglia sostenuta in tutta la vita contro gli assalti del suo raziocinio di maestra: gobba, minuscola, vibrante di convinzione, come una piccola veggente tutta entusiasmo e rampogna.

Indice

OSCAR CLASSICI MODERNI

Pirandello, Il fu Mattia Pascal
Christie, Dieci piccoli indiani
Kafka, Il processo
Chiara, Il piatto piange
Fitzgerald, Il grande Gatsby
Forster, Passaggio in India
Bernanos, Diario di un curato di campagna
Mann Th., La morte a Venezia - Tristano - Tonio Kröger
Svevo, La coscienza di Zeno
Joyce, Gente di Dublino
Asimov, Tutti i miei robot
García Márquez, Cent'anni di solitudine
Silone, Fontamara
Hesse, Narciso e Boccadoro
Woolf, La signora Dalloway
Bradbury, Fahrenheit 451
Bassani, Il giardino dei Finzi-Contini
Mitchell, Via col vento
Orwell, 1984
Kerouac, Sulla strada
Hemingway, Il vecchio e il mare
Pirandello, Sei personaggi in cerca d'autore - Enrico IV
Remarque, Niente di nuovo sul fronte occidentale
Buzzati, Il deserto dei Tartari
Vittorini, Uomini e no
Palazzeschi, Sorelle Materassi
Greene, Il potere e la gloria
Deledda, Canne al vento
Böll, Opinioni di un clown
Lawrence D.H., L'amante di Lady Chatterley
Sartre, La morte nell'anima
Faulkner, Luce d'agosto
D'Annunzio, Il Piacere
Tobino, Le libere donne di Magliano
Bellow, Herzog
Huxley, Il mondo nuovo - Ritorno al mondo nuovo
Malaparte, La pelle
Montale, Ossi di seppia
Bulgakov, Il Maestro e Margherita
Saint-Exupéry, Volo di notte

Quasimodo, Ed è subito sera
Hamsun, Fame
Pratolini, Cronaca familiare
Bellonci, Segreti dei Gonzaga
Proust, Un amore di Swann
Beauvoir, Il sangue degli altri
Ungaretti, Vita d'un uomo. 106 poesie 1914-1960
Masters, Antologia di Spoon River
Golding, Il Signore delle Mosche
Alain-Fournier, Il grande amico
Saba, Poesie scelte
Musil, I turbamenti del giovane Törless
Svevo, Una vita
Mauriac, La farisea
Freud, Totem e tabù
Nietzsche, Così parlò Zarathustra
Buzzati, La boutique del mistero
Strindberg, Il figlio della serva
Shaw, Pigmalione
Hesse, Racconti
Schnitzler, Il dottor Gräsler medico termale
D'Annunzio, Le novelle della Pescara
Gibran, Il Profeta - Il Giardino del Profeta
Orwell, Omaggio alla Catalogna
Updike, Corri, coniglio
Kafka, La metamorfosi
Hemingway, I quarantanove racconti
Silone, Il segreto di Luca
Mann Th., I Buddenbrook
Svevo, Senilità
Woolf, Gita al Faro
Bacchelli, Il diavolo al Pontelungo
García Márquez, L'amore ai tempi del colera
Borgese, Rubè
Zweig, Il mondo di ieri
Miller, Paradiso perduto
Calvino, Marcovaldo
Mishima, L'età verde
Schnitzler, La signorina Else
Orwell, La fattoria degli animali
Gide, I sotterranei del Vaticano
Naipaul, Alla curva del fiume
Buzzati, Sessanta racconti
Steinbeck, La valle dell'Eden
Radiguet, Il diavolo in corpo
Piovene, Le stelle fredde
Solženicyn, Arcipelago Gulag
Tozzi, Con gli occhi chiusi
Bulgakov, Cuore di cane
Duras, L'amore
Slataper, Il mio Carso
Malaparte, Kaputt
Tobino, Per le antiche scale
Panzini, Il padrone sono me!
Andrić, Il ponte sulla Drina
Buck, La buona terra
Manzini, Ritratto in piedi
Döblin, Giganti
Bellow, Il re della pioggia
Rilke, I quaderni di Malte Laurids Brigge
Kawabata, La casa delle belle addormentate
García Lorca, Lamento per Ignazio Sánchez Mejías
Silone, Vino e pane
Kafka, America

Woolf, Orlando
Hemingway, Per chi suona la campana
Sereni, Diario d'Algeria
Styron, La scelta di Sophie
Koestler, Buio a mezzogiorno
Pratolini, Cronache di poveri amanti
Leavitt, Ballo di famiglia
Fromm, Avere o essere?
Bonaviri, Il sarto della stradalunga
Wilder, Il ponte di San Luis Rey
Miller, Tropico del Cancro
Ginsberg, La caduta dell'America
Apollinaire, Alcool - Calligrammi
Joyce, Dedalus
Bassani, Gli occhiali d'oro
Doctorow, Ragtime
Bacchelli, Il mulino del Po
Hesse, Il lupo della steppa
Mann, Doctor Faustus
Vittorini, Il garofano rosso
Caldwell, Il bastardo
Maugham, Schiavo d'amore
Lawrence, Figli e amanti
Pratolini, Le ragazze di Sanfrediano
Palazzeschi, Il Codice di Perelà
Styron, Le confessioni di Nat Turner
Forster, Camera con vista
Mann H., Il professor Unrat (L'angelo azzurro)
Pound, Cantos scelti
Lewis C.S., Le lettere di Berlicche
Monod, Il caso e la necessità
Gandhi, Antiche come le montagne
Bontempelli, La vita intensa - La vita operosa
Hesse, Il giuoco delle perle di vetro
Gozzano, I colloqui
La Capria, Ferito a morte
Bevilacqua, La califfa
Miller, Tropico del Capricorno
Hammett, Spari nella notte
Bradbury, Cronache marziane
Roth, Lamento di Portnoy
Saroyan, Che ve ne sembra dell'America
Nizan, Aden Arabia
AA.VV., Racconti fantastici argentini
Yourcenar, Care memorie
Pavese, La bella estate
Amado, Gabriella, garofano e cannella
Byatt, Possessione
AA.VV., I poeti crepuscolari
Bonelli - Galleppini, Il passato di Tex
AA.VV., Racconti fantastici del Sudamerica
Gaddis, Le perizie
Joyce, Ulisse
AA.VV., Cieli australi
Romano, L'ospite
De Maria (a cura di), Filippo Tommaso Marinetti e il futurismo
Brodkey, Storie in modo quasi classico
Brancati, Il bell'Antonio
Dazai - Kawabata - Ōe - Endō e altri, Cent'anni di racconti dal Giappone

49381
2003